KNAUR

Im Knaur Taschenbuch Verlag sind bereits folgende Bücher des Autors erschienen:
Tote mögen keine Sushi
Für eine Handvoll Yen
Sayonara für eine Leiche

Über den Autor:
Gert Anhalt, Jahrgang 1963, studierte Japanologie in Marburg und Tokio und berichtete zehn Jahre für das Zweite Deutsche Fernsehen aus China und Japan. Seine Krimis mit dem Helden Hamada Ken waren zweimal für den Glauser-Krimipreis nominiert.

Gert Anhalt

Mordsmäßig schmalzig

Caspari ermittelt

KNAUR

Besuchen Sie uns im Internet:
www.knaur.de

FSC
www.fsc.org
MIX
Papier aus verantwortungsvollen Quellen
FSC® C083411

Originalausgabe Dezember 2014
Knaur Taschenbuch

Redaktion: Ilse Wagner
Umschlaggestaltung: ZERO Werbeagentur, München
Umschlagabbildung: plainpicture / Tanja Luther; FinePic®, München
Satz: Adobe InDesign im Verlag
Druck und Bindung: CPI books GmbH, Leck
ISBN 978-3-426-51608-9

2 4 5 3

Prolog

Es war wieder passiert. Wieder hatte jemand gewagt, ihre kleine Schwester zu verletzen. Und das duldete sie nicht.

Wer Martina etwas zuleide tat, der bekam es mit ihr zu tun und der würde seine Taten bitter bereuen. Sie war Zelda, die zauberhafte und gnadenlose Rächerin, und sie atmete wütende Feuerwolken, während sie Florian, der sie hier bestimmt nicht vermutete, durch einen schmalen Türspalt hindurch im Geräteraum des Betriebes beobachtete.

Der gutaussehende, junge Mann in längs gestreiftem Metzgerblau und ehemals weißen Arbeitshosen hantierte fluchend mit einer Kneifzange und anderen Schneide- und Schlagwerkzeugen in einem kleinen Gebirge aus Füllmaterial, schneeweißen Styroporelementen und abgelösten Plastikbespannungen. Er hatte sich nämlich in den Kopf gesetzt, heute noch die neuen Maschinen aufzubauen und auszuprobieren, die erst gestern am späten Abend geliefert worden waren. In tiefster Dunkelheit, von drei Männern in einem grotesk überladenen Kleintransporter mit polnischem Kennzeichen.

Florians Vater, der Metzgermeister, hatte ihm zwar eingebleut, die Finger von dieser Lieferung zu lassen. Aber das kümmerte ihn nicht. Er war ungeduldig und wollte endlich wissen, wie die Zukunft aussah. Denn mit diesen Maschinen würde eine neue Blütezeit für ihren Familienbetrieb anbrechen.

Das Radio plärrte. Es war wie immer auf die Frequenz des Heimatsenders eingestellt, des Hessischen Rundfunks, der hartnäckig und zur Freude seiner Stammhörer die beliebten Pop-Klassiker rauf und runter dudelte. Die Musikfans in dieser Gegend waren treue Seelen und dem Neuen gegenüber nicht immer aufgeschlossen. Gerade lief in voller Lautstärke eines von Florians Lieblingsliedern. Die Band *Visage* mit ihrem Hit *Fade to Grey.* Das Lied wurde von den hellgrünen Kachelwänden in den Arbeitsraum zurückgespuckt. Ein Echo aus Blech.

One man on a lonely platform
One case sitting by his side
Two eyes staring cold and silent
Shows fear as he turns to hide
Ah … ah, we fade to grey…
fade to grey…

Er sprach zwar kaum Englisch, aber diesen Text konnte er trotzdem Wort für Wort mitsingen. Der Song war aus dem Jahr 1980, also zwei Jahre älter als er selbst. Aber er kam Florian nicht wie ein Oldie vor, sondern wie der ewig aktuelle Soundtrack seiner Jugend – bis zu diesem Zeitpunkt eine wilde und sorglose Abfolge von Feten, Feiern und Liebschaften. Jetzt war er bald volljährig, bald fertig mit der Ausbildung. Und beinahe wäre er dummerweise bald auch noch etwas verfrüht Familienvater geworden. Aber das hatte sich ja nun erledigt …

Wie im Krampf hielt Zelda das schwarze Buch mit dem roten Rand umklammert. Ihr Blick flimmerte vor unterdrücktem Zorn. Was geschehen war, verlangte nach Strafe, nach Wiedergutmachung. Nach Blut. Der schöne Florian hatte heimlich den Schrank geöffnet, hatte alles durchwühlt und das Tagebuch gefunden. Nun hatte die arme Martina keine Geheimnisse mehr. Nun war sie nackt und schutzlos dem Spott und dem Getuschel des ganzen Dorfs preisgegeben. Florian wusste jetzt alles, und er wollte, dass sie das wusste. Für diese Mitteilung brauchte er nur drei Buchstaben.

»AHA!«

Mit seinem fetten, schwarzen Metzgerfilzstift war er rücksichtslos quer über ihre säuberliche Mädchenschrift gefahren wie ein Panzer über ein Blumenbeet. AHA! Dazu dieses empörte Ausrufezeichen. Damit war das Ende besiegelt.

Ein krachendes Geräusch.

»Scheiße!«

Er beugte sich plötzlich vornüber, saugte schmatzend an seinem Zeigefinger und stampfte dabei wie ein Irrer mit dem Fuß auf den Boden. Beim Wegräumen der Holzpaletten, auf denen die Maschinen festgezurrt waren, hatte sich zwischen Daumen und Zeigefinger ein Splitter in seine linke Hand gebohrt.

Zelda beobachtete, wie Florian der Palette einen wütenden Tritt versetzte und sich trotzig vor der neu erworbenen Mengmaschine aufbaute.

Es war ein bauchiges Monstrum aus Edelstahl, zusammengeschraubt nach geklauten deutschen Konstruktionsplänen irgendwo in China. Sein Vater hatte die Ausrüstung im Internet gefunden. Sie stammten, aus der Konkursmasse einer Großfleischerei in Krakau. In der Garage waren noch weitere Schätze zwischengelagert. Eine hochwertige Knochensäge, ein 90-Liter-Kutter, ein Vakuumfüller und ein fabrikneuer Abschwarter. Mit diesen Maschinen würde ihre kleine Landmetzgerei der internationalen Fleisch- und Wurstmafia, die mittlerweile fast den gesamten Markt kontrollierte, vielleicht doch noch die Stirn bieten können. Jetzt konnten sie endlich die alte Ausstattung, die noch aus den 60er Jahren stammte, auf den Müll werfen. Während er noch immer wütend auf dem Zeigefinger seiner linken Hand herumkaute, wo der unselige Splitter tief unter der Haut klemmte, führte Florian mit der Rechten den Stecker in die Starkstromdose ein und drückte den grünen Startknopf der Maschine.

Stufe eins.

Mit einem Brummen erwachte der Mengarm zum Leben und

begann zu rotieren. Er sah aus wie die Kreuzung eines Dreizacks mit einer Spindel und schwebte, wie von Geisterhand gesteuert, durch die Leere seines Bottichs.

Stufe zwei.

Die Bewegungen der Gabelspindel wurden schneller und fließender. Eine kühlende Brise berührte sein vor Anstrengung und Jähzorn gerötetes Gesicht.

Stufe drei.

Die Umrisse des Mengarms verschwammen in der rasanten Drehung zu einer Wolke aus messerscharfem Silberstahl. Der Motor heulte wie eine zornige Wespe. Der Zugwind war stark genug, um an seinen Haaren zu zupfen, und der junge Mann lächelte stolz. Da würden die Eltern morgen staunen, wenn sie aus ihrem Kurzurlaub von der Nordsee heimkehrten. Und noch eine zweite gute Nachricht hatte er für sie. Die sogenannte *Verlobung* mit der Schlampe Martina war geplatzt wie eine Seifenblase. Darüber würden sich seine Eltern vielleicht noch mehr freuen als über die neuen Maschinen. Papa und Mama waren vom ersten Augenblick an gegen die Verbindung gewesen, in die sie ihn dennoch, aus moralischen Gründen und damit endlich das Getuschel im Dorf aufhörte, hineinzwingen wollten.

»Wie konntest du nur so dumm sein und auf so eine hereinfallen?«, hatte Mama geschimpft. »Die hat es faustdick hinter den Ohren. Ich traue ihr nicht. Sie lügt wie gedruckt. Ihre Mutter ist verschwunden, und ihr Vater war ein ehrloser Lump. Und ausgerechnet so einer muss der junge Herr ein Kind machen! Und jetzt haben wir sie am Hals.«

»Du Idiot!«, empörte sich Papa. »Ich habe ja als junger Mann auch nichts ausgelassen« – ein unbedachter Zwischenruf, mit welchem er sich sofort einen ätzenden Blick seiner Gattin einhandelte – »aber ich habe doch keine geschwängert!«

»Alle im Dorf reden schon über euch!«

»Ich sollte dir eine Tracht Prügel verpassen, genau wie früher!«

»Der Pfarrer hat auch den Kopf geschüttelt.«

»Weißt du eigentlich, was manche von ihr sagen?«

»Denk doch auch mal an uns!«

»Wie konnte das passieren?«

Wenn er das nur gewusst hätte! Er wusste lediglich, wann es passiert war. Nämlich beim ersten Halloween der Freiwilligen Feuerwehr, die immer einen Grund zum Feiern suchte und es einfach mal mit dem geborgten, amerikanischen Gruseldatum ausprobieren wollte. Und gruselig wurde es dann ja auch. Aber erst wurde es unheimlich wild. Die Kleine hatte mit ihm getanzt, sie hatte ihm immer mehr Bier geholt, sie hatte ihm ihre Zunge so weit in den Rachen geschoben, dass er meinte, an ihr zu ersticken. Und sie hatte eine Menge schmutziges und sehr erregendes Zeug in sein Ohr geflüstert. Das hatte ihn am meisten fasziniert. Ein Mädchen, das solche Worte in den Mund nahm, dachte er, das nahm sicherlich noch ganz andere Sachen in den Mund.

Nicht dass er es nötig gehabt hätte. Nein. Der schöne Florian hatte sie alle vernascht. Er sah blendend aus mit seinem blonden Schopf, den blauen Augen und dem eigensinnigen Kinn. Er war bärenstark und extrem gut gebaut. Ein exzellenter Mittelstürmer, hatte das schnellste Moped weit und breit, und alle bewunderten ihn. Gut, Metzgergeselle war jetzt vielleicht nicht der coolste denkbare Beruf. Aber diese Erwägungen spielten zunächst mal keine Rolle bei der jugendlichen Partnerwahl. Er war es einfach gewohnt, dass die Mädchen bei ihm schwachwurden. Und als die kleine Martina sich an ihn heranmachte, hatte er das nur als logisch empfunden. Und dann waren sie irgendwann im Heu gelandet. In weniger als fünf Minuten war alles vorbei, und er hatte es nach ein paar Tagen schon wieder vergessen und sich längst an die scharfe Doris aus der Boutique in Wildungen herangepirscht. Aber dann stand ein paar Wochen später plötzlich Martina heulend vor seiner Tür und gestand ihm, dass sie ein Kind von ihm bekam.

»Mein sauberer Herr Sohn! So ein Volltrottel!«, zürnte Papa. Und das Schlimme war – er hatte mit jedem Wort recht. »Versaut sich das ganze Leben mit einem einzigen Samenerguss. Wie kann das nur sein?«

Hinterher ist man immer klüger. Seine Kumpels vom Fußballplatz wussten jedenfalls ganz genau, dass das mit den Weibern schließlich immer so ging. Der ganze Ort und auch das Nachbardorf hatten nur auf diesen Moment gewartet. Und hatten sie ihn bis dahin alle bewundert und beneidet, trafen ihn jetzt vor allem mitleidige und – wenn er in die andere Richtung sah – spöttische Blicke. Die Jungs und die Väter dachten: *Arme Sau*. Aber viele Mütter im Landkreis und viele ihrer Töchter dachten: *Geschieht ihm ganz recht*.

Natürlich war das gesellschaftliche Dilemma nur durch ein sofortiges, öffentliches Eheversprechen zu lösen, und so wäre denn der schöne Florian um ein Haar verfrüht Familienvater geworden. Aber jetzt war zum Glück wieder alles anders. Ihr geheimes Tagebuch war ihm in die Hände gefallen, und beim Lesen hatte er endlich begriffen, wie verkommen und verlogen seine Beinahe-Verlobte tatsächlich war und welche Rolle er in ihrem Plan spielen sollte. Sie wollte ihm eiskalt ein verfluchtes Kuckucksei ins Nest legen! Sie war nichts weiter als ein Parasit, der sich an ihn und seine Familie gehängt hatte. Sie wollte seine Familie kapern, um die eigene schmutzige Vergangenheit hinter sich zu lassen. Aber dafür stand er nicht zur Verfügung.

Er drehte den Stufenregler wieder nach links und sah fasziniert zu, wie der Mengarm seinen Schwung verlor und die Drehungen langsamer wurden. Durch das abklingende Heulen der Maschine kam Takt für Takt der Popsong aus dem Radio wieder zurück in den hellgrünen Raum.

Feel the rain like an English summer
Hear the notes from a distant song

Stepping out from a backdrop poster
Wishing life wouldn't be so long
Ah … ah, … we fade to grey …
fade to grey…

Der Schlag traf ihn hart im Nacken und zwang ihn sofort auf die Knie. Sein halber Oberkörper war mit einem Mal wie betäubt, und die Muskeln im Arm gehorchten ihm nicht mehr.

»Du Mistkerl«, hörte er die Stimme einer unbekannten Verrückten hinter sich fauchen, »du hast meiner Schwester weh getan!«

Er tastete mit beiden Händen blind und in Panik über die Maschine, bis seine Rechte am Rande des Bottichs endlich Halt fand und er sich wenigstens ein Stück weit zu der Angreiferin herumdrehen konnte. Sie hielt mit beiden Händen eine der schlanken Eisenstangen aus dem Räucherofen umklammert und schwang die Waffe wie einen Golfschläger über ihrem Kopf.

Als er sie mit weit aufgerissenen Augen anstarrte, führte Zelda einen zweiten Schlag aus. Die Stange traf ihn seitlich am Ohr. Der brüllende Schmerz übertraf alles, was er in seinem Leben jemals erfahren musste.

»Wer hat dir Arschloch erlaubt, das Tagebuch zu lesen?«

»Nicht«, würgte er hervor, halb wahnsinnig vor Angst, »bitte, nicht mehr schlagen!«

»AHA!«, zitierte sie seinen Kommentar aus dem entweihten Tagebuch, ihr Blick versprühte glühende Bosheit wie eine Wunderkerze. »Jetzt sage ich nämlich mal: AHA!«

Ein dritter Schlag, gleich danach ein vierter. Beide trafen seine Schädelmitte. Er hörte irgendetwas in seinem eigenen Kopf knacken, bersten. Er spürte etwas splittern, schwappen, triefen, bevor er das Bewusstsein verlor und nach unten wegglitt und seitlich zu liegen kam. Blut lief aus einer Wunde auf den gekachelten Boden. Immer weiter breitete sich die tiefrote Lache auf den

Fliesen aus. Mit einem gellenden Schrei bohrte Zelda die spitze Räucherstange tief in sein blutverschmiertes Ohr, hinein in seinen Gehörgang, bis sie auf der anderen Seite den Fußboden erreichte, und zog sie dann wieder heraus.

Sens la pluie comme un été anglais
Comme les notes d'une chanson lointaine
Sortant de derrière d'un poster
Espérant que la vie ne fut si longue
Devenir gris …

Mitleidlos sah sie auf ihn hinunter. Sah, wie sein Körper zuckte, als stünde er unter Strom, und schließlich nach einem letzten Aufbäumen erstarrte und in sich zusammensank. Zelda spürte kein Erschrecken über ihre Bluttat und kein Mitleid mit Florian. Sie spürte auch keine Reue, denn sie hatte nur ihre Pflicht erfüllt und ihre kleine Schwester beschützt. Als er sich nicht mehr bewegte, beugte sie sich zu ihm hinunter, packte ihn an den Armen und zerrte ihn hoch. Wirr fiel das lange, haselnussbraune Haar in ihr Gesicht, als sie unter Stöhnen und Prusten seinen leblosen Oberkörper in den Bottich wuchtete und den grünen Startknopf betätigte.

Stufe eins, zwei, dann Stufe drei. Empfohlen für Kochwurst und feine Pasteten.

Sie hörte das Aufheulen der Maschine, die lieber in eine weiche Wurstmasse gefahren wäre als in den knochigen Rücken eines bewusstlosen Metzgergesellen.

Aber dieses Modell war kein besserer Partymixer. Es war in der Branche bekannt als ausgesprochenes Arbeitspferd. Es konnte selbst sehr faseriges, zähes Gewebe und knorpeliges Fleisch innerhalb kürzester Zeit zerflocken und in einen geschmeidigen Fleischbrei verwandeln. So versprach es jedenfalls der Prospekt des deutschen Originals. Dieses verfügte auch, anders als die billigen Kopien aus Fernost, über erstklassige Sicherheitsvorrichtungen, so dass sich niemand aus Unachtsamkeit weh tun konnte.

Zelda hob die Stange auf und nahm sie mit, vielleicht konnte man sie im Gemüsegarten benutzen, um Bohnen daran zu ziehen. Im Weggehen spürte sie warme Spritzer von irgendwas auf ihrem Rücken und ihrem Hinterkopf. Sie drehte sich nicht um. Sie würde jetzt ein entspannendes Bad nehmen und das alles wegwaschen. Und dann würde sie den Arzt rufen. Oder vielleicht auch erst morgen.

Das eilte ja nun wirklich nicht mehr.

Ein paar Minuten später, als von Florians oberer Hälfte nicht mehr allzu viel zu erkennen war, fraß sich die kreisende Spindel hoffnungslos fest. Das Heulen der Maschinen erstarb, und beißender Brandgeruch breitete sich im Gerätekeller aus.

Dann flogen die Sicherungen heraus, und alles wurde dunkel.

Ein richtig fieser Mord

Mit einer etwas zu scharfen Bremsung kam ihr Dienstwagen an der Ampel zum Stehen, die schon eine ganze Weile ihr tiefstes Rot zeigte. Polizeikommissar Martin »Marti« Happel, der den blausilbernen Opel steuerte, hatte gerade Aufregenderes im Sinn als die vorausschauende Teilnahme an der Frankenberger *Montagmorgen-Rushhour.*

»Wirklich?«, fragte er. »Oder wollen Sie mich jetzt veräppeln?«

Happel gehörte zu jener Art von Leuten, denen man beim Denken zusehen konnte. Sein offenes Gesicht, das trotz seiner siebenundzwanzig Jahre sehr jugendlich wirkte, schmal und bewachsen mit einem jungenhaften Oberlippenflaum, zeigte zuverlässig an, was gerade hinter seiner Stirn vor sich ging. In diesem Fall war es Verblüffung.

»Das geht alles auf Spesenrechnung? Das ist ja toll!«

»Das alles und noch mehr«, bestätigte Thomas Caspari in dem gelassenen Tonfall eines Mannes, der alles, wirklich alles, gesehen und erlebt hatte. Und manches davon, wie sich nun herausstellte, sogar auf Kosten des Steuerzahlers.

»Unglaublich.« Happel war nachhaltig beeindruckt.

»Es wäre dann übrigens grün«, ließ Caspari mit einem Fingerzeig auf die Verkehrsampel wissen, und Happel gab vor Schreck viel zu viel Gas. Er war ganz benommen von den unerhörten Möglichkeiten, die sich im großstädtischen Kriminaldienst bei den Spesenabrechnungen auftaten.

Es war der reine Wahnsinn. Wie die Beamten in Frankfurt am Main – Happel nannte sie ehrfürchtig die *Top-Cops* – bei ihren Einsätzen im Umfeld der OK, also der Organisierten Kriminalität, mit den Ausgaben nicht geizen mussten. Wie sie bei Observationen, bei vertraulichen Gesprächen und Treffen mit Verbindungsleuten aus der Szene oder bei allerlei verdeckten Ermittlungen Getränke – sogar alkoholische! – und Mahlzeiten in exklusiven Lokalen und sogar Kino- oder Konzertkarten in ihren Spesenabrechnungen geltend machen konnten und die Ausgaben ersetzt bekamen. Das war ja genau so, als würde man mit einem reichen Onkel über den Frankenberger Pfingstmarkt schlendern! Wirklich, der absolute Wahnsinn.

Verdammt.

Neulich wollte er eine Kugel Eis erstattet haben, die er einem achtjährigen Zeugen spendierte, um dadurch an Informationen über ein beschädigtes Garagentor zu kommen. Den Antrag hatte der Stationsleiter, EPHK Lautenschläger, ans Schwarze Brett gehängt, und dort hing er immer noch. Sehr zum Vergnügen der Kollegen.

Hier oben am Arsch der kartographisch erschlossenen Welt, hier musste man für jede zusätzliche Büroklammer einen erbitterten Formularkrieg ausfechten. Und Happels geliebte Notizbücher, die schwarzen Hefte mit dem elastischen Band, die musste er auf eigene Rechnung anschaffen. Obwohl er sich darin immer nur dienstliche Notizen machte.

»Meinen Sie, ich könnte mich da vielleicht auch mal bewerben?«, fragte der junge Beamte nach einer Weile des Grübelns. »Würden die Kollegen dort unten in Frankfurt einen wie mich überhaupt bei sich aufnehmen? Oder würden sie mich nur auslachen?«

Thomas Caspari lächelte milde und väterlich. Er mochte den Jungen. Er erinnerte ihn an Forrest Gump. Nicht übermäßig helle, aber eine ehrliche Haut. Und er erreichte als einsamer Segler im Ozean seiner Schlichtheit oft unerwartet kleine Inseln der Erkenntnis.

»Nein, keine Angst. Die lachen niemanden aus«, log er. »Die sind immer froh über neue Talente.«

Vielleicht war die Begegnung mit dem neuen, erfahrenen Kollegen aus dem Süden ein Wink des Schicksals, sinnierte Marti. Denn er dachte schon seit einiger Zeit darüber nach, sein Leben einer gründlichen Veränderung zu unterziehen. Die meisten Freunde und Schulkameraden von früher waren irgendwann von hier weggegangen. Manche nach Kassel, nach Marburg, andere aber auch ganz weit weg. Nach Frankfurt oder, wenn es sich gar nicht anders machen ließ, sogar nach Offenbach. Also praktisch ins Ausland. Sollte er nun auch endlich den Absprung wagen?

»Ob Sie mir dann wohl eine freundliche Beurteilung schreiben könnten? Ich meine, später. Wenn wir uns besser kennengelernt haben?«

Ich bin mir nicht sicher, ob eine Empfehlung von mir dich in diesem Verein weiterbringen würde, mein Junge, dachte Caspari. Aber laut sagte er: »Klaro, kein Problem.«

Klaro – das sagten manche hier tatsächlich immer noch. Als wären sie nicht nur mit ihren Frisuren, ihrer Kleidung, ihrem Musikgeschmack und ihren Ansichten in den 80ern stecken geblieben, sondern gleich mit ihren Köpfen. Ein- oder zweimal hatte er sogar jemanden *null Problemo* sagen hören. Und ein tönendes *alles paletti* war ihm auch schon untergekommen. Andererseits – was war denn so schlimm an den 80ern? Rückblickend waren das die besten Jahre, die er selbst und die die Welt je erlebt hatte. Kein Wunder, dass man sie festhalten wollte, solange es ging. Und im glücklichen Frankenberg funktionierte das ganz gut.

Das Städtchen lag eigentlich nur hundertdreißig Kilometer nördlich von Casparis bisherigem Einsatzgebiet, Rhein-Main. Aber es war doch eine andere Welt. Landschaftlich, politisch und kulturell. Mit eigenen Gesetzen, Gebräuchen und sogar anderen Menschen. Dünn besiedelt, reich bewaldet. Schlecht beheizt und nur an der Oberfläche erschlossen. Ein bisschen wie Alaska. Nur ohne Grizzlybären.

»Unsere Kollegin … die mit den vielen Haaren …« Caspari

knüpfte den Gesprächsfaden an jener Stelle an, die ihn am meisten interessierte. Er wäre an seinem ersten Morgen im neuen Job viel lieber gleich mit der jungen Beamtin rausgefahren. Es hatte sich aber leider nicht ergeben.

»Kolcuoğlu?«, assistierte PK Happel.

»Ja, genau.« Caspari schnippte wie befreit mit dem Finger. »Nadine mit Vornamen, gell?«

»Nein, Nadi*de*, mit d.«

»Na-di-de, ach so. Ist sie eigentlich Türkin?«

»Ihre Eltern sind jedenfalls aus der Türkei. Sie ist aber hier geboren und eine waschechte, sture Frankenbergerin. Versuchen Sie bloß nicht, darüber mit ihr zu streiten.«

»Hatte ich nicht vor. Ist sie also ein bisschen schwierig?«

»Das kommt darauf an …«, sagte Happel unbestimmt. Er war keiner, der gern über Kollegen redete. Er stellte sich dann immer vor, wie die anderen sich hinter seinem Rücken über ihn lustig machten, und das mochte er nicht. »Wenn man sie ihr Ding machen lässt, dann ist sie ganz friedlich und umgänglich. Ich glaube, sie hält sich manchmal für was Besonderes.«

»Wirklich?«

»Na ja. Ist sie aber vielleicht auch. Sie kann Kung-Fu. Und sie macht ihr Abitur nach. Und hat Goethe und Schiller gelesen, wenn Sie wissen, was ich meine.« PK Happel hatte das alles zwar nicht gelesen, dafür aber so manches hitzige Wortgefecht mit der selbstbewussten jungen Frau ausgetragen. »Sie will halt unbedingt in den gehobenen Dienst.«

»Und? Hat sie das Zeug dazu?«

»Ich glaube schon. Sie ist fix im Kopf und auch ziemlich ehrgeizig.«

Das, dachte Caspari, reichte zwar manchmal, aber nicht immer. Und in ihrem besonderen Fall reichte es ganz bestimmt nicht. Da war es wahrscheinlicher, dass der FC Frankenberg in die Bundesliga aufstieg.

»Wie heißt eigentlich der Fußballverein hier?«

»Entschuldigung – welcher Verein?«

»Na, der örtliche Fußballclub. Erster Effzeh? Vorwärts Nullfünf? Eintracht Frankenberg?«

»Meinen Sie vielleicht SG Eder Frankenberg?«

»Ja, meine ich. Wofür steht SG? Sportgruppe? Spielergemeinschaft?«

»Keine Ahnung. Darüber habe ich noch nie nachgedacht. Vielleicht für Schicksalsgemeinschaft«, grübelte Happel. Aber schon versteifte sich sein Oberkörper hinter dem Lenkrad, und er drosselte die Geschwindigkeit.

»Da vorn ist es.«

Sie hatten eine ruhige Wohnsiedlung auf dem der Altstadt gegenüberliegenden Hügel erreicht, die sich in entspannter Hanglage mit dem Rücken an den Wald schmiegte. Nette, adrette Einfamilienhäuser mit Gärten, Gartenzwergen und Gartenteichen. Wie ein Freilichtmuseum für jene glückliche Menschheitsepoche, als sich niemand wegen des gelb-weiß gestreiften Bezuges auf seiner Hollywoodschaukel schämen musste. Als runde Tür- und Fensterbögen allgemein akzeptiert waren. Als mit honigfarbenen Glasbausteinen nicht gegeizt wurde und ein übergewichtiger Mann namens Wim Thoelke das Fernsehen beherrschte.

Dies war jedenfalls nicht die Gegend, aus der oft Notrufe abgesetzt wurden. Höchstens mal, wenn sich ein paar übermütige Minderjährige einen groben Spaß erlaubten. Das größte anzunehmende Verbrechen stand in Gestalt eines abscheulichen Delphinspringbrunnens aus falschem Marmor in einem Vorgarten drüben an der Ecke.

Vor dem Gartentor des Hauses Nummer 23 hatte sich eine spontane Nachbarschaftskonferenz zum beliebten Thema *Das musste ja so kommen …* zusammengefunden.

Die 23 war ein Bungalow, freistehend. Eigenwillige Anordnung der Fenster und verwinkelte Bauweise. Der Architekt hatte selbstbewusst mit weißen Backsteinen, schwarzen Balken und grünen Fensterrahmen experimentiert. Seit ein paar Jahren allerdings war so manches liegen geblieben. Die Zierhecke hätte einen wohlmeinenden Schnitt vertragen können. Die dekorativen Kieselflächen waren bemoost. Der Rasen befand sich auf dem Weg ins Wiesenhafte.

Als Caspari ausstieg und auf das Grüppchen zuging, versiegte das nachbarschaftliche Gespräch, und erwartungsvolle Blicke richteten sich auf ihn.

»Guten Morgen. Haben Sie uns verständigt?«, fragte er.

»Das war der«, sagte eine enorme Hausfrau mit steil aufsteigender Wellenfrisur. Sie hätte jede Wagner-Inszenierung oder so manchen Damencatcher-Ring geschmückt und steckte wie eine Fleischwurst in ihrer Pelle in einem leichten, geblümten Hauskittel, zu dem sie pinkfarbene Sandalen trug. Anklagend zeigte sie mit dem Finger auf einen älteren Herrn in kurzen Hosen, der neben ihr wie ein verirrter Pfadfinder wirkte und Caspari ansah, als erwarte er eine Tracht Prügel.

»Keine Angst. Ich bin Polizeihauptkommissar Caspari.« Ein historischer Moment. Es war dies das erste Mal, dass er sich mit einem neuen Dienstgrad vorstellte. Es klang irgendwie erbärmlich. Als sei er aus großer Höhe eine steile Treppe hinuntergestürzt. Auch die blaue Uniform, die er in seiner neuen Funktion zu tragen hatte, verschaffte ihm kein angenehmes Gefühl. Der Kragen scheuerte am Hals. Trotzdem nötigte er sich ein verbindliches Lächeln ab, das unbeantwortet in den erstarrten Gesichtern versank wie ein Stein im Fischteich.

»Und wer sind Sie, wenn ich fragen darf?«

»Ich heiße Ernst Vaupel«, stellte sich der ergraute Pfadfinder vor. »Beruf: Rentner. Evangelisch. Verheiratet. Drei Kinder. Ich wohne da drüben.« Er deutete auf eines der Einfamilienhäuser auf der anderen Straßenseite. Walmdach. Geranien. Klinker. Eine ungemütliche Pause entstand, und Caspari wusste, dass von ihm ein Kommentar erwartet wurde.

»Schöner Rasen«, sagte er aufs Geratewohl, und Herr Vaupel nickte erfreut.

»Ja, ich habe Sie angerufen. Mir kam die ganze Sache nämlich komisch vor.«

Happel hatte den Einsatzwagen ordnungsgemäß geparkt und stieß zu ihnen. Er begrüßte alle Umstehenden mit einem verbindlichen Händedruck, rupfte einen Kuli aus der Jackentasche und ließ, was er sehr gern tat, das elastische Band seines Notizheftes schnappen. Dann blickte er aufmunternd in die Runde.

»Von mir aus kann's losgehen«, sagte er fröhlich, und Caspari setzte stirnrunzelnd seine Befragung fort.

»Und was kam Ihnen komisch vor, Herr Vaupel?«

»Na, die Sache mit dem Henny eben.«

»Der Henny …?«, bohrte der Ortsfremde nach und vermutete, dass es sich um einen Pudel oder einen Wellensittich handelte. *Ich sollte nicht hier sein,* dachte er. *Ich sollte an meinem Fall arbeiten und nicht verschwundene Haustiere suchen.* Die Zeit blieb nicht stehen. Die Zeit lief ihm mit großen Schritten davon. Es hatte bereits einen Toten gegeben. Ausgerechnet Boris Pätzold, der einzige Kollege, der noch freiwillig mit ihm gearbeitet und den Caspari in seiner Nähe geduldet hatte. Der Einzige, dem es manchmal gelang, Casparis biblische Wutanfälle zu stoppen, war mit drei Kugeln im Rücken aus dem Main gefischt worden. Es gab einen Verdacht, aber es gab keine Beweise. Vielleicht konnte Caspari sie in Frankenberg finden. Aber zwischen Vogelhäuschen und Schneckenfallen würden sich die Mörder seines Kollegen sicherlich nicht verstecken.

»Na, unser Henny. Henny Winkler, der beliebte Schlagersänger. Der wohnt nämlich hier«, sagte die Walküre in Pinksandalen in mauligem Bariton. Sie lupfte die Augenbrauen, als sei sie es leid, jedem dahergelaufenen Polizeischüler zu erklären, welche

Prominenz sich in ihrer Straße angesiedelt hatte. »Und mein Name ist Elisabeth Mütze. Man nennt mich Lisbett.«

Caspari nickte, während aus dem Nebel seiner Kindheitserinnerungen ein von rhythmischen Zuckungen befallener Bierzelt-Barde auftauchte, der aussah, als hätte man ihm seine Haare zu einer Lockenmütze zusammengeföhnt. Er trug einen hellblauen Anzug mit rotem Einstecktuch und darunter ein rosa Rüschenhemd. Hüftenschwingend und winkend, als wolle er ein Taxi stoppen, balancierte er in stampfendem Takt die Studiotreppe der Fernsehhitparade herab und wurde von allen Seiten mit Blumen und Stofftieren bombardiert. Seine Hosenbeine waren weit geschnitten, und er schmetterte ohne eine Spur von Ironie:

»Schöne, schlanke Salome
Meine holde Blumenfee
Komm mit mir nach Saint-Tropez
Dort trinken wir den Liebestee.«

Er grinste dazu, die Augen weit aufgerissen, wie vom Teufel besessen.

»Henny Winkler ist nämlich einer von uns«, erklärte Happel, als sei das ein weiterer Grund, stolz auf diese Stadt zu sein. »Er kommt ursprünglich aus Battenberg und hat sich nach dem Ende seiner aktiven Schlagerkarriere in Frankenberg zur Ruhe gesetzt.«

»Ist ja auch viel schöner hier«, wusste Herr Vaupel. »Und menschlicher. Irgendwie.«

»Meine Mutter hatte alle seine Platten«, gestand Happel.

»Die habe ich auch«, sagte Frau Mütze. »Aber handsigniert. Ich führe ihm schließlich auch den Haushalt.«

»Putzen tut es«, raunte Herr Vaupel in Casparis Ohr.

»Es?«

»Ei, das Lisbett.«

»Verstehe.«

»Zweimal die Woche«, ergänzte es, die Arme kriegerisch vor dem Busen verschränkt. »Dienstags und freitags.«

»Dann sind Sie ja morgen wieder dran. Haben Sie denn auch einen Schlüssel zu dem Haus?«

»Nein.« Sie stieß die Luft durch die Nase aus. »Das wäre Herrn Winkler niemals eingefallen. Seinen Hausschüssel herauszugeben. Nicht mal an mich.«

»So sind sie eben, die Battenberger«, erklärte ein hagerer Mann mit Habichtsnase, der bisher geschwiegen hatte.

»Ich bin übrigens auch die ehrenamtliche Präsidentin des Frankenberger Henny-Winkler-Fanclubs. Wir haben siebenundzwanzig Mitglieder und bald sogar eine eigene Homepage mit Facebook.«

»Interessant«, fand Happel.

Caspari spürte, wie seine Kopfhaut spannte und ein Muskelzucken sein rechtes Ohrläppchen befiel. Das waren die ersten Alarmsignale seines Körpers. Es wurde höchste Zeit, die Ermittlungen wieder aufzunehmen, sonst drohte Ungemach.

»Herr Vaupel – darf ich nun fragen, was genau Ihnen komisch vorgekommen ist?«

»Na, es brennt halt noch Licht beim Henny im Haus. Da oben, sehen Sie?« Er lenkte die Blicke der Beamten auf einen etwa dreißig Zentimeter breiten Fensterstreifen, der grundlos unterhalb des Daches an der Frontseite des Hauses verlief und durch den eine Girlande von Deckenleuchten auszumachen war. Sie gossen ihr kaltes Halogenlicht verschwenderisch in einen taghellen Raum.

»Es brannte gestern Abend, als ich nach dem *Tatort* mit dem Hund draußen war. Und dann mitten in der Nacht, als ich noch mal rausmusste. Und heute Morgen brannte es immer noch. Da dachte ich, ob ihm nicht vielleicht etwas Schreckliches passiert sein könnte.«

Was für eine heile, freundliche Welt, dachte Caspari nicht ohne

Wehmut, *in der eine vergessene Innenbeleuchtung und ein Nachbar mit schwacher Blase einen Polizeieinsatz auslösen konnten.*

»Eine gute Beobachtungs- und Kombinationsgabe haben Sie«, lobte Happel den tapferen Pfadfinder und meinte das auch so. Und auch Frau Mütze wollte nicht ohne Anerkennung ihrer Überwachungskünste bleiben.

»Und dann gab es gestern Abend auch so ein großes Geschrei in dem Haus. Also ob sich zwei Kerle fürchterlich in die Haare gekriegt hätten.«

»Wann war das?«

»Um halb elf. Zehn Uhr neunundzwanzig«, sagte sie böse und mit einem Blick in die Runde, der jeden Nachbarn warnte, sich mit seinen eigenen Streitigkeiten gefälligst an die gebotenen Ruhezeiten zu halten.

»Haben Sie auch jemanden hineingehen oder herauskommen sehen?«

»Also …!« Jetzt war sie schon wieder eingeschnappt. »Was denken Sie denn von mir? Ich spioniere dem Herrn Winkler doch nicht hinterher!«

Eine Frau mit Pfannenkuchengesicht, die zu dem Habichtsmann gehörte, meldete sich zu Wort. »Aber ich habe was gesehen. Es kam ein Taxi. Aber dann sind wir ins Bett. Mein Mann muss immer sehr früh raus.«

Daraufhin nickten alle einträchtig, was der Versammlung einen versöhnlichen Abschluss gab.

»Danke, meine Herrschaften. Wir werden uns die Sache jetzt mal aus der Nähe ansehen«, verkündete Caspari.

»Sie sind sicherlich der neue Kommissar.« Frau Mütze konnte nicht länger an sich halten, als er an ihrer stattlichen Gestalt vorbei in das Haus des Schlagerstars gehen wollte. »Ich habe nämlich was über Sie gelesen …« Sie sagte das, als sei sie Abonnentin einer Geheimzeitung.

»Ja, das habe ich auch gelesen«, bekannte der neue Kommissar.

Und er hatte sich bei der Lektüre schwarzgeärgert. Es hatte in der Samstagsausgabe der HNA gestanden, die zu studieren er am Wochenende viel Zeit gehabt hatte.

Schlimm genug, dass eine simple Polizeipersonalie überhaupt ein Thema für die Lokalpresse sein musste. Als ob es sonst nichts zu berichten gäbe. Aber der bestens verdrahtete Lokalreporter hatte sich ein paar freche Anspielungen über Casparis offensichtlichen Karriereknick nicht verkneifen können. *Vom Gipfel an den Zipfel – Frankfurter Spürnase verstärkt Frankenberger Polizeistation.* Seither rätselte jeder, für welches Vergehen der neue Schutzmann wohl so grausam bestraft würde. Hatte er folgenschwere Fehler gemacht? War er möglicherweise gefährlich? Hatte er was ausgefressen? Politisch? Dienstlich? Sexuell?

Die Menschen hier waren von Natur aus misstrauisch gegenüber Fremden. Sie ähnelten einem Indianerstamm, der nicht gern neue Mitglieder aufnahm. Und besonders solche nicht, die Anlass zu schlimmen Verdächtigungen gaben. Obwohl sie nichts mehr liebten, als sich genau daran zu ergötzen.

»Sie sehen in Wirklichkeit viel älter aus als auf dem Foto in der Zeitung«, bemerkte Frau Mütze, was Caspari sehr verdross.

»Ich würde jetzt trotz meines fortgeschrittenen Alters gern in das Haus gehen und nachsehen, ob etwas passiert ist. Sie, meine Herrschaften, bleiben bitte auf dieser Seite des Zaunes, einverstanden? Herr Happel?«

»Ja, bitte?«

»Sie dürfen mitkommen.«

»Natürlich.« Happel ließ das Gummiband um sein Notizbuch schnappen, versenkte seinen Kuli in der Innentasche der Uniformjacke und trottete hinter Caspari her. Körperhaltung und Gesichtsausdruck ein stummes Zeugnis seines wachsenden Unbehagens.

»Ich bin allerdings nicht sicher, ob wir das tatsächlich auch dürfen«, fühlte Happel sich verpflichtet, anzumerken.

»Was denn dürfen?«

»Na, ob wir das Haus so einfach betreten dürfen. Nach allem, was man mir auf der Polizeischule beigebracht hat, müssen wir uns erst einen Soundso-Beschluss vom Staatsanwalt beschaffen.«

»Ach, tatsächlich?« Der Mann, der vom Gipfel an den Zipfel gekommen war, hatte die Haustür erreicht, zog aus der Brusttasche ein feines Metallbesteck und führte mit geübter Bewegung einen schlanken Stift in das Schlüsselloch des Winkler-Hauses ein. Bevor Happel begriff, was geschah, öffnete sich mit einem Schnappen die Tür.

»Ein Öffnungsbeschluss! Vom Amtsgericht in Korbach!« Gerade noch rechtzeitig war ihm eingefallen, was es war, das sie für diese Aktion brauchten.

»Aber es ist doch offen«, protestierte Caspari und schob routiniert die Uniformjacke nach hinten, um schnell auf seine Dienstwaffe zugreifen zu können.

»Aber hätten wir denn nicht ordnungshalber wenigstens mal klingeln müssen?«, protestierte Happel zaghaft. »Oder irgendwas rufen?«

»Pssst.« Den Zeigefinger auf dem Mund, schob Caspari sich in den Eingangsbereich des Anwesens und rief laut: »Hallo? Ist hier jemand zu Hause?«

Keine Antwort.

»Herr Winkler? Sind Sie da?«

Nichts.

Die Nachbarn lauerten mit vorgebeugten Oberkörpern am Gartentor und wagten kaum, zu atmen, um nur keine Einzelheit dieses ungewöhnlichen Spektakels zu verpassen. Herr Vaupel hatte zwei Spitzen des Jägerzaunes ergriffen und hielt sich daran fest.

Happel sah immer unglücklicher aus. Wie ein Junge im Schwimmbad, der von seinem ehrgeizigen Vater genötigt wurde, vom Dreimeterbrett in sein Verderben zu springen. Caspari verspürte einen Anflug von Mitleid mit dem sensiblen Kollegen.

»Es wäre kein Problem, Kommissar Happel, wenn Sie nicht weitergehen wollen. Warten Sie hier und sichern Sie den Eingangsbereich. Ich komme schon allein klar.«

»Schon gut, schon gut. Alles in Ordnung.« Der junge Mann lehnte das Angebot tapfer mit einer Handbewegung ab. Wem bei einer solch harmlosen Aktion schon mulmig wurde, den konnten sie bei den *Top-Cops* in Frankfurt schon gar nicht gebrauchen. Wie zum Beweis seiner Entschlossenheit fummelte er seine Dienstwaffe aus der Halterung. Caspari stoppte ihn jedoch mit einem strengen Blick und schüttelte tadelnd den Kopf. Der unerfahrene Beamte war imstande, sich ein Loch in den Fuß zu schießen.

»Bringen Sie mir das mal irgendwann bei?«, fragte er.

»Was denn?«

»Das mit der Tür. Wie man so ein Schloss aufkriegt.«

»Mal sehen«, sagte Caspari unbestimmt. Er wollte sich ja nicht hinterher vorwerfen lassen, er hätte hier die guten Sitten verdorben.

»Hallo? Herr Winkler?«, rief er noch einmal in den Hausflur. Als auch dieser Ruf verhallte, schritt er vorsichtig voran wie auf einer glatten Eisfläche und befand sich unversehens inmitten einer Dauerausstellung zum Thema *Leben und Wirken des Henny W.*

Wer dieses Haus betrat, wurde nicht lange über die künstlerischen Verdienste seines Bewohners im Unklaren gelassen. Die Wand des Eingangsflurs war mit Schlager- und Volksmusikpreisen und mit gerahmten Goldenen Schallplatten dekoriert wie die Brust eines sowjetischen Generals. Caspari entzifferte auf den Platten die bekannten Titel *Adele mit der Ukulele, Santa Maria ein Wunder im Regen* und *Sayonara Yokohama*. Auffallend war eine leere Stelle in der mittleren Reihe, die aussah, als sei ein Zahn aus einem gepflegten Goldgebiss herausgebrochen worden. Nur ein kleiner Staubrand war noch zu sehen, wo vorher eine weitere Scheibe aus Edelmetall gehangen hatte.

An der Wand gegenüber, neben einem Spiegel, prangte ein lebensgroßer Starschnitt aus der Jugendzeitschrift BRAVO: Henny Winkler der Jüngere. Karierter Anzug, eine Art Turban aus dunklen Locken, offenes Hemd und halboffener Mund. Eingefroren für alle Ewigkeit in jener elastischen Tanzbewegung, für die ihn manche verwirrte und sehr einsame Frauen in längst vergangenen Jahren begehrt hatten. Damals galt dergleichen noch als cool. Heute, über vierzig Jahre später, wirkte es, als kneife ihn die Unterhose. Er hielt sein Mikro mit zwei spitzen Fingern wie ein Bockwürstchen, in das er gleich hineinbeißen würde.

Neben diesem lebensechten Bildnis hingen noch Autogrammkarten, Illustriertenseiten, gerahmte Fanbriefe und Fotografien. Henny hier und Henny dort. Auf der Chinesischen Mauer, am Zuckerhut. Mit Löwenbabys in Afrika, mit Tigerbabys bei Siegfried und Roy. Mit Roy Black, Roberto Blanco und Rex Gildo.

Wenn Winkler jemals unter Gedächtnisschwund leiden sollte, musste er nur eine Weile vor dieser Ego-Wand stehen. Dann würde ihm sicher schnell wieder einfallen, welch toller Hecht er früher einmal gewesen war.

»Sind Sie eigentlich auch ein Winkler-Fan?«, fragte Caspari unter dem Eindruck dieser Sammlung.

»Ich? Nein. Wie gesagt – meine Mama fand ihn ganz toll. Mein Fall war es nicht so. Immer dasselbe, irgendwie.«

»Aber ist doch interessant, wenn so ein großer Star in der Stadt wohnt, oder? Ich meine, wenn man ihn beim Einkaufen trifft …«

»Finden Sie? Na ja. Ist ja nicht gerade so, als ob er Elton John wäre. Wenn Sie verstehen, was ich meine.«

Caspari rief noch einmal: »Hallo? Herr Winkler? Warum sind Sie nicht Elton John?«

Happel verdrehte peinlich berührt die Augen. Irgendwo meldete sich eine Kuckucksuhr zur vollen Stunde.

»Auch bekannte Leute müssen schließlich irgendwo wohnen«, setzte Marti Happel seine Gedankenreise fort. »Und wir haben hier eine Menge Stars. Matthias Reim, zum Beispiel, der kommt aus Korbach. Wussten Sie das? Und G. G. Anderson, der ist aus Eschwege. Und dann sind da auch noch die Amigos, aber die kommen aus dem Vogelsberg. Und die Wildecker Herzbuben sind auch irgendwo aus der Nähe. Habe ich jedenfalls gehört.«

»Nordhessen ist ja wirklich eine sehr musikalische Gegend«, schwärmte Caspari. »Fast ein bisschen wie Nashville …«

»Kann man so sagen. Obwohl wir uns nicht als Nordhessen verstehen. Aber egal. Ach, und noch was … schon mal von Christian Durstewitz gehört?«

Caspari zog die Stirn kraus. »Helfen Sie mir. Bankraub? Entführung? Erpressung?«

»Nein. *Unser Star für Oslo*. Song Contest vor ein paar Jahren. Mit Stefan Raab. Da ist er Dritter geworden. Dort, wo diese Lena Meyer-Dingsda gewonnen hat. Der Junge kommt aus Altenlotheim.«

»Nicht zu fassen!« Caspari nickte, als sei endlich ein großes Rätsel in seinem Leben gelöst worden. »Die Leute hier haben also wirklich den Rhythmus im Blut, was?«

»Und wir haben auch noch ganz andere Showtalente …« Um ein Haar hätte Happel sich von seiner Begeisterung forttragen lassen und etwas gestanden, was nicht viele wussten. Aber dann fiel ihm ein, dass dies doch nicht die beste Zeit und der rechte Ort für derartige Enthüllungen waren. Vielleicht ein andermal. Wenn man sich besser kennengelernt hatte.

»Herr Winkler? Sind Sie zu Hause?«

Caspari ging weiter den Korridor hinunter, der nach einigen Schritten in das vom hellen Tageslicht durchflutete Wohnzimmer des ehemaligen Schlagerstars mündete.

Der Raum war mit einem kotfarbenen Teppichboden ausgelegt, darüber lagen an zwei Stellen bunte Läufer mutmaßlich persischen Ursprungs, die sich bei näherem Hinsehen als Massenware aus dem Möbelhaus entpuppten. Eine ebenso überwältigende wie einfallslose Schrankwand aus Eiche beanspruchte die ganze rechte Seite. Sie war bestückt mit ein paar sinnlosen Alibi-Büchern, Vasen, einer kleinen Gondel, einer Trachtenpuppe, einer Sammlung von Bierseideln und zahlreichen Likörflaschen. Die senfgelbe Couchgarnitur, Modell *Westerwald*, stand um ein Tischchen Modell *Norderney* herum, mit einem Deckchen und einem Schälchen, in dem sich noch einige Salzstangen und Erdnüsse befanden. Der Fernseher war ordnungsgemäß im Fernsehschrank verstaut. Er war groß, hatte aber zuletzt vor zwanzig Jahren als modern gegolten. Auch die Hi-Fi-Anlage stammte aus der Zeit, als die Schlagertexte sich noch reimten, gesungen und nicht gerappt wurden und man noch Schallplatten auflegte und Käsesticks zur Erdbeerbowle servierte. Die Wände waren streifenweise mit Lilienmuster tapeziert und ansonsten kahl bis auf die Kuckucksuhr, ausweislich einer aufgeschraubten Plakette – ein Geschenk vom Winkler-Fanclub aus Calw.

Es war so bürgerlich, öde und ohne jeden Hauch von Schlagerstar, dass es auch das Wohnzimmer von Herrn Vaupel hätte sein können. Wie um diesem niederschmetternden Anblick die Krone aufzusetzen, lag der Hausherr leblos vor dem Panoramafenster, das zum verwilderten Garten und einem völlig mit Algen begrünten Schwimmbecken hinausging.

Auch die sterbliche Hülle von Henny Winkler bot dem Betrachter kein besonders erbauliches Bild. Seine lockige Turbanfrisur existierte nicht mehr. Nur ein schmieriger, schwarz gefärbter Haarkranz umflammte eine traurige Pickel- und Fleckenglatze. Das Haarteil lag verdreht daneben wie ein unter Krämpfen verendetes Kuscheltier.

Henny Winkler erinnerte an einen Käfer, rettungslos auf dem Rücken liegend, gefesselt an einen Küchenstuhl. Ihm war ein rosa Lätzchen aus Plastik um die Schultern drapiert worden, wie es ein Frisör beim Haarschneiden seinem Kunden umlegt. Unter diesem entwürdigenden Kunststoff-Poncho war der ehemalige Schlagerkönig ganz häuslich mit einem dunkelblauen Trainingsanzug und einem T-Shirt bekleidet. Seine Füße steckten in Pantoffeln. Ein Kamm und eine Schere lagen neben der Leiche auf dem Teppich.

Tod bei der Haarpflege, kombinierte Caspari messerscharf. *Aber nicht ganz freiwillig.*

Winklers fleischlose, von einzelnen schwarzen Haaren bevölkerte Fußgelenke waren mit Kabelbinder an die Stuhlbeine gefesselt worden. Die Hände waren ihm auf den Rücken gedreht und dort ebenfalls mit einer Plastikschlaufe an den Gelenken zusammengebunden. Tiefe Einschnitte in der Haut zeugten davon, wie das Opfer im Ringen nach Atemluft einen sinnlosen und wilden Todeskampf ausgefochten hatte, in dem sich die tückischen Kabelbinder immer fester zugezogen hatten. Winklers Gesicht wies eine ungesunde Purpurfärbung auf. Seine Augen waren groß wie Tischtennisbälle und quollen aus ihren Höhlen, als werde er von innen aufgeblasen. Sein weit aufgerissener Mund war mit einer ekligen, kleisterfarbenen Schmiersubstanz ausgefüllt. Es stank nach Tod und Schweineschmalz.

»Ach, du Scheiße!«, brachte Happel noch heraus, bevor er sich umdrehte und sein Frühstück einem Schirmständer an der Garderobe anvertraute.

Caspari öffnete die Terrassentür und atmete befreit die Luft eines unschuldigen Frankenberger Frühsommermorgens ein. Das war zwar ein weiterer Verstoß gegen die Vorschriften, denn am Tatort durfte nichts, aber auch gar nichts verändert werden. Aber Caspari hatte in seinen vielen Berufsjahren gelernt, sich über solche Dinge galant hinwegzusetzen. Kein Mensch konnte schließlich in einem solchen Todesmief einen klaren Gedanken fassen, geschweige denn kriminalistisch arbeiten. Und in diesem Wohnzimmer des Grauens war eine Menge Arbeit zu tun. Allerdings nicht für den unglücklichen Happel, der benommen und kreidebleich wieder hereinwankte.

»Ich bitte vielmals um Entschuldigung«, sagte er. »Das war nicht professionell.«

»Ist doch nicht schlimm. Das passiert jedem mal.«

»Klaro.« Happel räusperte sich und rang die Dämonen nieder, die ihn schon sein halbes Leben begleiteten. Voller Entsetzen starrte er auf den Toten.

»Das ist wirklich ganz schrecklich, oder? Sieht man so etwas Grausames bei Ihnen in Frankfurt öfter?«

»Zum Glück nicht«, antwortete Caspari. »Das ist schon was ganz Besonderes. Ein richtig fieser Mord …«

Wie Blut die frische Wunde

Ein altes Rathaus mit zehn Türmchen, das wunderbar in die Miniaturstadt einer Modelleisenbahn gepasst hätte. Eine Kirche, deren Glockenturm wie eine gotische Spaßbremse mahnend über die Altstadt ragte. Eine ungeordnete Sammlung niedlicher Fachwerkhäuser in einem nicht immer einvernehmlichen Dialog mit Neubauten, die ihnen auf die Pelle gerückt waren: Frankenberg.

Eine wenig beachtete Kleinstadt in nordhessischer Halbhöhenlage. Ohne erkennbaren Sinn für gestalterische Harmonie in die grünen Hügel gewürfelt. Versteckt zwischen Burgwald und Kellerwald, die es einfriedeten wie eine gigantische Gemüsebeilage der Götter. Verborgen in einem wogenden Meer aus Feldern, Wiesen und Wäldern.

Wer ahnungslos auf der Umgehungsstraße, hinter einem der unvermeidlichen Lastwagen aus Marburg kommend, in Richtung Korbach und weiter nach Paderborn fuhr, der hatte sie schnell passiert, ohne von der Existenz dieser Stadt und seiner bald zwanzigtausend Einwohner auch nur das Geringste zu ahnen. Von sich aus unternahm Frankenberg auch nicht viel, um seinen Bekanntheitsgrad zu steigern. Alles andere widerspräche dem Willen und Charakter seiner Menschen.

Ein arbeitsames Völkchen lebte hier. Eigenbrötlerisch und bescheiden bis an die Grenze der Feindseligkeit. Die kleinen Dörfer ringsherum und die kleine Stadt mittendrin kamen von jeher ohne große Wellen aus. Genauso wie ihr Flüsschen, die Eder. Die zwar Gold führte, aber eben nicht genug, um etwa einen Goldrausch auszulösen. Es gab grundsätzlich wenig in Frankenberg, das geeignet war, einen Rausch auszulösen. Aber das störte niemanden. Denn bis auf wenige Ausnahmen, die alle polizeilich bekannt waren, hatten seine Bewohner keinen Bedarf an Rauschzuständen aller Art.

Es war dieses Städtchen gewiss nicht der Ort, den sich ein junger Mensch aus einem fernen, fremden Land gezielt aussuchen würde, um dort Arbeit zu suchen, sein Leben zu verbringen und sein Glück zu machen.

Das galt auch für einen Hirtensohn namens Mehmet Kolcuoğlu, der vor gut vierzig Jahren sein Elternhaus im Dörfchen Sindelhöyük südlich von Kayseri im schönen Kappadokien verließ. Mehmet war ein Träumer, Idealist und heimlicher Liebhaber der schönen Literatur. Eigentlich wäre er selbst gern Dichter geworden oder wenigstens Lehrer. Aber in jener Zeit und in dieser Gegend wurde keiner nach seinen Wünschen und Sehnsüchten gefragt. Jeder musste nach dem Knochen schnappen, den das Leben ihm hinwarf, und versuchen, das Beste daraus zu machen.

Als Mehmet siebenundzwanzig Jahre alt war, gerade frisch vermählt mit Gülce, der Tochter des örtlichen Fleischers, da brach er auf mit dem Vorsatz, im weit entfernten Almanya unendlich reich zu werden. Von Frankenberg hatte er damals noch nichts gehört, sondern er hatte eine ganz andere Stadt im Sinn. Er kletterte in Begleitung von sieben anderen arbeitsuchenden, jungen Männern in einen Ford Transit, in welchem sie dreitausend Kilometer nach Nordwesten schaukelten. Mehmet und seine Mitreisenden folgten dem Lockruf eines Unternehmens, dessen fremdländischen, unaussprechlichen Namen sie sich einprägten, als sei es das geheime Losungswort für die Pforte zu Glück und Reichtum: *Fritz Winter Eisengießerei Stadtallendorf.*

Auf der langen Reise aber hatte sich der belesene Mehmet, der seitenweise aus den Gedichten aller großen morgenländischen Poeten zitieren konnte, jedoch auch in dem Ruf stand, ein unerträglicher Klugscheißer und dazu noch sehr stur zu sein, wegen irgendeiner Lappalie so heillos mit den anderen Passagieren überworfen, dass er sich strikt weigerte, mit diesen lichtlosen Ignoranten zusammen in einer Firma zu arbeiten oder auch nur in derselben Stadt zu leben. Er lehnte es sogar ab, den Kleinbus am Zielort Stadtallendorf zu verlassen.

Er saß also stinksauer, mit verkniffenem Gesicht und verschränkten Armen auf der hinteren Sitzbank und drückte dem Fahrer den gesamten Rest seines Reisegeldes in die Hand, damit er ihn so weit wie möglich von hier fortbringen möge. Egal, in welche Himmelsrichtung.

Das Geld reichte gerade noch für vierzig weitere Kilometer, und als Mehmet Kolcuoğlu mitten in der Nacht an dem giftgelben Ortsschild mit der Aufschrift »Frankenberg-Eder« aus dem Bus stieg, da fühlte er sich ein bisschen wie ein türkischer Nachfahre von Christoph Columbus.

Auf diese Weise entging dieser außergewöhnliche junge Mann dem Schicksal so vieler seiner Landsleute, die sich in der Eisenschmiede von Stadtallendorf im ewigen Trott des Schichtdienstes den Rücken krumm schufteten. Mehmet wurde stattdessen seines eigenen Glückes Schmied.

Es war der Spätsommer des Jahres 1974. Die türkische Armee war soeben, zum Glück, ohne dafür seine Hilfe in Anspruch zu nehmen, in Zypern eingerückt. Deutschland war gerade Fußballweltmeister geworden, und im Radio lief von früh bis spät das Lied *Ene Mene Manuela, Mädchen aus Venezuela,* gesungen von einem Mann in lustigem Anzug mit einem Vogelnest auf dem Kopf, der Henny Winkler hieß.

Mehmet Kolcuoğlu aus Sindelhöyük hörte und besaß allerdings kein Radio. Er hatte auch keinen Sinn für Mädchen aus Venezuela. Er arbeitete Tag und Nacht.

Er war der erste verbürgte türkische Einwanderer in der Geschichte der Stadt, und seine Ankunft war eine kleine Sensation. Die misstrauischen Frankenberger, wenig weltläufig, aber immer bereit, sich verblüffen zu lassen, hielten ihn zunächst für einen Araber und meinten, er besitze Ölfelder oder er habe zumindest einen Onkel, der Ölfelder besitze. Es war die Zeit der Energiekrise, und alle waren ein bisschen verzweifelt. Als der Irrtum schließlich bemerkt wurde, hatte Mehmet bereits eine Wohnung und einen Job gefunden.

Ein halbes Jahr nach seiner Ankunft war er vom kleinen Regaleinräumer beim örtlichen Kaufmann über ein Gastspiel bei der Stadtreinigung und dem Designerstuhlbauer Thonet zum Lagerarbeiter im Stammwerk des Heizungsriesen Viessmann im Nachbarort Allendorf aufgestiegen und hatte seine schwangere Frau Gülce nachgeholt. Ein paar Jahre später hatte das stolze Ehepaar drei Söhne vorzuweisen – Erkan, Tarkan und Volkan.

Auch geschäftlich ging es stetig bergauf. Sie hatten sich selbständig gemacht und einen Gemüsehandel eröffnet sowie den ersten türkischen Schnellimbiss am Mittellauf der Eder gegründet. Damals installierte das Ehepaar Kolcuoğlu auch den ersten Dönerspieß der Region. Ein Wunder, das zu bezeugen die Bewohner der umliegenden Dörfer eigens anreisten, weil sie es einfach nicht glauben konnten: Fleisch, das sich um sich selbst drehte. Manche brachten sogar ihre Kinder mit. Vergleichbare Faszination würde erst viele Jahre später die Eröffnung des ersten McDonald's in Frankenberg erregen.

Im Jahre 1983 konnte Mehmet sich seinen ersten Mercedes leisten. Weitere sechs Jahre später besaß er neben dem florierenden Gemüsehandel, der schon längst ein Großhandel war, und einer Kette von Dönerstuben auch noch ein italienisches Restaurant am Marktplatz, ein chinesisches Lokal am Waldrand und eine Spedition mit Lagerhallen sowie ein Import-Export-Unternehmen mit Lastwagen und war Eigentümer mehrerer Grundstücke und Mietshäuser.

Als Nachzüglerin kam am neunten November 1989 ihre Tochter Nadide zur Welt. Ein Ereignis, mit dem ebenso wenig gerechnet worden war wie mit dem Fall der Mauer am gleichen Tag. Das erklärte auch ihren Namen, der so viel wie *die Einzigartige* bedeutet.

Nadide war ein ernstes, verschlossenes Kind und wurde ein ernstes, verschlossenes Mädchen. Von ihrer Mutter hatte sie den Fleiß und den flinken Verstand und von ihrem Vater den Dickschädel und die Liebe zur Dichtkunst geerbt.

Als Mehmet und Gülce vor zwei Jahren in eine Villa mit Meerblick unweit von Alanya umzogen, teilten sie ihr florierendes Business gerecht unter ihren Nachkommen auf. Erkan, der Älteste, erbte die Restaurants und Imbissstuben, die er sofort verkaufte, um in Stuttgart einen Hundesalon zu eröffnen. Volkan übernahm die Lagerhallen und die Spedition, die er vorausschauend – und der besseren Anbindung an den Rest der Welt wegen – nach Hamburg verlegte. Für Tarkan aber war das Gemüsegeschäft gedacht, das er ebenfalls sofort abstieß, um sich nach Istanbul zu verziehen. Über ihn wurde seit einiger Zeit in der Familie nicht mehr gesprochen.

Nadide, die Einzigartige, blieb als Einzige der Kolcuoğlu-Familie in ihrer Geburtsstadt Frankenberg zurück. Sie bekam von ihrem Vater ein Mehrparteienhaus in der Sudetenstraße und ein Grundstück mit Lagerschuppen im Gewerbegebiet an der Eder überschrieben. In dem Haus wohnten mehrheitlich türkische Mieter, die ihr nichts als Ärger machten, und das Grundstück warf kaum etwas ab, weil der größte Teil von der Allgemeinheit als kostenfreier Parkplatz genutzt wurde.

Aus Gründen, die sie nicht gern erörterte, bewarb sie sich nach einer glanzlosen Realschullaufbahn bei der hessischen Polizei, die händeringend nach Anwärtern mit Migrationshintergrund und Fremdsprachenkenntnissen suchte. Das erklärte, warum sie trotz der mangelnden Schulbildung und vor allem trotz eines nicht lupenreinen Führungszeugnisses mit Kusshand genommen wurde.

Die dunklen Punkte in ihrer Vergangenheit waren schnell vergessen. Die Beteiligung an dem Einbruch in das Nagelstudio in Korbach war ihr nie zweifelsfrei nachgewiesen worden. Und die Prügelei mit der Fahrkartenkontrolleurin in der Regionalbahn konnte man mit etwas gutem Willen als Notwehr betrachten. Der einzige Vorwurf, den man ihr machen konnte, war, dass sie bei der Auswahl ihrer Freunde nicht immer die nötige Sorgfalt walten ließ.

Nadide Kolcuoğlu war eins siebzig groß, wirkte leicht übergewichtig, war aber vor allem kräftig und ausgestattet mit einer dunklen Lockenmähne, die sich nur widerwillig den Nähten und Begrenzungen einer hessischen Polizeimütze unterwarf.

Sie war hessische Polizeimeisterin im Taekwondo und die beste Pistolenschützin östlich von El Paso. Nicht weniger als vier der Pokale, die die Trophäensammlung im Regal der Frankenberger Polizeistation zierten, hatte sie für ihre Einheit gewonnen.

Sie holte gerade auf der Abendschule ihr Abitur nach, um sich für den höheren Dienst zu qualifizieren. Ihre Ausbilder bescheinigten ihr großes kriminalistisches Geschick und überdurchschnittliche Intelligenz, bemängelten aber ihre Ungeduld, Verschlossenheit und einen Hang zum Eigensinn.

Und schließlich, was allerdings keiner wusste, war Nadide Kolcuoğlu seit einiger Zeit auch eine der wenigen unbefugten Personen, die sich über ein höchst geheimes Portal Zutritt zu der internen Datenbank der hessischen Polizeibehörde verschaffen konnten.

Genau dort stöberte sie an diesem Montagmorgen, just als ihre beiden Kollegen Happel und Caspari am anderen Ende der Stadt den Schlagersänger Henny Winkler in seinem Wohnzimmer fanden, auf der Suche nach Informationen über den neuen Mitarbeiter Thomas Caspari. Sie klickte sich durch vertrauliche Dokumente und Protokolle, durch Personal- und Fallakten und Ermittlungsunterlagen, die sie nichts angingen.

Das war natürlich verboten, und wenn jemand sie bei diesem Ausflug in die verknoteten Eingeweide des Apparates erwischte, dann wäre es schnell vorbei mit ihrer vielversprechenden Polizeilaufbahn. Aber daran dachte sie in diesem Moment nicht. Sie fühlte sich wie ein Jagdhund, der die Witterung eines besonders saftigen Bratens aufgenommen hatte.

»Na also«, knurrte sie, als sie endlich durch die vielen Verästelungen der Datenbank zur Akte von Thomas Caspari gelangt war. Sie war beeindruckt. Es war, als hätte sie das Dossier von James Bonds hessischem Bruder geöffnet. Caspari, so konnte sie den Unterlagen entnehmen, war für seine Frankfurter Dienststelle und leihweise auch für einige andere Behörden in unterschiedlichen Positionen und Funktionen an so ziemlich allen bedeutenden Polizeiermittlungen der vergangenen Jahre beteiligt gewesen. Falschgeld, Erpressung, Mord, Menschenhandel, organisierte Kriminalität – und sogar in der Terrorismusbekämpfung war er eingesetzt gewesen. Er hatte als verdeckter Ermittler und Zielfahnder im In- und Ausland gearbeitet. Die Offenbach-Connection, der Fall Omar Sayyaf, die Ermittlungen im Umfeld der Hells Angels nach der Explosionsserie in der Kaiserstraße und die Entführung der Industriellentochter Isolde von Brauner waren nur einige seiner Fälle. *Und so einen stecken sie jetzt plötzlich in eine blaue Uniform und lassen ihn bei uns Streife fahren?*, fragte sich Nadide ungläubig. Das war ungefähr so, als würde man seinen Ferrari dazu benutzen, die Milch auszuliefern. Was hatte er sich nur zuschulden kommen lassen? Warum war er abgestürzt, und was bedeutete das für sie und ihre Kollegen hier in der Kleinstadt? Eine Akte der internen Ermittler war angefügt, ließ sich aber selbst mit ihrer Berechtigung nicht öffnen. Dafür entdeckte sie aber das vertrauliche Schreiben eines hohen LKA-Beamten namens Roman Liebold an den zuständigen Polizeipräsidenten. Darin kritisierte dieser Liebold Caspari wegen seiner dauernden Reizbarkeit, seines Jähzorns und seiner Dünnhäutigkeit infolge einer Trennung und Familienkrise. Nachdem unlängst auch noch sein langjähriger Partner Boris Pätzold im Dienst umgekommen war, schien Caspari komplett am Rad zu drehen. Allerdings stellte sich dieser Liebold schützend vor seinen Mitarbeiter und nannte ihn einen unverzichtbaren Ausnahmepolizisten. Gegen welchen allerdings auch mehrere Verfahren wegen Tätlichkeiten gegen Verdächtige anhängig waren. Fensterscheiben, Autoreifen und Nasenbeine gingen auf unerklärliche Weise zu Bruch, wenn Caspari nicht bekam, was er wollte. Einmal hatte er sogar während einer Verhandlung im Gerichtssaal die Nerven verloren. Er könne nach dem Trennungsdrama und dem Tod des Kollegen nicht mehr gut mit Verlusterfahrungen und beruflichen Rückschlägen umgehen, erklärte Liebold und empfahl, in Abstimmung mit dem Betriebspsychologen, zur Abkühlung eine zeitweise Rückstufung und die Versetzung nach Frankenberg.

Das nervtötende Klingeln an der Personenschleuse, einem drei Meter langen Glaskasten, den jeder Besucher aus Sicherheitsgründen durchlaufen musste, riss sie aus ihren Gedanken. Die Polizeistation in der Breslauer Straße/Ecke Marburger Straße sah von außen aus wie ein mittelständischer Handwerksbetrieb mit Nebengebäude und Wirtschaftshof. Man hätte sie auch für ein etwas zu groß geratenes Einfamilienhaus halten können, eingefriedet von einem etwas zu hohen Zaun. Hinein kam man aber durch diesen gläsernen Sicherheitsaufbau, dessen automatische Türen von Nadides Platz hinter der Konsole aus bedient wurden. Draußen stand ein jugendliches Milchgesicht mit kariertem Schlabberhemd, jeansfarbener Wohnhose und der für seine Altersgruppe gesetzlich vorgeschriebenen, quer aufgesetzten Baseballkappe. Nadide drückte den Einlassknopf und bereitete sich innerlich auf eine weitere dieser Verbrechensmeldungen vor, mit denen ihre Station immer wieder zu tun hatte: zugeparkte Einfahrt, eingeschlagenes Kellerfenster oder – in diesem Fall das Naheliegendste – geklautes Skateboard. Oder geklautes Nutellabrötchen.

»Nicht anfassen. Die Tür geht automatisch auf!«, rief sie dem schmächtigen Burschen zu, der es nicht abwarten konnte, bis der Zugang zur Polizeistation sich von selbst öffnete, und die Tür aufdrücken wollte.

»Was können wir für dich tun?«, begrüßte sie den Schüler.

»Ich würde gern den diensthabenden Kommissar sprechen«, sagte der Junge wichtig. Er war sechzehn oder höchstens siebzehn Jahre alt und trug mit Überzeugung den ersten Schatten eines Bartes. Er hatte auch ziemlich viele Pickel im Gesicht. Sicherlich hänselten ihn seine Mitschüler deswegen, und er wollte Anzeige wegen seelischer Grausamkeit erstatten. Die Leute kamen heute wegen jedem Scheiß zur Polizei.

»Ich bin der Kommissar, junger Mann. Also. Schieß los, was treibt dich um?«

Er wich ihrem Blick aus und hatte erkennbar Probleme damit, sie für voll zu nehmen. Anvertrauen wollte er sich der südländischen Lockenbestie in blauer Uniform gleich gar nicht. Nadide kannte das Problem aus vielen ähnlichen Begegnungen. Es waren schon Besucher hier aufgetaucht, die sie für die türkische Putzfrau gehalten hatten und sich wunderten, dass sie kein Kopftuch trug.

»Sie verstehen das nicht«, quengelte er. »Ich muss mit einem richtigen Kriminalbeamten sprechen. Es geht um eine vermisste Person. Das ist kein Spaß.«

Sie erhob sich und kam langsam um die Konsole herum, die mit Telefonen, Funksprechanlage, Knöpfen und Monitoren ausgestattet war wie die Kommandobrücke eines Kreuzfahrtschiffes und hinter der sie im Sitzen fast verschwand. Sie lockerte ihren Oberkörper, ließ den Kopf kreisen, wie es ein Kampfsportler kurz vor dem Angriff tut, und musterte den Halbwüchsigen, der ungefähr ihre Körpergröße hatte und doch viel kleiner wirkte.

»Sehe ich für dich aus, als würde ich Spaß machen?«, wollte sie von ihm wissen, und das Blitzen in ihren Augen ließ ihn vorsichtshalber einen Schritt zurückweichen.

Kurz bevor er sich darauf besinnen konnte, was für ein cooler Typ er doch in Wirklichkeit war, und bevor ihm einfiel, dass er sich unmöglich von einer Deutschtürkin in Polizeimontur zurechtstutzen lassen konnte, lächelte sie ihn entwaffnend an. Das eben noch fürchterliche Funkeln ihrer kohleschwarzen, leicht schräg stehenden Augen wurde mit einem Wimpernschlag zu einem liebenswerten Leuchten. Große, weiche Lippen. Ein ebenmäßiges Spalier von weißen Zähnen wie aus der Zahnpastawerbung.

»Also, wie heißt du, und wer ist verschwunden? Was willst du mir melden? Sag's mir, und ich kümmere mich darum. Versprochen. Okay?«

»Okay«, sagte er zögerlich, aber doch froh, dass ihm eine Konfrontation mit dieser komischen, haarigen Tante erspart blieb. »Also, ich bin der Jochen. Joachim Jockel. Aber alle nennen mich Jojo.« Kleine Pause. Tiefer Atemzug. Ja, es musste alles raus. »Von der Edertalschule. Jahrgangsstufe zwölf. Und ich habe bemerkt, dass ein Mädchen aus meiner Schule fehlt. Nämlich die Sandra. Aus dem Deutschkurs. Sie ist seit ein paar Tagen einfach nicht mehr aufgetaucht.«

Nadide setzte sich wieder hin und notierte die Namen. Joachim Jockel und Sandra.

»Sandra aus dem Deutschkurs.«

»Ja.«

»Das ist aber nicht ihr richtiger Name.«

»Nein, sie heißt Sandra Naumann.«

»Okay. Und was ist nun mit ihr?«

»Sie war am Donnerstag und am Samstag nicht da und heute schon wieder nicht. Das heißt, sie ist seit fast einer Woche nicht aufgetaucht.«

Die Rechnung war großzügig – aber die Zeit verging schnell, wenn man sich Sorgen machte.

»Was nehmt ihr denn gerade durch im Deutschkurs?«

»Was hat denn das mit irgendwas zu tun?« Jetzt fing er schon wieder an, patzig zu werden.

»Ich stelle hier die Fragen.« Und diese Frage stellte sie, weil sie selbst gerade die Jahrgangsstufe zwölf absolvierte und neugierig auf den Lehrplan des örtlichen Gymnasiums war. Und zweitens, weil sie in der Abendschule gerade ein Referat über Gottfried Benn vorbereitete.

Du füllst mich an wie Blut die frische Wunde
Und rinnst hernieder seine dunkle Spur,
Du dehnst dich aus wie Nacht in jener Stunde
Da sich die Matte färbt zur Schattenflur.

Und so weiter. Ziemlich krankes Zeug. Kaum zu begreifen und trotzdem total deprimierend. So hörte sich das an, wenn Pathologen und Fachärzte für Haut- und Geschlechtskrankheiten zu Dichtern wurden.

Schlimmer war noch das eklige Gedicht mit den Ratten, die in der Mädchenleiche im Schilf wohnten. Keine leichte Kost. Nicht mal für sie als Polizistin. Und schon gar nicht für Jugendliche auf der Suche nach sich selbst und dem Sinn des Lebens. Die konnten leicht mal auf dumme Gedanken kommen. Nadide jedenfalls hätte als Verantwortliche solche trübsinnigen Werke vom Lehrplan verbannt. Aber in diesem Fall schien keine Gefahr zu bestehen.

»Wir lesen Kafka. Der Prozess.«

»Seid froh. Das ist wenigstens nicht ganz so düster.«

Jojo glotzte sie verständnislos an. »Froh? Der Typ bekommt am Ende die Kehle durchgeschnitten!«

»Tja. Dann wird er es wohl verdient haben.«

»Er hat nichts getan«, protestierte der Schüler, als ginge es dabei um einen Freund. »Außer dass er vielleicht zu viel Angst hatte und sein Leben fremdbestimmen ließ.«

»Dann lass dir das eine Lehre sein. Und jetzt sag schon – du und Sandra. Seid ihr ein Paar?«

»Nee, so'n Quatsch, ey«, wehrte er heftig ab. Klar also, dass er sich auf der Welt nichts sehnlicher wünschte.

»Du magst sie aber schon ganz gern …?«

Ertappt. Er lief puterrot an.

»Das spielt doch keine Rolle. Sie ist jedenfalls plötzlich von der Bildfläche verschwunden, und ich möchte, dass jemand nach ihr sucht. Vielleicht ist etwas passiert.«

»Wie kommst du darauf?«

»Ihrer Freundin, der Sophie, hat sie gesimst, dass sie wegfahren will. Mit einem Typen.«

»Namen?«

»Hat sie nicht genannt.«

»Hast du vielleicht schon mal bei ihr zu Hause angerufen?« *Oder vielleicht schon mal bei ihr zu Hause nachgeschaut?*, dachte sie, wollte aber lieber nicht laut fragen. Wenn er noch röter anlief, bestand akute Explosionsgefahr.

»So gut kenne ich sie nicht. Ich wollte nur sagen, dass sie am Donnerstag und am Samstag nicht im Unterricht war und heute auch nicht. Und am Freitagabend ist sie auch nicht zum Tanzkurs erschienen. Das haben die anderen Mädchen gesagt. Sie ist also alles in allem schon vier Tage weg. Und entschuldigt und krank gemeldet ist sie nicht …«

Nadide sah ihn nur an und sagte nichts. Als er seine eigenen Worte in der sachlichen Stille der Polizeistation verklingen hörte, musste sich Jojo eingestehen, dass er sich selbst ein bisschen so anhörte wie Sandras Stalker. Oder doch nur wie ein unglücklich verliebter Schwachkopf. Das brachte ihn zum Schweigen.

»Bestimmt taucht sie bald wieder auf«, sagte er nach einem Moment des Nachdenkens.

»Das ist zum Glück tatsächlich meistens so«, beruhigte ihn die Polizistin. »Aber, Jojo – es war trotzdem gut, dass du zu uns gekommen bist. Ich habe mir alles notiert. Schreibst du mir dann vielleicht noch ihre Adresse und Telefonnummer auf? Und deine auch?«

Er kritzelte die Informationen auf das Notizblatt, das sie ihm hinlegte. Sie stutzte, als sie auf dem Zettel die Straße und Hausnummer las. Am Mühlgraben 1. Die Adresse war ihr bekannt. Jeder Polizist in der Stadt kannte sie.

»Ach – die *Blaue Mühle?* Da wohnst du?«

»Ja. Und?«

»Nichts«, sagte sie unschuldig. Sie kannte die ehemalige Wassermühle am Ederufer ganz gut, weil es in fast jedem Nachtdienst eine Beschwerde der Nachbarn gab. Kein Mensch konnte mit Gewissheit sagen, warum die *Blaue Mühle* so genannt wurde. Denn sie war gar nicht blau. Sie war in der traditionellen Bauweise halb aus Sandstein, halb aus Fachwerk errichtet. Aber es gab eben immer wieder Ärger, denn in der *Blauen Mühle* hauste eine Gruppe Roter und Grüner. Politisch und weltanschaulich fragwürdige Elemente waren das. Da wurden oft umstürzlerische Gesänge vernommen, und es gab ständig Vorfälle der nächtlichen Ruhestörung. Vor allem wegen Hundegebells. Freie Liebe, Satanismus und geheime Kontakte zu den Taliban – den Bewohnern des Blauen Hauses trauten die Nachbarn alles zu.

»Leben deine Eltern auch dort?«

»Nein – ist das ein Problem?«

»Überhaupt nicht. Ich dachte nur …«

»Ich bin schon mit sechzehn von zu Hause weg.«

»Na klar.« Sie kam sich plötzlich nicht nur alt, sondern auch altmodisch vor. Dieser unwiderstehliche Drang der Landjugend, sich schleunigst vom Acker zu machen, setzte immer früher ein. Demnächst würde man schon die 13-Jährigen festbinden müssen, um die Vergreisung des Landstrichs zu verhindern.

»Moment bitte!« Das Telefon surrte. Ohne hinzusehen, nahm sie den Hörer ab.

»Polizeistation Frankenberg. Kolcuoğlu am Apparat.«

Es war Happel. Zu nichts zu gebrauchen, wenn er aufgeregt war. Sie kannte die Ursache dafür. Jeder kannte sie. Aber Nadide war nicht immer geneigt, geduldig darüber hinwegzusehen, dass der Kollege sich einfach manchmal nicht im Griff hatte.

»Hallo? Nadide? Wir haben einen Mord. Also, einen Mordfall. Mit einer echten Leiche. Wir brauchen dringend Unterstützung. Notarzt, Kripo. Spurensicherung. Leichenwagen und so. Vielleicht die Gerichtsmedizin. Also alles, was man in diesem Fall eben so braucht. Sofort.«

Aufgelegt.

»Schnarchsack«, sagte Nadide laut.

»Meinst du mich?«, fragte alarmiert Jojo, der sich angesprochen fühlte.

»Nein, natürlich nicht. Mein Kollege ... na ja ...«

»Ich gehe dann jetzt mal besser.«

»Ich danke dir. Warte noch ...« Noch immer den Telefonhörer in der Hand haltend, betätigte sie mit der anderen den Türöffner, der dem unbeholfenen Teenager mit einem Summen den Weg in die Zugangsschleuse und zurück in eine unüberschaubare, mitunter gefährliche Welt öffnete. Er verschwand mit einem freundlichen Winken.

Als er weg war, drückte Nadide die Rückruftaste.

»Hallo?«, meldete sich Happel atemlos.

»Möchte mir Sherlock Happel vielleicht noch sagen, wohin all diese Leute und der Leichenwagen sich begeben sollen?«

Wenn Happel seine scharfzüngige Kollegin hasste, was er an manchen Tagen ohne Zögern zugegeben hätte, dann wegen ihrer kühlen Überlegenheit, die er niemals würde begreifen können und auf die er nichts zu erwidern hatte.

Sie konnte ihn vor ihrem geistigen Auge vor Zorn und Scham erröten sehen, als er stotternd die Adresse von Henny Winklers Bungalow durchgab.

»Na also. Geht doch«, erwiderte Nadide und wusste, dass er sie nun noch ein bisschen mehr hasste.

Auf dem Computerschirm waren immer noch die verbotenen Seiten der hessischen Polizei geöffnet, die sie jetzt eilig schloss. Sie war zufrieden mit dem, was sie erfahren hatte. Das LKA hatte ihnen also einen Superbullen mit einem ernsten Dachschaden zugeteilt, damit er sich hier in der mutmaßlichen Provinz von seinen Ausfällen erholte. Eine Art Rehamaßnahme also. Immerhin schien seine pure Anwesenheit auszureichen, die hiesige Verbrechensrate blitzartig nach oben zu katapultieren. Gleich am ersten Tag im Dienst hatte er schon den ersten Mord zu bearbeiten. Mit einer echten Leiche …

Sie ahnte nicht, dass sie mit ihrer Suche eine deutlich sichtbare, blinkende Datenspur gelegt hatte. Diese führte auf geradem Weg zu ihrem Rechner in der fast vergessenen Frankenberger Polizeistation. Eine heiße Spur, auf die ein paar sehr ungeduldige Leute ziemlich weit oben lange gewartet hatten.

Titikaka, Tikitaka, Cocoloco, Picobello

Thomas Caspari, bislang Kriminalhauptkommissar in Frankfurt am Main und seit neuestem Polizeihauptkommissar in Frankenberg an der Eder, hatte kein Einziges seiner dreiundzwanzig Berufsjahre mit einem Schleifchen darum geschenkt bekommen.

Er hatte vielmehr auf den verschlungenen Wegen, die hinab zu seiner neuen Dienststelle führten, jede Bodenwelle, jedes Schlagloch und jede gefährliche Ölspur mitgenommen und überlebt. Zugegeben – er hatte immer ordentlich ausgeteilt, aber auch reichlich eingesteckt. Seine persönliche Verhaftungsstatistik war rekordverdächtig. Allerdings ebenso die Liste seiner Fehlschläge. Er war zweimal angeschossen und einmal als Geisel für eine Woche in einem Erdloch im Spessart gefangen gehalten worden. Bis jetzt war es ihm ganz gut gelungen, zu verbergen, wie übel ihn diese Erfahrung traumatisiert hatte.

Einmal war er aus einem fahrenden Güterzug gefallen – obwohl er nach wie vor behauptete, dass er in Wirklichkeit gesprungen war. Und zweimal war er gebissen worden. Das erste Mal von einem wilden Kampfhund in die Wade und das zweite Mal von einem zahmen Frettchen in den Zeigefinger. Vor Hunden und Nagetieren hatte er seitdem übergroßen Respekt, der, wenn noch zusätzlicher Druck hinzukam, psychotische Züge annehmen konnte.

Caspari hatte über die Jahre einiges mitgemacht und hinter sich gebracht – und trotzdem: Beim Casting für die Hauptrolle in dem noch zu drehenden Hollywood-Film über sein Leben wäre er rasselnd durchgefallen. So wenig entsprach sein Äußeres dem

Bild, das man sich von einem Mann mit seinen Fähigkeiten und seinem Vorleben machte.

Thomas Caspari war unlängst und ohne, dass er selbst davon Notiz genommen hätte, sechsundvierzig Jahre alt geworden. Mittelalt also. Und das Attribut *mittel* schien wie für ihn gemacht. In jedem Licht und aus jedem Blickwinkel gab Caspari das ideale und wenig aufregende Bild des Beamten auf Lebenszeit ab, der er schließlich auch war.

Er war nicht besonders groß, nicht sonderlich sportlich und sah auch nicht auffallend gut aus. Ab und zu peinigten ihn Knieschmerzen, manchmal drückte der Ischias, er war ein bisschen zu dick und nahm seit Jahren schon Tabletten gegen Bluthochdruck. Er brauchte neuerdings auch eine Lesebrille und griff beim Treppensteigen immer häufiger mit einem Gefühl der Dankbarkeit nach dem Geländer.

Sein helles, ins Rotblonde gehendes Haar zeigte keinen großen Ehrgeiz mehr zu einem geschlossenen Auftritt. Seine Gesichtsfarbe war sommersprossig, seine Augenfarbe grün, grau oder braun, und seine Zähne waren nicht schief, aber auch nicht sonderlich symmetrisch. Seine Nase hatte eine ganz leichte Tendenz ins Knollige, was manchmal, wenn er sie schnüffelnd in ein Weinglas steckte, gemütlich wirkte.

Er konnte, wenn er wollte, ein recht freundliches Gesicht zur Schau stellen, sah aber meist aus, als horche er nach innen und finde keinen besonderen Gefallen an dem, was er hörte. Er war, anders als viele meinten, ein sehr auf Harmonie bedachter Mensch. Aber Harmonie war für ihn ein Zustand, in dem alles so lief, wie er das wollte und für richtig hielt. Wer ihn einmal wütend erlebt hatte, war bereit, bei der UNO um die Entsendung von Friedenstruppen nachzusuchen.

Caspari war entfremdeter Vater eines halbwüchsigen Sohnes und Überlebender einer unlängst geräuschvoll explodierten, langjährigen Ehe. Seine Noch-Gattin Cordula, eine gefürchtete

Promi-Anwältin in Frankfurt, und sein Sohn Lars konnten ihn nicht mehr leiden. Als er sie zuletzt sah, wünschten sie ihm für seinen Einsatz auf dem Land, dass er langsam und qualvoll mit dem Kopf in einem großen Eimer Kuhscheiße an einer juckenden Hautkrankheit zugrunde gehen möge. Da ahnten sie aber noch nicht, dass man in diesem Landstrich auch skalpiert an einen Stuhl gefesselt und mit einer Überdosis Schweineschmalz in den Atemwegen sterben konnte. Vielleicht hätten sie sich sonst auch so etwas als angemessenes Ende für ihn vorstellen können. Es gab jedenfalls, nach allem, was man aus dem Zustand des unseligen Henny Winkler schließen konnte, angenehmere Arten, um aus dem Leben zu scheiden. Friedlicher, weniger unappetitlich und wesentlich besser frisiert.

Alles, was für die Aufklärung des abscheulichen Verbrechens wichtig erschien oder wichtig werden konnte, war inzwischen vom Kriminaltechnischen Dienst aus Korbach ausgemessen, abgewogen, mit kleinen Nummernkärtchen versehen und fotografiert, in Tüten verpackt, protokolliert, abgeheftet und eingekistet worden. Bücher, Teller, Tassen und Schallplatten wurden aus dem Regal genommen, umgedreht, abgeklopft, durchgeblättert und wieder hineingestellt. Schränke und Kommoden durchsucht, Wäsche gegen das Licht gehalten. Der Tresor geöffnet, alle Schubladen entleert, eine Festplatte und ein Haufen Videobänder und DVDs sichergestellt. Sämtliche Türklinken, Tischflächen, Griffe, Lichtschalter, Waschbecken und Toilettenspülung sowie andere mögliche Spurenträger waren auf der systematischen Suche nach Fingerabdrücken eingestaubt und die Ergebnisse mit Klebefolie gesichert worden.

Der Leichnam des Ermordeten war unter einer dunklen Folie verschwunden und sollte bald von den Bestattern abgeholt werden. In einer Plastiktüte war Hennys Haarteil, in einer anderen die Schere und der Kamm und in einer weiteren die mutmaßliche Tatwaffe verschwunden. Es handelte sich, einer ersten fachmännischen Analyse zufolge, bei der todbringenden Substanz aus seinem Rachenbereich tatsächlich um Schweineschmalz, welches ihm gewaltsam in den Mund geschmiert worden war, und dann dank seiner Luftundurchlässigkeit zum qualvollen Erstickungstod des gefesselten Opfers geführt hatte.

Schon die ersten, erschreckend pietätlosen Reaktionen des Notfallpersonals zeigten, welches schier unerschöpfliche humoristische Potenzial in diesem Mordwerkzeug schlummerte. Es war mit viel doppelbödigem Feinsinn gewählt worden. Die hämischen Schlagzeilen der Boulevardpresse schrieben sich angesichts dieser Todesumstände wie von selbst: *War das die Rache für seine schmalzige Musik?*, *Schmalzlocke des Todes*, *Der Mörder kam mit Schmalz und Dauerwelle*. Oder auch gleich: *Tot mit Schmalz im Hals*. Keine Schublade war tief genug, keinen Abgrund von Geschmacklosigkeit würden die Schlagzeilendichter auslassen, wenn sie die ganze Wahrheit erfahren hätten. Manche Morde waren ziemlich hinterlistig. Dieser hier war absolut heimtückisch. Allerdings musste die Welt noch eine Weile auf all diese Kalauer warten. Denn zunächst waren alle Beteiligten zu absolutem Stillschweigen verpflichtet. Denn die Sache mit dem Schmalz und den Frisörutensilien war der wichtigste Aktivposten des Mordermittlers: Täterwissen. Bis auf weiteres war unter Androhung empfindlicher Strafen von allen diese Sprachregelung einzuhalten: Henny Winkler, der bekannte Schlagersänger, ist an akutem Sauerstoffmangel gestorben, und zwar nicht aus eigenem Antrieb und auch nicht als Folge eines Versehens oder eines Unfalls. Und wenn dann die Fragen der Presse doch allzu penetrant werden sollten, dann war es höchstens noch erlaubt, hinzuzufügen, dass er mit Hilfe einer »Substanz« erstickt worden war.

Aber mehr durfte auf keinen Fall nach draußen dringen, bis der Mörder geschnappt war.

Auch PHK Caspari und PK Happel hatten nach dem Eintreffen der Korbacher Spurensicherung die vorgeschriebene Tatortgarderobe angelegt und bewegten sich raschelnd und knisternd wie Besucher von einem anderen Stern durch das Winkler-Anwesen: in weißen Tyvek-Anzügen mit Nitril-Einmalhandschuhen und hellblauen Überziehschuhen.

Caspari war gerade dabei, die Musikanlage des Opfers zu inspizieren, die eine CD mit dem Titel *Bumsfallera Hurra Hurra. Partyhits und Stimmungskracher – Henny Winklers größte Erfolge* ausspuckte, als er das zweimalige Brummen in seiner Jackentasche spürte, mit dem sein Telefon das Eintreffen einer SMS anzeigte.

Es war eine Textnachricht vom Leiter der zuständigen Kripo, Kriminaloberrat Horst Freckel aus Korbach. Caspari fummelte seine Brille aus dem Uniformhemd, las die Meldung, blickte verwirrt um sich und las sie noch einmal.

»*Kommunist gegen 1300. Kein Wolf zur Presswurst. Grunz KOR Ferkel.*«

»Seltsam«, murmelte er und gesellte sich zum Kollegen Happel. »Ist das irgendein Metzger-Geheimcode? Warum nennt Freckel sich plötzlich Ferkel? Wer ist die Presswurst, und warum will der nicht, dass ich ihr einen Wolf gebe? Meint er einen Fleischwolf oder einen richtigen Wolf?«

»Ach« – Happel feixte – »SMS aus Korbach, was? Soll ich mal schauen?« Er studierte die krause Botschaft und posaunte dann heraus: »Ich würde sagen, es soll heißen: *Komme gegen dreizehn Uhr. Kein Wort zur Presse. Gruß KOR Freckel.*«

Für einen Moment glaubte Caspari tatsächlich, das sei ein Ratespiel, mit dem sich die Kollegen in Frankenberg ihre eintönigen Arbeitstage ein wenig abwechslungsreicher gestalteten. Aber die Lösung war viel einfacher.

»Freckel telefoniert nicht gern und schreibt lieber SMS«, erklärte Happel. »Aber seine Finger sind viel zu dick für die kleinen Tasten. Und weil er zu eitel ist, seine Lesebrille aufzusetzen, sieht er beim Simsen nicht so genau, welche Wortvorschläge ihm das Handy macht. Und dann wird er ungeduldig und drückt einfach schnell auf *senden* und denkt: Alles gut.«

»Vielleicht sollte man ihn mal darauf aufmerksam machen?«, schlug Caspari vor.

»Auf gar keinen Fall! Das würde unser Leben viel ärmer und weniger unterhaltsam machen. Mir hat er mal geschrieben: *Kotzen mit Barvermögen handverlesene Fuchsie oder Gewalt.*«

»Und was sollte das heißen?«

»Ich habe keine Ahnung.« Happel strahlte.

Eigentlich hätten die Kollegen der Korbacher Kripo zusammen mit der Spurensicherung am Tatort eintreffen sollen, um das Kommando zu übernehmen. Aber die Personalknappheit, ein hoher Krankenstand und ein wichtiger Termin des Dienststellenleiters Freckel beim Polizeipräsidenten in Kassel hatten ihr Eintreffen erheblich verzögert.

Caspari war bereit, hohe Wetten darauf abzuschließen, dass es bei dem Treffen der beiden ranghöchsten Polizisten weit und breit um nichts anderes als um ihn selbst ging. Sein Ausflug in die schmalztriefenden Niederungen des hiesigen Polizeidienstes hatte sicherlich einige schlafende Hunde im sonst so ruhigen nordhessischen Polizeiapparat geweckt. Zumindest Kriminaloberrat Freckel war durch Casparis Auftauchen aufgescheucht worden und wollte nun sicherlich wissen, was dieser überqualifizierte Fremdling in seiner Truppe zu suchen hatte und ob möglicherweise eine Bedrohung von ihm ausging.

»He – was will der denn hier?« Happel blickte an Caspari vorbei zum Hauseingang, wo ein verloren wirkender, nicht mehr ganz junger Mann den Leichenbestattern im Weg stand, die soeben mit ihrem Transportsarg eintreten wollten. Die Zeit für Hennys Abreise war gekommen. Zu seinem letzten öffentlichen Auftritt auf dem Tisch des Gerichtsmediziners in Gießen.

»Hallo? Ich möchte gern einen sachdienlichen Hinweis geben.« Der Ankömmling, ein treuer Zuschauer der Fernsehsendung *Aktenzeichen XY ungelöst,* stand vor Hennys Henny-Winkler-Lebenswerk-Ausstellung, wippte auf den Zehenspitzen und winkte in den Raum.

Caspari war im Nu bei ihm. »Geben Sie ihn mir. Wie heißen Sie?«

»Ich bin Frank Losberg. Von Beruf Taxifahrer. Ich habe gestern Abend einen Fahrgast hier abgeholt. Und als ich jetzt von dieser Sache hier hörte ...« Er hielt inne, und sein Gesicht verfärbte sich schlagartig rot.

»Im Polizeifunk«, folgerte Caspari mit gespielter Strenge.

»Nein, nein. Durch ein Gerücht.«

Der Beamte unterzog den Zeugen einer genaueren Musterung: dünnes, ungekämmtes Haar, schlechte Zähne und graue Gesichtshaut. Seine Physiognomie und die unheimliche Art, wie sich seine Augen in Relation zu seinem Kopf bewegten, erinnerte an einen Leguan. Es war jedenfalls kein sehr angenehmes Gesicht. Jeans und Hemd schlackerten an seinem Skelett. Er roch nach Nikotin und Magensäure.

»Jedenfalls dachte ich, dass ich mich als Zeuge melden sollte.«

»Richtig gedacht, Losi«, lobte Happel, der sich zu ihnen gesellte, sein schwarzes Notizheft unter der Achsel hervorzog und das Band schnappen ließ. Er schien den Fahrer näher zu kennen und nicht zu mögen.

»Dann schieß mal losi.«

Er grinste stolz über sein pfiffiges Wortspiel. Der Zeuge, schon aus Veranlagung nicht der Schnellste und durch den Genuss verbotener Mittel geistig zusätzlich ausgebremst, machte ein zerknittertes Gesicht.

»Also, um welche Uhrzeit haben Sie diesen Fahrgast hier abgeholt und wohin haben Sie ihn gebracht? Uhrzeiten, Orte, Kleidung, Klang der Stimme, Gesprächsfetzen. Alles, was Ihnen so einfällt. Den Rest erledigen wir.«

Obwohl der Gastpolizist aus dem Süden eigentlich in einer neuen Funktion als Schutzmann solche Untersuchungen gar nicht an sich reißen durfte, ging doch gerade sein Ermittlerherz mit ihm durch. Jetzt lief das ganze Programm an: erst mal Beschreibungen sammeln, Phantombild erstellen, Karteien durchsuchen, Fingerabdrücke im Taxi sichern und abgleichen, Bahnhofskameras auswerten, Fahrpläne checken, Zugpersonal befragen, Alibis einholen und überprüfen und so weiter. Immer größer wurden die Kreise, immer dichter das Netz. Am Ende womöglich Europol und eine internationale Fahndung nach dem Schmalzkiller. Gern würde Caspari den Frankenberger Hinterwäldlern mal zeigen, wie man in seinen Kreisen alle Register einer Mordermittlung zog. Denn er mochte das frühe Stadium jedes Falles immer ganz besonders. Da war noch alles möglich. Intrige, Verschwörung, politische Verwicklungen. Leider stand dann aber doch am Ende all der feinen und methodischen Arbeit meistens nur wieder irgendein armes Arschloch, das aus Angst oder Verzweiflung einen anderen bedauernswerten Teufel ins Jenseits befördert hatte.

Taxifahrer Losberg hatte jedenfalls nicht das geringste Gespür für die Schönheit und Dramatik einer solchen Ermittlung, denn er nahm dem Fall mit einem Satz jegliche Spannung: »Es war Klaus Melchior, den ich hier abgeholt habe. Um elf Uhr ungefähr. Und um zehn nach elf habe ich ihn vor seinem Haus in Geismar abgesetzt. Das war eigentlich schon alles.«

»Wirklich?« Caspari war fast ein bisschen enttäuscht, dass alles so einfach war. »Sie kannten den Mann also?«

»Ja, klar kenne ich ihn. Ich kenne hier so gut wie jeden. Und das war Klausi Melchior, der verkrachte Musiker. Hat der etwa Henny umgebracht? Das ist ja der Hammer, oder?«

Caspari blickte ihn böse an. »Sie sollten nicht solche Verdächtigungen in die Welt setzen. Wir sind nicht hier, um voreilige Schlüsse zu ziehen, sondern um unvoreingenommen in alle Richtungen zu ermitteln.«

Losberg zog eine missmutige Schnute. »Na ja. Ich meine ja nur. Wenn er ihn tatsächlich ermordet haben sollte, und ich hätte ihn dann nach Hause gefahren ... dann hätte ich ja praktisch das Fluchtfahrzeug gesteuert, oder? Ich will nur nicht, dass da irgendwas hängenbleibt.«

»Das sagen wir Ihnen dann schon. Was wissen Sie noch über diesen Herrn Melchior?«

»Klausi? Der ist früher manchmal mit Hennys Band aufgetreten. Er war Bassist, soviel ich weiß.« Damit wandte er sich einfach ab und widmete sich, Unverständliches vor sich hin grummelnd, Winklers Fotoausstellung, um sie einer eingehenden Betrachtung zu unterziehen. Als Caspari sich schon erkundigen wollte, ob er sich freundlicherweise wieder auf seine Befragung durch die Polizeikräfte konzentrieren würde, pochte der Zeuge mit dem nikotingelben Zeigefinger auf ein Foto an der Wand. Fünf Männer in weißen Schlaghosen, schwarzen Hemden und silberblauen Pailettenjacketts. Es sah aus, als hätten sie sich verabredet, um gemeinsam ihre Minipli-Frisuren auszulüften.

»Der da ist unser Klausi«, sagte Losberg. Klausi umarmte seinen Bass wie eine Geliebte. »Allerdings ist er heute viel dünner. Hat sich schlank gesoffen.«

»Hat er auf dich irgendwie anders gewirkt?«, fragte Happel.

»Anders als wer?«, gab Losberg patzig zurück.

»Anders als normal.«

»Ich weiß ja nicht, was für dich normal ist.« Eine spürbare Spannung herrschte zwischen den beiden.

»Normal ist, wenn man nüchtern Auto fährt.«

»Ich weiß nicht, was er meint. Immer muss er auf mir rumhacken«, beschwerte sich Losberg bei Caspari.

»Hat sich Ihr Fahrgast auffällig verhalten?«, fragte dieser.

»Hat er irgendwie nervös oder aggressiv gewirkt?«

»Besoffen hat er auf mich gewirkt. Hicke-hacke-dicht. Und

stocksauer war er. Auf Henny Winkler. Hat gesagt, dass Henny ihm seinen Song geklaut hat.«

»Welchen Song denn?«

»Den mit dem Mondschein und dem *la bamba.*« Die Beamten glotzten ihn verständnislos an. Losberg zuckte die Schultern und sang mit nasaler Stimme. Dazu wiegte er seinen Oberkörper und gab mit dem Zeigefinger einer imaginären Begleitband ihre Einsätze. »*Dada-da da. Daaa. Da-da-da. Daaa. Disch, disch, dada, bumbumdisch.*«

»Oh, das.« Bei Caspari war der Groschen gefallen.

Tränen am Strand von Costa Bahia
Ich nehme Abschied von meiner Maria
Wir setzen die Segel, der Wind ruft uns fort
Zu einem verzauberten, sonnigen Ort.

Viva Roswitha hieß der Song. Doof, aber eingängig. Süßlich, anhänglich und nervtötend wie Kaugummi, das am Schuh klebte. Einer dieser bumsfidelen Evergreens der deutschen Schlagerkultur. Ohne Aussicht darauf, jemals zum Weltkulturerbe erklärt zu werden, aber bekannt wie ein Volkslied. Prädikat »polonäsetauglich«.

»Dieses Lied wurde von Henny Winkler komponiert?«

Losberg rümpfte ungeduldig die Nase. »Eben nicht, Mann. Das sagt jedenfalls Klausi Melchior. Und deshalb hat er sich gestern Abend ja mit Henny gefetzt und war sauwütend. Und möglicherweise hat er ihn ja dann wohl umgebracht …« Den letzten Satz hauchte er mit unheimlicher Grabesstimme heraus, dazu rollte er die Augen.

»'tschuldigung, dürften wir hier mal durch?« Die drei Männer mussten ausweichen, denn wie aufs Stichwort kamen die Sargträger zurück und strebten mit Hennys Leichnam ins Freie.

»Ist er da drin?«, fragte Losberg und blickte besorgt auf die schmucklose Kiste.

»Danke, Losi. Das war sehr hilfreich, was du uns da erzählt hast.« Happel ließ das Gummiband seines Notizheftes schnappen und fasste den Taxipiloten am Arm, um ihn hinauszugeleiten. »Wir werden der Sache baldmöglichst nachgehen.«

»Aber …«

»Jetzt ist erst mal genug. Ich weiß nichts mehr zu fragen, und du hast nichts mehr zu sagen. Also, steig schön wieder in dein Taxi. Und immer dran denken: *Rauchst du einen Joint am Steuer, wird das Kiffen mächtig teuer.*«

»Ja ja. *Dirty Happel,* was? Frankenbergs Antwort auf Dirty Harry. Der Bulle ohne Gnade!«

»Hey – nicht unverschämt werden, gelle. Ach, Losi?«

»Was denn noch?«

»Du weißt nicht zufällig, wofür SG Eder steht, oder?«

»Hä? Ist das jetzt hier das Hessenquiz oder was? Saugut, vielleicht. Oder Supergroup!"

Er wich kichernd vor ihnen zurück und zur Tür hinaus, und Caspari stand wie versteinert da und spürte, wie seine Kinnlade langsam herabsank. Über seiner Stirn bildeten sich, unsichtbar für die Umstehenden, kleine, unheilvolle Wolken. Wo waren wir hier denn eigentlich? Da schickte also PK Happel einfach einen wichtigen Zeugen eigenmächtig nach Hause, weil ihm keine Fragen mehr in den Sinn kamen? Darüber sollte man dringend mal sprechen.

»Und meine Bankdaten gebe ich später noch durch. Wegen der Belohnung«, rief Losberg von draußen.

»Logo, immer her damit!«, rief ihm Happel hinterher und schüttelte, zu Caspari gewandt, den Kopf wie über einen total debilen Witz. Bevor der sich den jungen Kollegen vorknöpfen konnte, stand schon die nächste Überraschung ins Haus.

»Nicht so eilig mit dem Verteilen von Belohnungen«, quäkte eine Stimme von draußen. Im Türrahmen erschien die raumgreifende Gestalt von Frau Mütze, die irgendwie mit der schieren

Wucht ihrer körperlichen Präsenz die Polizeisperre durchbrochen haben musste. Vielleicht gab es auch rund um den Bungalow keine Absperrungen mehr, und jeder konnte herumspazieren, wie es ihm passte. Die Nachbarin, Haushälterin und bald arbeitslose Präsidentin des Henny-Winkler-Fanclubs, baute sich unverrückbar wie ein Kriegerdenkmal zwischen Losberg und den Beamten auf, stemmte die Hände in die Seiten und spuckte ein einziges, vernichtendes Wort aus wie einen Fluch:

»Damenbesuch.«

»Das sehe ich«, sagte Caspari, sehr um Ruhe und Sachlichkeit bemüht. »Bitte kommen Sie trotzdem nicht näher. Dies ist ein Tatort, und ich darf Ihnen nicht erlauben …«

»Nicht ich bin der Damenbesuch, junger Mann. Herr Winkler hatte öfters mal Damenbesuch. Man könnte das Wort ›regelmäßig‹ verwenden. Ich habe bisher nichts gesagt, um das Andenken an einen großen Interpreten und Künstler nicht zu beflecken. Aber wenn hier von Leuten, die ihn gar nicht kannten, schon Belohnungen beansprucht werden, dann muss ich wohl auch umdenken.«

»Es werden keine Belohnungen verteilt«, wollte Caspari endlich klarstellen, da fiel ihm jedoch aus dem Nichts eine weibliche Stimme ins Wort.

»Und gestern Abend? War da auch eine Frau bei ihm zu Besuch?«

Es wurde immer grotesker. Wer mischte sich denn nun wieder in diesen Fall ein? War etwa die Presswurst aufgetaucht? War es noch eine weitere Nachbarin? Das fragte sich auch Frau Mütze.

»Ja, doch. Und wer sind Sie?«

»Polizeioberkommissarin Nadide Kolcuoğlu, Polizeistation Frankenberg.« In der Tür erschien der dunkle Lockenkopf der jungen Deutschtürkin, die mit einem angedeuteten militärischen Salut ins Haus trat.

»Gehört dieses haarige Mädchen wirklich zu Ihnen?« Frau

Mütze war misstrauisch. Und Caspari spürte einen heftigen Widerwillen in sich aufwallen. Das war keine Mordermittlung, das war ein Dreimanegenzirkus, aber ohne Zirkusdirektor. Er holte tief Luft, um für Ordnung zu sorgen. Aber Happel kam ihm zuvor und wiederholte die Frage, die gestellt, aber noch nicht beantwortet war.

»Also wie denn nun? Hatte er Besuch und haben Sie die fragliche Dame erkannt? Könnten Sie uns eine Beschreibung geben?«

»Also wirklich«, empörte sich Frau Mütze. »Ich bin doch nicht Herrn Winklers Aufpasserin. Ein Mann wie er hat Anspruch auf sein Privatleben.«

»Aber eine Belohnung wollen Sie schon kassieren«, warf Happel ihr vor.

»Es gibt keine Belohnung«, flüsterte Caspari bedrohlich.

»Viele Frauen mochten Herrn Winkler. Auch junge.«

»Und die von gestern Abend, die war jung?«

»Ich habe sie nicht genau sehen können. Es war dunkel. Aber diese Dame erschien, kurz nachdem es zwischen Herrn Winkler und seinem Gast sehr laut wurde. Mehr kann ich über sie wirklich nicht sagen. Die Besucherinnen des Herrn Winkler waren generell sehr jung. Und manche eindeutig aus Asien. Was ich sonderbar finde, denn dort kannte man ja seine Musik wahrscheinlich gar nicht.«

Ihre Walkürenmiene drückte tief empfundene Abscheu aus. Diese finsteren Gedanken mochte sie schon eine ganze Weile in ihrem wogenden Busen gehegt haben. Gleich neben einer innigen, aber verschmähten Liebe zu dem Mann, der in ihren Träumen für sie sang und tanzte. »Herr Winkler hatte einen gewissen, ich möchte fast sagen, fatalen Hang zu diesen jungen Dingern.«

Nun war es heraus. Frau Mütze richtete sich auf und schleuderte mit ihren Blicken lodernde Blitze in die Runde. Ein Mitarbeiter der Kriminaltechnik, der die Dramatik dieser Aussage nicht verstand und eigentlich mit seinem Alu-Köfferchen und einer Sammlung von Tüten und Behältern auf dem Weg nach draußen war, mischte sich frohgemut in die Befragung ein: »Könnte es sein, dass unter den Damen auch Frisörinnen waren?«

»Denken Sie, ich spioniere meine Nachbarn aus oder erkundige mich nach den Berufen ihrer Besucherinnen?«

In diesem Moment drückte ein anderer Kollege selbstvergessen die Play-Taste des CD-Spielers, und eine jähe, feurige Trompetensalve aus den bis zum Anschlag aufgedrehten Lautsprechern ließ alle vor Schreck zusammenfahren.

Das waren die ersten, fulminanten Takte aus Henny Winklers Partyhit *Viva Roswitha.*

Mondschein am Hafen von Santo Domingo
Roswitha lockte den lässigen Gringo
Sie tanzten Merengue und tanzten die Samba
Bis in den Morgen, Roswitha, la bamba.

Wer Thomas Caspari etwas näher kannte, der hätte bereits längst ahnen können, dass sich ein Donnerwetter zusammenbraute. Untrügliche Anzeichen waren: die plötzliche Rötung seiner Gesichtshaut, der unstete Blick, das Malmen der Backenzähne und die anschwellende Halsschlagader, die immer mehr die Form und die Ausmaße einer kleinen Giftschlange annahm. Dann begann auch noch sein Handy zu heulen. Der durchdringende Alarm einer Sirene war als Klingelton seiner Ex-Frau vorbehalten. Wie ferngesteuert nahm er den Anruf entgegen.

»Cordula, es tut mir leid …« Womit er nur zum Ausdruck bringen wollte, dass er im Moment keine Zeit für sie hatte. Sie aber dachte, er wolle sich für sechzehn Ehejahre entschuldigen. Was sie zwar für angemessen, aber auch für sinnlos hielt. Sie setzte ihre unglaublich arrogante Top-Anwältinnen-Stimme ein und schnitt ihm das Wort ab.

»Ach, spar dir doch bitte das Gesülze. Ich rufe an, weil dein Sohn weg ist.«

»Lars?«, fragte er reflexartig und bereute es sofort.

»Ja. Lars. Es sei denn, du hättest noch andere, von denen ich nichts weiß.«

»Wieso weg?«, stotterte er.

»Abgehauen«, gab sie zurück. Erst nach ihrer Trennung hatte er die Frage zugelassen, wie er es überhaupt so viele Jahre lang mit diesem menschlichen Fallbeil ausgehalten hatte. Die einzige Erklärung für eine relativ unauffällige Verbindung ohne Gattenmord und größere Sachschäden lautete: viele Überstunden und Dienstreisen auf beiden Seiten, getrennte Hobbys und Freundeskreise und nur sehr wenige gemeinsame Urlaube.

Caspari starrte, wie benommen von der schockierenden Nachricht, in die Gesichter seiner Kollegen und fand nichts als freundliche, aber distanzierte Ratlosigkeit.

»Er ist gestern früh aus dem Haus wie immer. Aber er war nicht in der Schule und ist auch nicht wieder heimgekommen. Das heißt für mich: Er ist weg.«

»Moment mal – wenn er gestern schon nicht nach Hause gekommen ist, wieso hast du das erst heute bemerkt …?« Vorwürfe und kritische Bemerkungen von seiner Seite wurden grundsätzlich nicht entgegengenommen. Das war schon immer so gewesen.

»Ich habe auch ein Leben, ich kann mich nicht den ganzen Tag um deinen schwer erziehbaren Sohn kümmern.«

»Vielleicht ist er bei seinen Kumpels? Andi. Lukas? Und wie heißt der mit der Tätowierung und dem Nasenring?«

»Danke. So klug bin ich allerdings auch.« Er konnte sich ihr genervtes Gesicht vorstellen. Unmittelbar vor sich jedoch sah er Frau Mütze, die sich nicht einmal bemühte, ihr Interesse an dieser Unterhaltung zu verbergen. Caspari sah einfach durch sie hindurch.

»Keiner hat was von ihm gehört«, sagte Cordula mit jener toxischen Schärfe, mit der sie sonst nur die Staatsanwälte strafte, die es wagten, ihr zu widersprechen. »Er ist dein Sohn, du bist Polizist. Finde ihn gefälligst. Ciao.«

Aufgelegt.

»Was Schlimmes?«, fragte Frau Mütze, die tatsächlich eine Auskunft zu erwarten schien.

Happel raunte ihm ins Ohr: »Ich muss Sie dringend sprechen! Ich habe einen Verdacht.«

»Was?«

Happel zog ihn am Ärmel beiseite und raunte weiter: »Ich glaube, dass Frau Mütze die Täterin ist. Sie hat Henny Winkler umgebracht, weil sie eifersüchtig auf die jüngeren Frauen war. Wir sollten sie gleich mitnehmen.«

»Was?«

»Es ist nur ein Gefühl, aber ich bin sicher, dass es nicht trügt.«

In dieser Sekunde drückte abermals irgendein Idiot auf den Play-Knopf, und ein Frauenchor kreischte, untermalt von südamerikanischen Perkussionsinstrumenten.

Titikaka, Tikitaka, Cocoloco, Picobello
Mit Karacho und Caramba
Rambazamba und Olé!

Caspari hatte immer wieder auf Anordnung von oben Lehrgänge und Seminare besucht, in denen solche intensiven Stresssituationen simuliert und durchgespielt wurden. Kindergeschrei, Hagelsturm, ein heranrollender Schnellzug und ein völlig durchgeknallter Junkie, der ihn anbrüllte und mit einer geladenen Pistole vor seiner Nase herumfuchtelte. Oder Reifenquietschen, Schusswechsel und eine aggressive Großmutter, die mit einem Regenschirm auf ihn einschlug. Alles geschah gleichzeitig, hämmerte mit großer Wucht auf ihn ein, und nichts ergab einen

Sinn. Das Ziel der Übungen war es, den Adrenalinhaushalt unter Kontrolle zu halten und nicht auszurasten und etwas Unbedachtes zu tun. Es gab für diese Momente einen mentalen Trick, kombiniert mit einer Atemübung aus dem indischen Yoga. Aber beides hatte Caspari längst wieder vergessen. Jetzt konnte er nur noch tun, wovon der Psychologe, den aufzusuchen man ihn genötigt hatte, dringend abriet.

Er ging in die Luft.

»Ich will, dass hier jetzt Ruhe herrscht!«, brüllte er aus vollem Hals und hämmerte mit der Faust so heftig auf die Hutablage der Garderobe, dass ein wenig Putz von der Wand rieselte.

Schlagartig verstummte alles.

Happel und Kolcuoğlu starrten ihn verstört wie verängstigte Kaninchen an. Die Musik erstarb, und eine ungemütliche Stille breitete sich aus. Frau Mütze blickte beleidigt drein, und die KT-Kollegen aus Korbach senkten die Köpfe und fragten sich, wie es wäre, unsichtbar zu sein. Einen hörte man leise »Okay, okay …« sagen.

»So kann man nicht arbeiten«, kreischte Caspari. »Sie beide halten freundlicherweise die Klappe, bis Sie gefragt werden« – Blick zu Kolcuoğlu und Happel –, »und Sie kommen morgen aufs Revier und geben Ihre Aussage zu Protokoll, Frau Hut.«

»Frau Mütze«, korrigierten Happel und die Angesprochene gleichzeitig, was beiden einen weiteren strafenden Blick des bösen Mannes einbrachte.

»Hört euch das mal an, das ist interessant.« Aus den hinteren Räumen des Bungalows schritt frohgemut ein junger Beamte ins spannungsgeladene Wohnzimmer, der Casparis Ausbruch nicht mitbekommen hatte. Er hielt ein schnurloses Telefon in der Hand. »Jemand hat eine Nachricht auf seiner Mailbox hinterlassen. Kam gestern Abend kurz vor zehn.«

Caspari ergriff das Telefon und lauschte. Im Hintergrund schepperte das Lied *Born to Be Wild*, untermalt von Stimmensalat und Volksgemurmel. Eine Kneipe. Nach ein paar Sekunden meldete sich eine rohe Männerstimme, deren Besitzer sich keine Mühe machte, sympathisch zu wirken.

»*Henny, alte Schmalzbacke. Wir warten noch immer auf dich und das Geld. Du wolltest doch schon gestern bezahlen. Wir werden langsam ungeduldig. Also setz deinen Arsch jetzt langsam mal in Bewegung, sonst kannst du bald eine Weile nicht mehr darauf sitzen, kapiert?*«

»Schmalzbacke …«, wiederholte der Kriminaltechniker vielsagend, während er das Telefon von einem zum anderen weitergab. Auch Frau Mütze streckte die Hand danach aus, wurde aber übergangen. »Da wusste jemand ganz genau, was passieren würde. Und Winkler schien Schulden bei ihm zu haben …«

»Die Stimme kommt mir irgendwie bekannt vor«, nuschelte Happel.

Bevor ihm jedoch einfiel, wem sie gehören könnte, betrat mit großem Hallo Kriminaloberrat Horst Freckel den Raum, zwei blasse Kollegen der Korbacher Kripo im Schlepptau, die mit ihren Blicken sofort den Tatort vermaßen und für sich beanspruchten.

Freckel war ein übergroßer Troll mit grauschwarzem, leicht gelocktem Haar und leberfarbenen Schatten unter den Augen, die ihn immer ein bisschen kränklich und sentimental aussehen ließen. Wie das ahnungslose Opfer schleichenden Organversagens. Viele hielten ihn für einen verkappten Intellektuellen, was zwar schmeichelhaft war, aber nicht zutraf. Er sah gern *Sturm der Liebe* im Fernsehen und las im Urlaub Karl May. Er trug auch an diesem schönen Sommertag einen Trenchcoat. Das hielt er für die einzig passende Garderobe des Zivilpolizisten, seit er den jungen Blacky Fuchsberger in den alten Edgar-Wallace-Filmen bewundert hatte. Als dann später Inspektor Columbo populär wurde, fühlte er sich in seiner Kleiderwahl bestätigt.

Wer diesen Mann eine Weile beobachtete und seine Körpersprache studierte, der erwartete, dass Freckel plötzlich mitten im

Satz die Arme ausbreiten und zu singen beginnen würde wie Balu, der Bär aus dem Dschungelbuch:

Probier's mal mit Gemütlichkeit
Mit Ruhe und Gemütlichkeit
Jagst du den Alltag und die Sorgen weg …

Aber Freckel sang nicht, sondern begrüßte Polizeikommissar Happel mit einigem Überschwang und Schulterklopfen, denn er hielt sich allerhand darauf zugute, den jungen Mann damals für den Polizeidienst gewonnen zu haben. Auch die türkischstämmige Kollegin Kolcuoğlu verdankte ihre Anstellung der Fürsprache des gutmütigen Grobmotorikers. Mit diesen beiden Personalien war ihm ein großer Schlag gegen die fortschreitende Überalterung der hiesigen Truppe geglückt. Denn dies hier war das, was man im Fachjargon etwas herzlos eine *Endverwendungsdienststelle* nannte, in der hauptsächlich Beamte der älteren Jahrgänge ihren Dienst taten. Die Jungen, Ehrgeizigen und Abenteuerlustigen gingen, sobald sich die Möglichkeit bot, weg, nach Süden ins Rhein-Main-Gebiet, und entdeckten ihre Heimatverbundenheit erst in späteren Jahren wieder. Meist kurz nach dem ersten Bandscheibenvorfall.

»Na, Kollege Happel? Alles klar?«, erkundigte sich Freckel jovial. Gegen seinen operntauglichen Bass hörte sich Happel wie ein Welpe an.

»Ja, danke. Schönes Schlamassel hier, was?«

»Furchtbar, ganz entsetzlich.« Freckel schlenderte durch Winklers einfallslose Wohnzimmerödnis, die Arme auf dem Rücken, und ließ nicht erkennen, ob sich diese Äußerung auf das Verbrechen bezog oder die Inneneinrichtung.

»Henny Winkler, hm?«, grummelte er versonnen. »Ich habe mir ja nie etwas aus seiner Musik gemacht. Meine Frau fand ihn gut …«

»Tja. Jetzt ist er tot«, bilanzierte Happel.

»Heimtückisch von seinem Frisör ermordet«, soufflierte der hilfsbereite Kriminaltechniker mit dem Telefon.

»Na also.« Freckel fand sofort Gefallen an dieser Theorie. »Fall so gut wie gelöst. In Rekordzeit. So mag ich das. Was meinen Sie, Happel?«

»Könnte sein. Allerdings sollte man sich ja immer davor hüten, voreilige Schlüsse zu ziehen. Ich, zum Beispiel, meine« – er sah hinüber zu Frau Mütze, die seinen Blick mit einer emporgezogenen Augenbraue erwiderte, als ziele sie mit ihrem unsichtbaren Walkürenspeer auf ihn, während Nadide sie aufforderte, den Raum nun zu verlassen –, »dass man bei einem prominenten Opfer wie Henny Winkler immer auch das Motiv enttäuschte Liebe und Eifersucht bedenken sollte.«

»Ach, und was spricht nun gegen den Frisör als Täter?«

»Na ja«, erklärte Happel, »man müsste sich die Frage stellen, warum ein Frisör sein Opfer nicht gleich durch einen Stich mit der Schere oder einen Schnitt mit dem Rasiermesser erledigt hat, sondern sich die ganze Mühe mit dem Schmalz macht?«

Caspari, dessen Wutanfälle immer schnell verrauchten, sobald er einmal Dampf abgelassen hatte, verfolgte das Gespräch und war tatsächlich ein bisschen stolz auf den jungen Happel. Der machte zwar einen einfältigen Eindruck, aber man konnte ihn so leicht nicht hinters Licht führen.

»Soso«, sagte Freckel und rieb sich wohlwollend die Hände. »Aber jetzt sage ich Ihnen mal etwas, das Sie noch nicht wissen können.« Der erfahrene Kriminalbeamte fühlte sich verpflichtet, seinen reichen Schatz an Polizeiweisheiten mit dem Nachwuchs zu teilen. Dazu nahm er Aufstellung in der Mitte des Raumes, nicht weit von der Stelle, an der Winklers gefesselter Leichnam gelegen hatte, bog seinen Oberkörper ein wenig zurück und streckte bedeutungsvoll seinen Bauch heraus. »Da kann man noch so grübeln und nachdenken und sich die aberwitzigsten

Theorien zurechtspinnen – aber am Ende ist die Lösung doch immer das Naheliegende«, dozierte er wohlwollend. »Wenn Sie, zum Beispiel, an einem Tatort Federn finden, dann denken Sie bitte an Hühner. Oder von mir aus an Enten. Vielleicht sogar an Gänse. Aber denken Sie bloß nicht an Engel. Verstehen Sie, was ich Ihnen damit sagen will?«

»Ich versteh das schon«, sagte Happel ein bisschen trotzig.

»Man kennt dieses Prinzip als *Ockhams Rasiermesser*. Es heißt auch *das Prinzip der Sparsamkeit*. Denn wenn man es konsequent anwendet, dann erspart man sich viel Mühe und überflüssige Arbeit.« Er blickte bedeutsam in die Runde. Und alle Anwesenden konnten bestätigen, dass der listenreiche Freckel noch nie in den Verdacht geraten war, sich zu viel Mühe gegeben oder in überflüssige Arbeit investiert zu haben.

»Aber was, wenn es Weihnachten ist?« Happel konnte mit seiner spitzfindigen Frage nur für eine kurze Irritation sorgen, denn Freckel hatte keine Geduld für Widersprüche.

»Es bleibt dabei: Hühner, keine Engel. Basta. Das war schon immer so, und es gibt von dieser Regel keine Ausnahmen. Auch nicht an Weihnachten. Merken Sie sich das. So. Und jetzt schauen wir uns das hier mal gründlich an …«

Damit waren die uniformierten Frankenberger Kollegen, die nur den sogenannten »ersten Angriff« durchzuführen hatten, endlich abgemeldet und konnten sich wieder den angenehmeren Seiten des ländlichen Polizeialltags zuwenden. Radarfallen aufstellen. Verschwundene Nutztiere suchen. Unfallberichte und Protokolle schreiben und tote Rehe und Wildschweine von der Fahrbahn kratzen lassen.

Caspari überließ den Korbacher Zivilkollegen, die sich als Fackiner und Landau vorgestellt hatten, mit freundlichem Gruß und verbindlichem Händedruck gern das Feld.

Polizeikommissar Happel trug den Kollegen die bisherigen Ermittlungsergebnisse aus seinem Notizheft vor, während Freckel immer wieder Caspari mit misstrauischem Blick von der Seite musterte. Was mochte er wohl bei dem Termin im Polizeipräsidium in Kassel erfahren haben, das ihn so verstimmte? Viel konnte es jedenfalls nicht sein.

Niemand wusste viel über Thomas Caspari.

Ein Großmaul und ein Rabenvater

Die beiden jungen Frankenberger Polizisten hatten es plötzlich sehr eilig, von hier wegzukommen und einen möglichst großen Abstand zwischen sich und den cholerischen Neuling zu bringen. Aber Caspari wollte sich partout nicht abhängen lassen.

»Hey – warum gehen wir nicht zusammen was essen?«, rief er ihnen hinterher.

Sie konnten sich mehr als nur eine Antwort auf diese Frage vorstellen, denn sie waren noch immer etwas eingeschüchtert, so als könne sich sein hässlicher Wutausbruch von vorhin jederzeit wiederholen.

»Auf der Herfahrt habe ich unten an der Hauptstraße einen Italiener gesehen – ich zahle!«

»Klaro!«

»Super!«

»Da sitzt man sehr schön …«

Echte Begeisterung sah anders aus. Aber man durfte diesem Mann keinen neuen Anlass geben, sich wie ein Irrer zu gebärden. In Wirklichkeit waren sie natürlich beide nicht erpicht darauf, sich zumindest heute länger als nötig in der Umgebung des Grobians aufzuhalten.

In einem ruhigen Moment während der Übergabe hatte Kolcuoğlu Happel gesteckt, was sie in der Datenbank herausgefunden hatte: dass diese plötzlichen, rabiaten Gemütsschwankungen der eigentliche Grund dafür waren, dass Caspari nunmehr hier in der Provinz seinen Dienst versah.

»Strafversetzt wegen *gaga* …«, hatte sie geflüstert und ließ dabei ihren Zeigefinger vielsagend an der rechten Schläfe kreisen …

Es war eine rustikal eingerichtete Landpizzeria mit grünen Sitzbezügen und gusseisernen Verzierungen, die aus den Rückenlehnen der Bänke wuchsen. Die drei Beamten in Uniform waren die einzigen Gäste, und der unvermeidliche Luigi, Enzo, Mario, den alle in der Stadt duzten und dessen Nachnamen niemand kannte oder kennen wollte, plazierte sie großzügig am Tisch mit der besten Aussicht – auf den Parkplatz hinaus.

Vorsichtshalber sprachen Kolcuoğlu und Happel nicht viel, während sie ihre Pizza verspeisten. Sie gingen artig abwechselnd auf seine Fragen ein. Aber ein angeregtes Gespräch unter Kollegen wollte nicht zustande kommen.

Caspari befragte sie zu ihrem Alltag, den Kollegen, dem Stationschef, EPHK Felix Lautenschläger, und den Besonderheiten der immer noch vergleichsweise friedlichen Frankenberger Unterwelt. Die beiden antworteten immer mit höchstens zwei Sätzen und hatten jedes Mal Angst, durch ein falsches Wort seinen unberechenbaren Zorn herauszufordern.

Erst als Caspari von der trostlosen Privatpension berichtete, in welcher er übergangsweise Unterschlupf an seinem neuen Dienstort gefunden hatte, da bot ihm Kolcuoğlu unverzüglich eine neue Bleibe in ihrem Mietshaus in der Sudetenstraße an. Das Haus lag sehr günstig und nicht einmal zwei Fußminuten von der Frankenberger Polizeistation in der Breslauer Straße entfernt. Eine kleine Zweizimmerwohnung war dort kurzfristig wegen einer komplizierten Familiensache frei geworden, sagte Nadide. Die Wohnung war frisch renoviert, teilweise möbliert, und sogar die Küche war voll eingerichtet. Die Miete war nach allem, was Caspari aus den letzten Jahren aus dem Frankfurter Raum gewohnt war, mehr als günstig.

»Du kannst von mir aus sofort einziehen«, bot Nadide an. »Wenn es dich nicht stört, dass ich im Stockwerk darüber wohne.«

»Nein, das stört mich natürlich nicht«, versicherte Caspari artig und dachte: *ganz im Gegenteil*. Laut sagte er mit gespielter Verwunderung: »Gehört dir das ganze Haus?«

»Ja. Das war eine Vorauszahlung auf das Erbe von meinem Vater. Türkische Familienoberhäupter sorgen sehr gut für ihre Töchter« – sie lächelte – »und noch besser für ihre Söhne.«

»Da müsstest du ja eigentlich gar nicht mehr bei der Polizei arbeiten und könntest bequem von den Mieteinnahmen leben.«

»Ja, das wäre ein Spaß.« Sie schnaubte. »Mich den ganzen Tag mit Mietern herumschlagen, die meinen, dass sie mir eigentlich fürs Wohnen nichts bezahlen müssen, weil sie sich alle für Cousins oder Onkel und Tanten halten. Nein danke. Ich will lieber einen richtigen Job. Außerdem hilft es ungemein, nicht nur Vermieterin, sondern auch Polizistin zu sein. Wenn sie schon vor mir keinen Respekt haben, dann wenigstens vor der Uniform.«

»Oh, das kann ich gut verstehen.« Caspari lächelte und schaute an sich herunter. »Die macht ja auch wirklich was her, diese Uniform.«

Sie zeigte ebenfalls ihr nettestes Lächeln, und er sah irritiert, dass sie in diesem Licht einen leichten Silberblick hatte, der sehr orientalisch und sehr liebenswert war. Trotz oder gerade wegen der phantasielosen Uniform strahlte sie eine Weiblichkeit aus, der selbst er sich für einen Moment nicht entziehen konnte. Sie tastete ihn mit Blicken ab und stutzte, als sie sein Handgelenk erreicht hatte.

»Schöne Uhr«, befand sie.

»Danke. Ein Geschenk …«

Eine ungemütliche Pause entstand. Die neuen Kollegen Caspari und Kolcuoğlu hatten sich beschnüffelt, abgeschätzt und eingeschätzt und waren beide zu dem Ergebnis gekommen, dass sie sich voreinander in Acht zu nehmen hatten.

Kolcuoğlu, die über ein fast übersinnliches Gespür für Ungereimtheiten verfügte, beschloss, dass sie Caspari nicht trauen konnte. Sie hätte nicht genau sagen können, woher sie diese Gewissheit nahm. Aber sie hätte schwören können, dass er ein falsches Spiel spielte. Er war so ein Typ, der ultranett und superkollegial auftrat. Aber gerade denen war nicht zu trauen. Die führten immer was im Schilde und waren die Ersten, die einem ein Messer in den Rücken stießen, wenn man es am wenigsten erwartete. War es seine aufgesetzte Freundlichkeit, unter der ein jähzorniger Bastard schlummerte? Oder war es diese Uhr, die sie von irgendwoher kannte? Sie hatte exakt dieses ausgefallene Modell schon einmal aus der Nähe gesehen. Und sie hatte keine guten Erinnerungen an diesen Moment.

Wie das so ist bei längeren Gesprächsunterbrechungen – nach einer Weile fingen zwei Leute im gleichen Moment an zu reden.

Happel sagte zusammenfassend: »Schöner Mist, die Sache mit Winkler …«

Und Caspari sagte: »Tut mir leid, mein kleiner Ausbruch da vorhin.«

Nadide starrte beide mit ihrem leichten, levantinischen Silberblick an und sagte nichts, bis sich die Herren sortiert hatten.

»Verzeihung«, sagte Marti Happel, »was sagten Sie?«

»Der Anschiss da eben. Das war nicht so gemeint. Ich werde gelegentlich ein bisschen lauter. Das ist aber nie böse oder persönlich gemeint. Wirklich. Es ist eine milde Form von DMDD.«

»DM – was?«, fragten die Jungen im Chor.

»*Disruptive Mood Dysregulation Disorder*«, erklärte Caspari hochtrabend auf Englisch. Es hätte genauso gut Altgriechisch oder Isländisch sein können.

»Ach so«, sagte Happel, der zwar keine Ahnung hatte, worum es ging. Aber er meinte, er sei damit wie so oft der Einzige. Und das wollte er nicht sein.

»Disruptive Launen-Fehlregulationsstörung«, erklärte Caspari, als müsse jetzt der Groschen fallen. »Manche sagen, es befalle nur Kinder. Aber das stimmt nicht. Ich war als Kind ganz ruhig und habe es erst nach vielen Jahren im Polizeidienst bekommen.«

»Da kann man ja auch wirklich manchmal wütend werden«, bestätigte Happel.

»Ich habe es nicht die ganze Zeit. Nur in Episoden.«

»Episoden«, wiederholte Nadide und dachte: *ein gelehrtes Wort für eine Geisteskrankheit.*

»Jedenfalls – es tut mir danach auch immer sehr leid. Also noch mal: sorry. Zu allem Überfluss habe ich nämlich zurzeit auch noch etwas Stress mit der Familie.«

»Kein Thema. Das haben wir doch alle irgendwann«, sagte Nadide und kippte mit einem Schulterzucken den Rest ihres Mineralwassers hinunter. *Erzähl ruhig mehr davon,* dachte sie. Glauben würde sie ihm ohnehin höchstens die Hälfte.

»Mein Sohn, der Lars, ist gerade in einem schwierigen Alter …« Die beiden Jüngeren senkten teilnahmsvoll die Blicke. Aber Caspari wusste, dass sie ihn nicht verstehen konnten, bis sie selbst später einmal Kinder in diesem Alter hatten. Kein Unbeteiligter konnte nachfühlen, welche Prüfung diese verfluchten Jahre der ständigen Konfrontation und Provokation für einen erwachsenen Menschen und Erziehungsberechtigten darstellten. In der Steinzeit waren bestimmt neun von zehn Pubertierenden von ihren Vätern mit der Keule erschlagen und an Säbelzahntiger verfüttert worden. Es grenzte an ein Wunder, dass der Mensch als Gattung das überleben konnte.

»Wie alt ist er denn, der Lars?«, fragte Kolcuoğlu.

»Dreizehn«, antwortete er, ohne nachzudenken, und setzte dann schnell hinzu: »Ach, nee, Moment … er ist ja längst vierzehn.« *Großartig,* dachte er. *Da vermittele ich doch gleich das perfekte Bild eines verantwortungsvollen Vaters. Kann sich nicht mal daran erinnern, wie alt sein einziger Sohn ist.* Nadides hochgezogene Augenbraue verriet ihm, dass ihr tatsächlich dieser Gedanke durch den Kopf ging. *Sieh mal an. Großmaul und Rabenvater.*

»Oh, ja, das ist wirklich ein sehr schwieriges Alter«, stimmte Happel zu. »Ich kann mich noch erinnern, wie das war, als ich vierzehn war …« Eigentlich war gar nichts Schwieriges mit ihm geschehen, als er vierzehn Jahre alt war. Auch nicht davor oder danach. Aber er wollte so gern verbindlich sein.

»Ja, wirklich. Ein verflixtes Alter«, wiederholte Caspari. *Verflixtes Alter oder nur verflixt schwierig zu merken?*, schien Nadide zu denken, und Caspari fühlte sich nicht zum ersten Mal von ihr ertappt. Es war diese schräge Art, ihn anzusehen. Dieses leichte Neigen des Kopfes zur Seite, dieses Zusammenpressen der vollen Lippen und das skeptische Blähen der Nasenflügel. All das missfiel ihm und machte ihn unsicher. Und dann fiel ihm zu seiner Zerknirschung auch noch ein, dass Lars genau genommen vor zwei Wochen seinen fünfzehnten Geburtstag gefeiert hatte, und jetzt war ihm die Stimmung total verhagelt. Wie hatte er das vergessen können?

»Ach«, seufzte er scheinheilig. »Die schöne Zeit mit den Kindern, die vergeht so schnell. Und bevor man kapiert, wie schön es ist, sind sie mit einem Mal erwachsen …«

»Die Jahre fliehen pfeilgeschwind …«, zitierte Nadide mit einem seelenvollen Seufzer aus Schillers »Glocke«.

Gnädig erlöste ihn das Telefon, das er neben sich auf das grüne Polster der Sitzbank gelegt hatte, mit dem penetranten SMS-Doppelbrummen.

»Schon wieder Freckel«, sagte Caspari mit einem erleichterten Blick aufs Display. Irgendwie hatte er wohl weitere Beschimpfungen seiner Ex-Frau Cordula erwartet.

»*Klauen Milchbar Festessen und zum Stadion bringen, Grunz KOR Ferkel*«, las er vor. »Na, dass sind die Kollegen ja wohl zu demselben Ergebnis gekommen wie wir: dass man sich den Herrn Melchior mal näher ansehen sollte. Ich gehe davon aus, dass *Festessen* so viel wie *festnehmen* heißen soll, oder?«

»Das würde ich auch sagen«, pflichtete Happel bei. »Sie lernen seine Geheimsprache wirklich sehr schnell.«

Caspari reichte ihm die Hand über den Tisch. »Ich heiße Thomas.«

Happel schlug freudig ein. »Und ich heiße Martin. Sie, äh, also du kannst mich natürlich auch Marti nennen. Das tun eh die meisten.«

Nadide deutete wieder einmal cool ihren militärischen Salut an, indem sie mit dem Zeigefinger an den Rand ihrer imaginären Mütze tippte. Sie war nicht die Person, die viel Wert auf protokollarische Formen und hierarchische Usancen legte. Sie hatte den Neuen vom ersten Moment an geduzt.

»Dann lasst uns mal aufbrechen und diesen Herrn Melchior *Festessen* und zum *Stadion* bringen.«

Damit erhob er sich und signalisierte den beiden anderen jedoch, noch sitzen zu bleiben. »Nur einen Moment noch. Ich bin gleich wieder bei euch. Nur ein kurzer Anruf. Wegen dieser Sache mit meinem Sohn …«

Nadide hatte sofort ihr Smartphone zur Hand und vertiefte sich in eine dringende Internet-Recherche. Auch Caspari bearbeitete, während er durch den menschenleeren Gastraum schlenderte, mit dem rechten Daumen sein Handy und schob, als er fast den Ausgang erreicht hatte, dem öligen Luigi, Enzo, Mario mit einem Augenzwinkern fünfzig Euro über den Tresen.

Die Wiesbadener Nummer, die er gewählt hatte, stand in keinem Telefonbuch und war auf keiner Liste vermerkt. Roman Liebold, der Leiter einer sehr kleinen Abteilung, von deren Existenz nur er selbst, der Innenminister, Caspari und eine Handvoll vertrauenswürdiger Kollegen im LKA und in der zentralen Frankfurter Ermittlungsgruppe wussten, riss wie immer den Hörer noch während des ersten Klingelns von der Gabel.

»Ja.«

Keine Frage, sondern eine Feststellung. Liebold machte im Dienst aus Prinzip nicht viele Worte. Er war fast zehn Jahre jünger als Caspari und nicht wie dieser im Polizeiapparat aufgestiegen, sondern seitwärts aus dem Haifischbecken der Politik gekommen. Und irgendwann würde er dorthin zurückkehren. Als

Staatssekretär oder lieber noch als Minister. In Wiesbaden oder sogar in Berlin. Denn er kannte einige wichtige Leute in der Regierung und in der Partei. Er war smart und unauffällig, immer wie aus dem Ei gepellt, emotionslos und effizient wie eine Maschine.

»Und?«, fragte Caspari. Denn auch er beherrschte die Kunst, mit wenigen Worten viel zu sagen. Er stand neben der Garderobe am Eingang und hatte den Gastraum und seine Möblierung aus dunklem Holz und grünen Polstern im Blick. Happel und Kolcuoğlu saßen am Tisch und vermieden Augenkontakt. Marti starrte aus dem Fenster auf den Parkplatz, Nadide bearbeitete immer noch ihr Telefon. Ihr Lockenhaar verschluckte dabei ihr Gesicht fast vollständig. Nur das markante Kinn und ihre stattliche, aber attraktive Nase ragten wie Türme aus der schwarzen Haarwolke hervor.

»Es ist genau, wie wir vermutet haben«, sagte Liebold. »Sie hat angebissen und ahnt nichts. Mach also weiter wie abgesprochen.«

»Sie ist sehr misstrauisch. Und clever ist sie auch.«

»Wir sind cleverer. Und wir sind die Guten. Noch was?«

Caspari kaute gedanklich schon eine ganze Weile auf diesem Satz herum, den er nur ungern aussprach. Familiendinge gehörten prinzipiell nicht hierher, das wusste jeder und versuchte, sie ganz klein und ganz weit weg zu halten. Aber dies war ein Notfall.

»Ich brauche deine Hilfe.«

»Scheiße«, sagte Liebold. »Wobei?«

Caspari schluckte, als würge er eine bittere Pille hinunter. »Lars ist abgehauen.«

»Lars? Also, dein Sohn Lars?« Caspari meinte, eine kleine Veränderung in Liebolds Stimme bemerkt zu haben. So als sei sein Gesprächspartner einen Schritt vor ihm zurückgewichen. Aber vielleicht war das auch nur Einbildung.

»Ja. Mein Sohn Lars. Er ist vierzehn, nein, verdammt, fünfzehn.«

Kurze Pause, lange genug für ein lautloses Seufzen und einen flehenden Blick zum Himmel.

»Schwieriges Alter … okay. Ich kümmere mich.«

»Versucht's mal mit Handyortung, Bewegungsprofil, Abhören, wenn nötig. Vielleicht sogar Beschatten. Wenn ihr ihn habt, könnt ihr ihn auch gern für ein paar Tage einlochen. Das wird ihm eine Lehre sein.«

»Ich weiß schon, was ich tue. Ciao.«

Aufgelegt.

Der LKA-Mann war kein Freund langer Gespräche am Handy. Dazu hörte er selbst zu viele Gespräche ab. Immerhin wusste Caspari nun seine heikle Familienangelegenheit vorerst in den besten Händen. Jedenfalls polizeitechnisch. Er selbst würde sich auch kümmern müssen. Auch das wusste er. Und zwar schon seit einigen Jahren. Denn so lange merkte er bereits, wie ihm sein eigener Sohn immer mehr entglitt. In lichten Momenten gestand er sich ein, dass er so gut wie gar nichts über Lars wusste. Er kannte manche der Gangster, mit denen er es zu tun hatte, mittlerweile besser als seinen Jungen. Er hatte mehr verpasst, als er jemals nachholen konnte. Er war nie bei ihm gewesen, um vorzulesen, mit ihm zu basteln oder ihm bei den Hausaufgaben zu helfen. Oder einfach nur Quatsch zu machen, rumzutoben oder zu kuscheln. Jetzt war es für all das unwiderruflich zu spät. Jetzt waren alle schönen Aspekte des Vaterseins vorbei, und es ging nur noch um Fragen wie: *Wer bezahlt den Führerschein? Warum warst du gestern nicht in der Schule? Übernimmt das die Haftpflicht?*

Jetzt musste er sich, was private Dinge anging, mit den Informationen begnügen, die Lars über Facebook herausgab. Und die hatten allenfalls noch entfernte Ähnlichkeit mit seinem Sohn, wie er ihn kannte oder gern gekannt hätte.

Selfies, die ihn mit seinen Kumpels beim Genuss von Joints und Alkohol zeigten. In der Fotogalerie seiner sogenannten *Freunde* befanden sich erschreckend viele tätowierte Gören, die sich selbst halb nackt vor dem Schlafzimmerspiegel abgelichtet hatten. Dazu die intelligenzlosen Visagen von halbstarken Schulabbrechern und potenziellen Kleinkriminellen. Das war nun also die Art von Menschen, mit denen Lars seine Jugend verbrachte und dabei immer öfter seine kranken Computerspiele mit der Realität verwechselte. Der Tiefpunkt – vielleicht nur der vorläufige – war erreicht, als ihn neulich die Kollegen vom 3. Revier bewusstlos mit einer Alkoholvergiftung im Park unweit des Palmengartens in Frankfurt aufgelesen hatten. Über diesen und andere Exzesse musste dringend gesprochen werden – aber das war keine Veranstaltung, auf die sich der Vater freute. Und die Mutter auch nicht. Deshalb wurde sie immer wieder aufgeschoben. Während alle Beteiligten wider besseres Wissen sehnsüchtig darauf warteten, dass Lars endlich zur Vernunft kommen würde.

Stattdessen war er abgehauen.

Tief in Gedanken versunken, war Caspari aus dem Lokal gegangen und fand sich draußen auf dem Parkplatz wieder, für einen Moment ohne Bezug zu diesem Ort und zur Gegenwart. Wieso war er hier? Und wo war eigentlich sein Auto? *Ich will nach Hause,* dachte er, ohne zu wissen, wo das eigentlich war und was er dort anfangen wollte.

»Danke noch mal für die leckere Pizza.« Nadide war neben ihm aufgetaucht. Hinter ihr erschien Marti Happel, der sein Uniformhemd zurechtzupfte. Es gab keinen Moment, in dem er und seine Polizeikleidung harmonieren wollten.

Als Caspari sich zu den beiden umdrehte und sie sein Gesicht sah, legte Kolcuoğlu den Kopf leicht schräg.

»Alles in Ordnung?«, fragte sie. »Du siehst angestrengt aus.«

Er schaute durch sie hindurch und murmelte: »Wann ist es zu spät, sein Leben zu ändern?«

Die 25-Jährige wusste natürlich auf diese Frage keine Antwort, und er erwartete wohl auch keine.

»Was jetzt?«, fragte Happel, der sein Leben ändern wollte, seit er ein Kind war, und dabei aber leider nie sehr weit gekommen war.

»Ich schlage vor, Marti fährt in die Station und schreibt den Bericht. Und wir beide kümmern uns um Herrn Melchior«, sagte Caspari.

»Das ist eine gute Idee!« Happel musste nicht lange überzeugt werden. Sein Bedarf an Aufregung war nach dem Leichenfund am Morgen nicht nur für heute, sondern für die kommenden Wochen gedeckt. »Macht euch keine Gedanken – ich gehe zu Fuß ins Büro zurück. Ein bisschen frische Luft kann ich jetzt gut gebrauchen.«

Damit trabte er davon, und die beiden standen vor dem Dienstopel.

»Soll ich fahren?«, bot sie an.

»Gern. Ich kenne mich ja hier noch nicht so gut aus.«

»Nach spätestens einer Woche wird das anders sein, glaub mir. Da kennst du die ganze Gegend wie deine Westentasche. Und die bösen Buben, die kennst du dann auch schon alle. So viele sind es nämlich nicht.«

»Tatsächlich? Das sind ja beruhigende Aussichten.«

Sie ließ sich hinter dem Steuer des Opels nieder und ruckelte sich den Sitz zurecht. Mindestens drei Stufen nach vorn nach dem langen Lulatsch Happel. »Es ist hier bei uns alles sehr überschaubar. Jeder kennt jeden …«

Nadide, zum Beispiel, hatte sofort den Anrufer auf Henny Winklers Mailbox erkannt. Aber sie behielt dieses Wissen für sich, denn sie wollte unbedingt allein mit dem Mann reden, der den an einer Überdosis Schmalz erstickten Schlagerfuzzi eine »Schmalzbacke« genannt hatte. War das nur ein dummer Zufall, oder war es am Ende Täterwissen?

Caspari nahm auf dem Beifahrersitz Platz und schaute auf die Uhr.

»Ist es weit bis in dieses Geisendings?«

»Es heißt Geismar. Nein. Nichts ist weit hier. Ich schätze, dass wir in zehn Minuten da sind.« Sie blickte wieder auf sein Handgelenk. »Wirklich eine sehr schöne Uhr, die du da trägst. Ist die etwa echt?«

»Alles andere wäre eine Überraschung«, sagte er mit gedankenvollem Lächeln zu dem guten Stück.

»Verstehe …«, erwiderte sie.

Als Caspari mit Wiesbaden telefonierte, war sie auf dem Smartphone einem Verdacht nachgegangen, der sich auch bald bestätigt hatte. Diese auffällige, schwarz-goldene Uhr, die er trug, war tatsächlich eine *Audemars Piguet, Royal Oak Offshore*. Genau dieses Modell hatte vor einiger Zeit ihr Bruder Tarkan ihrem Vater zum sechzigsten Geburtstag geschenkt, was eine mittlere Katastrophe zur Folge hatte. Mehmet Kolcuoğlu weigerte sich nämlich mit der ihm eigenen Sturheit, dieses teure Geschenk anzunehmen. Und Tarkan drohte in seiner theatralischen Art, sich eher die Hand abzuhacken, als sie zurückzunehmen. Ein unvergessliches Familienfest im Hause Kolcuoğlu, das beinahe zur Familientragödie geworden wäre.

Daher wusste Nadide, dass diese Uhr, die ihr neuer Kollege wie selbstverständlich trug, so um die fünfunddreißigtausend Euro kostete. So gut verdienten wohl auch die Superbullen in Rhein-Main nicht, dass sie sich einfach einen solchen Zeitmesser an den Arm binden konnten.

Vielleicht waren die plötzlichen Zornesausbrüche des Kollegen Caspari ja nicht sein einziges Problem, dachte sie nun. Vielleicht drückte der gute Mann öfter mal zum richtigen Zeitpunkt ein Auge zu und hielt dafür an der richtigen Stelle die Hand auf. Und vielleicht war er dabei erwischt worden. Eines stand für POK Nadide Kolcuoğlu fest: Dem Mann war nicht zu trauen.

Gut, dass er in ihr Haus einzog, da hatte sie ihn immer ganz nah und unter Aufsicht.

»Dann nehmen wir uns den Herrn Melchior doch einmal vor«, sagte er, und sie nickte und fädelte den Opel Richtung Geismar in den Verkehr ein.

Was immer du willst, dachte Nadide. *Aber bitte verschone mich und die Welt mit deinen Episoden.*

Insesanscheinofjurlaahahahahaaf

Es gab auf der Welt keinen besseren Ort, um aufzuwachsen. Die leicht hügelige Wald- und Wiesenlandschaft zwischen Frankenberg und Bad Wildungen war, aus Kinderaugen betrachtet, ein einziger, riesiger Abenteuerspielplatz. Mit Bachläufen und Teichen, Steinbrüchen und Obstwiesen. Mit verwitterten Hochsitzen, einsamen Wettereichen und lauschigen Lichtungen, über denen die Mücken im Sonnenlicht tanzten. Der Waldboden war unter den Entdeckerfüßen weich gepolstert mit Tannennadeln oder Heidelbeerkraut, und plötzlich endete die Expedition vor einer Wand aus reichlich beladenen Himbeersträuchern. Es gab auch verlassene, morsche Hütten, in denen möglicherweise unaussprechliche Dinge geschehen waren. Und es gab verwunschene Schluchten und Hohlwege, mutmaßliche Schauplätze von Hinterhalten und Überfällen. Man munkelte von tückischen Mooren und Fallen aus Treibsand, die manch ahnungslosen Wanderer verschluckt hatten. Und es gab auch Höhlen und sogar verborgene Stollen in den Hängen und unerforschten Weiten des Nationalparks Kellerwald-Edersee. Es kursierten alarmierende Geschichten von Hexen, Wilderern und entsprungenen Insassen der Nervenheilanstalt in Haina. Aber auch Legenden erzählte man sich von vergrabenen Schätzen und verlorenen Streitäxten oder Sturmgewehren aus längst vergangenen Schlachten.

Hier, wo die Lerchen jubilierten, die Forellen sprangen und die Hirsche röhrten, wurde sogar der Biber wieder heimisch, und in den Dörfern roch es wohltuend nach Kuhstall, Dämpfkartoffeln und frisch gemähtem Gras. Hier konnte ein Verkehrsunfall mit leichtem Blechschaden in mindestens fünf Ortschaften entlang der Durchgangsstraße für ein anregendes Tagesgespräch sorgen.

Und tags darauf warf er noch eine halbseitige Geschichte für die Lokalpresse ab.

Der Zauber der Schlichtheit und die Nähe zur Natur hatten freilich ihren Preis. So gab es im Umkreis von zwanzig Kilometern keinen Zahnarzt, keine gut sortierte Drogerie und keine Kneipe. Auch herrschte über viele Jahre in der örtlichen Gastronomie ein schmerzhafter Mangel an Fachkräften, die den Unterschied zwischen einem Instantkaffee mit Sprühsahne und einem Cappuccino hätten benennen können.

Das war zwar nicht der wichtigste, aber vielleicht einer von vielen Gründen, warum junge Menschen ihrer Heimat den Rücken kehrten und von hier wegzogen. *In die Fremde*, wie man das hier formulierte und sich dabei immer ein wenig verloren fühlte, weil es tiefsitzende Ängste schürte. In *der Fremde* war man auf sich gestellt, machte unwissentlich einen Narren aus sich und wurde von wildfremden Menschen leicht übers Ohr gehauen. Deshalb gab es durchaus auch Leute, die sich bewusst für das Hierbleiben entschieden. Das waren in der Mehrzahl entweder in sich ruhende und beneidenswert ausgeglichene Charaktere oder tragische Loser.

Klaus »Klausi« Melchior gehörte zweifelsfrei zu den Letzteren.

Den Hof in Frankenbergs Nachbardörfchen hatte schon sein Großvater bewirtschaftet, der seinerzeit im Stallgebäude noch eine Milchkuh namens Alma und eine ständig wechselnde Zahl von Kaninchen hielt. Sein musisch interessierter, wenn auch nicht eben begnadeter Enkel Klaus hatte vor kurzem den muffigen Stall zu einem Tonstudio ausgebaut und rechnete jeden Tag mit seinem weltweiten Durchbruch als Produzent. Sein großes Vorbild war der Erfinder von *Boney M.*, Frank Farian. Und seine Nemesis war Jack White, der unter anderem für Renate und Werner Leismann das Lied *Ein Schlafsack und eine Gitarre* geschrieben hatte. Das behauptete er zumindest.

»Das ist in Wirklichkeit mein Lied«, vertraute Klaus unter dem Einfluss von reichlich Jägermeister und Cannabis seinen Kumpels an, die wie gebannt auf die wundersamen Formen starrten, die in Klausis Lavalampe entstanden und vergingen. »Jack White hat es mir damals bei einem gemeinsamen Campingurlaub geklaut. Genauso wie die Idee mit David Hasselhoff.«

Zwar wusste keiner, welche Idee mit David Hasselhoff gemeint war. Aber jedem seiner Gäste war klar, dass es viele bekannte Künstler gab, die nur so weit nach oben gekommen waren, weil sie sich an irgendeinem Punkt in ihrer Laufbahn schamlos an Klausi Melchiors unerschöpflicher Ideenkiste bedient hatten. Natürlich, ohne ihn zu fragen. Jack White war nur einer von vielen.

»Ich bin zehnmal so gut wie Jack White«, pflegte Klaus Melchior zu behaupten. »Ich hätte Roland Kaiser und Tony Marshall auch groß rausbringen können. Und den Hasselhoff sowieso. Aber bei mir wären sie alle noch größer geworden als bei Jack White.«

»Klaro, logo, super. Tony Marshall«, lallten seine Kumpels, die sich gern bei ihm aufhielten, wo es im Winter warm war, nach Mottenkugeln, Dosenravioli und Heimat roch und wo es immer was Leckeres zu rauchen gab. »Und du hättest ihm auch gleich noch die Haare schneiden können. Tolle Sache …«

Damit spielten sie auf Melchiors Frisörlehre an, die er in jungen Jahren absolviert hatte.

Im ehemaligen Heuboden über seinem Stallstudio hatte Melchior vor Jahren schon eine kleine Cannabis-Plantage angelegt. Ausschließlich für Eigenbedarf, seinen persönlichen und den seiner Artgenossen. Die verbrachten, des köstlichen Grases und der anregenden Gespräche wegen, fast jeden Abend auf den knarzenden Bastmöbeln in seiner Wohnküche und fingerten sich, immer wieder in Erinnerungen schwelgend, durch Klausis enorme Schallplattensammlung, welche einige tausend LPs umfasste und die ganze Wand vom Fußboden bis zur Decke beanspruchte.

Da hockten Georg Kampe, genannt Schorsch, früher Schlagzeuger. Werner Pohl, genannt Achim, der immer noch Trompete im Feuerwehrchor spielte, und Fritz Boucsein, genannt Fritzi, aus Louisendorf, der nichts mit Musik am Hut hatte. Wie Klausi gehörten diese drei zu jenen, die nie den Absprung geschafft hatten und das auch nie bereuten, weil das Leben schön war und die Erinnerungen angenehm. Deshalb sprachen sie viel von früher und lauschten der Musik, die nur noch in den Köpfen gescheiterter Rebellen und pensionierter Karussellbremser nachhallte.

»Damals, als ich noch mit Henny Winkler auf der Bühne stand, da waren wir zehnmal so beliebt wie Tony Marshall. Und zwanzigmal so gut.«

»Klaro. Henny war ganz große Klasse. *Titikaka, Tikitaka, Bamboleo und Hallo.*«

»Und du auch. Du warst der Größte. Du kamst für mich gleich hinter Bruce Lee«, gestand Fritzi, der vollkommen ahnungslos war und dennoch gern mitreden wollte.

»Hä? Bruce Lee? Hamse dir ins Hirn geschissen? Meinste vielleicht Jack Bruce?«

»Ja, genau. Mein ich ja. Jack Bruce.«

»Von Cream. Jack Bruce von Cream.«

»Soll ich was von Cream auflegen?«

»Insesanscheinofjurlaahahahahaaf.«

»Supergroup.«

»Nee, lass mal. Wie hieß denn noch mal dieser andere Bassist, den ich meine?«

»Wie soll ich denn wissen, welchen Bassist du meinst?«

»Roger Waters!«

»Nee. Der andere. Der von Emerson, Lake und Palmer.«

»Der hieß entweder Lake oder Palmer. Emerson saß nämlich an den Keyboards und hat immer so gewippt. Und man hat nie das Gesicht gesehen vor lauter Haaren.«

»Ich hätte ihn jedenfalls besser frisiert. Und ich hätte damals übrigens auch bei Roy Black in der Band spielen können«, fiel Klaus ein. »Ich hatte ein Angebot!«

Das stimmte zwar nicht, war aber immer wieder eine schöne Geschichte.

»Hat der Roy Black nicht sowieso immer Playback gesungen?«

»Roy Playblack … hihi.«

»Quatsch. Alle wollten mich am Bass. Alle. Ich war der große Houdini am Bass.«

Zwar hatte Klausi keine Ahnung, wer dieser Houdini eigentlich war und worin seine Leistung bestanden hatte, aber das hinderte ihn nicht daran, unter den Mantel seines Ruhmes zu schlüpfen. Wenn es ihm opportun erschien, bezeichnete er sich auch als den Leonardo, den Picasso oder den Rommel am Bass. Aber kein Vergleich traf auch nur entfernt zu. Denn bis auf den Auftritt bei einem Talentwettbewerb in Paderborn hatte Klaus Melchior als Musiker den Landkreis nie verlassen. Bei dem Wettbewerb hatte seine Band übrigens den vorletzten Platz gemacht. Mit Jack White war er nie auf Campingurlaub gewesen, die Idee mit David Hasselhoff war ihm nie gekommen, und auch in Henny Winklers Begleitcombo hatte er nur wenige Male ausgeholfen, wenn der Stammbassist krank oder besoffen war. Die einzige Dienstleistung, die der gealterte Schlagerstar damals schon und heute immer noch regelmäßig von Melchior in Anspruch nahm, war das diskrete Schneiden und Färben der Haare, immer am ersten Sonntag jeden Monats.

»Ich war der absolut beste Bassist der Welt. Und ich habe so viele Ideen für gute Songs, das gibt's gar nicht.«

»Bassisten sind eh immer die Besten in jeder Band«, meinte Achim.

»Oder halt Schlagzeuger«, meinte Schorsch.

»Aber komischerweise kennt man Bassisten immer am wenigsten.«

»Weil du sowieso keinen kennst, Fritzi. Du hast echt null Ahnung.«

»Aber Gitarrenspieler, die kennt man meistens. Zum Beispiel Ricky King.«

»Wer, zum Teufel, soll das denn sein? Ricky King?«

»Oder heißt er vielleicht Richie King?« Fritzi geriet immer schnell in Erklärungsnot, wenn er mitreden wollte.

»Mann, der Furzkopp meint vielleicht Ritchie Blackmore von Deep Purple.«

»Der Bassist von Deep Purple war auch nicht übel.«

»Roger Glover.«

»Und Jon Lord ist tot.«

»Stimmt.«

»Soll ich mal *Made in Japan* auflegen?«

So konnte das stundenlang gehen. Ein gelungener Abend bei Klaus im Haus.

Leider waren diese geselligen Zusammenkünfte in letzter Zeit selten geworden, denn Klaus plagten große Geldsorgen und, schlimmer noch, akuter Grasmangel, obwohl es bei ihm immer nur knapp zum Überleben gereicht hatte. Die Musik warf nie viel ab. Höchstens mal hier und dort einen Hunderter, wenn er in einer der Tanzbands aus der Umgebung bei einem Schützenfest oder einer Hochzeit am Bass einspringen konnte.

Da erwies sich die ungeliebte Frisörlehre schon als echter Segen, denn mit Haareschneiden konnte er sich durchs Leben schlagen. Schüchterne Männer aus dem Dorf und der Nachbargemeinde, die nicht gern zum Frisör gingen oder bestimmte, geheime Schnittwünsche hatten, riefen ihn an, und er kam dezent zu ihnen nach Hause. Klausi nämlich hatte sein Handwerk in den 70er Jahren gelernt und war tatsächlich der Leonardo des Lockenstabes und der Houdini des Haarfestigers. Mindestens zweihundert Euro kamen auf diese Weise jeden Monat in die Haushaltskasse. Steuerfrei. Die Stütze kam noch extra dazu.

Dann war ihm irgendwann die Idee mit dem Studio gekommen, und er hatte eine Hypothek auf das Haus aufgenommen, um sich endlich einen alten Traum zu erfüllen. Seine eigenen Lieder zu schreiben und zu produzieren und nicht immer hilflos zuzusehen, wie andere seine genialen Einfällen klauten und sich damit eine goldene Nase verdienten.

Klausi würde in seinem Stall Hits wie am Fließband produzieren. So wie Jack White. Nur eben zehnmal so gut. Oder wie Frank Farian, der sich irgendwann auch der Wahrheit stellen und bekennen musste, dass die Idee mit Boney M. eigentlich auch auf Klausis Mist gewachsen war. Jedenfalls stand sein ganz großer Durchbruch kurz bevor, denn er hatte sein Talent entdeckt. Seine Lena Valaitis, die ihn in die internationale Spitze singen würde. Belinda King. Die größte Sängerin seit Nicole und dem Song *Ein bisschen Frieden*.

Aber dann hatte vor ein paar Tagen ein Feuer das Studio total verwüstet. Und bei den Löscharbeiten war dummerweise seine Hanfplantage aufgeflogen. Jetzt hockte Klaus Melchior bis zur Halskrause in der Kacke. Studio futsch. Ein Sack voll Schulden bei der Bank, die seinen alten Bauernhof lieber heute als morgen abreißen und das Grundstück verkaufen wollte. Und zu allem Dreck auch noch ein Verfahren wegen illegalen Hanfanbaus oder, wie das im Amtsdeutsch so gestelzt hieß, wegen Verstoßes gegen das bekackte Betäubungsmittelgesetz. So ein großes Scheißwort wegen dem bisschen Grünzeug, das er nur für sich und seine Kumpels gezüchtet hatte! Die Welt war so scheiß-scheiß-ungerecht!

In seiner Not hatte sich Klaus Hilfe von seinem alten Kumpel und Weggefährten Henny Winkler erhofft. Aber die ehemalige Stimmungskanone war nicht geneigt, ihm unter die Arme zu greifen. Er sah sich auch nicht als sein Kumpel, sondern höchstens als ein Kunde. Klausi könne ihm weiter jeden ersten Sonntag im Monat die Haare schneiden und färben, hatte er gesagt.

Aber nur, wenn er endlich aufhören würde, ihn mit der irrigen Behauptung zu nerven, er, Klausi, hätte in Wirklichkeit den Hit *Viva Roswitha* geschrieben. An dieser Stelle war die Stimmung bei ihrem letzten Zusammentreffen gestern Abend dann ein wenig frostig geworden …

Jedenfalls war Klaus Melchiors kleine, heile Welt aus Musik, Marihuana und Männerhaaren mächtig aus den Fugen geraten, und er befand sich in keiner günstigen Stimmung, als ihn die beiden Polizisten mitten in der Nacht aus dem Schlaf klingelten.

Zudem war er schwer verkatert, total zugekifft und benebelt und hatte schlecht geträumt. Seine Hirnzellen und seine Augen waren total verklebt, und das Tageslicht war wieder einmal viel zu hell.

Er tappte plattfüßig aus dem Schlafzimmer den Flur hinunter zur Eingangstür, in gelber Jogginghose und dem Hemd, das er schon zwei Tage und Nächte am Leib trug. Nicht nur in diesem Aufzug war Melchior eine unerfreuliche Erscheinung. Er war Anfang sechzig, hatte grellblond gefärbtes Haar und eine Frisur, die sich Rod Stewart von ihm abgeguckt hatte. Seine Wangen waren von Pickeln, seine knotige Nase von Kratern gezeichnet. In seinem walrosshaften Schnurrbart hatten sich kleine Speisekristalle festgesetzt, Spuren eines längst verzehrten Kreppels. Seine Augen standen ständig unter Wasser. Auch jetzt, als er die beiden Polizeibeamten verständnislos und treu anblinzelte wie ein Bernhardinerhund, der aus dem Koma erwachte.

»Herr Klaus Melchior?«, fragte eine Dunkelhaarige, die einen Punkt drei Zentimeter neben seinem Kopf anschielte.

»Chaka Khan!«, lallte Melchior. »Bist du Chaka Khan?«

»Nein, bin ich nicht. Wir kommen von der Polizei Frankenberg und haben ein paar Fragen zu gestern Abend. Dürfen wir reinkommen?«

Er stutzte, schluckte, hob den Zeigefinger, wie um etwas Strenges auszusprechen, räusperte sich und rülpste.

»Herr Melchior? Dürfen wir eintreten?«

»Nein. Aber ich mag deine Haare. Bist du sicher, dass du nicht Chaka Khan bist. Ich könnte dein nächstes Album produzieren.«

»Nein. Wir wollen mit Ihnen über den gestrigen Abend reden.«

»Redet doch mit meinem Anwalt.« Er hatte gar keinen Anwalt, und er kannte auch keinen. Aber derlei sagten die Leute immer in den Fernsehkrimis, und dann trollten sich die Polizisten. Meistens. »Ich sage nichts ohne meinen Anwalt.«

»Wozu sagen Sie nichts«, fragte spitzfindig der fremde Mann.

»Bist du ihr Manager?« Ohne die Antwort abzuwarten, quetschte er aus seiner Kehle eine Reihe viel zu hoher und ziemlich falscher Töne heraus. »*Baby, Baby, when I look at you I get a warm feeling inside*. Das Lied ist übrigens auch von mir.«

Damit schlug er die Tür zu und wusste schon nicht mehr, was er hier eigentlich zu suchen hatte und warum er nicht mehr in seinem Bett lag. Zerrupft wie ein Segler nach einem heftigen Sturm nahm er wieder Kurs auf sein Schlafzimmer, wobei er sich zweimal an der Wand abstützen musste, um das prekäre Gleichgewicht nicht zu verlieren. Am Bett angekommen, ließ er sich einfach auf die Matratze fallen und versank sofort wieder in tiefsten Schlummer.

Caspari und Kolcuoğlu standen auf der Treppe des Vorbaus, starrten auf die verschlossene Tür aus Holz und gelbem Milchglas, und Nadide fragte: »Wer ist Tschakakan?«

»Eine Sängerin mit einer ähnlichen Frisur wie du.«

»Okay. Wieder was gelernt.« Sie betätigte erneut die Türklingel, aber es regte sich nichts mehr im Haus.

»Tja«, sagte sie, »abgeblitzt. In diesem Fall müssen wir wohl ein andermal wiederkommen.«

»Ist das so? Aber es war ja doch ein recht langer Weg«, spöttelte Caspari.

»Ohne einen Haftbefehl oder wenigstens einen amtsgerichtlichen Öffnungsbeschluss ist da aber erst mal nichts zu machen. Es sei denn …«

»Ja …?«

»Es sei denn, wir hätten Anlass zu der Vermutung, dass hinter dieser Tür eine illegale Handlung verübt wird. Dann wären wir natürlich zum Einschreiten verpflichtet.«

»Andernfalls heißt es eben: zurück und das Amtsgericht und die Staatsanwaltschaft einschalten.«

»Ganz genau.«

»Das könnte aber lange dauern«, gab Nadide nach einer kurzen Pause zu bedenken.

»O ja. Oft hat man schon erlebt, dass Verdächtige diese Zeit nutzten und sich über alle Berge machten. Man liest davon immer wieder in der Zeitung.«

Nadide stimmte zu. »Er könnte auch Beweismittel vernichten oder sich sogar selbst etwas antun.«

»Dem sollte man vorbeugen und nicht zu lange warten«, sagte Caspari, und Nadide erinnerte sich an das nicht sehr schmeichelhafte Dossier über ihn. Das passte. Denn er hatte nicht nur die Neigung, ausfallend zu werden und herumzubrüllen. Wenn es ihm in den Kram passte, dann setzte er auch gern mal rechtsstaatliche Grundsätze außer Kraft. Und er ließ sich teure Uhren schenken.

»Du bist also mehr der Typ, der sich immer ganz genau an die Vorschriften hält«, fragte Caspari scheinheilig.

»Absolut«, gab sie, ohne zu zögern, zurück. Er sollte bloß keinen Augenblick daran zweifeln, dass sie mit beiden Beinen fest auf dem Boden der Vorschriften stand. »Du etwa nicht?«

»Doch, natürlich. Was für eine Frage. Glaubst du, da unten in Frankfurt kommt man weiter, wenn man eigenmächtig handelt?«

»Nicht?«

»Nein, überhaupt nicht.«

»In das Haus von Winkler bist du aber ganz flott und ziemlich eigenmächtig eingestiegen, oder?«

»Ach, hat das Kollege Happel gesagt?«

»Oh, nein. Happel redet nie über Kollegen. Aber Winklers Nachbarn, die draußen standen und sich nichts von der Show entgehen ließen, die haben sich gewundert. Das liegt sicher an den vielen Krimis im Fernsehen. Jeder kennt inzwischen genau seine Rechte und weiß, dass die Bullen nicht einfach so in dein Haus steigen können. Das ist doch auch in Südhessen immer noch so, oder?«

Sie spielte mit ihm und er mit ihr. Und beide mochten das nicht. Sie waren wie zwei Jäger in tiefschwarzer Nacht. Sie trugen beide ihre Nachtsichtgeräte und konnten einander deutlich sehen. Aber jeder wollte, dass der andere das nicht wusste.

Caspari brach die Scharade ab.

»Da! Hast du das gehört?«

Sie hörte nichts. Aber sie wollte unbedingt wissen, wie es nun weiterging. Sie würde natürlich nur zusehen, auf keinen Fall selbst etwas anfassen. Bei ihm kam es offensichtlich nicht mehr darauf an. Aber für sie stand viel auf dem Spiel. Eine unsaubere Aktion wie diese konnte ihr die ganze weitere Polizeikarriere verhageln.

»Ich bin nicht sicher. War da was?«

»Ja. Ein Geräusch wie von einer Flinte, die gespannt wird.«

»Das ist unglaublich. Du hast ja Ohren wie ein Luchs.«

»Vielleicht will er sich eine Ladung Schrot in den Kopf ballern.«

»Grund genug hätte er ja …«

»Dann los! Wir müssen ihn daran hindern!«

Caspari bückte sich nach dem Türstopper, der auf der obersten Treppenstufe lag. Ein hässlicher Frosch aus grün bemaltem Stein. Damit stieß er ein Loch in das Milchglasfenster der Haustür. Durch diese Öffnung griff er vorsichtig hinein und drückte die Türklinke nach unten.

Ekelerregender Mief aus kaltem Rauch, Schimmelpilz und Restalkohol schlug ihnen entgegen. Caspari ging vor, die Hand an der Pistole. Er machte drei Schritte in den Hausflur und nickte Kolcuoğlu zu, die an ihm vorbei tiefer in den Gang drängte, die Waffe im Anschlag. Wie angefroren blieb sie an der ersten Tür stehen und spähte hinein.

Vor ihr lag eine dschungelartige Küche, die in einen dahinter liegenden Wohnraum überging. Überall wucherten wild alle möglichen Zimmerpflanzen, die dem Raum die Anmutung eines Gewächshauses gaben, in dem sich eine musikalische Räuberbande eingenistet hatte. Der Wohnbereich war nur spärlich möbliert mit einer Rattanausstattung vom Discounter und einer monumentalen Plattensammlung. Eine ausgemergelte Gitarre lehnte erschöpft am Heizkörper, und eine Sammlung von Perkussionsinstrumenten war strategisch über das ganze Zimmer verteilt. Die Wände waren dekoriert mit schief hängenden Postern nackter Mädchen und Erinnerungen an längst verrentete Rockbands. Überall standen leere Flaschen und Gläser herum, Bierdosen und Tassen mit Tee- und Kaffeerändern. Darin, dazwischen und darunter große Mengen getrockneter Biomasse in Gestalt von Chipskrümeln, Pizzaresten und versteinertem Butterbrot mit *Ahler Worscht,* der einzigen legalen Droge des ehemaligen Kurfürstentums Hessen.

Sobald die Wohnküche gesichert war, übernahm Caspari wieder die Führung und setzte ihren Einmarsch bis zum Schlafzimmer am Ende des Flurs fort. Dieser Raum war klein, dunkel und komplett zugestellt mit Möbeln, die schon vor drei Jahrzehnten auf dem Sperrmüll hätten landen müssen. Etwa genauso lange war hier nicht mehr gelüftet worden.

Über dem Bett, in einem goldenen Kitschrahmen, durchschritt Jesus Christus im Nachthemd mit seinen Jüngern ein Weizenfeld. Im Bett schnarchte Klaus Melchior wie eine Maschine. Er lag auf dem Rücken, den Mund weit geöffnet. Benutzte Kleider waren auf dem Boden verstreut, eine halbleere Flasche Doornkaat, ein Aschenbecher und ein Stapel Pornoheftchen teilten sich den knappen Platz auf dem Nachttisch.

Caspari entdeckte an der Wand ein schmales Köfferchen und machte Nadide darauf aufmerksam. Sie steckte ihre Waffe ein, nahm es hoch und stellte es auf dem Bett ab. Auf dem Deckel waren, sich wappenartig kreuzend, ein Kamm und eine Schere aufgemalt. Sie ließ die Schnappschlösser aufschnellen und öffnete ein mobiles Frisörstudio. Ein Sortiment an Bürsten, Scheren, Klammern und Kämmen kam zum Vorschein.

»Da zieht sich wohl gerade eine Schlinge ziemlich deutlich zu«, sagte sie.

»Haarige Sache«, scherzte Caspari. »Herr Melchior? Wir sind's noch mal …«

»Ach, Mann, lasst mich doch in Ruhe«, nuschelte der Mordverdächtige. »Ich bin so verdammt müde.«

»Es tut uns wirklich sehr leid, aber wir müssen Ihnen ein paar Fragen stellen, und möglicherweise sollten Sie sich auch darauf einrichten, die nächsten Tage und Nächte nicht in Ihrem Haus zu verbringen.«

Melchior zwang sich dazu, die Augen offen zu halten, was in seinem Zustand eine große Willensanstrengung bedeutete. »Wieso ruft ihr nicht endlich meinen Scheißanwalt an?«

»Okay, machen wir. Sagen Sie uns mal die Nummer?«

»Ach, Scheiße.«

»Können Sie uns was über Henny Winkler erzählen?«

Melchior setzte sich auf, was auf der schon von seinen inzwischen verstorbenen Eltern durchgelegenen Matratze kein leichtes Unterfangen war, und fingerte nach mehreren Anläufen einen Joint aus der Brusttasche seines Knitterhemds.

»Hat jemand Feuer?«, fragte er. Nadide sah unter dem zerfledderten Heftchen *Megatitten* ein Plastikfeuerzeug und hielt ihm die Flamme hin.

»Bin mir nicht sicher, ob das legal ist«, sagte sie zu Caspari, der grinste.

»Beihilfe zum Drogenkonsum? Das könnte ziemlichen Ärger geben.«

Melchior bohrte trotzig die Ellbogen in die Matratze und rauchte in tiefen Zügen.

»Herr Melchior – sind Sie eigentlich Frisör?«

Er hustete, was sich anhörte, als solle eine alte Betonmischmaschine angeworfen werden, räusperte sich lautstark und sagte erstaunlich ruhig und vor sich hin starrend: »Im Zweitberuf. Im Grunde bin ich nämlich ein erfolgreicher Musikproduzent. Aber das ist ganz normal, dass man nebenher noch einen anderen Beruf hat. Niemand kommt als erfolgreicher Produzent auf die Welt. Frank Farian, zum Beispiel, war vorher Koch. Habt ihr das gewusst?«

»Haben Sie auch Herrn Winkler die Haare geschnitten?«

Melchiors Blick trübte sich ein. Als krame er in seiner Erinnerung.

»Henny Winkler hatte Angst«, sagte er nach einer Weile.

»Angst vorm Haarschneiden?«

»Nein, Angst, dass jemand ihn beim Frisör sehen und fotografieren könnte. Er sah ziemlich blöde aus ohne seinen Zottelfifi auf dem Kopf. Wie eine Schildkröte. Und da hatte er eben Schiss, einer könnte das Handy rausholen und ein Foto von ihm mit Halbglatze an die BILD-Zeitung schicken.«

Ein weiterer tiefer Zug aus dem Joint und ein neuer Hustenanfall. Seine gepeinigte Lunge pfiff und ratterte besorgniserregend.

»Deshalb hat er Sie zu sich nach Hause gerufen.«

»Ja. Einmal im Monat schneiden und färben. Und wisst Ihr noch was? Winkler war ein Dieb. Er hat mir mein bestes Lied geklaut. *Viva Roswitha.* Das war mein Song, meine Idee. Text und Musik. Und Arrangement. Alles von mir …«

Während er sprach, fiel ihm etwas ein, und er setzte sich ruckartig auf. »Wie viel Uhr ist es eigentlich?«

»Gleich halb drei.«

Er zog die Augenbrauen hoch und sagte: »Oh, Kacke.« Dann rollte er sich mit Schmerzenslauten aus den durchgelegenen Tiefen seiner Matratze und blieb auf der Bettkante sitzen »Dann wird's aber langsam echt Zeit.«

»Was wird Zeit?«

»Nichts. Gut, dass ihr mich geweckt habt. Ich muss los. Könnt ihr mich mit in die Stadt nehmen?«

»Das werden wir tun. Hatten Sie vielleicht Streit mit Herrn Winkler?«

»Bist du verwandt mit Chaka Khan?«

»Herr Melchior!«

»Ja, kann man so sagen. Streit hatten wir.«

»Ging es um das Lied, das er Ihnen geklaut hat?«

»Ja, verdammt, um was denn sonst? Winkler hat mich abgezockt. Ich habe bis jetzt nie was gesagt, weil ich ein netter Kerl bin. Aber jetzt brauche ich mal Geld, und er muss mir helfen.«

»Wegen des Feuerschadens.«

Er stieß drachengleich den letzten Rauch durch die Nasenlöcher und drückte den Joint im Aschenbecher aus.

»Ja. Und weil ich jetzt mal dran bin mit dem Geldscheffeln und dem Ruhm und dem ganzen Scheiß. Ich habe nämlich ein Talent entdeckt. Ja. Wollt ihr mal hören?«

Ohne ihre Antwort abzuwarten, stürzte er aus dem Zimmer und verschwand in der Wohnküche, wo eine Musikanlage stand, die den bevorstehenden Besuch des Gerichtsvollziehers nicht überstehen würde.

»Das hier war die letzte Aufnahme, die wir vor dem beschissenen Feuer gemacht haben. Ein echter Hammer.« Die CD lag bereits im Player, als würde sie ständig abgespielt.

Die Zimmerpflanzen erzitterten unter dem Wummern einer

gefälligen Bassmelodie. Der Rhythmus war festzeltverträglich und unkompliziert, ein Discobeat inklusive der falschen Synthesizer-Trompetensalven und dem *Schubidu* eines Frauenchors. Melchior tänzelte leichtfüßig zur Musik und verzog sein Gesicht, als spiele er selbst den Bass, und hämmerte einen Wirbel in ein imaginäres Schlagzeug.

»Kennt ihr Jack White?«, schrie er gegen seine eigene Musik an. Die Polizisten blickten ihn ungläubig an. »Müsst ihr auch nicht kennen. Ich bin zehnmal besser als Jack White.«

Eine Frauenstimme drängte sich in den Vordergrund:

Cali-Cali-Caligula
Partykaiser, Fetenkönig, Su-hu-hu-perstar
Cali-Cali-Caligula
Jede kennt ihn, jede will sein Shalala.

»Das singt meine kleine Belinda King«, schrie Melchior und zog aus einem Stapel Papiere das Foto eines blutjungen, grellblond gefärbten Mädchens heraus. Sie stand, die Hände in die Hüften gestützt, in starkem Gegenwind und zog einen Schmollmund, den sie für sinnlich hielt. Sie wirkte jedoch verloren und unglücklich. Wie ein anämisches Bikinimodel, das bei der Misswahl hinter der Bühne vergessen worden war und jetzt erbärmlich fror. Auch ihre Stimme war bemerkenswert dünn. In den Höhen schlug sie ins Fiepsige über.

Er war der tollste Kaiser von Rom (Rom, Rom)
Schon morgens stand er unter Strom (Strom, Strom)
Er tanzte und er lachte und er liebte den Wein
Und jede wollte seine Caligulatrulla sein.

Mir wird gleich übel, dachte Nadide und nötigte sich ein Lächeln ab, das zwischen Verzückung und Todessehnsucht alles bedeuten konnte. Caspari blinzelte sie an, als stünde er unter dem Einfluss starker Schmerzmittel.

»Spitze, was?«, krächzte Melchior. »Belinda King. Nicht verwandt mit Ricky King, dem Gitarristen. Den Namen wird man sich merken müssen. Das wird meine Lena Valaitis. Der Song wird garantiert ein Welthit. Wie damals *Dsching, Dsching, Dschingis Khan*. Das war übrigens in Wirklichkeit auch von mir. Kennt ihr eigentlich Ralph Siegel? Nein? Macht auch nichts.«

»Was soll das eigentlich heißen – jede will sein *Shalala?*«, fragte Nadide und bereute es sofort. Melchior wurde wütend und drehte die Musik leiser, so als verdienten Banausen wie diese nicht den Genuss der vollen Dröhnung.

»Ach, das kapiert ihr nicht. Das ist eben genau diese kleine Sache, die einen großen Hit ausmacht. Das kleine Geheimnis. Jeder große Hit hat ein kleines Geheimnis. Ist euch das noch nie aufgefallen?«

Die beiden zuckten hilflos die Schultern.

»Ein Schlafsack und eine Gitarre – und dann?«, forderte sie Melchior heraus.

Keine Reaktion. Er verdrehte unwillig die Augen.

»Olala. Ein Schlafsack und eine Gitarre, *olala!* So wird ein Hit gemacht. Ach, natürlich kapiert ihr das nicht. Ihr seid ja keine Profis. Aber so ist das. Jede will sein *Shalala*. Genial, oder?«

Caspari wanderte mit gesenktem Kopf durch den Raum, anscheinend tief beeindruckt von Melchiors kommendem Nummer-eins-Hit. Vor dem Pflanzenkübel, aus dem das Kletterphilodendron spross, blieb er stehen. Der emsige Baumfreund wucherte saftig grün zunächst an einer Bambusstange empor und wurde über dem Fenster an einer Gardinenaufhängung geteilt und rechts und links an Heizungsrohren an den Wänden entlanggeführt. Die Triebe trafen sich an der gegenüberliegenden Wand wieder über der Tür, in der Nadide stand und Casparis Blicken folgte. Da bemerkte auch sie, dass die Kletterpflanze alle dreißig Zentimeter an dem Heizungsrohr befestigt war. Und zwar mit Kabelbinder. Caspari fand ein ganzes Bündel der praktischen Plastikschlaufen auf dem Fensterbrett. Es war dieselbe Stärke und Länge wie die Fessel, mit der Henny Winklers Unterschenkel an den Stuhl und seine Hände auf den Rücken gebunden waren.

Caspari nahm das Bündel in die Hand und winkte Melchior damit. Dieser stoppte endlich die Musik. Es wurde schlagartig still in dem Raum. Nur die Blätter des Gummibaumes, der direkt neben der Lautsprecherbox stand, zitterten noch dankbar etwas nach.

»Geil, oder? Ich finde, der Song geht sofort ins Blut und in die Hüften. Das wird der Hit der Saison, und Belinda wird ein Superstar. Wir gewinnen den ESC und dann die Grammys.«

»Sind das Ihre Kabelbinder?«

»Häh?« Melchior hatte keine Ahnung, was der Polizist von ihm wollte.

»Ja, Mann. Natürlich sind das meine. Braucht ihr welche oder was? Kannst sie alle mitnehmen. Also? Was meint ihr zu dem Song? Eure Meinung wäre mir wichtig.«

»Haben Sie die Kabelbinder in letzter Zeit auch mal außerhalb dieses Raumes benutzt?«

Irgendwas dämmerte ihm.

»Worauf willst du denn eigentlich hinaus?«

»Haben Sie Henny Winkler gestern Abend damit an seinen Stuhl gefesselt?«

»Nein, ich habe ihn gestern Abend nur frisiert. Und ich muss jetzt wirklich los. Also, was ist – kann ich bei euch mitfahren?«

Sie konnten ihm ansehen, wie Erinnerungsfetzen und Bilder und Szenen sich gegenseitig durch die Leere seines verödeten Gehirns jagten und dabei in den leeren Räumen, Gängen und Hallen einen Riesenlärm verursachten.

»Sie haben ihn frisiert, und dann haben Sie ihn auch festgebunden und ihn umgebracht? Herr Melchior? Hören Sie mich?«

Er nickte nachdenklich. Und langsam, langsam sickerte zäh wie dicker Brei die Bedeutung dieses ungeheuerlichen Satzes in seine Gedanken ein, und das Nicken hörte auf.

»Was?«, sagte er.

Und dann begann das Geschrei.

Sag doch endlich was

»Wollen Sie denn mal Ihr Glück mit dem Verdächtigen versuchen, Kollege Caspari?« Kriminaloberrat Freckel gab aufmunternde Morsesignale mit seinen buschigen Augenbrauen. »Immerhin haben Sie Herrn Melchior ja auch festgenommen und hergebracht und dabei vielleicht so eine Art persönliche Beziehung zu ihm aufgebaut. Es könnte doch sein, dass er sich Ihnen anvertrauen möchte.«

Caspari spürte eine kleine, versteckte Bosheit, die in dem anscheinend harmlosen Angebot des Korbacher Polizeichefs verborgen war wie ein Messer in einem Tulpenstrauß. Seit anderthalb Stunden bissen sich die Kollegen Fackiner und Landau vom K10 aus Korbach an Klaus Melchior die Zähne aus, ohne ihm mehr als ein paar Beleidigungen und immer neue Ergüsse von Selbstmitleid zu entlocken. Der Verdächtige verlangte abwechselnd nach Alkohol, etwas zu rauchen und seinem Anwalt. Er war zu keiner Aussage zu bewegen und nicht in der Lage, seine Situation zu erfassen. Sein Anwalt, ein Pflichtverteidiger aus Gemünden, war verständigt, aber dessen alter Ford hatte unterwegs den Geist aufgegeben. Er ließ ausrichten, sie sollten schon mal ohne ihn anfangen.

Caspari hätte nun eigentlich auf das Angebot des Kripochefs mit aller Bescheidenheit entgegnen müssen, dass ihm als einfachem Polizeihauptkommissar die Bearbeitung von Kapitaldelikten wie Mord eigentlich gar nicht überlassen werden dürfte. Aber Freckel hatte wohl beschlossen, den gefallenen Überflieger aus Frankfurt an seine Grenzen zu führen. Er sollte mal vor Publikum mit diesem bockigen Zeugen in den Ring steigen und sich eine blutige Nase holen. Wenn ihn die Kollegen auf diese Art scheitern sahen, dann wäre das ein erbauliches Spektakel für alle und ein Plus für den Betriebsfrieden. Vielleicht würden sie ihn dann weniger fürchten.

Caspari beschloss, das unfaire Angebot anzunehmen. Es interessierte ihn zwar nur wenig, ob Melchior, den er für ein armes Würstchen hielt, den Mord an Winkler tatsächlich begangen hatte. Aber wenn es der Stimmungsaufhellung diente, war er gern bereit, den Kollegen einen Einblick in seine nicht unumstrittenen Verhörkünste zu geben.

»Okay«, sagte er mit einem Schulterzucken und verschwand im Nebenbüro. Freckel, Fackiner und Landau rieben sich erwartungsvoll die Hände, als er die Tür hinter sich zuzog. Sie machten es sich vor dem Computermonitor bequem, auf dem die Bilder der Protokollkamera aus dem Vernehmungszimmer zu sehen waren. Fehlten nur noch Chips und Bier, und es wäre ein perfekter Fernsehspaß geworden.

Klaus Melchior trug immer noch seine gelbe Jogginghose nebst Knitterhemd und saß blass und beleidigt mit verschränkten Armen auf dem Stuhl. Er sah aus wie ein böser und sehr ungepflegter Geist. Sein Hemd war falsch geknöpft, seine rechte Gesichtshälfte war unnatürlich gerötet und leicht angeschwollen, eine Tamponade steckte noch im Nasenloch, und die linke Hand war verbunden und fachmännisch geschient.

Er und Caspari waren heftig aneinandergeraten. Nach den ersten, durchaus friedvollen Momenten des Kennenlernens und den Minuten des gemeinsamen Musikgenusses im Wohnzimmer hatte ihre Begegnung eine plötzliche Wendung ins Unerfreuliche genommen. Als die Beamten ihn darüber informierten, dass Henny Winkler tot und er des Mordes an dem Schlagerstar nicht ganz unverdächtig war, hatte der Musikproduzent und Herrenfrisör diese Nachricht nicht günstig aufgenommen. Wie aus dem Protokoll, das Caspari in der Zwischenzeit verfasst hatte, hervorging, begann der Verdächtige, zu schreien und sogar handgreiflich zu werden. Er beleidigte und attackierte die Beamten mit dem hässlichen Ende einer zerbrochenen Doornkaat-Flasche. Dabei, so stand es im Protokoll zu lesen, zog er sich selbst bei der Kollision ausgerechnet mit einem Jesusbild, das dekorativ an der Wand hing, beträchtliche Blessuren an Kopf und Rücken zu. Kaum wieder halbwegs aufgerichtet, hatte Melchior unter dem Vorwand, ein Pflaster zu suchen, Pfefferspray aus einer Schublade gezogen, wobei er sich beim Schließen dieser Schublade versehentlich die Finger der linken Hand quetschte. Das tat sehr weh, und er musste weinen.

Nach einem weiteren, klärenden Gespräch, so beschrieb es Casparis Bericht, zeigte sich der Verdächtige plötzlich wieder sehr kooperationswillig und führte die Besucher ohne weitere Flucht- oder Angriffsversuche durch alle Räume seines Hauses. Bei der Durchsuchung der Speisekammer fiel den Beamten jene Goldene Schallplatte in die Hände, die an der Wand im Haus des Mordopfers fehlte. Melchior versicherte jedoch, er habe keine Ahnung, wie die Musiktrophäe, mit der vor vielen Jahren das Lied *Viva Roswitha* ausgezeichnet worden war, ausgerechnet zwischen seine Raviolikonserven gelangt war.

Es war dieser höchst verdächtige Fund, der ihn vollends unglaubwürdig machte. Dazu kamen noch die Kabelbinder, der Frisörkoffer, sein unbestrittener Aufenthalt zur Tatzeit am Tatort, seine Fingerabdrücke überall in Winklers Wohnung, das fehlende Alibi, die Identifizierung durch Zeugen und der als Mordmotiv mehr als taugliche Streit um das Copyright für den Song *Viva Roswitha*. Kurzum: Es war kaum möglich, sich jemanden vorzustellen, der des Mordes an Henny Winkler noch verdächtiger war als Klaus »Klausi« Melchior.

Seine vorläufige Festnahme war allein schon aus Gründen der polizeilichen Selbstachtung unbedingt angezeigt. Zwar galt auch für ihn eine Art Unschuldsvermutung. Aber so richtig glauben wollte an seine Unschuld beim besten Willen keiner. Der Haftantrag lag längst beim Staatsanwalt in Marburg an der Lahn, der ihn jeden Moment unterschrieben zurückfaxen würde. Mit Melchiors Geständnis wurde dringend gerechnet – aber es war eigentlich nur eine Formsache. Die Indizien reichten für ein Verfahren allemal aus.

»Was ist?«, raunzte der Verdächtige, als Caspari sich lautlos auf der anderen Seite des Tisches niedergelassen hatte und eine ganze Weile lang kein Wort sagte. »Was willst du denn schon wieder von mir?«

Die Falten in seinem vom wilden Leben gegerbten Gesicht wirkten noch tiefer, seine Augen noch wässriger und der Schnurrbart noch struppiger als bei ihrer ersten Begegnung. Melchiors Barthaare zitterten. Inzwischen ebbte die Wirkung der diversen Substanzen ab, und er landete mit einigem Verdruss auf dem unbequemen Boden der Tatsachen.

Caspari sah ihn an und schwieg.

»Du hast mein schönes Jesusbild kaputt gemacht«, maulte Melchior. »Das war ein Erbstück. Und das bringt sieben Jahre Pech. Und du kommst in die Hölle.«

Caspari hatte die Hände auf dem Tisch vor sich gefaltet und starrte ihn systematisch nieder. Regungslos, bewegungslos. Melchior versuchte, dem bohrenden Blick auszuweichen. Seine Augen grasten den Raum ab. Aber immer wieder musste er sich vergewissern, ob der unheimliche Kerl, der ihm vorhin so weh getan hatte, ihn weiterhin fixierte.

Eine qualvolle Minute verging. Und noch eine.

»Hast du das Sprechen verlernt?«, fragte Melchior.

Thomas Caspari besaß die verstörende Fähigkeit, sein Gesicht von jedem Ausdruck frei zu machen. Als sei ein Schwamm über eine beschriebene Schultafel gefahren, als sei ein geheimer *Delete all*-Knopf gedrückt worden, eine plötzliche Sturmbö aufgekommen, die alles wegblies – so erstarb in seinen Zügen jegliche Regung. Dann erkalteten die Augen und erschlafften die Gesichtsmuskeln, und er zeigte das perfekte Pokerface.

Als er vor Jahren einmal im Zuge einer großen Rauschgiftsache im US-Bundesstaat Arizona einen alten Medizinmann vom Stamm der Hopi-Indianer als Zeugen verhörte, da weigerte sich dieser, mit ihm allein im Raum zu bleiben. Er könne nicht mit einem Mann reden, der seine Seele hinter einem schwarzen Tuch verberge, zeterte der Schamane. Caspari fand diese Formulierung sehr reizvoll. Und wenn er danach sein Vernehmungsgesicht aufsetzte, dann stellte er sich dabei vor, wie er mit einer eleganten Drehung hinter einem dunklen Vorhang verschwand wie ein Magier. Wie der Zauberer von Oz, der mit wenig Aufwand und bescheidenen Mitteln ein ganzes Imperium unterhielt.

Das Unbehagen eines Tatverdächtigen, allein mit diesem Mann in einem engen Verhörraum zu sein, wurde durch eine besondere Gesprächstaktik noch gesteigert: Caspari stellte keine Fragen. Zumindest nicht in der ersten Stunde. Manchmal schwieg er auch länger. Er saß einfach da, sagte nichts und sah sein Gegenüber mit diesem komplett ausdruckslosen Gesicht an, bis dieser die fünf Phasen des Grauens erlebt und durchlaufen hatte: Nichtwahrhabenwollen, Zorn, Verhandeln, Depression und Akzeptanz.

Jeder seiner Kollegen, der einmal hinter dem venezianischen Spiegel im Nebenraum ein solches fragenloses Verhör mit angesehen hatte, kam zu dem Ergebnis, dass diese *Methode Caspari,* wie sie in Frankfurt und Wiesbaden genannt wurde, im Grunde auf irgendeine Verbotsliste der Vereinten Nationen gehörte. Sie war einfach zu unmenschlich.

Nach einer weiteren Minute der Wortlosigkeit begann Melchior, mit dem Fuß auf den Boden zu tappen, und erneuerte seine verstockte Selbstumarmung.

»Du und deine Haarhexe Chaka Khan, ihr seid unerlaubt in mein Haus eingedrungen. Und du hast mir weh getan. Ich werde Anzeige erstatten. Ich habe auch meine Rechte. Wo bleibt eigentlich mein Anwalt?« Die letzten Worte brüllte er hinaus.

Keine Reaktion. Noch nicht einmal ein Zucken der Pupille. Das Fußtappen hörte auf, setzte aber bald wieder ein.

»Okay, ich bin ja kein Spielverderber. Jetzt erinnere ich mich. Ja, jetzt kommt tatsächlich alles langsam wieder. Ich habe mit dem Scheiß angefangen. Das gebe ich zu. Aber ich lasse nun mal nicht gern die Bullen in mein Haus. Nur meine Kumpels. Schorsch und die Jungs. Könnten Sie mal woandershin gucken?«

Lange Pause.

»Bitte?«

Er lockerte seinen verkrampften Oberkörper und faltete die Hände fromm auf der Tischplatte, um sich in Casparis Spiegelbild zu verwandeln. Nach einer weiteren qualvollen Etappe der Stille schlug er plötzlich mit der flachen Hand rabiat auf den Tisch. Falls er gehofft hatte, damit eine Reaktion zu provozieren, wurde er enttäuscht. In Casparis versteinertem Gesicht zuckte kein einziger Muskel. Wäre das gelegentliche Wimpernschlagen nicht gewesen, hätte man annehmen können, er sei verstorben.

»Sag doch endlich was, verdammt noch mal. Ich bin doch kein Tier. Man muss mit mir reden. Frag doch irgendwas und hör auf, mich immer nur anzuglotzen. Der Kerl macht mich ganz irre. Hallo?« Melchior schrie die Wände an, die Aktendeckel im Regal. Die Deckenleuchte. »Hallo, hört mich denn keiner? Kann mir mal jemand sagen, was hier los ist?«

Das Ticken der Uhr schien immer lauter und bedrohlicher zu werden. Wie die Lebensuhr, die unaufhaltsam dem Ende entgegenrennt. Der Sekundenzeiger wurde zum quälenden Tropfen in einer besonderen und komplett trockenen Form der chinesischen Wasserfolter.

»Gut, jetzt habe ich's kapiert. Also. Henny Winkler ist nicht mehr am Leben, richtig?«

Keine Antwort. Keine Reaktion. Melchior lachte falsch und nervös.

»Ich dachte nämlich erst, ihr hättet mich wieder wegen meinem bisschen Hanf da einkassiert. Aber das ist es gar nicht, gelle? Okay. Verstanden. Also: ja. Ich war tatsächlich gestern Abend bei Henny Winkler. Da bin ich immer am ersten Sonntag im Monat, weil ich ihm da die Haare mache. Schneiden und färben. Henny geht nämlich nicht gern zum Frisör.«

Melchior suchte, wie jeder Mensch, nach Liebe und Bestätigung. Jetzt, wo er doch so gefügig war, erwartete er eine Belohnung von dem unheimlichen Mann. Aber er bekam nichts. Also musste er so lange weiterreden, bis der Mann begann, ihn zu mögen. Vielleicht sollte er ihm ein bisschen Respekt entgegenbringen.

»Ja. Sie müssen auch gar nicht erst fragen: Ja, wir hatten eine kleine Meinungsverschiedenheit, der Henny und ich. Aber ich habe ihm nichts getan. Und ich habe ihn ganz bestimmt nicht umgebracht. Ich lehne Gewalt ab. Ich war noch nicht mal bei der Bundeswehr.«

Die Worte hingen im Raum wie eine Girlande. Aber der schweigende Mann schien ihre Schönheit nicht zu sehen. Er wollte mehr, immer mehr.

»Ich wollte, dass Henny mir endlich die Rechte an dem Song *Viva Roswitha* überschreibt. Das Lied habe ich nämlich komponiert, getextet und arrangiert. Ich schwöre es. Aber Henny wollte immer alles nur für sich allein haben.«

Jetzt, das spürte Caspari, jetzt war der Moment gekommen, in dem der Magier seinen Vorhang ein ganz kleines Stück zur Seite schieben konnte. Er presste die Lippen aufeinander und zog Luft durch die Nase, so dass sich ein Nasenflügel ein klein wenig blähte. Das musste fürs Erste reichen. Und tatsächlich: Die winzigste Regung nach so langer und so intensiver Gesichtslähmung gab Melchior das Gefühl, er vertraue sich einem Freund an. Und nun hörte er gar nicht mehr auf zu quatschen.

»Sie kannten Henny ja nicht. Alles drehte sich immer nur um ihn. Andere Leute waren ihm scheißegal. Er hatte kein Herz und kein Mitgefühl. Er hat alle immer nur ausgesaugt wie ein Vampir. Ich habe ihm mein Lied damals vorgespielt. Henny sagte, das Lied tauge nichts. Aber dann hat er es selbst aufgenommen, und ich bekam nichts. Nicht mal einen warmen Händedruck.«

Melchior, innerlich aufgewühlt, kämpfte mit den Tränen. Mit seiner unvorteilhaften Rod-Stewart-Frisur sah er aus wie ein trauriges Vögelchen, das aus dem Nest gefallen war und seiner Verspeisung durch eine hungrige Katze entgegensah. Seine Unterlippe bebte, und es war zu befürchten, dass er jeden Moment vollends zusammenbrechen und sich unter dem Tisch in Fötushaltung krümmen würde. Aber er bekam sich doch wieder unter Kontrolle und sprach weiter. Wenn auch unter viel Schniefen und Schluchzen.

»Jetzt bin ich in großer Not. Mein schönes Studio ist komplett verloren. Kabelbrand, dreißigtausend Euro Equipment im Arsch. Ob die Versicherung zahlt, das weiß ja keiner. Und dann kommt noch die leidige Sache mit dem verbotenen Gras dazu. Wenn ich deswegen in den Knast wandere, dann verliere ich vielleicht meinen Star, Belinda King. Sie haben das Mädchen doch gehört! Das ist die größte Granate seit Andrea Jürgens.«

Ein Nicken. War das tatsächlich ein verständnisvolles Nicken, das Melchior da gesehen hatte? Und hatte nicht auch ein kleiner Muskel über dem rechten Auge des Beamten in einer fast freundlichen Art gezuckt?

»Ich habe Henny ja nicht weh tun wollen. Ich wollte nur die Rechte an meinem Lied. Und er sollte mir zuhören. Deshalb habe ich ihn beim Haarschneiden an den Stuhl festgebunden. Er saß ja sowieso die ganze Zeit still. Er hat es gar nicht gemerkt. Da konnte er nicht vor mir weglaufen und musste mich ausreden lassen. Und dann habe ich die CD eingelegt und den Player so programmiert, dass er immer wieder den Song *Viva Roswitha* hören musste. Und ich bin gegangen. Aber ich wollte doch wiederkommen nach ein, zwei Stunden! Bloß bin ich dann halt eingeschlafen. Und plötzlich stehen Sie vor meinem Bett und sagen, dass er tot ist. Das wollte ich doch nicht!«

Melchiors blutunterlaufene Augen, die ohnehin die ganze Zeit schon Hochwasser führten, liefen nun endlich über. Aus jedem kullerte eine Träne und wanderte langsam über die karstige Pickellandschaft seiner kaputten Wangen. Die rechte Träne war ein wenig schneller als die linke. Melchior sank in sich zusammen, als hätte jemand seinen Stöpsel gezogen und die Luft aus ihm herausgelassen.

»Aber *Viva Roswitha* ist doch wirklich mein Lied. Es war für meine Freundin Roswitha. Ich liebte sie. Henny liebte niemanden außer sich selbst …«

Die Tür flog auf, und Kollege Fackiner wehte herein. Entschlossene Miene, militärisch zackige Bewegungen. Schließlich wusste er, dass sein Chef alles am Überwachungsmonitor beobachtete, und wollte wenigstens jetzt einen günstigen Eindruck vermitteln.

»Danke, Kollege, das haben Sie schon recht gut gemacht. Interessante Fragetechnik, die Sie da haben. Herr Melchior, Sie kommen dann bitte mit uns.«

Verdattert blickte der Verdächtige zwischen den beiden Beamten hin und her.

»Kann ich denn nicht nach Hause gehen? Ich habe auch einen Termin mit der Versicherung. Und ich muss Belinda King finden«, jammerte er. »Ich habe doch alles gesagt! Bin ich denn kein freier Mann mehr?«

»Ich fürchte nein«, sagte KOR Freckel, dessen bauchige Riesengestalt den zeltähnlichen Trenchcoat und den Türrahmen ausfüllte. Seine voluminöse Stimme erfüllte den Raum, als spreche Petrus. »Der Haftbefehl kam gerade ins Haus geflattert. Sie werden wohl noch eine Weile mit unserer Gastfreundschaft vorliebnehmen müssen.«

»Aber ich habe doch nichts getan!«, jaulte Melchior. Und jaulte immer noch, als Landau und Fackiner ihn im Hof der Polizeistation in einen Kleinbus verfrachteten und Richtung Norden aufbrachen, ins Untersuchungsgefängnis von Kassel.

»Es ist doch immer wieder erschütternd, wofür Menschen bereit sind, einander umzubringen«, philosophierte der Kriminaloberrat, der den Abtransport durch die Fensterfront des Wachraumes beobachtete. Drei Kollegen der hiesigen dezentralen Ermittlungsgruppe, die herbeigekommen waren, um sich ein wenig in seiner Gesellschaft aufzuhalten und vielleicht sein Wohlwollen zu erregen, nickten betroffen.

»*Titikaka, Tikitaka*«, sagte voller Abscheu der Erste Polizeihauptkommissar, EPHK Felix Lautenschläger, ein Mann, von dem allerdings noch nie jemand auch nur ein einziges positives Wort über irgendetwas gehört hatte.

»Da streiten sich zwei erwachsene Männer darum, wem so ein geistiger Dünnschiss eingefallen ist. Statt sich dafür zu schämen.«

»Nun …«, dozierte ruhig und besonnen KOR Freckel, der sich immer am besten in der Rolle des gütigen Weltenerklärers gefiel, dazu ein buddhahaftes Lächeln aufsetzte wie ein Bundespräsident auf einer Briefmarke, »es ging ja nicht nur um *Titi* und *Kaka,* sondern auch um Tantiemen, Urheberrechte und um eine Menge Geld.«

Immer ging es nur ums Geld. Oder um Neid, Eifersucht und manchmal auch um blinde Leidenschaft. Immer war auch eine Portion Angst im Spiel. Aber wenn man am Ende die traurige Gesamtbilanz eines durchschnittlichen Tötungsdeliktes aufstellte, dann ging es in den meisten Fällen tatsächlich um nicht viel mehr als den öden, schnöden Mammon. Nichts brachte seit Kain und Abel das Tier im Menschen so deutlich zum Vorschein wie dieses Alleinstellungsmerkmal: die Fähigkeit, Rechnungen in bar oder mit Scheck zu begleichen oder stattdessen ein Messer zu zücken.

Für Horst Freckel war das eine niederschmetternde Erkenntnis. Aber auch eine, die seinen Berufsalltag sehr erleichterte. Damit wurde alles so übersichtlich und leicht zu erledigen. Und genau so liebte der erfahrenste und ranghöchste Kriminalist seine Fälle, und so machte ihm die Arbeit Freude. Klar strukturierte, knackige Verbrechen. Schnell gelöst, abgeheftet und vergessen. Nicht von ungefähr hatte sein Distrikt eine Aufklärungsquote von weit über sechzig Prozent und lag damit deutlich über dem Durchschnitt. Von den sieben oder acht Tötungsdelikten, die es im Schnitt jedes Jahr hier oben im waldreichen Norden des schönen Hessenlandes zu untersuchen gab, waren bisher nur zwei ungelöst geblieben, seit Horst Freckel vor bald sieben Jahren auf seinen jetzigen Posten befördert worden war.

Zugegeben – bei den meisten Fällen handelte es sich um Taten im sogenannten *sozialen Nahraum*. Da war zur schnellen Ergreifung des Schuldigen kein ausgeprägtes kriminalistisches Talent nötig. Denn der Täter kauerte meist betrunken oder unter Drogeneinfluss und in Tränen aufgelöst neben seinem Opfer. Die Axt, den Hammer oder das blutige Messer noch in der Hand. Aber auch wenn es mal komplizierter wurde, waren sie bisher hier immer ganz gut ohne Einmischung und gute Ratschläge von außen zurechtgekommen.

Aber jetzt wurde ihnen auf einmal ohne Vorwarnung und ohne Erklärung ein Fremdermittler vor die Nase gesetzt! Freckel schlief seit ein paar Tagen nicht mehr ruhig, und auch in der Truppe gab es Murren. Wieso schickten sie einen aus Frankfurt zu ihnen? Was hatte dieser Caspari hier zu suchen, oder was sollte er überhaupt herausfinden? An eine Strafversetzung, von der ihm heute Morgen der Polizeipräsident in Kassel etwas erzählt hatte, wollte Freckel nicht glauben. Er hatte vielmehr den Verdacht, dass es jemand gezielt auf ihn abgesehen hatte, um ihm den Weg in den wohlverdienten Vorruhestand zu verbauen. Noch zwei, drei Jahre, dann könnte er endlich seine Zeit sinnvoll nutzen und am Edersee sitzen und Forellen angeln. Vielleicht Golfspielen lernen. Und nun tauchte dieser komische Vogel auf, von dem keiner etwas wusste. Das LKA oder sogar das Ministerium könnten damit was zu tun haben, wurde vermutet. Das aber machte die Sache zu einem Politikum, und wenn es politisch wurde, dann hielt man am besten die Klappe und verkroch sich unter dem Tisch. Das wusste Freckel. Aber er war nicht imstande, danach zu handeln. Er war nie einer gewesen, der um den heißen Brei herumredete.

»Kommissar Caspari, auf ein Wort.« Dann schob er vorsichtshalber noch das Wörtchen »bitte« hinterher. Man konnte ja nie wissen. Er lotste den Neuen in einen der verwaisten Diensträume im hinteren Bereich des Korridors.

»Ich habe heute mit dem Polizeipräsidenten über Sie gesprochen«, platzte es aus ihm heraus, kaum dass die Tür geschlossen war. Er versuchte, streng und dabei doch hilfreich zu erscheinen. Er wirkte verzweifelt und auch ohnmächtig.

»Wir sind ja immer dialogbereit und stehen auch mit dem Ministerium auf gutem Fuß«, beteuerte er. »Aber Sie werden verstehen, dass ich selbstverständlich auch auf die Moral und den Betriebsfrieden in einer Einheit achten muss. Und da gab es im Zusammenhang mit Ihrem Auftauchen hier in unserem Team schon einige Fragen. Die Kollegen fühlen sich beobachtet und zu Unrecht pauschal verdächtigt und wissen noch nicht einmal, weswegen. Das kann unmöglich so weitergehen. Und daher würde ich nun wirklich sehr gern wissen, was Sie eigentlich zu uns führt …«

Er lächelte recht kläglich.

»Mir ist völlig klar, dass man Ihnen eine Menge abverlangt«, entgegnete Caspari geduldig. »Aber ich bin leider nicht befugt, Auskunft zu geben.«

»Aber wir ziehen doch an einem Strang!«

»Natürlich tun wir das. Nur manchmal ziehen nicht immer alle in dieselbe Richtung.«

»Aber was kann ich denn tun, um Ihnen zu helfen?« Freckel hätte fast die Hände gefaltet.

»Nichts. Es wird nicht lange dauern. Glauben Sie mir, ich werde Ihre Gastfreundschaft keine Minute länger strapazieren als unbedingt nötig.«

Freckel seufzte tief. Er hatte nichts erreicht, außer sich selbst zum Narren und vielleicht sogar zum Verdächtigen zu machen. Auch in dieser Nacht würde er wohl nicht ruhig schlafen, denn er hatte das dumpfe Gefühl, dass ihm jemand Schaden zufügen wollte. Es gab doch immer und überall Neider, Saboteure und Arschlöcher. Vielleicht wollte jemand von früher, der im Apparat nach oben gekommen war, eine alte Rechnung begleichen. Und apropos Rechnung: Vielleicht hätte er dem Schreiner Michels den Ausbau seines Partykellers doch nicht in bar bezahlen sollen. Vielleicht war es auch ein Fehler gewesen, dem Patensohn des Landrats wegen seiner Trunkenheit am Steuer den Führerschein abzunehmen, und vielleicht wäre es auch klüger gewesen, sich der letzten Mittelkürzung nicht ganz so wortgewaltig zu widersetzen.

Aber was es auch war – jetzt war es zu spät.

»Nun gut, dann möchte ich Sie nur noch bitten, dass diese kleine Unterhaltung unter uns bleibt. Und danke auch für Ihre Hilfe. Dadurch konnten wir in kürzester Zeit einen spektakulären Mordfall aufklären.«

Caspari wehrte bescheiden ab. »Aber ich bitte Sie – das wäre den Kollegen auch ohne meine Beteiligung gelungen.« Allerdings glaubte er selbst keine Minute daran, dass Klausi Melchior tatsächlich der Mörder war. Thomas Caspari hatte viele Mörder gesehen, vernommen und erlebt. Melchior, wenn er nicht ein Meister der Verstellung war, taugte allenfalls zum Hühnerdieb. Aber nur, wenn das Federvieh vorher betäubt und in seine Tasche gesteckt wurde. Aber zu diesem Ergebnis mussten die hiesigen Kollegen nun wirklich selbst kommen. Um ihren Fall konnte er sich nun nicht auch noch kümmern. Sein eigener Fall war schon brisant genug.

»Nur eines möchte ich noch anmerken«, sagte Freckel. »Die meisten Kollegen geben sich Mühe, die Verdächtigen in demselben Zustand hier abzugeben, in dem sie sie angetroffen haben. Also intakt, lebendig und möglichst ohne Löcher, Kratzer und Beulen.«

»Natürlich. Das verstehe ich. Aber er hat angefangen.«

Freckel nickte. »Gewiss. Ich wollte es Ihnen nur gesagt haben. Die Leute hier im Landkreis respektieren und vertrauen uns. Die meisten behandeln uns sehr nett und möchten, dass wir auch nett zu ihnen sind.«

»Ich habe verstanden.«

»Das heißt ja nicht, dass wir sie nicht wegsperren, wenn sie was ausgefressen haben.«

Man trägt Schutzkleidung

Während der Gastbeamte aus dem Ballungsgebiet ein paar Räume weiter penetrant den Verdächtigen Klaus Melchior anschwieg, fahndete Nadide Kolcuoğlu im Internet nach Hinweisen zu einer möglicherweise abgängigen Schülerin namens Sandra Naumann. Sie erhoffte sich nicht viel davon, aber sie hatte ein Versprechen gegeben, und dem fühlte sie sich verpflichtet.

Sie begann ihre Suche auf der Facebook-Seite des Jungen, der sie am Morgen aufgesucht hatte – Joachim Jockel alias Jojo. Dieser war nach allem, was man aus seinem digitalen Selbstbildnis schließen konnte, ein *Geek*, ein Einzelgänger und ziemlich schräger Vogel. Auf seinem Profilfoto präsentierte er sich verträumt mit Gitarre und Latzhose auf einer Blumenwiese. Man hätte ihn am Kragen packen und durchschütteln können.

Nadide hatte dem sensiblen Verehrer der abgängigen Sandra eine Freundschaftsanfrage geschickt. Und zwar unter ihrer bewährten, falschen Facebook-Identität Bella Okapi. Mit der konnte sie sich unauffällig in seiner Welt umsehen. Er hatte die Fremde umgehend in seinen inneren Kreis aufgenommen. Das war sie gewohnt. Schließlich wollte jeder so viele Freunde und Bewunderer wie möglich haben, denn mit der Zahl seiner Sozialkontakte erhöhte sich die Wahrscheinlichkeit, dass er oder sie beliebt war und für irgendwas anerkannt oder wenigstens beneidet wurde. Deshalb fragten die Jugendlichen nicht lange, wenn sich jemand an sie heran napfte. Sie akzeptierten jeden, der auch nur so freundlich war, von ihrer bloßen Existenz Notiz zu nehmen. Und jeder mochte die coole und lustige Bella Okapi.

Sie segelte durch das Internet unter der Flagge von Tweety, dem süßen Vögelchen aus der Bugs-Bunny-Serie, dem der dusselige Kater Sylvester ständig erfolglos nach dem Leben trachtete. Auf Bellas Profilbild rauchte Tweety lässig eine riesige Tüte und verdrehte dabei selig die Augen. Bella Okapi, wohnhaft in Münchhausen (wobei keinem der Kids die feine Ironie auffiel, denn es gab ja zwischen hier und Marburg tatsächlich einen Ort, der nach dem bekannten Lügenbaron benannt war), ließ sich immer mal wieder in Chatrooms blicken, wenn es um interessante Szenepartys in der Gegend und – vor allem – wenn es um billige Zigaretten oder anderes Rauch- und Dosierbares ging. Sie schrieb manchmal Mails an Leute, die Gegenstände wie gebrauchte Luxusuhren, Spielekonsolen, Kameras oder Handys zu verticken hatten. Und sie unterhielt eine ganze Menge Freunde auf Facebook, die ihre Interessen teilten: Party, Chillen, Rapmusik, Tupac Shakur, Chris Brown, G-Cash, Battlefield, League of Legends, Sailor Moon und Naruto Shippuden.

Ihr neuer Freund Jojo hatte außer ihr noch hundertsiebenundsiebzig weitere Freunde, von denen viele mit ähnlichen Verkrampfungen auf den Anpassungsdruck der bürgerlichen Gesellschaft reagierten. Die mit sich selbst und der Welt nicht viel anfangen konnten. Die sich unverstanden fühlten und auf die Rettung aus einem parallelen Universum hofften. Aber die von ihm als vermisst gemeldete Sandra Naumann war nicht darunter.

Entweder das Mädchen hatte sich, so wie Nadide auch, für seine Online-Aktivitäten einen anderen Namen zugelegt, oder sie stand einfach nicht auf seiner Freundesliste. Und zwar aus dem einfachen und durchaus vorstellbaren Grund, dass sie eben nicht gern Jojos Freundin sein mochte. Entfernt bestand auch noch die Möglichkeit, dass Sandra gar kein Facebook-Konto hatte – aber das war unwahrscheinlich. Zwar verließen die Jugendlichen in den Großstädten in Scharen das Netzwerk, seit ihre Eltern, Lehrer und der Bäcker gegenüber dort angemeldet waren und sie stalkten. Aber hier auf dem Land waren die jungen Leute eben ein wenig langsamer und auch anhänglicher.

Polizeilich waren jedenfalls weder Jojo noch die vermisste (oder zumindest von ihm vermisste) Sandra jemals auffällig geworden. Auch wenn Jojo auf die Beobachtungsliste der Pubertätspolizei gehörte. Er präsentierte sich als universell interessierter Freigeist, der Armut, Ungerechtigkeit und Hunger in der Welt abschaffen und die Berggorillas und die Wale retten wollte. Er glaubte, dass Jesus ein Alien und der elfte September eine Verschwörung der US-Regierung und der Mafia war, er fand die deutsche Gesellschaft unfreundlich und setzte sich für ein Leben ohne Konsum, Leberwurst und Pelzmäntel ein. Wenn ein schwermütiger Streifenpulliträger dieses Kalibers beschlossen hatte, sie zu verfolgen, dann wäre es kein Wunder, wenn Sandra gelegentlich mal abtauchte, ohne eine Anschrift oder Telefonnummer zu hinterlassen, dachte Nadide. Sie holte sich trotzdem Sandras Einträge aus der Meldedatei und wählte kurzerhand die dreistellige Telefonnummer in Löhlbach, wo das Mädchen mit erstem Wohnsitz gemeldet war. Nach dem vierten Klingeln sprang der Anrufbeantworter an, aber mitten in die Ansage platzte eine weibliche Stimme. Atemlos – sie hatte wohl einen kleinen Spurt zum Telefon hingelegt. Eine junge, angenehme Stimme.

»Hallo? *Der lachende Schepperling*. Kindergeburtstag, Catering- und Partybüfett, guten Tag.«

»Guten Tag. Ich rufe aus der Polizeistation in Frankenberg an. Keinen Schreck bekommen, bitte.«

»Wieso Schreck? Ich würde sehr gern mal eine Betriebsfeier für die Polizei ausrichten.«

Nadide schmunzelte. »Das wäre schön. Aber nicht heute. Entschuldigen Sie bitte die Störung. Mein Name ist Kolcuoğlu. Spreche ich mit Sandra Naumann?«

»Sandra ist meine Tochter. Sie hat doch hoffentlich nichts ausgefressen?«

»Nein, ganz und gar nicht. Ich hätte nur gern in einer völlig harmlosen Sache mit ihr gesprochen.«

»Sie ist leider für ein paar Tage bei ihrem Vater und nur schwer zu erreichen. Soll ich was ausrichten?«

»Nein, das wird nicht nötig sein. Vielleicht könnte sie sich mal bei mir melden, wenn sie wieder zurück ist.«

»Das richte ich gern aus. Wie war noch gleich der Name?«

»Kol… K-o-l… – ach … sie soll nur nach Nadide fragen.«

»Nadide, das habe ich notiert. Und wenn Sie mal ein Partybüfett brauchen, Nadide …«

»Dann rufe ich zuerst bei Ihnen an. Logisch.«

»Genau. Beim *Lachenden Schepperling.*«

»Ich liebe Schepperlinge. Wiederhören!«

Jojo, alter Unglücksrabe, dachte sie beruhigt. Schlag dir bloß die Sache mit Sandra aus dem Kopf. Sie ist einfach nicht deine Liga …

»Ich will ja nicht drängeln – aber wärst du dann so weit?«

Vor ihr stand Thomas Caspari, der es nicht erwarten konnte, endlich seine neue Bleibe in ihrem Mietshaus zu beziehen.

Das Mehrfamilienhaus in der Sudetenstraße, das Nadide von ihrem Vater überschrieben worden war, lag buchstäblich nur einen Steinwurf entfernt von ihrem Arbeitsplatz in der Polizeistation. Es war ein solides, wenn auch einfallsloses Gebäude. Drei Stockwerke, ein dunkelgraues Giebeldach, davor eine Rasenfläche, die als Naherholungsgebiet und Kontakthof vor allem für Maulwürfe diente. Ein paar halbhohe Bäume spendeten Schatten und einen Hauch von Kurparkstimmung. Angeschlossen waren ein Wäscheplatz, ein Spielplatz und ein Parkplatz. Daneben und dahinter dasselbe noch einmal.

Es waren typische Immobilien im Stil des sozialen Wohnungsbaus der 70er Jahre. Irgendwann waren sie wegen der klammen Gemeindekassen so heruntergewirtschaftet gewesen, dass nur privates Geld sie retten konnte, und das war der Moment, als der wohlhabende und wohlmeinende örtliche Unternehmer Mehmet Kolcuoğlu auf den Plan trat. Er vermietete bevorzugt an seine türkischen Landsleute, die es nach wie vor schwer hatten,

Wohnungen zu finden, nachdem sich im Landkreis herumgesprochen hatte, dass nur die wenigsten von ihnen über eigene Ölquellen verfügten.

Trotzdem hatte einer, ein junger Mann mit Namen Cenk Cengiz, unlängst seine Wohnung gar nicht schnell genug wieder verlassen können, nachdem er seinerseits vom Liebesglück verlassen worden war und ihm ein mordlustiger, gehörnter Ehegatte namens Kemal Korkmaz auf die Schliche gekommen war. Jetzt war nicht nur Kemal selbst, sondern seine ganze Sippschaft hinter Cenk, dem Herzensbrecher und Vormieter, her, der sein Leben verwirkt hatte und sich nirgends auf diesem Planeten mehr sicher fühlen konnte.

Cenks Wohnung bezog nun Caspari. Im Erdgeschoss ein großer Wohnraum und ein deutlich kleineres Schlafzimmer. Bad mit Dusche und lila Kacheln. Vollständig möbliert und ausgestattet mit allen zeitgemäßen Annehmlichkeiten vom Elektrodiscounter. Fernseher und Stereoanlage, Bett, Schrank, Tisch und Stühle und sogar Handtücher und Geschirr hatte der flüchtende Casanova zurückgelassen. Letzteres bestand aus einer Sammlung schlanker, türkischer Teetässchen nebst Untertässchen und winzigen Löffelchen. Falls mal Gäste kamen.

Caspari schleppte seinen Koffer aus dem Auto in die Wohnung und war damit eingezogen.

»Das einzig Unangenehme, das vielleicht passieren könnte, ist, dass jemand aus Kemals Familie hier Licht sieht und denkt, Cenk wäre hierher zurückgekommen, um noch was abzuholen. Dann könnte es eventuell ein bisschen laut werden. Aber du weißt dich ja sicherlich deiner Haut zu wehren.«

Caspari schluckte. »Kannst du nicht vorsichtshalber streuen, dass ich bewaffnet bin?«

»Hm, das habe ich schon. Aber das sind Kemals Cousins leider auch. Hast du die Waffe immer in Griffweite? Auch neben deinem Bett?«

»Spätestens ab heute, ja.«

»Na ja. Wird schon gutgehen. Also … normalerweise nehme ich die ersten drei Monatsmieten als Kaution in bar und im Voraus«, erklärte sie, als sie ihm nach einem kurzen Rundgang den Schlüssel aushändigte. »Aber ich gehe davon aus, dass du pünktlich zahlst, oder?« *An Geld scheint es dir ja ohnehin nicht zu mangeln,* setzte sie im Stillen und mit Blick auf seine sündhaft teure Armbanduhr hinzu.

»Ich zahle überpünktlich«, erwiderte er, denn er hatte die ganze Monatsmiete bereits vor einer halben Stunde online auf ihr Konto überwiesen und dabei gedacht, dass die Einrichtung eines Dauerauftrages wohl nicht lohnen würde.

Sie standen sich im Treppenhaus gegenüber. Nadide hielt sich am Treppengeländer fest, um zu zeigen, dass sie auf dem Sprung nach oben war, in ihre eigene Wohnung.

»Tut mir leid wegen der ziemlich geschmacklosen Schlafzimmergarnitur. Ich hoffe, sie verursacht dir keine Alpträume. Cenk war nicht sonderlich wählerisch in diesen Fragen.«

Klassisch angehauchtes Kitsch-Schnitzdekor vom Typ *Zauber des Orients,* verzierte glänzende Edelholzflächen, ein Kassettenschrank mit falschen Goldknöpfen in der Form von Löwenschädeln. Tiefviolette Bettwäsche aus Seide, das Gemälde eines fauchenden Tigers im Bambushain über dem Nachtlager an der Wand. Extrem naturnah und in Lebensgröße. Auf dem Boden ein viel zu weißer und viel zu weicher Teppich, auf dem man ging wie auf einer Wolke. Neben dem Bett war gerade noch Platz für ein Monstrum von einem Ledersessel mit Massagefunktion für Rücken und Nacken, wie man ihn aus der Sauna kannte und der ein Vermögen gekostet haben musste.

»Ich habe einen ruhigen Schlaf«, sagte Caspari. Und fragte dann ohne weitere Umstände. »Hey – was machst du heute Abend?«

»Wie bitte?« Sie stutzte und blickte ihn an, als hätte er sie unsanft von der Seite angerempelt.

Es schien, als habe er nicht den richtigen Ton getroffen. Die Frage sollte beiläufig und kollegial klingen. Nicht so, wie es dann tatsächlich rausgekommen war. Nämlich so, als wolle er sie anbaggern. Caspari hatte zwar beachtliche Erfolge als Polizist und Ermittler vorzuweisen – aber keiner war aufgrund seines Charmes, seiner raffinierten Umgangsformen und seiner Wirkung auf das weibliche Geschlecht zustande gekommen.

»Na ja, was machst du denn so heute Abend?«, versuchte er es weiter und wusste schon, dass nun alles nur noch schlimmer wurde. Auch wenn er dazu das zeigte, was er für ein gewinnendes Lächeln hielt. »Ich dachte, wir könnten vielleicht nachher mal ein Bier zusammen trinken. Und uns näher kennenlernen, schließlich sind wir ja nun Kollegen.«

Ihre langen Wimpern klimperten ihn irritiert an, als Nadide sich fragte, ob Caspari vorhatte, sie zu belästigen. Bei Typen wie ihm musste eine Frau auf alles gefasst sein. Typen von auswärts, aus dem Süden, aus der Großstadt. Die plumpen Anzüglichkeiten ihrer Kollegen perlten wirkungslos an ihr ab. All die abgenagten Sprüche über Burkas, Bauchtanz und Beschneidungen, über Hamam, Harem und Wasserpfeifen brachten sie nicht einmal mehr zum Gähnen. Nachdem die hiesigen Herren der Schöpfung festgestellt hatten, dass ihre türkischstämmige Mitarbeiterin auch mit blöden Bemerkungen über Zwangsheirat und Ehrenmord nicht aus der Reserve zu locken war, ließen sie es irgendwann einfach sein. Aber jeder Einzelne hatte es an irgendeinem Punkt mal versucht, und jetzt war der undurchsichtige Herr Caspari an der Reihe.

»Ich mache, was ich jeden Tag mache«, antwortete sie. »Ich gehe zum Training, dann zur Abendschule, und dann lerne ich noch. Ich habe nicht viel Zeit für Kneipenbesuche und so was.«

»Was trainierst du denn so eifrig?«

Herrgott, er war mit seinen Konversationskünsten tatsächlich auf dem Niveau eines 13-Jährigen stehen geblieben. Ihm war natürlich bei dieser Sache auch nicht wohl. Er fühlte sich hoffnungslos überfordert. Wenn einer so lange verheiratet gewesen war wie er, dann war er aus der Übung, was den Umgang mit Frauen anging. Sich in das Vertrauen einer wesentlich jüngeren, nicht unattraktiven, aber sehr selbstbewussten und misstrauischen Kollegin zu schleichen – das wurde einem auch nicht auf der Polizeiakademie oder bei Fortbildungskursen beigebracht. Aber seine Aufgabe bestand nun mal darin, ihr näherzukommen. Und das machte man doch wohl auf diese Art und Weise, oder …?

»Ich trainiere Taekwondo.«

»Oh, dabei kann man sich aber weh tun.«

Sie konnte das wachsende Befremden über diese bizarre Treppenhausunterhaltung nicht mehr verbergen.

»Nur wenn man sehr blöd ist. Man trägt Schutzkleidung. Dann kann eigentlich nichts passieren.«

»Ach so. Ja, klar. Verstehe …«, stammelte er und lächelte, als sei er ehrlich erleichtert darüber, dass bei diesem gefährlichen Sport niemand ernstlich zu Schaden kommen musste. Die Peinlichkeit dieser komplett havarierten Annäherung wurde sekündlich unerträglicher.

»Okay, dann vielleicht ein anderes Mal. Entschuldige, ich wollte nicht … also … es war nicht … meine Absicht.«

»Nein, nein. Schon gut. Ich wollte auch nicht unhöflich sein. Aber ich habe wirklich viel um die Ohren. Mit dem Sport und dem Abitur.« Sie versuchte ihrerseits ein Lächeln, das so verbindlich aussah wie das Beileidstelegramm einer entfernten Tante. Sie war auch nicht der Typ, der nett lächelte. Jedenfalls nicht in solchen Situationen.

»Okay, prima. Na dann. Danke noch mal für die schöne Wohnung. Ich werde mich hier sicherlich sehr wohl fühlen. Wirklich – ein großer Fortschritt gegenüber der Pension. Tiger und Goldköpfe hin oder her …«

Sie wandte sich zum Gehen. »Das freut mich. Dann sehen wir uns morgen zum Dienst.«

»Ja, genau. Ich kann dich zur Arbeit ja mit meinem Auto mitnehmen. Dann sparst du den Sprit.« Es dauerte einen Moment, bis sie seinen müden Scherz als solchen erkannt hatte. Nicht mal dreihundert Meter von ihrem gemeinsamen Arbeitsplatz entfernt. Haha.

»Ja. Mitnehmen. Ich verstehe … okay … danke. Also bis morgen …« Sie zeigte spielerisch mit dem Zeigefinger auf ihn und lief mit federnden Schritten die Treppe zu ihrer Wohnung hinauf.

Nervös, dachte Caspari, *sie ist sehr nervös*. Aber das Gleiche galt auch für ihn.

Ihr Schritte waren durch die Decke vernehmbar. Sie ging eine Weile auf und ab, blieb dann am Fenster stehen. Er konnte hören, dass sie angeregt mit jemandem telefonierte. Eine Viertelstunde später verließ sie – das eigenwillige Haar gebändigt mit einem Stirnband – in grauer Joggingmontur das Haus und verschwand wie ein geölter Blitz zwischen den Nachbarhäusern.

Von keinem Punkt der Frankenberger Innenstadt aus sind es mehr als nur ein paar Fußminuten bis in die Flussauen der friedlichen Eder, in die Stille des Burgwaldes oder in die wogenden Weizenfelder, Kartoffel- und Rübenäcker des Umlandes. So urban die Wohnstraße rund um Nadides Mietshaus auch wirkte, zweihundert Meter dahinter öffnete sich unvermittelt die freie Wildbahn. Saftgrüne Anbauflächen, über denen sich ein tiefblauer Himmel spannte. Einzelne weiße Wolken schwammen darin wie Wale in der endlosen See.

Nadide sog die balsamartige Luft des Frühsommerabends tief in ihre Lungen und lief in strammem Tempo zunächst südlich und direkt auf die grauen Dächer der Burgwaldkaserne zu, um dann auf halber Strecke einen Haken in östlicher Richtung und ins benachbarte Bottendorf zu schlagen. Sie kannte jede Ackerfurche, jeden Stein, Busch und jeden Riss im Asphalt auf dieser Strecke, die sie täglich lief. Manchmal auch zweimal am Tag. In weniger als zwanzig Minuten stand sie ohne einen Schweißtropfen auf der Stirn vor einem etwas verloren wirkenden, japanischen *toori*, dem doppelbalkigen Holztor, mit dem die Japaner den Zugang zu ihren heiligen Stätten markieren.

Hier im Gewerbegebiet diente es nicht als Götterpforte, sondern als Blickfang für das Kraftsport- und Fitnesszentrum Bottendorf, in dem die Dorfjugend aus dem näheren Umkreis zu wüstem Motivationsgebrüll ihre Halbkreistritte, Schulterwürfe und Handkantenschläge austauschte oder Eisen pumpte. Nadide hatte hier als Dauergast, Vorzeigekämpferin und Trainerin der Jugendgruppe ihren eigenen Spind, in dem sie Kampfmontur, Kopf-, Schienbein- und Unterarmschutz aufbewahrte.

Genau dort lag, sauber zweimal gefaltet, unübersehbar oben auf dem Stapel ihrer Sachen ein DIN-A4-Blatt mit einer handschriftlichen Notiz. Der Absender hatte die Nachricht nicht etwa durch den Spalt zwischen Tür und Rahmen geschoben. Er hatte den Spind mit einem Zweitschlüssel geöffnet und das Blatt so abgelegt, dass Nadide es nicht übersehen konnte. Das war seine Art, zu zeigen, dass er sich jederzeit in ihr Leben einschalten konnte. Und dass er jeden ihrer Schritte kannte.

»*Morgen um 12 im CC.*«

Daneben lag ein offener, brauner Umschlag, den sie in die Hand nahm und hineinschaute. Ein Bündel von 20- und 50-Euro-Scheinen. Sie ließ ihren Finger darübergleiten und überschlug die Summe. Es waren etwa zweitausend Euro.

Deutlich zu wenig.

Alles fit im Schritt

Zur gleichen Zeit, vier Kilometer nördlich, zog Thomas Caspari lautlos seine Wohnungstür zu und verharrte einen Moment lauschend mit angehaltenem Atem im Treppenhaus.

Nur das rhythmische Basswummern eines im Schritttempo vor dem Haus vorbeikriechenden Angeberautos und das fröhliche Kinderkreischen vom Spielplatz war zu vernehmen. Er schlich geräuschlos die Steintreppe hinauf und stand wenige Sekunden später vor dem verschlossenen Apartment seiner Vermieterin. Dort zog er aus seiner Hosentasche das Besteck mit den Türöffnern, das er so schnell und unauffällig einsetzen konnte wie andere Leute ihren Hausschlüssel. Aber als er den Metallstift nur einen Millimeter in das Schloss eingeführt hatte, ließ ihn eine laute, messerscharfe Stimme vor Schreck zusammenfahren.

»Frau iss nisch da«, keifte es hinter ihm. Da stand, die Hände angriffslustig in die Hüften gestemmt, mit dem Gesicht eines Bullterriers und dem Atem eines wütenden Drachens, eine türkische Amazone, ebenso groß wie breit. Sie trug einen hellblauen Hausanzug aus Frotteestoff mit kleinen Katzenköpfen auf dem Busen, dazu ein Kopftuch mit Blumenmuster. Auf ihrer Nase wuchs eine Warze, aus der Warze wuchsen Haare. Ihre wütenden Kohleaugen funkelten Caspari an, als sei sie die Saaldienerin in Gottes Strafgericht.

»Was du wolle?«

»Guten Abend. Ich bin der neue Mieter von unten«, erklärte er mit schiefem Lächeln und schalt sich innerlich für den grausigen Schrecken, den er sich hatte einjagen lassen. Wo war er denn nur mit seinen Gedanken? Früher hätte er einen Windhauch vom Öffnen ihrer Tür in seinem Nacken gespürt und wäre nicht so eiskalt erwischt worden. Früher hätte er die Anwesenheit einer anderen Person gewittert, hätte Blicke gespürt wie Hitzequellen und im äußersten Augenwinkel auf unerklärliche Weise auch noch den Schatten eines Schattens wahrgenommen. Jetzt stand er doof da wie die Karikatur eines Einbrecher-Ede, der sich in seinem gestreiften Einbrecher-T-Shirt und der Augenmaske mit der Taschenlampe einen Weg durch das Blumenbeet sucht, den Sack mit der Beute auf dem Rücken, während die halbe Nachbarschaft hinter dem Fenster steht und sich ins Fäustchen lacht.

Verdammt, er hätte tot sein können! Hätte ihn nicht eine unbewaffnete Hausfrau, sondern ein ausgebildeter Profi gestellt, dann würde er jetzt vielleicht um sein Leben betteln. Sein Puls hämmerte schneller und lauter als der Bass der Dorfdisco auf Rädern, die schon wieder draußen vor dem Haus vorbeirollte.

»Ich wollte nur …« *Ja, was wollte er denn? Was wollen Nachbarn? Was würde sie ihm glauben?* »Ich wollte nur nach Eiern und Mehl fragen. Ich habe nämlich Hunger. Aber der Kühlschrank ist leer.«

»Du warte«, befahl die strenge Wächterin, drehte sich um und verschwand. Aus dem Inneren ihrer Wohnung strömte der angenehme Geruch feiner Fleischwürze und der rhythmische Frohsinn einer volkstümlichen Unterhaltungsshow mit Gesang und Tanz im türkischen Satellitenfernsehen. Der unglücklich Ertappte stand, unfähig zur Flucht, im Treppenhaus, eingeharzt in seiner Bewegung wie ein Insekt im Bernstein.

Nach zwei Minuten erschien die resolute Türkin wieder im Türrahmen, mit vier Eiern und einer Plastiktüte, in die sie Mehl abgefüllt hatte. Sie strahlte ihn an und zeigte eine hinreißende Zahnlücke.

»Willkommen, neuer Mieter«, sagte sie, als wolle sie ihn umarmen und an ihr Herz drücken. »Alles klar!«

»Danke, das ist wirklich sehr freundlich von Ihnen«, antwortete Caspari, der die Gaben entgegennahm.

»Ach!« Sie schlug sich plötzlich mit der flachen Hand auf die Stirn. »Auch Butter brauche?«

»Nein, die habe ich. Butter ist da. Alles klar. Danke, wirklich!« In welcher verrückten Welt hätte ein Mann Butter im Schrank, aber keine Eier und kein Mehl? Und wieso sollte ein neuer Mieter seine Wohnung beziehen und sofort von dem Drang befallen werden, den Backofen zu benutzen? Und welcher Mann mittleren Alters konnte mit Mehl, Eiern und Butter etwas anfangen, das in der Herstellung einer verzehrbaren Speise gipfelte? Fragen, die sich Caspari stellte, während er wie unter Schock auf ihre Zahnlücke starrte und sein Adrenalinpegel sich langsam wieder normalisierte.

»Alles klar«, bekräftigte die hilfsbereite Nachbarin ein weiteres Mal. »Ich helfe immer, immer gut. Nuriye heiße.« Sie hielt ihm die Hand hin und lachte sofort, als sie sah, wie ungeschickt er mit Eiern und Mehl balancierte. »Gut, gut. Alles klar«, gluckste sie und klopfte ihm zum Abschied auf die Schulter.

Er schlich die Treppe hinunter wie die schlechte Pointe in einem türkischen Hausfrauenwitz. Das nächste Mal musste er es wirklich gescheiter anstellen. Voller Groll gegen sich selbst verschwand er wieder in seiner Wohnung, wo er das Radio einschaltete, um irgendetwas anderes zu hören als das scheppernde Karussell seiner Gedanken.

Vier Eier und eine Tüte Mehl. Keine Butter. Aber ein verschwundener Sohn. Das war also die Bilanz für diesen Tag. Vielleicht brach jetzt eine Zeit in seinem Leben an, wo man so etwas einen guten Tag nennen musste, weil einem wenigstens dazu nicht noch der Rücken weh tat.

Der Abend war mild, die Kinder lärmten weiter auf der Grünfläche, das Discomobil, das sich als ein grellroter Opel mit Rallyestreifen entpuppt hatte, hatte endlich eine Parklücke gefunden und war verstummt. Alte Männer unter Schiebermützen aus Cordstoff saßen auf einer Bank und erzählten sich lächelnd erfreuliche Geschichten von früher. Wie ein scheuer Vogel, der vertrieben worden war, kehrte langsam Casparis innerer Frieden zurück.

Die erste Meldung in den Neunzehn-Uhr-Radionews war die Nachricht vom Mord an dem bekannten Schlagersänger Henny Winkler. Es war das erste Mal seit dem Großbrand im Sägewerk vor fünf Jahren, dass es Frankenberg in den Nachrichten des Hessischen Rundfunks an die erste Stelle geschafft hatte. Ansonsten tauchte es nur ab und zu mal in den Verkehrsmeldungen auf. Meist wegen freilaufender Wildschweine oder entlaufener Nutztiere oder um vor plötzlich auftretendem Bodenfrost zu warnen. Und zum ersten Mal überhaupt bekam ganz Hessen die Gelegenheit, den beruhigenden Bass des Kriminaloberrats Freckel aus Korbach zu hören.

Er erklärte dem Reporter, dass seine flinke Truppe bereits einen dringend Tatverdächtigen in diesem Mordfall verhaftet habe. Details könnten aber wegen der laufenden Ermittlungen noch nicht genannt werden.

»Der Verdächtige war zur Tatzeit am Tatort, hat seine Fingerabdrücke hinterlassen, eine Goldene Schallplatte geklaut und ein starkes Motiv für die Tat«, brummte er wie ein zufriedener Bär. »Die Indizien reichen nach Ansicht der Staatsanwaltschaft aus, um ein Verfahren zu eröffnen.«

Dann meldete sich wieder der Nachrichtensprecher zu Wort und hatte ein diebisches Vergnügen daran, folgenden Text zu verlesen: »Henrik Winkler, genannt Henny, war vor allem in den späten 70er und frühen 80er Jahren des vergangenen Jahrhunderts bekannt durch Schlager wie *Malaika mit der Balalaika* und *Viva Roswitha.* Berlin. Im weiter schwelenden Koalitionsstreit um die Anhebung der Gewerbesteuer hat Finanzminister …«

Da hörte Caspari schon nicht mehr zu, denn er dachte an Klausi Melchior, den Bassisten, Tatverdächtigen und geborenen Unglücksraben, den er heute zwar unter Überwindung einigen

Widerstandes festgenommen hatte, den er aber trotzdem für unschuldig hielt. Dieses entsetzte Gesicht, als er von Winklers Tod erfuhr – das konnte ein schlichtes Gemüt wie Melchior nicht spielen. Er war wirklich zutiefst erschüttert gewesen. Leute wie er, so wütend sie auch werden konnten, ließen andere nicht qualvoll ersticken. Auch nicht die mutmaßlichen Diebe ihres geistigen Eigentums.

Caspari, der sich ja eigentlich nicht in diesen Fall hineinziehen lassen wollte, fühlte sich plötzlich doch verantwortlich. Schließlich hatte ja seine Verhörmethode zur Überführung des Verdächtigen beigetragen. Der Tag wurde immer beschissener. Vier Eier, eine Tüte Mehl, keine Butter, ein verschwundener Sohn und ein vermutlich zu Unrecht einsitzender, dämlicher Bassist, der auf der nach unten offenen Skala von menschlichem Elend und Doofheit einen der letzten Plätze einnahm. Immerhin dagegen konnte man vielleicht etwas tun.

Kurz entschlossen griff Caspari seine Jacke und die Autoschlüssel und begab sich auf den Weg ins Nachbardörfchen Geisendingsbums. Zurück zum Hof von Klaus Melchior. In diesem Punkt hatte Nadide tatsächlich die Wahrheit gesprochen: Schon jetzt bereitete es keine Mühe, den Weg dorthin aus dem Gedächtnis abzurufen, obwohl er ihn nur einmal zurückgelegt hatte. Das war wirklich ein übersichtliches Städtchen, dieses Frankenberg.

Melchiors Hexenhaus stand windschief und ungeliebt abseits der Bundesstraße 253, mit dem Rücken zum alten Ortskern, und wirkte auch sonst weltabgewandt und isoliert. Das Eigenheim des Eigenbrötlers, auf dem Weg zur Ruine, mit seinem von den Elementen angenagten Fachwerk und der grauen, nicht mehr ganz einheitlichen Schieferverkleidung auf der Wetterseite. Daneben die ehemalige Scheune mit Melchiors Stallstudio. Der Hof, in dem in früheren Jahren ein Misthaufen trübselig vor sich hin gedampft hatte, war mit groben Pflastersteinen ausgelegt, uneben und ungepflegt. Es gab keine Gardinen in den Fenstern und keine Blumenkästen auf den Simsen. Eine kleine Pyramide von leeren Bierkästen in der Ecke des Hofs war der einzige Hinweis auf die Anwesenheit menschlicher Bewohner.

Wie viele der älteren Häuser in diesem Landstrich hatte auch dieses einen kleinen Vorbau mit Treppenaufstieg, in dem sich die Eingangstür befand. Ein kleiner Windfang mit eigenem Dach. Caspari stieg hinauf zu der Tür, die er ein paar Stunden zuvor mit dem Steinfrosch eingeschlagen hatte. Jetzt war sie notdürftig mit einem Schloss und einer Kette gesichert.

Man musste kein Hellseher sein, um zu ahnen, dass diese traurige Hütte in der gutbürgerlichen Nachbarschaft als Schandfleck betrachtet wurde, von dem sich fernzuhalten Eltern ihren Kindern einbleuten. Sicherlich gab es nicht wenige gesetzestreue Bürger, die hinter vorgehaltener Hand die örtliche Freiwillige Feuerwehr für ihren schnellen Einsatz neulich beim Scheunenbrand kritisierten. Denn hätte der Löschtrupp in jener Nacht nur ein paar Minuten länger gebraucht, wäre man das schäbige Anwesen, das die ganze Straße optisch mit sich nach unten zog, wenigstens auf halbwegs anständige Art und Weise losgeworden.

Irgendwo in der Nachbarschaft kläffte ein Hund, in der Parallelstraße rumpelte ein Trecker vorbei, als Caspari sich anschickte, das primitive Vorhängeschloss mit einem Haken aus seinem Sortiment zu knacken und die Kette zu entfernen. Er wusste zwar selbst nicht so genau, was er eigentlich suchte, aber irgendwas fand man schließlich immer. Und sei es ein Beweis, dass Melchior tatsächlich der Komponist von *Viva Roswitha* war. Vielleicht würde das dem armen Teufel wenigstens ein wenig Geld einbringen, und er konnte sich einen ordentlichen Anwalt besorgen. Wenn ihm das nicht gelang, würde er nämlich für lange Zeit von der Bildfläche verschwinden. Und Leute wie er kamen erfahrungsgemäß aus dem Gefängnis nicht geläutert und gebessert wieder heraus, sondern als menschliche Asseln mit einer verbleibenden Lebenserwartung im niedrigen, einstelligen Bereich.

Als Caspari eben das Schloss in die Hand genommen hatte, ließ ihn ein Geräusch in der Bewegung erstarren. Er hob den Kopf und horchte angestrengt. Kein Zweifel – aus dem Nebengebäude, aus dem zerstörten Studio, hörte er ein Schaben, so als werde etwas Schweres auf dem Boden hin und her bewegt. Dann ein Krachen. Es klang, als sei ein Brett umgefallen. Jetzt sah er, dass die rußschwarze Tür zum Aufnahmestudio, die bei seinem ersten Besuch noch fest geschlossen und mit einem losen Pflasterstein beschwert war, einen Spaltbreit offen stand. Der Stein war zur Seite geschoben worden. Jemand machte sich da drinnen zu schaffen.

Schnell und lautlos wie ein Panther huschte Caspari die Treppe hinunter zurück in den Hof, glitt dicht an der Hauswand entlang und erreichte die mit Brettern vernagelten, ehemaligen Stallfenster, hinter denen der Eindringling sich zu schaffen machte. Seine rechte Hand griff ins Leere. Verfluchter Leichtsinn. Bei seinem spontanen Aufbruch hatte er seine Waffe vergessen. Wenn er weiter auf diese Art Fehlschläge und Versäumnisse aneinanderreihte, würde es bald Zeit, sich um einen ruhigen Schreibtischjob im Amt zu bemühen. Hier draußen wurde es zu gefährlich für einen, der seine Waffe vergaß und sich von Hausfrauen übertölpeln ließ.

Wieder rumpelte etwas auf der anderen Seite der dicken Sandsteinwand. Wer immer im ausgebrannten Studio am Werk war – Angst vor Entdeckung hatte er jedenfalls nicht. Für Situationen wie diese empfahl das Handbuch des klugen Polizisten eine ganz simple Vorgehensweise. Da dies der einzige Ausgang war, musste der kluge Beamte nichts weiter tun, als sich hinzusetzen und entspannt auf den Moment zu warten, da der Eindringling das Gebäude wieder verließ.

Aber Caspari war ungeduldig und außerdem wütend auf sich selbst. Statt also Platz zu nehmen, die letzten warmen Sonnenstrahlen zu genießen und sich ganz gelassen auf die Begegnung mit einem gewiss völlig verdatterten Widersacher vorzubereiten, beschloss er, sofort zu handeln. Er riss mit dem Schlachtruf »Wer ist da?« die Tür auf. Um nur eine Sekunde später durchbraust von einer gigantischen Welle aus reinstem, brüllendem Schmerz in die Knie zu sinken. Beide Hände reflexhaft im Schritt zusammengekrampft. Ein unglaublich gewaltiger Tritt in die Eier war ihm verpasst worden, so heftig und brutal, wie er ihn seit langer, langer Zeit nicht mehr erleiden musste. Vielleicht noch nie. Es raubte ihm beinahe das Bewusstsein. Tränen schossen in seine Augen, er bekam keine Luft mehr.

»Entschuldigung, Entschuldigung«, hörte er durch das Kreischen von hundert Schiffssirenen und Martinshörnern, das Heulen des Sturms und das Tosen der Apokalypse eine weibliche Stimme jammern. »Ogottogott, habe ich Ihnen etwa weh getan? Sie sind bestimmt Herr Melchior? Ich habe doch nur den Schatten da vor dem Fenster vorbeihuschen sehen und Angst bekommen. Wer nichts im Schilde führt, der huscht doch nicht, habe ich gedacht. Das tut mir wirklich sehr leid … geht es denn wieder?«

Zwei grelle Lichter flammten auf, Baustellenlampen, die auf Stativen standen. Zwei kräftige Hände fassten ihn am Arm, und jemand wollte ihn hochziehen. Aber er krümmte sich zusammen und ließ stöhnend den Kopf auf seine Knie sinken. Langsam, nur sehr langsam entließ ihn der Schmerz aus seiner Umklammerung.

Die aufgeregte Frauenstimme prasselte wie durch Watte wieder auf ihn ein.

»Sie sind doch Herr Melchior, nicht wahr? Ich bin Maja Magerkohl von der Astoria-Versicherung. Erinnern Sie sich? Wir waren vor einer Stunde verabredet. Aber Sie sind nicht gekommen, und da habe ich mir erlaubt, schon mal ohne Sie anzufangen mit der Untersuchung.«

»Nicht … Melchior«, presste der sterbende Caspari zwischen zusammengebissenen Zähnen heraus und stellte fest, dass seine Hose unterhalb der Knie hoffnungslos mit schlammiger Asche und anderem Brandschmutz besudelt war. Vorsichtig wollte er sich aufrappeln. Aber Atemnot, Brechreiz und Schwindelgefühl drückten ihn wieder zu Boden, mit beiden Händen seine zerschmetterte Männlichkeit umfassend. Wie angeschossen hockte er inmitten der teils verkohlten, teils geschmolzenen Reste von Klausi Melchiors Tonstudio, in den verrußten Ruinen von Mischpult, Monitoren, Lautsprechern und Musikinstrumenten, die von der rettenden Wasserwucht der Löschmannschaft in der Ecke zusammengeschoben worden waren.

Frau Magerkohl, gekleidet in einen grellroten Arbeitsoverall, war ein wenig größer und doppelt so breit wie er selbst. Sie hatte, als sie die Atemschutzmaske abzog und die Kapuze ihres Spezialanzugs zurückschlug, ein fröhliches, leicht rundliches Gesicht und dunkelrotes, schulterlanges Haar, welches sie während der Arbeit zu einem munter wippenden Pferdeschwanz am Hinterkopf zusammengebunden hatte. Ihre Augen verschwanden hinter einer sonderbaren Sehhilfe für aussichtslose Fälle, die Caspari in seiner schmerzbedingten Umnachtung wie eine Taucherbrille wahrnahm. Daraus blinzelte sie ihn mitfühlend an. Sie sprach mit leichtem Sächseln und einer säuselnden, nicht unangenehmen Stimme.

»Sollmer v'lleicht lieber' Orzt v'rständischen?«

»Was?«

Er war zu Gast in seinem eigenen Alptraum. Gelähmt, mit eingeschränkter Wahrnehmung, unfähig zu Gegenwehr und Flucht. Sie schob die Taucherbrille auf die Stirn. Ihre Augen waren grün und groß. Sie funkelten heiter, und Caspari meinte, eine Spur von Spott darin zu entdecken.

»Ein Arzt. Möchten Sie, dass ich einen Arzt rufe?«

»Nein danke. Es geht sicher bald wieder. Ich merke schon, wie der Schmerz nachlässt.« Lachte sie ihn etwa aus? Das Funkeln ihrer grünen Augen ging eindeutig in Richtung Schadenfreude und Erheiterung. Er spürte, wie seine notorische Wut sich aufpumpen wollte, und konnte sie gerade noch bändigen. Denn der Frau war ja nichts vorzuwerfen – außer, dass sie vielleicht ein bisschen weniger kraftvoll hätte zutreten können. Sie hatte sich beherzt gegen einen mutmaßlichen Angreifer zur Wehr gesetzt. Und zwar ziemlich erfolgreich, wie man anerkennen musste.

»Was machen Sie hier, und warum wurschteln Sie da im Dunklen herum?«

Sie war allerdings nicht geneigt, sich von dem Fremden mit dem akuten Geschlechtsteilschaden anblaffen zu lassen.

»Ich wurschtele nicht, ich führe eine Untersuchung durch«, erklärte sie.

»Verzeihung, wenn ich unhöflich wirke.«

»Schon gut.«

»Nein, wirklich. Ich wollte nicht unhöflich wirken. Aber warum haben Sie kein Licht? Warum war die Tür zu?«

»Ich war gerade dabei, ein paar Infrarotaufnahmen zu machen. Dabei habe ich allerdings etwas umgeworfen und wenig später durch die Fensterbretter da Ihren Schatten vorbeihuschen sehen. Sie sind also gar nicht Herr Melchior. Wer sind Sie denn? Ein Nachbar? Ein Verwandter?«

»Polizei«, stöhnte er.

»Nu? Hätten Sie das nicht einfach sagen können? Dann wäre das Unglück ja nicht passiert.«

»Ja. Aber heute ist nicht mein bester Tag.«

»Verstehe. Wissen Sie, wo Herr Melchior abgeblieben ist?«

»Er sitzt in Untersuchungshaft.«

»Oh, deswegen konnte er nicht kommen.«

»Sie haben es erfasst.«

»Weswegen sitzt er denn?«

»Das darf ich nicht sagen.«

»Okay …« Sie schien ein bisschen eingeschnappt. Das heitere Funkeln in ihren Augen erlosch, und sie schob sich mit einer geübten Bewegung die Taucherbrille von der Stirn zurück auf die Nase und zog die Atemschutzmaske und Kapuze wieder an ihren Platz.

»Hätten Sie was dagegen, wenn ich meine Arbeit hier zu Ende mache? Ich habe nur den Rest des heutigen Tages. Morgen muss ich schon wieder weiter. Nach Goslar. Die halbe Republik scheint gerade abzubrennen.«

Diplomingenieurin Maja, eigentlich Margarethe Magerkohl aus Erfurt, war freischaffende, vereidigte Sachverständige und Brandgutachterin, die im Auftrag der Astoria-Versicherung von einem Wohnungs-, Lagerhaus- oder Garagenbrand zum nächsten tingelte. Von ihrem Gutachten hing es am Ende ab, ob ein Feuerschaden als solcher anerkannt wurde und Versicherungsansprüche geltend gemacht werden konnten. Es gab einfach kein Vertrauen mehr unter den Menschen, sagte sie oft. Und viel zu viele Warmsanierer.

Aus dem nach kaltem Rauch und verbranntem Kunststoff stinkenden Stall wankte Caspari zurück in den Hof, wo er stumm und als Bild des Jammers auf einem der leeren Bierkästen hockte und dumpf vor sich hin starrte.

Während Frau Magerkohl in ihrem roten Kapuzenoverall mit Pinzetten, kleinen Pinseln und Röhrchen für Materialproben in dem ausgebrannten Tonstudio hantierte, Fotos machte und Notizen in ein Schulheft kritzelte. Als sie endlich fertig war, packte sie alles ordentlich in einen Arbeitskoffer, stieg aus ihrem Gummianzug, legte Brille und Maske beiseite und schüttelte ihr Haar aus. Sie trug Jeans und ein rotes Sweatshirt, und Caspari stellte fest, dass sie zwar immer noch eine Idee größer war als er, aber durchaus nicht doppelt so breit.

»Was meinen Sie, war es Brandstiftung?«

Sie lächelte, und er entdeckte zwei reizende Falten, die ihren Mund einrahmten.

»Das kann ich nicht sagen.«

Nette Retourkutsche. Caspari musste die Waffen strecken.

»Okay, Sie haben gewonnen. Herr Melchior sitzt in U-Haft, weil er unter Mordverdacht steht. Er behauptet übrigens, das da sei ein Kabelbrand gewesen.«

Sie holte aus ihrem Arbeitskoffer eine Halbliterdose Fassbrause und nahm einen kräftigen Schluck. Dann hielt sie ihm die Dose hin.

»Durst?«

»Nein danke. Ich trinke nie wieder. Ich habe Angst vor dem Pinkeln.«

»Es tut mir wirklich sehr leid.«

»Ist ja gut jetzt. Glauben Sie an einen Kabelbrand?«

»Möglich ist alles. Da lagen jedenfalls eine Menge Kabel.« Ihr säuselnder Singsang irritierte ihn. Aber gleichzeitig fand er die Weichheit ihrer Stimme sehr exotisch und anziehend. Sie klang tief und angenehm. Er hörte sie gern. Und als sie nun die Fassbrause wieder ansetzte und den Kopf zum Trinken nach hinten legte, da setzte das letzte Sonnenlicht ihren dunkelroten Haarschopf in Flammen, und die Brandgutachterin aus Erfurt sah aus wie ein Rockstar.

»Hallo …?«

Peinlich. Sie hatte ihn etwas gefragt, und er hatte sie nur mit offenem Mund angeglotzt.

»Bitte?«

»Ich fragte, wen er denn umgebracht haben soll?«

»Henny Winkler.«

»Den Schlagerfuzzi?«

»Kennen Sie den etwa?«

»Logo. Der hatte sogar Fans in der DDR. Wie ging noch mal der Hit …? *Viva* irgendwas.«

»*Viva Roswitha*«, sagte Caspari matt.

»Ja. *Viva Roswitha*. Meine Mutter heißt Roswitha. Sie hat das Lied gehasst. Henny Winkler. Genau. Und den hat er umgebracht?«

»Ich glaube nicht.«

»Okay.«

Caspari stand auf und reckte sich vorsichtig.

»Na, alles wieder fit im Schritt?«, fragte sie kess und musste sofort losprusten. »Tut mir wirklich leid«, kicherte sie. »Ich lache Sie nicht aus. Wirklich. Aber das passte gerade so gut. Nun schauen Sie doch nicht so böse …«

Er konnte überhaupt nicht darüber lachen, und sie konnte sich kaum wieder einkriegen. Schließlich reichte sie ihm die Hand.

»Ich bin die Maja«, sagte sie mit dem entzückendsten Sächseln. »Wollen wir was essen gehen? Ich habe einen Mordshunger …«

Am Ende des langen Tages und am Ende dieser kurzen Nacht war Caspari bereit zu glauben, dass Maja ihn verhext hatte. Die grünen Augen, die roten Haare. Die beiden Fältchen um ihren Mund. Irgendwann hatte sie ihm ein Foto von ihrer schwarzen Katze gezeigt, und da wusste er, dass jeder Widerstand zwecklos war. Sie tat nur so, als ob sie eine Brandgutachterin sei. Das war nur eine Tarnung. In Wirklichkeit ritt sie auf ihrem Besenstiel über das Land und suchte wehrlose, verwirrte Männer wie ihn. Männer, die seelische Probleme hatten und die an sich zweifelten und sich in Phasen des Umbruchs befanden – das waren ihre bevorzugten Opfer. Erst trat sie diese Männer, und dann tat sie ihnen gut.

Es war schon deutlich nach halb drei, als er in sein zerwühltes Bett zurückkroch wie ein Schiffbrüchiger an den rettenden Strand.

Psychologen hatten bestimmt ein Wort für seinen Zustand. Für so viele Dinge, die ihn plagten, hatten sie ein Wort. Meist ein kompliziertes, das sich mit vier Buchstaben abkürzen ließ. DMDD oder PTBS und jetzt womöglich auch noch KAVS, *Kastrationsangst-Verliebtheits-Syndrom*. Maja hatte ihm einen so mächtigen Kick in die Eier verpasst, dass er nicht anders konnte, als ihr mit Haut und Haaren zu verfallen, weil sein Leben nach dem Zwischenfall nur noch von der Angst bestimmt war, sie könnte ihm erneut weh tun. Und dazu noch von der Angst, sie würde plötzlich wieder aus seinem Leben verschwinden und er könnte sie nie wiedersehen.

Es war wie ein Wunder. Er hatte sich seit seiner Jugend nicht mehr so schnell und mit solcher Wucht verliebt. Und er hatte noch nie eine so tiefe Seelenverwandtschaft gefühlt wie zu ihr. Es war, als seien sie auf eine gemeinsame Frequenz eingestellt, durch Hunderte unsichtbarer Brücken und Bänder miteinander verbunden. Es war, als hätte der Schlüssel zu seinem Herzen die ganze Zeit an ihrem Schlüsselbund geklappert. Als könne Maja seine Gedanken lesen, seine Wünsche erraten und seine Sorgen vorhersehen. Es gab für so etwas keine wissenschaftliche Erklärung mehr. Sie musste eine Hexe sein.

Von Melchiors Haus aus waren die beiden in ihren jeweiligen Autos zurück nach Frankenberg gefahren – sie kehrte in ihr Hotel zurück, und er ging duschen und seine Kleider wechseln. Als sie sich später in dem Restaurant am Marktplatz trafen, konnte Caspari sich schon wieder fast schmerzfrei fortbewegen und aufrecht sitzen, und Maja musste nicht mehr ständig kichern, wenn sie ihn ansah.

Sie tranken viel Wein und lachten und erzählten und erzählten. Schon als der Espresso serviert wurde, hätte er nicht mehr sagen können, was das Hauptgericht gewesen war. Aber er kannte die Farbe ihres ersten eigenen Autos (ein silbergrauer Golf, gleich nach der Wende viel zu teuer gebraucht gekauft). Er kannte ihre Lieblingsblumen (rote Tulpen) und ihren Lieblingsfilm (*Flammendes Inferno*, aber nur wegen Paul Newman und Steve

McQueen), und er wusste, wie ihr schwarzer Kater hieß (Ernst Thälmann). Sie erriet sein Sternzeichen und warum er keine Frettchen mochte. Sie wusste, dass er nicht von hier, sondern nur vorübergehend nach Frankenberg versetzt war, und er erfuhr, dass es nirgends auf der Welt so schön war wie in Thüringen.

Er verfiel hoffnungslos der hypnotischen Magie ihrer beiden Mundfältchen, und als sie das Lokal verließen, küsste er sie.

»Ich würde dich ja mit auf mein Zimmer bitten«, sagte sie. »Aber es ist eine konservative Gegend hier und ein kleines Hotel, und ich will nicht, dass sie am Empfang schlecht von mir denken.«

»Ich würde dich ja mit zu mir nehmen. Aber ich bin nicht mehr fahrtüchtig und habe keine Ahnung, wie ich von hier aus zu Fuß nach Hause komme.«

Er seufzte und konnte nicht umhin, sich wie ein Idiot zu fühlen. Denn zu allem Elend hatte er gerade sein letztes Bargeld für Essen und Trinkgeld auf den Tisch gelegt, und seine Bankkarte lag in der Wohnung. Natürlich. Vier Eier, eine Tüte Mehl. Keine Butter, ein unschuldig einsitzender Bassist, ein total zertrümmertes Geschlechtsorgan und eine vergessene Bankkarte. Es war wirklich nicht sein Tag.

»Der perfekte Liebhaber«, neckte sie, als plötzlich neben ihnen ein Taxi hielt. Es war wie ein weiterer Wink des Schicksals.

»Hey, guten Abend, Herr Kommissar!« Frank Losberg, wichtiger Zeuge im Winkler-Fall, heimlicher Drogenkonsument und stadtbekannter Kraftfahrer steckte seinen unheimlichen Leguankopf aus dem Fenster. »Kann ich Sie vielleicht irgendwohin bringen? Fahrten im Stadtbereich gehen aufs Haus!«

Sie sah Caspari verwundert an. »Ich dachte, du bist erst seit heute hier? Und kennst schon die Taxifahrer?«

»Nur diesen … und auch nur flüchtig.« Und zu Losberg gewandt, sagte er: »Aber ich bestehe darauf, Sie zu bezahlen. Nur eben nicht sofort …«

An diesem Punkt des Abends sah er ein, dass es keinen Sinn hatte, die vielen kleinen, komischen Zufälle und schicksalhaften Fügungen zu hinterfragen, die hier abgebrannt wurden wie Feuerwerkskörper. Es war ein Abend, der erkennbar im Zeichen einer höheren Macht stand, und das größte Wunder kam erst noch.

Unter dem gefährlich lauernden Tiger des flüchtigen Cenk entdeckte er in purpurfarbener Seidenbettwäsche die Liebe, von der ihn seine langjährige Gattin entweder bewusst ferngehalten hatte oder von der auch sie nichts wusste. Maja war eine Zauberin der zärtlichen Berührung. Ihre Hände und ihr Mund waren Werkzeuge einer Kunst, die ihn überwältigte, und ihr leises Gurren mit samtiger Stimme jagte immer neue Schauer über seinen Rücken. Wie alles andere waren auch seine sexuellen Künste und Fähigkeiten eher im mittleren Leistungsbereich angesiedelt, und Caspari machte sich keine Illusionen, was seine Attraktivität als Liebespartner anging. Aber Maja, die ihm umschlang und umrundete, die sich an ihn schmiegte und über ihn verteilte wie ein Zugerguss, gab ihm das Gefühl, ein wahrer Gigant im Bett zu sein, und er erlebte jede Wendung ihres Liebesspiels wie eine neue Offenbarung.

»Und das alles nach diesem Tritt«, sagte sie kichernd, als es vorbei war und er langsam wieder Boden unter seine Füße bekam. »Der mir immer noch sehr leidtut …«

Er träumte noch. »Ist schon gut. Vielleicht habe ich genau das gebraucht.«

»Komisch, genau das habe ich auch gedacht.« Sie saß bereits auf dem Bettrand, hatte ihm ihren nackten Rücken zugedreht und meditierte ein wenig über dem Tigerbild. Dann seufzte sie. »Ich muss bald los. Morgen früh gleich weiter nach Goslar, du weißt schon …«

»Besteht die Chance, dass wir uns wiedersehen?« Er setzte sich auf. »Ich würde dafür nötigenfalls auch meine Wohnung abbrennen.«

»Das ist kein großes Opfer.« Sie lachte und ließ ihre Brüste in ihrem BH verschwinden. Um ein Thema hatten sie den ganzen Abend einen Bogen gemacht, und es schwebte doch wie ein garstiger Gänsegeier die ganze Zeit über ihnen. Jetzt wurden seine Kreise enger, und er setzte zur Landung an. Sie hatten nur über sich geredet. Über Maja und Thomas. Und nicht über Personen, die Maja und Thomas möglicherweise nahestanden oder mal nahegestanden hatten. Das Versäumnis kam jetzt mit Macht über sie.

»Der Ring ist noch nicht lange ab – oder nur für heute Abend? Entschuldige, dass ich so offen frage …« Ihr Blick war auf seine Hand gerichtet, die auf dem purpurnen Seidenstoff lag. Am Ringfinger war deutlich die entsprechende, immer noch leicht andersfarbige Kerbe in der Haut zu erkennen, die Narbe der letzten sechzehn Jahre.

»Nein, du sollst es wissen. Natürlich. Der Ring ist für immer ab. Das war der Irrtum meines Lebens, und er ist längst vorbei.«

Sie verschwand mit einem nachdenklichen Lächeln im Bad. Er spürte, dass ihre Stimmung getrübt war und dass er in dieser Nacht keinen Weg mehr zu ihr finden würde. Die magischen Bande zwischen ihnen schienen plötzlich erschlafft, der wortlose Funkverkehr bis auf weiteres eingestellt.

Auch Caspari legte seine Kleidung an und holte die Visitenkarte von *Taxi Losberg* aus der Hosentasche, den er anrief und herbestellte.

Sie ließ ihn nicht zu einem Abschiedswort kommen. Küsste ihn auf den Mund, als er sie zum Auto brachte, und legte zur Bekräftigung noch ihren Zeigefinger auf seine Lippen.

»Ich brauche ein bisschen Zeit«, sagte sie und war verschwunden.

Und als er dann um halb drei Uhr wieder in sein Bett kroch, träumte er noch ein paar kurze Stunden von Hexen und Ritten auf Besenstielen und von schwarzen Katzen.Und er würde nie erfahren, dass er zum ersten Mal seit Jahren im Schlaf lächelte.

Ich bin Zelda

Sandra erwachte wie aus einer Ohnmacht in einem Raum, den sie noch nie gesehen hatte. Ihr erster Gedanke war: *Alles gut. Ich bin im Krankenhaus.*

Aber Krankenhäuser waren hell und weiß und rochen nach Putzmittel und Hygiene. Hier umgab sie ein graues Zwielicht, und es muffelte nach altem Staub und erdiger Fäulnis. Dann dachte sie: *Es muss ein altes Gefängnis sein. Aus einer finsteren Zeit, als böse Mädchen noch in schlecht beheizte Besserungsanstalten gesteckt wurden.* Vielleicht wollte man ihr eine Lehre erteilen und sie zwingen, ihren Traum aufzugeben und so gewöhnlich zu werden wie alle anderen Mädchen. Dabei war sie etwas Besonderes. Sie war begabt, sah blendend aus, hatte eine tolle Stimme. Sie war Belinda King. Und ihre Zukunft sollte in ein paar Tagen beginnen.

Sie hatte keine Ahnung, wie sie hierhergelangt sein konnte. Sie war wie immer nach Hause gekommen, wie immer zu spät, und hatte wie immer noch ein Glas *Diet Coke* getrunken und ihre Mails gecheckt, bevor sie ins Bett ging. Und das war der letzte Fetzen Erinnerung. Wie sie am Küchentisch saß und ihr Telefon bearbeitete. Verdammt, das Telefon! Zum ersten Mal in ihrem Leben hatte sie kein Handy bei sich! In was für eine Scheiße war sie hier bloß reingeraten? Welcher Tag war heute? Sicher schon Freitag! Und am Samstag wollte sie mit Henny Winkler nach Frankfurt aufbrechen. Das Studio war gemietet, das Hotel gebucht. Und jetzt hatte sie nicht mal mehr ein Telefon, um ihm zu sagen, dass sie sich verspäten würde.

Sie lag auf dem Rücken auf einer Matratze ohne Bezug am Boden, deswegen kamen ihr die Wände unendlich hoch vor. Es gab in ihrem Verlies nur zwei Fenster, und die waren ungefähr so groß wie Handtücher, nebeneinander ganz oben in die gegenüberliegende Wand eingelassen. Die Öffnungen waren vergittert, so dass nur wenig Licht in den Raum fiel.

Anfangs konnte Sandra nur Umrisse erkennen. Aber je besser sich ihre Augen an die Lichtverhältnisse gewöhnten, desto sicherer wurde sie, dass sie tatsächlich in einer Art Kinderzimmer lag. Auf der Tapete lachten Pu der Bär und seine Freunde. An der Wand unterhalb der beiden Fenster stand ein Wickeltisch, daneben eine Kommode mit drei Schubladen zur Aufbewahrung von Strampelhöschen und Sabberlätzchen.

Über einem Gitterbettchen für Kleinkinder hing ein Mobile mit lustigen Märchenfiguren. Von ihrem Lager aus konnte sie die Bremer Stadtmusikanten, eine Hexe auf ihrem Besen und den Froschkönig erkennen. Am Kopfende des Betts war eine Spieluhr befestigt, ein gelber Plüschmond mit schläfrigen Augen, aus dessen Südpol ein Band baumelte. Wenn man daran zog, klimperte er bestimmt das Lied *Guten Abend, gute Nacht*. Ein Kinderlied, das ihr, seit sie denken konnte, Angst machte.

Morgen früh, wenn Gott will, wirst du wieder geweckt … Wieso eigentlich diese Einschränkung? Wenn Gott will? Besteht etwa die Möglichkeit, dass er das nicht will? Der Gedanke daran schnürte ihr die Kehle zu. Erst als sie sich die Tränen aus den Augen wischen wollte, stellte sie fest, dass ihre Hände ihr nicht gehorchen konnten. Sie waren am Handgelenk an ein Heizungsrohr gebunden, das in niedriger Höhe an ihrer Matratze vorbei die Wand entlanglief. Die Fessel aus einem weichen, aber hartnäckigen Material schien sich mit jeder Bewegung enger zu ziehen und schnitt schmerzhaft in ihre Haut, sobald sie sich bewegte.

»Mama?«, wollte sie rufen. »Mama, bist du hier?« Aber sie brachte nur ein dumpfes Geräusch heraus. Jetzt bemerkte sie das Tuch vor ihrem Mund.

Schritte auf der Treppe. Die Tür wurde umständlich aufgeschlossen und geöffnet. Es war eine schwere, graue Tür aus Metall. Ein Lichtstrahl blendete sie. Eine Person, es war eine Frau in einem Arbeitskittel, betrat den Raum. Ihre Haare waren lang und kraus und sahen aus wie Stroh. Sie hatten eine gespenstische weißgraue Farbe, so dass sie fast silbern wirkten. Mit dem Licht im Rücken erschien sie wie die böse Hexe aus der Scherenschnitt-Aufführung eines schrecklichen Märchens.

Jetzt bekam es Sandra mit der Angst. Sie war von einem Geist überfallen worden. Sie war verloren. Das Tuch verschluckte ihren Schrei.

»Mama!«, schrie sie aus Leibeskräften, bis ihr Hals weh tat. Obwohl ihr Knebel nur ein unverständliches Stöhnen herausließ, schien die unheimliche fremde Frau sie zu verstehen.

»Ich bin nicht deine Mama. Ich bin Zelda. Deine Tante.« Sie trug ein Tablett, das sie nun auf dem Wickeltisch abstellte. Der betörende Geruch von Nudeln mit Tomatensauce verdrängte wenigstens für kurze Zeit den Muff von Staub und Moder. Sandra beruhigte sich, der Schreck ließ sie wieder los. Wenn sie Essen bekam, war vielleicht doch nicht alles verloren. Geister brachten ihren Opfern sicherlich keine Nudeln.

»Deine Mama und ich sind Schwestern«, sagte Zelda, die sich am Fußende der Matratze niederließ. »Sie hat dir nie von mir erzählt, weil sie sich für mich geschämt hat. Oder aber sie hatte …«

Der Satz hing unvollendet im Raum, und Sandra hoffte, Zelda würde mehr erzählen. Aber sie schüttelte nur den Kopf, als vertreibe sie eine schlechte Erinnerung.

»Hast du gut geschlafen?«

»Hm, hm«, brummte Sandra verzweifelt. Ihr Gehirn arbeitete fieberhaft. Sie hatte tatsächlich niemals davon gehört, dass sie eine Tante hatte. Wieso hatte es ihre Mutter versäumt, ihr eine so wichtige Mitteilung zu machen? Wieso hatte sie sich geschämt wegen Zelda? Der Name erinnerte sie an eine Prinzessin aus einem alten Videospiel. Die holde Zelda war gefangen von einem fiesen Zauberer. Aber mehr wusste sie nicht. Sie machte sich nichts aus diesen niedlichen Kinderspielen. Sie war mehr der *Counter-Strike-* und *Grand-Theft-Auto-*Typ. Nicht gerade Mädchenspiele, aber man lernte, sich durchzusetzen.

»Ich habe dir was gekocht. Und du musst auch etwas trinken«, erklärte Zelda.

»Hm, hm«, antwortete Sandra.

»Du musst wissen, dass ich nur das Beste für dich will. Ich will dich beschützen. Deine Mutter habe ich nämlich auch immer beschützt. Ohne meine Hilfe wäre sie nicht so weit gekommen. Ich war eine Zeitlang weg, aber jetzt werde ich wieder gebraucht.«

Zelda legte ihre Hand auf Sandras Bein und streichelte ihre Wade. Es war kein Trost und nicht die Spur von Zärtlichkeit in der Berührung. Es war ein mechanisches, seelenloses Reiben. Sandra bemerkte, dass Zeldas Hand kalt war. Darin zumindest war sie ihrer Schwester ähnlich, dachte Sandra. Auch ihre Mama hatte chronisch eisige Finger.

»Du hast eine Riesendummheit begangen«, sagte Zelda im Ton einer strengen, aber gütigen Gouvernante. »Aber zum Glück bin ich da, um dich vor den Folgen zu beschützen. Zelda tut immer, was das Beste ist. Auch wenn es manchmal ein bisschen weh tut.«

Sandra wusste nicht viel von der Welt und hatte allenfalls eine grobe Vorstellung von Psychologie. Aber sie war schlau und hatte mal irgendwo aufgeschnappt, dass es nie ein gutes Zeichen war, wenn Leute von sich in der dritten Person sprachen. Und wer das tat und dann noch Worte wie »weh tun« benutzte, dem musste man mit größter Vorsicht begegnen.

»Hm«, sagte sie.

»Gut. Dann sollst du jetzt etwas essen und trinken. Damit du bei Kräften bleibst. Du sollst nicht noch mehr abmagern. Deine Mutter scheint dich nicht gut zu ernähren. Also, ich binde dir jetzt die Hände los und nehme das Tuch von deinem Mund.

Dann kannst du die Nudeln essen. Aber du musst ganz ruhig bleiben, versprich mir das …«

»Hm …«, sagte Sandra. Sie würde versprechen, was immer die verrückte Frau fordern sollte. Sie wollte leben. Und sie wollte wieder ans Licht und in ihr Leben zurück.

Der lachende Schepperling

Elisabeth »Lisbett« Mütze, die in diesen Tagen viel beschäftigte Präsidentin des örtlichen Henny-Winkler-Fanclubs, hatte, dem Anlass angemessen, ein schwarzes Kleid angelegt und bot im Vorgarten ihres Hauses Bohnenkaffee und Bienenstich für fünf Euro fünfzig die Portion an. Für sechs Euro durften die Trauergäste danach auch ihre Toilette benutzen.

»Im Flur geradeaus, dann die zweite Tür rechts. Die mit dem gehäkelten Herzchen dran. Auch die Männer bitte hinsetzen.«

Marti Happel vermutete, dass sie mit dieser Geschäftsidee im Laufe des Tages ungefähr eine Million Euro verdienen würde. Vorausgesetzt, der Bienenstich ging ihr nicht vorzeitig aus. Irgendwann kam sie fürsorglich auch zu ihm herüber und brachte ihm einen Kaffee in einem Henny-Winkler-Kaffeebecher, den der Fanclub exklusiv herstellte und vertrieb.

»Wollen Sie nicht mitkommen und auch ein Stück Kuchen essen, junger Mann?« Wenn wie jetzt die Sonne in ihrem Rücken stand, wirkte ihr blondiertes Haar wie der Lichtkranz einer Elfe. Einer XXL-Elfe allerdings.

»Nein danke. Ich bleibe besser hier stehen.« Happel war auch am Tag nach dem Leichenfund und nach der Verhaftung von Klausi Melchior davon überzeugt, dass man Frau Mütze nicht so schnell von der Liste der Verdächtigen streichen sollte. Sie war mit Sicherheit kräftig genug, um einen älteren Mann wie Winkler niederzuringen, zu fesseln und zu ersticken. Sie wohnte nah genug, um sich nach dem Verbrechen schnell unsichtbar zu machen. Und sie hatte sich mit ihren Aussagen zu Winklers Damenbesuch verdächtig gemacht. Fand jedenfalls Happel. Er vermutete ein Beziehungsdrama.

»Eigentlich sollte ich ja heute wegen meiner Aussage in Ihr

Büro kommen. Das hat jedenfalls Ihr neuer Kollege gesagt. Sie wissen schon, der da gestern plötzlich so geschrien hat«, sagte sie forschend.

»Und Sie sind nicht hingegangen?«

»Ich kann doch unmöglich hier weg!«, erwiderte sie und zeigte auf all die verdächtigen Ortsfremden, die vor Winklers Haus auf und ab schlenderten. »Jemand muss hier die Stellung halten. Meinen Sie, es ist schlimm, dass ich nicht erschienen bin?«

Ach, deswegen bekomme ich den Kaffee umsonst, dachte er. Sie wollte sich also von ihm die Absolution erteilen lassen. Sollte sie haben …

»In Anbetracht der Tatsache, dass wir den Täter wohl schon haben, denke ich, das geht in Ordnung.«

Sie sah ihn so beglückt und dankbar an, dass er fürchtete, sie würde ihn gleich umarmen.

»Wie kommen Sie eigentlich mit dem schrecklichen Verlust klar, Frau Mütze?«, fragte er listig.

»Na, wie wohl? Ich bin erschüttert«, sagte sie resolut. Das Trauerkleid spannte ein wenig über ihrem enormen Busen, der Happel einschüchterte, als habe er ein Silo mit Atomraketen vor der Nase. »Was dachten Sie denn?«

Hoppla, dachte Happel, der betont genießerisch den Kaffeeduft aufsog und ein bisschen in die Henny-Tasse pustete, *hoppla, da gibt sie mir ein Zeichen!*

»Na ja, also ehrlich gesagt, ich dachte, dass Sie vielleicht nicht immer so ganz einverstanden mit Herrn Winklers Damenbesuch waren und dass Sie aber aus Diskretion und Loyalität lieber geschwiegen haben.«

Frau Mütze war keine, die ihre Meinung gern für sich behielt, das hatte Happel richtig erkannt. Sie war dankbar dafür, dass sie endlich ein bisschen über den verstorbenen Nachbarn tratschen und rechtschaffen zürnen konnte.

Sie blickte sich um, ob auch niemand in der Nähe war, und

wisperte: »Sie haben recht. Aber ich will auf gar keinen Fall, dass etwas darüber bekannt wird. Sonst denken noch alle, ich würde schlecht über Henny Winkler reden, und das vertrüge sich nicht mit meiner Position als Präsidentin, verstehen Sie?«

»Absolut.«

»Also, ich sage es nur ungern, aber Herr Winkler war schon seit einer ganzen Weile ziemlich knapp bei Kasse.«

»Wirklich? Man sollte meinen, der hat mit seiner Schlagerkarriere Millionen gescheffelt und lebte in Saus und Braus. Aber, ehrlich gesagt, ich dachte mir auch schon, dass er sich ein bisschen geschmackvoller hätte einrichten können.«

Sie schnaubte. »Die Möbel, die er jetzt hat, sind von uns aus dem Keller. Alles andere hat er längst Stück für Stück verkauft. Ich glaube, wenn ich nicht für ihn mitgekocht hätte, dann wäre er schon verhungert.«

»Und wieso war er pleite?«

»Da war wohl was mit einer Immobilieninvestition, die in die Hose gegangen ist. Aber ich habe den Verdacht, dass er auch Karten gespielt hat. Um Geld. Unten in diesem *Kauntri*-Klub.« Mit einer kurzen Kopfbewegung in Richtung Ederauen drückte sie ihre ganze Verachtung für eine übel beleumundete Spelunke namens *CC Country Club* aus, die allen gesetzestreuen Frankenbergern ein Symbol des Sittenverfalls und ein Dorn im Auge war.

»Tatsächlich?« Happel staunte nicht schlecht. Das waren brisante Informationen, die er bei nächster Gelegenheit an Kriminaloberrat Freckel weitergeben musste. Er bedauerte zutiefst, dass er sein Notizbuch im Schreibtisch hatte liegen lassen.

»Aber es kommt noch toller …« Sie holte bedeutungsvoll Luft. »Herr Winkler war zwar ein großer Star, der viel für unser Land und unsere Kultur getan hat. Er war auch ein beliebter Bürger Frankenbergs und ein ordentlicher Nachbar. Aber er war doch sehr hinter jungen Mädchen her.«

»Das sagten Sie bereits«, erinnerte sie Happel noch, bevor er sich die Lippen ganz scheußlich an ihrem barbarisch heißen Kaffee verbrannte.

»Vorsicht, heiß«, sagte Frau Mütze.

»Danke, geht schon. Reden Sie bitte weiter.« Der Verbrennungsschock war so intensiv, dass er seinen ganzen Körper durchlief und eine Gänsehaut verursachte. Er würde vielleicht nie wieder etwas schmecken können.

»Aber nur unter uns!«

Er nickte beflissen und ignorierte den Schmerz.

»Eine war in den letzten Tagen hier, die war so jung, dass ich dachte, sie würde vielleicht noch zur Schule gehen.«

»Wirklich? Das kann doch nicht sein!«

Wieder sah sie sich um und kam noch ein Stück näher. Er spürte ihren Atem in seinem Ohr kitzeln, das mit kleinen Spucketröpfchen bombardiert wurde.

»Als Haushälterin sieht man ja auch so einiges. Und ich will wirklich nicht schlecht von ihm reden – aber ein paar von den Magazinen und Fotos, die er sammelte, waren … na ja …«

»Ja? Was waren sie denn?«

»Na ja. Dreckszeug eben. Schweinekram. Ich habe sie nur einmal gesehen, und als ich wieder nachschauen wollte, waren sie weg. Vielleicht hat er bemerkt, dass ich sie gefunden hatte. Ich will mich dazu nicht deutlicher äußern. Man redet nicht schlecht von einem Toten. Aber es hat mich schon schockiert, und ich träume noch immer davon.«

Happel versuchte, sich vorzustellen, welcher Art wohl diese Magazine und Fotos gewesen sein mochten, von denen Frau Mütze Alpträume hatte. Und kam zu dem Ergebnis, dass er das lieber nicht so genau wissen wollte.

Wenn einer tot war, dann gehörte so etwas auch nicht mehr unbedingt an die Öffentlichkeit, fand er. Außerdem fühlte er sich unwohl, mit Frau Mütze und dem heißen Scheißkaffee hier zu stehen und über die Pornos eines toten Mannes zu reden. Wenn was Kriminelles darunter war, dann würden die Kollegen aus Korbach das schon erledigen. Er aber wollte vor allem wissen, ob Frau Mütze, die so unschuldig tat und so begierig falsche Spuren legte, nicht vielleicht doch als Täterin in Frage kam. Eine kleine Falle würde ihm vielleicht den Schlüssel zum Winkler-Mord liefern.

»Sehr gut, dann danke ich Ihnen für diese Hinweise. Ich werde dem nachgehen. Also, nachgehen lassen. Ich bin ja nur ein kleines Licht. Sie haben also auch Kuchen?«

»Ja. Bienenstich.«

»Auch was Herzhaftes?«

»Wie meinen Sie?«

»Ich dachte an ein frisches Brot. Mit Wurst. Oder Käse. Oder vielleicht mit Schmalz. Ja. Ein Schmalzbrot vielleicht?«

Happel fühlte sich so unendlich raffiniert, dass er sogar vergaß, wie scheußlich seine Lippen und seine verbrannte Zunge ihn quälten.

»Nein, habe ich nicht«, sagte sie, interessiert auf die kleinen Wellen starrend, die Happel noch immer in den Bohnenkaffee blies.

»Gar kein Schmalz im Haus?«

»Nein. Mag ich nicht. Es ist ungesund, wussten Sie das nicht? Cholesterin und so. Aber wenn Sie unbedingt ein Schmalzbrot wollen, müsste ich mal bei Vaupels fragen.«

Nach allem, was PK Happel aus seiner polizeilichen und psychologischen Erfahrung sagen konnte, hatte sie tatsächlich keine Ahnung, wie Henny Winkler zu Tode gekommen war, und kam somit auch nicht als Täterin in Frage. Es sei denn, sie war gefährlicher und verschlagener, als er sich hatte träumen lassen.

»Sind Sie sicher, dass Sie keinen Bienenstich wollen.«

»Ja, sicher. Aber danke für den Kaffee.«

»Ich gehe dann mal wieder an meinen Stand. Und passen Sie

auf, dass Sie hier nicht niedergetrampelt werden«, verabschiedete sie sich mit einem warnenden Einzeiler.

Wer sich länger unter den eigenwilligen Menschen dieser Gegend aufhält, wird irgendwann ihre tiefsitzende Neigung zum Negativen bemerken. Die ist gar nicht unbedingt nur ihrer skeptischen Grundeinstellung zum Leben geschuldet – obwohl diese auch eine Rolle spielt –, sondern vor allem dem Bedürfnis, jegliches Unheil zu bannen, indem man es frühzeitig beim Namen nennt.

Man zeigt damit den dunklen Schicksalsmächten, dass man ohnehin und aus Gewohnheit auf das Schlimmste eingerichtet ist, und will sie auf diese Art entmutigen, es dann tatsächlich auch eintreffen zu lassen. Wer also anlässlich seiner bevorstehenden Hochzeit, eines Richtfestes oder beim Antritt einer Urlaubsreise von den Umstehenden hört: *Ach, das wird sowieso nichts,* der sollte dies nicht als Ausdruck des Zweifels und der Resignation verstehen, sondern darin den verkleideten Glückwunsch erkennen. Zu diesem protestantischen Pessimismus gehört auch der sehr beliebte »warnende Einzeiler«, der besonders oft in Abschiedsszenen zu hören ist. Ein typisches Beispiel wäre dieser Dialog:

»Tschüss, ich gehe jetzt angeln!«

»Dann pass auf, dass dich nicht die Fische beißen.«

So drücken die Eingeborenen aus, dass sie sehr wohl verstanden haben, wie tückisch das Leben sein kann, und dass sie dieses Wagnis immer wieder eingehen.

Marti Happel hatte in seiner Kindheit sehr häufig diesen warnenden Einzeiler gehört und nie verstanden: *Dann pass aber auf, dass deine Mutter nicht wieder die Treppe hinunterfällt!,* hatten sie gesagt.

Happel war als zweiter Sohn von Erna und Herbert Happel auf einem Aussiedlerhof unweit von Frankenau aufgewachsen. Dieses Dorf wurde selbst von seinen auch nicht gerade mit

Reichtum gesegneten Nachbarn für bettelarm gehalten, und man sprach seine Bewohner ungeniert als *Ziegenböcke* an. Denn im schönen Frankenberger Land, dessen Gemeinden sich seit der letzten Eiszeit in tiefer Rivalität oder gar Animosität gegenüberstanden, führt auch heute noch jedes Dorf neben seinem offiziellen Namen auch noch einen Spitznamen, der seinen Bewohnern von mitleidigen, feindseligen oder neidischen Nachbarn verpasst worden war und mit dem der Charakter oder eine lokale Besonderheit der Ortschaft umrissen wurde. So wurden die Einwohner von Haubern ihrer eigentümlichen Kartoffelplätzchen halber die *Schepperlinge* genannt. Die Geismarschen Vorfahren Klausi Melchiors firmierten ihrer Vergangenheit im Kupferbergbau wegen als die *Rollwagen*, und die Menschen aus Bottendorf waren ihren Nachbarn als die *Worschtemäuler* bekannt, womit ihre Liebe zu Fleischerzeugnissen gewürdigt wurde. Frankenau hingegen, nicht mit Wurst oder irgendwelchen anderen Ressourcen gesegnet und ohne saftigen Wiesengrund, war in früheren Jahren die Heimat der *Ziegenböcke*, weil ihre wertlosen Böden angeblich nicht für anspruchsvolle Kühe, sondern nur für die genügsamen Ziegen geeignet waren.

Aber die Zeiten hatten sich geändert, und die Happels hatten auf ihrem Hof keine einzige Ziege, dafür aber insgesamt sieben Kühe und zehn Schweine sowie einige Kartoffel- und Getreidefelder in Bewirtschaftung. Reich waren sie nicht, aber gewiss auch kein Sozialfall.

Seinen vier Jahre älteren Bruder Robert hatte Martin nie kennengelernt. Der Junge war im Alter von sechs Jahren beim Spielen in der Scheune vom Heuboden gestürzt und tragisch auf den Spitzen einer dort abgestellten Egge gelandet. Die Eltern waren zum Zeitpunkt des Unfalls zur Kartoffelernte auf dem Feld. Oma Käthchen war vollauf damit beschäftigt, den anspruchsvollen kleinen Marti zu umsorgen. Deshalb dauerte es fast eine Stunde, bis sie das schwer verletzte Kind fand. Robert, an drei Stellen von Stahlfingern durchbohrt, starb dann auf dem Weg ins Krankenhaus. Der Arzt sagte, man hätte ihn vielleicht retten können. Die Verletzungen hätten keine lebenswichtigen Organe zerstört, aber er sei verblutet. Martin war damals erst zwei Jahre alt und hatte keinerlei Erinnerungen an diesen schwarzen Tag, der das Leben auf dem Hof für immer veränderte.

Seinen Bruder kannte er nur von der traurigen Fotografie, die in einem Rahmen auf der Anrichte im Fernsehzimmer stand. Ein fremdes, ernstes Kind, das einen Anzug trug und sich darin sichtlich unwohl fühlte. Er trug auch eine Fliege, die etwas schief saß. Er hatte einen wie mit dem Lineal gezogenen Feiertagsscheitel und einen etwas ängstlichen, in eine ungewisse Ferne schweifenden Blick aus großen, dunklen Augen. Martin konnte in diesem Jungen keinerlei Ähnlichkeit mit sich selbst entdecken, und er blieb ihm immer fremd. Es wurde ohnehin nicht viel über den Toten gesprochen auf dem einsamen Hof der Happels. Aber die Erinnerung an Robert, die war trotzdem immer präsent. Mehr als das. Ein giftiger, zersetzender Nebel aus unausgesprochenen Vorwürfen umwaberte die Familie und drohte alles zu ersticken. Dass zum Beispiel Oma Käthchen das Unglück schneller bemerkt hätte, wenn nur der kleine Marti sie nicht so beansprucht hätte. Oder dass die Eltern längst hätten zu Hause sein können, wenn nicht Erna noch so lange auf dem Feld mit Vöhls Lieschen geschwatzt hätte.

Herbert, der schon vor dem Unglück dem Schnaps nicht abgeneigt war, begann danach, vor Schmerz und Selbstmitleid zu saufen wie ein Loch. Der Bauer, dem schon vor dem Unglück gelegentlich mal die Hand ausgerutscht war, verprügelte danach seine Frau so regelmäßig und gedankenlos, wie er im Stall die Schweine fütterte. Das blieb auch den Nachbarn nicht verborgen. Erna zog sich zwar bei ihren seltenen Gängen ins Dorf ein bunt gemustertes Kopftuch tief in die Stirn und erklärte, wenn überhaupt jemand fragte, sie sei – dumm und ungeschickt, wie sie nun mal war – schon wieder die dunkle, steile Kellertreppe hinuntergefallen. Und aus diesem Grund hörte der junge Happel so oft diese Ermahnung, die er nicht verstehen konnte: Er solle auf seine Mutter aufpassen. Erst viel später begriff er, dass alle im Ort ganz genau wussten, was bei ihnen daheim vorging. Dass sie darüber sprachen, tuschelten und den Kopf schüttelten. Dass sie ihn und seine Mutter bemitleideten. Aber niemals konnte er verstehen, warum sie es mit angesehen hatten. Warum sie es geschehen ließen. Warum sie, wenn sie schon selbst zu feige waren, einzugreifen, nicht wenigstens Hilfe riefen.

Alle trugen eine Mitschuld an dem, was geschehen war. Aber Marti trug das Schicksal ein ganzes Leben lang. Vielleicht war er deshalb Polizist geworden. Weil er nicht wegsehen konnte, wenn jemand leiden musste. Vielleicht war er deshalb noch allein – weil er keine Frau gefunden hatte, der er sich anvertrauen und der er sich öffnen konnte. Und vielleicht war wegen seiner eigenen traurigen Kindheit für ihn bis heute das schönste Geräusch auf der Welt der Klang von Kinderlachen.

»Gibt es vielleicht irgendwo hier eine Toilette, junger Mann?« Die Frage riss ihn aus seinen dunklen Grübeleien. Eine feine Dame stand vor ihm, in Hut und Hosenanzug, und beäugte ihn kritisch, bevor sie vorwurfsvoll bemerkte: »Ich komme aus Hildesheim.«

»Nein, hier gibt es leider keine Toilette, tut mir sehr leid«, antwortete er. Zum tausendsten Mal am heutigen Vormittag. »Unten an der Hauptstraße ist eine Pizzeria, und auch drüben in der Fußgängerzone gibt es mehrere Lokale. Sie können aber schräg gegenüber bei einer Frau Mütze …«

»Für sechs Euro?«, schnaubte die Dame aus Hildesheim. »Da warte ich lieber, bis es mir aus den Ohren kommt. Schlechte Planung ist das hier. Sehr schlechte Planung …«

Gerade so, als ob Happel es zu verantworten hatte, dass niemand auf die Idee gekommen war, mitten in der ruhigsten

Wohnstraße einer unauffälligen Kleinstadt eine öffentliche Bedürfnisanstalt zu errichten. Alles hatte damit begonnen, dass kurz nach acht Uhr heute Morgen die ersten Anrufe aus Henny Winklers Nachbarschaft in der Polizeistation eingegangen waren. Verdächtige Elemente waren in der Umgebung gesichtet worden, die alles fotografierten, an Türen klingelten und auf der Suche nach Souvenirs durch Winklers Garten pirschten. Einer füllte sogar Wasser aus Hennys ekligem Algenpool in Plastikflaschen ab, die er bei *eBay* als *Henny-Winkler-Badewasser* verkaufen wollte. In ihrem Vorgarten, neben dem Blech mit dem immer knapper werdenden Bienenstich, hatte Frau Mütze eine Kondolenzliste ausgelegt, in die sich bereits an die hundert Winkler-Fans eingetragen hatten. Manche kamen von weit her, um in Würde Abschied zu nehmen und ein Stück Bienenstich zu verzehren. Manche hinterließen Blumen, Kerzen und Stofftiere am Jägerzaun vor seinem Bungalow.

Als die ersten Streitereien um Parkplätze ausbrachen und sich die ersten Trauertouristen, von denen ja viele eine lange Fahrt hinter sich hatten, in den Zierbüschen der umliegenden Gärten erleichterten, wurde zur Wiederherstellung und Aufrechterhaltung der öffentlichen Ordnung Polizeikommissar Happel als menschliche Notrufsäule und wachsames Auge des Gesetzes vor dem Haus des Ermordeten postiert. Da stand er nun seit Stunden unweit des stetig wachsenden Gletschers aus Nelken und Teddybären und gab sich den Anschein, die Situation unter Kontrolle zu haben.

Es hatte niemand damit rechnen können, dass sich das Wohnhaus des ermordeten Schlagerstars über Nacht zu einer Art Pilgerstätte entwickeln würde. Schließlich hatte der Sensenmann den Barden ja nicht jäh auf dem Gipfel seines künstlerischen Schaffens umgehauen. Winklers Lieder wurden seit geraumer Zeit nur noch auf Ü-70-Partys gespielt. Sein letzter öffentlicher Auftritt – bei der Eröffnung eines inzwischen wieder geschlossenen Gartencenters in Wohratal – lag mittlerweile auch schon wieder einige Jahre zurück. Man hätte, wie er das selbst auch tat, annehmen können, er sei längst vergessen. Aber als gestern Nachmittag die Todesmeldung verbreitet wurde, hatten einige Radio- und Fernsehstationen aus den geheimen Grabkammern ihrer Archive die historischen Aufnahmen alter Winkler-Songs hervorgekramt und in die Welt hinausgepustet. Und plötzlich schien das ganze Land von Schmerz und Trauer ergriffen. Oder doch zumindest ergriffen von Fassungslosigkeit darüber, dass es einmal eine Zeit gab, in der ein absolut talentfreier *Rambazamba*-Zausel mit dem Charisma einer Blockflöte und mit einem Wischmopp als Frisur die Massen begeistern konnte. Jedenfalls schien die Nation nunmehr nicht zu wissen, wie sie den unerwarteten Verlust einer ihrer fröhlichsten Stimmungskanonen verkraften sollte.

Zeitungen druckten gefällige Nachrufe, das Video eines alten Hitparaden-Auftritts erreichte bis zum Abend eine Million Klicks bei YouTube. So grausam und ungerecht konnte die Welt sein. Jahrelang hatten alle Agenturen, Veranstalter und Plattenfirmen ihn behandelt wie den Überträger einer ansteckenden Krankheit. Und nun, mausetot, wurde er dank Twitter und Facebook plötzlich wieder zum Superstar. Eine brandneue *Best-of*-CD war bereits in Vorbereitung, und irgendwo saß bestimmt schon ein Autorenteam und schrieb an einem Musical über sein Leben.

Wäre Winkler zu seinen Lebzeiten auch nur ein Bruchteil dieser Aufmerksamkeit zuteilgeworden, dann hätte er sicherlich weniger getrunken und gekokst, hätte auf die Antidepressiva, das Glücksspiel und die Nutten verzichtet und sich endlich wieder als Mensch und als Künstler akzeptiert gefühlt. Aber so unterstrich das posthume Spektakel noch die Tragik seiner letzten Lebensjahre.

Über diese Fragen dachte PK Happel jedoch nicht nach. Er

hoffte, dass seine Kollegen ihn hier nicht vergessen würden. Er musste nämlich mittlerweile selbst dringend aufs Klo, aber der Strom der Henny-Fans wollte nicht verebben. Weiter unten Richtung Hauptstraße gab es ein Hupkonzert. Dort hatte sich gerade der erste Reisebus hoffnungslos zwischen zwei parkenden Autos verkeilt. Als Happel gerade überlegte, ob er um Verstärkung bitten sollte, sah er eine junge Frau, die sich im Schutz der Zierbüsche auf Winklers Grundstück stehlen wollte.

»Hallo? Halt!«, rief er. »Bitte, Sie da! Gehen Sie nicht weiter, sondern bleiben Sie auf dieser Seite des Zaunes!«

Die verdächtige Person hielt augenblicklich inne, er eilte zur ihr und baute sich streng vor ihr auf.

»Sie dürfen da nicht langgehen. Das ist Privatgelände«, erklärte Marti Happel.

»Wirklich? Das wusste ich nicht. Ich dachte, man könne da an der Haustür Blumen abgeben.«

»Nein, das geht leider nicht. Aber hier vorn ist ein Platz, wo schon andere etwas abgelegt haben.«

Sie schaute ihn erstaunt an.

»Nanu! Na, das ist ja lustig. Wir kennen uns doch.« Sie war ausgesprochen reizend. Schlanke Beine, ein kurzer Rock. Runder Hintern, fesche Brüste und die Bluse einen Knopf zu weit geöffnet. Happel musste sich bemühen, nicht dauernd in ihren Ausschnitt zu glotzen. Sie hatte leicht gewelltes, hellblondes Haar, das ihr schönes Gesicht einrahmte. Ein süßer, kirschroter Mund. Große, dunkle Augen, die ihn sofort gefangen nahmen. Happel wusste nichts von geschickt eingesetztem Mascara, Lidschatten und Lippenstift und dass man Haare auch sehr schön blond färben konnte. Er dachte, sie habe was von einem Engel, und lief prompt puterrot an.

Sie lächelte ihn fragend an, und er blickte unwillkürlich hinter sich, denn er war sicher, dass sie nicht ihn meinen könnte. Solche Frauen lächelten ihn normalerweise nicht an. Frauen, die geschminkt waren, sich die Haare an den Beinen entfernen ließen und ihre Kleider in besonderen Boutiquen kauften. Und diese außergewöhnlich attraktive, junge Frau hier meinte also, ihn zu kennen.

»Da muss sicher eine Verwechslung vorliegen«, behauptete er.

»Sie reden ein bisschen komisch. Haben Sie etwa Zahnschmerzen, Sie Ärmster?«

»Nein, nur den Mund verbrannt. Kommen Sie bitte mit?« Umständlich lotste er sie aus Winklers Vorgarten zurück auf den Bürgersteig und zu dem Blumenberg. Im Leben konnte er sich nicht vorstellen, wo sich seine Wege schon einmal mit ihren gekreuzt haben sollten. War sie vielleicht eine alte Schulbekanntschaft aus fernen Kindertagen? Es hatte Mädchen gegeben an seiner alten Schule. Auch welche, in die er heimlich verliebt gewesen war. Aber meist waren das solche, die ihn nur bemerkt hätten, wenn er brennend über den Schulhof gelaufen wäre. Manche auch nicht mal dann …

Das Alter aber könnte hinkommen. Auch sie war schätzungsweise Ende zwanzig, Anfang dreißig, vielleicht auch jünger. Schönheit ließ ja oft die Menschen viel jünger aussehen, hatte er mal gelesen. Sie war wirklich sehr schön. Wie eine bekannte Schauspielerin. Begehrenswert und weltläufig. Als wäre sie geradewegs einer dieser Zeitschriften entstiegen, die beim Hausarzt auf dem Wartezimmertisch lagen.

»Vielleicht haben Sie mich mal bei einer allgemeinen Verkehrskontrolle gesehen.« Er meinte das nicht als Scherz, aber sie musste lachen. Ein helles, liebenswertes Lachen. Happel lachte mit und kam sich sofort wie ein Idiot vor, weil er nicht wusste, warum eigentlich. Gott, er war so ungeschickt. Aber sie schien das nicht zu bemerken. Und wenn doch, schien es sie nicht zu stören.

»Nein, ich glaube, es war nichts Unangenehmes.«

»Sind Sie ein Fan?«

»Von Ihnen?«

Ihm war, als sei eine Rakete aus dem Bauch aufgestiegen und zwischen seinen Ohren explodiert und hätte seinen Kopf mit grellroter, heißer Farbe überschüttet.

»Nein. Von Henny Winkler natürlich.«

Sie legte ihre Hand auf seinen Arm. Die Berührung brachte ihn noch mehr zum Glühen.

»War doch nur Spaß …! Meine Mutter mochte ihn.«

»Meine auch.«

»Wirklich. Sie ist leider schon lange tot.«

Das war kaum zu fassen!

»Meine auch.«

Sie zog tief die Luft ein, als wolle sie die traurigen Gedanken auf diese Art vertreiben, und hielt den Blumenstrauß hoch und vor sein Gesicht. »Die Blumen bringe ich sozusagen im Auftrag meiner Mama. Ich bin sicher, sie hätte das so gewollt.«

»Das ist aber sehr nett. Vielleicht mache ich das auch noch. Meine Mutti würde das sicher auch freuen. Im Moment bin ich allerdings dienstlich hier, wie Sie sehen.« Er zog das ewig schlaff sitzende, blaue Uniformhemd straff und blickte streng in die Richtung des feststeckenden Reisebusses, der sich millimeterweise aus seiner Verkeilung befreite.

»Das ist sicherlich sehr aufregend«, sagte sie. »Aber, Moment mal – Sie haben den Mörder doch schon erwischt, oder? Das haben sie zumindest im Radio gesagt.«

Der Duft ihres Parfums fand den Weg in seine Nase, was ihm für einen Moment den Atem verschlug, seinen Magen verknotete und seinen Puls noch weiter beschleunigte. Er war schlicht unfähig zur Antwort. Er gurgelte irgendwas und begann zu husten. Sie strahlte ihn an.

»Sie sind wirklich sehr süß«, sagte sie und gab ihm wie ein wohlerzogenes Mädchen die rechte Hand. »Ich bin übrigens die Martina.«

Jetzt war der verwirrte Happel sich absolut sicher, dass diese Begegnung nicht durch einen Zufall zustande gekommen war, sondern durch das Zusammenwirken höherer Mächte. Martin und Martina – das war wie ein Zeichen an der Wand – ach was, wie ein Zeichen in die Wolken gemalt. Er wollte ihr spontan die Hand reichen, hatte aber plötzlich das Gefühl, dass tausend missbilligende Blicke auf ihm lagen und alle Welt sah, wie er hier im Dienst mit einer attraktiven Frau schäkerte, statt seine Pflicht zu tun. Auf so etwas wartete sein EPHK doch nur.

»Ich muss jetzt wirklich hier weitermachen«, brachte er hervor und versuchte, an ihr vorbei-, auf keinen Fall aber noch einmal in die lockende Schlucht ihrer Bluse zu schauen, in der eine kleine Gänsehaut auf den sichtbaren Ansätzen ihrer Brüste entstanden war. Ob er diese verursacht hatte? Was für Möglichkeiten gab es? War hier plötzlich und unverhofft das Glück angeflattert?

»Meinen Sie, ich dürfte mal in das Haus hineinsehen? Und vielleicht doch meine Blumen drinnen ablegen? Hier draußen sind so viele Leute. Da kommt es mir gar nicht so vor, als wären sie was Besonderes.« Sie legte beim Sprechen ihre Hand auf seinen Arm, und er schaute sich schon wieder unsicher um.

Fast hätte Marti sie nicht nur durchgelassen, sondern sie auf Händen hineingetragen. Hätte ihr erzählt, wie es war, als er und ein *Top-Cop* aus Frankfurt ohne Schlüssel in das Haus eingedrungen waren, wie sie dort den Toten gefunden hatten. Die Sache mit dem peinlichen Kotzanfall würde er natürlich nicht erwähnen … er riss sich zusammen und besann sich auf seinen Auftrag.

»Tut mir leid, das ist leider nicht möglich. Stellen Sie sich mal vor, die andern würden das sehen und das Haus stürmen. Nicht auszudenken, wenn es zu einer Panik käme.«

Sie nickte. »Natürlich, das verstehe ich. Sie haben eine große Verantwortung hier.«

Aus ihrer Handtasche kramte sie eine Visitenkarte, die sie ihm in die Hand drückte. *Der lachende Schepperling. Partyservice und Catering. Martina Friese. Löhlbach. Familien- und Betriebsfeste von 20 bis 200 Personen. Regionale Spezialitäten.* Das Firmenlogo war ein rundes Kuchengesicht, ähnlich einem Smiley, aber kartoffelfarben mit den typischen braunen Flecken, die sich der zünftige Schepperling beim Braten auf der Gußeisenfläche zuzog. Martinas sympathischer Firmenschepperling lachte fett und kniff gut gelaunt ein Auge zu.

»Hm. Machen Sie wirklich echte Schepperlinge?« Sein Magen knurrte beim Gedanken an die tellergroßen weichen Bratlinge aus Kartoffelmasse und Hefeteig, die zart gebuttert und zusammengerollt einen Hochgenuss boten, für den er alles stehen und liegen lassen hätte. Die zweifellos besten Schepperlinge der Welt hatte seine Oma Käthchen zubereitet. Nichts Vergleichbares hatte er jemals wieder gekostet.

»Natürlich mache ich Schepperlinge. Ich will ja nicht angeben, aber die sind richtig gut. Ich habe ein altes Rezept aus Haubern.«

»Ich würde sie sehr gern mal probieren«, sagte Happel und errötete schon wieder, weil er meinte, sie könnte vielleicht denken, er hätte gedacht, er wollte sie, also Martina, probieren. »Also, die Schepperlinge probieren, meine ich ... meine Oma war nämlich ursprünglich eine Haubersche.«

Sie kicherte hinter vorgehaltener Hand, und ihr Lächeln war so ansteckend und unschuldig, dass sein Herz in Flammen aufging.

»Und Sie sind wirklich aus Löhlbach?« Das war nur wenige Kilometer von seinem Heimatdorf Frankenau entfernt. Und auch das passte wie vom Schicksal gefügt, denn die Löhlbacher galten – ähnlich den Bauern aus Frankenau – als so verarmt, dass selbst den Bettlern dort die Lust am Betteln verging, wie der Volksmund sagte. Ihr Spitzname lautete Dippeschrapper, weil sie nie satt wurden und mit den Fingern noch die letzten Breispuren aus dem Topf kratzen mussten.

»Eigentlich müssten wir uns vielleicht sogar von früher kennen. Vielleicht von der Schule?«

»Sie kommen mir jedenfalls sehr bekannt vor«, sagte sie und blinzelte treu. »Na ja. Jetzt haben Sie ja auch meine Telefonnummer und können mich jederzeit anrufen, wenn Ihnen mal der Sinn nach echten Schepperlingen steht. Ihre Nummer kenne ich ja schon …«

»Wirklich?« Er erschrak. Sie bemerkte seinen Schrecken und blinzelte fröhlich, genau wie ihr Schepperling.

»Ist doch die Eins-Eins-Null, oder?«

Er versuchte ein Lächeln, das sich aber in seinem Gesicht und unter diesen Umständen nicht heimisch fühlen wollte. Es schien sie nicht zu stören. Nichts an ihm schien sie zu stören. Sie zwinkerte ihn an, so strahlend und schön, wie ein Stern am Nachthimmel zwinkert.

»Ich würde wirklich gern wissen, wo wir uns schon mal gesehen haben.« Erst als er diese Worte hörte, war ihm klar, dass er sie tatsächlich ausgesprochen hatte.

»Man könnte sagen, Sie haben mich verzaubert.« Martina lachte. »Also, rufen Sie mich ruhig mal an. Dann können wir unsere Bekanntschaft vielleicht erneuern. Aber vielleicht sehen wir uns schon früher wieder, als Sie denken.«

Das wäre schön. Diesmal sorgte er durch ein festes Aufeinanderpressen der Lippen dafür, dass die Worte den Mund nicht verließen.

»Vielleicht sogar heute Abend schon.«

Und damit war sie weg. Kichernd wie eine frohgelaunte Fee, die sich nicht aufhalten lässt auf ihren Feenwegen, die mit Blumen bestreut und von angenehmen Düften umweht sind.

Happels Verunsicherung war total. Wieso sollten sie sich denn heute Abend wiedersehen? Er hatte heute Abend keine Zeit, sondern einen wichtigen Termin. Er schaute wieder auf die Visitenkarte. Catering? Betriebsfeste? Familienfeste?

Natürlich!

Wenn er nicht in Uniform und im Dienst gewesen wäre, hätte er sich mit der Hand auf die Stirn geschlagen und wäre ihr nachgerannt. Sie hatte ein Catering-Unternehmen und belieferte Feste und Partys! Und auch er war heute Abend bei einer Veranstaltung in Dainrode zu Gast. Sie wusste es, und sie wusste auch, dass sie sich in ein paar Stunden wiedersehen würden.

Mann, warum musste er nur immer so verdammt schwer von Begriff sein?

Für den Rest des Tages würde er nichts anderes tun können, als sich einen smarten, witzigen Begrüßungssatz zu überlegen, mit dem er sie bei ihrem Wiedersehen heute Abend beeindrucken konnte. Aber sosehr er sich auch das Hirn zermarterte auf seinem Posten vor dem Haus von Henny Winkler mitten im schönsten Wohngebiet von Frankenberg – es wollte und wollte ihm nichts Passendes einfallen.

Bonnie und Clyde, bei Fuß!

Als die Mittagsstunde näher kam, wurde POK Kolcuoğlu immer unruhiger. Eigentlich waren sie und Caspari nach einer ereignislosen Routinefahrt durch den Landkreis nun dazu verdonnert, Happel auf seinem einsamen Posten am Winkler-Haus zu verstärken. Aber als sie auf dem Weg dorthin das Gewerbegebiet diesseits der Eder durchquerten, bat die junge Polizistin ihren Kollegen, der diesmal hinter dem Steuer saß, rechts ranzufahren und anzuhalten.

»Ich muss über Mittag kurz was in der Drogerie besorgen«, erklärte sie. »Fährst du schon mal vor? Ich komme gleich zu Fuß nach. Das ist dann meine Mittagspause.«

»Ich kann doch hier warten. Kein Problem.«

Sie schüttelte energisch ihren Lockenkopf. »Nicht nötig. Da vorn kannst du mich rauslassen.«

»Ist irgendwas?« Ihr Verhalten kam ihm verdächtig vor.

»Frauensache.« Sie rollte genervt die Augen.

An der Bushaltestelle vor dem Farbengroßhandel stieg sie aus und winkte ihn ungeduldig weiter. Caspari fuhr zügig los. Doch statt geradeaus weiter in die Wohnsiedlung, lenkte er den Zafira hinter der nächsten Kurve auf den Parkplatz eines Lebensmitteldiscounters und eilte zu Fuß zurück in die Richtung, aus der sie gekommen waren. Er war gerade noch schnell genug, um seine Kollegin in einem Gebäude verschwinden zu sehen, das früher einmal ein Lagerhaus gewesen sein mochte.

Jetzt sah es aus wie die Wildwestkulisse in einem heruntergekommenen Freizeitpark. Vor dem überdachten Eingang, der einer Saloon-Flügeltür nachempfunden war, lag ein Stapel von Strohballen und ein Fass mit der Aufschrift *Whiskey*. An der Bretterwand hingen dekorativ zwei Kutschenräder. Eine müde

Harley stand an dem stilechten Balken, an dem berittene Gäste ihre Pferde anbinden konnten. *CC Country Club* war in Western-Blockschrift in die Fassade gebrannt.

Kauntri, wie man in diesem Teil des Wilden Westens gern sagte, war für manche immer noch das einzig sinnvolle Heimatbekenntnis. Zwar hatte es am Saum des Kellerwaldes niemals nennenswerte Rinderherden, Indianerstämme oder gar Revolverhelden gegeben, und auch Klapperschlangen und Siedlertrecks waren nicht historisch verbürgt, aber die grobe Richtung stimmte absolut. Näher als im Frankenberger Land konnte man dem alten Westen auf bundesdeutschem Hoheitsgebiet kaum kommen. Es gab romantische Lagerfeuer und Waschbären, und vor allem gab es jene große, unerfüllte Sehnsucht nach Freiheit.

Übrig geblieben vom großen *Kauntri*-Boom der 80er Jahre waren einige, inzwischen verrunzelte Tätowierungen von Komantschenkriegern und heulenden Wölfen auf Oberarmen und Schulterblättern. Und natürlich die alten Poster von Mustangs oder Kakteen im Sonnenuntergang. CDs von Männern, die in Stiefeln sterben wollten, Souvenirs von den Karl-May-Festspielen in Elspe. Und hartnäckig hielten sich auch Gastronomiebetriebe wie eben dieser *Country Club*. Ihm hielten die Kneipengänger der Umgebung vor allem deshalb die Treue, weil sie sich grundsätzlich ungern mit neuen Örtlichkeiten vertraut machten. Außerdem musste niemand fürchten, keinen Parkplatz zu finden, denn das kiesbelegte Gelände vor dem Clubhaus bot Raum für eine halbe Kirmes.

Im Schatten der Weiden, die den Lauf der Eder säumten, schritt Caspari vorsichtig das hallenartige Gebäude ab. Der Ort war gut gewählt für eine verschwiegene Zusammenkunft. Es gab keine Fenster, kein Bullauge, nicht einmal ein Guckloch. Er gelangte an einen Hinterausgang, den das Küchenpersonal benutzte, um die Abfälle zu entsorgen und sich an der frischen Luft die Beine zu vertreten. Hunderte Zigarettenkippen waren auf dem

Schotterboden ausgetreten worden. Mit Fettstift hatte ein besonders origineller Künstler unter ein aluminiumfarbenes Lüftungsrohr das Wort *Ficken* an die Wand gekritzelt. Eine Kiste mit leeren Flaschen ließ Rückschlüsse auf die in diesem Hause bevorzugten Spirituosen zu: Nicht etwa mit Whiskey befeuchteten die örtlichen Cowboys ihre Kehlen, sondern mit Aperol Spritz, Baileys und literweise Jägermeister.

Caspari drückte prüfend die Klinke nach unten und zog die Tür auf. Ein Gang verlief zwischen Regalreihen voller Konserven von Champignons, Maiskörnern und Kidneybohnen, mit denen der *Country Club* sehr erfolgreich sein mysteriöses Wildwest-Menü bestritt. Nach ein paar Schritten mündete der Lagergang in den Küchenbereich, der durch Oberlichter erhellt war.

Kalt glänzten Edelstahlflächen und Küchenutensilien, die auf einer Koch- und Spülinsel in der Mitte des Raumes aufgetürmt waren. Schaumlöffel und Schöpfkellen baumelten wie Hingerichtete von der Abzugshaube über dem Herd. Es roch nach Grillfett und Kartoffelsalat.

Mit drei schnellen Schritten durchquerte Caspari den Raum und folgte dem Gebrumm männlicher Stimmen, das aus dem Inneren des Westernsaloons drang.

Im Halbdunkel konnte er eine Holztheke vor einer mit Flaschen bestückten Spiegelwand ausmachen, die einer Spelunke in Dodge City zur Ehre gereicht hätte. Davor lag ein großzügiger Gastraum mit einzelnen Holztischen und einer Tanztenne. Es sah aus wie eine ins Aberwitzige vergrößerte Kellerbar. Alles in Eiche oder Eichenimitat gehalten, rustikal und knorrig. An den Wänden eine Sammlung von Wildwest-Klimbim: Fahnen, Cowboyhüte, Flintenattrappen und sogar ein zotteliger Büffelkopf, der allerdings eher an die Muppet Show erinnerte als an die Weiten der Prärie. Zur stilvollen Dekoration aufgeboten war zudem eine Reihe von *Wanted*-Plakaten mit den Visagen der zum Abschuss freigegebenen Galgenvögel.

Ein besonders stattliches, üppig mit Muskeln bewachsenes Exemplar dieser Gattung saß unweit der Bar an einem Holztisch. Ein anderer, dicker und kahler Mann, der Kleidung nach das Herrchen der draußen abgestellten Harley, stand mit verschränkten Armen neben der Eingangstür, um eventuelle Überraschungsbesucher höflich, aber bestimmt zur Umkehr aufzufordern. Zwischen ihm und dem Tisch hatte sich Nadide Kolcuoğlu aufgebaut und richtete gerade das Wort an den Muskelmann, der lange, schwarze Haare hatte, die glatt bis hinunter zu seinen Schultern reichten. Zusammengehalten wurde sein sehenswerter Skalp mit einem indianisch gemusterten Stirnband aus Schlangenleder. Der Mann, der fünfunddreißig bis vierzig Jahre auf dem Tacho haben mochte, stellte aufreizend seine tätowierten Oberarme zur Schau. Ein Tribal, das aussah wie ein Geduldsspiel. Von seinem Gesicht konnte Caspari im Schummerlicht des Gastraumes nicht viel erkennen. Aber er glaubte, darin eine Mischung aus Winnetou und Arnold Schwarzenegger wahrzunehmen.

»Und dann? Weiter …«, hörte Caspari seine Kollegin bohren. Anscheinend hatte sie ein kleines Privatverhör begonnen.

»Nichts weiter«, antwortete unlustig Indianer Joe. »Er hat eben nicht zurückgerufen.«

»Und ihr beiden seid dann nicht zufällig zu ihm nach Hause und habt seiner Zahlungsmoral ein bisschen nachgeholfen?«

»Mädchen, mach dich doch nicht lächerlich. Für wie dumm hältst du mich denn? Wenn die Schmalzbacke tot ist, dann zahlt sie ja auch kein Geld mehr zurück. Das wäre doch … wie sagt man denn … Börnie?« Er drehte sich zu dem dicken Mann an der Tür, der keine Haare auf dem Kopf, dafür aber offenbar das Abitur hatte.

»Kontraproduktiv«, half er aus.

Der Langhaarige nickte erleuchtet und grinste der Polizistin frech ins Gesicht. »Danke, Börnie. Das wäre sehr *kontraproduktiv.*«

Schmalzbacke, hatte er gesagt. Jetzt dämmerte Caspari, dass dies der Kneipenanrufer von Winklers Mailbox sein musste, der dem Sänger Gewalt angedroht hatte für den Fall, dass er irgendwelches Geld nicht bald zurückbezahlte. Nadide hatte also die Stimme erkannt. Aber warum hatte sie diese Information für sich behalten? So etwas brachten sie den jungen Kollegen bestimmt nicht auf den Lehrgängen für den höheren Dienst bei, die sie so eifrig besuchte.

»Wieso steht Winkler eigentlich so hoch bei dir in der Kreide? Und wieso zahlte er nicht? Ich dachte, er sei reich!«

Der Häuptling der Apatschen lachte gemein, wie über einen kleinen Hund, der das Beinchen zum Pinkeln nicht hoch bekam. »Der und reich! Er musste sich die dreißigtausend Euro von der Bank pumpen. Dabei sage ich immer: Wenn du kein Geld hast, ist das nicht schlimm. Aber dann darfst du dich auch nicht an meinen Pokertisch setzen. Basta. Und dann nimm auch nicht immer beide Nasenlöcher voll mit Koks. Dann muss auch mal eine Linie reichen. Und dann lass auch, verdammt noch mal, die Finger von den jungen Bräuten und gibt dich mal mit einer etwas älteren Ausgabe zufrieden – oder, Börnie?«

Der bauchige Perückenständer, der aussah wie der bei der Geburt getrennte, unfreundliche Zwillingsbruder von Meister Proper, nickte zustimmend: »Genau das sagst du immer. Und das bringt die Sache auch gut auf den Punkt.«

Nadide ließ sich nicht aus dem Konzept bringen.

»Also wollte Winkler dir das Geld tatsächlich bezahlen? Aber er kam nicht dazu, weil er vorher ermordet wurde oder wie? Ist das deine Theorie?«

»Er hat zumindest rumgetönt, er hätte jetzt endlich die Kohle und würde sie bei uns vorbeibringen.«

»Und das hast du ihm einfach so abgenommen? Weil du so ein gutgläubiger Mensch bist?«

»Blöde Kuh. Nein. Weil er den Direktor der Sparkasse angerufen und dieser mir bestätigt hat, dass die Kohle auf seinem Konto ist.«

Sie stutzte. »Das macht der mal einfach so. Am Telefon. Für dich …«

Er grinste schief. »Wir kennen uns gut. Er sitzt auch manchmal mit am Pokertisch. Na ja. Jedenfalls haben wir den alten Winkler daraufhin am Samstag noch mal mitspielen lassen.«

»Am Samstag war er noch hier?«

»Ja. Und am Sonntag wollte er abends die dreißigtausend Euro in bar auf den Tisch des Hauses legen. Das war mein letzter Stand. Aber irgendwie ist der alten Schmalzbacke dann ja wohl was dazwischengekommen. Als er nicht auftauchte, habe ich bei ihm angerufen, mein Sprüchlein aufgesagt, und das ist das Ende der Geschichte, soweit es mich betrifft.«

»Und ihr seid nicht auf die Idee bekommen, selbst mal bei ihm vorbeizuschauen? Ist ja nicht weit von hier bis rüber in sein Haus …«

Die falsche Rothaut stöhnte genervt. »Hat außer mir noch jemand das Gefühl, dass wir uns hier im Kreis drehen?«

Der Dicke hob folgsam die Hand. »I-hich.«

»Wieso nennst du ihn eigentlich immer so?«, hakte Nadide nach. *Sieh mal an,* dachte Caspari. Da bohrte die Kollegin ja doch sehr elegant nach Täterwissen. Von dem Schmalz wusste ja außer den Ermittlern noch niemand etwas. Aber Nadides Bohrung traf auf Granit. Entweder war der Indianer zu schlau, um in die Falle zu gehen, oder er hatte tatsächlich mit der Sache nichts zu tun. Er äffte sie mit einem blöden Gesichtsausdruck nach.

»Warum nennst du ihn eigentlich immer so? Wie denn – so? Stört es die Dame, wenn ich Schmalzbacke sage oder was? Ist das nicht *halal* oder wie? Mann, Mädchen, ich sage das, weil's einfach gut zu ihm passt. Wegen seiner verfickten Schnulzen. Deswegen nenne ich ihn so. Weil er ein Schmalzbubi war. Schmalz, Schnulz, Sülze. Schlagerfuzzischeißdreck. Das heißt so auf Deutsch. Kann so ein Türkenmädchen wie du ja nicht wissen. Schlagerschmalz. Akustische Umweltverschmutzung. War's das also jetzt? Sprachkurs beendet?« Er schrie die letzten Worte in den Raum, lehnte sich dann zurück und sah sie mit einem unverschämten Ludengrinsen an, als wolle er sie mit seinen Blicken entkleiden.

Sie ließ sich weder davon noch von der Beleidigung irritieren.

»Danke für die Auskunft. Und danke auch für die Belehrung über die deutsche Umgangssprache.«

»So. Und jetzt bin ich mal dran und brauche eine Auskunft: Wer ist der Erbe? An wen kann ich mich wenden, um mein Geld zu bekommen? Hat er Familie? Eine reiche Ex-Frau? Einen Manager? Wer kassiert, wenn sein Haus unter den Hammer kommt?«

Sie lächelte milde und mit gespielter Anteilnahme. »Dreißigtausend Euro für Kokain, Nutten und illegales Glücksspiel sind kein Pappenstiel. Dafür muss jemand geradestehen, das denke ich auch. Soll ich gleich die Anzeige aufnehmen?«

»Diese blöde Türkenschnepfe!«, rüpelte der Langhaarige. »Hätte ich mir gleich denken können, dass du nichts liefern willst.«

»Ich bedanke mich für dieses Gespräch, Ollie. Bis zum nächsten Mal.« Nadide schickte sich an, zu gehen.

»Ja, hau doch ab«, brüllte er ihr hinterher.

»Ach so.« Sie drehte sich doch noch einmal um, und Caspari hielt den Atem an, als sie aus der Tasche einen braunen Umschlag zog und damit wedelte.

»Das sind zweitausend Euro. Ich kriege aber fünftausend.«

»Ich habe aber gerade nicht mehr flüssig. Ich habe auch eine Menge laufende Kosten. Und wenn einem dann plötzlich auch noch die Schuldner ermordet werden, dann wird's halt manchmal eng. Kapierst du das nicht?«

Sie plazierte den Umschlag vor ihm auf dem Tisch. »Ich will fünftausend, sonst musst du den Laden dichtmachen. Und Ratenzahlung war nicht vereinbart.«

Damit rauschte sie ab.

»Gestatte, dass ich sitzen bleibe, du Miststück! Und pass bloß auf, dass du an deiner beschissenen Geldgier nicht mal erstickst.« Und als dieser warnende Einzeiler seine Wirkung verfehlte, schickte er noch einen weiteren hinterher: »Und pass auf, dass ich nicht mal die Hunde auf dich hetze!« *Hunde?*, dachte Caspari, und sein Magen verknotete sich unverhofft und heftig. Seit dem unerfreulichen Erlebnis mit dem Kampfhund stand er auf keinem guten Fuß mit den angeblich besten Freunden des Menschen. Da hörte er das Hecheln hinter seinem Rücken und drehte sich ganz langsam um.

Es waren zwei monströse Doggen. Eine schwarz-weiß, die andere rehbraun, beide groß wie Mastkälber. Sie hatten sich zwischen ihm und dem rettenden Hinterausgang niedergelassen. Die Mäuler weit geöffnet, die Zähne entblößt, rosafarbene Zungen hingen heraus, Sabber tropfte auf den Küchenboden, wo sich bereits kleine Pfützen gebildet hatten. Die beiden saßen da schon eine ganze Weile unbemerkt und glotzten ihn aus ihren sentimentalen Augen an, während sie auf den Moment warteten, ihn aufzufressen.

Caspari wich ihren dumpfen Blicken sofort aus und versuchte, ihnen die Seite zuzudrehen und keine Aufregung zu zeigen, wie er es im Canophobie-Seminar gelernt hatte. Auch durch eine lockere Körperhaltung und eine ruhige, gleichmäßige Atmung konnte er sie vielleicht davon überzeugen, dass er entweder gar nicht hier war oder dass zumindest keine Gefahr von ihm ausging. Aber wie, zur Hölle, sollte er in Panik und in Todesangst ruhig und gleichmäßig Luft holen? Ganz vorsichtig schob er seinen rechten Fuß ein winziges Stück nach vorn, sicher nicht weiter als zwei Zentimeter. Als Antwort kam ein gutturales Knurren aus zwei gefräßigen Schlünden, für das er keinen Hundedolmetscher brauchte: Sie teilten ihm mit, dass er ihnen gehörte. Mit Haut und Haaren.

Seine rechte Hand machte sich millimeterweise auf die lange Reise zur Hüfte, wo seine Dienstwaffe wohnte. Aber auch diese Bewegung auf der ihnen abgewandten Seite seines Körpers konnten die Bestien irgendwie erspüren und quittierten sie mit einem drohenden Grollen aus den Tiefen ihrer Kehlen. Caspari mutierte zu einer Steinsäule. Gefangen, schachmatt, ohne Aussicht auf Rettung, während die junge Kollegin Kolcuoğlu in kühler Überlegenheit aus dem Gastraum stapfte. Er gewahrte das Zuschlagen der Tür und danach das testosterontriefende Grölen der beiden Kleinstadt-Desperados, die der wild gelockten Beamtin ein paar ausgesucht derbe und sexistische Sprüche hinterherschickten.

Großartig, dachte Caspari. Wieder so ein Scheißtag auf der Arbeit. Frankenberg, angeblich das *Beste zwischen Himmel und Eder,* diese ruhige, kleine Stadt voller netter, friedlicher Menschen, tat ihm gar nicht gut. Gestern um Haaresbreite entmannt, heute von Hunden zerfleischt. Was konnte noch kommen? *Maja, verzeih mir,* dachte er verzweifelt. Wenn er sie nur anrufen könnte. Sie war längst auf dem Weg nach Goslar, und er war auf dem Weg, Hundefutter zu werden. Und wenn er sie jetzt tatsächlich nie wieder anrief, dann würde sie natürlich denken, er sei einer von dieser Sorte. Von der Sorte, die nie wieder anrief. Und niemals würde sie erfahren, wie sehr er an sie gedacht hatte, während ihm widerfuhr, was ihm tatsächlich widerfahren war. Niemand würde es jemals erfahren. Denn was die beiden Fressmaschinen von ihm übrig ließen, würde – in Plastiktüten verpackt – irgendwo auf der Deponie landen. Oder püriert über die Usambaraveilchen gestreut.

Er bedauerte in diesem Moment das alles und noch viel mehr. Wenn man mal ganz ehrlich war, dann hatte er große Abschnitte seines bisherigen Lebens zu bedauern. Er hatte alles falsch angepackt. Falsche Frau geheiratet, falsche Vorstellungen von Vaterschaft gehabt, falschen Beruf ergriffen. Statt sich schon vor Jahren einen ruhigen Schreibtischjob geben zu lassen, sprang er noch immer über Zäune und stellte bösen Männern artig Fragen, die sie mit Lügen beantworteten. Statt reich an Lebensweisheit und Erfahrung, war er niedergedrückt von Angststörungen und Verhaltensauffälligkeiten. Statt einer friedlichen Familie mit einer netten Frau und wohlerzogenen Kindern hatte er eine streitlustige Paragraphenschlampe und einen 14-jährigen Komasäufer abbekommen. Ach, verdammt. Der war ja nun auch schon fünfzehn!

Ich lerne es nie, dachte Caspari und spürte, wie seine Nase verstopfte und seine Augen brannten, weil er gleich weinen musste. Wenn er doch wenigstens einen guten Draht zum lieben Gott im Himmel gehabt hätte, dann wäre ihm jetzt sicher ein Vorschlag zu einem ehrenhaften Handel oder wenigstens ein verzweifeltes Gebet in den Sinn gekommen. Aber so würde er sterben und verschwinden, als hätte es ihn nie gegeben, und vermissen würde ihn kein Mensch.

Da bemerkte er den Plastikeimer, der neben einer Sammlung von Ketchup-, Saucen- und Mayonnaisebehältern in einer Wandnische stand, die früher mal ein Fenster gewesen sein mochte. Es war wie ein Wink des Schicksals. Denn hätte er sich nicht vorhin wegen der Killerdoggen vorsichtshalber weggedreht, wäre der Eimer niemals in sein Blickfeld geraten. In dem deckellosen Gefäß, das ehedem Wandfarbe beinhaltet haben mochte, befand sich eine zähe, rotzfarbene Masse. Daraus war auf unorthodoxe Weise ein stattlicher Klumpen entfernt worden. Die Ränder des hierbei entstandenen Kraters wiesen deutlich die Griffspuren einer menschlichen Hand auf. Jemand hatte hineingelangt und sich buchstäblich eine ordentliche Handvoll der ekligen Schmiersubstanz mitgenommen. Auf dem Eimer stand in schwarzen Blockbuchstaben ein einziges Wort geschrieben: *Schmalz*.

Caspari vergaß beinahe, in welcher Not er sich befand, als ihm klar wurde, dass er hier zwar unter sehr unglücklichen Umständen, aber doch durch einen überaus glücklichen Zufall auf die Mordwaffe im Fall Henny Winkler gestoßen war. Die Entdeckung elektrisierte ihn, und er überwand endlich seine Schockstarre. *Verdammt, er war immer noch der Beste!* Und das war hier schließlich kein Schulausflug. Er war ein erfahrener und von manchen sogar gefürchteter Bulle und kein verängstigtes Mädchen. Und wenn er auch gerade eine sehr schwierige Zeit durchmachte – in ihm steckte irgendwo immer noch der alte Caspari. Also, vielmehr der junge Caspari. Jedenfalls jener, der es früher mit einem ganzen Doggenrudel aufgenommen hätte.

Jetzt nahm er einfach allen Mut zusammen und griff zur Waffe. Das Knurren schwoll bedrohlich an, zwei Mäuler schnappten synchron zu, zwei Hinterteile schnellten in die Höhe, und zwei bissbereite Riesenbiester kamen im Laufschritt auf ihn zu. Er hatte gerade noch die Zeit, zu entscheiden, welches der beiden er erschießen würde, bevor das andere ihm den Hals durchbiss – da gellte aus dem Halbdunkel des Gastraumes ein spitzer Pfiff und der Ruf: »Bonnie und Clyde, bei Fuß!«

Und die Monster sprangen an ihm vorbei, jaulend, schwanzwedelnd. Noch bevor das Kratzen ihrer Krallen auf dem Fliesenboden verklungen war, schloss Caspari die Hintertür des Etablissements und eilte, keuchend vor Zorn und Erleichterung und zutiefst verstört von seinen Entdeckungen, unter den grünen Uferweiden der Eder zurück zum Auto.

Soso, Winkler im Dschungelcamp …

Als er selbst wiederhergestellt war, fand Caspari seinen jungen Kollegen Marti Happel vor dem Haus des Mordopfers in einem Zustand des nahenden Kontrollverlustes. Die mit Windlichtern gespickte Stofftier- und Blumenkollektion vor dem Bungalow war weiter gewachsen, und der Besucherstrom war immer noch nicht abgeflaut. Noch immer steckten auf der Straße Winkler-Touristen ihre Köpfe zusammen, um einander von ihrem Leid zu berichten und traute Erinnerungen an seine Auftritte zu teilen. Noch immer rangen seufzende Frauen ihre Hände vor der Brust und summten Winkler-Melodien, auch wenn diese fröhlichen Weisen für den Anlass denkbar unpassend waren. Und noch immer versuchten einige besonders dreiste Souvenirjäger, auf das Grundstück des Verstorbenen vorzudringen.

Auch die Toilettensituation hatte sich noch weiter verschärft, nachdem Frau Mützes Bienenstichbüfett abgeräumt war und die Notdürftigen sich weigerten, für den Klobesuch allein drei Euro zu bezahlen. Ein kleiner Lynchmob hatte sich vor ihrem Haus zusammengerottet, und Happel versuchte, die Situation zu entschärfen. Caspari fand ihn im hitzigen Wortwechsel mit der walkürenhaften Nachbarin. Sie hatte sich mit verschränkten Armen vor ihrer Treppe aufgebaut wie die nordische Göttin des Nichtdurchlassens.

»Sie haben die Leute doch erst mit Kaffee abgefüllt – und dann lassen Sie sie nicht das Klo benutzen. Das geht doch nicht, Frau Mütze.«

»Ach was. Das sind doch zum Teil ganz andere. Dieser da und der da, zum Beispiel, die haben gar keinen Kaffee bei mir getrunken.«

Murren im Mob. Sie schien mit ihrer Aussage zwar richtigzuliegen, verschaffte sich aber auf diese Art keine neuen Sympathien. Happel war ihr immer noch böse, weil sich nach dem Kaffeegenuss Fetzen seiner verbrannten Mundschleimhaut ablösten.

»Ich verlange im Namen des Gesetzes, dass Sie sofort Ihre Toilette für die Allgemeinheit öffnen«, forderte der Polizist unter dem Beifall der Blasenfraktion, die sich hinter ihm versammelt hatte, als wartete sie darauf, dass er ihr den Weg zu Frau Mützes rettender Kloschüssel freischoss. »Das müssen Sie sogar, das steht im Gesetz.«

»Quatsch, Gesetz!«

»Paragraph 323c StGB, unterlassene Hilfeleistung.«

Dummerweise war Frau Mütze in früheren Jahren Sekretärin im Anwaltsbüro gewesen.

»Blödsinn. Mein Haus gehört mir. Artikel dreizehn Grundgesetz. Wer zahlt, darf gern rein. Ich muss auch sehen, wo ich bleibe. Ich habe schließlich meine Anstellung verloren!« Den Wartenden posaunte sie zu: »Ich habe nämlich Herrn Winkler den Haushalt gemacht!«

Das wirkte. Schon zückte der Erste sein Portemonnaie, um drei Euro für einen Besuch auf dem Klo jener Frau zu zahlen, die Henny Winkler kannte wie keine andere.

Caspari, der die Auseinandersetzung und ihr für Happel sehr demütigendes Ende aus ein paar Metern Entfernung bezeugt hatte, war mit seinen Gedanken ganz woanders. Dies war der Zeitpunkt, herauszufinden, ob sein Back-up-Team von Rechercheuren in Wiesbaden tatsächlich so effizient war, wie man ihm versprochen hatte.

»Ich bin mal drüben im Winkler-Haus«, rief er Happel zu, der ihm mit stummem Flehen hinterherschaute.

»Bitte, Thomas, ich müsste heute ausnahmsweise ein bisschen früher Feierabend machen«, rief Happel. »Ich habe was Dringendes zu erledigen.«

»Dann passen Sie mal lieber auf, dass Sie nicht erledigt werden«, grätschte Wotans blonde Tochter mit ihrem warnenden Einzeiler dazwischen. Die eben noch so rebellischen Fremden konnten ihr das Klogeld gar nicht schnell genug in die Hand zählen.

»War er ein einsamer Mensch?«, wollte eine besorgte Dame wissen.

»Was war sein Lieblingsessen?«

»Hat er manchmal von mir gesprochen? Ich heiße Verena.«

Frau Mütze nahm das Geld und erzählte ein wenig von den schönen Tagen, die sie gemeinsam mit Henny Winkler in der Frankenberger Halbhöhenlage verbringen durfte.

»Er war oft sehr traurig«, hörte Happel sie im Weggehen sagen. »Aber er sagte auch oft: Lisbett, wenn ich Sie nicht hätte …«

»Der Arme …«

Kaum dass er die Tür hinter sich geschlossen hatte, rief Caspari die geheime Wiesbadener Nummer an und gab den Kollegen vom Suchdienst die Hausaufgaben durch. Er brauchte schnellstmöglich alle verfügbaren Informationen über den Frankenberger *Country Club* und seinen Besitzer, den Kolcuoğlu »Ollie« genannt hatte. Name, Lebenslauf, Vorstrafenregister. Wer war der dicke Börnie? Von welchen Gästen wurde das Lokal frequentiert? Gab es Verfahren wegen Glücksspiels, Zuhälterei, Drogen? Was stand auf der Speisekarte? Und, was ihn am brennendsten interessierte: Welche Verbindung bestand zwischen diesem Ollie und seiner Kollegin Nadide? Und wo er schon mal dabei war und in keiner versöhnlichen Stimmung, und auch, weil er gerade um Haaresbreite zwei Monsterhunden entkommen war, während andere den ganzen Tag am Schreibtisch hockten und nichts Gefährlicheres taten, als Namen in Suchmasken einzugeben, orderte er gleich noch alles über den ermordeten Henny Winkler, den verdächtigen Klaus Melchior, den Taxifahrer Frank Losberg, den

Kollegen Marti Happel und über die zwielichtige Frau Mütze, den flüchtigen Vormieter Cenk Cengiz und seinen Verfolger Kemal Korkmaz und Nuriye, die Mehl-Eier-Spenderin aus dem Mietshaus.

»Könnte ich von der letzten Person vielleicht noch einen Nachnamen haben?«, fragte der Beamte und fand gleich darauf heraus, warum KHK Thomas Caspari in dem Ruf stand, absolut nicht teamfähig und schwer persönlichkeitsgestört zu sein.

»Nein«, blaffte er, »Sie sind der Rausfinder. Also finden Sie's gefälligst raus.«

»Danke!«, erwiderte der Mann entrüstet.

Und zu guter Letzt, und weil die Versuchung allzu groß war und weil es einem guten Zweck diente und weil er nach wie vor die ganze Zeit an sie dachte, gab er noch einen besonders pikanten Auftrag an den Rausfinder. Er brauchte alle verfügbaren Informationen über eine Brandgutachterin der Astoria-Versicherung.

»Moment ... habe ich den Namen richtig verstanden? Maja Magerkohl? Martha-Anton-Gustav ...«

»Der vollständige Name lautet Margarethe Magerkohl.«

»Verstehe. Ist die vielleicht aus Benjamin Blümchen?«

»Hören Sie mich lachen, Kollege?«

»'tschuldigung. Geben Sie uns zwei Stunden. Wir schicken alles an Ihr Mail-Fach.«

Caspari drückte das Gespräch weg und fand sich zum ersten Mal allein in Winklers schlecht eingerichtetem, gutbürgerlichem Wohnzimmer, in dem nur noch der röhrende Hirsch an der Wand fehlte, um die Tristesse vollkommen zu machen. Wenn es sein Fall gewesen wäre und er sich überhaupt für die Ermittlungen in der Winkler-Sache interessiert hätte, dann würde er sich jetzt fragen, was der kackbraune Teppich, die senfgelbe Couch, die Tapete mit Bourbonenlilienmuster und eine Rolle mit Küchentüchern neben dem Fernsehsessel über den ermordeten Bewohner aussagten.

Er würde sich fragen, ob Winkler eine größere Party geben wollte, wo doch neben den Flyern vom Pizzaservice und China-Takeout auch die Werbebroschüre eines Catering-Unternehmens lag, das mit einem runden Pfannkuchengesicht warb. Er würde sich auch fragen, ob der gepackte Koffer immer hinter dem Vorhang im Flur zu seinem Schlafzimmer stand, wo ihn die Jungs von der KTU als leeren Koffer angesehen und übersehen hatten, oder ob Winkler vielleicht vorhatte, für ein paar Tage zu verreisen. Und ganz sicher würde er sich fragen, was das für ein verkrachter und verkorkster alter Sausack war, der derartige Fotos zwischen den Seiten seiner Fernsehzeitschrift versteckte. Es gab doch wirklich immer irgendeine Kleinigkeit, die auch dem aufmerksamsten KTU-Team entging. Die Polaroidaufnahmen zeigten ein nacktes, junges Mädchen. Kein Kind mehr, sie war entwickelt. Aber sie verhielt sich wie eines. Blick von unten, Zeigefinger auf dem Schmollmund, Zöpfe, alberne Posen. Es sah erbärmlich aus. Einer von diesen Anblicken, die jeden Betrachter beschmutzen.

»Und …? Was gefunden? Oh …« Nadides wilder schwarzer Lockenkopf erschien hinter ihm, und sie setzte einen angewiderten Gesichtsausdruck auf, als sie sah, was er in den Händen hielt. »Die Drecksau …«, kommentierte sie.

»Die Nachbarin hatte was in der Richtung angedeutet«, sagte Caspari. »Von sehr jungen Besucherinnen. Das könnte dann ja wohl die Letzte ihrer Art gewesen sein.«

Als abgebrühtem, schauspielerfahrenem Profi gelang es ihm erstaunlich gut, seinen heiligen Zorn auf diese Natter von einer Polizistenkollegin herunterzuschlucken. Aber er würde ihr niemals vergeben, dass er ihretwegen beinahe zerfleischt worden wäre, während sie sich von einem tätowierten Zuhältertypen Geld zustecken ließ.

»Scheiße – darf ich mal?« Sie sah sich die Bilder genauer an. »Du weißt, wer das ist, ja?«

»Belinda King. In diesem Falle eher Belinda *Kind*.«

»Also verband Winkler und Melchior doch mehr als schmalzige Musik und fettige Haare. Melchior hatte übrigens einen Berg von Schulden und konnte nach dem Brand in seiner Scheune die Raten nicht mehr bedienen.«

»Sagt wer?«

»Sagten sie im Radio. In den Nachrichten. In der Drogerie lief das Radio, und da liefen die Nachrichten.«

Sein Gesicht ließ nicht erkennen, ob er sie verstanden hatte. Sein Gesicht ließ noch nicht einmal erkennen, ob er sie erkannte. Der Magier hatte sich kurz hinter seinen schwarzen Vorhang zurückgezogen. Aber diesmal kostete es wirklich einige Anstrengung, das Pokerface zu wahren. Er durfte nicht daran denken, dass diese Frau sehr wahrscheinlich für Boris Pätzolds Tod verantwortlich war. Sonst lief er Gefahr, ihr hier und sofort an die Gurgel zu gehen.

»Die Nachrichten liefen«, sagte sie noch einmal, irritiert von seinem Verhalten. »In der Drogerie, in der ich gerade war.«

Er sah sie an, als sei sie aus Glas.

»Die Drogerie, in der ich gerade ein paar Sachen besorgen musste. Hallo? Deswegen bin ich ausgestiegen und zu Fuß hierhergekommen. Erinnerst du dich?«

Sie log wirklich gut, das musste er anerkennen. Sie wich langsam vor ihm zurück und steuerte Richtung Ausgang. Wie magnetisch angezogen folgte er ihr. Was sie zunehmend befremdlich fand.

»Na ja. Also, wenn stimmt, was sie im Radio sagen, dann droht ihm jetzt die Zwangsversteigerung.«

Sie fragte sich mit einigem Unbehagen, an welchem Punkt dieser unheimlichen Konfrontation sie beginnen sollte, sich ernstliche Sorgen zu machen.

»Das haben sie im Radio gesagt«, sagte sie mit einer Stimme, die an Festigkeit verloren hatte. »In den Nachrichten.«

Wenn er jetzt immer noch nicht reagierte, würde sie sich irgendwie zur Wehr setzen müssen. Ein Schlag? Ein Tritt? Ein harsches Wort? Er machte ihr Angst. Zum Glück brach er sein Schweigen.

»In der Drogerie …«

Aber sie waren immer noch in Bewegung. Es war, als dränge er sie langsam im Rückwärtsgang aus dem Haus. Schon hatten sie Henny Winklers Henny-Winkler-Ausstellung erreicht.

»Ja, in der Drogerie.«

»Wo du was kaufen musstest … wegen der Frauensache.«

»Genau.« Sie stand jetzt mit dem Rücken zur Tür, und er kam immer noch auf sie zu. Sie konnte nicht mehr so tun, als sei dieses Verhalten normal und als habe sie es nicht bemerkt.

»Caspari, ich weiß nicht …« Weiter kam sie nicht. Er stand direkt vor ihr, und es konnte für sein irres Benehmen nur zwei Gründe geben. Entweder würde er jetzt seine Hände um ihren Hals legen und sie erwürgen, oder er würde sich vorbeugen und sie küssen. Sie spannte jeden Angriffsmuskel in ihrem Körper an, denn für welche der beiden Möglichkeiten er sich auch entschied – er würde teuer dafür bezahlen.

Die dritte Möglichkeit hatte sie allerdings nicht kommen sehen. Sie fühlte sich, als sei ein Komet haarscharf an ihr vorbeigerast.

»Darf ich mal …?«, fragte er und schob sie sanft zur Seite. Neben der Tür war eine Klappe in die Wand eingelassen, Winklers Briefkasten. Auch so ein Klassiker, der den Ermittlern am Tatort gern mal durch die Lappen ging. Tote konnten nämlich keine Briefe mehr schreiben, aber sie konnten Post bekommen. *Posthum* sozusagen. Caspari zog einen kleinen Umschlag von der Bank und einen großen Umschlag von einer *Active Media Promotion GmbH* aus dem Fach.

Die Bank schickte einen Auszug vom Girokonto, aus dem hervorging, dass Winkler dreißigtausend Euro in bar abgehoben hatte. Und zwar am vergangenen Freitag, zwei Tage vor seinem

Tod. Die Promotion-Agentur, die Winkler in Vertragsdingen repräsentierte, schickte eine Bestätigung darüber, dass sie mit dem Sender eine verbindliche Vereinbarung darüber getroffen hatte, dass der ehemalige Schlagerstar in der nächsten Ausgabe des RTL-Dschungelcamps auftreten würde. Die Abtretung der Honoraransprüche in Höhe von dreißigtausend Euro sei seiner Bank wie verabredet schriftlich versichert worden.

»Soso, Winkler im Dschungelcamp«, staunte Nadide. »Das wäre ja ein Mordsspaß geworden.«

Känguruhoden und Krokodilpenisse. Der verkommene, alte Sack wäre sicherlich ein dankbares Opfer für die Späße, Mutproben und Charakterprüfungen des modernen Unterhaltungsfernsehens geworden. In diesem Licht bekam sein stilvoller Abgang mit einer Ladung Schweineschmalz im Rachen noch einmal einen ganz besonders exotischen Beigeschmack.

Für seine Zusage, als Lachnummer der *Generation Gebissreiniger* in der nächsten Staffel der Ekelshow mitzuwirken, hatte er sich also dreißigtausend Euro versprechen lassen und diese umgehend bei der Bank verpfändet und gleich in bar einkassiert. Um seine Schulden für Wein, Weib und Koks zu begleichen, bei Kolcuoğlus Freund von der gegenüberliegenden Seite des Gesetzes. Aber genau das hatte er ja gerade heimlich belauscht und konnte es offiziell gar nicht wissen. Er genoss es, die Kollegin noch einmal auf die Probe zu stellen.

»Was wollte Winkler denn nur mit so viel Geld?«, dachte er laut nach. »Und wieso brauchte er es in bar?« *Allerletzte Chance, Mädchen,* dachte er. *Sag mir jetzt, was du gerade von wem erfahren hast, oder trage die Konsequenzen!*

Aber sie ging nicht auf sein Angebot ein. Sie sagte nicht: *Könnte doch sein, dass er Spielschulden hatte …* Sie sagte nicht: *Da fällt mir was ein … ich habe da gerüchteweise eine interessante Sache gehört …* Und sie sagte auch nicht: *Ich kenne da ein paar Typen in dieser Stadt, die behaupten …*

Stattdessen sagte sie: »Vielleicht traute er der Bank nicht und wollte das Geld lieber zu Hause aufbewahren.«

Caspari nickte, als sei das tatsächlich eine vernünftige Erklärung, über die man nachdenken musste. An der Tür machte sich mit Gerappel Happel bemerkbar.

»Thomas?« Er erschrak, als er die beiden Kollegen direkt am Ausgang antraf. »Draußen ist es schon viel ruhiger geworden. Meinst du, ich könnte jetzt vielleicht die Fliege machen?«

»Logisch, Marti. Wir machen hier weiter. Bis morgen.«

»Okay, bis morgen … ach, bitte, wenn's nicht sein muss, dann sagt bitte Lautenschläger nichts davon.«

»Was hat Happel da eigentlich am Laufen?«, wunderte sich Nadide, als er weg war, erleichtert darüber, dass sie Casparis Aufmerksamkeit auf etwas anderes lenken konnte als die ungelösten Fragen rund um den Winkler-Mord und ihren Besuch in der »Drogerie«.

»Ab und zu verdrückt er sich einfach so, und ich bin immer noch nicht dahintergekommen, was er treibt. Hat er dir was erzählt?«

»Nein. Aber ich bin sicher, es ist nichts Illegales.«

»Oh, nein, bestimmt nicht. Dafür ist er viel zu dämlich.«

Caspari ließ ihre Aussage verklingen und hoffte, das Echo möge noch lange in ihrem Kopf nachhallen. Was immer Happel nun machte, er nahm bestimmt keine Umschläge mit Bargeld von undurchsichtigen Kneipiers entgegen. Um dann auch noch zu beanstanden, dass in den Umschlägen *zu wenig* Geld steckte!

Langsam und bedächtig sortierte und faltete Caspari Winklers Briefe und steckte sie ein. Die würde er heute Abend noch nach Korbach schicken und jemandem gehörig den Feierabend verderben. Zwei wichtige Indizien, einfach übersehen. Bloß gut, dass der einzige Verdächtige so ein hilfloser Vollidiot war.

»Henny Winkler hatte dreißigtausend in bar zu Hause, und niemand hat das Geld gefunden. Das kann nur heißen, dass der

Mörder es mitgenommen hat. Ich bin mir sicher, dass wir bald noch mal Melchiors Haus auf den Kopf stellen müssen.«

»Das ist kein Zufall. Genau diese Summe schuldete Melchior schließlich seiner Bank. Das haben sie doch gerade im Radio gesagt.«

»In der Drogerie …«, sagte Caspari schon wieder.

»Ja, genau. In der Drogerie.«

Warum hackte er nur so darauf herum?, fragte sich Nadide. Ob er doch irgendwas ahnte von ihrem kleinen Geheimtreffen mit Ollie Kiessling? Beamte wie er, die sich von der Unterwelt kostbare Uhren und wer weiß was noch alles finanzieren ließen, die waren von Natur aus entweder begriffsstutzig oder krankhaft misstrauisch. Und hatten allen Grund dazu. In der Drogerie hatte sie zufällig den Taxilurch Frank Losberg getroffen, der ihr vergnügt und brühwarm erzählte, wen er da gestern Nacht in charmanter Begleitung durch die Stadt kutschiert hatte.

Zum Nulltarif, versteht sich.

Ob eine *Audemars Piguet* oder ein paar Taxifahrten – Raffzahn Caspari, der Bulle, dem die Türkenmafia vertraute, nahm von jedem und allem mit, was er nur kriegen konnte. Wie lange hatte er eigentlich in dem Winkler-Haus herumgeschnüffelt? Er hatte immerhin die schweinischen Fotos gefunden. Konnte es nicht auch sein, dass er auch auf die dreißigtausend Euro gestoßen war und sie selbst eingesackt hatte? Misstrauen unter Polizisten, wenn es denn einmal ausgebrochen ist, breitet sich schnell und lautlos aus wie ein zersetzendes Gas. Keine Niedertracht ist mehr ausgeschlossen, kein Verdacht mehr undenkbar und kein Gedanke mehr tabu.

Sim-Salami-Bimbimbim

Gekochte Rippchen, Bratwurst und die gute, fettige Wurstsuppe, Bauchfleisch, Wellfleisch, Frikadellen, Schweineschnute, Blut-, Zungen- und Leberwurst. Dazu Pellkartoffeln und Sauerkraut, Senf aus Eimern. Bier, Schnaps und Gehacktes und für die wahren Kenner knackfrisches Schweinsohr, ein grandioser Knorpellappen mit köstlichen Härchen, die den Gaumen kitzelten. Und natürlich die frischen braunen Nierchen. Und zum Nachtisch Butterkuchen und Bohnenkaffee. So stellte sich manch einer das Schlaraffenland vor.

Denn wenn die lebenslustigen Dainroder Landfrauen zum Schlachteessen ins Dorfgemeinschaftshaus einluden, wurde normalerweise das tiefsitzende Verlangen aller Dorfbewohner nach Fett, Fleisch und Schwarte bis zum Abwinken befriedigt.

Aber bei diesem Fest war auf einmal alles anders.

Diesmal hatten sie erstmals in ihrer Vereinsgeschichte beschlossen, selbst mal gar nichts zu machen und die ganze Arbeit zu delegieren. Es hatte nämlich einen Lottogewinn von zweitausendvierhundertfünfzig Euro gegeben. Und weil alles andere nur zu Unfrieden, Neid und langen Gesichtern geführt hätte, beschloss der Vorstand, dass die Summe gemeinschaftlich verfressen werden sollte. Das ganze Dorf war eingeladen zum, wie auf dem Faltblatt zu lesen stand, Gourmet-Büfett im Zeichen der Globalisierung unter dem Motto *Eine Reise um die Welt*. Für musikalische Unterhaltung sorgte das Stimmungsduo Siegfried und Ralf, Keyboard und Gitarre, Hits und Oldies, bekannt von Hochzeiten und Schützenfesten im ganzen Landkreis. Auf ihren Plakaten sahen sie eher aus wie Siegfried und Roy, nur ohne Großkatzen. Dafür jedoch mit Frisuren, die seit den 70er Jahren in vielen Ländern der Welt verboten waren. Und zwar zu Recht.

Zum Vergnügen der lieben Kleinen war der, laut Programm, »international gefeierte« Zauberclown Salami verpflichtet worden.

Fünf Tischreihen waren in der Halle aufgestellt, die boten Sitzplätze für über achtzig Gäste. Auf stimmungsfördernden Schmuck hatte man wie immer verzichtet. Hier auf dem Land wurde noch nie viel Zeit mit Schnickschnack verschwendet, den dann sowieso keiner bemerkte und der hinterher nur wieder weggeräumt werden musste. Wenn, wie hier, eine Einladung zum Abendessen vorlag, dann hatte man eine sättigende Mahlzeit zu erwarten und keine Lampions, Partyhüte und Girlanden. Den einzigen Farbtupfer im Raum bildete die auf der Basis von Europaletten gezimmerte Bühne, auf der vor einem roten Vorhang um siebzehn Uhr der international gefeierte, lustige Magier seine Show abzog.

Wie immer begann Salami seine Show mit drei Minuten Verspätung und dem Gag mit der kaputten Zauberuhr, die er mit großem Spektakel, einer großen Portion Zauberpfeffer und dem gemeinschaftlichen Rufen der magischen Formel *Sim-Salami-Bimbimbim* um drei Minuten vorstellte.

Der Zauberclown hatte eine rote Knollennase, einen übergroßen rot-weißen Lachmund auf schneeweißen Wangen. Seine struppige Langhaarperücke verrutschte ständig, was immer für viel Erheiterung sorgte, jedenfalls bei den dankbaren Kindern. Er trug eine grün-blau karierte Schottenhose, die aber nur bis knapp über die Knie reichte, eine Frackjacke mit Schwalbenschwanz, in der er manchmal wie ein Dirigent aussah, der sein Orchester suchte. Auf dem Kopf ein Zylinder, aus dem er immer wieder diverse Gegenstände zauberte – Blumensträuße, falsche Eisbecher, mehrstöckige Torten –, ausdrücklich jedoch keine lebenden Kleintiere. Damit hatte Salami einmal sehr schmerzhafte Erfahrungen gemacht.

Unter seiner Jacke war ein weißer Hemdeinsatz mit aufgemalter XXL-Fliege sichtbar. Wenn Salami sich aber dann in Rage zauberte, verrutschte parallel zum Haarteil auch der Hemdeinsatz, und dann lugte darunter frech ein gestreiftes T-Shirt hervor. Er hatte einen überdimensionalen Fächer in der rechten Jackentasche, mit dem er sich von Zeit zu Zeit Luft zufächelte, wenn mal wieder ein Trick nicht klappte. Aus der linken Tasche aber lugte der Kopf von Tiffy hervor. Tiffy war, wie er immer wieder geduldig erklärte, »eines der letzten Exemplare der vom Aussterben bedrohten zentralafrikanischen Zwerggiraffe«. Mit ihr schimpfte er oft, und das Publikum mochte es sehr, wenn Tiffy ihm freche Widerworte gab.

Alle lieben Kinder unter sechs Jahren schlossen den Zauberclown sofort in ihr Herz und hätten ihn am liebsten mit nach Hause genommen und immer um sich gehabt. Alle Kinder über sechs Jahre verdrehten bei seinen Gags gequält die Augen, als schämten sie sich, dass man ihnen so was Albernes tatsächlich zumutete. Und die meisten Leute über acht Jahre schauten gar nicht hin, sondern beschäftigten sich während seiner halbstündigen Vorführung mit ihren Smartphones und hofften, dass die ganze Sache vorüberginge, ohne dass sie von dem komischen Kerl zum Mitmachen auf die Bühne genötigt würden.

So wie Kesslers Paulchen, der gerade eine zentrale Rolle bei der zauberhaften Umwandlung eines zotteligen Stoffkaninchens namens »Futzi« in eine Geburtstagstorte für Tiffy übernommen hatte.

Weil Ralf immer spät zu ihren Auftritten erschien und er von solidarischem Charakter war, ließ sich Keyboarder Siegfried mit seiner kühn ins Gesicht geföhnten, blonden Langhaarfrisur dazu herab, die Taten und Zoten des Zauberclowns auf der Hammond-Orgel mit dramatisch anschwellenden Akkorden und Tuschs zu untermalen. Das lenkte das Publikum ein wenig von dem Geschepper und Geklapper ab, das die drei Damen verursachten, die an der fensterlosen Westwand der Halle das weltläufige Gourmet-Büfett aufbauten.

Bis zu diesem Punkt der Vorstellung war alles gut gelaufen. Ein paar Lacher für die verschwundenen Luftballons, viele Lacher und einige tadelnde Elternblicke für die Nummer mit dem Furzkissen und viel aufgeregtes Geschrei beim Seifenblasenessen. Jetzt kam schon bald das Finale, bei dem er Futzi auf eigenen Wunsch zum Mond schoss, wozu sich der Zylinder unter Zischen und Rauchen in ein Raumschiff verwandelte. Aber – ein dreifaches *Sim-Salami-Bimbimbim* – für einen Moment war er abgelenkt, und schon ging etwas schief.

»Aua! Du hast nicht aufgepasst«, brüllten die Kinder den Zauberclown an, als ihm Futzi aus der Hand glitt und statt zum Mond unsanft kopfüber auf die Bühne flog.

»Das arme Häschen!«

»Du Tollpatsch!«

»Es hat sich bestimmt weh getan!«

»Los, aufheben!«

Siegfried untermalte das Missgeschick mit dem Trauermarsch.

Der Kaninchensturz zwang den international gefeierten Zauberclown zur Improvisation, die ihm noch nie leichtgefallen war. Er sank vor dem gefallenen Nagetier auf die Knie, nahm es hoch und drückte es tröstend an seine Brust, eine Aufwallung von Trauer vortäuschend. Was sich als ein schwerer, dramaturgischer Fehler entpuppte.

»Ist es tot?«, rief voller Entsetzen ein Mädchen.

»Er hat es umgebracht!«, stichelte eines der älteren Kinder aus den hinteren Reihen, getrieben von der puren Freude am Zerstören.

»Hilfe!«, schrie irgendjemand.

Salami, für einen Moment wie gelähmt, winkte aufgeregt ab.

»Nein, nein, Futzi geht es gut. Es hat nur einen Schreck bekommen! Na, Futzi, willst du jetzt immer noch zum Mond fliegen?«

»Mehr als vorher, du alter Grobian! Ich will dringend weg von hier!«, antwortete Futzi.

Immerhin lachten wieder ein paar Kinder. Er konnte sie vielleicht doch wieder auf seine Seite ziehen. Aber die Vorstellung war gelaufen. Er konnte sich nicht mehr konzentrieren. Alles, was jetzt noch kam, geschah auf Autopilot, ganz egal, ob die Kinder es mochten oder nicht. *Himmel*, konnte er nur immer wieder denken, *das ist sie! Das ist sie wirklich!* Nur gut, dass niemand in seinen Kopf sehen konnte. Darin ging es nämlich gerade zu wie in einer Häckselmaschine. Gedanken kamen aus allen Richtungen herangeflogen und wurden im Flug zerschreddert und zerkleinert zu Konfetti, das in bunten Wolken explodierte. Der Grund war: Dort drüben, zwischen Kupferbehältern mit vorgewärmten Speisen, hantierend mit Stapeln von Tellern und Bündeln von Plastikbestecken und kleinen Flaggen in den Landesfarben weit entfernter Länder stand sie. In einer grünen Schürze mit lachendem Schepperling, das blonde Haar zusammengebunden und unter einer Kochmütze verborgen.

Die schöne Martina Friese.

Nur ein einziges Mal war Happel alias Zauberclown Salami während einer Vorstellung derart aus dem Tritt gekommen. Damals, als er bei einer Feier im Kindergarten unerwartet EPHK Lautenschläger mit seiner Enkelin im Publikum erkannt hatte. Den Mann, der ihm genau diese Auftritte ausdrücklich verboten hatte. Jetzt war es die Frau, die ihn heute angesprochen hatte und die er seitdem nicht mehr aus dem Kopf bekam.

»Was ist denn mit der Mondrakete?«, kreischten die Kinder, die Happel im Lärm und Chaos der gedanklichen Häckselmaschine für einen Moment völlig vergessen hatte.

»Futzi sollte doch zum Mond fliegen!«

»Fu-tzi, Fu-tzi, Fu-tzi!«

Übermütig griff Siegfried in die Orgeltasten und steuerte zu dem Sprechchor die Titelmelodie aus der uralten Fernsehserie *Bezaubernde Jeannie* bei. Aber der Magier, dessen Blicke magisch angezogen immer wieder zum Büfett wanderten, fand sein

Timing nicht mehr. Er hatte nichts als Grütze im Kopf, wusste nicht mehr, was als Nächstes kam. Er versuchte, den Blackout mit einer spontanen Tanzeinlage zu überspielen. Die schlechteste aller möglichen Ideen, denn als er mit den Händen wild in der Luft herumwirbelte, als kämpfe er mit einem unsichtbaren Hornissenschwarm, trat er so unglücklich auf den Bühnenrand, dass sein linker Fuß umknickte und er wie ein gefällter Baum von der Bühne kippte und der Länge nach hinschlug.

Siegfried, der den Sturz für einen Teil des Programms hielt, stimmte sofort voller Begeisterung den Stimmungshit *Ich bin der Anton aus Tirol* an, bei dem erfahrungsgemäß niemand mehr sitzen blieb. Nun ließen selbst die großen Kinder endlich von ihren Handys ab und lachten aus vollem Hals. Marti Happel wurde fast ohnmächtig vor Schmerzen, und als er wieder auf die Bühne robbte und sich mühsam hochrappelte, war dies keine lustige Verstellung, sondern nackte Not. Tiffy, die kluge Zwerggiraffe aus der Fracktasche, rettete geistesgegenwärtig die Situation.

»Was ist denn mit dir los, großer Salami? Willst du etwa deinen Beruf an den Nagel hängen und lieber ein Stuntman werden?«

»Nein, kleine Tiffy, das war nur mein täglicher Frühsport.«

»Soso, Frühsport. Aber es ist doch schon fast Abend und Zeit zum Schlafengehen. Wieso machst du denn jetzt Frühsport, großer Salami?«

»Stimmt, du hast recht, kleine Tiffy. Es war kein Frühsport. Es war mein Spätsport.«

Ein jämmerlicher Gag. Aber die Kinder folgten ihm sowieso nicht mehr.

»Deine Lippen bewegen sich aber, wenn Tiffy spricht«, rief ein sadistischer kleiner Spielverderber.

»Man kann es genau sehen!«

Nachdem einmal ihr Appetit auf Sabotage und die Lust am

Clown-Quälen geweckt war, wollten sie noch mehr Stürze sehen und keinen peinlichen Bauchredner-Smalltalk mit Zwerggiraffen, bei dem sich auch noch die Lippen bewegten. Siegfried blickte hilfesuchend hinter seiner Orgel hervor und wusste nicht mehr weiter.

Hoffentlich ist nichts gebrochen, dachte Happel, dessen Clownschminke die Schmerzmimik kaum noch verbergen konnte. Das aufgemalte Lächeln glich mehr und mehr einer Horrorfratze. Der verbogene Knöchel schien mit jedem Herzschlag dicker zu werden.

»So, liebe Kinder, das war's dann jetzt mal«, verkündete die kleine Tiffy, deren Stimme sich gar nicht mehr so frech anhörte, sondern mehr wie eine Sirene.

»Ooooch.« Das Publikum, das gerade Blut geleckt hatte, war enttäuscht. Keine Rakete und keine Mondreise, dafür ein Clown, der geschlagen von der Bühne humpelte. Erst jetzt bemerkte Happel, dass ihm Futzi aus der Fracktasche gerutscht war und immer noch leblos neben der Bühne lag. Er hatte nicht mehr die Kraft, das in Ordnung zu bringen. Bloß weg hier, runter von der Bühne und schnell in den kleinen Nebenraum, der als Garderobe diente. Orgelspieler Siegfried kam gleich hinter ihm herein.

»Schlimm?«, fragte er. Happel hockte auf dem Fußboden und hatte seinen Schuh ausgezogen, massierte den Knöchel und sah ihn waidwund an.

»Wird schon wieder«, stieß er zwischen zwei Atemzügen hervor. »Ist nichts Dramatisches.«

»Ist doch nichts gebrochen, oder? Sollen wir einen Arzt rufen?«

»Nein«, sagte Happel viel zu laut, »bin nur blöd auf dem Knöchel gelandet. Ein bisschen Eis, und alles ist wieder gut.«

Als die Tür aufging, wäre er am liebsten im Erdboden verschwunden.

»Ich glaube, Sie haben was verloren, großer Salami«, sagte

Martina und hielt ihm Futzi, das Kaninchen, vor die Nase. Sie lächelte mitleidig.

»Ei, das Martina«, begrüßte Siegfried sie, der wohl meinte, sie sei seinetwegen hier. Die beiden begegneten sich öfter bei Veranstaltungen im Landkreis, die sowohl musikalische als auch kulinarische Unterstützung beanspruchten.

»Hallo«, erwiderte sie mit knappem Lächeln seinen Gruß.

»Heute bist du aber wieder im Stress, was? Schlimmer als neulich bei der Silberhochzeit in Dornholzhausen? Hilft dir diesmal niemand beim Aufbau?«

»Doch, zwei Frauen aus Löhlbach. Das kleine Helferlein ist wieder mal krank. Aber nicht so krank wie unser Clown hier ...« Sie ging in die Hocke und zauberte ihrerseits eine Plastiktüte mit Eiswürfeln hervor, die sie auf Happels Fuß legte.

»Sie Ärmster«, sagte sie. »Tut es sehr weh?«

Happel war sprachlos. Das Eis war eine Wohltat. Aber eigentlich war ihm doch gar nichts passiert. Eine kleine Delle im Sprunggelenk, wirklich nichts Weltbewegendes. Aber ihre Aufmerksamkeit war wie eine süße Droge. Er badete in ihrem mitleidigen Blick. Hinter Martina stand Siegfried und gab mit beiden Händen das Daumen-hoch-Zeichen, verbunden mit einer Grimasse des Triumphs und einem albernen Augenzwinkern.

»Es war nur eine dumme Bewegung. Das heilt bis morgen wieder ab. Und jetzt, mit dem Eis, da geht es noch viel schneller«, brachte er erstaunlich flüssig heraus, obwohl die Häckselmaschine immer noch jeden halbwegs klaren Gedanken in tausend Fetzen riss und wie in einem Windkanal durch sein Gehirn pustete.

»Es scheint aber ein bisschen angeschwollen zu sein. Sollen wir nicht lieber einen Krankenwagen rufen?«

»Nein«, wehrte er heldenhaft ab. Er konnte so etwas überhaupt nicht gebrauchen. Nur jetzt kein Aufsehen erregen, keine Untersuchung, keine Arzttermine und schon gar keine Krankschreibung. Das brachte dann womöglich lästige Versicherungsfragen, und am Ende entstand eine Papierfährte, die ihm gefährlich werden konnte. Seine Nebenbeschäftigung als Zauberclown und Entertainer konnte ihm nämlich eine ganze Menge Ärger einbringen.

Nach Paragraph 79 des Hessischen Beamtengesetzes war er eigentlich verpflichtet, sich jeden Einzelnen seiner Auftritte von seinem Vorgesetzten genehmigen zu lassen. Allerdings hatte EPHK Lautenschläger ihm die Genehmigung verweigert. Wie sollte denn ein Beamter glaubwürdig Recht und Gesetz vertreten, wenn er gleichzeitig als Clown auftrat? Das passte nicht zusammen. Die Bundeswehr ging ja auch nicht mit bunten Zipfelmützen ins Manöver, und ein Richter fällte sein Urteil nicht in Schüttelreimen. Wir sorgen für Ordnung, sagte Lautenschläger, und nicht für Knallbonbons.

»In unserem Bezirk, Herr Happel, wo jeder uns kennt, da kann ein Polizist nun mal nicht als dummer August auftreten. Sie müssen sich entscheiden.«

Im Grunde hatte der Erste Polizeihauptkommissar Marti Happel nur eins auswischen wollen, weil Kriminaloberrat Freckel, der ihn damals für die Polizeiarbeit gewonnen hatte, immer noch seine schützende Hand über ihn hielt. Aber auch sein alter Mentor konnte ihm in der Genehmigungsfrage nicht weiterhelfen. Happel hörte trotzdem nicht auf und machte heimlich weiter. Nur drei Wochen nachdem er das Verbot ausgesprochen hatte, war Lautenschläger dann mit seiner Enkelin plötzlich im Publikum aufgetaucht, hatte ihn aber zum Glück nicht erkannt, jedoch dem Zauberclown seinen größten Schrecken eingejagt. Erst heute musste er dann einen noch größeren Schrecken erleben. Aber einen, der begann, einen sehr interessanten Verlauf zu nehmen.

»Mir ist übrigens eingefallen, wo wir beide uns schon mal gesehen haben«, sagte Martina, während sie die Eistüte fest auf Happels Gelenk drückte und ihm tief in die Augen sah. »Das war nämlich im letzten Monat bei dem Kindergeburtstag in Wildungen. Erinnern Sie sich?«

»Mona und Lisa, die Zwillinge.«

»Genau. Allerdings hießen sie Mona und Milla.«

»Und dann haben Sie mich also wiedererkannt, als ich heute vor dem Haus von Henny Winkler auf meinem Posten stand.«

»Ehrlich gesagt, ich hatte mich schon nach der Geburtstagsfeier bei den Eltern der Zwillinge nach Ihrer Telefonnummer erkundigt. Ich fand Sie nämlich sehr süß. Sie können wirklich gut mit Kindern umgehen.«

Siegfried, der auf seinem Stuhl Platz genommen und angefangen hatte, in einer Fachzeitschrift für Landmaschinen zu blättern, grimassierte noch dämlicher als vorhin. Happel hoffte, dass bald sein Gitarrist Ralf auftauchen würde, damit er endlich abgelenkt wäre. Martina, die ihm den Rücken zugekehrt hatte, sah zum Glück nicht, wie unangemessen er sich aufführte.

»Aber als ich Sie dann heute zufällig vor dem Haus von Henny Winkler sah, da war das schon ein bisschen so, als wollte uns das Schicksal zusammenführen.«

Happel fühlte, wie sein Magen umgestülpt und von unsichtbaren Händen durchgeknetet wurde. Wie sich darin Luftblasen bildeten und zu tanzen begannen. Oder waren das am Ende gar die sprichwörtlichen Schmetterlinge im Bauch? Er hatte bisher nicht geahnt, dass die geflügelten Liebesboten überhaupt in seinen Eingeweiden heimisch waren. Solche Emotionen waren ihm bisher schlicht nicht vergönnt gewesen. Sein Kopf glühte bis in die Haarspitzen. Hoffentlich bemerkte sie das nicht.

»Ja, das fand ich auch. Und dann falle ich vor lauter Schreck von der Bühne.« Er stöhnte.

»Das ist doch nicht schlimm. Ihre Zaubernummer ist hinreißend. Die Kinder lieben sie.«

»Wirklich? Finden Sie? Das kam mir nämlich gar nicht so vor.«

»Ach was. Jeder hat mal einen schlechten Tag.«

»Ja. Alle. Nur nicht der große Salami, der hat jeden Tag einen schlechten Tag«, mischte sich Tiffy, die freche Zwerggiraffe, in die Unterhaltung ein und brachte Martina zum Lachen.

»Sie sind wirklich süß …«, sagte sie. »Aber man kann tatsächlich sehen, wie Sie die Lippen bewegen. Daran müssen Sie noch ein bisschen arbeiten.« Sie legte ihre Hand auf seinen Arm. »Ich muss jetzt leider wieder los. Das Büfett wartet, und die beiden Frauen aus dem Dorf, die mir heute helfen, die müssen bald nach Hause. Aber …«

»Ja?«

»Na ja, ich dachte nur … hätten Sie vielleicht danach noch Lust … ich meine, ob wir vielleicht zusammen was trinken gehen wollen?«

Er brachte nur ein Nicken zustande, während sein Herz in den Ohren hämmerte. Den Schmerz im Fuß hatte er schon längst wieder vergessen, als sie sich leicht auf ihn stützte und erhob, dann aber noch einmal zu ihm herunterbeugte und ihm den Satz ins Ohr flüsterte, den er nie vergessen würde, weil er seine Phantasie in Brand steckte wie ein Streichholz, das in einen benzingetränkten Heuhaufen fällt.

»Ich will dich nämlich ficken …«, wisperte sie und kitzelte ihn spielerisch mit der Zunge in seinem Ohr. Marti Happel starrte wie hypnotisiert ins Leere und fürchtete, er könnte jeden Moment ohnmächtig werden vor Glück.

Alles klar, Herr Kommissar?

Schon den ganzen Tag hatte er gespürt, dass etwas an ihm nagte. Es schlich immer näher heran, hinterhältig wie ein Grippevirus, das sein Immunsystem überlistet hatte und es sich nun Zelle für Zelle in seinem Körper bequem machte. Es begann immer mit einem harmlosen Kratzen im Hals und endete damit, dass man fiebrig im Bett lag und zu nichts mehr zu gebrauchen war. Er wusste, dass es ihn erwischt hatte, als er die Wohnungstür hinter sich ins Schloss fallen hörte und nichts als ätzende Stille ihn begrüßte.

Es wurde schlimmer, als er sich vor dem Fernseher niederließ, wo irgendein Koch über irgendwas Gekochtes halbgare Witze machte.

Es traf ihn mit voller Wucht, als er den Kühlschrank öffnete und darin nichts weiter vorfand als die nachbarschaftliche Willkommensgabe einer gewissen Frau Nuriye aus der zweiten Etage.

Warum ihn diese schwere Sinn- und Gemütskrise ausgerechnet beim Anblick von vier Eiern und einer Tüte Mehl mit der Macht eines Güterzugs erfasste, war rätselhaft. Aber Thomas Caspari wurde mit einem Mal klar, dass er einsam war. Ein einsamer, zynischer, nicht mehr ganz junger Mann. Vielleicht gefürchtet, auf jeden Fall aber unbeliebt.

Und allein.

Alle vernünftigen Menschen machten einen Bogen um ihn, denn er verunsicherte sie und erreichte es irgendwie auf seine unnachahmliche Weise, dass sie sich in seiner Gegenwart unwohl fühlten. Bevormundet, nicht ernst genommen und zurückgesetzt. Manchmal sogar gefährdet.

Beruflich war er allerdings bisher durchaus erfolgreich. Was er und POK Kolcuoğlu im Laufe des Nachmittags noch über Henny Winkler in Erfahrung gebracht hatten, konnte sich sehen lassen. Mit dem am wenigsten anstößigen Foto aus der Nacktserie von Belinda King waren sie zu Frau Mütze gegangen, die das Mädchen sofort als Besucherin ihres Nachbarn identifizierte. In dem gepackten Übernachtungskoffer hinter dem Vorhang, der die KTU nicht weiter interessiert hatte, fanden sie den Prospekt des Hotels *Impala* im Taunus.

Dieses exklusive Haus war nicht nur bei abgehalfterten Schlagerstars bekannt für seinen geradezu obszönen Luxus, gepaart mit absoluter Diskretion. Auch einige von Casparis betreuungsintensivsten Kunden aus der Halb- oder Unterwelt genossen gelegentlich seine gediegene und verschwiegene Gastfreundschaft. Zudem kannte Caspari den Empfangschef, einen schwulen Libanesen, der sich Louis nannte.

»Ah, Monsieur le Commissaire, das kann isch Ihnen unmöglich sagen, das wissen Sie doch …«, wehrte Louis ab, als er sich telefonisch nach der Buchung erkundigen wollte. Louis hatte irgendwann einmal das feierliche Gelübde abgelegt, niemals die Existenz des Buchstabens *H* anzuerkennen, und brachte das Kunststück fertig, mit deutschen Vokabeln allerfeinstes Französisch zu sprechen. Und das, obwohl er eigentlich Abdul al-Bakr hieß, als Bauernsohn in der Bekaa-Ebene aufgewachsen war und außer Deutsch nur Arabisch beherrschte. Casparis Bekanntschaft mit ihm reichte zurück in die Zeit, als er noch im Im- und Export und Hanfgroßhandel tätig und in der Szene als *der Rote Libanese* bekannt war.

»Unsere ehrenwerten Gäste verlassen sich auf unsere absolute *discrétion*«, trompetete er beleidigt durch die Nase.

»Louis, der Mann ist auf heimtückische Weise ermordet worden«, erklärte Caspari. »Kurz vor seinem Tod hat er Sie jedoch von der Schweigepflicht entbunden, damit wir seinen Mörder finden können.«

»Das 'aben Sie doch sicherlisch schriftlisch?« Caspari konnte vor seinem geistigen Auge sehen, wie der flinke, kleine Mann nervös seine schwarzen Locken um den Zeigefinger wickelte.

»Natürlich«, beruhigte Caspari ihn mit tückischer List. »Uns sind die Regeln der *omertà* ja auch nicht fremd. Deswegen haben wir die entsprechende Genehmigung ganz vertraulich archiviert und ordentlich abgeheftet. Gleich neben den Übernachtungsbelegen von Lorenzo Carlotti und Carlo Moreno.«

Die Namen der beiden meistgesuchten Mafia-Bosse, die immer mal wieder im *Impala* nächtigten, blieben nicht ohne Wirkung. Louis schnaufte missbilligend und verdrehte in seiner divenhaften Art die Augen zur Decke.

»Isch bin nischt sicher, ob isch Sie rischtisch vörstähe«, sagte er. »Mein Deutsch lässt misch manschmal immer noch im Stisch.«

»Sie verstehen mich schon ganz rischtisch. Ich rede von dem besonderen Ordner, wo auch meine Aufzeichnungen über die Kaviar-Party des Umweltministers mit den Leuten vom Flughafenmanagement archiviert sind, die ich schon lange an Julia Kopeke weitergeben wollte.«

Der Name der gefürchteten Enthüllungsjournalistin entlockte Louis einen nervösen Schluckauf, als hätte er gespürt, wie ein Skalpell seine Bauchdecke durchstieß.

»Und dann wäre da auch noch die Sache mit der Leiche in der Tiefgarage, die aber in Wirklichkeit in der Küche gefunden wurde. Das wurde ja bisher immer mit Rücksicht auf den guten Ruf des Hauses verschwiegen, denn das wäre sicherlich keine Empfehlung für Ihren Sternekoch.«

»Schon gut, schon gut. Isch se'e gerade, dass dieser 'err Winkler bis'er gar nischt in unserer Kartei geführt ist. Und weil er ja seine Buchung wohl nischt antreten kann, besteht ja für uns auch kein Grund, ihn wie einen Stammgast zu be'andeln, rischtisch?«

»Das würde ich ganz genauso sehen, Louis.«

»Er 'atte die *Suite Mondaine* mit Wellness-Programm und siebenmal Champagnerfrühstück und Gourmetpaket.«

»Für eine Person?«

Darüber konnte Louis nur lachen.

»Wo denken Sie 'in?«

»Wer war noch angemeldet?«

»Isch bitte Sie, *Monsieur Caspari.*« Er sprach den Namen so aus, als handele es sich um ein französisches Parfum, mit der Betonung auf der letzten Silbe. »Da 'abe isch wirklisch keinen Namen. Isch nehme an, er reiste mit seiner Nischte. Das tun schließlisch viele unserer ehrenwerten Gäste.«

»Natürlich. Sonst noch was?«

»Hm ... er 'atte auch den Rolls-Royce-Service mit Chauffeur. Sieben Tage. Und unsere römische Therme für zwei ganze Tage.«

»Die Römertherme? Mit den Säulen und Statuen und dem Kitsch? Wozu das denn?«

»Weiß isch doch nisch ...«

»Louis ...!«

»*Bien* ... anscheinend wollten er und seine Nischte da ein Müsikvideo drehen. Irgendwas Römisches. Irgendwas mit *Shalala* ...«

»*Shalala* ...«, wiederholte Caspari, und ein grelles Licht ging ihm auf. Winkler hatte Belinda King gekidnappt und wollte künstlerisch noch mal durchstarten. Allerdings mit Melchiors Talent und mit seinem Song. Noch ein Grund, ihn mit Schmalz zu ersticken. Langsam begann auch er, an Klausis Schuld zu glauben.

»Nur mal rein interessehalber – mit welchem erklecklichen Sümmchen hätte denn dieser ehrenwerte Gast Ihren Buchhalter am Ende seiner Ferien beglückt?«

»Isch verste'e nischt die *question.*« Je aufgewühlter sein falsches Französisch wurde, desto dünner sein Nervenkostüm. Caspari musste zum Punkt kommen, wenn er noch eine sinnvolle Auskunft von Louis wollte.

»Was hätte ihn der Spaß gekostet?«

»*Mon dieu!* Isch weiß nischt, wie viel *caviar* und *champagne* und *massages* und so weiter ... aber isch denke ... sieben- bis zehntausend *Öro.*«

»Danke, Louis, das war's schon, *merci, à bientôt.*«

Nachdem Kolcuoğlu und er mit diesen kleinen Ermittlungserfolgen den Nachmittag herumgebracht hatten und sich die Besucherlage am Winklerhaus am Nachmittag deutlich entspannte, kehrten sie in die Polizeistation zurück. Unterwegs bemerkte er, dass Kolcuoğlu ihn von der Seite anlächelte.

»Was ist?«, fragte Caspari.

»Nichts. Scheint so, als seien wir ein gutes Team.«

»Ja, scheint so«, sagte er und dachte: *Mal sehen, wie lange dir dieser Glaube noch bleibt ...*

Nadide schrieb dann einen Bericht mit den neuesten Ergebnissen zum Winkler-Fall und gab ihn sogleich an Freckel und seine Ermittler in Korbach weiter. Nachdem die Kripo-Kollegen es aber auch nach einer vollen Stunde nicht für nötig hielten, den Erhalt zu bestätigen, geschweige denn *danke* zu sagen, machte sie frustriert Feierabend.

Wenig später fand auch Caspari keinen Grund mehr, im Büro zu bleiben, und das war der Moment, in dem sein dunkelster Abend in der fremden Kleinstadt begann.

Es gab niemanden, dem er hätte schreiben, den er hätte anrufen oder gar besuchen können. Er hatte keinen Freundeskreis, und so gut wie alle sozialen Kontakte der letzten Jahre waren über Cordula und ihre steinreiche Familie entstanden, die in Frankfurt jeden und auch seinen Bruder kannte und alle Immobilien oder Firmen besaß oder auf verschlungenen Wegen daran beteiligt war. Als Mann der schönen Tochter war er wie ein Anhängsel gewesen, aber das hatte ihn nie gestört. Er machte sich eben nichts aus Sommerfesten und Glamour-Galas, aus Gartenpartys, Weihnachtskonzerten, aus Bällen und Premieren und schützte gewohnheitsmäßig die Arbeit vor, damit er all diesen Veranstaltungen entschuldigt fernbleiben konnte.

Aber rückblickend betrachtet war es vielleicht nicht immer klug gewesen, sich zu isolieren. Herausgekommen war ein Freak, ein Sonderling, manche sagten: ein Misanthrop und Soziopath. Er war emotional alles andere als stabil. Von einer unbestimmten Zahl diffuser und einer Reihe ganz konkreter Ängste geplagt, deren Macht über seine Gedanken und sein Verhalten immer größer wurde, die er jedoch nicht akzeptieren wollte. Was immer auf dem Markt war und als Lösung in Frage kam – er hatte alles ausprobiert: Alkohol, Tabletten, Marathonlauf, Meditation, Feng Shui und sogar Yoga. Nichts hatte ihn erlösen können. Er war, man konnte es leider nicht anders sagen, ein unglücklicher Mann. Gescheitert als Ehemann, ein Versager als Vater. Immerhin bisher ein von allen bewundertes Ass im Beruf – aber von diesem Denkmal bröckelte der Lack auch immer mehr ab. Und jetzt war er am Ende auch noch ein sitzengelassener Liebhaber.

Er hatte Majas Mobilnummer schon gewählt und hörte das Klingelzeichen, bevor ihm klar wurde, dass dieser Anruf ein Akt der Verzweiflung und somit keine gute Idee war. Er drückte reflexartig auf die rote Taste und legte das Handy weg, als sei es plötzlich heiß geworden.

»Idiot!«, schalt er sich selbst mit lauter Stimme. Natürlich würde sie auf ihrem Display den Anruf sehen, seine Nummer erkennen und sich so ihre Gedanken machen. Verzweifelte Liebesanrufe waren im analogen Zeitalter viel leichter zu vertuschen und zu verleugnen gewesen als heutzutage. Also grapschte er nach dem Handy und drückte trotzig die Wahlwiederholung. Jetzt war ohnehin alles zu spät. Er wusste zwar immer noch nicht, was er ihr eigentlich sagen wollte, aber da musste er jetzt durch. Vielleicht ergab sich was.

Besetzt.

Na prima. Jetzt hatte sie im Display seine Nummer erkannt

und ihn zurückrufen wollen. Und nun bekam sie auch nur ein Besetztzeichen. Weil er ja wie ein Volltrottel noch mal bei ihr anrufen musste!

»Schwachsinniger!«, knurrte er sich selbst an. Seine neurotischen Anwandlungen wurden in dieser Situation nicht besser. Er sollte endlich einen Fachmann, einen echten Seelenklempner, konsultieren. Manchmal waren diese Dinge gar nicht so schlimm, wie man befürchtete. Manchmal reichte es schon, regelmäßig ein paar Pillen zu schlucken, und alles wurde wieder gut. Er rief sie abermals an. Immer noch besetzt. Und versuchte es nach ein paar Minuten mit demselben Ergebnis noch einmal. Immerhin konnte er nun ausschließen, dass sie ihn zurückgerufen hatte. Dieser Gedanke war allerdings auch nicht geeignet, seine Stimmung aufzuhellen. Was war denn, wenn Maja in einer festen Beziehung lebte und ihre Liebesnacht nur ein alkoholbedingter Ausrutscher war? Was war denn, wenn sie ihren Lebenspartner gerade anrief, um ihm die ganze Sache zu beichten? Um zu erklären, dass es nur eine bedeutungslose Dummheit gewesen war, und um zu schwören, dass sie den einsamen Bullen aus Frankenberg niemals wiedersehen wollte. Und wie sah das denn nun aus, wenn ausgerechnet der einsame Bulle immer wieder versuchte, sie zu erreichen?

Direkt peinlich war das.

Und wieso wollte er überhaupt anrufen? Man hatte sich doch nichts versprochen? Man war keinerlei Verpflichtungen eingegangen. Zwei erwachsene, mündige Menschen hatten einvernehmlichen Sex gehabt, nichts weiter. Vielleicht sah er, der so lange vom Markt genommen war, die Sache viel zu verkrampft. Vielleicht rief man heutzutage gar nicht mehr an. Vielleicht dachte man überhaupt nicht mehr darüber nach. Vielleicht war sie darauf eingestellt, niemals wieder auch nur ein Wort von ihm zu hören. Vielleicht, vielleicht … das Telefon klingelte.

Maja. *Ich bin dem nicht gewachsen*, dachte er. Dann nahm er das Gespräch doch an.

»Thomas Caspari …« Als ob er nicht auf das Display geschaut und längst erraten hätte, wer dran war.

»Maja Magerkohl«, sagte sie in demselben sachlichen Tonfall, zuzüglich ihres leichten, hinreißenden Sächselns. Er dachte an die beiden Fältchen, die ihren Mund so lieblich einrahmten.

»Ach, hallo«, flötete er, als habe er sie am allerwenigsten erwartet. »Wie geht's? Wie ist Goslar?«

»Wie Frankenberg auf Ecstasy«, erwiderte sie.

Wieso war sie so kurz angebunden? Freute sie sich nicht, ihn zu hören? Es war ja ein Wunder, dass er überhaupt noch lebte. Er wäre heute beinahe zu Hundefutter geworden. Konnte sie natürlich nicht wissen. Er hätte ihr gern davon berichtet. Wie begann man ein solches Gespräch?

»Und? Wie war dein Tag?«

So jedenfalls nicht. So fingen nur komplette Vollpfosten ein romantisches Gespräch an.

»Ganz hervorragend«, sagte sie unverbindlich und fragte sich vermutlich gerade, ob es ein schwerer Fehler war, sich mit einem Mann einzulassen, der offensichtlich frei von Feingefühl und Verstand, dafür aber schwer bewaffnet war. Aber Maja war zum Glück keine Frau, die sich lange im Ungewissen aufhielt. Als gute Brandgutachterin wollte sie klare Fakten, sobald der Rauch sich verzogen hatte.

»Was gibt's, Herr Kommissar?«

»Ach, nichts Besonderes. Wollte nur mal hören …« Hoffentlich verriet seine Stimme nicht, wie bedürftig er sich fühlte. Bestimmt tat sie das. Bestimmt hörte er sich an wie ein herrenloser Hamster, den niemand liebhatte.

»Oh, verstehe«, sagte sie

Hoffentlich nicht, dachte er.

»Tja.«

Eine peinliche Stille breitete sich aus. Denn trotz ihrer intimen Begegnung gestern Abend waren sie einander ziemlich fremd geblieben. Vielleicht hätten die Dinge sich günstiger entwickelt, wenn sie heute Morgen nebeneinander aufgewacht wären. Das erinnerte ihn daran, dass er diesem eidechsenhaften Fahrer Losberg noch die Nachtfahrten bezahlen musste, um nicht wie ein Schnorrer dazustehen. Wieso dachte er ausgerechnet jetzt an so einen Mist und konzentrierte sich nicht auf dieses sehr wichtige Gespräch?

»Es war sehr nett gestern Abend«, sagte er und dachte beschämt, dass sich dieser sehr schöne Gedanke laut ausgesprochen doch recht beknackt anhörte. Sie schien das auch zu denken.

»Willst du jetzt meine Adresse in Erfahrung bringen, um mir Blumen zu schicken? Als kleines Dankeschön?«

»Ich dachte eher an eine Schachtel Pralinen. Magst du Halloren-Kugeln?«, scherzte er, bevor ihm klarwurde, dass sie nicht zum Scherzen aufgelegt sein könnte. Und schon gar nicht empfänglich für blöde Ossi-Scherze. »Das war ein Witz«, stellte er schnell klar.

»Dachte ich mir's doch.«

»Nein, Quatsch. Ich rufe natürlich wegen etwas ganz anderem an …« *Und wenn mir jetzt noch einfallen würde, was um alles in der Welt das sein könnte, bestünde die Chance, dieses Gespräch ohne weitere Peinlichkeiten und in Würde zu Ende zu bringen,* dachte er.

»Auch das hatte ich mir bereits gedacht«, kam sie ihm entgegen.

»Na dann …«, sagte er und hoffte, sie würde von sich aus draufkommen, wenn ihm nichts einfiel.

»Kannst es ruhig sagen …«, forderte sie.

Seine Lage wurde immer aussichtsloser. Und so sagte er nichts und lauschte nur der Stille in der Leitung in der Hoffnung, ein Blitz würde vom Himmel fahren und ihn erschlagen. Da erlöste sie ihn aus seiner Qual.

»Okay. Die Antwort lautet: ja.«

»Ja? Wirklich?« Er hätte auch unter Folter nicht sagen können, wovon sie sprach. Aber vielleicht war es ein gutes Zeichen, wenn die Antwort *ja* lautete.

»Ja. Ich hatte Zeit, mir die Fotos von dem ausgebrannten Studio anzusehen.«

Es dauerte eine Weile, bis die Worte in sein Bewusstsein gedrungen waren und an den Stellen seines Polizistengehirns angedockt hatten, an denen sie Sinn ergaben. Als er Maja endlich verstand, war er erleichtert. Weil sein verhinderter Liebesanruf plötzlich geradezu planvoll und lediglich als schlecht getarntes Dienstgespräch erschien. Gleichzeitig war er aber auch verletzt, weil sie ihm tatsächlich zutraute, dass er solche kalten Pläne hatte und ihre Nähe nur um der Brandgutachten willen suchte. Er schaltete trotzdem schnell.

»Und … was sagst du? Kommt denn ein Kabelbrand als Ursache in Frage?«

»Möglich. Oder auch nicht. Die chemische Analyse steht ja noch aus. Aber eines gibt mir doch zu denken: An der Stelle, wo nach meiner Untersuchung das Feuer ausgebrochen ist, da lagen gar keine Kabel.«

»Also doch Versicherungsbetrug?«

»Oder Sabotage? Das müssen später andere klären. Aber, hör mal: Das hast du natürlich nicht von mir.«

»Oh, nein, natürlich nicht. Ist sowieso nicht mein Fall.«

»Soso. Und wenn es nicht dein Fall ist, warum hast du dich dann gestern am Brandort herumgetrieben?«

Mit Maja sollte man keine Spielchen treiben, dafür war sie zu klug und zu fix im Kopf. Zum Glück war er diesmal nicht um eine Antwort verlegen. Er war für einen Moment richtig stolz auf sich.

»Weil viele Leute sagen, das sei immer noch der beste Ort, um eine nette Brandgutachterin zu treffen.«

»Haha. Witzisch«, sagte sie auf Sächsisch. Sie konnte diesen

Dialekt sehr wirkungsvoll einsetzen. Caspari hätte niemals angenommen, wie gut sich das Idiom Walter Ulbrichts und der Jacob Sisters zum Flirten eignete. Besser sogar als Französisch. Jedenfalls, wenn Maja es sparsam dosierte.

»Ich habe das übrigens ernst gemeint, das gestern. Dass ich dich sehr gern wiedersehen würde.«

Sie glaubte ihm nicht.

»Alles klar, Herr Kommissar. Ich melde mich, wenn ich die chemische Analyse vorliegen habe.«

»Nicht vorher?«

Jetzt ließ sie zu, dass das Schweigen in der Leitung sich zwischen ihnen ausbreitete. Nur eine Millisekunde bevor er den Mund aufmachen konnte, um wieder etwas Überflüssiges oder Unpassendes zu sagen, ergriff sie das Wort.

»Ich bin kein Spielzeug.«

»Ist das wirklich deine Sorge?«

»Wäre das so verwunderlich?«

Zugegeben – er hatte sich gestern ein bisschen in der Rolle des coolen Polizisten gefallen, der die schöne Gutachterin vom Baum pflückt wie einen reifen Apfel. Das tat ihm gut. Weil er eine schlimme Zeit hinter sich hatte und weil er durch ihren Tritt fast seiner Männlichkeit entäußert worden wäre. Im Grunde brauchte er nur Liebe.

Und ein bisschen Hilfe.

»Es könnte sein, dass du den falschen Eindruck von mir bekommen hast«, sagte er.

»Ja, möglich. Aber wer ist dann der richtige Caspari?«

»Jedenfalls keiner, der nach dem ersten Kennenlernen gleich aufs Bett zusteuert. Ich bin in Herzensdingen etwas aus der Übung …«

»Du bist mir keine Erklärungen schuldig. Ich war ja einverstanden. Aber ich bin vielleicht noch nicht ganz dort, wo ich sein müsste.«

Es war sicherlich möglich, diese Aussage zu verstehen. Aber nicht auf der Grundlage dessen, was sie ihm über sich preisgegeben hatte.

»Okay, das verstehe ich.« *Wie oft behauptete man dies und hatte in Wirklichkeit keine Ahnung, was tatsächlich Sache war?*, dachte er.

»Es gibt etwas, über das ich immer noch nicht gut sprechen kann.« Sie klang plötzlich sehr erschöpft. »Aber wenn du wirklich ... na ja. Du solltest es jedenfalls wissen. Du hast ja in deinem Beruf sicherlich Möglichkeiten, etwas in Erfahrung zu bringen.«

»Sicherlich.« Ob sie ahnte, dass er schon eine kleine private Suchanfrage im Polizeiarchiv in Auftrag gegeben hatte?

»Arnstadt, im April vor zwei Jahren. Das Feuer im Lagerhaus der Spedition Wächter.«

»Willst du es mir nicht lieber ...?«, versuchte er noch, sie in der Leitung zu halten, aber sie hatte das Gespräch bereits beendet, und er sprach nur noch mit dem Weltall.

Ungeduldig wartete er, bis der Computer hochgefahren war und er die Suchmaschine mit diesen drei Worten füttern konnte.

»Feuer, Arnstadt, Wächter.«

Das Ergebnis war beachtlich. Viele Zeitungsartikel, Fotos und auch ein Videobericht des MDR waren der Brandkatastrophe gewidmet, bei der ein dreistöckiges Lagergebäude bis auf die Grundmauern zerstört wurde und drei Einsatzkräfte ums Leben kamen. Zwei Feuerwehrleute waren getötet worden, als sie versuchten, einen verletzten Kollegen aus der brennenden Halle zu bergen. Es hatte ihnen niemand gesagt, dass da auch einige leicht entflammbareren Acetylenflaschen eingelagert waren. Umzugsgut eines Schweißereibetriebes, das, vorschriftswidrig aber kostengünstig und platzsparend, einfach unter der Treppe abgestellt worden war. Die gefährlichen Flaschen explodierten wie auf Stichwort genau in dem Moment, als die beiden Retter mit dem Verletzten auf dem Weg nach draußen waren.

Caspari dachte, dass Maja wie immer das Gutachten für diesen krassen Fall von kriminellem Leichtsinn erstellt hatte – bis er über die Namen der verstorbenen Feuerwehrleute stolperte. Der Einsatzleiter, Hauptbrandmeister der Erfurter Feuerwehr, fünfunddreißig Jahre alt, hieß Rainer Magerkohl. Er hielt inne und versuchte zu verstehen, was sie durchgemacht und welchen Weg sie seit dieser Katastrophe hinter sich gebracht hatte. Und immer noch nicht darüber reden konnte.

Er wusste nicht, wie lange er bewegungslos dagesessen hatte, als er die elastischen Schritte seiner Vermieterin im Treppenhaus vernahm. Nadide machte sich gerade auf den Weg zu ihrem abendlichen Trainingslauf. Und hatte nicht die geringste Ahnung, dass sich die Schlinge um ihren Hals immer enger zuzog.

Die Türkentussi raubt mich aus!

Es gab einen wiederkehrenden Alptraum, der sie seit dem dreizehnten Lebensjahr in unregelmäßigen Abständen heimsuchte: Sie rannte, verloren wie ein Zwerg im Land der Riesen, hin und her in einem unheimlichen Korridor, der mal überschaubar, mal unendlich lang erschien. Immer hin und her, hin und her zwischen zwei himmelhohen Pforten. Sie wusste nicht, warum sie rannte, aber es handelte sich um eine Verabredung, zu der sie zu spät kam. Vielleicht sollte sie auch etwas ausliefern, das dringend erwartet wurde, und hatte die Adresse vergessen. Sie war jedenfalls in Eile und spät dran. Auch wenn sie nicht wusste, warum sie rannte, so wusste sie doch, dass die Antwort auf diese und alle anderen Fragen des Lebens hinter einer dieser hohen Pforten auf sie wartete. Weswegen sie immer wieder versuchte, die Pforten aufzustoßen. Aber ohne Erfolg.

Wenn es ihr gegen alle Widerstände gelungen war, eine wenigstens einen winzigen Spaltbreit zu öffnen, dann bemerkte sie, dass das gegenüberliegende Tor auf einmal sperrangelweit offen stand. Und natürlich rannte sie, so schnell es ging, wieder zurück. Aber entweder kam sie nie an, weil der Korridor plötzlich wieder unendlich lang wurde oder weil es unerwartete Abzweigungen gab oder andere unerklärliche Dingen sie aufhielten und ablenkten. Und wenn es ihr tatsächlich gelang, das Tor zu erreichen, war es natürlich bis dahin längst wieder zugefallen.

Sie selbst erschien in diesem Traum in den verschiedensten Ausführungen und Kostümierungen. Mal war sie blond, hochgewachsen und unglaublich schön wie Nicole Kidman. Mal war sie klein, verwachsen und hässlich wie ein Frosch. Mal trug sie ein Kopftuch und komische Wickelhosen wie ihre Großmutter in Kappadokien und mal ein Prachtkleid wie eine Prinzessin im

Märchen. Aber egal, wie sie aussah – sie war nie allein. Immer verfolgte ein interessiertes Publikum ihre verzweifelten Bemühungen. In die Wände des Zauberkorridors waren nämlich Logen eingelassen, aus denen heraus sie beäugt wurde. Von ihren Mitschülern, später von den Polizeikollegen, von ihren Freunden, der Familie oder auch von wildfremden Menschen, die sie nie gesehen hatte. Und wenn sie nach qualvollen Mühen dann endlich vor der Pforte ankam, um wieder festzustellen, dass sie zu spät war, dann lachte das Publikum sie aus oder es fing an zu pöbeln. Nie konnte sie es ihnen recht machen. So rannte sie hin und her, bis sie irgendwann vor Erschöpfung zusammenbrach und die Augen aufschlug, die manchmal nass waren von Tränen.

Nadide Kolcuoğlu war gefangen zwischen zwei Welten, verloren zwischen zwei Kulturen und fühlte sich nirgends zugehörig. Sie war ständig abgelehnt worden: auf dem Spielplatz, in der Nachbarschaft, in der Grundschule. Auf dem Postamt, im Schwimmbad, in öffentlichen Verkehrsmitteln oder im Café. Überall. Alles, was sie tat, stand unter besonderer Beobachtung. Alles, was sie war, war sie auf Bewährung. Alle ihre Freundschaften wurden unter Vorbehalt geschlossen.

Nirgends erkannte sie sich wieder, nichts in ihrer Umgebung wollte ihr gehören und zu ihr passen. Die blonde Barbie, Twinkle oder die rothaarige Meerjungfrau Arielle konnten kaum die Freundinnen eines Mädchens werden, das mit seinen dichten schwarzen Locken selbst im Winter keine Mütze brauchte. Zu Hause wurde sie von ihren Brüdern ausgelacht und beschimpft, wenn sie sich mit Bibi Blocksberg beschäftigte. Und ihre Freundinnen fanden es kurios, dass man bei ihr die Schuhe ausziehen musste und Teppiche an der Wand hingen. Ihre Mutter betrachtete es als Akt der Auflehnung, weltanschaulich und vor allem religiös, wenn sie im Herd ihrer bunten Kinderküche aus Plastik einen zünftigen deutschen Schweinebraten zubereitete statt Kokoreç aus Lammdarm. Und ihr Vater zwang sie, seitenweise Gedichte eines gewissen Wilhelm Busch auswendig zu lernen, in denen zwei Jungen in einer Mühle ermordet wurden.

Für die Deutschen war Nadide das Türkenmädchen, und ihrer eigenen Familie und Verwandtschaft war sie viel zu deutsch. Sie hatte mit den Traditionen ihrer Eltern und Großeltern gebrochen. Sie war verloren für die Gebote des Islam – aber das grausame Schicksal dieses Herrn Jesus hatte sie schon als Kind mit allergrößtem Horror erfüllt. Der Gedanke, dass die Christen sich in ihrer Kirche versammelten, um seinen Leib zu verspeisen und sein Blut zu trinken, war ihr genauso unerträglich wie Zombievideos. Im Vergleich dazu war es die reinste Wohltat, wenn nur Schweinefleisch gegessen und Alkohol getrunken wurde.

Nadide Kolcuoğlu hatte, bis auf drei Ausnahmen, noch nie ihren Nachnamen von einem Deutschen korrekt ausgesprochen gehört. Egal, wie oft sie geduldig und sinnlos diesen Satz gesprochen hatte: *Das »g« ist stimmlos.*

Sie war total unempfänglich für die Versprechungen des türkischen Patriotismus, der für manche, die sich in einer ähnlichen Situation befanden, ein Anker werden konnte. Was nicht bedeutete, dass sie sich an einem Autokorso zur Feier der deutschen Fußballmannschaft beteiligen würde. Trotzdem empfand sie es als peinlich, wenn Mesut Özil im deutschen Trikot auflief und deutsche Kohle kassierte, aber die Lippen bei der deutschen Hymne nicht auseinanderbekam. Als für sie die Zeit gekommen war, sich für eine Staatsbürgerschaft zu entscheiden, musste sie nicht lange überlegen, schließlich sprach sie Deutsch deutlich besser als Türkisch, für das sie sich nie so sehr interessiert hatte. Alle interessanten Bücher, die sie lesen wollte, waren auf Deutsch. Und das Lesen liebte sie. Das half ihr auch über die schlimmsten Jahre hinweg.

Als das verzweifelte Hin und Her zwischen den beiden magischen Pforten in der Pubertät zur Höllenqual wurde. Als dazu noch die Hormonduschen kamen, diese Wutanfälle und der ohnmächtige, unerklärliche Hass auf irgendwas, auf alles und auf sich selbst. Als alle Gleichaltrigen sich ein Bild von ihr gemacht hatten und glaubten, sie würde zu Hause nur geschlagen und als Fußabtreter benutzt. Als alle Mitschüler glaubten, ihre Brüder würden sie sicher eines Tages umbringen, weil sie in Hosen zur Schule kam. Als alle glaubten, sie könne keinen deutschen Freund haben, weil jemand erzählt hatte, bei ihr hätten nur Beschnittene eine Chance. Oder als ein abgewiesener Verehrer das Gerücht in die Welt setzte, sie selbst sei beschnitten und nicht fähig, etwas zu empfinden.

Das waren die Jahre, die Nadide geprägt hatten. Und an manchen der Missverständnisse und Sticheleien hatte sie bis heute zu knabbern. Aber zerbrochen war sie daran nicht. Zerbrochen wäre sie viel später beinahe an einer anderen Sache, die sie gern hinter sich gelassen hätte und die an ihr klebte wie Pech. Die immer wieder an die Oberfläche kam wie eine Wasserleiche, die einfach nicht verschwinden wollte. Spätestens, wenn sie Ollie Kiessling wiedersah, was aus Gründen ihrer beider Berufswege unausweichlich war. Ollie, der Provinzgangster, und Nadide, die Provinzpolizistin.

Sie steckte jetzt nicht mehr in Uniform, sondern trug T-Shirt, Jeans und ihre schwarze Lederjacke. Sie wirkte damit noch jünger, als sie war, und ihre wilde Mähne ließ sie sehr begehrenswert aussehen. Allerdings machte ihr Aussehen keinen Eindruck auf den Mann, den zu sprechen sie gekommen war.

»Was willst du denn schon wieder?« Er begrüßte sie mit dem üblichen mürrischen Gesichtsausdruck, den er seit dem Zwischenfall damals nicht mehr ablegen konnte. »Ich habe dir schon alles gesagt, was ich weiß.«

Sie schob sich neben ihn auf die Western-Bank am Western-Tisch und nickte Börnie zu, seinem kahlrasierten Angestellten und Begleiter, der ihn nie allein ließ. Wenn Ollie an seinem Tisch saß, dann stand Börnie oft mit verschränkten Armen in der Nähe und sah aus wie ein Flaschengeist, der seinen Bus verpasst hatte. Eigentlich hieß er Bernhard Morowski und war Schulabbrecher wie Ollie selbst. Nur ohne dessen Geschäftssinn und Verstand. Börnie war mit seiner Statur und seinem Intelligenzquotienten zum Türsteher und Rausschmeißer geboren, und deswegen tat er, was Ollie ihm sagte, und Ollie zahlte ihm dafür ein anständiges Gehalt in bar, den Rest seines Lebensunterhaltes finanzierten die Leute, die er beim Pokern über den Tisch zog, und die Sozialkasse.

Der Fleischberg starrte sie grußlos an. Nadide konnte nie mit Gewissheit in Erfahrung bringen, ob er tatsächlich feindselig war oder einfach von einem Treffen zum nächsten wieder vergaß, wer sie war.

»Nicht viel los heute«, sagte sie, als ob das was Neues wäre. Es war nach zehn Uhr und der Gastraum nicht einmal zu einem Drittel gefüllt. Am Dienstag war es immer ruhig im *Country Club*, wo es vor allem am Freitag und Samstag hoch herging, wenn die Cowboys aus den umliegenden Ortschaften zum Rodeo in die Stadt geritten kamen.

»Na und? Du bist ja wohl nicht wegen der Volkszählung hier«, raunzte Ollie.

»Nein. Noch mal wegen der Sache mit Henny Winkler.«

»Immer noch? Das nimmt langsam schon zwanghafte Züge bei dir an, weißt du das eigentlich?«

»So lange, bis ich den Mörder habe, lasse ich da auch nicht locker. Und wenn du was damit zu tun hast oder noch was weißt, dann solltest du jetzt den Mund aufmachen.«

»Vielleicht war es ein Unfall.« Ollie grinste wie eine Hyäne.

»Winkler hatte tatsächlich dreißigtausend Euro im Haus.«

»Mein Geld!«

»Das hat er wohl anders gesehen. Jedenfalls hatte er andere Pläne damit.«

»Was denn?«

»Kann ich nicht sagen.«

»Fotze.«

Sie überhörte das und verzog keine Miene. Jeden anderen hätte sie für diese Bemerkung windelweich geschlagen. Ollie aber konnte sie nicht beleidigen. Dafür war zu viel zwischen ihnen passiert.

»Hast du oder hat irgendeiner deiner Kumpels beim Pokern mal was gehört in der Richtung, dass Henny sein Comeback plante?«

»Ach du Scheiße, nein! Comeback?«

Nadide zog die rechte Augenbraue hoch und legte den Kopf leicht schräg. Ein Gesichtsausdruck, den sie immer bei Mister Spock bewundert hatte, bevor sie beschloss, ihn sich zu eigen zu machen. Ollie pfiff leise durch die Zähne.

»Er wollte also wieder singen. Na ja. Kein Wunder, dass er umgebracht wurde.«

»Hat er vielleicht mal deinen Nutten gegenüber etwas in der Richtung erwähnt?«

»Die singen jedenfalls nicht. Gott sei Dank.«

»Höhöhö«, lachte Börnie.

POK Kolcuoğlu zuckte die Schultern. Sie kannte die Burschen schon lange genug, um zu wissen, dass sie von sich aus niemals etwas preisgeben würden, ohne etwas dafür zu bekommen. Sie musste gewissermaßen in Vorleistung gehen, um eine Auskunft zu erhalten.

»Es sieht jedenfalls so aus, als hätte er mindestens die Hälfte von dem, was du ›mein Geld‹ nennst, dafür verplant, eine große Sause im Hotel *Impala* zu veranstalten?«

Das erschütterte Ollies Selbstgefälligkeit.

»Der wollte ins *Impala*, der kleine Saftsack? Von meinem Geld?«

»Eine Woche Frühstück im Bett. Mit Chauffeur, Wellness und Schampus. Und dann hat er noch das römische Spaßbad für zwei Tage komplett gebucht.«

»Der Arsch!« Ollie war sprachlos. »Die ganze Therme für sich allein?«

Börnie kam zu ihm und wisperte etwas in sein Ohr. Ollie stutzte und sah den Glatzkopf ungläubig an.

»Meinst du?«

Börnie hob wie zur Kapitulation beide Hände in die Höhe und zog die Mundwinkel nach unten.

»Schalt mal den Ton an!«, sagte Nadide, und Ollie gab sein Einverständnis.

»Bei unserem letzten Spiel«, brummte der Dicke kaum verständlich, »da summte Winkler ständig so ein völlig bekacktes Lied. Und dann sagte einer, ich glaube, der Stenzel war's, er solle jetzt mal das Maul halten. Und dann sagte Henny, wir hätten doch alle keine Ahnung, und das würde ein Riesenhit. Er wollte es in einem teuren Tonstudio in Frankfurt aufnehmen. Und auch ein Video dazu drehen in einem römischen Bad. So kam ich drauf.«

»Und?«

»Ja nichts und! Das war's. Er hat halt ein Lied gesungen und dachte, es wäre ein Hit. Dabei war es total bekloppt. Irgendwas von einem Gulli und einem *Shalala.*«

»Caligula?«

»Kann sein. Jedenfalls war da was mit *jede will sein Shalala ...* was soll das denn heißen? So ein Hirnkack.«

»Kennst du das Scheißlied etwa?«, fragte Ollie, dem nichts entging.

Bevor Nadide antworten konnte, entstand Unruhe an der Bar, als zwei Jugendliche aneinandergerieten. Geschubse, Gerangel und Geschrei. Ollies muskeltragender Helfer drehte sich in die Richtung, schritt aber nicht ein.

»Großmaul!«, brüllte ein Vertreter des örtlichen Motorradclubs. Er war leicht erkennbar an der Jeanskutte mit der programmatischen Aufschrift *The Red Devil's*.

Der ländliche Rocker hatte einen jungen Mann am Kragen gepackt und schob ihn vor sich her Richtung Ausgang. Die Beamtin kannte den Grobian flüchtig unter dem Namen Scooter, den anderen Jüngling hatte sie hier noch nie gesehen.

»Du weißt doch nicht einmal, was ein Apostroph ist, du bildungsferner Bauerntrampel«, kreischte der Geschubste.

»Aber ich weiß, was ein Arsch ist. Und in den trete ich dir jetzt. Wir gehen vor die Tür, du Würstchen.«

»Euer Logo ist – *verdammt noch mal* – falsch! *Red Devils* ist ein Plural, und der wird durch das Anhängen des Buchstaben s ausgedrückt. Aber direkt an das Wort, kapierst du? Ohne Apostroph. Der Apostroph drückt den Genitiv aus!«, quiekte der andere, als ihm Scooter einen Tritt in den Hintern verpasste.

Börnie, der Rausschmeißer, sah der Auseinandersetzung gelassen zu und schien in seinem ebenfalls bildungsfernen Schädel nach Gehirnzellen zu fahnden, die mit dem Wort *Apostroph* etwas anfangen konnten.

»Und?«, fragte Nadide. »Sollte er nicht eingreifen, bevor sich einer weh tut?«

Ollie schüttelte sein Indianerhaupt. »Alles unter Kontrolle. Das sollen die Kinder mal lieber draußen unter sich ausmachen. Wenn der vorlaute Junge so klug ist, dann weiß er ja wohl inzwischen, dass er wegrennen sollte, so schnell er kann.«

Der erboste rote Teufel riss derweil die Saloontür auf und schleuderte den wehrlosen Klugscheißer, der beide Arme schützend vor Oberkörper und Gesicht gelegt hatte, in die Nacht hinaus.

»Ich kann so was nicht mit ansehen«, sagte Nadide und sprang auf.

Ollie schmunzelte. »Typisches Helfersyndrom.«

Es war genau, wie sie es erwartet hatte: Der eine lag zusammengekrümmt am Boden, und der andere trat auf ihn ein. Mit spitzen Stiefeln.

»Kann ganz gut trampeln, so ein Bauerntrampel, was?«, schrie er dazu im Takt seiner Tritte, die den anderen am Hintern und im Bauch trafen. Nicht mehr lange, und Scooter würde sich Brust und Kopf seines Opfers vornehmen.

»Feige, ungebildete Sau«, schrie der andere unter Schmerzen zurück. Er war zwar körperlich unterlegen, wollte dem Rocker aber nichts schenken. Auch wenn es ihn das Leben kostete, denn er stachelte seinen aggressiven Widersacher nur noch weiter an.

»Hey!«, schrie Nadide scharf, als rufe sie einen ungezogenen Hund zurück. »Scooter!«

Er hörte seinen Spitznamen und drehte sich zu ihr, lallte irgendwas und spuckte in ihre Richtung. Dann trat er wieder zu. Ganz stabil war er nicht auf den Beinen, weil er wohl schon die übliche Druckbetankung mit Jägermeister und Bier hinter sich hatte. Aber er wollte nicht aufhören.

Mit zwei geschmeidigen Schritten war sie bei ihm, mit zwei katzengleichen Bewegungen hatte sie ihn niedergerungen und ihr Knie in seinen Rücken gedrückt, dass ihm die Augen aus den Höhlen traten.

»Ganz ruhig jetzt«, forderte sie.

»Lass mich los!«, schrie er. »Hilfe!«

Sie kostete den Moment aus. Denn sie kannte ihn und seine Kumpels und wusste genau, was das Schlimmste war, das ihnen passieren konnte. Schlimmer als Zahnschmerzen und ein Kratzer im Lack.

»Ruf nur weiter nach deinen Freunden. Sie sollen alle sehen, wie der kleine Scooter von einem Mädchen verdroschen wird.«

»Kacke, ey, mein Arm!«, jammerte er.

»Wer ist denn hier das Mädchen, hm?«

»Lass mich los, sonst hole ich Ollie!«

»Warum hast du den Jungen getreten?«

»Er hat meine Kutte beleidigt. Das darf er nicht. Niemand beleidigt meine Kutte!«

Der andere, noch immer zusammengekrümmt wie ein Wurm am Boden liegend, widersprach mit einem Stöhnen. Wahrscheinlich, weil er noch einmal darauf hinweisen wollte, dass der Apostroph schlicht da nicht hingehörte. Manche Leute wussten einfach nicht, wann es gut war.

»Er hat mich einen Bauerntrampel genannt. Da dachte ich, ich trampele mal ein bisschen.«

»Okay. Ich lasse dich jetzt los. Und wenn du irgendetwas anderes machst, als ganz langsam aufzustehen und friedlich von hier zu verschwinden, dann gibt's richtig Ärger, kapiert? Dann wird ein falscher Apostroph dein geringstes Problem sein.«

»Mach schon, ey, Alte. Lass mich los. Mein Arm bricht mir ab. Bitte!«

»Haben wir uns verstanden?« Sie verschärfte noch einmal den Griff, und er jaulte auf.

»Ja doch! Friedlich verschwinden!«

Sie ließ von ihm ab, und er arbeitete sich mühsam hoch. Nicht ohne dem am Boden liegenden Jungen mit der Faust zu drohen.

»Lass dich hier nie wieder blicken, Bürschchen.«

Das Menschenbündel im Parkplatzkies ließ ein missbilligendes Grunzen hören. Wenn es an diesem Ort für ihn noch mehr schmerzhafte Lektionen zu lernen gab, war er offensichtlich bereit, keine auszulassen. Als Scooter wieder im CC verschwunden war, widmete sich Nadide seinem Opfer.

»Neu hier?«, fragte sie.

»Lass mich in Frieden!« Er hatte schwer eins auf die Lippe bekommen, und das Auge sah auch nicht gut aus. Ansonsten schien er die Auseinandersetzung recht gut überstanden zu haben. Er stand mühevoll auf und klopfte sich den Dreck von den Klamotten. Er war viel jünger, als er den Anschein erwecken wollte. Fast noch ein Kind. Aber eines unter deutlichem Alkoholeinfluss.

»Darfst du um diese Uhrzeit überhaupt noch draußen sein?«

»Fick dich!« Er wollte sich schnell wegducken, aber in seinem Zustand gelang das nicht so ohne weiteres. Sie packte seinen Arm und drückte gerade fest genug zu, um ihn spüren zu lassen, dass er einige Ebenen des körperlichen Schmerzes noch nie kennengelernt hatte. Er roch nach Bier, Schnaps und Zigaretten.

»Nicht so schnell, junger Mann. Name, Alter, Adresse?«

»Du hast mir gar nichts zu sagen!« Er versuchte, sich ihrem Griff zu entwinden. Dafür sollte er die erste Stufe des Grauens kennenlernen, fand Nadide. Ein leichter Schubs, ein fester Druck, und es durchzuckte ihn wie ein Stromstoß.

»Aua!«

»Antworte bitte auf meine Frage!«

»Nein!«

»Ausweis, du Früchtchen.«

»Einen Scheiß.« Die Klammer, in der sie ihn umfasst hielt, wurde noch härter und schmerzhafter. Der Bursche drehte sich wie ein Aal, kam aber nicht von ihr los. Er war nicht sehr kräftig und auch nicht sonderlich gelenkig. Vielleicht ein Computernerd. Jedenfalls ein penetranter Rechthaber, wie sein Beharren auf den falschen Apostroph bewies. Er erinnerte sie an Jojo, den verhinderten Mädchenretter.

Sie brauchte nur eine Hand, um ihn festzuhalten. Die andere durchstöberte flink die Innentasche seiner Jacke und förderte ein dünnes Portemonnaie und ein Handy zutage.

Er schrie: »Diebstahl! Hilfe! Die Türkentussi raubt mich aus!«

»Okay, das war's. Jetzt kommst du mit.« Sie ließ seine Geldbörse und sein Telefon in ihrer Jackentasche verschwinden. Die Handschellen hatte sie immer dabei, und ihr einhändiger Umgang damit grenzte ans Akrobatische. Bevor der junge Mann wusste, wie ihm geschah, war er schon in Ketten gelegt. Sie zog ihr eigenes Handy heraus. Kurzwahl 1, die Polizeistation in der Breslauer Straße.

»Hier ist Kolcuoğlu. Ich habe einen Übernachtungsgast am *Country Club*, der ganz erpicht darauf ist, die Nacht in unserer gemütlichen Arrestzelle zu verbringen.«

»Verstanden. Lass ihn heile. Ich schicke sofort einen Wagen«, lautete die Antwort.

»Mann, lass mich doch, du blöde Kuh.«

»Bei Beleidigungen, mein Freund, schalte ich grundsätzlich auf stur«, erklärte sie. »Wir klären das morgen, wenn du wieder nüchtern und friedlich bist.«

»Dafür kriegst du richtig Ärger mit meinem Alten«, drohte er.

»Da freue ich mich schon darauf.«

Ach Scheiße, dachte sie. Vielleicht hätte sie den kleinen Mistkäfer doch Scooter überlassen sollen. Ein paar gebrochene Rippen, Gehirnerschütterung und Dellen in der Kauleiste hätten ihn sicherlich zum Nachdenken gebracht. Diese minderjährigen Schnösel hatten immer öfter Probleme damit, das wahre Leben von ihren Computerspielen zu unterscheiden. Und wenn sie dann auch doch zufällig mal in der Realität aufwachten und es brenzlig wurde, dann schrien sie ganz laut nach ihren Papis.

Und das waren dann natürlich immer bestens vernetzte, wohlhabende Unternehmer, Zahnärzte oder ihre Golfpartner aus den illustren Reihen der örtlichen Polit-Prominenz. Am schlimmsten aber waren die Anwälte. Die wollten einen immer gleich wegen Polizeibrutalität vor Gericht bringen. Besonders dann, wenn die einzige Brutalität von ihren missratenen Söhnchen oder auch Töchterchen ausgegangen war. Aber für derartige Erwägungen war es jetzt zu spät.

Denn schon bog der Einsatzwagen der Kollegen, von der Hauptstraße kommend, auf den Parkplatz der Westernkneipe ein. Kohlmann und Finke schoben Nachtschicht und packten den Randalierer ohne großes Federlesen ein.

»Ich hoffe, das ist kein Autogramm von dir …«, sagte POK Ines Kohlmann und wies auf seine aufgeplatzte Lippe.

»Rückblickend wäre es eine gute Idee gewesen. Aber nein, das ist nur ein Andenken an Scooter von den Red Devils, die aus Gründen der Grammatik ihre Kutten verbrennen müssen.«

»Braucht er einen Arzt?« Ines war im vergangenen Jahr selbst Mutter geworden und seitdem empfänglicher für die Bedürfnisse und Nöte minderjähriger Gesetzesbrecher.

»Sieht schlimmer aus, als es ist«, befand Kolcuoğlu. »Gebt ihm ein wenig Eis. Vor allem muss mal der Alkohol aus dem Blut.«

»Ich kenne meine Rechte«, brüllte der Festgenommene auf dem Rücksitz des Streifenwagens.

»Und wenn du jetzt nicht still bist, wirst du meine Rechte kennenlernen«, zischte Nadide.

»Ich will einen Anwalt. Mein Opa wird euch fertigmachen. Ihr Scheißbullen!«

»Können wir jetzt los?«, fragte POK Ernst Finke und nahm hinter dem Steuer Platz. »Der macht mir richtig Angst.«

»Die Türkentussi hat mich beklaut. Ich will sofort mein Geld zurück. Und mein Handy hat sie auch.«

»Gute Nacht«, wünschte Kolcuoğlu. »Ich kümmere mich morgen früh um dieses Sonnenscheinchen.«

Als die roten Rücklichter des Dienstfahrzeugs in der Dunkelheit verglommen, nahm sie das Portemonnaie des Jungen aus ihrer Jacke. Hundertfünfzig Euro, Bankkarte, ein 50-Euro-Gutschein für den iTunes Store und sein Personalausweis.

»Ach, Scheiße«, sagte sie laut, als sie seinen Namen las. Da würde sich der Papa aber wundern. Der junge Mann hörte auf den Namen Lars Caspari.

Noch ein indisches Mandeltörtchen?

Das sogenannte Gourmet-Büfett *Eine Reise um die Welt* des Catering-Dienstes *Lachender Schepperling* aus Löhlbach fand mit seinen Schwerpunkten »Südeuropa«, »Nahost« und »Fernost« keine Gnade vor den kritischen Augen der Dainroder Landfrauen. Das böse Getuschel begann, sobald die ersten Gäste sich mit ihren voll beladenen Tellern zum Verzehr der ersten Happen und Schnitten niederließen.

»Hab's ja gleich gesagt, wir hätten unseren Lottogewinn lieber anders anlegen sollen«, murmelte Wilmers Frieda, und Klingelhöfers Lorchen pflichtete ihr sofort bei: »Für das Geld hätten wir hier ganz andere Sachen aufgefahren.«

»Wisst ihr noch, beim letzten Schlachteessen? Na, das war lecker. Da blieb nichts übrig. Aber was sollen wir denn damit anfangen?« Anklagend bohrte sie ihre Gabel in ein Stück Lachssushi, das die Farbe einer Signalweste hatte. »Roher Fisch. Und wer weiß denn, wie lange der schon so daliegt?«

»Und woher er kommt.«

»Die Frühlingsröllchen kommen jedenfalls eindeutig von *Bofrost*«, stänkerte Frieda. »Die bestellen wir nämlich auch ab und zu.«

»Und dann die Pappteller und das Plastikgeschirr, man kommt sich ja vor wie auf dem Rummelplatz.«

»Mein Karl verträgt keine Auberginen«, sagte das Lorchen, und Monika regte sich im Flüsterton über die Pizzaecken auf: »Wieso mussten die da überall kleine Italien-Fähnchen reinstecken? Das ist doch keine Segelregatta hier.«

»Dann pass bloß auf, dass dein Karl keines verschluckt!«

Schnell war der Konsens hergestellt, der lautete: nie wieder Kichererbsenpüree oder Kreuzkümmel.

Positiv wurde zunächst allein der Umstand gewertet, dass sich all die Frauen, die sonst immer beinahe den ganzen Abend nebenan in der Küche verbrachten, an Tischgesprächen und am nachfolgenden Tanz beteiligen konnten. Wie sich jetzt herausstellte, vermissten die meisten jedoch den gemeinsamen Abwasch und die damit verbundene Gelegenheit zur unbelauschten Aussprache.

»Ich hätte dazu ja was zu sagen – aber hier am Tisch geht das nicht!«

»Ja, hier kann man gar nicht schwätzen.«

»Das nächste Mal wieder unter uns und in der Küche!«

»Auf jeden Fall.«

»Noch ein indisches Mandeltörtchen?«

»Uh, bleib mir bloß weg damit!«

»Dann pass aber auf, dass du nicht verhungerst!«

Wer mit der Mentalität des Landstrichs nicht vertraut war, der hätte diese Äußerungen leicht missdeuten können, eine allgemeine Unzufriedenheit festgestellt und den ganzen Abend zum Fiasko erklärt. Aber das wäre falsch gewesen. Im Grunde fanden alle das Gourmet-Büfett furchtbar aufregend. Und es schmeckte ihnen auch gut. Aber es würde niemandem einfallen, dergleichen vor Zeugen laut zuzugeben. Genuss in jeglicher Form wird hier nur toleriert, wenn er als Entbehrung verkleidet und von Leidensbeteuerungen begleitet ist. Alles andere ruft bei den vom protestantischen Pessimismus geprägten Menschen Schuldgefühle und Reue auf den Plan.

Hinzu kam allerdings noch erschwerend, dass die junge Köchin heute keine besondere Sorgfalt hatte walten lassen, denn ihre Gedanken waren mit anderen Dingen beschäftigt. Zudem spielte möglicherweise auch die genetische Grundeinstellung der Dorfbewohner eine Rolle, die bei ihren Nachbarn als die

Dainroder Stratzete verschrien waren, also notorische Besserwisser und Angeber, denen es kein Außenstehender jemals recht machen konnte. Sie beobachteten mit skeptischen Blicken jeden Handgriff, den die drei Büfettmamsellen aus der benachbarten Gemeinde in ihren Schepperlingschürzen machten, und stellten beruhigt fest, dass sie alles viel besser konnten und dass es bei ihnen auch viel besser schmeckte als bei den Dippeschrappern.

Zum Nachtisch gab es türkisches Baklava und Puffreis, Feigen und Datteln aus Arabien, die keiner anrührte. Aber auch als Verbeugung vor der Neuen Welt amerikanische Icecream mit kanadischem Ahornsirup und Bananensplit und irgendwas Karibisches mit Kokos, Zimt und Mousse. Und der Satz: *Dann pass aber auf, dass sich das alles in deinem Magen verträgt,* wurde zum meistgehörten, warnenden Einzeiler des Abends, bevor endlich der Tanzreigen eröffnet wurde.

Im Garderobenraum, wo Marti Happel sich von den Schmerzen seines Sturzes erholte und den Schrecken über die unerwartete Zuwendung der schönen Martina verdaute, gab es ein anderes Thema als das exotische Büfett. Immer wenn sie sich nach einem ihrer Sets zum Verschnaufen zurückzogen, um dem Publikum Gelegenheit zu geben, den allgemeinen Alkoholpegel zu erhöhen, empörten sich Siegfried und Ralf über die Verhaftung ihres Musikerkollegen Klaus Melchior. Sie hockten da in ihren weißen Bühnenanzügen, die mit bunten Stickereien und Fransen verziert waren, und sahen aus wie abgestürzte Paradiesvögel. Weil sie nicht ahnten, dass der verletzte Clown im Tagesberuf zur Polizei gehörte, machten sie ihrem Ärger ungefiltert Luft.

»Ich möchte gar nicht wissen, welche krummen Dinger da wieder gelaufen sind«, erboste sich Siegfried. »Die Polizei, die sucht doch immer nur einen, den sie schnell als Schuldigen vorführen kann. Sonst macht die Presse Druck. Sieht man doch oft genug im Fernsehen. Und dann fragt keiner mehr, ob er's nun getan hat oder nicht.«

»Genau. Ausgerechnet Klausi. Der ist so friedlich wie Jesus«, bestätigte Ralf. »Allein schon wegen dem *Dope*.«

»Außer man spricht ihn auf Jack White an.«

»Ouhh, bloß nicht …«

Beide kannten den Tatverdächtigen seit Jahren sehr gut, weil auch sie zum Kreis derer gehörten, die sich die Haare von ihm machen ließen. Keiner bekam Siegfrieds Brian-Connolly-Föhnfrisur so hin wie Klausi, der seine Kindheit unter einem *The-Sweet*-Poster verbracht hatte. Und auch Ralfs Alvin-Stardust-Tolle nebst Koteletten war bei Melchior in erfahrenen Händen.

»Obwohl – man könnt's ja fast verstehen.«

»Ei, was denn?«

»Na, jetzt hat es der Winkler wirklich zu weit getrieben.«

»Was denn zu weit getrieben?« Marti hatte, tief versunken in sexuelle Gedankenexperimente mit Martina Friese, den beiden nicht zugehört, und erst der letzte Satz hatte seine Aufmerksamkeit erregt. Er saß, das feuchte Handtuch um seinen Knöchel gewickelt, auf einem umgedrehten Bierkasten und schaute zu den beiden Musikern hoch.

»Na ja, man hört da gewisse Sachen. Wenn man den Gerüchten glauben kann, hatte Klausi Melchior ein großes Talent entdeckt und einen richtig guten Hit am Start.«

»Wirklich?« Happel tat überrascht und ahnungslos, das spornte die beiden noch an. »Wen denn nur?«

»Daraus hat er ein großes Geheimnis gemacht. Bloß dem Henny hat er es erzählt. Das war der Fehler. Denn Henny hat dann eiskalt zugeschlagen.«

»Aber, Moment mal, wie hat er denn zugeschlagen? Henny ist doch derjenige, der ermordet wurde.«

»Zugeschlagen im Sinne von: zugegriffen. Ich will ja nichts gesagt haben – aber man hört in gewissen Kreisen, dass Winkler wieder ins Rampenlicht wollte. Er hatte vor, bald einen neuen

Song aufzunehmen, und zwar in den *Mainstream*-Studios in Frankfurt.«

»Wirklich?«, sagte Happel schon wieder. Es war nicht gerade originell, aber es wirkte.

»Das Studio kostet zweitausend Euro am Tag. Da haben schon *Take That* gearbeitet und Andrea Berg. Top Ausrüstung und super Musiker. Die muss man natürlich noch mal extra bezahlen.«

»Natürlich.«

»Und in dem Schuppen hatte Winkler fünf volle Tage gebucht. Habe ich gehört. Von Bekannten aus der Frankfurter Szene«, teilte Ralf mit. Die Sache war so geheim und aufregend, dass er das nur im Flüsterton erzählen konnte. »Und ein Video wollte er auch gleich noch drehen. Heute geht ja nichts mehr ohne Video.«

»Klaro.«

»Wie denn? Und da wollte er ein Lied und ein Video produzieren, das er von Klausi Melchior geklaut hatte? Mit dem Talent, das Melchior entdeckt hatte?«, fasste Happel schockiert zusammen.

»Und das wollte er dann rausbringen, wenn er aus dem Dschungel wieder draußen war.«

»Aus welchem Dschungel denn?«, wunderte sich Siegfried.

»Na, aus dem bescheuerten Promidschungel. Winkler sollte ins nächste Dschungelcamp. Und danach, also, wenn man im ganzen Land seine blöde Fresse wieder kannte, wollte er den Hit auf den Markt bringen. Keine schlechte Strategie, wenn du mich fragst.«

»Kein Wunder, dass Melchior echt sauer auf ihn war«, fand Happel.

»Ich habe schon immer gesagt: Nehmt euch vor Henny Winkler in Acht«, sagte Siegfried böse. »Mir hat er auch mal einen Refrain geklaut.«

Das war auch für Ralf was Neues. »Welchen denn?«

»Na, von dem einen Song mit den Indianern am Strand. *Hula Bambula Apachen Juchee* oder so ähnlich. Nichts Tolles, aber geklaut hat er es trotzdem.«

Ralf ließ den Gedanken in seinem Kopf nachklingen und kam dann zu einem kämpferischen Entschluss.

»Egal. Wir können nicht zulassen, dass sie den armen Klausi einfach so wegsperren. Henny war ein skrupelloser Dieb, und ein Stinkstiefel war er auch. Und Klausi ist ein Herzchen, der niemandem was zuleide tun würde. Und ausgerechnet der soll nun büßen. Der Knast wird ihm nicht gut bekommen.«

Siegfried nickte. »Das macht ihn kaputt. Und wir müssen uns einen neuen Frisör suchen.«

»Ach du Scheiße. Daran habe ich noch gar nicht gedacht.«

»Aber wenn er ihn doch ermordet hat?« Marti Happel fand, dass diese Tatsache nicht vollends ausgeblendet werden sollte.

»Und wenn schon. Der arme Teufel kann sich noch nicht mal einen Anwalt leisten!«

»Jedenfalls dürfen wir als Künstler nicht abseits stehen. Wir sind aufgerufen, Solidarität zu zeigen.« Ralfs Augen begannen zu leuchten. »Wir sollten ein Benefizkonzert veranstalten und Geld sammeln.«

Siegfried klatschte in die Hände. »Das ist es. Freiheit für Klausi Melchior.«

»*Free Klausi Melchior …*«, sang Ralf auf die Melodie von *Free Nelson Mandela*.

»Was Gutes tun mit der Musik. Das war schon immer mein Traum.«

»So wie Sting oder Bono.«

»Genau. Oder José Carreras.«

»Komm, Ralf, wir müssen jetzt wieder nach draußen, die Leute warten.«

In diesem Moment ging die Tür auf, und Martina Friese betrat den Raum. Happels Herz sprang aus dem Stand hinauf auf Wolke Nummer sieben, wo es heimisch werden wollte, seit sie das schmutzige Wort in sein Ohr geflüstert hatte.

»Wir lassen ihn nicht im Stich«, sagte Siegfried noch, und Martina zog verwundert die Augenbrauen hoch.

»Nanu? Wen wollen die beiden denn retten?«

»Den Melchior, der den Winkler umgebracht haben soll«, sagte Marti und fühlte, wie sein Gesicht rot anlief, als lasse jemand Farbe hineinströmen.

Martinas Lächeln raubte ihm buchstäblich den Atem. Sie lehnte erschöpft an der Wand, ließ sich dann plötzlich neben ihm auf die Knie sinken, bis ihr Gesicht auf einer Höhe mit seinem war. Happels Magen sackte südwärts, als sei er in ein Luftloch gefallen, und ihm wurde heiß, kalt und schwindlig. Draußen stimmten Siegfried und Ralf, höchst motiviert und durchdrungen von dem Wunsch, Gutes zu tun, den alten Hit der *Goombay Dance Band* an:

»Sun of Jamaica
The dreams of Malaika
Our love is my sweet memory
Sun of Jamaica, Blue Lady Malaika
Some day I'll return, wait and see.«

Wie durch einen Nebel nahm Happel wahr, dass ihr Gesicht immer näher an seines kam, ein buntes Feuerwerk brannte in seinem Bauch und seinem Brustkorb ab. Ihre rechte Hand glitt zärtlich an seinem Ohr vorbei, ihre Finger wanderten durch sein Haar. In seiner Schockstarre konnte er ihre Umarmung zuerst nicht erwidern. Er erlebte diesen Moment wie ein Zuschauer im Kino.

Sie stülpte ihre Lippen über seinen Mund und rollte ihre Zunge aus, griff ihm zwischen die Beine und hob seine Hand, die nicht schnell genug reagierte, an ihre Brust. Er hörte ein Stöhnen und wusste nicht, ob es aus seiner Kehle kam oder aus ihrer.

»Meine beiden Helferinnen sind schon abgeholt worden. Alles ist eingepackt und fertig. Wenn du willst, können wir jetzt aufbrechen.«

Er wusste nicht, was er sonst tun und sagen sollte. Er nickte und sagte feierlich: »Ich will.« Das Brust- und Bauchfeuerwerk verwandelte sich in eine Atomexplosion.

Jetzt jagen wir ein böses Mädchen

Er hätte es niemandem erklären können, weil er es selbst nicht begriff. Es war nichts, das man erlernen, sich bei erfahrenen Kollegen abschauen oder an der Fachhochschule studieren konnte. Man hatte es eben, oder man hatte es nicht. Caspari hatte es. Immer schon. Er spürte einfach die Anwesenheit einer anderen Person in dem Moment, als er seine dunkle Wohnung betrat.

Höchstens zehn Minuten war er oben gewesen, um in Nadides Wohnung zu erledigen, was gestern die neugierige Nachbarin verhindert hatte. Er war eingedrungen, um den Computer und das Telefon seiner Kollegin und Vermieterin zu präparieren und eine winzige Kamera in der Deckenlampe im Wohnzimmer zu befestigen. Auf ihrem Handy hatte er schon am Nachmittag in einem unbeobachteten Moment die Überwachungssoftware installiert. Von heute an hatte Nadide Kolcuoğlu keine Geheimnisse mehr, und alle Bilder, Daten, Soundfiles und Informationen wurden geradewegs auf die Rechner ihrer Verfolger in Wiesbaden gebeamt.

Und wenn sein Instinkt ihn nicht doch täuschte, war Caspari nun unverhofft selbst vom Einbrecher zum Einbruchsopfer geworden. Es gab nur zwei Möglichkeiten, die ihm einfielen: Entweder es waren dieselben Leute, die Boris Pätzold umgebracht hatten und die jetzt hinter ihm her waren, bevor er ihre Verbindungsfrau bei der Polizei hochgehen ließ. Oder es waren die Cousins von Kemal, dessen Frau sich mit seinem Vormieter Cenk eingelassen hatte und die ihn irrtümlicherweise für den flüchtigen Herzensbrecher hielten. Wer auch immer es war, der sich hier Zugang verschafft hatte – er trachtete ihm nach dem Leben.

Zwischen zwei Wimpernschlägen überlegte er seine nächsten Schritte. Die Dienstpistole lag sicher im verschlossenen Nachttisch neben dem Bett. Unerreichbar. Ihre kleine Schwester, die geheime Zweitwaffe, eine hässliche, aber handliche kleine Ruger, die ihn schon oft aus brenzligen Situationen gerettet hatte, hing im Schulterhalfter im Badezimmerschrank. Er hatte es vor dem Duschen abgestreift und nicht wieder angelegt. Ein weiterer seiner neuerdings immer häufiger zu beklagenden Fehler.

In der ganzen Wohnung gab es keine waffentauglichen Werkzeuge, wenn man von einem hölzernen Handfeger und ein paar Gemüseschnitzmessern in der Küchenschublade absehen wollte. Es gab nur die Möglichkeit, zu fliehen oder sich dem Eindringling zu stellen. Weil jeder vernünftige Mensch fliehen würde, hatte der Feind für diese Variante sicherlich Vorsorge getroffen. Also entschied sich Caspari für die zweite Option. Sein Vorteil: Er hatte das Spiel durchschaut und kannte die Umgebung. Äußerlich ruhig und mit fließenden Bewegungen, innerlich angespannt wie eine Klaviersaite, ging er weiter in den dunklen Raum. Links lag der Wohnbereich mit dem schwarzen Ledersofa und dem übergroßen Fernsehapparat, dahinter das Bad und das Schlafzimmer mit dem Monsterbett, der Tigerdeko und den rettenden Waffen. Geradeaus ging es in den offenen Küchenbereich. In dieser sehr übersichtlichen Umgebung gab es für einen Hinterhalt nur zwei mögliche Verstecke: im Schlafzimmer hinter der Tür oder hinter dem Mauervorsprung im Wohnsalon. Letzterer war sauber, davon hatte er sich schnell überzeugt. Blieb nur das Schlafzimmer. Der geeignete Hinrichtungsort, wenn er es mit den Liebesrächern des gehörnten Kemal zu tun hatte.

Caspari drehte sich um, schritt rückwärts, das Wohnzimmer im Blick, und warf sein ganzes Körpergewicht gegen die halb geöffnete Tür. Das krachende Geräusch war sicherlich im ganzen Haus zu hören. Hätte tatsächlich ein Mann hinter der Tür gelauert, wäre er jetzt ein Fall für den Kieferorthopäden.

Aber auch dieser mögliche Hinterhalt war leer. Dafür war der Türstopper aus der Verankerung gerissen, und über das Loch in der Tapete wäre später mit dem Eigentümer zu diskutieren. Da Casparis Vermieterin aber ohnehin auf dem Weg in eine lange Abwesenheitsphase war, würde sich dieses unangenehme Gespräch erübrigen.

»So kennen wir ihn. Immer mit der Tür ins Haus«, sagte eine Männerstimme, und Caspari fühlte einen Schauer über seinen Rücken rieseln, die Haare an Nacken und Armen richteten sich senkrecht auf. Aber während sich noch die letzten Härchen aufstellten, entspannten sich seine Angriffsmuskeln.

»Liebold«, stöhnte er und drückte auf den Lichtschalter. »Verdammt. Kannst du nicht klingeln wie andere Leute auch? Irgendwann erschießt dich noch mal einer.«

»Geklingelt hatte ich – aber es wollte niemand öffnen.« Roman Liebold, Casparis Chef und Leiter der geheimen Sonderermittlungsgruppe im LKA, saß mit übereinandergeschlagenen Beinen im Massagesessel neben dem Bett. Er trug wie immer einen dunklen Anzug, Krawatte und Schuhe vom Feinsten. Er blinzelte im hellen Licht und lächelte wie über einen gelungenen Pennälerscherz.

Liebold wirkte kultiviert und vornehm, sah bedeutend gepflegter und besser aus als Caspari und war eingehüllt von der soliden Selbstgewissheit eines smarten Herrenausstatters. Auf Empfängen, die er gern im Gefolge des Innenministers besuchte, wurde er oft für Markus Lanz gehalten. Auch auf der Straße und beim Bäcker hatten ihn schon Leute wegen dieser Ähnlichkeit angesprochen. Am Anfang hatte ihm das noch geschmeichelt, mittlerweile nervte es nur noch. Auch deshalb, weil er im Verborgenen arbeitete und kein Aufsehen erregen wollte. Aber sein angenehmes Äußeres würde ihm sicherlich nicht zum Nachteil gereichen, wenn er, wovon alle seine Bekannten und auch seine nicht wenigen Feinde und Neider ausgingen, irgendwann beschließen sollte, in die höhere Politik zu gehen und ein öffentliches Amt anzusteuern.

Bis dahin sollte er sich unbedingt abgewöhnen, nach Einbruch der Dunkelheit in fremde Wohnungen einzusteigen.

»Ich habe geklingelt und geklopft, und ich habe dich sogar angerufen. Aber du hast nicht geantwortet, und da dachte ich, du holst dir vielleicht was zu essen. Was übrigens keine schlechte Idee gewesen wäre. Ich habe ziemlichen Hunger.«

»Ich war oben bei seiner Schwester.«

Liebold nickte und erhob sich aus dem Sessel. Er durchschritt langsam den Raum und ging an Caspari vorbei ins Wohnzimmer.

»Schlimme Sache. Ich hasse das, wenn wir Kollegen auf diese Weise abklopfen müssen. Aber in diesem Fall gibt es ja wohl keine Zweifel.«

»Was machst du überhaupt hier?«, wollte Caspari wissen. Kontrollbesuche dieser Art waren bisher nicht üblich gewesen.

»Der Minister hat den Flug spendiert. Er ist auf irgendeiner Preisverleihung für einen Biathlonläufer beim großen Sponsor Viessmann, dem Heizungskönig da nebenan in Allendorf. Wusstest du, dass die da einen eigenen Flughafen haben, auf dem Jets landen können?«

»Nein. Aber das beruhigt mich. Falls ich schnell mal die Fliege machen muss.«

»Mach dir bloß keine verfrühten Hoffnungen. Wir haben noch nicht genug gegen sie in der Hand.«

»Wie du sehen kannst, arbeite ich daran.«

»Ich habe gestern in der Stadt Pätzolds Frau gesehen.«

Ein kleiner Stich in der Herzgegend.

»Wie geht es ihr?«

»Nicht gut. Sie sieht aus wie ein Gespenst. Schiebt einen Kinderwagen vor sich her und kann sich selbst kaum auf den Beinen halten. Sie tut mir wirklich leid.«

Caspari ließ den Kopf hängen. Sein Kollege Boris Pätzold war weiter als jeder seiner Vorgänger in den inneren Kreis der Türkenmafia vorgedrungen. Er hatte es sogar geschafft, an einen der großen Bosse heranzukommen. Ein Mann, der wie all die ganz Gefährlichen seiner Zunft nur unter seinem Vornamen bekannt war: Tarkan.

Pätzold hatte sehr konkrete Hinweise dafür sammeln können, dass Tarkan, der in großem Stil Obst, Fleisch und Lebensmittel aus der Türkei und dem Nahen Osten nach Deutschland brachte, diese legalen Lieferungen benutzte, um noch ganz andere Waren über die Grenze zu bringen. Leider war Pätzold seinem Mörder begegnet, bevor er herausfinden konnte, was Tarkan eigentlich ins Land schmuggelte. Alles, was Geld brachte, war vorstellbar. Von Rauschgift, Zigaretten über iranisches Schwarzgeld, Teppiche, Gold, Schmuck oder kopierte DVDs und Computerprogramme bis hin zu Waffen oder Flüchtlingen. Bevor er es in Erfahrungen bringen konnte, war Pätzold mit drei Kugeln im Rücken aus dem Main gefischt worden. Jemand hatte ihn an Tarkan verraten. Das konnte nur ein Maulwurf gewesen sein, der Zugang zu den geheimen Protokollen und Einsatzplänen der Behörden hatte. Die Ermittler mussten nicht lange in Tarkan Kolcuoğlus Lebenslauf und der Datenbank der Hessischen Polizei suchen, bis sie auf die Verbindung zu ihrer Frankenberger Kollegin stießen. Der Schluss drängte sich förmlich auf, dass Tarkan schon frühzeitig seine eigene Schwester in das System eingeschleust hatte, damit sie ihm später wertvolle Informationen liefern konnte. Wie es dieser kleinen Ratte gelungen war, sich den Zugang zum streng gesicherten inneren Bereich zu verschaffen, war nicht klar. Aber sie hatte ihn.

Liebold drückte Caspari im Vorbeigehen ein schlankes Dossier an die Brust.

»Und wo ich schon mal da bin, habe ich dir noch ein paar von den Unterlagen mitgebracht, die du heute angefordert hast. Ich bin, wie du ja weißt, kein Freund von angehängten E-Mail-Dokumenten. Wenn du wüsstest, wie leicht man unsere Postfächer knacken kann, würdest du auch auf die Schneckenpost warten.«

Caspari schlug die Mappe auf und blätterte. Sie enthielt seitenweise Material über den *Country Club* und seinen Besitzer, der auf den Namen Oliver, *Ollie*, Kiessling hörte. Auch sein haarloser Freund Börnie war aktenkundig. Und zum Dessert gab es noch Informationen über seine anderen neuen Bekanntschaften: Taxifahrer Losberg, Klaus Melchior, Henny Winkler und seine Fanclubwalküre Frau Mütze, Cenk Cengiz, Kemal Korkmaz sowie über den Kollegen Marti Happel, Casparis Nachbarin Nuriye Özgunur und Margarethe Magerkohl.

Nur dieser letzte Ausdruck interessierte Caspari so sehr, dass er für den Moment seinen Besucher vergaß und die Akte durchlas. Majas Mädchenname war Wunderlich, sie war am 04. 06. 76 in Erfurt geboren worden und verwitwet, was er bereits wusste. Polizeilich war sie keine Unbekannte. Letztes Jahr stand sie für einige Wochen unter Personenschutz, nachdem eine Bande Rechtsradikaler sie bedroht hatte. Sie sagte als Sachverständige in einem Strafverfahren aus und bewies, dass ein Feuer in einem linken Jugendzentrum in Jena mutwillig gelegt worden war, und zwar von Anhängern der rechten Szene. Die Neonazis machten sie danach zur Zielscheibe einer Hasskampagne und überzogen sie mit Beleidigungen und Todesdrohungen.

»Sorry, was ist?« Liebold, der unruhig in der Wohnung auf und ab ging und nun in der Küche angekommen war, hatte ihm eine Frage gestellt, die Caspari nicht verstanden hatte.

»Ich wollte wissen, ob du was zu trinken im Haus hast.«

»Nein, tut mir leid. Nur Eier und Mehl.«

»Schon gut.« Liebold setzte seinen Gang fort, spähte aus allen Fenstern, öffnete Schränke und Schubladen und kontrollierte mit hochgezogenen Augenbrauen Casparis Kühlschrank, während er sprach. So knapp er sich immer am Telefon fasste – wenn er seinen Gesprächspartner vor sich hatte, war er schon fast wie ein Politiker, dessen Redefluss kaum einer stoppen konnte.

»Dieser Ollie Kiessling, das ist hier wohl der örtliche Lausbub.

Illegales Glücksspiel, Drogen, Menschenhandel. Koks und *Crystal Meth*, und er betreibt ein paar kleine Dorfpuffs mit Mädchen aus der Ukraine und Bulgarien. Es gab auch Anzeigen wegen Schutzgelderpressung, Körperverletzung, Hehlerei. Man könnte sagen: das übliche Sündenregister. Er kam bisher immer mit Geldstrafen und Bewährung davon. Gesessen hat er nie, der Glückspilz. Das ist zwar jetzt gerade nicht unsere Baustelle, aber die Welt wäre eine bessere, wenn du auch was gegen ihn finden könntest.«

Caspari betrachtete die Fotos der beiden Männer, die er heute im Gespräch mit Nadide Kolcuoğlu beobachtet hatte: Ollie und Börnie. Ein Langhaariger und ein Glatzkopf. Wenn sie es richtig angepackt hätten, wären sie ein prima Gesangs- oder Komikerduo geworden. Vielleicht ähnlich erfolgreich wie *Badesalz* oder *Modern Talking*. Stattdessen repräsentierten sie die Elite der Frankenberger Unterwelt.

»Es geht mich zwar nichts an, aber ich bin ziemlich sicher, dass diese beiden Vögel was mit dem Winkler-Mord zu tun haben.«

»Du meinst den Schlager-Hansi?«

»Genau. Winkler hatte dreißigtausend Euro Schulden bei Kiessling und wollte nicht zahlen, sondern sich stattdessen mit seiner Nichte eine schöne Woche im Hotel *Impala* gönnen und die Welt mit einem neuen Song beglücken.«

»Mit seiner Nichte?« Liebold staunte an der falschen Stelle.

»Und die Mordwaffe stammt aus der Küche des Clubs. Von dort aus ist man in zehn Minuten zu Fuß im Winkler-Haus.«

»In der Tat. Da könnte man schnell mal verschwinden, einen Mord begehen, und jeder im Club würde aussagen: Der war doch die ganze Zeit hier.«

»So ist es.«

»Das wäre schön«, seufzte Liebold. »Aber verliere darüber nicht den eigentlichen Fall aus den Augen. Ich habe natürlich gesehen, dass du auch ein bisschen Material über die Winkler-Sache geordert hast.«

»Ja, sicher. Ich mochte seine Lieder. Und meine Mutter erst. Jetzt ist er tot, und ich will, dass sein Mörder gefasst wird.«

Liebold glaubte ihm jedes Wort. Seine exponierte Stellung im Umfeld von Staatssekretären und Ministern brachte es mit sich, dass er kein Verständnis für Sarkasmus und keine Ader für Ironie hatte.

»Ja, ja. Ich meine ja nur. Die Frau geht vor.«

»Natürlich.«

»Was wir bis jetzt haben, reicht noch lange nicht. Bisher können wir ihr nur nachweisen, dass sie dir auf verbotenen Pfaden in unserer Datenbank hinterherspioniert hat. Aber das beweist noch nicht, dass sie ihren Bruder vor Pätzold gewarnt hat.«

»Sie ist jetzt jedenfalls total überwacht und verdrahtet, und alles, was sie tut und denkt, spricht und hört, das geht bei dir über den Schreibtisch.«

»Und das ist auch gut so. Ich weiß gar nicht, wie sie jemals in den Polizeidienst gekommen ist. Als Jugendliche ist sie mal bei einer Haschrazzia hochgenommen worden. Und zwar zusammen mit diesem Kiessling.«

»Ach? Die beiden waren ein Paar?«

»Sie machten zumindest den Anschein, als man sie zusammen im Bett überraschte.«

»Hoppla.« Das hatte er nicht kommen sehen. Nadide und dieser Ollie, romantisch verbandelt.

»Ja, hoppla. Das haben sie sich auch gesagt. Es war wohl eine sehr überraschende Razzia. Interessante Lektüre jedenfalls.« Liebold sah auf die Uhr. »Hör mal, ich muss jetzt wieder los. Der Minister fliegt um zehn Uhr zurück in die Landeshauptstadt.«

Nun setzte er diese betroffene Miene auf, die gar nicht zu ihm passen wollte. Die Stirn legte sich in mitfühlende Falten, die Augen waren erfolglos darum bemüht, Wärme und Anteilnahme auszustrahlen. Nachdem er diesen Gesichtsausdruck seit drei Monaten irgendwann bei jedem seiner Kollegen und Bekannten gesehen hatte, wusste Caspari schon, was nun kommen würde.

»Ich hatte noch gar keine Gelegenheit, dir das zu sagen, und ich bin ja auch nicht sonderlich gut in solchen Sachen. Aber das mit dir und Cordula tut mir wirklich leid. Ist denn da gar nichts mehr zu machen? Soll ich vielleicht mal mit ihr reden?«

»Nein danke. Sehr freundlich«, sagte Caspari nur. Beileidsbekundungen für seine gefloppte Ehe wurden schon lange nicht mehr entgegengenommen. Seit er erfahren hatte, dass Cordula ihn schon Monate vor der offiziellen Trennung betrogen hatte. Mit einem dieser reichen Snobs aus dem Club der Multimillionäre, Manager und Weltenlenker, in dem sie so gern verkehrte. Ausgerechnet. Und ihm hatte sie immer erklärt, diese Typen wären so oberflächlich, und nur bei ihm fühle sie sich wohl und sicher. Falsche Schlange.

»Ich habe dich um diese Frau beneidet«, sagte Liebold. Was wusste der schon? »Allerdings war mir immer schleierhaft, was sie an dir gefunden hat.«

Wie diese ungleiche Beziehung so lange halten konnte, war allerdings auch für Caspari selbst immer noch ein Mysterium. Cordula als Tochter eines der reichsten Männer der Stadt. Der Name ihres Vaters, Moritz Brackenheimer, war beinahe jeden Tag in irgendeinem Zeitungsartikel zu lesen. Meistens auf den Wirtschafts- und Finanzseiten, gelegentlich auch mal in der Rubik *Society*. Der Name Brackenheimer war in goldenen Lettern in die Spendertafeln einiger bedeutender Museen graviert und bezeichnete einen ganzen Flügel des örtlichen Krankenhauses. Auch ein nach ihm benannter Nachtisch auf der Basis von Armagnac, Mokkabohnen und Edelschokolade in einem der besten Restaurants der Stadt zeugte von seinem allumfassenden Einfluss.

Eigentlich war das alles ganz weit weg von Casparis Welt. Seine Eltern hatten einen Kiosk am Bahnhof von Seligenstadt betrieben, und mit seinem Polizistengehalt hätte er nicht einmal Cordulas

Ausgaben für Kosmetik und Körperpflege bestreiten können. Und doch hatten sie sich über alle Standesgrenzen hinweg geliebt. Cordula, die Verwöhnte, suchte Schutz und Geborgenheit. Und er liebte und bewunderte ihren smarten Humor, ihre Bildung und ihren messerscharfen Juristenverstand. Aber auch ihre elegante Schönheit. Doch plötzlich hatte eben alles nicht mehr gepasst. Das ging vielen so. Warum nicht ihnen auch? Und plötzlich fragte sich nicht nur ein Roman Liebold, was eine solche Frau an einem Mann wie ihm gefunden hatte. Und umgekehrt.

»Schön, dass es Dinge gibt, die nicht mal du erfahren kannst«, sagte Caspari, und Liebold grinste sein feinstes Spionagegrinsen.

»Und wegen Lars …«

»Ja?«

»Wir haben noch nichts von ihm. Nichts Verwertbares.«

»Wie kann das denn sein? Ein Junge verschwindet doch nicht einfach so.«

»Er hat seinen Kumpels gesagt, er wolle ins Ausland. Es scheint, als sei er nach Süden unterwegs. Nach Bayern oder nach Österreich.«

»Scheiße. Was will er denn da? Was sind das für Hinweise?«

»Sein Handy wurde in der Nähe von Prien am Chiemsee geortet.«

»Das ergibt doch keinen Sinn. Wir kennen niemanden in Österreich oder am Chiemsee.«

»Ich kann dir nur sagen, was wir in Erfahrung bringen konnten. Jedenfalls ist nichts gegen seinen Willen geschehen – er wollte abhauen, und das hat er getan. Er wird schon wieder zur Vernunft kommen. Wir waren doch alle mal jung und leichtsinnig.« Liebold klopfte seinem besten Mitarbeiter aufmunternd auf die Schulter. »Ich muss jetzt wirklich los. Ich hoffe, es gefällt dir ein bisschen hier oben. Landschaftlich ist es doch ganz herrlich, oder? Die Leute sind am Anfang etwas hölzern, aber das liegt sicher an dem vielen Wald. Man gewöhnt sich daran.«

»Wirklich? Was macht dich denn da schon wieder zum Experten? Was weißt du denn von Hessischsibirien?«

Liebold gluckste vergnügt wie ein Kobold. »Mehr, als du denkst. Mein Lieblingsonkel Oskar Liebold hat eine Jagdhütte im Kellerwald. Da habe ich das Schießen gelernt. Wenn ich mehr Zeit hätte, dann wäre ich sicherlich öfter hier oben.«

»Dann könnten wir zusammen Wildschweine jagen«, frotzelte Caspari. »Mal was anderes als immer die bösen Buben.«

»Na ja. Jetzt jagen wir ja erst mal ein böses Mädchen.«

Hilfe, Mama!

Es war der sechste Tag ihrer Gefangenschaft. Oder war es am Ende sogar schon der siebte? Sandra konnte nicht mehr mit Gewissheit sagen, wie lange sie bereits hier in diesem dunklen Keller-Kinderzimmer lag. Zweimal am Tag erschien Zelda, um ihr etwas zu essen und zu trinken zu bringen und sie das Töpfchen benutzen zu lassen. Wie entwürdigend das war, ein kleiner Kinderpott als Klo! Aber Sandra hütete sich, irgendeine Kritik zu äußern. Zelda war eine gemeingefährliche Irre, und es bestand jederzeit die Möglichkeit, dass sie komplett austickte und ihr etwas Schreckliches zufügte, das ahnte die Gefangene.

Nach ihrer Mahlzeit, die meist aus Nudeln bestand, fiel Sandra jedes Mal in einen tiefen Schlaf. Deswegen vermutete sie, dass ihr die »Tante« ein Beruhigungsmittel unter das Essen mischte.

Das Licht, das durch die engmaschig vergitterten Öffnungen hoch oben in der Wand in den Raum fiel, hatte Sandra geholfen, ihren Zeitsinn nicht ganz zu verlieren. Wenn das Licht am hellsten war und dazu noch einen fast goldenen Schimmer hatte, dann dauerte es nicht mehr lange, bis die Dunkelheit kam. Das konnte nur bedeuten, dass die Fenster nach Westen hinaus gingen und die letzten Strahlen der Abendsonne direkt in ihr Gefängnis fielen. Kurz bevor dieser Moment gekommen war, also am späten Nachmittag oder am frühen Abend, da erschien Zelda mit dem Essen.

Der zweite Besuch erfolgte morgens, wenn das Licht noch grau und schwach war. Als sie zuletzt erschienen war, heute früh, da war Zelda wortkarg, hatte es eilig gehabt und war schlecht gelaunt. Aber jetzt war sie spät dran. Sandra wartete mit knurrendem Magen und einem zunehmend irritierenden Druck auf der Blase.

Zuerst verfluchte sie die wahnsinnige Zelda für ihre Saumseligkeit. Dann machte sie sich Sorgen und dachte, dass Zelda vielleicht etwas zugestoßen sein könnte. Und schließlich steigerte sie sich in einen Zustand von Hysterie und Panik, weil sie an die Möglichkeit dachte, dass ihre Entführerin beschlossen hatte, sie hier drinnen schlicht verhungern und verrecken zu lassen. Warum denn auch nicht? Wer sollte sie schon finden? Abwechselnd heiße und kalte Wellen durchliefen ihren Körper, als sich die Angst immer mehr in ihrem Herzen einnistete. Ihr Mund war trocken und zerfurcht wie eine Felsenhöhle, ihre Lippen fühlten sich an wie aus Sandpapier geschnitten. Der Hunger hatte einen rasenden Schmerz in ihrem Kopf freigesetzt, der sie plagte wie ein wildes Tier mit scharfen Zähnen und Krallen.

Sie wusste nicht, wie lange sie noch das Wasser halten konnte. Ihr war, als müsste sie bald zerplatzen oder einfach loslassen und die Konsequenzen tragen. Hier zu frieren in vollgepissten Klamotten und sich auf einer nassen, stinkenden Matratze wund zu liegen. Das würde sie nicht lange überleben.

»Hilfe!« Zum Glück hatte ihre Peinigerin nach ihrem dritten oder vierten Besuch wenigstens auf das Anlegen des Knebels verzichtet. Aber das bedeutete natürlich auch, dass sie schreien konnte, so viel sie wollte und so laut sie konnte: Es würde sie niemand hören, und es würde ihr niemand helfen. Trotzdem schrie sie aus vollem Hals: »Hilfe, Mama!«

Sie fühlte eine Träne über ihr Gesicht laufen, die eine brennende Spur auf ihrer Haut hinterließ. Das Kinn, der ganze Mund begann plötzlich zu vibrieren, zu zittern. Ihre Brust krampfte sich zusammen. Unvermittelt brach es mit aller Macht aus ihr heraus. Sie schrie, heulte und weinte. Sandra strampelte mit beiden Beinen, bäumte sich auf gegen ihr Schicksal, bis das Seil unerträglich in ihre zusammengebundenen Handgelenke schnitt. Nicht einen Millimeter hatte die heimtückische Fessel nachgegeben. Gleichbleibend fest und eng saß die scharfe

Schlinge, die sie mit dem Heizungsrohr verband, als sei sie dort festgewachsen.

Aber – und erst glaubte sie, es sei eine Illusion, ein Traum, ein Streich ihrer verzweifelten Phantasie – das Rohr selbst schien nachzugeben. Vor Aufregung vergaß sie beinahe das Atmen, als sie entdeckte, dass die Kraft, mit der sie an der Fessel gerissen hatte, irgendeine Schelle, eine Schraube, eine Verankerung in der bröseligen Wand gelöst haben musste. Das alte Rohr war immer noch massiv, aber an einigen Stellen war es auch rostig, und Gleiches galt für seine Befestigungen. Prüfend zog Sandra weiter daran, wimmernd, japsend. Jetzt raste ihr Herz vor Aufregung und Hoffnung. Kein Zweifel, der Spielraum, den sie durch die Bewegungen gewann, wurde mit jedem Ruck ein kleines bisschen größer.

Sie biss die Zähne so fest es ging zusammen und stellte sich vor, sie zermalme den Schmerz damit, sie arbeitete fieberhaft und lauschte auf ihr unterdrücktes, wahnsinniges Stöhnen und das Rauschen und Pumpen des Blutes in ihrem Kopf. Sie konnte das verdammte Rohr nun fast drei Zentimeter aus der Wand ziehen. Weit genug, um es mit beiden Händen zu umfassen und es noch weiter herauszuzerren. Und zwar ohne dabei Gefahr zu laufen, sich die Hände abzutrennen. Sie drehte unter enormen Mühen und mit der Beweglichkeit eines Schlangenmenschen ihren schlanken Körper in einen günstigen Winkel zur Wand, brachte ihre Füße in Position und stieß sich, das Rohr fest umfasst, ab. Die Wirkung war erstaunlich. Irgendwo tief im Gemäuer krachte und brach etwas wie ein morscher Zweig. Irgendetwas gab plötzlich nach, und Sandra stürzte, vom Schwung ihrer eigenen Hebelkraft getragen, auf die Holzdielen jenseits ihrer Matratze.

Ihre Handgelenke brannten wie Feuer, und ihre Hände sahen aus wie aufgedunsene, rotblaue Gummihandschuhe. Es war jetzt der Moment mit dem maximalen Licht des Tages, und sie durfte ihn nicht ungenutzt verstreichen lassen. Sie mühte sich auf die Beine und suchte den ganzen Raum nach irgendeinem schneidefähigen Gegenstand ab. Einer Kante, einer Klinge, mit der sie das heimtückische Gewebe ihrer Fessel durchtrennen konnte.

Ohne Erfolg versuchte sie es an einer Bruchstelle des hölzernen Wickeltischs. Gesplitterte Holzfasern konnten dem zähen Seil nichts anhaben. Sie erspähte einen Nagel in der Wand – aber auch der war nicht geeignet, die Schlinge zu öffnen. Sie schaffte es einfach nicht, die richtige Position zu finden, damit die Spitze diese aus hundert feinen Fasern und Fäden gewobene Fessel durchstoßen konnte. Keuchend hielt sie inne. War das ein Geräusch da draußen? Hatte Zelda sich nur verspätet und würde gleich im Raum stehen und sie für ihren Fluchtversuch schrecklich bestrafen?

Angestrengt lauschte sie, konnte aber nichts hören außer ihrem eigenen Herzschlag, der wie ein Hammer klang. Da sah sie, etwa auf ihrer Augenhöhe, die Roststelle am Rahmen der schweren Eisentür, die hinaus in die Freiheit führte, die aber keine Klinke hatte und von innen nicht geöffnet werden konnte. Sie hob ihre zusammengebundenen Handgelenke dorthin, legte sie an und begann zu reiben. Rostflocken rieselten zu Boden, und an der Stelle, die sie bearbeitete, kamen kleine spitze Eisenzähne zum Vorschein, die ihre Fessel in weniger als zwei Minuten zerfräst hatten. Zitternd umfasste Sandra ihre geschundenen Handgelenke und weinte vor Schmerz, Glück und Erleichterung.

»Ich komme hier raus«, hörte sie sich sagen. »Ich komme frei, und dann hole ich Hilfe und mache dich fertig, Zelda, du verdammtes Miststück!« Beseelt vom Wunsch nach Rache und der Hoffnung auf Rettung, vergaß sie aber für einen Moment, dass sie nur einen sehr kleinen Schritt vorangekommen war.

Sobald sie ihre berstende Blase in dem Babytöpfchen entleert hatte, suchte sie nach Auswegen wie ein wildes Tier in seinem Käfig. Sie versuchte, ihre Fingerspitzen zwischen die klinkenlose

Metalltür und den Rahmen zu schieben und daran zu zerren – aussichtslos. Sie versuchte, über den Wickeltisch bis an die Fensteröffnungen heranzukommen, und musste feststellen, dass nach oben immer noch zehn Zentimeter Luft waren. Und selbst wenn sie groß genug gewesen wäre – die Gitter waren, soweit sie sehen konnte, fest verschweißt. Auf diesem Weg gab es kein Entrinnen.

Während das Licht nun immer weiter aus dem Raum floss wie aus einem beschädigten Gefäß, versuchte sie in ihrer Not, die Fußbodendielen zu lösen. Vielleicht war dies doch kein Kellerraum, wie sie die ganze Zeit angenommen hatte, sondern sie befand sich im ersten Stock, und wenn sie die Decke durchbrochen hatte, ergab sich eine Möglichkeit zur Flucht. Und selbst wenn es ein Kellerraum war – vielleicht konnte sie einen Tunnel in die Freiheit graben.

Mit einem von Rostpocken befallenen alten Löffel, den sie in der obersten Schublade der Kommode gefunden hatte, begann sie, die Bodenbretter zu lösen, was angesichts des morschen und zerfallenen Zustandes sowohl des Dielenbodens als auch der Nägel keine großen Schwierigkeiten bereitete.

In weniger als fünf Minuten hatte sie die erste Diele entfernt, die zweite beanspruchte noch weniger Zeit und Mühen. Der darunterliegende Boden war seltsam weich und porös. Sie griff mitten hinein und hatte das Gefühl, in Torf zu fassen, der mit sonderbar weichen und feuchten Blättern in verschiedenen Größen durchsetzt war. Wenn sie nur diese Nacht ungestört graben könnte, dann würde sie vielleicht den nächsten Sonnenaufgang in Freiheit erleben!

Sie bohrte beide Hände in den weichen Untergrund, hob einen gehörigen Batzen Erdreich heraus und bekam dabei einen Ast zu fassen. Dann noch einen. Es waren kurze, eigenartig geformte Äste mit knotigen Enden. Als sie diesen Fund an das nun rapide schwindende Licht hielt, stellte sie fest, dass die Äste sonderbar blässlich und leicht waren. So gebannt war sie von ihrem Fund, dass sie nicht die Schritte auf der Treppe hörte und das Schaben und Klacken an der Tür, als der Riegel beiseitegeschoben und das Schloss geöffnet wurde.

Sie bemerkte auch nicht, wie hinter ihr langsam und ohne einen Laut die Tür aufgeschoben wurde. Erst als sie den leichten Luftzug im Nacken spürte, ahnte sie, dass sie nicht mehr allein war, und hielt mitten in der Bewegung inne.

Dann ergoss sich mit einem Mal das gleißend grelle Licht des Strahlers jäh in den Raum, und Sandra sah, dass sie in ihren Händen einen menschlichen Kopf hielt. Die hohle, vertrocknete Mumienfratze einer halb skelettierten, halb kompostierten Leiche. Was sie für Äste gehalten hatte, waren Knochen gewesen, die sie dem Leichnam einen nach dem anderen entrissen hatte. Was ihr als Blätter erschienen war, das waren die vermoderten Reste eines Sackes oder einer Plane, in welche die Leiche eingewickelt war.

Sie hörte ihren eigenen Schrei wie ein weit entferntes Echo des Grauens, und dann hörte sie nichts mehr.

Wie ein Märchen

Ich glaube, ich hatte irgendwie ziemliches Glück in der Schule«, verriet Marti Happel. Er war in einer Stimmung, in der er gern alles über sich preisgegeben hätte. Er wollte, dass diese wunderbare Frau alles von ihm wusste. Außerdem hörte er sich in diesem Moment sehr gern reden. »Fast bis zum Ende der Schulzeit dachten die meisten Lehrer, ich würde ständig über schwierigen Problemen brüten und mir ganz bedeutende Gedanken machen. Sie haben nie verstanden, dass ich eigentlich die ganze Zeit an gar nichts dachte.«

»Nein, sag doch so was nicht«, protestierte sie. Er hielt sie umschlungen, ihr Kopf lag in seiner Armbeuge, ihre blonden Haare umspülten wie eine Brandung seine Schultern. Wenn sie blinzelte, spürte er den Hauch ihrer Wimpern auf seiner Haut. Sie spielte gedankenverloren mit den zentimeterlangen Haaren, die wie Unkraut am Rand seiner Brustwarzen sprossen, indem sie sie um ihren Zeigefinger wickelte. »Es ist ein Fehler, sich immer kleinzumachen, Martin. Wer sich immer kleinmacht und nicht an sich selbst glaubt, wie soll der dann die anderen dazu bringen, ihn ernst zu nehmen? Du musst kämpfen und dich wehren. Dich endlich behaupten.«

»Vielleicht kann ich das von dir lernen.«

»Ja. Vielleicht …«, sagte sie unbestimmt. »Mochtest du die Schule, Martin?«

Happel, der an sich selbst immer nur als »Marti« dachte und sich nicht angesprochen fühlte, wenn sein voller Name fiel, bewegte diesen Gedanken in seinem Kopf und wäre über dieser Anstrengung fast eingenickt. Seit Stunden kuschelten und schmiegten sie sich aneinander und redeten über das Leben und die Liebe, über die Hoffnungen und Enttäuschungen, die Vergangenheit und die Zukunft und waren gerade beim Thema »Kindheit auf dem Land« angelangt. Keinem von beiden hatte sie viele Chancen geboten oder übermäßig viel Freude bereitet.

»Eigentlich – ja«, bekannte Happel. »Ich habe gern gelernt. Auch wenn ich nicht immer alles begriffen habe.«

»Wirklich? Ich habe jeden einzelnen Schultag gehasst. Jede Minute davon.«

»Warum denn? Hattet ihr keine netten Lehrer? Nicht mal einen?«

»Die Lehrer waren nicht das Problem.« Sie seufzte. »Aber meine Mitschüler haben mir ganz schön zugesetzt. Auf der Hinfahrt und auf der Rückfahrt im Schulbus. Und in jeder Pause. Ich glaube, für manche gehörte das zur Schule einfach dazu. Mathe, Reli, Sport, Erdkunde, Martina quälen.«

»Die waren bestimmt nur neidisch auf dich, weil du damals schon so schön warst.« Marti Happel konnte es in puncto Dickfelligkeit immer noch mit jedem Betonpfosten im Landkreis aufnehmen. Als er ihr den Kuss auf den Scheitel drückte, wusste er schon, dass es tausend einfühlsamere Antworten gab, die er hätte geben können.

»Ich war sieben Jahre alt«, erklärte Martina spitz. »Da war Schönheit noch kein Thema.«

»Natürlich. Es tut mir sehr leid. Das war blöd. Saublöd.«

»Nicht schlimm.« Sie tupfte einen Kuss aus Samt auf seine Brust. Martina Friese war daran gewöhnt, nicht verstanden und nicht ernst genommen zu werden. Sie hatte es nie anders erlebt. Ihr selbst war es längst zur zweiten Natur geworden, sich kleinzumachen. Fast unsichtbar. Deswegen konnte sie ihrem Bettgefährten auch so gute Tipps zu diesem Thema geben. Aber befolgen konnte sie diese Lebensweisheiten nicht. Sie hatte gelernt, sich selbst zu helfen. Zumindest im Umgang mit Jungs und später mit Männern. Es war ohnehin immer nur das eine, was die erwarteten. Und das zu geben, fiel ihr nicht schwer. Ihre Hand wusste genau, was sie tat, und vollführte kreisende, streichelnde Bewegungen an Stellen von Marti, die selten zuvor von fremden Händen umkreist, geschweige denn gestreichelt worden waren. Sein Körper wandte sich ihrer nackten Haut zu wie eine Blume der Sonne. Die Erregung, in die sie ihn versetzte, war immer wieder überwältigend, und es war nun schon das dritte Mal in dieser langen, unvergleichlichen Nacht, dass sie miteinander schliefen.

Aber es war nicht nur die sexuelle Ekstase, die ihn berauschte. Da war noch etwas anderes, das er spürte und das ihn für ihre Zuwendung besonders empfänglich machte. Sie waren Seelenverwandte. Er hatte das mit einer für seine Verhältnisse unerhörten Geschwindigkeit erkannt. Vielleicht wünschte er es sich auch nur. Aber den Unterschied begriff er nicht. Martin und Martina – für ihn gehörten sie zusammen.

Sie waren zwei Ausgegrenzte, die seit ihrer Kindheit immer verspottet und geschnitten worden waren. Weil sie Kinder aus gestörten Familienverhältnissen waren. Wenn unter den Erwachsenen über ihre Eltern getuschelt wurde, bekamen das ihre Spielkameraden natürlich mit, und das gab ihnen das Recht, sie zu behandeln wie den letzten Dreck. Bei Marti Happel war es die Tragödie um seinen verstorbenen Bruder Robert und die häusliche Gewalt, die seine ganze Kindheit begleitete wie ein hässlicher, bissiger Hund, der neben ihm hertrottete.

Auch Martina Friese musste in einer eingespielten, dörflichen Welt, die auf Anstand und Anpassung errichtet war, mit einer komplizierten und alles andere als anständigen Geschichte bestehen. Erst jetzt, als er sie aus der dritten Umarmung entließ, war die Zeit für dieses schwierige Thema gekommen. Eines, das entweder zum Abgrund führte oder zu einem tieferen Verständnis und einer größeren Liebe. Solche Sachen begannen meist mit einer dummen Frage, und Happel war ein Mann, der sich Zeit seines Lebens nie mehr als zwei Schritte entfernt von einer wirklich dummen Frage aufhielt.

»Was denkst du?«

Lange Pause. »Ich denke, dass es manche Dinge gibt, die du vielleicht über mich wissen solltest.«

»Aber ich will alles über dich wissen.«

Wieder eine lange Pause und dann ein tiefer Seufzer. »Meine Mutter hat meinen Vater, meine große Schwester und mich sitzenlassen. Einfach so.«

»Wie denn – sitzenlassen?«

»Sie hat damals in Wildungen gearbeitet, weil bei uns das Geld nie reichte. Betten machen, Staub wischen im Kurhotel. Und stell dir vor, im Hotel lernt meine Mutter tatsächlich so einen reichen Typen kennen. Ein Schweizer war das, wurde gemunkelt. Vielleicht auch ein Italiener. Das waren ja die Schlimmsten. Jedenfalls, schwups« – sie schnippte mit dem Finger – »war sie plötzlich weg.«

»Das klingt ja wie ein Märchen, oder?« Happel wusste schon, als er es sagte, dass er es lieber nicht hätte sagen sollen.

»Ja. Aber für unsere Familie war das ein ziemliches Scheißmärchen, das kann ich dir sagen. Ohne Happy End.«

»Tut mir leid. Das war wieder blöd, was ich da gesagt habe.« Das ist die Geschichte meines Lebens, dachte er. Selbst wenn er wollte und lange danach suchte, er fand einfach nie die richtigen Worte. Das war einer der Gründe, warum er sich in der Verkleidung des Zauberclowns Salami so wohl fühlte. Da fiel es nicht weiter auf. Da erwarteten alle, dass er was Unpassendes und Urkomisches tat oder sagte. In der Welt abseits der Bühne war diese Neigung aber eher hinderlich. Besonders, wenn man gerade die Liebe seines Lebens im Arm hielt.

»Ach, schon gut.« Martina war hart im Nehmen. Sie drehte sich zur Seite und kramte aus ihrer Tasche, die sie neben dem Bett abgelegt hatte, eine dieser schlanken Damenzigaretten hervor und steckte sie an. Happel war eigentlich kein Freund des passiven Rauchens – schon gar nicht im Schlafzimmer. Aber er sagte lieber nichts und genoss stattdessen den Anblick und den Druck ihres Busens auf seiner Brust, als sie sich über ihn hinweg nach dem Aschenbecher reckte, der auf der anderen Bettseite stand. Tief den Rauch einsaugend, setzte sie ihre Geschichte fort.

»Natürlich waren wir Mädchen noch zu jung, um das alles richtig zu verstehen. Mein Vater war nach ihrem Verschwinden am Boden zerstört. Er kam nie wieder auf die Beine nach diesem Schock. Zog sich immer mehr in sich zurück und wurde sehr einsam. Er hatte nur wenige Freunde, seine Familie war sein Ein und Alles. Ihn haben sie danach im Dorf geschnitten. Mir und meiner Schwester ging es ähnlich. Plötzlich waren wir wie Aussätzige. Dabei konnten wir doch gar nichts dafür.«

»Ja, das kenne ich auch«, versicherte Marti. »Wo ist denn eigentlich deine große Schwester?«

»Sie hat es hier nicht mehr ausgehalten und ist weg, sobald sie konnte. Nach Hamburg.«

»Siehst du sie noch oft?«

»Manchmal rufen wir uns an. Zu Weihnachten und so. Sie wohnt jetzt irgendwo an der Nordsee. Ehrlich gesagt kenne ich sie kaum noch.«

»Und dein Papa?«

Sie schüttelte energisch den Kopf und drückte die heruntergerauchte, schmale Zigarette viel zu heftig in dem Aschenbecher aus. Sogar Happel, der unter einer angeborenen Deutungsschwäche für alle nonverbalen Kommunikationsformen und Ausdrucksweisen der Körpersprache litt, kapierte sofort, dass es gescheiter wäre, dieses Thema jetzt nicht weiter zu vertiefen. Er unterdrückte ein Gähnen und riskierte einen Blick auf die rote Digitalanzeige ihres Radioweckers.

5:03 Uhr.

Das Morgenlicht kroch langsam und in unterschiedlichen Grautönen in das Schlafzimmer, das gemütlich unter dem Dach ihres kleinen Hauses im Ortskern von Löhlbach eingerichtet war. Schrägen aus Holz, ein weißer Flokati, Spiegel und ein IKEA-Schrank mit Lamellentüren. Ein vage erotisches Poster – das Schwarzweißfoto einer Nackten, von hinten aufgenommen, die lasziv an einer Palme lehnte und auf den leeren Strand blickte. Dabei konnte man ins Träumen kommen und sich wenigstens vorübergehend in eine schönere Welt versetzen. Dies war das Schlafzimmer einer jungen, selbstbewussten Frau, die vielleicht einsam war und die ihre geheimen Sehnsüchte hatte, analysierte Happel, obwohl er im Grunde keine Vorstellung davon hatte, welche Sehnsüchte einsame, junge Frauen haben mochten und wie sie sich wohl einrichteten. Aber er mochte den Gedanken.

Über der Lehne des Stuhles, der vor einem Schminktisch stand, hing wie eine abgestreifte Haut das Kostüm des Zauberclowns Salami. Aus der Tasche lugte noch immer die Zwerggiraffe Tiffy hervor und schien ihn mit einiger Besorgnis anzusehen. Zum Glück bestand nicht die Möglichkeit, dass sie ihn von sich aus mit einem ihrer kecken Sprüche überraschte. Die beiden Liebesvögel hatten sich von dem Tanzvergnügen in Dainrode entfernt wie zwei Räuber auf der Flucht. Ihnen folgten Dutzende Augenpaare unter ebenso vielen hochgezogenen Brauen. Sie mochten vielleicht keine weltläufigen Feinschmecker sein hier auf dem Land. Aber dämlich waren sie nicht. Wenn eine gutaussehende Köchin und ein hinkender Clown zusammen wie Gejagte das Fest verließen, dann war es höchste Zeit, den Kindern Augen und Ohren zuzuhalten. Gut, dass die meisten sowieso schon im Bett waren.

Zum Glück hatte sein Wagen, ein genügsamer, kleiner Koreaner, Automatikgetriebe, und so konnte er trotz der Verstauchung seines linken Fußes Vollgas geben. Sie raste mit ihrem Lieferwagen voran. Viel zu schnell und mit quietschenden Reifen durch die nächtlichen Wälder, und er verfolgte das grinsende Schepperlinggesicht, das auf die Hecktür gemalt war, als hinge davon sein Leben ab. So war das also, wenn man verliebt war. Oder sollte es heißen: liebestoll? Jedenfalls hatte er Vergleichbares noch nie erlebt. Er war zwar nicht mehr weit von der Dreißig entfernt, und andere in seinem Alter waren längst verheiratet und hatten schon eigene Kinder, aber in sexuellen Dingen waren seine Erfahrungen sehr überschaubar und nicht mit vielen ermutigenden Erinnerungen verbunden.

Doris aus der Schule, die danach geweint hatte. Er hatte große Angst gehabt, sie könnte es ihrem Vater erzählen und der würde ihn mit seiner Jagdflinte erschießen. Oder ihn zwingen, sie zu heiraten.

Dann eine Prostituierte in Amsterdam. Bei einem Ausflug mit der Feuerwehr. Sie war dunkelhäutig, stammte aus Südamerika und hatte ihn ausgelacht, als er sich nach ihrem Namen und ihren Hobbys erkundigte.

Und Elvira, die eine Zeitlang den Imbissstand *Wurst bei Elvira* am Edersee betrieb. Ausgezeichnete Frikadellen, für Polizisten zu Sonderkonditionen. Und kesse Witze, hinter denen sich ein verzweifelter Kinderwunsch verbarg, den auch Happel nicht erfüllen konnte. Zum Glück, wie er heute dachte.

Und jetzt Martina, die aus dem Nichts aufgetaucht war wie ein Engel, als er nichtsahnend vor dem Winkler-Haus stand, und deren Liebe ihn emotional völlig aus dem Tritt gebracht hatte.

Am Ende der nächtlichen Liebesreise mit überhöhter Geschwindigkeit wartete sie auf der Straße vor ihrem Haus. Was für ein seltsames Bild sie boten – eine Frau in einer Schürze zog einen fußkranken Clown hinter sich her und geradewegs in ihr Bett. Er hatte nicht einmal Zeit gehabt, sich abzuschminken. Sie riss ihm die Kleider vom Leib und überwältigte ihn mit ihrer Nacktheit und ihrem losen Mundwerk, was ihn erschreckte und gleichzeitig erregte. Mit dem, was sie sagte, und mit dem, was sie tat. Und mit dem, was sie sagte, wenn sie das tat, was sie tat. Happel hatte bisher nicht einmal an die Möglichkeit gedacht, beim Sex auch noch zu reden. Oder gar das Licht im Zimmer anzulassen. Oder Sex im Treppenhaus, unter der Dusche oder in der Küche zu haben.

Er ließ alles geschehen, er ließ sich einfach fallen, hörte ihr fasziniert zu, wenn sie Worte wie »ficken, Schwanz, Fotze« ausstieß, auch wenn er es selbst nicht schaffte, ihr mit gleicher Münze zurückzuzahlen.

Und nun war es schon fast halb sechs, und er hatte noch kein Auge zugetan und musste doch eigentlich bald los. Als er ihrem Atem lauschte, stellte er fest, dass sie eingeschlafen war. Er versuchte, ein wenig Raum zu gewinnen, um ihren Kopf von seiner Brust auf das Kissen umzubetten. Ihr schöner, nackter Körper schmiegte sich an seinen wie eine hitzesuchende Rakete. Er schob sie sanft von sich weg, doch sie wollte ihn nicht loslassen. Ihre weiche Haut, die Wärme ihres Fleisches, das wohlige Kitzeln ihrer Haare – wie konnte er sich davon trennen?

Er merkte gerade noch, wie sich seine Augen schlossen. Einmal noch wachte er kurz von einem Schnappschnarcher auf, aber dann war er weg wie ausgeschaltet, und als er wieder auf die Anzeige der Uhr blickte, zeigte sie 09:06.

Er fand sich allein im Bett und fühlte sich, als hätte ihm jemand den Boden unter den Füßen weggezogen. Dienstbeginn war um kurz nach sieben. Er schlug die Bettdecke zur Seite und fuhr hoch, schwang sich aus dem Bett, eine Bewegung, die sein immer noch leicht geschwollener linker Fuß mit einem böse aufzuckenden Schmerz beantwortete. Er fand unter dem Bett seine Unterhose, ironischerweise das einzige normale Kleidungsstück, mit dem er nun ausgestattet war. Der Rest seiner Garderobe bestand aus der groß karierten Wollhose, dem gestreiften T-Shirt, der Frackjacke und den Ringelsocken seines Alter Ego Salami. Wie sollte er sich denn darin bei Tag unter erwachsene Leute wagen?

Mitten im Hosezuknöpfen fiel ihm ein, dass er besser in der Dienststelle Bescheid sagen sollte, und er griff nach seinem Handy, das auf dem Nachttisch lag. Es machte ein resigniertes Geräusch und versank sofort in Dunkelheit. Akku leer.

»Darf ich mal dein Telefon benutzen?«, rief er. Keine Antwort. Er schnappte das schnurlose Gerät aus dem Netzteil und vertippte sich zweimal beim Eingeben der Nummer. Erst beim dritten Anlauf kam die Verbindung zustande.

»Polizeistation Frankenberg, Kolcuoğlu am Apparat.«

Auch das noch.

»Ich bin's, hallo. Marti. Marti Happel.«

»Bisschen spät dran heute, was?«

»Ich habe mir den Fuß vertreten.«

»Verstehe. Und deshalb konntest du die Tastatur am Telefon nicht bedienen?«

»Genau. Hat jemand was bemerkt?«

»Klar. Alle stehen besorgt herum und fragen sich, ob dir vielleicht was passiert ist. Lautenschläger wollte dich schon zur Fahndung ausschreiben.«

Scheiße, Scheiße, dachte er. Der EPHK hasste ihn sowieso schon. Das würde mächtig Ärger geben. Auf die Idee, dass Kolcuoğlu ihn vielleicht hochnehmen wollte, kam er in seiner Panik nicht. Er war in all den Dienstjahren noch nie zu spät gekommen. Er hatte nie verschlafen und auch nie etwas vergessen. Er war ein Musterpolizist. Vielleicht nicht der Ehrgeizigste und sicherlich nicht der Hellste – aber zuverlässig wie kein anderer. Bis heute.

»Alles ist in Ordnung. Ich bin noch beim Arzt.«

»Jetzt gerade? In diesem Moment?« Wieso fragte sie das? Wieso glaubte sie ihm nicht? Was hatte ihn verraten?

»Ja, jetzt gerade. Ich bin beim Arzt. Bei einem Orthopäden. Ich komme ein bisschen später. Mit dem Attest und der Krankschreibung, versteht sich.«

»Ja, versteht sich. Mann, jetzt komm mal runter.« Kolcuoğlu klang ehrlich besorgt. Also hörte er sich wirklich ziemlich aufgeregt an.

Er nahm mit überscharfen Sinnen wahr, wie unten im Haus die Tür ins Schloss fiel. »Hallo? Ich habe Brötchen geholt!«, rief Martina ins Treppenhaus.

»Sorry, mein Name ist gerade aufgerufen worden. Bis nachher.« Marti Happel drückte schnell den roten Knopf und beendete das Gespräch.

»Ich komme sofort«, rief er nach unten, während er sich mit aller Vorsicht die Ringelsocke über den verletzten Knöchel stülpte. An der Wand abgestützt, stieg er durch das schmale Treppenhaus ins Untergeschoss herab.

Wenn nicht alles plötzlich so verdammt hektisch geworden wäre, hätte er dem Häuschen, das er in der Dunkelheit betreten hatte, vielleicht mehr als einen flüchtigen Blick gewidmet. Es war ein verwinkeltes, recht enges altes Bauernhaus mit niedrigen Decken. Zwei oder drei kleine Zimmer im Untergeschoss und zwei Räume und ein Bad unter dem Dach. Es war einfach eingerichtet und dekoriert, wenig Schnickschnack, keine Designermöbel. Das Catering-Geschäft warf ja nicht besonders viel ab, und was Martina verdiente, wurde gleich wieder in die Firma gesteckt. Um die Küche betreten zu können, musste er den Kopf einziehen. Ihn empfing der Geruch von frischem Kaffee, ein Frühstückstisch mit Kerzen, Blumen und den besagten frischen Brötchen. Dazu die lächelnde Martina.

»Na, mein Zauberclown, hast du ausgeschlafen?«

Happel war unfähig zu Gemütlichkeit.

»Liebling«, sagte er, selbst ein bisschen über die Bereitwilligkeit erstaunt, mit der dieses nie benutzte Wort ihm so schnell über die Lippen kam. Eine Nacht, und sie war schon sein Liebling? Ja, denn er wollte es so und nicht anders. »Ich muss los. Ich muss zum Dienst.«

»Aber doch nicht in diesem Aufzug!«

»Nein, natürlich nicht. Ich muss ja erst nach Hause zu mir und mich umziehen. Vielleicht auch noch zum Arzt, ein Attest holen.«

»Ich kann dich doch fahren.«

»Das ist nicht nötig.« Und auch nicht möglich. Er wollte jetzt allein sein. Er brauchte Ruhe, um seine neuen Gefühle zu ordnen. Obwohl in seinem Kopf alles durcheinanderging und das Pflichtgefühl mit dem süßen Leichtsinn sich gerade raufend im Kreis drehte, war ihm doch klar, dass dies der erste Tag in einem neuen Leben sein konnte.

Sie ließ den Kopf sinken.

»Ach so«, sagte sie leise.

»Nein, versteh mich bitte nicht falsch.«

»Ist schon gut. Ich dachte nur, du wärst vielleicht anders.«

»Bin ich doch auch.« Er wusste zwar nicht, wie dieses »anders« war und was sie meinte, aber er wollte für sie alles sein, was sie brauchte. Nur eben nicht jetzt sofort. »Ich bin total anders. Anders als alle. Ich komme wieder, sobald der Dienst zu Ende ist.«

»Das wäre wirklich schön.«

Er nahm sie verzweifelt in den Arm. Sie ließ es geschehen, erwiderte aber seine Berührung nicht.

»Es ist nur …«, setzte sie an, um dann wieder zu verstummen. Er fasste sie sanft an den Oberarmen und lächelte sie aufmunternd an.

»Was ist? Sag es mir!«

»Ich wollte dich um etwas bitten. Aber das ist nicht mehr wichtig.«

»Doch, natürlich ist es wichtig. Ich würde gern etwas tun …« *Nach allem, was du in dieser Nacht für mich getan hast,* hätte er den Satz beinahe fortgeführt. Gut, dass er sich noch rechtzeitig bremsen konnte. Wie sollte sich denn so was anhören? Sie war doch kein Dienstleistungsunternehmen, und das war keine Tauschbörse.

Das war doch Liebe!

»Ach, es ist wirklich total bescheuert, aber ich bin seit ein paar

Wochen auf der Suche nach einem Armband.« Wie um seinem Verständnis nachzuhelfen, schloss sie Zeigefinger und Daumen der rechten Hand um sein Handgelenk. »Ein goldenes Armband. Mein Name ist eingraviert. Es war ein Geschenk von Zelda und bedeutet mir sehr viel.«

»Entschuldige – ein Geschenk von wem?«

»Von Zelda, meiner großen Schwester.«

»Oh, natürlich. Sag mir doch, was ich tun kann«, drängte er. Begierig, weil er etwas für sie tun konnte und weil er dringend aufbrechen wollte. Die Sekunden rannen nur so dahin. Es war wie in einem Alptraum, in dem man eine wichtige Aufgabe zu erledigen hatte, und ständig kam irgendwas dazwischen, und man kam immer weiter vom Weg ab.

»Na ja … ich fürchte, also, es könnte sein, dass ich es bei Henny Winkler im Haus verloren habe.«

Er wurde sich seines belemmerten Gesichtsausdrucks erst bewusst, als sie weitersprach.

»Schau mich doch bitte nicht so an! Er hatte mich gebucht. Catering für seine Geburtstagsparty. Zwanzig Gäste, leichte Mittelmeerküche. Rotwein, Olivenöl, Tiramisu, französisches Weißbrot …«

»Schon gut, schon gut. Ich muss nachdenken.«

»Das war natürlich, bevor er ermordet wurde. Ich wollte ihn schon die ganze Zeit fragen, ob er es vielleicht gefunden hätte. Aber immer kam wieder was dazwischen. Und dann war es zu spät.« Sie schmachtete ihn von unten an wie Aschenputtel ihren Traumprinzen. »Ich hätte es wirklich gern wieder. Es hängen sehr viele Erinnerungen daran. Es ist das Einzige, was ich von ihr noch habe.«

»Oje …« Hinter Happels hoher Stirn, auf der sich schon die ersten stressbedingten Schweißperlen bildeten, begannen viele kleine Zahnräder, zu rotieren und ineinanderzugreifen.

»Meinst du, die Polizei hat es vielleicht gefunden?«

»Was denn?«

»Na, mein Armband.«

»Ja, natürlich haben sie das. In so einem Mordfall, da wird jeder Quadratzentimeter des Tatorts untersucht und jedes Fundstück sichergestellt und genauestens auf Spuren untersucht.«

»Na, dann habe ich ja vielleicht Glück. Wenn ich da jetzt hingehe und frage – ob ich es dann gleich zurückhaben könnte?«

»Dann würden sie dich jedenfalls ziemlich doof angucken. Und im schlimmsten Falle gleich erst mal dabehalten.«

Sie stampfte trotzig mit dem Fuß auf und ballte die Hände zu Fäusten. »Aber es ist mein Eigentum. Das kann ich beweisen. Mein Name steht schließlich drin. Und mit dem Mord habe ich doch nichts zu tun.«

»Beruhige dich. Das weiß ich doch. Das Armband liegt dann wohl jetzt mit den anderen Sachen, die am Tatort gefunden wurden, in der Asservatenkammer in Korbach.«

»Und da kommt keiner ran, oder?«

»Nicht so leicht jedenfalls. Das ist eine verzwickte Sache.«

Sie umarmte ihn unerwartet heftig. »Nein, bitte, das will ich nicht. Ich habe es ja nur gesagt, weil du so nett warst. Nein, bitte vergiss es.« Sie suchte seinen Blick. »Martin, bitte, denk nicht an das Armband. Ich dachte, das wäre ganz leicht, man holt es aus der Schublade und gut. Aber …«

»Ich regele das für dich«, erklärte er mit einer mannhaften Stimme, die ihm guttat. Er fühlte sich wie ein Held. Ein Rebell. Ein Rebellenheld. Oder Heldenrebell. Eine ungewohnte Rolle für den schüchternen Marti, aber eine, an der er Gefallen finden konnte. »Aber nun muss ich wirklich los.«

»Aber nicht dass du wegen mir noch Ärger bekommst.«

Er war in Gedanken schon an der Tür.

»I wo …«

»Wann sehe ich dich wieder?«

»Sobald ich kann. Gegen sieben? Halb acht?«

»Heute schon?«, jauchzte sie. Ein Kuss zum Abschied, feucht und warm. Die Liebe war schön und erregend.

Der Heldenrebell schlüpfte aus der Tür in einen weiteren strahlenden Frühsommermorgen. Seit mehr als einer Woche hatte man am Himmel zwischen Frankenberg und Wildungen kein Wölkchen mehr gesehen. Es war der schönste Juni seit langem. Der Geruch von Glück lag in der Luft. Und endlich auch für Marti Happel.

Ein Fliederbusch blühte neben ihrem Haus, eine ältere Frau in blauer Kittelschürze stand tief gebückt in ihrem Gemüsegarten und hob den Kopf, als er vorsichtig, um das linke Sprunggelenk nicht zu sehr zu belasten, die steinerne Außentreppe hinunterstakste. Man würde sich etwas zu erzählen haben in der Nachbarschaft. Aber das war ihm egal, denn bald würden ihn alle näher kennenlernen. Wenn er nicht in seinem Clownskostüm, sondern in der Polizeiuniform hier ein und aus ging, dann würden die Nachbarn ihn sicherlich auch nicht mehr so komisch ansehen wie die Frau da im Radieschenbeet.

Passend zum Moment schlenderte eine leicht übergewichtige Glückskatze am Haus vorbei, ihr schwarzes und rotes Schildpattmuster großflächig auf ihrem weißen Fell verteilt. Sie hing ihren unergründlichen Katzengedanken nach, bis sie Happel bemerkte und abrupt stehen blieb. Nach einer kurzen Bedenkzeit huschte sie unter einem Zaun hindurch und verschwand. Als der etwas derangierte Zauberclown sein Auto aufschloss, war sein Leben bis zur Unkenntlichkeit verzaubert.

Jedem Anfang wohnt ein Zauber inne

Polizeioberkommissarin Nadide Kolcuoğlu legte, nachdem sie sich etwas befremdet von dem total verwirrten Happel verabschiedet hatte, den Hörer zurück auf das Telefon und wusste in diesem Moment, dass irgendwas nicht stimmte und dass sie nachdenken sollte. Etwas wollte bemerkt, analysiert und bedacht werden. Aber es fiel ihr nicht ein, was das sein könnte. Kein Wunder, dass sie heute langsamer tickte als sonst. Dieser Zustand war ihr noch von früher in Erinnerung. Als sie öfter mal eine Tüte geraucht und mit bunten Tabletten experimentiert hatte, da war die Welt ihr tags darauf manchmal auch unwirklich vorgekommen. Wie ein durchgedrehtes Todeskarussell, das sich immer schneller im Kreis drehte, während man selbst auf einem Holzpferdchen hockte und in gemächlichem Tempo alles an sich vorüberziehen sah. Die Hirnzellen so hoffnungslos verklebt, als sei Kleister in alle Fugen und Ritzen gedrungen. Ständig hinkte man gedanklich der Realität hinterher. Ständig griff man nach Bewusstseinszipfeln und bekam sie nicht zu fassen. Aber mit Drogen hatte sie längst nichts mehr am Hut – diesmal war es schlicht der Stress, die Erschöpfung und der Schlafmangel, die sie spürbar schwächten.

In der vergangenen Nacht war ihr auch nicht viel mehr Ruhe vergönnt gewesen als ihrem verspäteten Kollegen mit dem beschädigten Fuß. Allerdings hatte sie keine vergleichbaren Glücksgefühle erlebt. Im Gegenteil. Einen Schwall rassistischer und sexistischer Beschimpfungen hatte ein gewisser junger Mann über ihr ausgeschüttet, der eigentlich aus gutem Hause kam und von dem man dergleichen nicht unbedingt erwartet hätte.

Nachdem der renitente Knabe eingebuchtet war und sie das Geheimnis seiner Identität gelüftet hatte, war Nadide selbst zur Polizeistation gefahren. Sie hatte Lars in der Arrestzelle aufgesucht und ihn vor eine glasklare Alternative gestellt: Entweder er würde sich auf der Stelle zusammenreißen und die Klappe halten oder er würde die Nacht auf der Metallpritsche in diesem gekachelten Raum verbringen und noch vor dem Frühstück seinem Vater übergeben. Sie ließ ihn wissen, dass für sie persönlich die zweite Möglichkeit einen viel höheren Unterhaltungswert versprach.

Überraschend schnell willigte der verlorene und durch den Schock seiner Festnahme wieder halbwegs ernüchterte Sohn ein, und seine Hasstiraden gegen Frauen, Türken, Bullen und vor allem gegen türkische Frauen, die Bullen waren, verstummten schlagartig.

»Bitte nicht«, wimmerte er und hatte sofort Tränen in den Augen. Sie verpflichtete die Kollegen der Nachtschicht zu absolutem Stillschweigen und brachte Casparis Problemkind zu sich nach Hause.

»Und jetzt pass gut auf«, sagte sie. »Ein Stockwerk unter uns, da wohnt dein Erzeuger, und wenn du Ärger machst, dann gehen wir zusammen runter und klingeln ihn aus dem Bett. Kapiert?«

»Ja.« Der 15-Jährige war in ihrer Obhut erstaunlich zahm geworden. Sein Gesicht war noch etwas verbeult, das Auge leicht geschwollen, und bald würde er ein stattliches Veilchen mit sich herumtragen – aber das war für diese Generation eher ein Orden als ein Makel. Sein weiches Gesicht, eingerahmt von Jünglingslocken, hatte durch die Blessuren durchaus an Konturen gewonnen. Lars war ein Bubi der androgynen Sorte, wie sie seit ein paar Jahren ständig in den Freundeskreisen der Facebookseiten und den Userprofilen der einschlägigen Chatrooms auftauchten, in denen Bella Okapi sich so gern tummelte. Sensible Lippen, hohle Wangen und schmachtende Blicke aus großen Augen, manche mit einem Hauch von Mascara in Form gebracht. Sie waren allesamt verwöhnte, kleine Narzissten, die sich für einzigartig hielten, weil sie immer nur ihre eigenen und nie die Bilder der anderen anschauten. Und immer nur die Reaktionen auf ihre eigenen Fotos beachteten. Sie hielten sich für eine schützenswerte Gattung Mensch, die gern verstanden und bewundert werden wollte. Im Grunde waren sie nichts weiter als arme Würstchen und suchten nach ein bisschen Liebe und Aufmerksamkeit. Wie eigentlich jeder Mensch.

Auch Lars wirkte, bei aller Arroganz, die er ausstrahlen konnte, in manchen Momenten wie ein Löwenjunges, das sich beim Spielen zu weit vom Rudel entfernt hatte und sich orientierungslos in der Savanne umblickte. Vor allem war er jetzt aber hungrig. Nadide heizte, sobald sie ihre Wohnung erreicht hatten, den Ofen für eine Tiefkühlpizza vor und stellte eine Dose Cola vor ihn auf den Tisch, die er gierig trank.

»Kannst du Karate?«, wollte er wissen.

»Das ist Taekwondo«, erklärte sie. »Kommt aus Korea. Karate ist japanisch.«

»Cool«, sagte er. »Das würde ich auch gern können.«

Sie grinste über seine Wortwahl. Die Kinder von heute würden immer alles gern *können*. Selten hörte sie, dass einer mal etwas *lernen* wollte. Können war gut. Lernen war scheiße. Sie war noch in einer anderen Welt groß geworden. Und war sehr froh darüber.

»Ein bisschen davon hätte dir jedenfalls nicht geschadet bei deinem Kampf mit dem Rocker, was?«

»So ein Arschloch. Und total ungebildet. Wieso kapieren das manche Leute einfach nicht?«

»Was denn?«

»Das mit dem Scheißapostroph. Sie verwenden einen Genitiv-Apostroph, wenn sie einen Plural ausdrücken wollen. Aber der englische Plural kennt nun mal keinen Apostroph. Das

Scheiß-s wird einfach an das Wort angehängt. *Red Devilssss*, kein Apostroph!«

»Jetzt reg dich doch nicht schon wieder so auf!«

»Wollte man aber ›das Arschloch von den Red Devils‹ schreiben, Genitiv also, dann hieße das korrekt: *Red Devils' asshole*. Also mit ›s‹ und Apostroph. Ist das so schwer zu verstehen?«

»Vielleicht hättest du's ihm an diesem Beispiel erklären sollen«, erwiderte Nadide. Er war noch zu jung, um Ironie zu verstehen.

»Ach, das hätte nichts gebracht. Solche Leute wollen doch nichts lernen. Aber dann machen sie ihre eigene Motorradwerkstatt auf und nennen sie ›Willy's Werkstatt‹, also mit Apostroph. Oder von mir aus ›Willy's Würstchenbude‹. Aber im Deutschen ist es dann wieder total falsch. Da wird das Genitiv-s einfach an das Wort gehängt. Wieso kapiert das keiner?«

»Weil alle einfach zu blöd sind?«

»Genau! Und wenn man sie darauf aufmerksam macht, werden sie aggressiv und schlagen gleich zu …«

»Dann hältst du eben das nächste Mal deine Klappe. Wie kamst du eigentlich in diese Kneipe?«

»Ich habe mich umgehört, wo es in diesem Kaff was zu rauchen gibt.«

»Aha. Nur dass eines klar ist: Hier« – sie machte eine Handbewegung, die zwar nur das Zimmer beschrieb, aber ihre Hemisphäre meinte –, »hier ist Nichtraucherzone.«

»Schon gut. Kann ich dann vielleicht einen Schluck Wodka oder Whiskey haben? Oder wenigstens ein Bier?«

»Trink gefälligst deine Cola und mach mich nicht wütend, du Milchgesicht.«

»Okay. Meinst du, ich könnte mir vielleicht ein paar von deinen Taekwondingsda-Tricks abgucken? Später, meine ich.«

»Wenn du dich dafür interessierst, wieso hast du nicht daheim eine Kampfsportart erlernt?«

»Meine Mutter hat das nicht erlaubt. Zu asozial und zu gefährlich, hat sie gesagt. Sie will, dass ich Golf spiele.«

Nadide konnte nicht anders, als loszuprusten. »Was?«

Er verstand ihre Erheiterung nicht. »Was stimmt denn nicht mit Golf?«

»Nichts«, log sie. Golf. Oha. Die Herrschaften bewegten sich in besseren Kreisen. Sicher verdiente der Herr Papa mit der dicken Uhr ja auch die entsprechende Kohle. Das gab bestimmt jetzt nach dem Ende der ehelichen Beziehung jede Menge böses Blut bei den Unterhaltsverhandlungen. Wenn ein großer Teil des Familieneinkommens aus dunklen Kanälen zufloss, dann war es natürlich schwierig, eine einvernehmliche Lösung zu finden. Das würde ein Hauen und Stechen geben. Sie gönnte es ihm.

»Und …?« Der Junge wartete noch immer auf eine Antwort.

»Alles gut. Golf ist eine edle und charakterbildende Sportart für Gentlemen. Viel Bewegung an der frischen Luft. Leise Elektroautos, mit denen man herumschnurren kann. Immer einer da, der dir das Werkzeug hinterherträgt. Ich find's super.«

»Ja, verarsch mich doch …«

»Warum bist du eigentlich abgehauen?«

»Mir stinkt's einfach. Ich werde nicht ernst genommen und kann so nicht weiterleben.«

»Und warum bist du ausgerechnet hierhergekommen?«

»Ich will ihn um Geld anhauen.«

»Deinen Vater.«

»Nein. Den Bürgermeister von Frankenstein.«

»Der Ort heißt Frankenberg.«

»Ist mir scheißegal.«

»Werd nicht schon wieder frech. Du vergisst ständig, dass ich dich jederzeit ein Stockwerk tiefer abliefern kann. Da kannst du den Herrn Papa gleich persönlich nach Geld fragen.«

»Ja, ja. Sorry. Er hat jedenfalls noch nie was für mich getan. Da kann er wenigstens jetzt mal ein paar Hunderter lockermachen. Das reicht schon für's Erste.«

»Wofür?«

»Für ein Ticket nach Spanien.«

Ach ja, dachte Nadide. Da war er wieder mal: der Unterschied zwischen Großstadt und Hinterland, zwischen damals und heute und zwischen Ghettokids und Wohlstandslümmeln. Alle Ausreißer, mit denen sie es bisher zu tun gehabt hatte, privat oder dienstlich, wären auf eigene Faust nach Spanien getrampt. Dieser hier wollte fliegen. Von-zu-Hause-Abhauen *de luxe*.

»Was willst du eigentlich in Spanien anfangen?«

Schulterzucken. »Ich finde schon was. Surflehrer, Tauchlehrer. Sprachlehrer. Ich würde notfalls auch kellnern oder Hunde ausführen.«

»Hunde ausführen«, echote sie wenig begeistert.

»Damit kann man ganz schön was verdienen in den Ferienhaussiedlungen. Du hast ja keine Ahnung. Ich habe das alles recherchiert. Bin ja nicht blöd.«

Er hob seine Stimme und sie parallel dazu ihren Zeigefinger. Ihr mahnendes Zungenschnalzen brachte ihn sofort wieder auf den Teppich zurück. Das aufbrausende Wesen war ihm wohl in der väterlichen Erbmasse untergejubelt worden. »Viele Urlauber bringen ihre Hunde mit, haben aber im Urlaub keinen Bock, Gassi zu gehen.«

»Verstehe.«

»Und das übernehme dann ich.«

»Gute Idee.«

»Finde ich auch. Jedenfalls für den Übergang. Für immer will ich das natürlich nicht machen.«

»Magst du Hunde?«

»Und wie. Und sie mögen mich.«

»Hast du auch einen?«

Er stieß Luft durch die Nase wie ein Druckkessel. »Würde

meine Mutter nie erlauben. Die wollte mir höchstens ein Pferd kaufen. Damit ich Verantwortung lerne.«

»Idiotisch. Das arme Tier.«

»Finde ich auch. Na ja. In Spanien kann ich jedenfalls erst mal als Hundeführer arbeiten. Vielleicht die Sprache lernen und so. Man muss immer bereit sein, was komplett anderes zu beginnen.«

»Das ist die richtige Einstellung«, sagte sie und dachte an etwas ganz anderes. »*Es muss das Herz bei jedem Lebensrufe bereit zum Abschied sein und Neubeginne. Um sich in Tapferkeit und ohne Trauern in neue, andre Bindungen zu geben. Und jedem Anfang wohnt ein Zauber inne, der uns beschützt und der uns hilft, zu leben.*«

»Stimmt«, sagte er. »Das hört sich gut an. Ist das ein Gedicht von dir?«

»Hesse«, erwiderte sie.

»Hesse wie Bayer?«

»Nein, Hesse wie Hermann Hesse.«

»Nie gehört. Aber stimmt genau. Das möchte ich auch können, das Gedicht. Ich mag Gedichte.«

»Klar.« Der Küchenwecker piepste, die Pizza war fertig. Nadide wartete, ob der junge Herr vielleicht aufstehen und sich nützlich machen würde. Fehlanzeige. Er ging tatsächlich davon aus, dass sie ihn bediente.

»Hunger?«, fragte sie.

»Total!«, stöhnte er.

»Die Pizza wäre dann so weit.«

»Super.«

Erst schien er nichts mit dieser Information anfangen zu können. Nach einer Weile, nachdem Nadide sich demonstrativ in ihren Stuhl zurückgelehnt und die Arme vor der Brust verschränkt hatte, ging ihm ein Licht auf, und er holte sich sein verspätetes Abendessen höchstpersönlich aus dem Ofen. Beim

Essen, und befeuert von den Muntermachern in der Cola, geriet er ins Quatschen und war kaum noch zu stoppen. Um halb drei schaute Nadide auf die Uhr, dann wieder um halb vier. Es war ihre persönliche Therapiestunde für einen unglücklichen Halbwüchsigen, der zwischen Legoeisenbahn und Größenwahn feststeckte und nicht weiterkam.

Auch wenn man vom Klagelied des unverstandenen Sohnes einiges an Übertreibung und Drama abziehen musste, dann war doch klar: Thomas Caspari mochte als Polizist eine ganz große Nummer sein. Als Vater rangierte er in der untersten Schublade. Keine Zeit, kein Interesse, ständig auf Reisen, tauchte für Wochen ab, war dann plötzlich wieder da und verlangte Liebe und Bewunderung. Er hatte keinen Einzigen der Freunde seines Sohnes kennengelernt, wusste nichts von seinen Lieblingsbüchern, Filmen, Videospielen, kannte nicht seine Leibspeise und auch nicht seinen Geburtstag. Und schon gar nicht seine Interessen, Abneigungen, seine Träume oder Talente. Papa Caspari hörte nicht zu und schaute nicht hin, steckte ihm Taschengeld zu und manchmal, wenn das schlechte Gewissen ihn plagte, auch noch mal einen Zwanziger einfach so ohne Anlass. Er gab gute Ratschläge und wohlwollende Klapse und dachte, damit wäre das Thema Kindererziehung für ihn erledigt. Er zog keine Grenzen, weil er die ja hätte bewachen müssen, und dafür fehlte die Zeit und die Leidensbereitschaft. Das alles sollten gefälligst die Lehrer an der teuren Privatschule übernehmen, dafür wurden sie ja schließlich gut bezahlt. Und wenn es doch Probleme geben sollte, dann konnte man ja immer einen Psychologen konsultieren. Oder einen Anwalt.

Und die Frau Mama war nach Lars' Bericht vor allem schön, wohlhabend und erfolgreich. Ansonsten kalt wie eine Hundeschnauze. Nadide fragte sich, wieso Leute wie diese sich überhaupt unbedingt fortpflanzen wollten, wenn sie doch so viel Besseres und Wichtigeres im Leben zu tun hatten, als sich um die Kinder zu kümmern.

Immerhin konnte sie dem Jungen das eigentliche Motiv für seine Flucht entlocken: Cordula, wie er seine Mutter ohne großen Respekt nannte, diese Cordula hatte einen neuen »Stecher«. Ein geschniegelter Vollidiot und verblödeter Vollpfosten, den Lars nur einmal kurz gesehen hatte und niemals mehr wiedersehen wollte. Nicht so ein subalterner Bulle wie sein Vater, sondern ein Typ aus dem Fernsehen oder aus der Politik. Vielleicht auch so ein adeliges Arschgesicht. Was er nun auch immer war, war Lars ohnehin gleichgültig. Denn er wollte ja jetzt nur noch nach Spanien und was ganz anderes anfangen.

Es war so gegen vier Uhr morgens, da sank ihm mitten im Satz der Kopf auf die Tischplatte herab, und er schlief ein. Nadide ließ ihn dort hocken und legte sich selbst in Klamotten aufs Bett. Aber statt sofort einzunicken, dachte sie noch lange nach. Lars war ein aufgeblasener, kleiner Mistkerl, aber im Grunde auch ein unschuldiges Opfer. Mit ein bisschen kompetenter Führung und einem Mindestmaß an Zuneigung und sozialer Kontrolle war er noch zu retten. Man durfte ihn nur nicht den Launen seiner Mutter und der Unfähigkeit des Vaters ausliefern.

Als sich gegen halb fünf draußen die ersten Amseln zum Frühkonzert in der Morgendämmerung trafen, schlief sie endlich ein. Und als sie zwei Stunden später von dem leisen, aber beständigen Klopfen an der Tür geweckt wurde, begann dieser unwirkliche, dumpfe und außergewöhnlich lange Tag der verspäteten Reaktionen, der losen Gedankenzipfel und der bösen Überraschungen.

Sie torkelte im Halbkoma durch ihre Wohnung, stellte fest, dass ihr minderjähriger Hausgast irgendwann im Laufe der Nacht die Kraft gefunden hatte, sich vom Tisch zum Sofa zu schleppen, wo er immer noch seltsam verdreht auf dem Bauch lag und auf ihr Lieblingskissen sabberte. Vor der Tür stand mit inquisitorischem Blick unter ihrem eng gebundenen Kopftuch in der Farbe der moralischen Überlegenheit Nuriye Özgunur, die sich gern Tante Nuriye nennen ließ, besonders wenn sie mit der Miete im Rückstand war. Sie blickte voller Missbilligung auf Nadides explodierte Bettfrisur. Im Garderobenspiegel vergewisserte sich Nadide, dass sie aussah wie Medusa nach einem Stromschlag.

»Wohl spät geworden gestern«, sagte die aufmerksame Nachbarin.

»Habe nicht auf die Uhr geschaut.«

»Und allein ist die junge Dame wohl auch nicht.« Sie versuchte, sich auf die Zehenspitzen zu stellen und an Nadide vorbei in die Wohnung zu spähen.

»Seit wann muss ich dir Rechenschaft über meinen Besuch ablegen?«

»Vergiss nicht – ich habe deiner armen Mutter hoch und heilig versprochen, ein Auge auf dich zu werfen, ach, möge Allah mir meine Schwäche verzeihen …«, raunte die füllige Frau und schickte sich an, ihre Hände zum Himmel zu heben und den Weisen und Allmächtigen um Vergebung für ihre Unfähigkeit zu bitten, das Laster und die Sünde von diesem armen und übel frisierten Mädchen fernzuhalten.

»Und ich habe dich gebeten, ein Auge auf meinen neuen Mieter zu werfen«, unterbrach Nadide, die seit jeher wenig Interesse für Allahs unerforschliche Wege aufbringen konnte.

»Habe ich doch!«

»Und?«

»Der Kerl war gestern Abend wieder an deiner Tür. Und diesmal habe ich ihn nicht aufgehalten«, raunte Nuriye im Verschwörerton. »Er war etwa zehn Minuten in deiner Wohnung. Aber soweit ich sehen konnte, hat er nichts mitgehen lassen.«

»Verstehe.«

»Willst du denn nicht lieber die *richtige* Polizei einschalten?« Durch Äußerungen wie diese machte ihre selbsternannte Tante immer subtil darauf aufmerksam, dass sie – wie fast alle Bekannten und Verwandten – Nadides Berufswahl für einen groben Fehlgriff hielt. Sie konnten einfach nicht glauben, dass Nadide tatsächlich im offiziellen deutschen Staatsdienst arbeitete. Nuriye dachte insgeheim immer noch, Nadide habe eine Anstellung bei irgendeiner anderen Polizei angenommen. Vielleicht bei der Gänsepolizei.

»Ich weiß schon, was ich tue«, sagte trotzig die Nichte, die auf derartige Sticheleien längst nicht mehr reagierte.

»Ich meine, es geht mich ja nichts an, wen du in deinem Haus wohnen lassen willst …«

»Danke für deine Hilfe.« Sie drückte die Tür ins Schloss und lehnte sich mit dem Rücken dagegen, bis sie hörte, wie Nuriye schwer atmend vor Enttäuschung und ungesättigter Neugierde wieder in ihrer eigenen Wohnung verschwunden war.

»Also doch«, sagte Nadide halblaut. Sie hatte das Schlimmste befürchtet, und so war es gekommen. Ein mulmiges Gefühl hatte sie von Anfang an gehabt. Seine Geschichte war unglaubwürdig, seine Ausflüchte waren fadenscheinig, seine Annäherungsversuche plump. Es gab keine andere Erklärung: Er war hinter ihr her. Er hatte den Auftrag, sie auszuspionieren und möglicherweise sogar auszuschalten.

Ganz bestimmt hatte er irgendwas in ihrer Wohnung deponiert, das man dort später finden sollte. Eine Tüte mit Heroin, eine Sammlung von Kinderpornos auf ihrem Rechner oder eine selbstgebastelte Bombe mitsamt einem Handbuch für Terroristen und den Bauplänen des Frankfurter Flughafens.

Gut so.

Jetzt hatte sie immerhin Gewissheit und wusste, dass sie eine Gejagte war. Und sie kannte auch den Jäger. Er hatte geschworen, irgendwann zurückzukommen, denn er konnte den Gedanken nicht ertragen, dass sie ein selbstbestimmtes, unabhängiges Leben führte. Seit sie diese Uhr, diese sündhaft teure *Audemars Piguet,* an Casparis Handgelenk gesehen hatte, ahnte sie, was geschehen würde. Das war typisch für Tarkan. Er sah sich selbst gern als Raubkatze, die mit ihrer Beute spielte, bevor sie zuschlug. Caspari war nur eine Figur auf seinem Schachbrett. Ein kleiner Bote, den er eingekauft hatte und der nach seiner Pfeife tanzte.

Aber auch Nadide hatte nun einen Trumpf im Ärmel: Sie wusste, wo Casparis Sohn sich aufhielt. Das war pures Glück und Zufall, das konnte niemand geplant haben. Das war ihre Chance. Das konnte ihr vielleicht sogar das Leben retten.

Sie duschte, brachte mit Spangen und Gummiband ihre Haarpracht einigermaßen unter Kontrolle und legte in aller Eile ihre Dienstklamotten an. Noch ein Telefonanruf war nötig, bevor es losgehen konnte. Die Leute, die sie nun aufsuchen wollte, reagierten nicht sonderlich entgegenkommend auf ein Ansinnen der Polizei …

»Klar erinnere ich mich an Sie«, sagte Jojo, der unglücklich verliebte Loser. In seiner Stimme steckte noch der Schlaf. Die erste Stunde der Jahrgangsstufe zwölf würde wohl mal wieder ohne ihn stattfinden.

»Ich hätte da jemanden, der für ein paar Tage ein Dach über dem Kopf braucht«, erklärte sie.

»Ist doch hoffentlich nichts Illegales.« Das war die einzige Sorge des Jungen. Nadide konnte ihn leicht beruhigen.

Dann rüttelte sie Lars Caspari aus seinen Träumen.

»He, die Nacht ist vorbei.«

Er grunzte, stöhnte und schlief sofort wieder ein.

»Du musst von hier weg. Es ist zu unsicher. Dein Vater war schon hier, und er könnte dich vielleicht finden.«

Diese Aussichten brachten ihn schlagartig zu Bewusstsein.

»Wie das denn?«

»Er hat die Angewohnheit, in fremde Wohnungen einzusteigen und herumzuschnüffeln. Da kennt er nichts.«

»Stimmt genau. Mir hat er auch immer hinterherspioniert.

Nichts konnte man vor ihm geheim halten. Wie im Überwachungsstaat.«

»Genau. Und deshalb bringe ich dich jetzt zu ein paar Freunden von mir, die auch gegen den Überwachungsstaat sind.«

»Echt?« Er bekam leuchtende Augen.

»Aber du musst dich trotzdem gut benehmen, sonst schmeißen sie dich raus.«

Und schon hatte sie ihn ins Auto verfrachtet und war mit ihm auf dem Weg zum Ufer der Eder, zum Mühlgraben 1. Zur *Blauen Mühle*.

Zu Jojo und seiner WG von Radikalen und Rustikalen.

Pecunia non olet

Hausaufgaben von Kuhstall verkaufen, Milchbar auch Computer Festplatz. Presswurst Konferenz minus 1500 Korbmacher, Anwesenheit nicht erfahrungsgemäß Grunz KOR Ferkel.«

Konsterniert blickte Caspari auf das Handydisplay und wünschte sich, Happel wäre hier, um dieses SMS-Mysterium für ihn zu lösen. Was wollte Freckel ihnen mitteilen? Wenn Presswurst immer noch das Codewort für die Massenmedien war, dann konnte die Botschaft des Kriminaloberrates eigentlich nur bedeuten, dass für den Nachmittag um drei Uhr eine Pressekonferenz in Korbach geplant war. Alles andere wirkte höchst alarmierend und verlangte nach einem klärenden Gespräch mit dem Mann, der nicht gut sah und nicht gern telefonierte.

»Was gibt es denn da nicht zu verstehen?«, raunzte ihn der Polizeichef an. »Sie sollten bitte die Festplatte aus Melchiors Computer holen. Wozu schreibe ich SMS, wenn wir dann noch telefonieren müssen?«

»Ah, ja …«, sagte Caspari, als hätte er darauf mit ein bisschen Nachdenken selbst kommen können. Nichts anderes hatte Freckel erwartet.

»Sonst noch was?« Er klang gereizt. Was Caspari nicht wissen konnte, war, dass ein lange schwelender Streit mit seiner Frau Hildegard um den ihrer Meinung nach bejammernswerten Zustand ihrer Doppelgarage heute Morgen beim Frühstück dramatisch eskaliert war.

»Haben Sie unseren Bericht bekommen?«

Dies wäre nicht die beste Frage gewesen, hätte Caspari die Absicht gehabt, sich bei KOR Freckel beliebt zu machen. Dass seinen ansonsten so zuverlässigen Beamten ausgerechnet beim

Spurensichern im Winkler-Bungalow einige wesentliche Fundstücke entgangen waren – der gepackte Koffer mit dem Hotelprospekt, die Nacktfotos des offensichtlich minderjährigen Mädchens und die Briefe aus dem leider vergessenen Briefkasten –, das alles machte den leitenden Beamten nicht froh. Als die Beweisstücke gestern Abend süffisant *mit kollegialen Grüßen* von den Uniformierten aus Frankenberg nachgereicht wurden, hatte ihn das sehr verdrossen, und es gab einiges böses Blut und vorwurfsvolle Blicke in den Amtsstuben der Korbacher Polizeidirektion.

»Ja, danke, gute Arbeit.« Man konnte das Knistern seiner inneren Aufladung durch das Telefon hören.

»Werfen denn Ihrer Meinung nach diese Fundstücke ein neues Licht auf den Fall?«, traute sich Caspari trotzdem zu fragen.

»Nein. Natürlich nicht. Sie machen die Lage für Melchior noch aussichtsloser«, erklärte Freckel. »Melchior brauchte dreißigtausend Euro, Winkler hatte dreißigtausend Euro. Er wollte nicht zahlen – da hat er ihn umgebracht.«

»Hätten wir dann aber das gestohlene Geld nicht bei ihm finden müssen?«

»Er ist vielleicht blöd. Aber so dumm ist er nicht.« Vorgetragen mit Freckels sonorem Bass wirkte selbst diese Aussage logisch und solide begründet. Die Presswurst-Konferenz später am Tag versprach ein Erfolg zu werden. »Aber das soll natürlich nicht heißen, dass Sie nicht die Augen danach offen halten, wenn Sie verstehen, was ich meine …«

»Wenn wir das Geld in Melchiors Haus finden, bringen wir es umgehend nach Korbach.«

Freckel räusperte sich. »Wir haben übrigens noch eine andere Theorie. Melchiors Musikproduzentenquatsch war nur Tarnung. In Wirklichkeit ist er ein Zuhälter und hat junge Mädchen an alte Männer vermittelt. Das erklärt die Fotos der Kleinen bei ihm und bei Winkler.«

»Belinda King.«

»Genau. Sie wird gesucht. Es gibt gewisse Hinweise, dass sie aus Moldawien stammt. Winkler wollte mit ihr sein Dschungelhonorar in dem Luxushotel im Taunus lieber versaufen, anstatt Melchior das durch Copyright-Verletzung erschwindelte Geld zurückzuzahlen. Da ist dem armen Teufel wohl die Sicherung durchgebrannt, und er hat Henny Winkler ermordet.«

»Ach, tatsächlich?«

»Jawohl.« Fast wäre Freckel noch ein *Ätsch-Bätsch!* herausgerutscht. »Und das hat er auch schon gestanden.«

»Oh.«

»Ja. Da können Sie mal sehen, dass wir hier in der sogenannten Provinz vielleicht nicht immer an alles denken, aber auch wir klären unsere Fälle auf.«

»Ich bin beeindruckt.«

»Auf Wiederhören.« Freckel warf den Hörer auf die Gabel, in jener Art, der, sobald die Leitung gekappt war, üblicherweise ein deftiges »Arschloch!« folgte.

Melchior hatte also gestanden, kein Produzent, sondern ein Zuhälter zu sein. Das konnte Caspari nicht verwundern. Dieses arme Würstchen hätte den Kennedy-Mord und seine Beteiligung am großen Postraub gestanden, wenn er dafür die Gewissheit bekommen hätte, zehnmal besser als Jack White zu sein. Er unterdrückte ein maliziöses Schmunzeln, als er sich vorstellte, welchen Giftpfeil er für Freckel noch in seinem Köcher hatte: die Mordwaffe, von der nur er wusste, wo sie war … zum geeigneten Zeitpunkt würde er ihn abfeuern.

PHK Caspari war an diesem Morgen der einzige Vertreter seiner Dienstgruppe in der Polizeistation. Zwei Kollegen, Wallert und Menzinger, waren bereits mit ihrer Radarfalle auf Tournee, nachdem sie am Morgen kurz am Winkler-Haus nach dem Rechten gesehen hatten. Dort wurden zwar auch heute wieder bestürzte Fans aus der ganzen Republik erwartet. Allerdings hatten die Nachbarn eine Art Bürgerwehr gegründet und standen, schwarze Trauerbinden um die verschränkten Arme, finster dreinschauend vor ihren Hecken. Den Bedürftigen wiesen sie wortlos den Weg zum Toilettenwagen, den das Ordnungsamt hatte aufstellen lassen.

Bei einer Pipigebühr von fünfzig Cent, so die Berechnung, würde sich die Maßnahme selbst finanzieren und sogar noch einen Gewinn abwerfen.

»Ein geradezu klassischer Fall von *pecunia non olet*«, hatte der Amtsleiter gesagt und gekichert. Der war nämlich Träger eines Doktortitels, hatte in seiner Jugend ein altsprachliches Gymnasium in Marburg besucht und ließ bei jeder Gelegenheit sein Großes Latinum heraushängen. Aber auch diesmal wieder tat keiner seiner Mitarbeiter dem ortsfremden Akademiker den Gefallen und fragte, was er mit dem lateinischen Spruch eigentlich meinte. Man konnte den Bewohnern dieses Landstrichs viel vorwerfen – Dickfelligkeit, Misstrauen und eine Vorliebe für fetthaltige Wurstwaren –, aber gewiss nicht eine übergroße Liebe zu Leuten von außerhalb. Zumal dann nicht, wenn sie sich als Wichtigtuer mit Lateinkenntnissen entpuppten. Oder als Trauergäste mit Harndrang, die zu nichts weiter gut waren, als die Straßen zu verstopfen.

Vom Kollegen Marti Happel fehlte an diesem Morgen jede Spur, und selbst die sonst so zuverlässige POK Kolcuoğlu hatte sich ohne Angabe von Gründen verspätet. EPHK Felix Lautenschläger marschierte mit versteinerter Miene unheilschwanger auf dem Korridor auf und ab, Drohungen gegen die beiden vor sich hin murmelnd. Eigentlich hätten auch Caspari und die Deutschtürkin schon seit einer halben Stunde im Einsatz am Winkler-Haus oder irgendwo im Landkreis zwischen Herzhausen und Münchhausen unterwegs sein müssen. Dort gab es immer Temposünder abzukassieren, vorbeifahrende Lkws zu kontrollieren, liegengebliebene Lkws zum Weiterfahren zu animieren oder Landwirten wegen irgendwas auf die Finger zu klopfen oder ihnen bei irgendwas zu assistieren. All diese wichtigen Arbeiten aber blieben an diesem Morgen erst einmal liegen. Stattdessen hockte PHK Caspari allein mit einem Becher Kaffee im Gemeinschaftsbüro über den Akten, die ihm Roman Liebold gestern Abend vorbeigebracht hatte.

Erwartungsgemäß gab es so gut wie nichts über Frau Mütze und Frau Özgunur. Zwar hatte die blonde Kampfdrohne und Fanpräsidentin vor einigen Jahren ein bisschen Beihilfe zu einem Steuervergehen geleistet, mit dem sich ihr damaliger Arbeitgeber, ein Anwalt, ins Verderben gestürzt hatte. Aber seither war sie eine Musterbürgerin und ohne jeden Fehl und Tadel. Ebenso wie die wachsame Frau Özgunur. Frank Losberg, der Leguan von einem Taxifahrer, dem Caspari immer noch zwei Stadtfahrten bezahlen wollte, blickte auf eine stattliche Liste von Verkehrsdelikten zurück, was in seinem Gewerbe nichts Ungewöhnliches war. Klausi Melchior hatte Probleme mit Marihuana und einigen chemischen Botenstoffen und war vor Jahren in Alsfeld aufgegriffen worden, als er nach einem Konzert mit seiner Tanzkapelle auf dem Marktplatz Bächlein machen wollte. Es gab in seiner Akte aber keinen Hinweis auf unkontrollierte Aggressionen, Mordlust oder gar einen Hang zur Feuerteufelei. Ebenso fehlten Hinweise auf Experimente mit minderjährigen moldawischen Visabetrügerinnen. Der bekannte Schlagersänger Henny Winkler hatte massiv Steuern hinterzogen, zudem im Finanzamt randaliert und einen Anlagebetrüger mutwillig mit dem Auto angefahren und leicht verletzt. Im vergangenen Jahr war er beim illegalen Glücksspiel festgenommen worden. Allerdings hatte er einen freundlichen Staatsanwalt gefunden, der seinen Namen aus den weiteren Ermittlungen und vor allem aus der Presse herausgehalten hatte. In den 80er Jahren war Winkler zudem zweimal wegen sexueller Belästigung Minderjähriger vernommen worden, es kam aber nicht zu Anzeigen, weil er den Familien großzügige Geldsummen zukommen ließ.

Die dickste Akte im Stapel – und ohne Frage die dickste Akte im ganzen Landkreis – gehörte natürlich Ollie Kiessling, dem Betreiber des *Country Clubs* und ehemaligen Liebhaber von Casparis Kollegin Nadide. Der Mann war nicht mal vierzig Jahre alt, und doch bewegte er sich schon mit großen Schritten auf sein 25-jähriges Jubiläum im Sündenregister zu.

Im zarten Alter von fünfzehn Jahren war er das erste Mal mit achtzig Sachen auf einem geklauten und frisierten Mofa rotzfrech an einer Verkehrskontrolle vorbeigesaust. Aber das war noch nicht alles. Er fuhr so schnell, weil er gerade auf dem Heimweg von einem kleinen Überfall auf einen Getränkehändler war, den er um zweihundert Mark und eine Flasche Korn erleichtert hatte. Die Flasche hatte er bereits konsumiert, als er den Kollegen auffiel. Nach diesem Debüt in der wunderbaren Welt der Eigentumskriminalität dauerte es nicht mehr lange, bis weitere Diebstahl- und Einbruchsdelikte seine Akte anschwellen ließen. Auch Anzeigen wegen tätlichen Übergriffen gab es, wegen Körperverletzung, bald auch wegen illegalen Waffenbesitzes, und schließlich erfolgte der Aufstieg in die Oberliga der Gesetzlosen – zu Drogenhandel, Schutzgelderpressung, Glücksspiel und Hehlerei. Im Grunde konnte man das Strafgesetzbuch an jeder beliebigen Stelle aufschlagen und stieß mit ziemlicher Sicherheit auf irgendeine Schurkerei, derer Kiessling an irgendeinem Punkt seiner Laufbahn überführt oder zumindest verdächtigt worden war. Die aktuellen Verstöße kamen aus den Bereichen Menschenhandel und Zuhälterei, denn in den von ihm betriebenen »Saunaclubs« und »FKK-Wellness-Zentren« arbeiteten beachtliche viele junge Akademikerinnen aus der Ukraine und aus Bulgarien, die sich laut ihrer Visa eigentlich viel intensiver mit Literatur und Geisteswissenschaften beschäftigen sollten als mit Lastwagenfahrern oder verheirateten Männern des Umlandes.

Der für Caspari interessanteste Hinweis in Kiesslings Akte fand sich aber auf Seite 5. Am 09. 03. 2007 war Ollie nämlich am

Frankfurter Hauptbahnhof festgenommen worden, als er eine verdächtige Sporttasche aus einem verdächtigen Schließfach entnahm. Die Tasche war dort zwei Tage zuvor von jenem Mann abgestellt worden, gegen den Caspari und Liebold, zusammen mit ihrem Kollegen Boris Pätzold, seit Monaten ohne durchschlagenden Erfolg ermittelten: von Tarkan Kolcuoğlu, gebürtig in Frankenberg/Eder. Absolvent der Burgwaldschule und großer Bruder der Polizeioberkommissarin Nadide Kolcuoğlu.

Die Frankfurter Drogenfahndung hatte ihn damals im Visier, weil Tarkan mal als kleiner Koks-Dealer auffällig geworden war, bevor er für ein paar Jahre in der Türkei untertauchte. Nun war er plötzlich wieder da, und die Kollegen vermuteten, dass er ein ganz dickes Ding abziehen wollte. Das vermuteten diese Kollegen allerdings gewohnheitsmäßig und von jedem, den sie in ihrer Kartei führten. Auf diese Weise teilten sie den anderen Dezernaten mit, dass sie was ganz Besonderes waren und sich nicht an die Regeln halten mussten. Jedenfalls nicht immer.

Sie ließen das Schließfach, auf das sie ein Informant aufmerksam gemacht hatte, eine Woche lang Tag und Nacht überwachen, hatten Hunde, Scharfschützen und das SEK in ständiger Bereitschaft. Die Sporttasche, die sie dann beim frech grinsenden Ollie Kiessling sicherstellten, enthielt aber nur ein Paar Turnschuhe, eine Jeans und eine Unterhose. Diese Aktion, bekannt auch als *Calvin-Klein-Gate*, war einer der Klassiker im kleinen, aber herzhaften Repertoire humoristischer Highlights des Frankfurter Drogendezernats. Sie wurde immer wieder gern bei Lehrgängen als Musterfall von schlechter Planung, ethnischem *Profiling*, fehlgeleitetem Instinkt und Verschwendung von Polizeiressourcen zitiert.

Der eigentliche Skandal indes lag darin, dass niemand den Fall weiterverfolgte. Jedem Beamten mit ein bisschen krimineller Phantasie jenseits von Kokain und Crack hätte zumindest die Idee kommen müssen, dass Tarkan einfach nur die Branche gewechselt hatte. Statt weiter sein Glück im risikoreichen Drogenschmuggel zu versuchen, hatte er beschlossen, in den Handel mit gefälschten Markenprodukten einzusteigen. Der warf zwar nicht ganz so traumhafte Gewinne ab, war aber wesentlich nachhaltiger und erholsamer. Kiessling war am Schließfach mit Tarkans Musterkollektion von *Nike, Armani* und *Calvin Klein* erwischt worden und hatte sie nach kurzem Aufenthalt in der Untersuchungshaft unbehelligt an die Großkunden ausliefern können. Ein paar Wochen später wurden Schuhe, Jeans und Unterhosen containerweise geliefert, dazu noch eine Charge *Chanel*-Handtaschen, *Hermès*-Tücher und Sonnenbrillen mit getöntem Fensterglas und der Aufschrift *Ray-Ban*.

Kiessling fungierte als Tarkans Mittelsmann und verschaffte ihm Zugang zu den örtlichen Vertriebswegen. Sicher ein fettes Zubrot zum boomenden Geschäft mit Poker, Pillen und Prostituierten. Tarkans kleine Schwester Nadide, die zumindest früher, vielleicht auch heute noch, romantisch mit Ollie verbandelt war, versorgte ihren kriminellen Bruder derweil mit Informationen aus dem Polizeicomputer. Alles in allem ein sehr beachtliches und zukunftsfähiges Geschäftsmodell. Tarkan war auf diese Weise einer der größten Produktpiraten geworden. Er war das goldene Scharnier zwischen den europäischen Kunden und den Fälscherwerkstätten in Fernost. Sein Business mit kopierten Markenartikeln hatte ihm viele Millionen eingebracht und trieb immer neue und rentable Blüten. Und er war bereit, es mit allen Mitteln zu verteidigen, wie der Mord an Boris Pätzold zeigte.

Die neuen Informationen und Details ratterten durch Casparis Polizistengehirn wie die drei Bilderrollen eines Daddelautomaten. Als sie langsam ihren Schwung verloren und ausliefen, sah er in den imaginären Symbolfensterchen die drei lachenden Gesichter eines betagten Chinesen: Sun Tzu. Hatte der nicht in seinem Schatz an Kriegsweisheiten auch mal diese empfohlen: *Wenn dein Feind nicht aus der Deckung kommen will, dann at-*

tackiere seinen Verbündeten? Das bedeutete, auf den konkreten Fall übertragen: Wenn Tarkan vorerst keine Angriffsfläche bot, dann musste man eben Ollie Kiessling in die Mangel nehmen. Und dann würde sich auch Nadide, die sich bisher aalglatt und unangreifbar zeigte, nicht länger verstecken können. Die Verräterin musste sich exponieren, um Ollie zu schützen. Das war genau der Punkt, an dem Caspari sie haben wollte. Und er wusste auch schon, wie das gelingen konnte.

Bevor er die Akten in seinem Schreibtisch einschloss, überflog Caspari noch die Unterlagen, die das Rechercheteam in Wiesbaden zu seinem Kollegen Marti Happel zusammengestellt hatten. Eigentlich hatte er sie nur angefordert, weil er ein gründlicher und systematischer Mensch war und jeden Stein umdrehen wollte. Beim Lesen von Martis Dossier bekam er dann doch eine Gänsehaut.

»Der arme Teufel«, sagte er. Er nahm sich vor, netter zu dem Jungen zu sein und ihn nicht mehr anzubrüllen. Man musste ihm das Leben nicht ohne Not noch schwerer machen.

Ihre Begrüßung fiel äußerst kühl und distanziert aus. Kollege und Kollegin, Vermieterin und Mieter begegneten einander an diesem Morgen ohne Herzlichkeit. Sie nahm den Anschiss des EPHK wegen ihres verspäteten Dienstantritts mit dem gebotenen Maß an Zerknirschung entgegen und verkrümelte sich sofort hinter das Pult der Einsatzzentrale, wo sie einen mürrischen Kollegen der Nachtschicht ablöste, der darauf schon seit geraumer Zeit wartete. Kurz danach klingelte das Telefon, und der zweite Delinquent meldete sich mit verstauchtem Fuß aus seinem Liebesnest. Nadide gab die Information über seine Verletzung unverzüglich an EPHK Lautenschläger weiter, der ohnehin gerade dabei war, die Grenze zwischen seiner üblichen Grundverärgerung und der gefürchteten, gehobenen Verärgerung mit Sonderausstattung zu überschreiten. Geringere Männer als er wären schon längst an einem Magengeschwür verstorben. Lautenschläger aber schien seine tägliche Dosis Verstimmung zu brauchen wie ein Vampir das Blut.

»Dieser gehirnamputierte Depp. Aber damit kommt er diesmal nicht mehr davon. Das gibt einen Verweis. Was bildet der sich eigentlich ein?«

»Tut mir leid, das war meine Schuld«, sagte Nadide.

»Was denn?«, fuhr der Chef sie an.

»Ich hab's vergessen. Er hat mich gestern Abend angerufen und Bescheid gesagt, dass es später werden würde. Wegen dem Fuß.«

»Jetzt fangen Sie auch noch an, putzig zu werden.«

»Tut mir wirklich leid. Er kann nichts dafür.«

»Der blöde Freizeitclown!« Lautenschläger war unfähig, den Bannstrahl seiner Saulaune auf Nadide auszuweiten, die er zwar auch nicht gut leiden konnte – zu solchen positiven Regungen war er nicht in der Lage –, aber immerhin nicht so sehr hasste wie Happel. Sie wusste das, schlug beschämt die Augen nieder und presste tapfer die Lippen aufeinander.

»Schicken Sie den Versager zu mir, sobald er hier auftaucht.« Damit rauschte er nach oben in sein Büro.

»Charmant gelöst.« Caspari, der mit verschränkten Armen im Türrahmen lehnte, rang sich ein Lächeln ab. »Das war sehr nett. Ich wusste nicht, dass du so loyal sein kannst.«

»Ach, das war doch nichts Besonderes, oder? Ich bin sicher, Happel oder du, ihr würdet das Gleiche auch für mich tun.« Sie strich sich trotzig eine widerspenstige Locke aus dem Gesicht und schaute mit ihrem irritierenden Silberblick an ihm vorbei.

»Jederzeit«, log Caspari. »Übrigens – hast du auch die Nachricht aus Korbmacher bekommen?«

»Ja. Sieht so aus, als wollten sie heute endgültig den Sack für Klaus Melchior zumachen. Es wird Anklage erhoben.«

»Ja. Und alles, was wir in Winklers Haus gefunden haben, hat den Verdacht gegen Melchior noch erhärtet.«

»Und deshalb sollen wir die Festplatte seines Computers sicherstellen. Falls da noch mehr Schweinkram mit kleinen Moldawierinnen drauf ist. Ich bin im Bilde. Und halte diese ganze Idee übrigens für kompletten Unsinn.«

»Stimmt irgendwas nicht?«, fragte Caspari aus heiterem Himmel.

»Was sollte denn nicht stimmen?«

»Weiß nicht … kommt mir so vor, als ob du irgendwie schlecht drauf wärst.«

Wirklich?, dachte sie. *Nur weil du heimlich in meine Wohnung eingestiegen bist und mich an jemanden auslieferst, der geschworen hat, mein Leben zu zerstören? Und deshalb sollte ich schlecht drauf sein? Wo denkst du hin?* Laut sagte sie in einem Ton, der keine weiteren Nachfragen mehr zuließ: »Nein, alles in Ordnung. Nur ein bisschen müde.«

»Wollen wir dann bald losfahren?«

»Sobald der fußkranke Happel hier anhumpelt, um mich abzulösen.«

Caspari spürte ihre Anspannung, denn er war selbst wieder in dieser Lauerstellung, die ihm hier zur zweiten Natur wurde. Kein Vertrauen, kein falsches Wort. Und bloß kein Detail in Mimik oder Tonfall entgehen lassen. Sein Leben konnte davon abhängen.

»Ach, noch was …«, sagte er betont harmlos und wie nebenbei.

Sie antwortete viel zu schnell und zu scharf: »Ja!«

»Kennst du hier eine Kneipe namens *Country Club?*«

»Klar. Die kennt hier jeder.«

»Da sollten wir auf dem Weg zu Melchiors Haus mal vorbeischauen. Ich habe einen Tipp bekommen, dass es da noch etwas geben könnte, von dem Freckel vielleicht wissen sollte, bevor er vor die Presswurst tritt.«

»Einen Tipp?« Sie zog ihre dichten, schwarzen Augenbrauen

in die Höhe. Zwei halb amüsierte, halb verwunderte Bögen über leicht schräg stehenden Augen. Caspari erwiderte den Blick mit seinem ausdruckslosen Pokerface.

»Ich habe mich eben auch ein bisschen umgehört. Und es scheint, als ob wir uns den Besitzer, einen gewissen Ollie Kiessling, mal näher anschauen sollten.« Seine Blicke wurden scharf wie Dolche. Sie hielt dem Druck nicht lange stand und schaute lieber auf ihre Fingernägel. *Jetzt ein falscher Anruf, eine unbedachte SMS, und ich habe dich,* dachte er und wünschte sich fast, dass sie es ihm nicht so leicht machen würde. Im Weggehen sah er sie in ihrer Jacke nach dem Handy suchen.

Bitte mal Zulassung und Fahrerlaubnis

Zum ersten Mal, seit er denken konnte, fühlte er sich als vollwertiger, vollblütiger Mann, und sein erster Weg führte zu seinem blueberrymetallicfarbenen koreanischen Kleinwagen, den er gestern Nacht auf der gegenüberliegenden Straßenseite an der Flanke eines stillgelegten Kuhstalles abgestellt hatte, um seinem Glück entgegenzueilen.

Martinas Haus, eigentlich mehr ein Häuschen, sah von außen noch gemütlicher aus, als es innen war, und fügte sich harmonisch in den alten Ortskern. An der Wand des ein wenig größeren Nachbargebäudes, das vor vielen Jahren mal ein Ladengeschäft gewesen war, verblassten die Buchstaben *Metzgerei Naumann*. Im ehemaligen Schaufenster grinste ihn zum Abschied der *Lachende Schepperling* an. Hier war das Hauptquartier ihres kleinen Catering-Unternehmens.

Der Wetterbericht drohte schon seit vorgestern, dass die kleine Hitzewelle bald von einem kräftigen Atlantiktief verdrängt werden sollte. Aber das Tief kam und kam nicht in die Gänge, und jeder, der nicht ein Feld zu bewässern oder einen Gemüsegarten zu gießen hatte, konnte sich über einen weiteren dieser fast südländischen Sonnentage freuen.

Happel humpelte zwar nicht, aber er ging übervorsichtig, seinen linken Fuß möglichst wenig belastend. Er fand, dass es erträglich war und dass er auch ohne Arztbesuch durch den Tag kommen könnte. Das verschaffte ihm eine bis anderthalb Stunden Luft. Die Zeit konnte er gut zum Sortieren seiner Gedanken gebrauchen. In seinem Kopf sah es aus wie in einem Hühnerstall, in den der Fuchs eingestiegen war. Tausend Fragen und

Antworten, Emotionen und Ambitionen waren in Aufruhr, scheuchten kopflos zwischen Panik und Seligkeit von einer Ecke in die andere, flatterten mal euphorisch und mal erschrocken die Wände hoch, nur um unsanft auf dem Boden zu landen. Immer wieder kam er zu einem Ergebnis, das er aber nicht akzeptieren wollte: Es passte nicht zusammen.

Wie sollte ausgerechnet er nach so vielen Jahren des Abblitzens und der Enttäuschungen so unverhofft sein Glück gefunden haben? Das ergab doch keinen Sinn! Und doch war er glücklich. Allein der Gedanke an die Freuden der vergangenen Nacht reichte aus, um die Tür zum Schmetterlingskäfig wieder weit zu öffnen. Er liebte diese Frau. Er liebte sie jetzt schon. Wo sollte das bloß noch enden?

Auf der B 253, kurz bevor es links nach Haina hinunterging, tauchte ein vollbeladener Unimog-Holztransporter vor ihm auf, der im Schritttempo durch den Wald ächzte. Aber statt in die Eisen zu steigen, trat der verliebte Happel voll auf die Tube und riskierte in der unübersichtlichen Kurve ein mörderisches Überholmanöver.

Geschafft!

Er schlug mit der flachen Hand auf die Hupe, begeistert von seinem Schneid. Er lachte laut auf und brachte seinen kleinen Koreaner mit einigem Rütteln und Schütteln wieder in die Spur. Solches Verhalten sah ihm überhaupt nicht ähnlich. Er war wie unter Drogen. Ein Clown im Glückstaumel, berauscht an sich selbst.

Die goldenen Sonnenstrahlen, die durch das dichte Grün des Waldes blinzelten, waren wie die Lichter eines Stroboskops. Sie stachelten ihn an, elektrisierten ihn. Genau so hatte er immer sein wollen. Befreit von der Last des Lebens. Ohne dieses schlechte Gewissen, das ständig an ihm nagte. Seiner Unsicherheit enthoben, all die Versagensängste und die ewigen Sorgen um dies und um das – einfach abgelegt und vergessen. Ein bisschen weniger: *Ob das mal gut geht …?*, und ein bisschen mehr: *Drauf geschissen!* Ein bisschen weniger: *Wird gemacht!*, und ein bisschen mehr: *Leck mich am Arsch!* Konnte das alles wirklich so einfach sein und so schnell gehen? Eine Liebesnacht, und die Welt sah anders aus? Oder spielte diese Frau nur mit ihm? Würde sie sich bald mit ihm langweilen und sich einen neuen Clown suchen?

»Das würde ich nicht überleben«, sagte er laut.

Als sich der Wald lichtete und die gelben Rapsfelder unter hellblauem Himmel leuchteten, da fuhr der vom Hormonkarneval befeuerte Happel das Fenster herunter und ließ den warmen Wind in seinen Haaren wühlen. Er drehte das Radio lauter, denn sie spielten gerade einen Song, der gut zu passen schien.

Heute geh ich wie auf Wolken,
Denn ich hab das Glück gemolken.
Heute wird die ganze Welt
Fröhlich auf den Kopf gestellt.

Leider war der Song schon fast zu Ende.

»Das war unser Tribut an Henny Winkler, seine Lieder werden uns noch lange begleiten«, sagte der Radiosprecher und brachte Happel wie mit einer kalten Dusche zurück in seine unerfreuliche Wirklichkeit, in der einige wichtige Ermittlungserkenntnisse zum Winkler-Fall dringend an die Kripo weitergegeben werden mussten. Und in der ein Anschiss des EPHK ihn erwartete, weil er seit zwei Stunden vor dem Haus des ermordeten Sängers stehen sollte und stattdessen als liebestoller Zauberclown Salami durch die Landschaft brauste.

Es geschah mitten in Dainrode, unweit jenes magischen Ortes, wo sich die Straße in Richtung Löhlbach in die Löhlbacher und in Richtung Geismar in die Geismarer Straße verwandelte. Unweit auch des Dorfgemeinschaftshauses, wo das Liebeswunder des letzten Abends seinen unerwarteten Anfang genommen hatte. Die Breite der Straße, hier Löhlbacher, dort Geismarer, ließ einen unaufmerksamen Fahrer leicht vergessen, dass er sich in einer geschlossenen Ortschaft befand. Gerade aus diesem Grunde war dies eine beliebte Stelle, an der auch PK Happel selbst schon oft die Radarfalle aufgestellt und vielen unbekümmerten Rasern ihre gute Laune verdorben hatte.

Viel zu spät bemerkte er den auffällig unauffällig geparkten Kleinbus mit dem halb heruntergelassenen, abgedunkelten Fenster. Er konnte nicht mehr reagieren, als er die auf ihn gerichtete Messpistole sah, und der sorgenvolle Blick auf den Tacho ergab ein glasklares Bild. Und während sein von Liebeswellen überschwemmtes Gehirn noch ganz damit beschäftigt war, diesen erschreckenden Anblick und die damit verbundenen Konsequenzen zu berechnen, tauchte auch schon hinter der Biegung sein Kollege Wallert auf, der mit dem rechten Arm träge die rote Kelle kreisen ließ und mit dem linken zum Entschleunigen in der Bucht der Bushaltestelle einlud.

»Bitte mal Zulassung und Fahrerlaubnis – hey, das ist doch unser Marti!«

»Ja, blöd, oder?« Das war alles, was dem Ertappten einfallen wollte. Er schaute zu dem Kollegen auf wie ein Pudel, der auf dem Teppich undicht geworden war.

»Wo kommst du denn her? Und was ist das für ein Aufzug? Warst du auf einem Kostümfest oder was?«

POK Peter Wallert genoss jede Sekunde dieser Begegnung, denn er war einer dieser Menschen, die aus einer peinlichen Situation das Allerletzte herausholen konnten. Sofort gesellte sich aus dem im Verborgenen geparkten Dienstwagen noch POK Willy Menzinger dazu. Verspiegelte Sonnenbrille, beide Daumen in Sheriff-Manier in den Gürtel gehakt, ein feistes Grinsen im Gesicht.

»Na, sieh mal einer an«, feixte er, und Happel wusste in diesem Moment, dass er mit Variationen dieser Begegnung bis zu seiner Pensionierung auf jeder Betriebsfeier konfrontiert werden würde.

»Hört mal her, liebe Kollegen, ich« – ein hilfloses Kichern, ungeeignet, ihr solidarisches Mitgefühl zu erregen –, »ich bin auf dem Weg zum Dienst …«

»Wie denn? Um diese Uhrzeit? Kein Wunder, dass du's da eilig hast, Junge. Aber mit achtzig durch die geschlossene Ortschaft, das ist doch schon ganz schön heftig, meinst du nicht?«

»Doch! Und es tut mir auch wirklich unheimlich leid. Ich war mit den Gedanken ganz woanders. Mein Fehler.«

Ausgerechnet diesen beiden Sadisten musste er ins Netz gehen! Zwei Schlappmäuler, die nichts unkommentiert lassen konnten, die ihn für schwul hielten und deshalb in seiner Gegenwart gern Homowitze erzählten. Sie gaben sich noch nicht einmal Mühe, zu verbergen, wie sehr sie dieser Moment beglückte.

»Dann stimmt es also wirklich, dass du heimlich als Clown auftrittst«, bemerkte Menzinger mit Blick auf seine rot-grüne Karohose und das gestreifte T-Shirt.

»Nicht heimlich«, stellte Happel richtig, um es sofort zu bereuen.

»Jetzt nicht mehr«, erwiderte Wallert. »Was ist das denn da für ein komisches Viech?«

»Oh, das. Das ist Tiffy, eine Zwerggiraffe …«

»Aha, da habt ihr wohl mal einen von euren eigenen Leuten erwischt!«, krächzte Sattlers Adam, der wie aus dem Boden gestampft neben ihnen auftauchte. Ein ländliches Faktotum, das von morgens bis abends auf der Suche nach Neuigkeiten durch das Dorf schlurfte. Der Greis mit der blassgrünen Bauernkappe, der noch immer nach Kuhstall muffelte, obwohl er schon seit Jahren kein Vieh mehr hielt, kannte die Beamten gut. Sie mussten ihn jedes Mal verjagen, wenn sie hier ihre Radarfalle aufbauten. Sonst nervte er sie stundenlang mit alten Geschichten und gut abgehangenen, warnenden Einzeilern. Jetzt waren unglücklicherweise sein Gerechtigkeitsempfinden und vor allem sein beträchtliches Misstrauen geweckt.

»Ja, ja, eine Krähe hackt der anderen wohl kein Auge aus«, krähte er.

»Geh schon weiter, Sattler. Lass uns hier unsere Arbeit machen«, forderte Wallert ihn auf.

»Das möchte ich jetzt aber erst sehen, ob der Kollege auch mal einen Strafzettel bekommt. Hab ihn sofort erkannt, den jungen Happel.«

Verdammtes Dorfpolizistentum, dachte Marti, der ja nur ein paar Kilometer von hier, im Aussiedlerhof am Rande der übernächsten Ortschaft, aufgewachsen war. Zudem hatte schon die Geschichte seiner Familie ihm im ganzen Landkreis eine traurige Berühmtheit eingebracht. Und auch sein Auftritt von gestern Abend war längst noch nicht vergessen in diesem kleinen Ort. Besonders nicht sein Abgang. Ach, die Alten. Wussten alles, ahnten das meiste und mümmelten den lieben langen Tag mit kaputtem Gebiss auf ihren Geheimnissen herum wie auf Kautabak. Und dann rotzten sie es bei allen passenden und unpassenden Gelegenheiten in hohem Bogen hinaus in die Welt. So wie jetzt.

»Da hat sich der lustige Herr Polizeiclown gestern Abend heimlich, still und leise vom Acker gemacht«, erklärte Sattler stolz. »Aber nicht allein, sondern mit der schönen Köchin.«

»Unser Marti? Mit einer Köchin? Bist du sicher, dass es kein Koch war?« Menzinger grunzte erheitert. Das war selbst Wallert ein bisschen peinlich. Er wurde ernst und förmlich.

»Schluss jetzt, Herr Sattler, gehen Sie bitte weiter. Wir haben einen ernsten Verstoß gegen die Straßenverkehrsordnung zu bearbeiten.«

»Eben. Das will ich ja sehen. Wie ihr das bearbeitet.«

»Das ist ein Dienstgeheimnis und geht Sie nichts an. Also: weitergehen, ja?«

»Schon gut, schon gut«, maulte der Alte und bewegte sich ganz langsam weiter. »Dann passt aber auf, dass ihr nicht mal selbst von euren eigenen Leuten gefangen werdet. Wer anderen eine Grube gräbt ...« Er drohte mit dem Zeigefinger, als er langsam aus Happels Gesichtsfeld verschwand, dankbar für diese unerwartete Wendung in der interessanten Geschichte von dem Clown und der Köchin, die sich gestern Abend unter den Augen des gesamten Dorfes angebahnt hatte. Das sollte heute noch über so manchen Gartenzaun hinweg hitzig diskutiert werden. Dafür würde er schon sorgen.

Wallert tat so, als empfinde er Mitleid. Das ätzende Grinsen auf Menzingers Gesicht war ihm unangenehm.

»Also, Marti, du weißt ja selbst, dass die Daten jetzt im System sind und wir nichts machen können. Du bekommst dann Post, und alles geht seinen gewohnten Gang.«

Natürlich wusste er, dass es bei etwas gutem Willen Möglichkeiten gab, das alles ungeschehen zu machen. Aber auf guten Willen musste er bei diesen beiden nicht hoffen. Wenn er Glück hatte, kam er mit einem Bußgeld davon. Wenn nicht, konnte es richtig schlimm werden.

»Ich verlange ja nicht, dass ihr ein Auge zudrückt«, sagte er kläglich.

»Dann sind wir uns ja wieder mal einig«, erwiderte Menzinger. »Gute Weiterfahrt.«

»Ja. Schönen Tag noch«, sagte Happel.

Wallert klopfte zum Abschied zweimal kurz auf das Autodach und trat einen Schritt zurück. Menzinger war schon wieder fast bei dem Streifenwagen, weil er es nicht erwarten konnte, die Meldung durchzugeben.

»Vorsicht, ein Clown mit dickem Ständer ist unterwegs auf der B 253 Richtung Geismar und Frankenberg ...«, funkte er und trotzte gleichgültig dem tadelnden Blick des Kollegen.

»Hör doch auf mit dem Schwachsinn«, schimpfte Wallert, konnte aber nicht die Fortsetzung verhindern.

»Überraschung: Es ist unser Marti Happel. Spät dran, aber gut durchgekocht von einer freundlichen Köchin.« Er hängte das

Funkgerät in die Halterung und lachte Wallert selbstzufrieden an: »Komm schon! Ein bisschen Spaß muss sein.«

Happel, während er gedemütigt den Ort und die Geschwindigkeitsbegrenzung hinter sich ließ, dachte, dass doch alles auch sein Gutes hatte. Selbst diese Begegnung. Sie hatte in ihm eine Wut geweckt, die er noch nie gespürt hatte. Als er wenig später seinen Wagen in die Einfahrt zur Tiefgarage unter dem Mehrparteienhaus am Fuß der Frankenberger Altstadt steuerte, war er kühl und emotionslos. Und als er nach zwanzig weiteren Minuten frisch gewaschen die Clownsmontur ab- und seine Uniform angelegt hatte, war er immer noch stinkwütend und machte seinem Zorn in laut geführten Anklagen gegen seine Kollegen und den verständnislosen EPHK Lautenschläger Luft.

Auf dem Rückweg in die Tiefgarage klingelte das Handy, und er erkannte die Nummer der Dienststelle. Aber statt defensiv und kleinlaut, meldete er sich frei von Schuldgefühlen und Reue, dafür mit dieser bohrenden Wut im Bauch.

»Wo, zum Teufel, stecken Sie?«, knurrte ihn der Erste Polizeihauptkommissar an. Happels Atem ging vor Erregung so heftig, dass er nur kurze Antworten geben konnte.

»Auf dem Weg.«

»Kommissar Happel, ich weiß, die Dinge waren nicht immer einfach für Sie. Aber meine Geduld hat Grenzen.«

»Jawohl.«

»Ein Team kann nur funktionieren, wenn alle zur Teamarbeit bereit sind«, dozierte er.

»Ich habe mir den Fuß vertreten.«

»Sie haben sich vor allem über meine ausdrückliche Anweisung hinweggesetzt.«

»Welche denn?«

»Ich habe Ihnen diese lächerlichen Auftritte verboten. Und ich habe meine Gründe dafür. Das Ansehen der Polizei steht auf dem Spiel. Ich dachte, ich hätte mich klar ausgedrückt.« *Ach, Scheiße,* dachte Happel. Dann hatten also Wallert und Menzinger nicht nur brühwarm berichtet, *dass* sie ihn angehalten hatten. Sie hatten auch genüsslich davon erzählt, *in welcher Aufmachung* sie ihn angetroffen hatten. Ein Zauberclown in der Tempofalle. Darauf hatte Lautenschläger bestimmt nur gewartet.

»Es war eine private Feier«, log er. »Und ich habe kein Geld dafür bekommen.« Das stimmte. Das vereinbarte Honorar von dreihundert Euro hatte er nicht eingestrichen. Dafür war sein Abgang viel zu hektisch verlaufen.

»Das wird die Untersuchung klären.«

Lautenschläger gab ihm mit Vergnügen das Gefühl, ein unentschuldbares Verbrechen begangen zu haben. Ohne ein weiteres Wort beendete er das Gespräch.

Happel aber bekam kaum Luft, so erregt, wie er war. Wieso mussten sie immer auf ihm herumhacken? Warum konnten sie ihm nicht sein kleines bisschen Glück gönnen, wenn er es endlich gefunden hatte? Nie hatte er sich etwas zuschulden kommen lassen. Nie seine Pflichten vernachlässigt. Niemanden verraten oder auch nur beleidigt. Nie war er jemandem zur Last gefallen oder hatte Grund zur Unzufriedenheit gegeben. Er hatte sogar die Fenster auf dem Dienstklo weit geöffnet, wenn er es benutzt hatte, und war im Winter immer nach ein paar Minuten zurückgegangen, um es zu schließen, damit niemand seinetwegen frieren musste. Immer hatte er sich selbst zurückgenommen, um nicht aufzufallen und keinen Anstoß zu erregen.

Damit war jetzt Schluss.

Die Wallerts, die Menzingers und die Lautenschlägers dieser Welt würden einen neuen Marti Happel kennenlernen. Seine neue Liebe hatte glasklar und intuitiv erkannt, wo sein Problem lag: *Du darfst dich nicht immer kleinmachen, Marti,* hatte sie gesagt. Und genau dort lag der Hund begraben. Er würde sich nicht länger verstecken. Jetzt war er der Rebellenheld, der Heldenrebell.

Energisch wie frisch aufgeladen, festen Schrittes und das Pochen in seinem linken Fuß ignorierend, verließ er das Haus durch den Vordereingang, statt der Treppe weiter in die Tiefgarage zu folgen. Er hatte nämlich noch was anderes zu tun. Er überquerte die Straße und ging die leichte Anhöhe hinauf in die Fußgängerzone, wo er nach wenigen Schritten im Schutz einer Markise im Juweliergeschäft verschwand. Er erwarb dort ein Teenie-Armband, das wie Gold aussah, aber nur 19,90 Euro kostete. Er zerknüllte im Hinausgehen die Quittung und ließ das billige Schmuckstück in der Hosentasche verschwinden. Keine zehn Minuten später lenkte er trotzig seinen Hyundai auf den Hof der Polizeistation in der Breslauer Straße.

Er war nun nicht mehr zornig, seine Wut war verraucht. Zurückgeblieben war nichts als eine kalte Gleichgültigkeit gegenüber dem Spott und den Demütigungen, die ihn hier zweifellos erwarteten. Er fühlte kein Pflichtgefühl und keine Verantwortung. Das hatten sie ihm genommen. Er schuldete diesem Verein nichts mehr. Seine Liebe und seine Loyalität gehörten niemandem außer Martina.

Bleibe im Lande und taufe dich redlich

Kolcuoğlu empfing ihn mit einem undurchsichtigen, morgenländischen Lächeln, das von Mitgefühl bis Hohn alles Mögliche bedeuten konnte und keine Rückschlüsse auf ihre wahren Gedanken zuließ.

»Danke«, sagte er ein bisschen heiser und ohne zu wissen, an wen und warum eigentlich. »Gibt's was Neues?«

»Der EPHK will dich sehen.«

»Okay.«

»Auf der Stelle.«

»Natürlich.« Er zog den linken Fuß ein wenig nach, als er sich auf den Weg nach oben machte.

»Schlimm?«, fragte sie

»Nur dumm aufgetreten.« Die feine Doppeldeutigkeit dieser Aussage brachte ihn zum Grinsen. Er hatte gar nicht gewusst, dass er so pfiffig und geistreich sein konnte. Wenn diese ganze Scheiße hier am Ende dazu führen sollte, dass er den Polizeiberuf an den Nagel hängte und als Vollzeit-Entertainer ins Showgeschäft wechselte, dann könnte dies der Titel seines Soloprogramms werden. *Der beliebte Zauberclown Salami gastiert heute mit seinem neuen Programm* Dumm aufgetreten *in der Stadthalle Fritzlar,* hörte er im Geiste den Veranstaltungshinweis aus dem Radio. *Die Karten sind aber längst ausverkauft.*

Polternde Schritte im Treppenhaus. Allerdings schien ihr schlechtgelaunter Verursacher inzwischen das Interesse an Happels öffentlicher Hinrichtung verloren zu haben. Oder es war der geheimnisvollen Bürokraft Frau Schäfer wieder einmal gelungen, seine negativen Schwingungen aufzufangen wie ein großes, weiches Kissen. Manche vermuteten, dass sie in ihre Windbeutel, nach denen Lautenschläger süchtig war, große Mengen von verschreibungspflichtigen Stimmungsaufhellern buk.

»Ach, Happel«, sagte der EPHK in einem Ton, als habe er Hundekacke an seinem Wanderschuh entdeckt. »Schön, dass Sie sich uns endlich angeschlossen haben.«

»Es tut mir leid, wenn ich Ihnen oder den Kollegen Unannehmlichkeiten verursacht habe«, gab der junge PK zurück. »Ich hatte eine sehr unruhige Nacht.« Er war ein bisschen stolz auf sich selbst. Bis zum heutigen Tag wäre ihm eine solche Aussage in so ruhiger Weise niemals über die Lippen gekommen.

»Über die Clownsache reden wir noch«, drohte Lautenschläger. Aber er wollte jetzt auch kein Blut mehr sehen. Vielleicht war an diesem Tag seine Aufmerksamkeitsspanne besonders kurz. Oder vielleicht hatte er in Happels Blick irgendwas Ungewohntes, Unerklärliches wahrgenommen. Etwas, das ihm die Lust auf eine Konfrontation mit dem jungen Beamten genommen hatte.

»Wer bearbeitet den Vorgang in Dornholzhausen?«, rief er in den Korridor. Es ging dabei um einen geklauten Traktor. Er folgte dem Antwortruf in das Dienstzimmer der Dezentralen Ermittlungsgruppe. Happel nahm neben Kolcuoğlu hinter dem Bereitschaftstisch Platz, und Caspari gesellte sich zu ihnen.

»Alles in Ordnung?«, fragte er, und der Angesprochene nickte. Personalunterlagen waren mit gutem Grund eine vertrauliche Lektüre, dachte Caspari. Das schützte jeden vor dummen Witzen, plumpen Anzüglichkeiten, Anfeindungen und Vorurteilen. Und auch vor Mitleid. Happel konnte nicht wissen, dass Caspari vor kurzem in seiner Vergangenheit geschnüffelt hatte. Er verstand nicht, warum der geschätzte Top-Cop ihm ohne ersichtlichen Grund auf die Schulter klopfte, bevor er sich Nadide zuwandte.

»Fahren wir dann los?«

»Gleich«, antwortete Nadide. »Ich warte noch auf einen Rückruf wegen eines Autodiebstahls.«

»Wo geht es hin?«, erkundigte sich Happel.

»Wir holen Melchiors Festplatte aus seinem Haus in Geismar. Freckel will seinen Hauptverdächtigen heute der Presswurst präsentieren.«

Happel nickte wieder. Oder immer noch. Er machte keinen guten Eindruck.

»Wie wär's, wenn wir die Zeit für eine kleine Fortbildung nutzen?«, schlug Caspari vor.

Happel sah ihn erstaunt an.

»Grundkurs *Sesam, öffne dich.*«

Die eben noch betrübte Miene des jungen Mannes hellte sich mit einem Schlag auf. Heute befand er sich genau in der richtigen Stimmung für ein bisschen Regelwidrigkeit und Vorschriftsübertretung.

»Super!«

»Zur ersten Lektion reicht eine leichte Plastikkarte. Oder man nimmt sich so eine Wasserflasche …«

Sie verschwanden in den hinteren Räumen der Polizeiwache, und als Caspari wieder auftauchte, ließ er einen dankbaren Schüler zurück, der von diesem Tag an vielen verschlossenen Wohnungstüren mit ganz anderen Gefühlen gegenüberstehen würde.

»Ist es eigentlich weit bis zu diesem *Country Club?*«, fragte Caspari mit aufreizender Unschuld, als er und Nadide zum Auto schlenderten.

»Nein. Liegt auf dem Weg. Ich glaube aber nicht, dass um diese Uhrzeit schon jemand dort ist.« *Bestimmt nicht, wenn du sie vorsorglich gewarnt hast,* dachte Caspari und verbarg sein Misstrauen gekonnt hinter seiner ausdruckslosen Pokermaske.

Sie wechselten kaum ein Wort auf dem Weg hinunter zum

Gewerbegebiet am Flussufer und fanden den *Country Club* wie erwartet menschenleer und verwaist vor. Oder es kam einfach keiner zur Tür und reagierte auf ihr Klopfen.

»Die machen selten vor fünf Uhr nachmittags auf«, wusste Nadide. »Wenn es etwas Dringendes ist – ich weiß, wo Ollie Kiessling wohnt. Wir könnten direkt bei ihm zu Hause vorbeifahren.«

»Nein, nein«, sagte Caspari, der sich seinen Auftritt mit dem geplünderten Schmalzeimer nicht nehmen lassen wollte. Er hatte die Mordwaffe gefunden und wollte sie Nadide buchstäblich ins Gesicht reiben. »Dann versuchen wir es eben nachher noch einmal. Und fahren erst zu Melchior.«

»Okay, von mir aus auch so.«

Sie war vorsichtig, wog jedes Wort gegen ein anderes ab, bevor sie sprach. Sie hatte das ungute Gefühl, mit einer tickenden Zeitbombe unterwegs zu sein. Caspari verhielt sich merkwürdig, wich ihren Blicken aus und scheute vor klaren Ansagen zurück. Er war ein menschlicher Sprengsatz im *Stand-by*-Modus. Niemand konnte wissen, wann Tarkan den Fernzünder aktivieren und das Ding hochgehen lassen würde. Sie spürte, dass er sie belauerte, und sie selbst beobachtete jede seiner Bewegungen und ließ jede seiner Aussagen in ihrem Kopf nachklingen, um sie sorgfältig zu sezieren. Sie waren wie zwei Ninja-Krieger, die einander lautlos umtänzelten. Jeder wartete nur darauf, dass der andere eine Schwäche zeigte, damit er ihm mit einer schnellen Bewegung seinen Dolch in den Rücken bohren konnte. Dieser Moment würde bald kommen, und es würde kein angenehmer werden. POK Kolcuoğlu jedenfalls hatte die Sicherheitsschlaufe am Holster ihrer Dienstwaffe nicht geschlossen, seit sie die Polizeistation verlassen hatte. Nur für den Fall, dass es plötzlich sehr schnell gehen musste.

In Melchiors Haus im Nachbarort Geismar fanden sie alles so vor, wie sie es am Montag zurückgelassen hatten. Die Tür war immer noch mit demselben Vorhängeschloss gesichert, das Caspari mit derselben Lässigkeit öffnete. Nadide ging voraus, die Hand vorsichtshalber an der Waffe. Den Computer entdeckten sie in Melchiors grüner Hölle, der unhygienischen Wohnküche, zwischen Rattansesseln und Zimmerpflanzen, die dank der intensiven Sonneneinstrahlung schon jetzt nicht mehr ganz so frisch wirkten und spätestens übermorgen verdurstet sein dürften.

Caspari, der so etwas nicht ertragen konnte, erbarmte sich. Er füllte ein paar Weizenbiergläser mit Leitungswasser und verteilte es großzügig in den wüstentrockenen Blumentöpfen, während Nadide sich Melchiors Computer vornahm.

»Ui, der ist aber noch aus der Römerzeit.« Der graue Kasten mit dem antiquierten Schriftzug einer Firma, die längst untergegangen war, kam unter einem Tisch zum Vorschein, der mit leeren Bierflaschen, halbleeren Chipstüten und Aschenbechern überladen war. Sie reichte den Müll an Caspari weiter und schaltete den Rechner ein.

»Windows sieben. Na ja. Cyberkriminalität wird man ihm jedenfalls nicht vorwerfen können.« Welche Erkenntnisse sich der Kriminaloberrat Freckel auch immer von diesem Museumsstück versprach – sie würden sich jedenfalls auf den untertourigen Bereich beschränken.

Caspari stand, eine leere Bierflasche in der linken und einen vollen Aschenbecher in der rechten Hand, hinter ihr, als er stutzte. Zwischen den mal bauchigen, mal schmalen Überresten von Melchiors Selbstgedrehten steckten wie Fremdkörper die Stummel dreier weißer Damenzigaretten. Schlank und mit langen Filtern. Daran waren noch die Spuren von Lippenstift erkennbar.

»Aha. Damenbesuch auch hier«, sagte POK Kolcuoğlu, als sie sich zu ihm umdrehte und seinen Blicken folgte.

»Und nicht nur das.« Caspari stellte die Flasche ab, holte aus seiner Brusttasche einen Kuli und tauchte ihn in die unappetitliche Aschen- und Kippenwüste ein. Nadide verzog angewidert das Gesicht. Als der Kuli sich langsam wieder aus dem Unrat befreite, hing daran, verunreinigt und nach kaltem Rauch stinkend, ein goldenes Armband.

»Da hat wohl jemand seine Zigaretten ein bisschen zu heftig ausgedrückt, und der Verschluss hat sich gelöst.«

»Da ist was eingraviert!«

Caspari fummelte seine Lesebrille aus der Tasche und setzte sie kunstvoll mit einer Hand auf die Nase.

»Der Name *Martina*. Und noch etwas …« Er pustete vorsichtig die Rußpartikel weg und kniff die Augen zusammen. »*Martina forever.*«

»Vielleicht seine Freundin?«

»Ich dachte, die hieß Roswitha. Vielleicht war es eines seiner moldawischen Mädchen.«

»Ach, Quatsch. Melchior ist ein Trottel. Und viel zu blöd und zu gutmütig für eine Karriere als Zuhälter. Und so, wie er hier gestanden und von Belinda Kings Showtalent geschwärmt hat, das war doch nicht gelogen. Er war wirklich überzeugt, dass er besser ist als Jack White, wer immer das sein mag.«

»Ein Musikproduzent. Ich hab's gegoogelt. So eine Art früher Dieter Bohlen.«

Sie schnaufte. »So ein Unfug. Dieter Bohlen hätte dieses Küken zum Frühstück verspeist und nach Hause geschickt.« Sie wedelte mit dem Foto des zerbrechlich wirkenden Mädchens. »Belinda King … was bilden sich diese dummen Dinger bloß ein?«

»He, nicht so voreilig«, widersprach Caspari scherzhaft. »Viele große Talente kommen von hier. Matthias Reim, Christian aus der Castingshow, Henny Winkler. Das ist das Nashville Deutschlands. Sagt jedenfalls Happel.«

»Nee, tut mir leid. Wie hört sich denn das an? Belinda King aus Frankenberg. Das geht einfach nicht zusammen. Das ist kompletter Schwachsinn. Weißt du, was mir dazu einfällt? *Blei-*

be im Lande und taufe dich redlich. Wer aus Friesack is, darf nicht Raoul heißen.«

»Fontane«, sagte er, als vernehme er einen fernen Ruf. Er sah sie fragend an. »Du liest Fontane?«

»Wieso? Ist der nicht für Türken oder was?«

»Doch, doch. Ich wundere mich nur.«

»Abendschule, Deutsch-Leistungskurs. Gesellschaftsromane zwischen Realismus und Radikalismus.«

»Klingt aufregend.«

»Klingt aufregender, als es war. Und wieso kennst du den Stechlin?«

»Ich habe eine umfassende literarische Bildung«, schwindelte er. In Wirklichkeit war genau dieses Zitat – abgesehen von dem unausweichlichen *Herr von Ribbeck auf Ribbeck im Havelland,* das er wie alle anderen Kinder seines Jahrgangs aus unerfindlichen Gründen in der Schule auswendig lernen musste und das sich ihm eingeprägt hatte – das Einzige, was er von Theodor Fontane kannte. Und das auch nur, weil sein tatsächlich literarisch umfassend gebildeter Ex-Schwiegervater es einmal angeführt hatte. Damals, als Cordula sich in den Kopf gesetzt hatte, ihren neugeborenen Sohn mit den Vornamen Benedictus Raoul Valentin Kaspar ins Leben zu entlassen. Als Vater des Wurms war Thomas Caspari der scharfzüngigen Staranwältin nicht gewachsen. Jedoch hatte der alte Moritz Brackenheimer sehr wirkungsvoll Fontane ins Feld geführt: »*Wer aus Friesack is, darf nicht Raoul heißen ...* Willst du wirklich ein kleines, unschuldiges Kind mit einem solchen Ungetüm von Namen niederdrücken?«

Zum Glück hatte Madame auf die Stimme der Vernunft gehört. So hatte der alte Fontane indirekt verhindert, dass sein Sohn mit dem Vornamen eines Problemfalls durch sein Leben gehen musste. Was ihn freilich nicht daran hinderte, sich unter dem Namen Lars zum Problemfall zu entwickeln.

»... hallo? Erde an Caspari? Hörst du mich?« Er hatte seinen

Gedanken an Lars nachgehangen und hörte nur noch das Ende ihrer Frage. Wie aus einem Nebel tauchte ihre Charakternase vor ihm auf, dahinter zwei stechende Augen. »Alles in Ordnung?«

»Sorry, ich war gerade ganz woanders«, sagte er und dachte: *Ich muss dringend bei Liebold anrufen. Vielleicht haben sie ihn ja endlich aufgespürt. Ich darf ihn nicht aus den Augen verlieren!*

Kolcuoğlu dachte, dass er möglicherweise versäumt hatte, seine Tabletten zu nehmen, und selbst nicht ahnte, dass er noch lange nicht austherapiert war.

»Ich sagte gerade, dass es doch möglich wäre, dass diese Belinda King, die ja nun vermutlich nicht so heißt, in Wirklichkeit auf den Namen Martina hört.«

»Martina King, gewissermaßen.«

Sie war unempfindlich gegen seine Ironie.

»Exakt. Und wenn sie so ein tolles Talent war und mit Melchior einen Riesenhit aufnehmen sollte …« Nadide begann den Raum zu durchwandern, während sie ihre Vision entwickelte. »Wenn dieses kleine Mädchen also von einer großen Karriere als Superstar träumte, dafür sogar diese beschissenen Nacktaufnahmen machen ließ, um irgendwelche alten Säcke zu erfreuen und für sich einzunehmen … und plötzlich – *baff!* – ist das Tonstudio ausgebrannt. Dann fand sie das bestimmt nicht lustig. Und vielleicht hat sie Melchior dabei geholfen, die Kohle bei Henny Winkler zu beschaffen.«

»Aber Winkler war doch pleite!«

»Das wussten die beiden doch nicht. Oder besser noch: Was ist, wenn sie Melchior nach dem Feuer abgeschrieben hat und mit Winkler anbandelte. Der stand schließlich nicht nur aus künstlerischen Gründen auf Frischfleisch.« Ihr leichter Silberblick verklärte sich zusehends, als sich plötzlich die Hintergründe dieses Verbrechens vor ihrem inneren Auge entblätterten. »Ach du Scheiße, natürlich! Winkler hat Melchior seine kleine Belinda King abspenstig gemacht und das blöde Gulli-Galli-Lied geklaut. Wie damals schon *Viva Roswitha*. Und wollte es in Frankfurt mit dem Mädchen produzieren. Mitsamt einem Video, aufgenommen in der römischen Therme im Luxushotel. Als Neustart für seine eigene Karriere und als Techtelmechtel mit dem Mädchen … die Drecksau.«

Caspari grinste sie ironisch an.

»Bravo. Damit wäre das Motiv für Melchior wirklich wasserfest.«

»Tja. Und was, wenn er es doch war?«, fragte Nadide provozierend unter dem Eindruck ihrer lückenlosen Indizienkette.

»Dann verleiht dir Freckel einen Orden«, sagte Caspari und dachte: *Direkt herzzerreißend, wie sie bemüht ist, den Verdacht von ihrem Freund und Ex-Lover Ollie Kiessling abzulenken.* Er freute sich schon auf ihr Gesicht, wenn er sie später mit dem Schmalzeimer konfrontieren würde.

Er ließ sie den vorsintflutlichen Rechner einpacken und nach draußen bringen, während er selbst außerhalb ihrer Hörweite sein Handy herausnahm und Liebolds Nummer wählte. Er ging in Melchiors Hof auf und ab, dachte, während er das Klingelzeichen hörte, an Maja Magerkohl, die er genau hier zum ersten Mal getroffen hatte und die er vermisste. Liebold meldete sich nicht. Er war nicht in seinem Büro, und das konnte nur heißen: Er wollte nicht erreicht werden. Mehr Glück hatte Caspari bei seinem zweiten Anruf, mit dem er die Bühne für das große Presswurst-Finale bereiten wollte. Julia Kopeke, die berüchtigte Frankfurter Zeitungsreporterin, die jeder fürchtete und die eines mit seiner Ex-Frau verband: Caspari hoffte, dass er sich niemals auf der ihr gegenüberliegenden Seite des Lebens wiederfinden möge. Da war man nämlich in größter Gefahr.

»Kommissar Caspari, lange nichts von Ihnen gehört«, begrüßte sie ihn. Und weil jede nicht gestellte Frage in ihren Augen eine Verschwendung wertvoller Atemluft war, legte sie gleich nach. »Was treiben Sie denn so?«

»Das wissen Sie doch. Tagsüber ein langweiliger Bürojob, der mir aber nur als Tarnung dient. Und nachts ziehe ich mein Fledermauskostüm an und halte das Böse aus der Stadt fern.«

»Haha. Gut so. Einer muss es ja machen. Apropos Fledermaus. Ich habe unlängst Ihre Ex-Frau auf einer Vernissage gesehen …«

»Ich habe sie immer ermutigt, sich auch für die schönen Künste zu interessieren.«

Die Kopeke zündete sich eine Zigarette an und blies den Rauch durchs Telefon. Er stellte sich vor, wie sie die Füße auf dem Schreibtisch kreuzte und in irgendwelchen streng geheimen Unterlagen blätterte, während sie mit ihm sprach.

»Sie schien allerdings mehr interessiert an dem schönen Begleiter, den sie im Schlepptau hatte …«

»Nanu? Julia! Sie sind doch nicht zur Klatschpresse übergelaufen?« Er war bezüglich Cordulas Beziehungsstatus nicht auf dem aktuellen Stand und wollte sich damit auch nicht belasten. Es führte zu nichts außer zu bösen Aufwallungen, und von denen hatte er auch so schon genug.

»Klatsch ist mein zweiter Vorname und meine geheime Leidenschaft«, gestand Julia Kopeke und schickte ein rauchiges Knatterlachen hinterher. »Der Typ war jedenfalls ein deutlicher Abstieg, wenn Sie mich fragen.«

Er beschloss, diesen Ball lieber nicht anzunehmen, denn er hatte tatsächlich zu viel Respekt vor dieser Frau. Er nannte es zumindest Respekt. In Wirklichkeit war es nackte Angst.

»Herzlichen Dank«, sagte er schnell, anstatt sie nach dieser Vorlage zum Abendessen einzuladen. »Sagen Sie mal, Julia, mal was ganz anderes … ist Ihre Zeitung eigentlich auch an dieser Winkler-Sache dran?«

»Wenn Sie mit ›dieser Winkler-Sache‹ den Mord an dem singenden Toupetvertreter mit dem Wasserspeiergrinsen meinen, dann muss ich sagen: ja. Natürlich sind wir auch da dran. Sogar wir kommen nämlich an solchen Storys nicht mehr vorbei. Auch wenn's peinlich ist.«

»Kommen Sie dann persönlich heute Nachmittag zur Pressekonferenz nach Korbach, oder schicken Sie jemanden?«

»Ich nach Korbach?«, fragte sie entgeistert zurück. »Spinnen Sie? Ich sammle gerade Material über die Ferienflüge des Kultusministers, wenn Sie wissen, was ich meine.«

Und ob er wusste, was sie meinte. Der Herr Minister würde sich bald wünschen, er wäre lieber zu Hause geblieben und hätte ein gutes Buch gelesen.

»Schade. Ich hätte da nämlich eine gute Frage, die Sie stellen könnten, wenn Sie auf dieser Pressekonferenz wären.«

»Schießen Sie los – ich habe eine hochbegabte Hospitantin hingeschickt.«

»Eine Hospitantin?« Caspari war enttäuscht.

»Meine Tochter. Also: Was wäre jetzt Ihre Anregung? Was sollte das Mädchen nach Ihrem Dafürhalten denn fragen …?«

Klaus muss raus!

Auf der Grünfläche im Schatten der alten Bäume gegenüber der Polizeidirektion Waldeck-Frankenberg hatte sich am Nachmittag eine für Korbacher Verhältnisse recht ansehnliche Menschenmenge versammelt. Gut drei Dutzend Leute standen rund um ein an zwei Besenstielen befestigtes Bettlaken, auf dem die Worte *Freiheit für Klaus Melchior* zu lesen waren. Es befanden sich unter den Demonstranten einige Veteranen der lebhaften nordhessischen Musikszene, manche mit beträchtlichen Hörschäden, aber heißen Herzen. Allen voran der emeritierte Schlagzeuger Schorsch und der Trompeter Achim aus Klausis Herrenrunde; Fritz hatte von seinem Arbeitgeber nicht frei bekommen. Es waren auch Vertreter des linken politischen Spektrums angereist, die in der erzkonservativen Gegend nicht oft Gelegenheit bekamen, an die frische Luft zu gelangen. Und schließlich hatte sich auch eine kleine Abordnung aus der *Blauen Mühle* unter das Volk gemischt, denen es eigentlich egal war, wofür oder wogegen sie eintraten, Hauptsache, es war ehrenhaft und richtete sich gegen die Willkür der Obrigkeit. Sie alle hielten sich feierlich bei den Händen und summten und sangen mit Siegfried und Ralf das alte Protestlied *We Shall Overcome*.

Zwar sollten Details wie der Name des Beschuldigten, die erdrückende Beweislast und die Erklärung der Anklage erst auf der Pressekonferenz um fünfzehn Uhr verkündet werden, aber so lange wollten die Unterstützer nicht warten.

»Klaus ist kein Mörder«, rief Siegfried und erntete dafür viel Applaus und zustimmende Rufe.

»Ich kann nichts verstehen«, brüllte einer der schwerhörigen Altrocker, und jemand reichte Siegfried ein Megaphon, das in seiner Hand zu quietschen begann wie ein gefangenes Wiesel.

»Wir verlangen die sofortige Freilassung unseres Freundes und Musiker-Kollegen Klausi Melchior!« Jetzt war es so laut, dass einige von ihm abrückten. »Er hat schließlich nichts Unrechtes getan und soll als Sündenbock für die Fehler und Versäumnisse der Polizei herhalten!«

Ein Fernsehteam des Hessischen Rundfunks, das viel zu früh dran war und eigentlich nur ein paar Bilder von der Pressekonferenz aufnehmen wollte, mischte sich unter die Demonstranten, um das zu sammeln, was man in Fachkreisen *ein paar knackige O-Töne* nannte.

»Das ist doch immer so – wenn's der Staatsmacht passt, kommst du in den Knast!«, rief ein ergrauter Revoluzzer aus der linken Marburger Szene mit Heu in den Haaren. Erst als er den Satz ausgesprochen hatte, leuchteten seine Augen auf, und ihm dämmerte, dass er gerade eine steile Parole gemünzt hatte. Er ballte die Rechte zur Faust und rief: »Wenn's der Staatsmacht passt, gehst du in den Knast. Wenn's der Staatsmacht passt, gehst du in den Knast!« Aber niemand schien einstimmen zu wollen. Der artig geföhnte HR-Reporter mit Jackett und Schlips wartete geduldig, bis er fertig war.

»Aber es gibt doch, wie man von der Polizei hört, eindeutige Beweise!«, stellte er fest.

»Aber gerade dagegen muss man sich doch wehren! Beweise sind Scheiße!«

Der Reporter duckte sich schnell weg, bevor der Späthippie mit einer weiteren griffigen Parole einen neuen Sprechchor beginnen konnte. Er hielt sein Mikro einem schmächtigen Jüngling unter die Nase, der etwa sein Jahrgang war, aber eine giftgrüne Hose und ein T-Shirt in Regenbogendesign trug.

»Wie stehen Sie zu Herrn Melchior?«

»Ich bin sein Sohn«, sagte der Junge.

»Wirklich?«

»Nein. Nur Spaß. Komme ich jetzt ins Fernsehen?«

Weiter zum nächsten Kandidaten.

»Ich bin Schorsch und Schlagzeuger. Man nennt mich den Rommel an der Trommel.«

»Und?«

»Und was?«

»Na, hat er's getan?«

»Natürlich nicht. Es ist wie damals bei Sacco und Vanzetti, nur dass Klaus halt allein ist. Also nur Sacco.« Der Reporter verstand kein Wort, wurde aber schon bald von einer neuen Durchsage erlöst. Denn mit einer weiteren schauerlichen Rückkopplung nahm Siegfrieds kämpferische Ansprache wieder Fahrt auf.

»Ich kenne Klausi seit bald dreißig Jahren. Und ich weiß genau – er würde keiner Fliege etwas zuleide tun. Er liebt die Musik, den Frieden und alles Schöne in der Welt. Er ist kein Mörder!«

Endlich hatte der Parolenrufer mit den Heuhaaren eine schmissige Losung gefunden.

»Klaus muss raus, Klaus muss raus!«, rief er, und diesmal stimmten alle ein.

KOR Freckel beobachtete das Treiben von seinem Büro im zweiten Stock aus und war stinksauer.

»Ist diese Kundgebung überhaupt angemeldet?«, wollte er wissen. »Wenn nicht, fordere ich einen Wasserwerfer an und schicke die Hundestaffel.«

»Das würde uns sicherlich einigen Ärger einbringen«, warnte Fackiner. »Denken Sie nur mal an Stuttgart 21.«

Er selbst kannte Siegfried und Ralf seit Jahren. Sie hatten bei seiner Silberhochzeit das Abendprogramm bestritten. Er hatte mit den Demonstranten gesprochen und ihnen das Versprechen abgenommen, dass sie wenigstens die Pressekonferenz nicht stören würden. »Sie sagen, es sei nur ein Picknick.«

Freckel zog missmutig die Luft durch die Nase ein. Dies war kein guter Tag für ihn. Erst der ganze Ärger mit Hildegard wegen der verdammten Garage und jetzt das.

»Das radikale Dreckspack.« Er empfand es als einen persönlichen Affront, dass sein grandioser Ermittlungserfolg hier auf so schäbige und noch dazu öffentliche Weise in den Schmutz gezogen wurde.

Nur drei Tage nach der Tat präsentierte er der Öffentlichkeit einen Täter, dem er den Mord nahezu lückenlos nachweisen konnte. Motiv, Alibi, DNA-Spuren, das in solchen Fällen übliche Netz von Lügen und Halbwahrheiten. Und jetzt auch noch das Geständnis.

Gut, man hatte auf den Beschuldigten vielleicht einen gewissen, sanften Druck ausgeübt. Hatte ihm Totschlag und fünf Jahre bei guter Führung in Aussicht gestellt, obwohl kein Richter auf der Welt sich auf so eine milde Strafe einlassen würde. Aber man musste eben manchmal einige Tricks anwenden.

Selten genug, dass mal die ganze Republik auf den kleinen Landkreis schaute. Jetzt kam sogar RTL, und der Nachrichtensender n-tv hätte um ein Haar sogar zum ersten Mal in der Menschheitsgeschichte eine Live-Position in seinem Konferenzraum aufgestellt. Sie hatten sich schon nach einer Steckdose erkundigt. Blöd nur, dass dann der Streik am Flughafen dazwischengekommen war.

Aber Tageszeitungen, Nachrichtenmagazine und sogar die Blätter, die sonst nur beim Frisör auslagen, hatten sich angemeldet. Und nun würden die Journalisten auch noch diese Demo der Tranfunzeln da draußen zu Gesicht bekommen. Peinlich war das für ihn und für die Stadt. Oberpeinlich.

»Ist doch schön, dass es in unserem Landkreis auch eine gelebte Solidarität gibt«, sagte Fackiner, der daheim in seinem Dorf auch im Kirchenvorstand saß. Freckel musterte ihn voller Missfallen von der Seite wie einen eitrigen Hautausschlag und knurrte: »Sie machen es nicht besser mit so was, wissen Sie das? Sie machen es nicht besser.«

Fackiner räusperte sich. »'tschuldigung.«

»Da unten kommt gerade PK Happel. Warum geht der denn so schwer? So jung und schon Ischias? Und was hat er da für eine Kiste?« Ein Polizeiopel aus dem Frankenberger Fuhrpark war in die Zufahrt eingebogen und kam vor dem Eingang zum Halten. Marti Happel entstieg dem Dienstfahrzeug, sah sich kurz die Protestveranstaltung an und trug dann ein graues, mittelgroßes Gehäuse ins Gebäude.

Freckel sah auf die Uhr. »Melchiors Computer. Den bekommen wir bis drei Uhr natürlich nicht ausgewertet. Na ja. Ist auch nicht schlimm. Da kann ich wenigstens sagen, dass wir auch Festplatten beschlagnahmt haben. Das hört sich immer gut an.«

Kolcuoğlu und Caspari hatten den Rechner aus dem Melchior-Haus in die Frankenberger Station gebracht, und Happel hatte sich freiwillig gemeldet, um das Ding nach Korbach zu kutschieren. Sie nahmen sein Angebot sofort an. Denn keiner fuhr gern die dreißig Kilometer zwischen den beiden Städten hin und her.

Es war eine trostlose Landstraße ohne nennenswerte Imbissbuden, die durch ein grünes Flusstal führte und auf der man meist hinter dem Auspuff eines unüberholbaren Sattelzuges entlangtuckerte. Happel machte das heute nichts aus, denn er hatte in der Polizeidirektion noch etwas anderes zu tun. Als Erstes lieferte er den grauen Kasten aus Melchiors Haus in der Computer-Ermittlungsstelle ab, wo die Kollegen sich aufrichtig über das historische Modell freuten und sofort begannen, alte Geschichten über längst vergessene Spiele und müde Grafikkarten auszutauschen. Es war, als führten sie eine archäologische Ausgrabung durch.

Als er den alten Rechner losgeworden war, begann Happels Herz zu hämmern. Nun ging es um den eigentlichen Zweck seines Besuchs. Er fühlte, wie in der Hosentasche das billige Goldkettchen aus dem Juwelierladen in Frankenberg immer schwerer wurde. Er griff danach und ließ es durch seine Finger gleiten.

Schwierigkeiten erwartete er nicht bei diesem Vorhaben, denn den Asservatenraum bewachte laut Dienstplan sein Kollege Otto Scherer. Er kannte ihn von früher. Ein lieber und gemütlicher Mensch. Ausgeglichen und immer freundlich. Kaninchenzüchter.

»Na, Otto, was machen die Rammler?«

»Mensch, Marti« – der Asservatenwächter strahlte seinen Besucher an –, »wenn das keine Überraschung ist!« Scherer führte ein sehr einsames Dasein zwischen Kisten, Tüten, Kartons und den grauen Gerippen seiner Metallregale. Die meisten Kollegen schienen ihn für einen Teil der Innenausstattung zu halten und behandelten ihn auch so. »Hast du dir den Fuß verletzt?«

»Ach, das ist nicht schlimm. Nur dumm aufgetreten.« Diese Antwort machte ihm immer noch Spaß.

»Und sonst?«

»Ach ja.«

»Ja eben …«

Mit diesen wenigen Silben war für viele wortkarge Waldecker im Grunde schon der Gesprächsbedarf eines ganzen Tages gedeckt. Noch ein warnender Einzeiler zum Abschied, und man hätte von einer ausgewachsenen Diskussion sprechen können. Aber da Marti unbeirrt vor ihm stehen blieb, wusste Otto, dass noch was kommen musste.

»Brauchst hoffentlich nicht wieder ein Kaninchen für deine Bühnenshow, hihi.«

»Nein, nein, keine Angst!« Die Sache lag schon ein paar Jahre zurück. Bevor er auf die Idee mit der Zwerggiraffe gekommen war, hatte Happel noch gemeint, ein richtiger Zauberer brauche auch unbedingt ein weißes Kaninchen. Scherer hatte ihm netterweise eines ausgeliehen. Es hieß Agnes, hatte rote Augen und war vom Teufel besessen. Mitten in der Vorstellung hatte es ihn in die Hand gebissen. Ströme von Blut flossen. Die Kinder fanden den Zwischenfall lustig, aber einige Mütter waren schwer traumatisiert. Fast hätte es das Ende seiner Laufbahn bedeutet.

»Machst du immer noch diese Auftritte?«

»Manchmal. Aber ausschließlich auf Privatveranstaltungen.« Nur für den Fall, dass der feindselige EPHK Erkundigungen über ihn einholte. Man konnte nicht vorsichtig genug sein. »Und selbst? Immer noch der König der Züchter?«

Scherer machte ein betont bescheidenes Gesicht. »Ach, man bemüht sich. Mein Deutscher Riese hat auf der Landesschau Kurhessen die Preismünze in Silber gemacht. Und der Jens, also mein Sohn, der hat mit seinem Alaska den Ehrenpreis der ZDRK geholt.«

»Super«, sagte Happel und klatschte vor falscher Begeisterung fast in die Hände.

»Dabei war es natürlich streng genommen mein Alaska.«

»Natürlich.« Er hatte keinen Ahnung, wovon der Mann redete. »Das finde ich toll.«

»Ja.«

»Ist doch schön, dass du so viel Freude hast mit diesen Tieren.«

»Das finde ich auch.«

»Ja.«

»Und schön, dass du mal auf ein Schwätzchen vorbeigekommen bist.«

»Ja. Das war schön, dass wir uns mal ein bisschen unterhalten haben.«

Happel ließ den Gedanken davonsegeln und setzte seinen nächsten Satz mit dem Gespür für Timing, das nur jemand entwickeln konnte, der regelmäßig vor Menschen auf der Bühne stand.

»Sag mal, bevor ich's vergesse. Die ganzen Sachen von der Winkler-Geschichte.«

»Oh, ja. Alles sehr wichtig. Alles vom Chef persönlich abgezeichnet.«

»Ja, deswegen hat er mich ja hergeschickt. Da war doch so ein goldenes Armband dabei. Das müsste ich nur mal ganz kurz in Augenschein nehmen. Es soll da eine Gravur entdeckt worden sein …«

»Eine Gravur?«, wiederholte Scherer und hockte sich hinter seinen Computer. Mit zwei Fingern bearbeitete er die Tastatur. »Armband …«

»Ja, Gold. Soll irgendwo in dem Haus herumgelegen haben.« Marti Happel war ein bisschen erstaunt über sich selbst. Obwohl er doch gerade ein massives Dienstvergehen in die Wege leitete, war er trotzdem cool und gar nicht aufgeregt. Er hatte die rechte Hand wie zufällig in der Hosentasche, darin hielt er das billige Goldarmband umklammert. Wenn ihm Kollege Scherer gleich die Tüte mit dem Original aushändigte, würde er es blitzschnell und unbemerkt austauschen. Für einen Zauberclown wie ihn war dieses kleine Kunststück ein Kinderspiel.

Scherer war in seinen Rechner vertieft und nuschelte: »Du, ich sehe hier aber nichts von einem Armband. Nichts aus Gold. Gar nichts. Mit oder ohne Gravur.«

»Ach, wirklich? Schau doch noch mal nach. Es wäre wirklich sehr wichtig … äh.«

Scherer tippte weiter, kratzte sich am Kopf, tippte wieder. »Nee, nichts. Definitiv. Keine Goldsachen, kein Schmuck, nur eine Uhr am Handgelenk des Toten. Aber die ist nicht aus Gold. Sonst nichts. Fehlanzeige.«

»Na, das ist ja putzig. Da hat sich wohl jemand ganz schön geirrt.«

»Das würde ich auch sagen. Aber nett, dass du mal wieder hier warst.«

»Das finde ich auch, Otto. Gut, dass man sich nicht aus den Augen verliert bei dem ganzen Stress. Und schöne Grüße an die Hasen.«

»Die Kaninchen, meinst du.«

»Ja, natürlich. Und pass auf, dass sie dir nicht in die Finger beißen.«

»Ich passe da schon auf. Ich schon …«

»Hahaha.« Erst als er draußen auf dem langen Korridor stand

und die Tür hinter sich ins Schloss schnappen hörte, spürte Happel, wie seine Knie sich in Weichgummi verwandelten. Jetzt rauschte das Blut durch seinen Schädel, und die Pumpe ging wie nach einem Hundert-Meter-Sprint. Im Grunde, fand er, war es doch gut, dass er auf der grünen Seite des Gesetzes stand und nicht auf der anderen. Als Ganove hätte er jedenfalls keine große Zukunft vor sich.

Als Happel das Gebäude verlassen wollte, hörte er die tiefe Stimme des obersten Polizisten durch die Flure hallen und folgte dem vertrauten Bass in den großen Versammlungsraum. Er spähte durch die halboffene Tür hinein und sah eine ganze Menge menschlicher Schulterpartien und Hinterköpfe. Vorn saß KOR Freckel, sichtlich zufrieden hinter einer stattlichen Sammlung von Fernseh- und Radiomikrophonen, als sei das sein natürlicher Lebensraum. Neben ihm hockten Landau und Fackiner, die sich mit Nicken abwechselten und ihre unbestechlichen Polizistenblicke wie Scheinwerfer über das Publikum gleiten ließen.

»Hat der Täter denn allein gehandelt?«

»Davon gehen wir zum jetzigen Zeitpunkt aus.«

»Gibt es Hinweise darauf, dass Klaus Melchior tatsächlich der Urheber des umstrittenen Liedes ist?«, fragte einer aus dem Radio, der den Auftrag hatte, den Fall aus dem musikalischen Blickwinkel zu beleuchten.

»Da müssen Sie einen Musikwissenschaftler fragen und keinen Kriminalisten«, antwortete Freckel. »Aber es könnte aufschlussreich sein, dass der Tatverdächtige im Laufe der Vernehmung auch die *Liechtensteiner Polka* und die *Polonäse Blankenese* als sein geistiges Eigentum ausgegeben hat. Außerdem hat er behauptet, der wahre Florian Silbereisen zu sein.«

»Also ein Irrer?«

»Das haben Sie gesagt. Wir haben übrigens auch eine Festplatte beschlagnahmt und erhoffen uns von der Auswertung noch einige wichtige Erkenntnisse.« Das hörte sich wirklich immer sehr gut an. Polizeiarbeit auf der Höhe der Zeit. Jetzt fehlte nur noch was mit Facebook und Twitter, und er wäre der König der Kriminalisten.

»Die Demonstranten da draußen sagen aber, dass Melchior ein sehr gutmütiger Mensch und ganz bestimmt kein Mörder sei.«

»Sehen Sie, genau das dachte Henny Winkler fälschlicherweise auch. Deswegen hat er ihn ja arglos in sein Haus gelassen.« Freckel blickte streng ins Publikum. »Ein folgenschwerer Fehler, wie sich zeigen sollte.«

»Können Sie uns Genaueres dazu sagen, wie Herr Winkler umgekommen ist? Wurde er gewürgt oder mit einem Seil erdrosselt?«, fragte eine blutjunge Reporterin, die Freckel noch nie zuvor hier gesehen hatte. Sie sah aus, als würde sie für eine Frankfurter Schülerzeitung schreiben. Der Kriminaloberrat schmunzelte und genoss die Klickgeräusche der vielen Kameras.

»Es tut mir leid, junge Dame. Aber aus ermittlungstechnischen Gründen kann ich dazu noch keine Details preisgeben.«

Die kleine Pestbeule allerdings, die amüsiert ihre Stirn kraus und die Mundwinkel nach unten zog, als er sie »junge Dame« nannte, besaß die Unverfrorenheit, diesen aus sorgsam gewählten Worten gezimmerten Satz sofort wieder zu verwüsten.

»Stimmt es also, was man hört, nämlich dass Winkler mit einer Ladung Schweineschmalz erstickt wurde?«, fragte sie frech. Ein Raunen ging durch den Saal, einige streckten angeekelt ihre Zungen raus, Köpfe drehten sich, Kugelschreiber huschten über Notizblöcke.

»Kein Kommentar«, sagte Freckel, plötzlich frostig. Ihm war schlagartig der ganze Spaß an der Veranstaltung vergangen.

»Hat der Ermordete denn das fragliche Schmalz bei sich im Haus aufbewahrt?«, hakte ein erwachsener Journalist nach.

»Verzeihung, ich bin nicht von hier«, sagte eine feine Dame, die für ein Society-Magazin schrieb. »Aber ist es in dieser Gegend üblich, Schweineschmalz im Hause zu haben? Ist das nicht schrecklich ungesund?«

»Ich sage nichts mehr zu diesem Thema.«

»Brauchte er das Schmalz für seine Musik?«, wollte ein Witzbold wissen und erzielte einen beträchtlichen Lacherfolg. Wo ein Scherzkeks laut wurde, brauchte man nicht lange nach dem nächsten zu suchen.

»Die Musik war ja auch mordsmäßig schmalzig!«

Noch mehr Lacher.

»Meine Damen und Herren«, schaltete sich tadelnd der Medienbeauftragte der Korbacher Polizeidirektion ein, der die Pressekonferenz moderierte. »Ich darf doch um etwas Respekt bitten. Hier geht es schließlich um einen Mord. Ein Mensch kam zu Tode.«

»Ja, aber durch Schmalz!«

»Wer macht denn so was?«

»Hat dieser Klaus Melchior das Schmalz des Todes bei sich gehabt?«

Freckel biss sich beleidigt auf die Lippen, starrte auf die leere Wand an der gegenüberliegenden Seite des Raumes und dachte an Hildegard und die Scheißgarage. Die Tatsache, dass ihn in diesem Moment ausgerechnet der Gedanke daran beruhigen konnte, hätte Anlass zu großer Beunruhigung sein müssen.

»Hat er es von zu Hause mitgebracht oder unterwegs erworben? War es aus eigener Schlachtung, oder handelte es sich um Schmalz aus dem Supermarkt?«

»War es mit gerösteten Zwiebeln versetzt?«

»Griebenschmalz?«

»Kann es nicht auch Gänseschmalz gewesen sein?«

Alles ging plötzlich durcheinander.

»Bitte nehmen Sie zur Kenntnis, dass ich dazu nichts sage. Es handelt sich dabei um Täterwissen.«

»Na, jetzt ja wohl nicht mehr.«

Wieder Glucksen und Lachen im Saal. Bloß gut, dass wenigstens aus der geplanten Live-Übertragung nichts geworden war, dachte Freckel. Jetzt stand er vor dem Staatsanwalt wie ein Volltrottel da. Wenn er das Großmaul erwischte, das die Sache mit dem Schmalz durchgestochen hatte, dann würden aber die Fetzen fliegen. Doch bei aller Empörung – irgendwie hatten die Schmierfinken ja auch noch einen guten Punkt angesprochen: Woher stammte eigentlich das Zeug? Wieso hatte daran noch keiner gedacht?

»Was wissen wir über das verkackte Schmalz?«, raunte er Fackiner zu, der sofort damit begann, hektisch in seinen Unterlagen zu blättern.

Nach einer kleinen Ewigkeit des Blätterns raunte er zurück: »Nichts.«

Immer neue, immer bedrohlichere Schmalzfragen prasselten auf die Ermittler ein, bevor der Moderator endlich die Notbremse zog und die Aufmerksamkeit der hungrigen Meute auf die Ergebnisse der DNA-Analyse lenken konnte. DNA war immer gut. Wissenschaftlich, modern, geheimnisvoll. Mit DNA konnte man trefflich ablenken. Und während Kriminalhauptkommissar Landau dem Publikum einen Vortrag über die DNA-Spuren hielt, die der Tatverdächtige im Bungalow des Mordopfers hinterlassen hatte, hackte Freckel mit dem Gesichtsausdruck eines verstimmten Gorillas eine SMS in sein Handy und drückte die *Send*-Taste.

Happel, der noch immer mit angehaltenem Atem im Flur stand und die Veranstaltung mit wachsendem Interesse durch den Türspalt verfolgte, spürte zwei Sekunden später sein Handy in der Brusttasche vibrieren.

»Brauchtum dringend Kacken zum Schmalzgebäck im Winkelhaus humba dalli dalli Grunz KOR Ferkel.«

Kommissarin Kotzeklo

Dreißig Kilometer südlich fischte Caspari sein Mobiltelefon aus der Jackentasche, setzte seine Brille auf und wunderte sich nicht mehr, dass er die krause Nachricht sofort verstand. Er zog den Schluss, dass Julia Kopekes hochbegabte Hospitantin zielsicher ins Wespennest gestochen hatte.

»Was will er?«, fragte POK Kolcuoğlu, die soeben den Dienstwagen auf den Parkplatz des *Country Clubs* steuerte, wo die Kiesel von unten rebellisch knirschten. Das Timing war perfekt, der letzte Akt des Dramas konnte beginnen.

»Freckel will unbedingt, dass wir etwas über das Schmalz herausfinden«, erklärte Caspari voller Vorfreude auf die bevorstehende Konfrontation.

»Das fällt ihm aber früh ein«, spottete sie.

»Und es trifft sich gut, dass wir gerade hier sind. Ich hatte nämlich so eine Art Eingebung gestern Abend.«

Er konnte ja schlecht zugeben, dass er die Eingebung schon gestern Morgen gehabt hatte. Und zwar, als er sie von der Küche aus bei ihrem Gespräch mit Ollie Kiessling belauschte. Da hatte er die Mordwaffe gesehen – einen Eimer mit Schmalz, aus dem sich der Täter mit einer Handvoll bedient hatte, bevor er zur Tat schritt. Man brauchte nicht mehr viel kriminalistische Phantasie, um sich den Mörder vorzustellen: Es war logischerweise der Besitzer dieser Kneipe oder sein stiernackiger Freund. Aber der heimtückische Mord an dem altersgeilen Volksfestbarden war für Caspari nur ein Nebenkriegsschauplatz. Hier ging es um viel mehr. Ein gefährlicher Maulwurf musste enttarnt und ausgeschaltet werden.

»Was denn für eine Eingebung?«, fragte Nadide. »Gestern Abend?«

»Ich konnte nicht schlafen und habe mir im Ort ein bisschen die Beine vertreten«, behauptete Caspari. »Dabei bin ich auch in dieser Westernkneipe gelandet.«

»Tatsächlich?« *So ein dreister Lügner*, dachte sie und brachte es nicht mehr fertig, ihm in die Augen zu sehen. Wenn er tatsächlich gestern Abend hier gewesen wäre, dann hätte er nicht schlecht gestaunt, wer da in angesäuseltem Zustand an der Theke stand und Streit suchte.

»Und was glaubst du, steht da wohl dick und fett auf der Speisekarte?«

»Sag's mir. Ich sterbe vor Spannung.«

»Dann halte dich fest: Schmalzbrot.«

Was für eine unsäglich dumme Begründung, um sie in eine Falle zu locken. Fadenscheinig, blöd und unoriginell. Genau das passte zu Tarkan. Und dass es hier passieren sollte, hier in Ollies Kneipe – auch das passte perfekt.

»Wirklich? Deswegen sind wir hier? Jede Kneipe im Umkreis von hundert Kilometern bietet Schmalzbrot an. Das ist ein Grundnahrungsmittel.«

»Von mir aus. Aber das hier ist nun mal die einzige Kneipe, von der aus ein Attentäter mit einer Handvoll Schmalz in fünf Minuten das Haus von Henny Winkler erreichen kann. Wer gut zu Fuß ist, schafft es sogar in vier.«

»Und was wäre damit bewiesen?«

»Ich habe ein bisschen in der Datenbank recherchiert. Der Besitzer dieses Clubs, ein gewisser Oliver Kiesmann …«

»Zu deiner Information: Der Mann heißt nicht Kiesmann, sondern Kiessling, Spitzname Fiesling.«

»Okay. Kiessling. Hobbys: Glücksspiel, Drogen und Zuhälterei. Erinnerst du dich an die Nachricht auf Winklers Mailbox? Ich bin ziemlich sicher, dass der Anrufer eben dieser Kiessling war. Und der hat seine Drohung dann tatsächlich wahr gemacht. Das sagt mir mein Bauchgefühl.«

»Dein Bauchgefühl in allen Ehren. Selbst wenn er irgendwelchen Unsinn auf die Mailbox gelabert hat – ich kenne diesen Typen ziemlich genau. Der begeht keinen solchen Mord. Dazu ist er nicht in der Lage.« Sie gab also die Bekanntschaft zu. Aber das war Caspari nicht genug. Es war zu spät und zu wenig.

»Soso. Nicht in der Lage … na ja. Dann fragen wir ihn doch trotzdem mal nach seinem Alibi.«

»Ja, tun wir das.«

Zumindest scheiterten sie nicht schon wieder an einer verschlossenen Tür. Der Eingang mit der aufgemalten Saloon-Flügeltür stand jetzt zum Auslüften sperrangelweit offen. Aus dem Inneren drang melancholische Texasmusik. Steel-Gitarren jaulten, und eine markige Männerstimme beklagte den Abschied und pries den Alkohol. Ollie Kiessling hockte missmutig hinter einem der grob gezimmerten Westerntische vor einem Stapel loser Papiere, die er hin und her schob. Heute ohne Indianerstirnband. Die langen, dunklen Haare hatte er zu einem Pferdeschwanz zurückgebunden. Sein haarloser Freund Börnie, der sich nie weiter als zehn Schritte von ihm zu entfernen schien, stand wie ein römischer Haussklave hinter der Bar und putzte gewissenhaft Gläser, die er danach sogar prüfend gegen das Licht hielt. Als der Obercowboy und Anführer der Gesetzlosen die Beamten bemerkte, schob er die Zettel zur Seite und grinste sie an.

»Sieh mal an. Kommissarin Kotzeklo. Du entwickelst dich ja immer mehr zu einer Art Stalkerin, muss ich sagen.«

Nadide erwiderte darauf nichts, legte aber die Hand auf die Dienstwaffe, wie um sie schnell zücken zu können, wenn es gleich zu einem Duell kommen sollte. Sie hatte keine Angst. Wenn ihr Bruder tatsächlich beschlossen hatte, es hier und heute zu Ende zu bringen, dann war sie dafür bereit. Ihre Blicke scannten den Gastraum ab, der außerhalb der massiv goldhaltigen Barbeleuchtung und des Lichteinfalls am Eingang in einem trügerischen Halbdunkel versank. Da konnte sich eine ganze Mannschaft von Heckenschützen verschanzen, und sie würde es erst merken, wenn die Kugeln sie durchsiebten. Sie registrierte die beiden Doggen, die hechelnd auf der Seite lagen und nur kurz die Köpfe hoben, als die beiden Polizisten näher traten. Nadide ließ ihren Kollegen vorausgehen, um ihn wenigstens nicht auch noch im Rücken zu haben.

»Was ist denn jetzt schon wieder?«, pöbelte Kiessling. »Und wen schleppst du da an? Wachtmeister Dimpfelmoser?«

Der Geschmähte baute sich vor ihm auf und ignorierte das Knurren, mit dem die Hunde die Signale seiner Körpersprache beantworteten. Vielleicht erkannten sie in ihm auch das Mittagessen wieder, das ihnen gestern so knapp vom Tellerchen gehüpft war.

»Mein Name ist Thomas Caspari«, stellte sich Caspari vor und löste damit einen unerwarteten Heiterkeitsausbruch bei Kiessling aus. Er trommelte übermütig mit beiden Händen auf die Tischplatte und jubelte: »Ich lach mich tot über unsere Polizei. Der eine ein Clown, der andere ein Kasper.«

Caspari ließ sich nicht aus der Ruhe bringen, sondern wahrte vorbildlich Form und Fassung. Er hatte beschlossen, diese Sache hier ganz ohne Emotionen und kühl zu Ende zu bringen. Wie im Lehrbuch. Schön der Reihe nach und Schritt für Schritt. Erst den Winkler-Mord und dann POK Kolcuoğlu. Oder umgekehrt. Das spielte jetzt keine Rolle mehr. Er sah sich schon heute Abend, sie in Handschellen auf dem Rücksitz, auf dem Weg nach Wiesbaden.

»Herr Kiessling. Ich würde gern von Ihnen wissen, wo Sie am Sonntagabend zwischen zweiundzwanzig und dreiundzwanzig Uhr waren.«

Ollie riss die Augen auf und mimte den Lottogewinner.

»Das gibt's doch gar nicht! Wissen Sie, wie lange ich darauf warten musste, dass mir einer von euch Brüdern mal diese Frage stellt? Wissen Sie's? Börnie! Sag's ihm!«

Der Angesprochene reagierte sofort: »Lange, sehr lange.«

»Genau. Und jetzt kommen Sie hier einfach so rein und erfüllen mir diesen Wunsch. Ich bin gerührt und dankbar.«

»Dann beantworten Sie doch die Frage bitte auch.«

»Oha. Der neue Gangsterschreck aus Frankfurt will wohl gleich mal seine Duftmarke hier im Revier setzen. Verstehe. Also. Am Sonntagabend – mal sehen. Ja. Da war ich … Moment, da muss ich doch noch mal kurz nachdenken … ich war … Börnie?!«

»Du warst hier!«, grunzte der Gläserputzer.

»Ja, das ist mein Schicksal.« Kiessling seufzte. »Ich bin nicht sehr beweglich. Wo ich mal bin, da bleibe ich meistens auch für eine Weile hocken. Bonnie und Clyde! Aus, sitz, bleib!«

Die riesenhaften Hunde hatten sich plötzlich und ohne erkennbaren Grund schwerfällig erhoben und kamen langsam näher. Aus blutunterlaufenen Augen musterten sie die beiden Beamten. Casparis Körper wurde von einem starken Fluchtreflex befallen, dem er nicht nachgeben konnte. Er versteifte sich, sein Blick wurde starr, er schluckte. Wer genau hinsah, bemerkte die Schwäche. Kiessling ließ nicht erkennen, ob er die Angst des Polizisten registriert hatte. Er blaffte die Hunde an, und sie sackten in sich zusammen, als hätte jemand ihre Stromzufuhr unterbrochen.

»Börnie und ich haben zuerst zusammen den *Tatort* geschaut, das machen wir nämlich sonntags immer. Und dann haben wir mit eigenen interessierten Gästen darüber diskutiert. Denn oftmals werden Kriminelle im Fernsehen sehr diskriminierend dargestellt, finden Sie nicht auch?«

»In welcher Beziehung standen Sie zu Henny Winkler?«

»Ach« – Kiessling, der Fiesling, lehnte sich entspannt zurück – »daher weht also der Wind. Das habe ich doch alles schon Ihrer Kollegin erzählt.«

Caspari bedachte Kolcuoğlu, die neben ihm aufgetaucht war, mit einem fragenden Seitenblick.

»Du hast also Herrn Kiessling bereits verhört?«, neckte er sie und weidete sich ein wenig an ihrer Pein.

»Ich habe ihn nicht direkt verhört oder auch nur befragt. Es war mehr … gesprächsweise … informell.«

»Verstehe.«

Am liebsten hätte sie den Schleier jetzt fallen lassen und ihn angeschrien. Welches miese Spiel zog er hier denn ab? Wozu musste er sie auch noch vorführen und demütigen? Er war Tarkans Mann – das hatte sie längst verstanden, und sie musste schwer mit sich kämpfen, ihm dieses Wissen nicht wie eine Ohrfeige in seine falsche Visage zu schlagen. Sie wusste alles – nur Ollie, dieser tumbe Klotz, stand natürlich noch auf dem Schlauch. Was immer Tarkan jetzt mit ihm vorhatte – sie würde ihrem Bruder nicht gestatten, seinen Triumph zu genießen.

»Henny Winkler war gelegentlich bei mir zu Gast«, erklärte Kiessling. »Er hatte es ja von daheim aus nicht so weit. Er war wie ein Vater für mich. Und ich mochte seine Musik sehr gern.«

Nadide wurde giftig. »Übertreib's nicht, Ollie.«

»Sie haben ihn am Telefon bedroht, falls er nicht zahlen sollte. Haben Sie Ihre Drohung denn wahr gemacht?«

»Nein. Sagen wir's mal so: Er ist mir durch seinen unerwarteten Tod zuvorgekommen.«

»Und? Hat er gezahlt?«

»Nein. Leider.«

»Aber den Arsch haben Sie ihm trotzdem nicht verhauen? Das haben Sie ihm doch angedroht. Und wenn man solche Drohungen ausspricht und nicht wahr macht, dann verliert man leicht seine Glaubwürdigkeit, oder? Gerade in einer so übersichtlichen Stadt, wo jeder jeden kennt.«

»Sie kennen sich aber richtig gut aus in solchen Gangstersachen, oder? Börnie – der Mann hat Ahnung.«

»Hab ich mir gleich gedacht«, kam es von der Theke zurück.

»Welche Summe hat Winkler Ihnen geschuldet?«

»Tut mir leid, das fällt leider unter das Bankgeheimnis.«

»Wofür war das Geld?«

»Speisen und Getränke. Er war oft hungrig und hat immer anschreiben lassen, da kam ganz schön was zusammen.«

Caspari hatte seine Fragen geduldig heruntergespult, weil er auf dem Weg zu seinem Ziel eine bestimmte Abzweigung ansteuerte, und die war nun erreicht.

»Speisen? Haben Sie denn hier auch eine Küche?«

»Ja, wenn's recht ist. Wir tun nämlich auch was gegen den Hunger in der Welt.«

»Dürfte ich da mal einen Blick hineinwerfen?«

»Klar. Wenn Sie mit so einem Kontrolleurausweis vom Gesundheitsamt wiederkommen, jederzeit.«

»Ollie, mach jetzt keine Zicken«, schaltete sich Nadide ein. Sie wollte nicht mehr warten. Sie wollte es hinter sich haben.

»Gut. Aber nur, weil sie so nett *bitte* gesagt hat. Und nichts anfassen! Es gibt hier strenge Hygienevorschriften.«

»Wo ist die Küche?«

Kiessling deutete mit einer lässigen Handbewegung vage in Richtung Bar. Ohne seine Kollegin anzuschauen, schlenderte Caspari auf die Tür rechts neben dem Getränkeausschank zu, durch die er gestern in den Gastraum gespäht hatte.

Nadide sah ihm nach und begriff endlich. Ein eiskalter Schauer rieselte über ihren Rücken. Das war sie also, die finale Falle. Caspari wollte sie in die Küche des *Country Clubs* locken, wo alles gekachelt war. Blutspritzer, Flecken, Hirnreste und Gewebsfetzen – alles, was von ihr übrig blieb, konnte man schnell beseitigen. Schlimmstenfalls einfach einen Schlauch draufhalten und durch den Ausguss spülen.

War Ollie wirklich mit von der Partie? Nach allem, was geschehen war? War er eingeweiht, war er am Ende bezahlt worden? Bedroht? Oder hatte er freiwillig mitgemacht, weil er sich mit Tarkan wieder gut stellen wollte? Sie sah zu ihm herunter, aber er saß nur da wie immer und zeigte keine Regung. Als sie sich in Bewegung setzte und Caspari nachging, folgte ihr sein Blick kühl und ohne Mitleid. *Raus hier. Renn, so schnell du kannst,* kreischte eine hysterische Stimme in ihrem Kopf. Die Hunde schmatzten empört. Börnie, der Barmann, drehte den Kopf wie in Zeitlupe, und seine Augen verfolgten Caspari, der eben in dem kurzen, aber finsteren Küchengang verschwand.

»Was ist?«, fragte Caspari Nadide. »Kommst du nicht mit?« *Er will dich umbringen! Hau doch endlich ab und lass das nicht geschehen!*

Angst legte sich wie ein Bleigewicht um ihre Füße. Noch nie in ihrem Leben war sie vor irgendetwas davongelaufen. Nie hatte sie gekniffen oder Schutz gesucht. Und sie würde jetzt auch nicht damit anfangen. Wie angezogen von einem übermächtigen Magneten, steuerte sie hinter Caspari in den dunklen Flur. Würde am Ende des Ganges ihr Bruder auf sie warten? Würde er es selbst zu Ende bringen oder seinem gekauften Polizisten die Drecksarbeit überlassen? Sie nahm die ungesicherte P-30 in die Hand. Die schwere, griffige Waffe fühlte sich gut an und gab ihr ein bisschen inneren Halt. Sie würde sich teuer verkaufen.

Caspari war nach außen hin ruhig, aber innerlich bis zum Anschlag angespannt. Und es wurde immer schlimmer. Er war ja grundsätzlich nicht einer, der gut mit anderen zusammenarbeitete. Aber in dieser Situation wäre ihm ein bisschen Gesellschaft und vor allem eine gut bewaffnete Rückendeckung nicht unwillkommen gewesen. Er selbst hatte sich zwar die Küche als Bühne für den letzten Akt mit Kolcuoğlu ausgesucht, weil er den Schmalztopf sicherstellen und sie damit demaskieren wollte. Hier ist die Mordwaffe, von hier kam der Mörder, du deckst den Mörder, kassierst Geld von ihm, hilfst ihm bei seinen Geschäften mit deinem Bruder, versorgst diesen mit Informationen aus dem Polizeicomputer. Ein sauberer Schlag, eine lückenlose Beweiskette. Wo hatte er eigentlich sein Gehirn abgegeben, bevor er diese schwachsinnige, impulsive Entscheidung traf? Erst jetzt wurde ihm klar, dass diese Küche vor allem eine exzellente Falle für ihn selbst werden konnte. Niemand würde bemerken, wenn sie ihn tot oder lebendig aus dem Hinterausgang schafften. Oder häppchenweise an die hungrigen Hunde verfütterten. Der mannshohe Kühlschrank an der Wand bot genug Platz für filetierten Caspari in Aspik.

Er fingerte nach seiner Dienstwaffe, als er die Gewissheit erlangte, dass sein Plan idiotisch bis an die Grenze der Selbstzerstörung war. Erstens war der Schmalzeimer, der gestern noch unübersehbar neben dem Ketchup und der Majo in der Nische gestanden hatte, verschwunden. Und zweitens blickte er, als er sich umdrehte, geradewegs in den 9-Millimeter-Lauf einer Dienstpistole, die seine Kollegin Nadide Kolcuoğlu auf ihn richtete.

Danke, amen und auf Wiedersehen

Erna Happel, geb. Wolter, 23. 5. 1962 – 11. 10. 1999 stand auf dem schlichten Grabstein zu lesen, der so gut passte als Schlusspunkt ihres Lebens. Das war nämlich, jedenfalls bis zum Zeitpunkt ihres Todes, absolut unauffällig und unscheinbar verlaufen. Sie hatte ihr ganzes irdisches Dasein getragen wie ein einfaches Kleid. Seine wenigen Freuden, die vielen Mühen und den schrecklichen Tod ihres Erstgeborenen.

Das Grab auf dem Dorffriedhof von Frankenau am Rande des Kellerwaldes, den sie so geliebt hatte, war nicht gut gepflegt. Und es war klein. Viel kleiner jedenfalls, als Marti Happel seine Mutter in Erinnerung hatte. Und es wirkte auch an diesem warmen Frühsommerabend, umgeben vom frischen Grün der blühenden Bäume, unter dem blauen Himmel seltsam grau und farblos. Es war ein Einzelgrab, dafür hatte der Sohn gesorgt. Es konnte zwar niemand mit Gewissheit sagen, was da so vor sich ging im Reich der Toten. Aber falls sein Vater doch irgendwann aus seinem diesseitigen Dämmerzustand abberufen werden sollte, um ins Höllenfeuer umzuziehen, dann sollte er jedenfalls keine Gelegenheit bekommen, die Mutter im Jenseits noch einmal zu beleidigen oder gar anzurühren. Nie wieder, auch nicht als Leiche, nicht einmal als wurmstichiger Komposthaufen sollte er in ihre Nähe kommen.

Die liebe Oma Käthchen lag drei Reihen weiter südlich neben dem guten Opa Theodor, der viel zu früh gestorben war und den Marti, sein Enkel, nur aus Oma Käthchens Erzählungen kannte. Marti Happel stopfte den Blumenstrauß, den er an der Tankstelle besorgt hatte, umständlich in die Friedhofsvase aus grünem

Kunststoff und bohrte sie mittig in die ansonsten blumenfreie Grabfläche. Wie schmucklos das Grab war, fiel ihm jetzt erst auf, als er sah, wie viel Mühe sich die anderen Hinterbliebenen mit den Gräbern ihrer Toten gaben. Muttis letzte Ruhestätte war keine Augenweide. Die Nachbarn tuschelten sicher schon. Das hatten sie schließlich immer getan. Er richtete sich auf und faltete die Hände zum Gebet. Richtig beten hatte er nie gelernt. Er stellte sich vor, er spräche zu einem alten Mann mit wallendem, grauem Bart und weißem Haarschopf. Zu einem Zauberer. Aber einem ohne Zwerggiraffe in der Fracktasche.

»Lieber Gott, pass bitte gut auf meine Mutti auf und sorge dafür, dass ihr niemand weh tut. Da, wo sie jetzt ist«, sprach er in seinen Gedanken und bewegte dazu stumm die Lippen. Vertrauend darauf, dass seine fromm gemeinte Bitte irgendwie den Weg zum Heiland finden möge. »Bitte, bitte, danke. Amen und auf Wiedersehen.«

Jeder in der Dienststelle und die meisten im Ort wussten, dass er als Junge seine Mutter zusammengekrümmt auf dem Küchenboden gefunden hatte. Und sie wussten natürlich auch, in welchem Zustand er sie gefunden hatte. Durchbohrt und zerfetzt von Messerstichen. Über dreißig Stichwunden zählten sie in der Gerichtsmedizin. Seine Mutter hatte sich in ein Bündel menschlicher Überreste verwandelt, das in einer Blutlache lag. So viel Blut. Viel zu viel für so einen kleinen, schmalen Körper. Sein Vater saß im Unterhemd vor einer leeren Flasche Korn am Küchentisch auf der Eckbank. Er bemerkte den Jungen gar nicht. Erst sein Schrei drang durch den Nebel aus Gemeinheit und Alkohol zu ihm durch.

»Hals's Maul.« Seine Zunge war schwer. »Deine Mutter schläft. Wenn du sie aufweckst, gibt's Prügel.«

Dann war er gerannt. Kopflos, ohne Luft in seinen Lungen, ohne Kraft in seinen Beinen. Weinend bis hinunter ins Dorf, bis zum nächsten Haus. Anderthalb Kilometer. Es dauerte danach noch fast eine halbe Stunde, bis die Polizei aus Frankenberg eintraf. Sie brachten einen Krankenwagen mit. Bis zum Eintreffen der Rettungskräfte hatten die Männer aus dem Dorf seinen Vater schon überwältigt, was angesichts seiner 2,3 Promille nicht gerade eine Heldentat war. Die Beamten brachten ihn direkt vom Wohnzimmersofa, auf dem er sich ausgestreckt hatte und schnarchte, auf die Rückbank ihres Wagens, wo er sofort seitlich wegsackte und weiterschlief. Einer der Beamten kümmerte sich um den völlig verstörten Jungen, nahm ihn sogar an diesem Abend mit nach Hause und verlor ihn auch danach nie wieder aus den Augen. Das war Kommissar Horst Freckel gewesen.

Seit diesem Tag war sein Vater nicht wieder zu sich gekommen. Er verbüßte zunächst eine zwölfjährige Haftstrafe wegen Mordes. Und weil er mit niemandem ein Wort sprach, keines der Therapieangebote wahrnehmen wollte und sich insgesamt eher feindselig gebärdete, wurde er nach dem Ende der Haft zur weiteren Verwahrung und Beobachtung in die Psychiatrie ins nahe Haina/Kloster eingewiesen.

Marti Happel hatte den Alten seit seinem Prozess nur noch zweimal gesehen. Er hatte ihn im Gefängnis in Kassel besucht, weil er hoffte, er würde ihm vielleicht sein Motiv erklären. Und dann hatte er vor einigen Monaten in Haina noch einmal einen zweiten Versuch unternommen. Aber es kam zu keinem Gedankenaustausch. Der Vater hatte ihn nicht mal angesehen. Er war jetzt ein alter Mann, verschrumpelt und grau, eingefallen wie die Ruine eines Geisterhauses, von Barthaaren wie mit Efeu verstruppt. Er hatte, wie das Personal versicherte, schon seit Jahren keinen zusammenhängenden Satz mehr von sich gegeben. Und wenn er den Mund aufmachte, dann nur, um die Welt und alles, was in ihr wohnte und weilte, zu verfluchen. Er war ein wandelndes Geschwür aus Bosheit und der lebende Beweis dafür, dass der liebe Gott mit den Menschen ein undurchschaubares Spiel spielte. Ein gnädiger Himmelsherrscher hätte den Dreckskerl schon längst vom Planeten entfernt und ihm und der Erdbevölkerung einen Gefallen getan. Stattdessen hatte er Herbert Happel mit einer robusten Gesundheit ausgestattet. Nach Aussage der Ärzte konnte der Mörder seiner Mutter mühelos hundert Jahre alt werden.

Happel entledigte sich der Gedanken an seinen Vater mit einem mentalen Scheibenwischer, den zu bedienen er sich vor vielen Jahren selbst beigebracht hatte. Er stellte sich dazu bildlich vor, wie er die Überreste eines zerplatzten Mistkäfers, einer Kakerlake oder den Kackspritzer eines Vogels von der Windschutzscheibe seiner Seele wischte und so endlich wieder klare Sicht auf das liebe Lächeln seiner Mutti erlangte. Mit ihr wollte er jetzt sprechen und nicht den trüben Gedanken an ihren Mörder nachhängen.

Nach dem Dienst war er noch einmal schnell in seine Wohnung gefahren, um seine Zivilkleidung anzulegen und um eine Übernachtungstasche zu packen. Zahnbürste, Rasierer, frische Unterwäsche und natürlich die gebügelte Uniform für morgen. Diesmal war er deutlich besser vorbereitet und würde auch sicherlich nicht wieder zu spät zum Dienst kommen. Ohnehin würde ab jetzt manches anders laufen als bisher. Der Höhepunkt seines Tages, der schönste Moment, war ein kurzes Telefongespräch mit Martina gewesen. Er hatte sie anrufen müssen, um sich zu vergewissern, dass er das alles nicht nur geträumt hatte und dass sie ihn tatsächlich wiedersehen wollte. Heute schon.

»Ich warte auf dich«, hatte sie gehaucht. »Komm bitte bald!«

»Ich bin schon unterwegs«, hatte Marti geantwortet. »Und ich habe auch eine gute Nachricht, die dein Armband betrifft.«

»Wirklich?« Ihre Stimme klang so euphorisch und glücklich, dass er es nicht übers Herz brachte, die ganze Geschichte zu erzählen. Dass ihr verlorenes Schmuckstück nämlich gar nicht gefunden worden war. Das war die gute Nachricht. Sie musste sich also keine Sorgen machen, irgendwie mit dem Winkler-Mord in

Verbindung gebracht zu werden. Aber ihm wurde während ihres Gespräches klar, dass sie das nicht für eine gute Nachricht halten würde. Sie wollte das Armband zurückhaben, das einzige Erinnerungsstück an ihre Schwester.

Das war der Moment, da Marti den spontanen Entschluss fasste, zum zweiten Mal an diesem Tag den Juwelier in der Fußgängerzone aufzusuchen. Aber diesmal erwarb er statt eines billigen Goldimitates ein massives Frauenarmband für dreihundertfünfunddreißig Euro. So eine große Summe hatte er noch niemals für etwas so Kleines ausgegeben. Er war wie im Rausch. Er wollte Martina überraschen. Er wollte sie überwältigen mit seiner Liebe und seiner Großzügigkeit. Ihr jeden Wunsch nicht nur erfüllen, sondern schon von den Lippen ablesen. Sie auf Händen tragen. Sie hatte es verdient.

Als Erstes sollte seine Mutti erfahren, dass ein neuer Abschnitt in seinem Leben begonnen hatte.

»Mutti«, sagte er leise, »ich habe was Neues zu berichten. Ich habe endlich ein Mädchen für mich gefunden. Ich glaube, ich liebe sie.« Das waren große Worte. Er blickte sich um, denn er wollte nicht dabei ertappt werden, wenn er hier auf dem Gottesacker stand und was von Liebe brummelte. Ein erwachsener Mann und in diesem Ort kein Unbekannter. Die Friedhofsmauer und die jungen Bäume gewährten ihm Schutz vor Blicken und Lauschern. Das erleichterte sein Vorhaben aber nicht. Wie sollte er seiner Mutter, die ihn zuletzt gesehen hatte, als sein größter Wunsch ein eigenes Pony war, seine aktuelle Situation erklären? Den Wirbelsturm seiner Gefühle und seine Liebe zu einer erwachsenen, sehr attraktiven Frau, die er gerade erst kennengelernt hatte. Das Letzte, was Mutti von ihm auf dieser Welt gesehen hatte, war ein weiteres, versiebtes Diktat in der Schule und ein wieder aufgerissenes Hosenbein. Aber Tatsache war, dass er niemandem zum Reden hatte und dass die vielen unerklärlichen Emotionen in ihm brodelten wie in einer Sprudelflasche, die man zu wild geschüttelt hatte. Er musste es einfach loswerden, sonst würde er explodieren.

»Es ist kompliziert«, gestand er. Und nach einer Weile: »Sie heißt Martina. Sie kommt aus Löhlbach und ist sehr nett. Und sehr schön. Ich könnte mir vorstellen, dass du mit ihr einverstanden wärst.«

Na ja, dachte er, so einfach konnte er ihr Einverständnis dann ja auch wieder nicht voraussetzen. Es gab tief verwurzelte Animositäten und ein starkes Misstrauen gegenüber den Bewohnern der Nachbardörfer, das möglicherweise über den Tod hinaus Bestand hatte. Oma Käthchen, die in Frankenau, also weniger als zehn Kilometer entfernt von ihrem Heimatdorf Haubern, bis zu ihrem Lebensende als »die Haubersche« bekannt war, hatte immer gern alte Sinnsprüche zitiert. Und sie hätte sicherlich voller düsterer Vorahnung diese alteWarnung bemüht:

Gott behüte mich vor einer Frau
aus Hundsdorf, Löhlbach oder Frankenau.

Dieser Vers stammte aus einer dunklen Epoche, als die genannten Dörfer so bettelarm waren, dass niemand aus der Umgegend mit ihnen zu tun haben wollte. Natürlich waren diese Zeiten längst vorbei, und streng genommen war Happel ja selbst aus dem geschmähten Frankenau. Aber das änderte nichts an der möglicherweise ablehnenden Grundhaltung, mit der vielleicht auch seine Mutter seiner neuen Flamme gegenübertreten würde. Aber die Frage der Herkunft war nur ein Teil der Last, die er auf seinen Schultern spürte. Was ihn wirklich bedrückte und was er vor allem loswerden wollte, das kam erst noch. Denn Martin Happel hatte natürlich der Versuchung nicht widerstehen können, sich ein bisschen über seine Martina aus Löhlbach zu informieren.

Nachdem er von Freckels so kläglich verunglückter Presswurstkonferenz in die Frankenberger Polizeistation zurückgekehrt war, hatte er den Rest des verkorksten Tages dazu genutzt, ein paar diskrete Nachforschungen in eigener Sache anzustellen. Das war gar nichts Schlimmes. Jeder machte das irgendwann. Aus demselben Grund, aus dem ein Kellner im Lokal sich mal eine Handvoll Pommes in den Mund steckte oder sich mal eine Kugel Eis gönnte. Oder ein Handwerker mal Werkzeug aus dem Betrieb mit nach Hause nahm, um ein paar Arbeiten zu erledigen. Wofür gab es denn eine Datenbank, wenn man nicht auch ab und zu mal das eigene Leben ein bisschen übersichtlicher machen konnte. Die Suchbegriffe »Friese« und »Löhlbach« führten zuerst zu einem alten Einsatzbericht aus dem Jahre 2000, der noch im Aktenarchiv lagerte und nach dessen Lektüre Happel eines klar war: Er und die schöne Frau vom Catering-Dienst waren von einer höheren Macht füreinander bestimmt.

»Ich glaube, Mutti, Martina und ich, wir passen wirklich gut zusammen. Und zwar, weil Martina auch etwas ganz Schreckliches erlebt hat. Genau wie ich. Weißt du noch, als ich dich damals gefunden habe? Wie furchtbar das war? Wie lange ich geweint und schlecht geträumt habe?«

Blöde Frage, dachte Happel. Woher sollte sie das wissen? Wenn sie das wusste, dann wusste sie auch alles über Martina, und es war unnötig, irgendwas zu erzählen. Trotzdem sprach er leise und schnell weiter.

»Martinas Mutter hat sie verlassen, und ihr Vater ist auf dem Hof tödlich verunglückt. Sie hat ihn gefunden. Da war sie ungefähr so alt wie ich damals …«

Schlimme Sache. Kurt Friese, Lastwagenfahrer und Teilerwerbslandwirt mit vier Kühen, ein paar Schweinen, zwei Kornfeldern und einem Kartoffelacker, war eines Abends beim Ausmisten des Stalles ausgerutscht und in die Jauchegrube gestürzt, wo er in der Gülle ersoff. Seine Tochter Martina, damals gerade vierzehn Jahre alt, entdeckte die Leiche. Da Friese so ziemlich das Gegenteil eines anonymen Alkoholikers war und die Obduktion des Leichnams einen deutlich erhöhten Alkoholspiegel ergab, war allen Beteiligten schnell klar, warum das alles so kommen musste, wie es gekommen war. Und als ob das nicht schon genug Kummer für ein ganzes Leben gewesen wäre, geschah wenig später noch ein zweites tödliches Unglück. Martinas Jugendfreund, der Metzgerlehrling Florian aus Löhlbach, war im Arbeitsraum des väterlichen Fleischverarbeitungsbetriebes auf unvorstellbar grausame Weise zu Tode gekommen. Bei der Inbetriebnahme von neu erworbenen Maschinen zur Wurstherstellung war er von einem Mengarm erfasst und zerquetscht worden. Ein Kurzschluss hatte die Maschine schließlich gestoppt, bevor er völlig zermatscht werden konnte. Aber bis das geschah, war der Junge schon sehr übel zugerichtet und weilte nicht mehr unter den Lebenden. Das steife Amtsdeutsch des Polizeiberichtes ließ nur erahnen, welch grauenhaftes Bild sich den Beamten geboten hatte. Und natürlich auch der Person, die den total zerquetschten Leichnam fand, nämlich die junge Martina.

So wie Happel selbst als Knabe ahnungslos mitten in einen Horrorfilm hineinspaziert war, in dem seine Mutter die tragische Hauptrolle spielte, so war Martinas Jugend Knall auf Fall auf den Kopf gestellt worden. Vielleicht war Happel der einzige Mensch auf der Welt, der ihren Schmerz verstehen konnte. Welchen Abgrund sie durchschritten hatte und aus welchen schlimmen Alpträumen sie schweißgebadet erwacht war. Der polizeilichen Untersuchung zufolge hatten vor allem Fahrlässigkeit und Unerfahrenheit zum Unglück und zum Tod des jungen Metzgerlehrlings Florian geführt. Die Maschinen waren aus zweifelhafter Quelle und auf dunklen Wegen aus Osteuropa gekommen. Sie waren nicht vom TÜV zertifiziert und hätten eigentlich in Deutschland gar nicht in Betrieb genommen werden dürfen. Das fand wenig später die Versicherung heraus und verweigerte folglich jede Zahlung. Das schreckliche Unglück hatte die Metzgerfamilie ins Verderben gestürzt. Nachdem ihr einziger Sohn gestorben war, nahmen die Eltern, der Metzger und seine Frau, Martina wie eine Tochter bei sich auf. Aber lange überlebten sie ihren Sohn nicht und wurden drei beziehungsweise fünf Jahre nach dem schrecklichen Unglück aus dem Melderegister des Dorfes gestrichen. Die arme, tapfere Martina. Sie hatte ihm in ihrer ersten Nacht nichts von diesem Schicksal erzählt. Das verstand er gut. Solche Geschichten teilte man nicht leichtfertig. Sie waren tief drinnen im schwarzen Teil des Herzens verschlossen, und schon das Denken daran kostete viel Kraft und tat weh.

»Weißt du, Mutti, ich glaube, dass niemand auf der Welt mich so verstehen kann wie Martina. Und ist es nicht auch ein Wunder, wie die Namen zusammenpassen? Martin und Martina? Das kann doch kein Zufall sein! Deshalb sind wir auch so glücklich und haben so viel Spaß …«

Mehr musste sie nun wirklich nicht wissen, und das war auch kein Gesprächsthema mehr für den Friedhof. Wenn es stimmte, was manche sagten und glaubten und was er selbst sich auch immer so vorgestellt hatte, dann war seine verstorbene Mutter ohnehin über die ganze Sache längst im Bilde und beobachtete ihn von einem warmen, hellen Plätzchen aus. Hoffentlich machte sie nachts mal eine Pause. Und – wenn nicht – hoffentlich hatte sie wenigstens dabei den Ton ausgeschaltet.

»Jedenfalls, mach's jetzt mal gut, Mutti. Ich halte dich auf dem Laufenden. Und ich verspreche dir auch, dass ich keine Dummheiten machen werde.«

Er drehte sich weg und setzte sich langsam Richtung Ausgang in Bewegung, nickte auf dem Weg noch freundlich zum Grab von Oma Käthchen und Opa Theodor hinüber. Ihnen würde er zum geeigneten Zeitpunkt auch noch persönlich von seiner neuen Seelenverwandten und Liebe seines Lebens berichten. Und auch ihre Gräber, so stellte er bei näherem Hinsehen fest, konnten ein wenig Fürsorge und ein paar neue Blumen gut gebrauchen.

Jetzt hatte er es eilig. Jetzt wollte er zu seiner Martina.

Ein Eimer voller Schmalz

Caspari wich zentimeterweise zurück, ertastete mit der Linken die Edelmetallkonsole in der Mitte des Raumes. In die Insel aus rostfreiem Stahl waren Herd, Arbeitsflächen und das tiefe Topfspülbecken eingelassen. Seine Schulter berührte den Vorhang aus Schöpfkellen und Schaumlöffeln, der an der Dunstschleuse angebracht war. Das metallische Klappern brachte seine gepeinigten Nerven fast zum Zerreißen.

Nadide fürchtete die Falle in der Küche und verharrte regungslos im Türrahmen. Nur ihr Blick, der ihn zu durchbohren schien, und die Mündung ihrer Dienstwaffe folgten Caspari.

»Du machst es nur schlimmer«, belehrte er sie gönnerhaft. Sie hatte nichts zu entgegnen. Er sprach überlegen und ruhig.

»Nimm die Waffe runter.«

Sie sah ihn mit ihrem irritierenden Silberblick an, und Caspari bemerkte das Zucken ihres Pulses in der Halsschlagader. Der Rhythmus war schnell. Sie war hypernervös. Das machte die Situation noch gefährlicher. Als plötzlich sein Handy klingelte, fuhr er vor Schreck zusammen und hörte im Geiste schon den Schuss, mit dem sie ihn aus purer Nervosität niederstreckte. Sie hatte sich zum Glück vorbildlich unter Kontrolle und sah ihm nur mit stählerner Entschlossenheit in die Augen. Wortlos, mit fragendem Gesichtsausdruck und einer Bewegung seiner erhobenen Hand, erbat er ihre Erlaubnis, den Anruf entgegenzunehmen.

»Vielleicht was Neues von meinem Jungen«, sagte er.

Sie nickte, obwohl sie selbst mehr Neues von Lars wusste als irgendjemand sonst auf der Welt. Ganz langsam holte er das Handy aus der Innentasche seiner Uniformjacke, drückte auf die grüne Taste und verzichtete darauf, sich mit Namen zu melden.

»Ganz schlechter Moment«, sagte er stattdessen. Es war tatsächlich Liebold.

»Wollte nur kurz sagen, dass wir vielleicht endlich eine konkrete Spur von Lars haben. Noch nichts Definitives. Aber er scheint sich ziemlich sicher irgendwo im Süden aufzuhalten. Wir haben jedenfalls eine Handyortung aus der Gegend von Freiburg. Kennt er da jemanden?«

»Ich weiß es wirklich nicht«, sagte Caspari heiser. Sein Blick befand sich in einer eisigen Umklammerung mit Nadides schwarzen Kohleaugen. »Frag seine Mutter.«

»Hab ich bereits. Sie kennt dort auch niemanden.«

Caspari überlegte fieberhaft, ob es sinnvoll wäre, seinen Vorgesetzten irgendwie auf die missliche Lage hinzuweisen, in der er sich hier befand. Er kam zu dem Ergebnis, dass er sein Glück lieber nicht versuchen wollte. Das wäre zu gefährlich. Und außerdem war es einem Außenstehenden sehr schwierig zu vermitteln, wie ein angeblicher Spitzenbeamte des LKA es geschafft hatte, sich derartig in die Grütze zu manövrieren.

»War der Junge nicht gerade noch am Chiemsee?«, fragte er stattdessen.

»Ich mache ja nicht seinen Reiseplan«, meckerte Liebold. »Ich sage dir nur, wo sein Handy sich eingeklickt hat.«

»Kann ich später zurückrufen?«

»Okay«, schon hatte Liebold wieder grußlos aufgelegt.

Es war ein unkalkulierbares Risiko, aber er musste es eingehen. Nichts widerstrebte ihm so sehr, wie die Aussicht, in der Zwangslage, in die er sich hier gebracht hatte, wehrlos zugrunde zu gehen. Die Bewegung war tausend Mal geübt, und er führte sie mit Präzision und Geschwindigkeit aus. Er stopfte das Handy zurück in die Innentasche, und als die Hand wieder hervorkam, hatte er eine zweite, seine verborgene Waffe aus dem geheimen Schulterhalfter gezückt und richtete sie auf seine Widersacherin. Es war die kleine Ruger LCP-30, die ihn schon manches Mal in brenzliger Situation geholfen hatte. Er trug sie nicht immer. Aber immer, wenn er sie trug, fühlte er sich unverwundbar.

Nadide schoss nicht, sie zuckte nicht einmal. Die schnelle Bewegung hatte sie völlig überrumpelt. Jetzt konnten sie einander ohne Mühen die Köpfe wegballern und die Brustkörbe perforieren. Und ihre verbissenen Mienen verrieten, dass sie genau dazu bereit waren und dass keiner nachgeben würde. Caspari brach das explosive Schweigen.

»Hast du wirklich geglaubt, du würdest davonkommen?«

Keine Antwort.

»Wir haben dich schon lange im Auge.«

Keine Antwort. Vielleicht hatte sie beschlossen, die Methode Caspari der Abwechslung halber mal an ihrem Erfinder auszuprobieren.

»Mit wem, glaubst du, hast du es zu tun? Wir sind keine Anfänger.«

Sie blinzelte nicht einmal. Er fragte sich, wie lange die junge Frau die Pistole so halten konnte. Nadide war eine durchtrainierte Kampfsportlerin, aber auch ihre Muskeln würden ihr irgendwann den Dienst versagen. Die Pistole wog annähernd ein Kilo. In zwei, drei Minuten, so schätzte er, würde ihr Arm zittrig werden und nach unten sinken. Seine Ruger wog zwar nur dreihundert Gramm, aber auch bei ihm war irgendwann unweigerlich Schluss mit der Vorstellung. Und Nadide hatte den entscheidenden Vorteil – sie war nicht allein. Jederzeit konnten Ollies Hunde oder Ollie selbst ihr zu Hilfe kommen. Ganz nüchtern betrachtet, hatte er jetzt schon verloren. Seine einzige Chance bestand darin, sich den Weg freizuschießen. Nadide wusste selbst nicht, welcher Teufel sie geritten hatte, als sie ihre Waffe in die Hand nahm. Sie wünschte sich, es wäre nicht so weit gekommen. Aber mit einem Mal war es nicht nur eine dunkle Vorahnung, plötzlich *wusste* sie, dass sich gleich die Außentür an der gegenüberliegenden Wand öffnen und mit seinem widerlichen Grinsen ihr

Bruder eintreten würde. Das war genau so ein Auftritt nach seinem Geschmack. Eine Welle aus Angst und Widerwillen hatte sie erfasst, und da hatte sie nach der Waffe gegriffen und sie auf den Kollegen gerichtet. Sie zielte auf Caspari, aber sie meinte Tarkan. Sie hörte, dass er sprach, aber sie verstand nicht, was er sagte. In ihrem Kopf sprudelten Blut und Adrenalin um die Wette. Vor ihrem geistigen Auge mischten sich Bilder aus der Vergangenheit mit Visionen von Gewalt und Verletzungen und Hass. *Deutschenschlampe,* hörte sie ihn durch die Brandung ihrer eigenen Panik brüllen. *Schweinefresserhure, Nazifotze.* Niemand hatte sie jemals so erniedrigt. Sein Fluch lag auf ihr, und sie konnte sich niemals davon befreien. Solange sie lebte, würde er sie nicht in Ruhe lassen, das hatte Tarkan geschworen. Von seinen Eltern, von seinen Brüdern hatte er sich längst losgesagt. Aber von seiner kleinen Schwester ließ er nicht ab, weil er sie für sein Eigentum hielt. Schon als Jugendlicher hatte er sich an seiner Macht über sie berauscht. Sie durfte niemanden ohne seine Einwilligung kennenlernen, mit keinem sprechen und schon gar keinen mögen. Zwischen ihr und dem Leben hatte Tarkan sich aufgebaut. Mit seinen steinzeitlichen Vorstellungen von Ehre und Respekt und seiner krankhaften Eifersucht. Breitbeinig, ein selbstgefälliges Grinsen im Gesicht, mit wippenden Schultern und ausgebeulter Lederjacke. Und mit seinem Klappmesser.

Nadide war fast an der Anstrengung zerbrochen, ihn aus ihren Gedanken zu verbannen. Und nun war er doch zurückgekommen. Hatte seinen Privatbullen Thomas Caspari, dem er viel Geld zahlte und teure Uhren schenkte, vorgeschickt, um sie zu finden, in die Falle zu locken und ihr den Rest zu geben. Und ausgerechnet Ollies Küche hatte er sich als Bühne für das Finale ausgesucht. Das entsprach genau seinem kranken Sinn für Humor. Sie hörte sich laut aufschluchzen.

»Ich habe keine Angst«, schrie sie gleich darauf, laut genug, dass Tarkan es hören konnte, damit Caspari nicht etwa meinte, sie wäre vor ihm oder seinem Boss eingeknickt und er habe gewonnen. »Du kannst reinkommen. Los, Tarkan, wo steckst du?«, brüllte sie, halb besinnungslos vor Zorn.

Jetzt ist es so weit, dachte Caspari. Es war wie ein Schlag in die Magengrube. Wie ein Beil, das niedersauste und Gewissheit schuf. *Jetzt ruft sie ihren Herrn und Meister.*

Nichts geschah.

»Hat sich wohl aus dem Staub gemacht, dein sauberer Herr Bruder«, stichelte der Sonderermittler in der Hoffnung, endlich eine schwache Stelle in ihrem Panzer zu finden. Die Mündungen ihrer Pistolen waren immer noch in einer Entfernung von höchstens zwei Metern aufeinander gerichtet. Wenn die beiden ihre Waffen zufällig zeitgleich abgefeuert hätten, wären die Kugeln möglicherweise auf halbem Wege frontal in der Luft zusammengeprallt.

»Komm schon, Tarkan, worauf wartest du noch?«, brüllte Nadide noch einmal. Würde er durch die Hintertür kommen? Oder aus Ollies Kneipe und ihr in den Rücken fallen? Oder würde er in einem Feuerblitz direkt aus der Hölle aufsteigen, wie es am besten zu ihm passte?

Ihre Augen ließen von ihrem Ziel ab und glitten durch den Raum. Aber statt ihres kriminellen Bruders trottete nur Bonnie – oder war es Clyde? – mit hängendem Doggenschädel in die Küche und steuerte träge auf einen Wassernapf zu, der unweit des Ausgangs stand.

»Er kommt nicht«, stellte Caspari triumphierend fest. Bonnie – oder Clyde? – blickte zu ihm auf und ließ ein nachdenkliches *Wuff!* vernehmen, bevor er seinen Weg zum Wassernapf fortsetzte.

»Du hast recht. Sieht aus, als müsstest du es allein zu Ende bringen.« Zum ersten Mal sprach sie direkt mit Caspari und nicht mit ihrem Bruder, der sich aus Gründen, die nur er kannte, noch im Hintergrund hielt. Caspari hielt das für ein gutes Zeichen. Wer redete, der drückte vielleicht nicht ab. Das brachten einem die Psychologen auf jedem Geiselnahme-Seminar bei. Reden. Wie mit einem Pferd. In ruhigem Ton und leicht verständlichen Worten. Besonders dann, wenn es sich um Täter mit Migrationshintergrund handelte so wie hier. Und bloß keinen zusätzlichen Stress verbreiten. Keine hastigen Bewegungen, keine Beleidigungen und keine blöden Witze. Deeskalieren. Die Lage beruhigen und kein Öl ins Feuer gießen.

»Sieh es doch endlich ein. Tarkan hat dich im Stich gelassen. Er hilft dir nicht. Ich kann dir helfen.«

Sie funkelte ihn irre an. Der riesige Hund hatte seinen Durst gelöscht und hockte sich neben den Napf, um das Schauspiel, das sich in der Küche bot, in Ruhe zu genießen. Als Nadide nun antwortete, neigte er interessiert den Kopf zur Seite.

»Wie viel zahlt er dir? Was ist dein Preis?«

Was wohl die Psychologen zu so etwas sagen würden? Die Geiselnehmerin projizierte ihre eigenen Schuldgefühle auf ihr Opfer. Das konnte kompliziert werden.

»Ich weiß nicht, von wem du redest.«

»Tarkan. Ich rede von Tarkan. Von meinem beschissenen Bruder. Was zahlt er dir?«

Mit einer gewissen Erleichterung sah er, wie sie die Muskeln ihrer Schulter lockerte. Das bedeutete, dass die Kräfte der Erdanziehung sie zermürbten und ihre eigenen Kräfte langsam nachließen. Lange konnte sie die Waffe gewiss nicht mehr in sein Gesicht halten. Allerdings wurde sein eigener Arm auch immer schwerer. Die kleine Ruger war ihm noch vor kurzem so leicht vorgekommen. Jetzt gewann sie mit jeder Minute an Gewicht und wollte seine Knochen nach unten ziehen. Noch hielt er durch, aber die ersten Schweißperlen erschienen schon auf den Schläfen. Zur Entlastung zog er die Arme ein wenig näher an den Körper.

»Er zahlt mir nichts. Wieso sollte er was zahlen?«

»Lügner!«, fuhr sie ihn an.

Nicht widersprechen, empfahlen die Psychologen. Immer beipflichten und auf die Täter eingehen. Vielleicht eine Gegenfrage stellen. Aber nur, wenn es keine war, die sie falsch verstehen konnten.

»Und was zahlt er dir?«

Schlechte Idee. Sie fuchtelte wild mit der Pistole und schrie: »Spiel nicht mit mir!«

»Ganz ruhig«, beschwichtigte er. Das Keuchen verriet ihn. Seine Kräfte gingen zu Ende. »Okay, okay. Darf ich vielleicht in aller Ruhe einen Satz sagen, den ich für sehr, sehr wichtig halte? Ich weiß nicht, worauf du hinauswillst. Ich habe deinen Bruder nie getroffen. Und er zahlt mir auch nichts.«

»Die Uhr!«, schrie sie zurück. Wie von Sinnen.

»Welche Uhr?«

»Die Scheißuhr an deinem Arm!«

Vorsicht, Vorsicht. Die Frau war wie eine Fliegerbombe aus dem Zweiten Weltkrieg, die man plötzlich zwischen den Ranunkeln im Vorgarten entdeckte und die jeden Moment hochgehen konnte.

»Die hier?« Er hob vorsichtig den linken Arm ein wenig an. Sie nickte, und ihr Lockenschopf vibrierte entrüstet.

»Ein Geschenk. Habe ich doch schon gesagt.«

»Also gibst du es zu.«

»Zu meinem Vierzigsten. Von meinem Schwiegervater. Ex-Schwiegervater.«

»Bullshit«, gab sie zurück.

»Hey, was ist das für ein Lärm in meiner Küche?« Aus dem Gastraum meldete sich Ollie Kiessling. Nadide sah sich schnell um und rief nach hinten: »Verpiss dich, Ollie, das ist eine Sache zwischen ihm und mir.«

»Ich sag nur eines«, protestierte der Clubbesitzer, »Börnie hat die Küche heute erst sauber gemacht und alles blitzblank gewischt. Wenn ihr hier Dreck macht, gibt's mächtig Stress.«

»Verpiss dich!«

»Du denkst, Tarkan hätte mir diese Uhr geschenkt?« Endlich hatte es bei Caspari geklingelt. »Das ist totaler Humbug. Ich kenne den Mann nur von Fahndungsfotos. Und ich nehme keine Geschenke von Gangstern an.«

Sie hatte noch eine ganze andere Beschwerde vorzutragen. »Du hast in meiner Wohnung herumgeschnüffelt.«

»Ach ja? Und du hast mir in der Datenbank hinterhergeschnüffelt!«

Sie lehnte sich an die Wand, um ihren Arm zu entlasten, der immer schwerer wurde und zu brennen begann. Lange würden die Muskeln nicht mehr mitspielen. *Hoffentlich rutscht nicht ihr Zeigefinger ab und löst einen Schuss aus,* dachte Caspari. Trotzdem erschien es ihm jetzt, als gebe es doch noch eine Chance für beide, die Küche wieder lebend zu verlassen.

»Du hast Pätzold verraten.«

»Wen?«

»Boris Pätzold. Einen Kollegen von mir. Er hat eine kleine Tochter. Tarkan hat ihn ermorden lassen. Hast du das nicht gewusst?«

Wo blieb die Fanfare und das Feuerwerk? Er hatte gewonnen. Sie ließ die Waffe sinken.

»Ich kenne keinen Pätzold. Und ich habe keinen Kollegen verraten. Das würde ich niemals tun.«

Er überlegte, ob er seinen Vorteil nutzen und sie überwältigen und entwaffnen sollte, entschied sich aber dagegen. Er würde es nicht schaffen. Seine Muskeln waren am Ende. Auch er hätte keine zehn Sekunden mehr in der unnatürlichen Körperhaltung verharren können. Er plazierte die Ruger friedfertig auf der tadellos polierten Arbeitsfläche.

»Ich habe niemanden verraten«, wiederholte sie.

»Du hast die Polizei-Datenbank geknackt und durchstöbert. Wir können es beweisen.«

»Ich habe nichts geknackt. Ich habe das Passwort.« Sie steckte erschöpft ihre Waffe zurück in das Holster, schloss die Augen und ließ sich an der Wand hinunter zu Boden sinken.

»Woher? Wer hat dir das Passwort verraten?«

»So ein Idiot im EDV-Seminar im März. Klose. Ignaz Klose. Ein notgeiler Trottel. Ich hatte im Klassenraum was liegen lassen und bin zurück, da habe ich ihn mit einer Polizeischülerin überrascht. Damit ich ihn nicht verrate, hat er mir das heilige Universal-Passwort verraten.«

Caspari schüttelte fassungslos den Kopf. Sein Mund stand offen.

»Komm schon, das hätte jeder an meiner Stelle getan. Es war, als ob ich die NSA wäre. Unsichtbar und allwissend.«

Selbst wenn das zutreffen sollte – ihr Sündenregister umfasste noch ganz andere Vergehen.

»Warum warst du vorgestern heimlich hier? Warum wolltest du Kiessling warnen?«

»Ich habe ihn nicht gewarnt. Aber ich weiß, dass er keinen Mord begehen kann.«

»Sorry, Mädchen, aber Polizisten sprechen niemanden frei. Das macht die Justiz. Und die schulden solchen Leuten auch nichts.«

»Mädchen, Mädchen«, äffte sie ihn nach. »Bekomme ich jetzt einen Vortrag vom großen Musterbeamten, der sich und seine Lady umsonst vom Taxidienst herumkutschieren lässt?«

Das hatte gesessen.

»Woher …?«

»Kleine Stadt, keine Geheimnisse.« Sie rappelte sich wieder hoch und grinste hämisch. Er schnappte empört nach Luft. Ausgerechnet sie wollte ihm Vorhaltungen machen? Ausgerechnet? Plötzlich stand er hier am Pranger.

»Ich hatte kein Bargeld dabei und habe diesem Arschloch ausdrücklich gesagt, dass ich ihn bezahlen würde.«

»Tja. Und? Hast du?«

»Da beschwert sich ja die Richtige! Du hast dir zweitausend Euro von Kiessling zustecken lassen. Ich hab alles gesehen. Und du wolltest sogar fünftausend! Und dann besitzt du noch die Frechheit, mir Vorträge über Taxifahrten zu halten!«

»Wie? Du hast es gesehen? Hast du mich etwa beschattet? Das Geld ist die Pacht für mein Grundstück hier.«

»Und was ist mit dem Finanzamt?«, schrie er, erfüllt von seiner Gesetzestreue.

»Ja? Was ist damit?«, fragte sie frech zurück.

An dieser Stelle kam er nicht weiter, das war klar.

»Du hast einen Mörder gedeckt. Zufällig habe ich den Beweis, dass Kiessling Henny Winkler ermordet und um dreißigtausend Euro erleichtert hat. Er ist Sonntagnacht mit einer Handvoll Schmalz hoch zu Winklers Haus gelaufen und hat ihn damit erstickt.«

Sie schüttelte den Kopf wie über einen hoffnungslosen Fall.

»Ollie!«, rief sie über die Schulter in den Gastraum hinaus. »Kommst du mal eben?«

Sie trat einen Schritt zur Seite, und Sekunden später kam Ollie Kiessling in die Küche – auf Rädern. Er saß im Rollstuhl, seine Beine, die in schwarzen Lederjeans steckten, waren im krassen Kontrast zu seinem muskulösen Oberkörper knochendürr.

»Sag doch noch mal, wie Ollie zu Winklers Haus gelaufen ist«, forderte sie ihn auf. Und Caspari verfluchte einmal mehr die unvollständigen Dossiers, mit denen beim LKA gearbeitet wurde. Da fanden sie heraus, dass Kiessling, der Fiesling, für ihren Bruder gearbeitet hatte, dass er und Kolcuoğlu vor Jahren mal ein Liebespaar waren, kannten jede seiner Vorstrafen und hatten vergessen zu erwähnen, dass er querschnittsgelähmt war.

»Was gibt's?«, grölte der Barbesitzer. »Habt ihr euch nun doch wieder vertragen. Ihr Vögel seid wirklich was ganz Besonderes.

Umwerfend. Ihr solltet euch zusammentun. Dann könntet ihr Großes vollbringen. Jedenfalls als Komiker.«

»Ist schon okay, Ollie. Das reicht. Kannst wieder abrollen.«

Nadide kostete mit Genuss jede Sekunde von Casparis Sprachlosigkeit aus. Lautlos stürzte hinter seiner Stirn gerade seine ganze grandiose Falltheorie in sich zusammen.

»Los, komm, Bonnie!«, befahl der Mann im Rollstuhl, und die Dogge setzte sich schwerfällig in Bewegung, um ihrem Herrchen nach draußen zu folgen.

»Das« – sie wies mit dem Kopf in die Richtung, in die sie verschwunden waren – »hat ihm übrigens mein Bruder Tarkan angetan. Er ist mit dem schweren Motorrad über Ollie drüber. Genau in der Mitte. Zwei Mal. Und dann ist er abgestiegen und hat den Rest mit dem Stiefel erledigt. Er hat Ollie zerbrochen wie einen Ast. Nur um mir zu zeigen, dass er über mich und mein Leben bestimmen kann.«

»Und? Hat er gewonnen? Kann er über dich bestimmen?« Caspari glaubte immer noch, dass ihr Bruder sie fernsteuerte. So leicht wollte er sich seine Theorie nicht nehmen lassen. Das würde ja bedeuten, dass er und Liebold noch einmal ganz von vorn anfangen mussten.

Aber Nadide schüttelte den Kopf.

»Er wollte mich mit einem seiner türkischen Kumpels verheiraten. Deshalb habe ich bei der Polizei angeheuert. Das hat mich gerettet. Kein türkischer Macho würde sich jemals mit einer deutschen Polizistin einlassen. So habe ich mir dieses Arschloch gleich doppelt zum Feind gemacht.«

»Ich soll also glauben, dass Kiessling und dein Bruder nicht zusammenarbeiten?«

Sie funkelte ihn mit ihrem Silberblick empört an, die Haare schienen sich aufzustellen und wilder zu kräuseln, je aufgeregter ihre Trägerin wurde.

»Hast du keine Augen im Kopf? Er hockt für den Rest seines

Lebens in einem Rollstuhl, nur weil Tarkan eifersüchtig war. Meinst du etwa, Ollie würde ihm das jemals verzeihen und bei seinen krummen Dingern mitmachen?«

»Und selbst wenn – du hättest ihn niemals in die Ermittlungen einweihen dürfen. So was tut man nicht!«

»Habe ich doch auch gar nicht«, protestierte sie. »Ich habe ihm nur ein paar Fragen gestellt.«

»Und warum wolltest du dazu unbedingt allein sein?«

»Weil es nicht meine Baustelle ist. Ich wollte wissen, was er mit Winkler zu schaffen hatte und ob er ihn bedroht hat. Aber ich bin noch keine Kriminalbeamtin.«

Und sie würde es mit dieser Vorgehensweise auch niemals werden, dachte er. Sie hatte noch nicht begriffen, dass sie ihre Polizeilaufbahn mit Anlauf durchs Klo gespült hatte. Aber er wollte es ihr jetzt auch noch nicht sagen, um sie nicht unnötig aufzuregen oder gar zu provozieren.

»Mit mir redet Ollie offen und ehrlich. Wenn man ihn einbestellt und verhört, macht er komplett dicht und sagt gar nichts mehr. Das war eine ganz simple Abwägung.«

Caspari mochte es nicht, wenn jemand ständig kluge Antworten parat hatte.

»Egal«, sagte er gereizt, »so etwas macht man einfach nicht. Kollegen was vorlügen und nach Gutdünken Verdächtige befragen.«

Sie verschränkte die Arme vor der Brust wie eine trotzige Göre.

»Jetzt kommt der Herr Oberlehrer mir jetzt wieder auf diese Tour! Hallo? Und du steigst heimlich in meine Wohnung ein? Macht man so etwas?«

»Das ist was anderes.«

»Sehe ich nicht so. Es sei denn, du hättest einen Gerichtsbeschluss gehabt.«

»Kann ich jederzeit nachreichen.«

»Ja. Und darauf bestehe ich. Du hast nicht gegen mich zu ermitteln. Wenn da was wäre, dann würden das die Internen machen und nicht du.«

»Diese Sache ist mehrere Nummern zu groß für dich«, sagte er mit einer kühlen Arroganz, die bei ihr nicht gut ankam.

»Nein«, gab sie noch kühler zurück, »die Verletzung meiner Grundrechte, die ist zu groß für dich.«

»Es gibt einen Unterschied zwischen dir und mir.«

»Darauf bin ich gespannt. Los, raus damit. Was ist der Unterschied?«

Er hatte alles über sie gelesen, alle Akten und Beurteilungen, ihre Berichte, Seminararbeiten und sogar ihre privaten E-Mails. Er hatte sie drei Tage lang aus nächster Nähe beobachtet. Eine ehrgeizige Polizistin und abgekochte Unterwelt-Informantin. Jetzt stellte er fest, dass sie vor allem zu intelligent war, um sich von ihm einschüchtern zu lassen. Er stand mittlerweile auf ziemlich hoffnungslosem Posten, und seine Rechtfertigungsversuche wurden zunehmend kläglich.

»Ich bin ein erfahrener Ermittler.«

»Und darfst deswegen das Gesetz in die eigene Hand nehmen?«

Sie wurde laut. Sie war sauer. Und sie hatte leider recht. Das Beste, worauf er bei einer offiziellen Untersuchung rechnen konnte, war, dass Liebold selbst sie leiten würde. Jeder andere Beamte würde ihn zum Trocknen raushängen. Es wurde Zeit, dass er seine schärfste Waffe auspackte.

»Ich« – er sah sich mit Verwunderung selbst dabei zu, wie er herrisch mit dem Finger auf seine Brust zeigte, und leider verbreitete seine etwas zittrige Stimme nicht ganz diese Selbstgewissheit –, »ich weiß aber zufällig, dass der Mann, den du aus Gefälligkeit oder Dummheit mit Informationen über unsere Mordsache versorgt hast, die Tatwaffe hier versteckt hat. Und auch, wenn er nicht selbst der Täter war, so hat er möglicherweise seinen Glatzkopf geschickt, um den Mord zu begehen.«

»Börnie? Ach Quatsch. Und wo ist diese angebliche Mordwaffe?«

Diese Frage hätte er erwarten müssen. Sie kam sehr ungelegen.

»Sie stand genau hier.« Er zeigte auf die inzwischen leer geräumte Stelle in der Wandnische. »Zwischen Ketchup und Majo stand ein Eimer mit Schmalz, und jemand hatte daraus etwas entnommen.«

»Okay«, sagte sie prüfend, »aber dir ist schon klar, dass da nichts mehr steht.«

»Natürlich nicht. Du hast ihn ja gewarnt!«

Ohne den Blick von ihm abzuwenden, rief sie laut: »Börnie? Wo hast du das Schmalz hingeräumt?«

»In den Kühlschrank, wo es hingehört«, lautete nach kurzer Denkpause die Antwort von draußen. Und schon hatte Caspari die Tür aufgerissen und den Eimer herausgeholt.

»Da hast du's«, sagte er erleichtert. »Das wird Freckel sehr glücklich machen. Genau danach hat er nämlich gesucht. Auch wenn er nun wohl seinen Verdächtigen wieder laufenlassen muss. Denn wie der Eimer beweist, kam der Mörder doch aus dieser Kneipe.«

»He, ihr zwei Flachpfeifen«, ertönte aus der Wildwest-Kulisse die rauhe Stimme Ollie Kiesslings, »kommt mal her.«

Sie folgten seinem Ruf und fanden ihn hinter der Theke, wo er einen Computer bediente. Auf dem Monitor waren sechs Bildquellen zu sehen. Sie gaben die Schwarzweißaufnahmen von Überwachungskameras wieder, die an verschiedenen Stellen im *Country Club* installiert waren. Eine beobachtete den Parkplatz vor dem Eingang, wo sich rauchend ein Grüppchen von coolen Jungs herumdrückte. Eine weitere war auf den leeren Hinterausgang gerichtet. Im Lichtkegel eines einsamen Strahlers tummelten sich die Motten. Auf zwei Bildern war aus unterschiedlichen Perspektiven der gut gefüllte Gastraum zu sehen, auf einem Bild der Gang, der zu den Toiletten führte. Die letzte Kamera linste von schräg oben auf die Bar und den Eingang zum Küchenbereich hinunter.

Ollie spulte die Aufzeichnung vor. Die beiden Kellnerinnen in Miniröcken und Fransenwesten huschten emsig und mit zackigen Bewegungen wie Roboterbienchen immer wieder hin und her, verschwanden in der Küche und kamen gleich wieder heraus. Mal waren die Teller, die sie trugen, mit kalorienhaltigen Speisen beladen, mal waren es nur noch Trümmerlandschaften aus Knochen, Pommesresten und zerknüllten Servietten.

Ollie stoppte die Wiedergabe und lenkte ihre Aufmerksamkeit auf die digitale Uhrzeit, die rechts oben im Videoframe mitlief. Sie zeigte genau 21:35:34, als sich eine Gestalt aus dem Pulk der Barbesucher löste und zur Theke ging, um die Barfrau etwas zu fragen.

»Das ist Melchior«, erklärte Nadide.

»Und da hat er auch sein Frisörköfferchen«, ergänzte Caspari. »Er war tatsächlich unterwegs, um Winkler die Haare zu machen.«

»Und er hat vor seinem Besuch noch ein Schlückchen Feuerwasser getankt.«

Die Squaw am Zapfhahn zuckte die Schultern und deutete mit dem Daumen hinter sich. Daraufhin zwängte sich Melchior an den anderen vorbei in den Gang zur Küche.

»Ich hatte so eine vage Erinnerung, dass er am Sonntag hier aufgekreuzt ist«, sagte Ollie. »Komisch, dass er den Abgang durch den Hinterausgang macht.«

Nadide hatte eine Erklärung: »Vielleicht stand jemand vor der Tür, dem er nicht in die Arme laufen wollte.«

Die Kamera am Notausgang hatte ihn um 21:36:12 Uhr erwischt, als er kurz unter dem Mottengestöber im Lichtkegel verweilte, um dann in der Nacht zu verschwinden, in Richtung Winkler-Haus.

»Da muss er das Schweineschmalz schon haben«, vermutete Caspari.

»Was soll eigentlich diese krankhafte Fixierung auf Schmalz?«, fragte Ollie Kiessling.

»Das geht dich nichts an«, beschied ihm POK Kolcuoğlu und vergewisserte sich mit einem Seitenblick, dass Caspari dies auch bemerkt hatte. Bevor er sie wieder zu Unrecht beschuldigte, vertrauliche Ermittlungsdetails an Verdächtige zu verraten. Caspari ließ durch nichts erkennen, dass er sie für entlastet hielt.

»Ich brauche diese Aufnahmen«, sagte er herrisch.

»Und ich brauche neue Beine«, gab Kiessling bekannt. »Daraus wird aber nichts. Ollie verrät seine Gäste nicht an die Bullen.«

Bevor Caspari ihn daran hindern konnte, hatte er mit der Maus einen roten Kreis mit der Aufschrift *Archiv löschen* aktiviert, woraufhin ein kleiner, gefräßiger Fortschrittsbalken sich durch die Beweisdateien knabberte.

»Macht auch nichts«, beruhigte Nadide alle Anwesenden. »Wir haben wirklich schon genug gegen Melchior. Jetzt kommt auch noch der Handabdruck im Schmalzeimer dazu. Das Ding ist natürlich beschlagnahmt, Ollie.«

»Das wird mir aber ersetzt, kapiert? Da sind noch mindestens drei Kilo hochwertiges Bio-Schmalz drin.«

Caspari sah seine junge Kollegin an wie eine Geistererscheinung. Diese wandlungsfähige Frau hatte ihm vor weniger als fünf Minuten noch eine Waffe unter die Nase gehalten. Der Verdacht des Verrats von Dienstgeheimnissen war längst noch nicht vom Tisch. Und welches Spiel sie und Ollie Kiessling hier spielten, das war auch noch nicht ganz klar. Aber sie schien der Meinung zu sein, dass sie immer noch mit beiden Beinen fest im Polizeidienst stand. Sie ließ Ollie wissen, dass in nächster Zeit noch mit weiteren Besuchen von Amtspersonen zu rechnen sei, und trug das Beweisstück zum Auto, wo sie es im Kofferraum verstaute.

»Was ist?«, fragte sie verständnislos, als sie wieder nebeneinander im Auto saßen. Er saß diesmal hinter dem Steuer und verweigerte die Aussage.

»Oh, verstehe – du glaubst natürlich immer noch, dass ich deinen Kollegen an meinen kriminellen Bruder verraten habe.«

Er war einfach nicht mehr jung und flexibel genug, den plötzlichen Totalverlust einer über lange Zeit gereiften und plausiblen Theorie so einfach zu verkraften. Sollte der trottelige Melchior womöglich doch der heimtückische Schmalzmörder sein? Und war Ollie Kiessling, der Fiesling, am Ende nichts weiter als ein gehbehinderter Gastwirt? Nadide kein Maulwurf, sondern eine pflichtbewusste Beamtin?

»Die Sache ist noch nicht zu Ende«, sagte er kraftlos.

»Allerdings«, gab sie trotzig zurück und dachte: *Warte mal, bis du erfährst, wer deinem Sohn beim Untertauchen behilflich war …*

Nach einer Weile des Brütens über diesem unerhörten und erschreckenden Gedanken atmete er tief ein. »Eines hat mich jedenfalls doch noch überrascht: Du hättest also tatsächlich auf mich geschossen.«

»Und du auf mich!«

»Das ist was anderes«, behauptete er wieder und forderte damit einen ihrer strafenden, levantinischen Silberblicke heraus.

»Oh, ja, natürlich. Du darfst das ja. Du bist ja einer von den Guten. Du hättest mich mit deiner kleinen Scheißknarre da einfach über den Haufen geknallt wie einen Hasen. Und dann den Ermittlern was von Notwehr erzählt.«

»Ach? Und du etwa nicht?«

Wortlos zückte sie wieder ihre Waffe.

»Hey!«, rief er, geschockt und gleichzeitig erschrocken über seinen Schock. Wenn sie jetzt wieder damit anfing, wäre es ein sehr einseitiges Vergnügen, denn an seine Waffe kam er nicht so schnell heran. »Was soll das?«

Sie zielte mit der P-30 durch die Windschutzscheibe nach vorn in die Leere des Parkplatzes und drückte ab. Der Schuss ließ ihn zusammenzucken und zerriss den letzten Rest seines übel strapazierten Nervenkostüms. Aber die Scheibe blieb wie durch ein Wunder unversehrt. Ohne weitere Erklärung steckte sie die Waffe wieder weg. Caspari wartete einen Moment, bis das Pfeifen in seinem Ohr abebbte und sich Puls und Blutdruck wieder heruntergeregelt hatten. Dann startete er den Wagen. Nur um ihn gleich wieder abzuwürgen.

»Warum?«

»Ich schieße einfach zu gut«, sagte sie, ohne ihn anzusehen. »Und ich werde schnell resolut. Aber ich will niemanden verletzen. Also habe ich immer nur Platzpatronen geladen.«

Er nickte stumm. Und sagte nach einer Weile: »Mach das nie, nie wieder mit mir.«

Vil Erwett und vil Kummer

Der kleine, blueberrymetallicfarbene Koreaner war den aufmerksamen Nachbarn in Löhlbach natürlich schon an diesem Morgen aufgefallen. Es gab nicht viele Besucher von außerhalb, die sich hierher verirrten. Wenn doch mal unbekannte Fahrzeuge oder sogar solche mit exotischen Nummernschildern weit entfernter Herkunftsorte gesichtet wurden, dann waren es meist versprengte Kinder oder Enkel, die »in die Fremde« gegangen waren und nun ab und zu vorbeischauten, um sich zu vergewissern, dass sie hier nichts verpasst hatten. Aber wenn ein Verdächtiger im Clownskostüm bereits am Morgen beim Verlassen einer alleinstehenden jungen Frau gesichtet worden war und wenn er dann am Abend zurückkehrte, so wie der Unbekannte, der hier gerade seinem Kleinwagen entstieg, dann bahnte sich da eine interessante Geschichte an.

Leni Küster hatte, wie eigentlich immer, in ihrem Garten zu tun und sah, gestützt auf ihre Hacke, Happel mit demselben Gesichtsausdruck an, mit dem Häuptling Sitting Bull die US-Kavallerie bei Little Big Horn begrüßt hatte: mit einer Mischung aus Wachsamkeit und Verachtung. Wie alle Hausfrauen dieser Generation und dieses Breitengrades zwischen Atlantik und Ural trug sie eine ärmellose Kittelschürze mit Blumenmuster, dazu Gummistiefel und ein Kopftuch gegen die stechende Sonne. Dort, wo das direkte Sonnenlicht auf ihre Haut traf, an Armen, im Gesicht und am Hals, hatte sie bereits eine ansehnliche Rotfärbung angenommen. Aber ihre Generation machte sich nichts aus Lichtschutzfaktoren.

»G'n Dach«, sagte sie, und es klang wie eine versteckte Aufforderung zum Ringkampf. Happel gab schüchtern den Gruß zurück. »Wollt Ihr zum Martina?«

Ein Ortsfremder hätte bei dieser Frage unweigerlich hinter sich geschaut, um zu sehen, wer noch dort stand. Für die Eingeborenen jedoch war diese Ihr-Euch-Anrede die allgemein akzeptierte Umgangsformel für Fremdlinge, über deren Status man sich nicht im Klaren war. Frauen mit dem Artikel »das« zu bedenken – wie andere unbeseelte Objekte in Haushalt und Stall –, war kein Ausdruck von besonderer Geringschätzung, sondern nur ein Zeichen der ganz normalen Diskriminierung, über die niemand sich jemals empört hatte.

»Ja«, antwortete Happel, seine Übernachtungstasche hatte er lässig über die Schulter geworfen. Er hatte die Frau schon heute früh bei seiner übereilten Abfahrt bemerkt, aber sie kam ihm noch aus einem anderen Grund bekannt vor. Nach kurzem Nachdenken fiel ihm ein, dass sie eine der Helferinnen war, die Martina gestern Abend in Dainrode am Büfett »Eine Reise um die Welt« zur Hand gegangen waren. Ohne seine Clown-Verkleidung schien sie ihn nicht sofort zu erkennen.

»Das Martina iss awer nit do«, trompetete Leni Küster, noch immer auf ihre Hacke gestützt. Sie musterte den Besucher ungeniert, als denke sie darüber nach, ob aus ihm bei guter Pflege und artgerechter Haltung ein brauchbarer Nachbar werden könnte. Wer über Nacht blieb, der meinte es ernst. Die Idee des One-Night-Stands war in Leni Küsters Welt nicht akzeptiert. Happel, der das spürte, war bemüht, einen günstigen Eindruck zu hinterlassen. Denn die Gedankengänge dieses wortkargen und konservativen Menschenschlages waren ihm von Kindheit an vertraut. Und er wusste genau, wie man das Herz jeder Nachbarin erweichen konnte. Mit Komplimenten nämlich. Nicht über ihre Frisur, ihre Kleidung oder ihre Erscheinung, versteht sich. Dafür waren sie total unempfindlich, da waren sie auf der Hut und verschlossen sich wie Miesmuscheln. Aber ein Lob für ihren Garten oder ihren Apfelkuchen, und sie schmolzen dahin.

»Mann«, staunte er und riss die Augen auf, »was ist das denn für ein riesiger Rhabarber? Da kann man ja das ganze Dorf mit versorgen.«

Die Mauern um ihr Herz stürzten ein und brachen weg, als seien sie von Pappe. Sofort begann sie, mit der Hacke die trockene Erde um die roten Strünke zu bearbeiten. Die Blätter, groß wie Regenschirme, reichten ihr fast bis zur Hüfte. Sie war innerlich viel zu bewegt, um ihm zu antworten.

»Ich koche viel ein«, sagte sie mädchenhaft.

»Und das gibt bestimmt auch einen tollen Kuchen.«

»Meine Enkel mögen ihn.« Sie blinzelte ihn treuherzig an. »Am Wochenende mache ich wieder einen, mit Streuseln. Wenn Ihr wollt …«

»Wirklich?« Happel leckte sich die Lippen wie eine unverbesserliche Naschkatze. Sie strahlte ihn an, ihr Herz bereits hoffnungslos an den netten jungen Mann mit den guten Manieren verloren.

Die Fachwerk- und Schieferfassaden, die Höfe und die Gärten, alles war gemütlich eingesponnen in eine friedvolle Feierabendstimmung aus goldenem Licht. Die Abendsonne blinzelte schon recht müde durch die blühenden Fliederbüsche neben Martinas Haus. Noch eine halbe Stunde, und die Dämmerung würde beginnen. Die Rhabarberfrage hatte Frau Küster für Happel eingenommen. Jetzt kam sie vertraulich näher und senkte ihre Stimme.

»Das Martina ist bestimmt in dem annern Haus.«

»Aha«, sagte er, als wisse er genau, worum es ging. Das brachten sie einem bei der Polizei bei. So konnte man klüger aussehen, als man in Wirklichkeit war, und das verleitete die Leute zum Reden, weil sie sich dann verstanden fühlten.

Frau Küster zeigte in die Ferne. »Im alten Hof. Den hat ihr Vater geführt, bis er, na ja … da hinne ist das, noch hinner dem Schwimmbad. Am Wald. Wo sie früher gewohnt haben. Da hat es noch manchmal Erwett.«

Erwett. Arbeit. Das mit Abstand wichtigste Wort in diesem von redlichem Fleiß, Pflichterfüllung und Rechtschaffenheit niedergedrückten Landstrich. Über Jahrhunderte waren sie beherrscht worden von rötlich gepuderten Provinzfürsten mit albernen Perücken, die sie in den Kriegsdienst pressten und ihnen die Butter vom Brot weg besteuerten. Das prägte die Leute bis heute. Auch Happels neue Liebe.

»Das Martina hat immer vil Erwett gehott. Vil Erwett und vil Kummer. Erst die Metzgerei, dann das Kettering. Und das bringt aach nit genug ein. Dess es noch awends nach Frankebech muss erwen gehe … das ohm Kind …« Frau Küster kam noch ein Stückchen näher. Fast beugte sie sich über den halbhohen Jägerzaun und machte ein ganz böses Gesicht: »D' Kurt, de Votta, der woar jo e schlechter Mensch. Ein Sauwanst.«

Ein schlimmeres Wort war in dieser Welt kaum vorstellbar. Happel fragte sich, ob die rüstige Rhabarberkönigin wohl auch zu denen im Dorf gehörte, die sich über Martinas Familie damals das Maul zerrissen und den beiden elternlosen Mädchen das Leben so schwer gemacht hatten.

»Na ja, er hatte es ja nun auch nicht immer leicht«, setzte er zaghaft zur Verteidigung des Mannes an. »Frau abgehauen … plötzlich allein mit den Kindern.«

Sie stutzte und sah ihn fragend an, setzte dann aber ihre Schimpfkanonade fort: »Das Gewedderuus, dem hot d'r liwwe Godd kin gud End gemoocht«, zischte sie und besann sich dann wieder auf das Hochdeutsche, weil sich da alles irgendwie amtlich anhörte und nicht wie etwas, das den unmittelbaren Lebenskreis der Sprecherin betraf. »Jedenfalls hat der liebe Gott ihm kein schönes Ende gemacht, dem Gewitteraas.«

»Sie meinen den Sturz in die Jauchegrube.«

Sie machte wieder ihr strenges Indianerhäuptlingsgesicht und nickte.

»Na ja. Ich muss dann mal weiter …«

»Was ist eigentlich mit dem Sandra? Ist es krank? Ich habe es schon ein paar Tage nicht mehr gesehen.«

»Wer, bitte?«

»Sandra.«

Happel zuckte ratlos die Schultern und sah sie verloren an.

»Die Tochter.«

»Von wem?«

»Ei, vom Martina.«

Es dauerte ein paar Sekunden, bis das lose Ende dieses merkwürdigen Satzes sich im Gestrüpp seiner Gedanken verfing. Das Dorf war still, man hörte das entfernte Gackern von Hühnern und das Lachen von Kindern, die irgendwo auf der Straße Hickelhäuschen oder Gummitwist spielten. Irgendwo klapperte es metallisch aus einer Küche, in der das Abendessen zubereitet wurde. Zu dieser Stunde kamen die Männer heim von ihren Baustellen und aus den Betrieben und Büros. Manche mussten dann noch auf die Felder oder in den Stall, wo noch allerhand *Erwett* auf sie wartete. Und immer noch mehr *Erwett.*

»Die Tochter …«, wiederholte er.

»Hat das Martina nit gesoocht …?« Leni Küster richtete sich auf und schien zu wachsen. Da bahnte sich still und leise eine kleine Sensation an, die für einiges Kopfschütteln sorgen würde.

»Doch, natürlich«, log er. Sie hatten über so vieles gesprochen, viel Intimes, auch Familiäres. Über ihre Schwester, ihre Mutter und auch ihren Vater. Wieso hatte Martina nicht erwähnt, dass sie eine kleine Tochter hatte? Das war doch nichts, das man seinem neuen Lebenspartner verheimlichen sollte oder dessen man sich schämen müsste. Oder?

»Vielleicht ist sie mit dem Kindergarten unterwegs. Ein längerer Ausflug«, sagte er aufs Geratewohl.

»Mit dem Kindergarten bestimmt nicht.« Frau Küster blickte ihn plötzlich sehr skeptisch an, so als hätte er ihren Rhabarber für

Blumenkohl gehalten. »Wer geht denn in dem Alter noch in den Kindergarten?«

»Ja. Ich meinte ja auch Schulausflug. Klassenfahrt. Das meinte ich.«

»Ja, das kann sein. Ein Schulausflug«, sagte Frau Küster, erleichtert, dass dieses Geheimnis endlich gelöst war.

»Och, joh«, seufzte sie im Ton einer Frau, die alles erörtert und nichts mehr hinzuzufügen hatte. Sie dachte schon darüber nach, mit welcher ihrer Nachbarinnen und Vertrauten sie wohl die köstliche Neuigkeit teilen wollte, dass Martinas neuer Freund nichts von Martinas Tochter geahnt hatte.

Martin Happel verließ seine neue Freundin ein wenig verunsichert und in einiger Verwirrung. Das war ein ganz neuer Gedanke, eine ganz andere Vision für die Zukunft. Wie ging das, wenn man nicht nur eine neue Frau, sondern dazu noch eine neue Tochter bekam? Eine, die schon alt genug für eine Klassenfahrt war? Gab es noch einen Vater, der Besuchsrechte geltend machte und die Tochter gegen ihn, den neuen Partner seiner Ex, aufhetzen würde? Würde die Tochter ihn überhaupt akzeptieren, oder würde sie ihn ablehnen und auslachen? Man hörte ja so allerhand über die Probleme in Patchworkfamilien. Fragen trafen ihn wie Kugeln aus der Waffe eines Heckenschützen. Jedoch die größte aller Fragen war vom Kaliber einer Panzerfaust: Wieso musste er auf diesem Weg von Sandra erfahren? So hieß sie doch? Sandra? Wieso hatte Martina ihm kein Wort gesagt?

Er zog sein Mobiltelefon aus der Tasche und wählte aus dem Kopf ihre Nummer. Keine Antwort, nur die Mailbox. Während er das Handy bearbeitete und immer wieder ans Ohr hielt, ging er wie ein Schlafwandler weiter auf das kleine, gemütliche Haus neben dem blühenden Fliederbusch zu. Vielleicht hatte sich die Nachbarin ja doch getäuscht, und Martina war inzwischen zurückgekehrt. Er schob die niedliche Holztür auf und durchschritt den blumengeschmückten Vorgarten, ging die drei Treppenstufen hinauf und bemerkte das getöpferte Klingelschild. Zwei Eulen darauf, eine große und eine kleine: Sandra Naumann und Martina Friese stand da zu lesen.

Sandra Naumann, dachte Happel. Wieso Naumann und nicht Friese? Naumann hieß doch die Metzgerfamilie. Florian Naumann war der Name des Jungen, der so grausam in der Wurstmaschine gestorben war. War er Martinas Vater? Das war allerdings unmöglich, denn der Junge war schon lange tot. Er betätigte den Klingelknopf und lauschte vergebens auf ein Geräusch. Nach einer Weile klingelte er noch einmal und sah sich nach Frau Küster um, die aus dem Garten verschwunden war. Vielleicht war sie schnurstracks zum Telefon geeilt, um ihrer besten Freundin brühwarm zu berichten, was sie gerade in Erfahrung gebracht hatte. Happel sah sich die Haustür und vor allem das Schloss genauer an. Ein ganz simples, altes Modell. Eines, das schon aufspringen würde, wenn man sich zu stark dagegenlehnte. Einem neugierigen Mann, der seit neuestem über die Kenntnisse des *Sesam, öffne dich* verfügte, so wie er selbst, würde es nicht lange widerstehen können.

Die dünne, biegsame Kundenkarte des Getränkecenters, die er immer in seinem Portemonnaie bei sich trug, hatte die ideale Stärke, das war seinem Lehrmeister, dem Kollegen Caspari, sofort aufgefallen. Kaum hatte Happel das Kärtchen oberhalb der Türklinke angesetzt und bodenwärts geruckelt, gab die Türfalle nach, und das Schloss knickte ein wie ein morscher Zahn. Wenn Frau Küster hinter den Gardinen stand und ihn beobachtete, dann musste sie annehmen, dass er bereits einen eigenen Schlüssel zu Martinas Haus bei sich trug.

Er schlüpfte hinein, dachte kurz daran, wie unglaublich illegal das war und dass Martina jetzt hoffentlich nicht plötzlich auftauchte und dass er ihr dann schnell erklären würde, wie besorgt er ihretwegen gewesen sei, als sie nicht da war und auch nicht ans Telefon ging. Vielleicht würde sie ihn ja sogar ein bisschen dafür bewundern, wie er so agentenmäßig ihre Tür geöffnet hatte.

»Martina?«, rief er ins Treppenhaus. »Liebling?«

Keine Antwort. Die Stille hatte eine unheimliche Intensität, wenn man sich unerlaubt irgendwo aufhielt. Ein kurzer Blick in die Küche. Das Frühstück war noch nicht abgeräumt. Über der zerlaufenen Butter und dem Teller mit der Wurst und dem Käse kreiste ein halbes Dutzend dicker Fliegen. Er ging naserümpfend weiter ins Wohnzimmer. Ein Fernseher, eine cremefarbene Couchgarnitur, eine Schrankwand. Darin CDs, Videospiele, DVDs, ein paar Bücher und Zeitschriften, ein paar Souvenirs aus Griechenland und Mallorca und das Bild eines gutaussehenden, blonden Jünglings. Vielleicht der Metzgerlehrling Florian. Besonders ordentlich war Martina jedenfalls nicht. Nebenan die vergessene Frühstückstafel, und hier lagen Socken herum und Krümel auf dem Teppich, ein umgestürzter Joghurtbecher mit angetrockneten Resten, in dem noch der Löffel steckte. Futzi, das Kaninchen, lag halb unter dem Sofa. Es musste ihm wohl im Trubel der gestrigen Liebesnacht aus der Tasche geglitten sein, als sie übereinander herfielen wie ausgehungerte Raubtiere. Er hob es auf und klemmte es sich unter den Arm.

Ein weiterer Raum im Untergeschoss war hoffnungslos mit alten Möbeln zugestellt, der dritte diente wohl als eine Art Bügelzimmer. Ein Haufen zerknitterter Wäsche lag herum, und das Bügelbrett sah unbenutzt aus. In der Ecke lauerte unter einer Plastikverkleidung eine Nähmaschine und in der anderen Ecke ein Stapel mit Töpfen in verschiedenen Größen. Im Klo war das Fenster offen. Er schloss es. Nicht dass es plötzlich doch Regen gab und alles unter Wasser stand.

»Martina?«, rief er wieder, um sich selbst Mut zu machen. »Bist du da?«

Er ging nach oben, Richtung Schlafzimmer, das die ganze rechte Seite einnahm. Auch da war seit dem Morgen nichts aufgeräumt oder angerührt worden. Das Bett war immer noch von ihrem Liebesspiel zerwühlt, der Kleiderschrank stand offen, daneben ein Hügel verschiedenfarbiger T-Shirts. Sie hatte wohl ein paar anprobiert, sich nicht entscheiden können und sie einfach liegen lassen. Im Bad lag das feuchte Duschtuch auf dem Boden, und der Wäschekorb quoll über. Die Zahnpastaspuren im Waschbecken konnte er nicht ertragen und wischte sie mit einem Waschlappen fort. Er war nicht gerade ein Sauberkeitsfanatiker, aber angesichts dieser Zustände würde er mit seiner neuen Lebensgefährtin doch mal über ein paar Dinge sprechen müssen. Vom Duschkopf fielen alle paar Sekunden dicke Tropfen, bis Happel die Mischbatterie fest zudrehte. Nach ein paar Sekunden tropfte es jedoch munter weiter.

Jetzt kam der spannendste Moment. Er öffnete die Tür zum gegenüberliegenden, dritten Raum und betrat mit angehaltenem Atem ein typisches Mädchenzimmer. Bunte Möbel, Tücher und blumige Tapete, Poster irgendwelcher schwarzen Rapper und sonstiger Schreihälse an den Wänden, ein mit Töpfchen und Fläschchen völlig überladener Schminktisch, behängt mit Modeschmuck und niedlichen Accessoires. Das Foto eines sehr dünnen, langhaarigen jungen Mädchens war zentral an der Wand neben dem Spiegel angebracht. Das musste sie selbst sein. Sandra Naumann. Sie schien sich in den Kopf gesetzt zu haben, ein Supermodel zu werden. Sie sah auch entsprechend gut aus, fand er. Er hatte Martina nicht nach ihrem Alter gefragt, aber der Gedanke, dass sie die Mutter dieses Mädchens sein sollte, beunruhigte Happel. Noch einmal zog er das Handy aus der Tasche und drückte die Wahlwiederholung. Wieder nur die Mailbox. Es gab so vieles zu fragen, und sie ging nicht ans Telefon.

Durch das Fenster sah er die Dachgiebel der Nachbarhäuser und dahinter den tiefgrünen Saum des Waldes, der die Hügel bedeckte. Die Sonne berührte jetzt die ersten Tannenspitzen und nahm langsam die Form und die Färbung einer Orange an. *Be-*

stimmt ist sie in diesem alten Haus, dachte Marti Happel. *Bestimmt hat sie da eine Menge zu tun und die Zeit vergessen.* Im alten Haus noch hinter dem Schwimmbad am Wald. Dort würde er sie finden und alles aufklären.

Sohn einer lahmen Eselin

Sie hätten sich viel zu sagen gehabt, aber es herrschte eisiges Schweigen zwischen den Kommissaren Caspari und Kolcuoğlu, als sie das Schweineschmalz mit dem verräterischen Handabdruck nach Korbach schafften und Kriminaloberrat Freckel überreichten. Zusammen mit den Aufzeichnungen von Kiesslings Überwachungskameras, die nun zwar bedauerlicherweise gelöscht waren, deren Existenz aber von zwei Beamten und nötigenfalls noch von einem vorbestraften Gastronomen bezeugt werden konnte, zog sich die Kette aus Indizien um den Verdächtigen Klaus Melchior weiter zu. Noch am Abend ließ KOR Freckel von seiner Pressestelle eine gepfefferte Erklärung zum leidigen Thema Schweineschmalz herausgeben, die ihn und seine Beamten von jeder Schuld freisprach und die Idioten von der Presse aussehen ließ wie eine Horde von ahnungslosen Brüllaffen. Gut so, fand er. Leider kam die Meldung zu spät für die morgigen Ausgaben der Zeitungen, aber wer las die denn noch? In den Online-Medien konnte jeder die Erfolge der Polizei sofort und beinahe in Echtzeit erleben, und Freckel, der sich selbst als einen Beamten auf der Höhe der Zeit ansah, fühlte sich erleichtert und rehabilitiert.

»Machen Sie auf jeden Fall auch irgendwas mit Twitter und Facebook«, wies er den Pressesprecher an. Zwar wusste Freckel selbst nicht so genau, wie das ging und wie das aussehen sollte, aber immerhin wusste er, dass man das heute nun mal so machte und dass dergleichen vor allem bei jungen Leuten gut ankam.

Caspari und Kolcuoğlu erhielten ein ausdrückliches Lob für ihren Einsatz, bevor sie sich bei Anbruch der Dunkelheit wieder auf den Heimweg nach Frankenberg machten. Erneut ohne ein Wort zu sagen und jeden Blickkontakt vermeidend. Es war wie das bittere Ende einer verkorksten Ehe: Jeder schmorte in seinem eigenen Saft, hielt den anderen für den Abschaum der Menschheit und fand nicht die Worte, die lähmende Stille zu durchbrechen.

Jedenfalls bis zu dem Punkt, an dem es plötzlich aus Caspari herausbrach: »Warum hast du ihn nicht angezeigt? Als er Ollie überfahren hat. Warum habt ihr Tarkan damals nicht in den Knast gebracht?«

»Er ist mein verdammter Bruder!«

»Ach so, orientalische Familienehre ...«

Sie lächelte bitter. »Von Familie verstehst du nichts.«

Das hatte gesessen. Caspari verstummte, und Nadide kochte. Wenn sie jetzt noch einen draufsetzen wollte, hätte sie noch den Oberhammer mit Lars in der Hinterhand. Aber diese Sache war so heikel und konnte bei diesem instabilen Choleriker zu solch heftigen Reaktionen führen – das wollte sie lieber jetzt nicht auf die Tagesordnung bringen.

Nach einer Weile sagte sie: »Außerdem hatte Ollie in dieser Nacht eine ganze Tasche voller geklauter Uhren bei sich, weil er gerade einen Juwelier ausgeraubt hatte. Aus dem Krankenhaus wäre er direkt in den Knast gewandert.«

»Verbrechen zahlt sich eben nicht aus ...«

».. . sagt der Klugscheißer.«

»Beleidigungen machen deine Lage auch nicht gerade besser.« Er gab ihr die Gelegenheit, sich zu entschuldigen. Sie ließ diese ungenutzt verstreichen und blickte weiter stur nach draußen, wo die sanften Waldhügel des Edertales im letzten Tageslicht ihr strahlend grünes Sommerkleid gegen ein graues Nachtgewand eintauschten.

»Meine Lage?«, fragte sie nach einigem Nachdenken herausfordernd. »Was ist denn mit meiner Lage?«

»Weitergabe von Dienstgeheimnissen ist ein schweres Vergehen.«

»Ja, aber das habe ich nicht begangen.«

»Du bist in die Datenbank des LKA eingedrungen.«

»Ich hatte das Passwort.«

»Trotzdem. Das ist illegal.«

»Wirklich? Wie illegal ist es denn genau? Ungefähr so illegal wie das Eindringen in die Wohnung einer Kollegin?«

Er knirschte mit den Zähnen. Sie brachte ihn auf die Palme mit ihrer impertinenten Art. Das würde nicht gut ausgehen, wenn sie weiterhin so uneinsichtig war. Sie hatte ihm in allem recht zu geben und ihr Fehlverhalten einzugestehen. Dann sollte sie den Dienst quittieren und auf eine milde Strafe hoffen. Alles andere war in seiner Planung nicht vorgesehen. Aber Nadide machte keine Anstalten, sich in dieses Drehbuch zu fügen.

»Ich schlage dir einen Deal vor«, sagte sie. »Einen sehr großzügigen, aber so bin ich nun mal. Ich erstatte wegen des Einbruchs und der illegalen Überwachung keine Anzeige gegen dich. Und du vergisst dafür ganz schnell die Sache mit dem Passwort.«

Casparis Innereien krampften sich vor Empörung über diese Unverschämtheit jäh zusammen. Er musste sehr tief durchatmen, bevor er antworten konnte. Aber seine Pose wirkte ziemlich überzeugend.

»Ich weiß von keiner illegalen Überwachung«, behauptete er. Wie wollte sie ihm denn irgendwas nachweisen? Er war abgesichert. Er hatte Deckung von Liebold. Sie konnte ihm gar nichts anhaben.

»Ach? Keine Wanzen in meiner Wohnung? Keine Kamera? Keine Software auf meinem Handy und meinem Computer?«

»Ich weiß nicht, wovon du redest …«

Sie nickte beeindruckt. »Ja, so seid ihr. Ihr smarten Typen aus Wiesbaden. Lautlos, schnell und effizient, was?«

»Wir tun unser Bestes.«

»Dann warte mal, bis du die Aufnahmen von meiner eigenen

Überwachungskamera siehst, die ich nach deinem ersten Versuch installiert habe. Meine Nachbarin hat mir natürlich berichtet, dass du einbrechen wolltest. Und da habe ich mir erlaubt, ebenfalls eine kleine Falle aufzustellen. Und beim zweiten Mal hat sie dich gesehen und wird das auch vor Gericht bezeugen.«

Wieder eine Runde, die an die junge Frau ging. Wenn sie ihn tatsächlich bei seinem Einbruch gefilmt hatte und das publik machte, dann würden sie zusammen untergehen. Er hatte eine bis zu diesem Zeitpunkt unbescholtene Kollegin – weiblich! mit Migrationshintergrund! Freund im Rollstuhl! – ohne Gerichtsbeschluss auf einen vagen Verdacht hin überwacht und ihrer Grundrechte beraubt. Da hatte man auf einen Schlag so viele mächtige Feinde am Hals, dass es tatsächlich brenzlig werden konnte. Wie, zum Teufel, hatte Liebold das anfangen können, wenn er sich seiner Sache nicht hundertprozentig sicher war? Caspari tat das Einzige, was in seiner Lage noch zu tun war: Er knickte ein wie ein Streichholz.

»Ich habe nur Spaß gemacht. Also: Was war das mit dem Deal?«

»Die Sache bleibt unter uns.«

»Ich denke darüber nach.«

»Und noch was …«, legte sie nach. »Die Sache mit dem Umschlag von Ollie und den fünftausend Euro Pacht, die ist auch Teil des Schweigeabkommens, klar? Ich bin mir jetzt doch nicht ganz sicher, ob ich dem Finanzamt genau diese Summe genannt habe.«

Wortlos steuerte er den Dienstwagen in den Hof der Polizeistation. Danach hämmerte Caspari noch einen knappen Bericht in den Computer, Nadide verschwand ohne ein weiteres Wort nach Hause.

Später, nachdem er geduscht und irgendetwas Glitschiges, Kaltes vom China-Imbiss verspeist hatte, hörte Caspari seine Kollegin und Vermieterin das Haus verlassen und machte sich nicht einmal die Mühe, zum Fenster zu gehen und ihr nachzuspionieren. Bestimmt ging sie wieder zum Sandsack-Foltern oder zur Abendschule oder verwischte weiter mit großem Eifer und ebensolcher Effizienz die Spuren ihres Bruders. Caspari glaubte immer noch nicht, dass Kollegin Kolcuoğlu sauber war. Es gab zu viele Ungereimtheiten. Es konnte keinen anderen Maulwurf geben, auf den alle Verdachtsmomente so passten wie auf sie. Es gab keinen anderen, der sich Zugang zum System verschafft hatte und der Pätzold hätte enttarnen können. Liebold hätte ihn nicht hierhergeschickt, wenn der Erfolg dieser Mission fraglich wäre. Dafür stand für ihn selbst zu viel auf dem Spiel. Die politische Karriere, die Nähe zur Macht und nicht zuletzt sein Ruf als zuverlässiger *Mister Fixit*. Er hätte zu gern mit ihm gesprochen, aber der LKA-Mann war weder auf seinem Mobiltelefon noch in seinem Büro zu erreichen. Das war das Blöde an einer solchen Geheimoperation. Wenn zwischendurch mal eine Frage oder ein Problem auftauchte, dann gab es niemanden, bei dem man sich erkundigen oder rückversichern konnte. Zudem war Liebold auch der Einzige, der ihm bei der Suche nach seinem verlorenen Sohn helfen konnte. Wenn das hier vorbei war, dann mussten sie dringend mal über neue Kommunikationswege sprechen.

Er lag auf dem lilafarbenen Bett, die Arme hinter dem Kopf verschränkt, starrte gedankenfrei auf den Kitschtiger, der mit gefräßigem Grinsen durch den Bambushain pirschte. Dann vergewisserte er sich noch einmal durch einen Blick auf sein Handy, dass er keinen Anruf verpasst hatte. Maja hatte sich wieder nicht gemeldet. Sie schien kein Bedürfnis zu verspüren, mit ihm zu sprechen. Hatte er etwas Falsches gesagt oder getan? Hatte der Schmerz über den Verlust ihres Mannes sie wieder eingeholt? Bereute sie die Nacht in dem lila Bett unter dem Tigerbild? Er hätte jetzt gern eine Flasche Whiskey in der Nähe gehabt und sich in den Schlaf getrunken …

Eine Explosion hinter ihm riss die Tür aus dem Flugzeugrumpf, und mit ohrenbetäubendem Gebrüll brach der eiskalte Höhenwind in die Kabine. Nichts war mehr zu hören außer dem Pfeifen und Wummern einer schweren Waffe, mit der jemand aus dem Passagierraum auf ihn schoss. Ein gesichtsloser Widersacher versetzte ihm einen mächtigen Stoß, und er taumelte rücklings in das Loch, das die Sprengung in den Flugzeugleib gerissen hatte, und stürzte mit fuchtelnden Armen schreiend ins Bodenlose. Ein jähes, panisches Muskelzucken, das seinen liegenden Körper krampfartig zum Aufbäumen brachte, weckte ihn auf, und er starrte mit weit aufgerissenen Augen und schwer keuchend in die Dunkelheit, während in seinem Kopf das Kreischen der Triebwerke und das Heulen des Orkans langsam verklangen. Nur das Trommeln des Sturmgewehrs hörte nicht auf. Jetzt erkannte er, dass es in der realen Welt hämmerte und aus Richtung der Wohnungstür kam. Einige Sekunden brauchte er, um sich zu orientieren und die letzten Fetzen seines zerrissenen Traums aus seinem Bewusstsein zu fegen. Ohne Licht zu machen, eilte er zur Tür, griff unterwegs nach der Dienstpistole, die er in dem enormen Massagesessel abgelegt hatte. *Liebold,* dachte er auf dem Weg zum Eingang. *Bestimmt ist es wieder Liebold, und jetzt hat er den Beweis. Oder er hat Nachricht von Lars.*

Liebold liebte solche Auftritte und hatte ihn ja schon einmal rüde überrascht und in Angst und Schrecken versetzt. Wieder donnerte es ungeduldig an die Tür, und als er sie aufriss, ging der letzte Schlag ins Leere, und seine schussbereite Waffe zielte erneut in das von unkontrollierbaren Lockenstrudeln umbrauste Gesicht seiner türkischstämmigen Kollegin. Sie trug einen grauen Schwitzanzug, darüber eine schwarze Lederjacke, an den Füßen Laufschuhe.

»Was …?«, brachte er nur heraus. Wollte sie ihn etwa zum Joggen abholen? War das hier die Fortsetzung seines Alptraums mit dem Flugzeug?

»Komm mit«, sagte sie. »Es ist ernst. Und es eilt.«

Er ließ sie im Treppenhaus stehen, legte die Waffe auf die Ablage an der Garderobe und bückte sich nach seinen Schuhen, die unweit des Eingangs geparkt waren. Gedankentrümmer flogen wie Weltraumschrott durch seinen Kopf, während er allmählich die Zusammenhänge begriff. Das war also jetzt endlich die Falle, mit der er schon lange gerechnet hatte. Draußen wartete ihr krimineller Bruder, dem Caspari mit seinen klugen Nachforschungen heute zu nahe gekommen war. Jetzt wollten sie ihn gemeinsam aus dem Weg räumen. Mitten in der Nacht aus dem Schlaf gerissen – und überrumpelt. Wussten sie denn nicht, dass er genau für solche Fälle ausgebildet war und nur auf so etwas wartete? Jedenfalls war das in seinen besseren Tagen so gewesen. Wenn die Kolcuoğlus es jetzt ernst meinten, hatten sie gute Chancen auf Erfolg. Er stand neben sich.

»Was ist passiert?« Er stellte fest, dass seine Hände zu sehr zitterten, um die Schuhe zu binden.

»Dein Sohn ist verschwunden.«

Caspari richtete sich auf und griff als Erstes wieder nach der Pistole.

»Was soll das? Das weiß ich doch.«

Wie den Griff einer eisigen Hand spürte er die kalte Angst, die sich um sein Herz legte. Jedes einzelne Körperhaar bäumte sich widerwillig auf. Das war es also. Lars war gar nicht abgehauen. Tarkan hatte ihn entführt. Die ganze Zeit über hatte er Caspari glauben lassen, er selbst sei der Jäger. Nun war die Zeit gekommen, ihm seine wahre Rolle zu offenbaren: Er war der Gejagte. Denn sie hatten eine Geisel.

»Was ist? Kommst du nicht?« Sie wippte ungeduldig auf den Zehenspitzen. Er sah aus wie ein Wahnsinniger. Seine Haare standen wirr vom Kopf ab, die Augen waren weit aufgerissen, die Kleidung zerknittert. Sie hatte geahnt, dass er Nachrichten, die seinen Sohn betrafen, nicht sehr entspannt aufnehmen würde. Aber mit dieser heftigen Reaktion hatte sie nicht gerechnet.

»Was wollt ihr?«, fauchte er.

»Wer ist ihr?«

»Du und dein beschissener Bruder. Was wollt ihr?«

»Mann, bist du immer noch auf diesem Trip?«, maulte sie. »Ich weiß nicht, wie ich das in deinen verdammten Bullenschädel kriegen soll. Vielleicht mit Gewalt: Ich arbeite nicht mit Tarkan zusammen.«

»Wieso zieht ihr meinen Jungen da rein?«

Sie sah ihn an wie einen Güterzug, der auf sie zugerast kam, und stieß einen empörten Laut aus, der zwischen Stöhnen und Grollen lag.

»Hörst du mir eigentlich nie zu?«

»Wo ist mein Sohn?«, schrie er. Das Licht im Treppenhaus erlosch mit dem Klicken der Zeitschaltuhr. Als Nadide den Schalter wieder gedrückt hatte, hielt er seine Waffe direkt in ihr Gesicht. Sein Kopf glühte wie eine Warnleuchte, sein ausgestreckter Arm, an dessen Ende die Pistole sie bedrohte, war alles andere als stabil.

»Und ich dachte, das hätten wir jetzt hinter uns«, sagte sie. »Das ist schon das zweite Mal heute, dass du mir eine Kugel in den Kopf schießen willst.«

»Und diesmal schieße ich wirklich. Wo ist mein Sohn?«

»Caspari, du brauchst Hilfe«, stellte sie fest, und irgendwo tief in seinem verwirrten Schädel musste er zugeben, dass sie in diesem Punkt nicht ganz Unrecht hatte. »Steck endlich die verdammte Waffe weg. Ich rede so nicht mit dir.«

Sie verschränkte die Arme und schüttelte mit einer entschiedenen Kopfbewegung ihre Lockenmähne aus dem Gesicht.

»Ich frage nicht noch einmal«, sagte er. Und tat es gleich darauf doch: »Wo ist mein Sohn?«

»Soll ich es dir vielleicht aufschreiben? Ich. Weiß. Es. Nicht. Aber ich will ihn suchen und denke, du solltest mitkommen. Zumindest dachte ich das bis eben noch. Aber wenn du lieber wieder den rasenden Bullen spielen willst, mach nur.« Sie hatte einen Fehler begangen. Sie verstand jetzt, dass sie einen älteren Mann nicht einfach mitten in der Nacht wecken und erwarten konnte, dass er gleich auf Betriebstemperatur war. Noch dazu, wenn er so einen anstrengenden Tag gehabt hatte. Die Jahre und der ganze Undercoverstress forderten ihren Tribut. Thomas Caspari war ausgebrannt, müde und schwer von Begriff.

»Okay«, sagte sie und hob versöhnlich beide Arme. »Also, noch mal ganz von vorn. Dein Sohn ist neuerdings hier in Frankenberg. Ich habe ihn gestern Abend nach einer Prügelei im *Country Club* aufgegabelt. Ich habe ihn dann zu mir gebracht, und er hat hier gepennt.«

»Wieso?«, fragte Caspari blöde.

»Wieso, wieso?«, äffte sie ihn nach. »Weil er müde war und zudem nicht ganz nüchtern. Dann habe ich ihn bei einer Landkommune untergebracht, damit er erst mal zur Vernunft kommt.«

»Zur Vernunft … warum?« Langsam ließ er die Pistole sinken. Die akute Gefahr schien vorüber.

»Er wollte dich um Geld anpumpen und nach Spanien weiterreisen. Ich dachte, er sollte sich lieber erst mal beruhigen. Deshalb die Landkommune.«

»Was ist das für eine Kommune? Wieso nach Spanien? Er ist am Chiemsee oder in Freiburg.«

»Bis vor kurzem war er jedenfalls noch hier. Aber ein anderer Junge, der auch in der Kommune wohnt, hat mich angerufen und gesagt, zwei Typen hätten ihn abgeholt.«

»Zwei Typen?« Sie begann, sich ernstliche Sorgen um den Kollegen zu machen. Sein Gehirn schien nur noch in der Lage zu sein, neue Informationen zu wiederholen, nicht, sie weiterzuverarbeiten. Wenn sie bei einer Verkehrskontrolle jemanden in diesem Zustand antraf, dann ließ sie ihn unweigerlich ins Röhrchen pusten. Sie hätte sich deutlich besser gefühlt, wenn Caspari wenigstens endlich die verdammte Pistole weggesteckt hätte. Er zielte immer noch auf ihr Herz. Und genau das war auch einer anderen Bewohnerin dieses Hauses aufgefallen.

»Nimm sofort die Waffe weg, du Sohn einer lahmen Eselin, und hör auf, meine Tochter zu bedrohen!«, gellte es durch das Treppenhaus in einer Lautstärke, die jede noch schlafende Seele in der Nachbarschaft aufwecken musste. Nadide hatte selbst einen langen Tag und eine mörderische Woche hinter sich. Sie war nach der Abendschule völlig entkräftet ins Bett gesunken und nach nur zwei Stunden von Jojos Hilferuf aus der Tiefschlafphase gerissen worden. Sie hörte das rabiate Geschrei hinter sich im Treppenhaus, brauchte aber ein paar Augenblicke, um zu begreifen, dass es Türkisch war. Als sie sich umdrehte, sah sie ihre selbsternannte Tante Nuriye Özgunur, die im Angesicht der Gefahr zur Mutter mutiert war und einen Schießprügel im Anschlag hatte, mit dem ihr Großvater vor sechzig Jahren im ostanatolischen Hochland auf Mufflonjagd gegangen sein mochte. Ihre Beschützerin hatte ein Auge dramatisch zugekniffen, mit dem anderen funkelte sie Caspari an wie eine Ausgeburt der Hölle.

»Mach doch keinen Unsinn und nimm deine Waffe runter«, beruhigte Nadide ihre Mieterin. »Du darfst dieses Ding gar nicht haben ohne einen Waffenschein.«

»Ha! Ich bin aber froh, dass ich sie habe. Bist du nicht nur leichtsinnig, sondern auch blind? Der bedroht dich mit einer Pistole, der Nazi!«

»Er ist kein Nazi. Er hatte nur einen schlechten Tag.«

»Sag ihm gefälligst, dass ich ihn wegpuste, wenn er nicht seine Nazi-Pistole weglegt. Und rufe die richtige Polizei.«

»Ich bin die richtige Polizei. Und der da auch.«

»Unsinn!«

»Tante Nuriye, ich möchte, dass du jetzt wieder nach oben gehst und dich ins Bett legst.«

»Damit dich das Hitler-Schwein ungestört umbringen kann? Kommt nicht in Frage!«

»Tante, ich bitte dich. Du tust noch jemandem weh.«

»Was ist mit Nazi und Hitler?«, fragte Caspari, der von dem schrillen Geschrei der Frauen nur diese beiden Wörter verstand.

»Nichts, ist schon gut. Wenn du endlich deine Pistole runternehmen würdest, könnte das die Situation deutlich entschärfen.«

Caspari fügte sich dem Gebot der Vernunft, und erleichtert ließ auch Nuriye die altertümliche Mufflon-Muskete sinken.

»Isch aufpasse!«, schrie sie hysterisch auf Deutsch und drohte mit der Faust. »Glaub bloß nicht Nazi-Scheißepisse in mein Haus, meiner Tochter. Totschieße. Scheiße.«

Nadide konnte nicht anders, sie prustete laut los. »Sie hört sich an wie eine SMS von Freckel.«

Caspari machte ein Gesicht, als hätte er unerwartet auf Stanniol gebissen.

»Geh bitte jetzt wieder nach oben, Tante Nuriye. Und leg dich wieder ins Bett. Es wird nichts passieren. Aber über das Gewehr müssen wir noch reden.«

Widerwillig und ohne den kriegerischen Blick von dem Mann zu nehmen, der ihre Adoptivtochter und Vermieterin bedroht hatte, verließ die aufgebrachte Frau murrend und Verwünschungen murmelnd ihren Posten.

»Bist du jetzt bereit, deinen Sohn zu suchen?«

»Ja«, sagte er kleinlaut und noch immer unfähig, einen klaren Gedanken zu fassen. »Wo fangen wir an? Wer hat ihn abgeholt? Wer konnte überhaupt wissen, dass er bei dir war?«

Sie nickte bedächtig. »Das habe ich mich auch schon gefragt. Die Antwort ist: jemand, der meine Wohnung überwacht und mein Telefon abhört.«

Wieder hatte die Zeitschaltuhr eine Runde vollendet, unterbrach den Stromkreis, und es wurde mit einem mechanischen Klicken stockfinster im Treppenhaus.

Ich habe dir was mitgebracht …

Du musst besser auf dich aufpassen, Junge«, sagte seine Mutter und streichelte über seinen Kopf, der immer noch brummte wie ein Bienenstock und sehr, sehr weh tat. Selbst im Traum kam ihm diese Begegnung höchst sonderbar vor, denn er hatte nie von seiner Mutter geträumt. Sie schüttelte tadelnd den Kopf und verschwand langsam in einer Wolke aus Millionen silbriger Luftblasen. »Ich bin doch nicht mehr da, um dich zu beschützen.«

Happel tauchte aus kalter, nachtschwarzer Meerestiefe langsam hinauf an die Oberfläche, die grau war und in dichtem Nebel lag. Rechts und links dümpelten in diesem farblosen Gewässer auf träge schwappenden Wellen einzelne Gegenstände wie die Überreste einer Schiffskatastrophe, die nicht hierhergehörten: tote Tauben, ein Feuerwehrauto, eine Reisetasche, der Hase Futzi und das Foto seines verstorbenen Bruders, der ihn traurig und vorwurfsvoll ansah.

»Mama?«, fragte er. Plötzlich war ihm kalt, und er fühlte sich unsagbar elend. Auch schwamm er nicht mehr, sondern war wie festgezurrt. Am liebsten wäre er in den Traum zurückgekehrt, aber diese Tür war verschlossen. Er lag auf dem Boden, und alles tat ihm weh.

»Nein«, antwortete es aus dem Schwarz. Gefolgt von einem Schluchzen.

Das war nicht die Stimme seiner Mutter. So viel konnte er sagen. Er schlug die Augen auf, aber damit war kein Licht zu gewinnen.

»Hallo?«, sagte er.

Das Schluchzen wandelte sich in ein Wimmern.

»Hallo?«, wiederholte er. »Ist da jemand?«

»Ja, verdammt!«, kam es tränenverstopft zurück.

»Martina – bist du das? Wo sind wir? Was ist denn nur passiert?«

»Ich bin nicht Martina. Ich heiße Sandra. Sandra Naumann. Martina ist meine Mama. Und ich weiß auch nicht, was passiert ist. Ich will nach Hause!« Die letzten Worte schrie sie hinaus, bevor ein Heulkrampf sie erfasste.

Marti Happel versuchte, sich zu erinnern.

Buchstäblich im letzten Tageslicht hatte er das verlassene Haus jenseits des Schwimmbades gefunden, nachdem er dreimal daran vorbeigefahren war. Es lag ziemlich weit hinter dem Schwimmbad und dann auch noch direkt am Waldrand, versteckt und verborgen hinter einer undurchlässigen Brombeerhecke, halb verfallen, verwittert und überwuchert von Schling- und Kletterpflanzen. Es führte nur ein schmaler Trampelpfad dorthin, und an einer Stelle musste er sich sehr tief bücken, um nicht mit den Haaren in dem stacheligen Geäst hängenzubleiben.

»Martina? Bist du hier?«, hatte er mehrmals gerufen, aber keine Antwort erhalten.

Das alte Haus war schon seit vielen Jahren nicht mehr bewohnt. Die dicht stehenden Brennnesseln im Hof reichten ihm bis zu den Knien. Die Mauer, die einst den Misthaufen eingefriedet hatte, war längst eingestürzt und zerbröckelt. Das verblasste Rot von Ziegelsteinen erinnerte an eine offene Wunde. Aus dem Gerippe des Stallgebäudes wuchs ein Holunderbaum hervor. Unter den abgerissenen Schieferschindeln des ehemaligen Wohnhauses, das vom Efeu langsam stranguliert wurde, kam das nackte Lehm- und Strohgemisch des primitiven Baumaterials zum Vorschein. Die Fenster waren längst von den örtlichen Lausbuben eingeworfen worden. Happel stellte sich vor, dass ein Ausflug zu diesem Hexenhaus sicherlich eine beliebte Mutprobe für die Dorfjungs war. Vielleicht waren sie auch manchmal hierhergekommen, um heimlich Zigaretten zu rauchen. Aber lange hatte sich hier sicherlich keiner freiwillig aufgehalten, denn das Anwesen strahlte eine unheilvolle Stille aus. Wie ein Spukschloss, aus dessen finsteren Gängen und toten Fenstern jede Sekunde eine knochige Hand schnellen und den ahnungslosen Eindringling ergreifen und in sein Verderben ziehen konnte.

Happel bekam bei diesem Gedanken eine Gänsehaut.

»Martina?«

»Ich bin hier!«, erklang es fröhlich hinter ihm, und er zuckte zusammen. Sie erschien wie ein Lichtstrahl in der Nacht aus den Büschen neben dem Hexenhaus. Eine gute Fee in grünen Gummistiefeln, Jeans und einem rotkarierten Holzfällerhemd. Die Ärmel hochgekrempelt, das blonde Haar zurückgebunden. Sie hielt eine Heckenschere in der einen und einen Eimer in der anderen Hand. Beides stellte sie ab und kam strahlend auf ihn zu.

»Entschuldige! Ich bin viel zu spät. Ich wollte hier längst fertig sein.«

»Das macht doch nichts. Ich habe dich ja gefunden«, sagte er und drückte ihr einen Kuss auf die hingestreckte Wange. Ihre Hände, schmutzig und zerkratzt von der Arbeit, hielt sie seitlich vom Körper weg, als wolle sie gleich davonfliegen. »Die Nachbarin hat mir den Tipp mit dem Haus hier gegeben.«

»Da bin ich aber froh. Wie gesagt, ich wollte längst fertig sein und uns was zu essen machen. Diese verdammten Dornen und Brennnesseln. Aber einmal im Jahr muss man es wegmachen, sonst ist hier bald gar nichts mehr von dem Haus zu sehen.«

»Haus …?«, fragte er spöttisch mit Blick auf das halb eingestürzte Dach und die ramponierte Fassade. Wie ein säurehaltiger Rülpser, der aus seinem Magen entweichen wollte, stieg jedoch das ungelöste Rätsel um ihre Tochter in ihm auf. Wieso hatte Martina ihm das verschwiegen? Wann wollte sie es ihm sagen? Warum hatte sie Geheimnisse vor ihm? Aber er schluckte die Frage, die auch eine Klage war, wieder hinunter. Das war jetzt noch nicht der richtige Moment für so etwas. »Von einem Haus kann man ja eigentlich nicht sprechen.«

»Ach, es sieht viel schlimmer aus, als es in Wirklichkeit ist«, erklärte sie frohgemut. »Drinnen ist es noch erstaunlich gut in Schuss. Ich bin gerade dabei, es ein wenig auf Vordermann zu bringen. Und dann will ich es verkaufen.«

»Wirklich?« Sein Blick sagte alles. *Wer soll denn solch einen Trümmerhaufen kaufen wollen?*

»Es gibt viele Leute, die in dieser Gegend gern ein Ferienhaus hätten. Wir leben mitten in einem beliebten Naherholungsgebiet. Und manche freuen sich auch, wenn es noch was zu basteln gibt. Was glaubst du? Wie viel könnte ich dafür verlangen?«

»Ich bin zwar kein Immobilienfachmann«, antwortete er vorsichtig, »aber für den Hof meiner Eltern habe ich damals hundertdreißigtausend Euro bekommen. Aber der war noch ein bisschen besser in Schuss.«

»Ja, klar.« Sie seufzte. »Hier ist wirklich lange nichts mehr gemacht worden. Eigentlich seit damals, als mein Vater …«

Er kannte die traurige Geschichte mit dem Todessturz in die Jauchegrube und wollte nicht, dass sie sich jetzt damit quälte. Daher nahm er sie in den Arm und zog mit der freien Hand das Etui mit dem goldenen Schriftzug des Frankenberger Juweliers aus der Hosentasche.

»Ich habe dir was mitgebracht«, sagte er und kam sich vor wie das Sandmännchen. »Überraschung.«

Sie jauchzte. »Du hast es also doch gefunden! Danke! Vielen Dank.«

»Nicht ganz«, musste er zugeben, während er das Etui am ausgestreckten Arm in der Luft hielt und sie danach schnappen wollte wie ein Hündchen nach der Wurst. »Ich war zwar in Korbach und habe im Asservatenraum danach gesucht. Aber dort war es nicht. Sie haben es also nicht bei Winkler im Haus gefunden. Klasse, oder? Du musst dir keine Sorgen mehr machen. Und weil es dir so gefehlt hat, habe ich beschlossen, dir ein neues Armband zu kaufen.« Endlich gab er es ihr und lächelte. »Ein Geschenk von mir. Für dich.«

Sie ergriff die Schachtel, öffnete sie und sagte, nun ohne jeden Überschwang: »Oh.«

»Ich hoffe, es gefällt dir.« Er war verunsichert von der ausbleibenden Begeisterung. Dreihundertfünfunddreißig Euro. So viel hatte er noch nie für ein Schmuckstück bezahlt. Selbst die Uhr, die er seine »teure Uhr« nannte, hatte nur zweihundertachtzig Euro gekostet. Und die hatte er für sich gekauft und nicht für einen anderen Menschen. Ein bisschen mehr Euphorie wäre da schon angemessen, fand er. Vielleicht hatte sie das gute Stück aber noch gar nicht richtig sehen können. Es glänzte jetzt nicht mehr so wie im Laden. Das Licht war fast ganz aus dem Tag gewichen, und selbst das kostbarste Gold wirkte bei dieser Beleuchtung matt und glanzlos.

»Es ist wunderschön«, rang sie sich ab. »Es wird bald dunkel. Gehen wir lieber nach Hause. Das Essen steht schon auf dem Tisch. Ich hole nur noch schnell meine Tasche aus der Küche.« Als sie das Haus betrat, wurde sie sofort von den Schatten verschluckt.

Wieso steht das Essen schon auf dem Tisch?, dachte Marti Happel. Jedenfalls auf keinem Tisch, den er gesehen hatte. Vielleicht gab es noch einen anderen Tisch? In dem Nachbarhaus, in dem auch das Catering-Geschäft untergebracht war? Eine Küche musste es da ja wohl geben. Nudeln wären schön. Vielleicht dazu einen Rotwein. Ein bisschen Fernsehen. Und dann ganz bestimmt wieder Liebe. Sex. Schmutzige Wörter, die sich aus ihrem Mund so gut anhörten. Nackte Haut. Wohlgeformte Brüste. Heute und für den Rest seines Lebens. Nie wieder allein einschlafen und allein aufwachen. Er brauchte nichts anderes mehr. Nur immer Martina und sonst nichts.

Der Schrei aus dem Inneren des Abbruchhauses ließ ihn zusammenzucken. Ein Grüppchen von wilden Tauben, die sich zur Nacht in einer Baumkrone niedergelassen hatten, flatterte in Panik auf. Das Schlagen ihrer Flügel klang wie Applaus.

»Martina?«, brüllte Happel und stürzte, ohne nachzudenken, los. Walzte eine Schneise durch das Unkraut und das Dornengestrüpp, stolperte und verlor das Gleichgewicht, weil er auf dem Schutt und zwischen den Steinbrocken keinen stabilen Halt fand. Jaulte auf über den Schmerz in seinem linken Fuß, der solche Belastungen noch nicht guthieß. Konnte sich gerade noch fangen, griff dabei mit beiden Händen in die Brennnesseln und zog vor Schmerz scharf die Luft ein. Hinein ins Dunkel des verlassenen Hauses. Wo war sie?

»Geht es dir gut?« Er tastete sich prüfend vorwärts. Die Wand war feucht und bröckelte unter seinen Fingern. »Wo steckst du? Bist du hingefallen?«

»Ich bin hier«, tönte es kläglich aus einem Raum, dessen Eingang sich als Schwarzgrau im Grauschwarz des Korridors abzeichnete. Unter seinen Füßen knirschten und kratzten Steinsplitter, Mörtel und rostige Nägel. Er spürte, wie etwas Kleines, Flinkes an seinem Bein vorbei nach draußen huschte. Er spähte angestrengt in das konturlose Grau und bemerkte einen kühlen Hauch, der aus dem Inneren des Gebäudes wehte wie ein tödlicher Atem.

»Martina?« Er betrat den Raum, aus dem ihre Stimme gekommen war.

Es war kein Schmerz und kein Schreck, den er spürte. Nur unerwartet einen mächtigen Druck von irgendwas in seinem Nacken und am Hinterkopf. Ein dumpfer Schlag. Er bemerkte noch, wie der Boden unter ihm wegbrach und er im Treibsand verlorenging. Oder waren es die Beine, die ihn nicht mehr trugen und einknickten? Er versank in einem dunklen Meer, aus dem er unbestimmbare Zeit später zwischen toten Vögeln, dem Feuerwehrauto und einer Reisetasche wieder auftauchte.

»Wer bist du?«, fragte nun Sandra aus der Dunkelheit.

Er hörte sich antworten: »Ich bin der Zauberclown.«

Sie hatte vielleicht etwas anderes erwartet. Einen Helden, einen Retter. Jemanden, der sie losbinden würde, jemanden, der sie in Sicherheit bringen konnte. Jetzt schluchzte sie laut auf und versank danach wieder in traurigem, verzweifeltem Wimmern.

»Scheiße, Scheiße …!«

So eine abgefahrene Bullen-App

Die Hunde kläfften so aggressiv und laut, dass in der Umgebung sicherlich bald wieder die Lichter angehen und erboste Nachbarn zum Telefon greifen würden, um die Frankenberger Polizeistation zu verständigen. Jedoch war diesmal ausgerechnet ein Polizeibesuch der Auslöser des Krawalls an der *Blauen Mühle,* die ansonsten still und von leichten Revolutionsaromen umwabert am finsteren Ufer der Eder lag.

Jojo öffnete den beiden Beamten in Boxershorts und einem »Atomkraft? Nein danke«-T-Shirt, das er von seiner Mutter geerbt hatte. Vielleicht sogar von seiner Oma, die südlich von Kassel wohnte und inzwischen gegen die neue Stromtrasse demonstrierte. Irgendwas war immer faul in diesem Staat, mit dem man in der Familie Jockel nicht zufrieden war. Ihr jüngster Spross schlappte in Flip-Flops voraus und geleitete die nächtlichen Besucher – der Mann in ziemlich verknittertem Zivil, die Frau im Schwitzanzug mit Lederjacke – in den Innenhof. Auch zu dieser Stunde ertönte in der radikalen Mühle noch Gitarrengeklimper, jemand sang dazu träge die elegischen Strophen eines spanischen Liedes. Es mochte vom Leid der Kaffeebauern in Nicaragua handeln oder vom Kampf gegen einen Plantagenbesitzer auf Kuba. Die Fenster waren statt mit Gardinen mit bunten Decken und Handtüchern verhängt. Es roch nach Haschisch und Hundefutter. Ein drahtiger, grauer Mann, splitternackt bis auf seine beträchtliche Körperbehaarung, segelte grußlos an ihnen vorüber, eine Flasche Rotwein im Arm. Ihm folgte eine ebenfalls nackte Frau jenseits der fünfzig. Ihr glattes Haar reichte bis an die kugelrunden Hüften. Ihre stattliche Figur, die sie mit einiger

Würde trug, erinnerte entfernt an die Venus von Willendorf. Sie kicherte.

»Hierher«, zischte der besorgte Vater voller Hass und Unverständnis, »hierher bringst du einen vierzehnjährigen Jungen?«

»Reg dich bloß nicht auf! Außerdem ist er fünfzehn.«

»Und wo liegt der Unterschied?«

»Jojo ist sechzehn, und ihm geht es gut hier. Außerdem ist der Aufenthalt in dieser WG allemal besser als ein Solotrip nach Spanien, findest du nicht?«

Jojo führte sie in den Hausflur, vorbei an alten französischen Filmplakaten, Regalen mit selbst eingemachten Konserven und nordkoreanischen Propagandapostern zu einer angelehnten Tür, an der in lustigen, bunten Ballonbuchstaben das Wort »Gästeklause« geschrieben stand.

»Hier, das ist sein Zimmer«, sagte der Jugendliche.

Caspari wurde immer unruhiger, und das hob seine Laune nicht. »Aber da ist er ja wohl nicht mehr. Oder ist er inzwischen zurückgekommen?«

Zu Nadide sagte er: »Wir verschwenden wertvolle Zeit.«

Sie betrat trotzdem den Raum und sah sich um. Am Boden eine Matratze, darauf ein zerwühlter Schlafsack. Ein schlichter, wackliger Bauernschrank, dessen Tür nur geschlossen blieb, wenn der Stuhl davorstand. Die Wände und die Decke waren dekoriert mit naiver Höhlenmalerei und der besseren Stimmung wegen mit einem Tarnnetz aus Bundeswehrbeständen verhängt.

»Gemütlich«, sagte sie.

»Hier hat er geschlafen, dann haben sie ihn abgeholt.«

»Verdammt.« Caspari drehte es den Magen um. Sein heranwachsender Sohn, ahnungslos, arrogant, aber unschuldig – aus dem Schlaf gerissen und entführt von Unbekannten. Was für ein beschissener Alptraum. Da waren für den Jungen die ersten Stunden der Traumatherapie schon so gut wie vereinbart. Vielleicht konnten sie zusammen hingehen. Das etwas andere Vater-Sohn-Erlebnis. Aber immerhin mal was Gemeinsames. Dazu musste er seinen Sohn allerdings erst mal unversehrt wiederbekommen. Nadide verhielt sich freundlich, ruhig und professionell. Sie hatte sogar ein Lächeln für Jojo übrig, als sie an ihm vorbei in die Mitte des Raumes ging.

»Und sie haben nichts gesagt, diese Typen?«

»Doch«, sagte Jojo, »sie sagten, dass sein Vater sie schickt und dass sie ihn in Sicherheit bringen sollten. Sie waren nett und zivilisiert. Keine Schlägertypen oder so.«

»Kleidung?«

»Anzüge. Ehrlich gesagt, ich dachte, die kämen vielleicht vom FBI.«

»Wieso denn FBI?«, fragte Caspari, dem diese Aussage als das Dämlichste erschien, was er jemals gehört hatte. Was wusste so ein blasser Bauernbubi in Boxershorts schon vom FBI?

»Na, weil die Beamten vom FBI in den amerikanischen Fernsehserien immer so aussehen. Mit Schlips und feinen Schuhen und so.«

Caspari holte Luft, aber Nadide blickte schnell zu ihm hinüber und verbot ihm mit einem unmissverständlichen Blitzen in den arabischen Augen, dem Jungen jetzt einen belehrenden Vortrag darüber zu halten, wie FBI-Agenten in Wirklichkeit aussahen. Die Botschaft kam an. Er biss sich auf die Lippe.

»Okay, verstehe«, sagte er nur. »FBI.«

»Der eine sah ein bisschen orientalisch aus. Dunkle Haut, schwarze Haare, schlecht rasiert. Kann aber auch ein Mittelamerikaner gewesen sein.«

Nadide holte ihr Handy heraus und hackte wortlos mit dem Zeigefinger etwas in die Tastatur. Das Ergebnis war ein Foto, das sie dem Jungen unter die Nase hielt. Er nickte und bemerkte nicht, wie sie fast in die Knie ging. Sie fand Halt an der Wand und lehnte sich dagegen.

»Yepp, das war der eine«, sagte Jojo. »Was ist das denn Cooles? Ist das irgend so eine abgefahrene Bullen-App? Man gibt so zwei, drei Sachen als Personenbeschreibung ein, und prompt zeigt es einem den passenden Typen?«

»Ja, genau«, sagte sie und hielt Caspari das Foto hin, das sie soeben dem Jungen präsentiert hatte. »Aber es funktioniert noch nicht immer.«

»Kann ich mir vorstellen. Gesichtserkennung ist ein schwieriges Ding. Aber trotzdem ... kann man das irgendwo runterladen?«

»Das wäre illegal.«

Jetzt starrten beide Beamten auf das Bild. Es zeigte Tarkan Kolcuoğlu.

»Wie ich dachte«, sagte Caspari wie angezählt. »Er hat meinen Jungen.«

Jojo schaltete schnell. »Dann sind Sie der Alte, ähem, sorry, der Vater von Larsi? Der Superbulle, der schon mal aus dem Zug gefallen ist?«

»Ja. Ich bin übrigens gesprungen. Egal. Was hat er noch erzählt?«

»Nicht viel. Nur dass er einen ganz schönen Brass auf Sie hat. Dass Sie ihn einfach bei seiner verrückten Mutter zurückgelassen haben.«

Caspari sprang sofort darauf an. »Hey – damit das klar ist –, wir reden hier mit Respekt von Erwachsenen! Und außerdem habe ich ihn nicht bei seiner Mutter zurückgelassen. Ich konnte mich nur nicht so um ihn kümmern wie seine Mutter. Sie arbeitet viel von zu Hause aus. Das kann ich in meinem Beruf nun mal nicht.«

Jojo hob unschuldig die Hände, und die Venus von Willendorf rauschte in diesem Moment mit wehenden Haaren draußen vorbei. Inzwischen hatte sie einen bunten Kaftan übergeworfen. Sie bremste ab und steckte ihren Kopf herein.

»Habe ich da richtig gehört? Sie sind der Vater des jungen Lars?«

Caspari sah sie an wie eine Geistererscheinung, von der er noch nicht wusste, ob er sie fürchten musste.

»So ist es«, antwortete Nadide schnell an seiner Stelle.

»Das ist ein aufgeweckter Junge. Hochintelligent, aber sehr schlecht erzogen. Und mit einem fatalen Hang, sich selbst in Schwierigkeiten zu bringen.«

»Stimmt genau«, sagte Nadide. Und erklärend zu Caspari, der seine Kollegin mit eiskaltem Hass ansah: »Was? Er hat in der Kneipe mit einem Rocker wegen eines Apostrophs Ärger angefangen und eine Polizistin beleidigt.«

»Das passt. Oft haben diese Patienten einen Hang zur Selbstzerstörung«, sagte die Dicke.

»Patienten?« Das ging Caspari jetzt wirklich zu weit. Aber die Übergewichtige im Kaftan ließ nicht locker.

»Das hören Sie vielleicht jetzt nicht gern. Aber der Junge ist auf dem besten Weg zu einer ausgeprägten narzisstischen Persönlichkeitsstörung. Vielleicht noch nicht irreversibel, aber ohne Behandlung werden seine Probleme sicher nicht kleiner.«

»Behandlung?« Er kam sich vor wie das dumme Echo eines Kaftan-Orakels.

»Selbstverständlich. Ihm fehlte es schon von Anbeginn seiner Persönlichkeitsentwicklung an der nötigen Zuwendung und an Aufmerksamkeit. Das verkraften gerade intelligente Kinder überhaupt nicht und reagieren mit Abkapselung und sogar Aggression. Eine Alkohol- und Drogenkarriere kann die Folge sein. Darf ich fragen, ob Sie beruflich sehr aktiv sind?«

»Kann man sagen«, gab Caspari zu. »Aber das hat damit nicht das Geringste zu tun. Seine Mutter hat ihn falsch aufgezogen.«

Die Dicke lachte böse auf.

»Das sagen sie alle. Es ist wie im Lehrbuch. Ganz ohne Frage hat die Mutter versucht, den Jungen als Waffe gegen den Vater zu benutzen und zu manipulieren.«

Caspari blickte die sonderbare Frau mit offenem Mund an und sah aus wie ein Karpfen auf dem Trockenen.

»Ich bin jetzt müde und muss zu Bett. Aber Sie sollten was tun. Sonst ist es zu spät.«

Das hörte sich allerdings so bedrohlich an, dass der Beleidigte seinen verletzten Stolz hinunterschluckte. Dazu auch den Widerwillen, die intimen Seelenqualen seines entführten, heranwachsenden Sohnes zwischen Campesino-Liedern und Che-Guevara-Postern mit einer dicken, fremden Frau zu diskutieren, die eben noch mit einem nackten Catweazle über den Hof gehüpft war.

»Bitte, bleiben Sie noch!«

»Lassen Sie sich einen Termin geben«, rief sie, bevor sie die Tür zu einem der hinteren Zimmer schloss.

»Termin?«

»Vergessen Sie's.« Jojo setzte das bedauernde Lächeln des Eingeweihten auf. »Sie ist bis ins übernächste Jahrhundert ausgebucht.«

»Aha. Und wer, zum Teufel, ist sie?«

»Das ist Professor Gerlinde von Tecklenburg.«

»Ja? Und?«

»Kinder- und Jugendpsychiatrie? Universität Wien? Hallo?« Jojo machte sich nicht gerade beliebter, als er jedes Wort überdeutlich betonte und mit einem Fragezeichen versah, als müsste jeder diese Frau kennen. Das reizte Caspari sehr, denn er hatte tatsächlich einen ihrer Erziehungsratgeber zu Hause im Schrank stehen, war aber bisher noch nicht zum Lesen gekommen.

»Ich mag deinen jungen Freund nicht«, raunte er Nadide zu, als Jojo sie wieder nach draußen führte. »Er ist ein kleiner Klugscheißer.«

»Sobald du Lars wiederhast, kannst du ihm ja als Erstes den Umgang mit Jojo verbieten«, schlug sie vor. »Und den Umgang mit bedeutenden Jugendpsychologinnen gleich dazu.«

»Wo ist er? Wo würde dein Bruder ihn hinbringen?«

»Du kannst ganz ruhig sein. Lars wird nichts passieren. Er ist nur der Lockvogel, der uns in die Falle führen soll. Also hat er ihn dorthin gebracht, wo du ihn als Erstes suchen würdest«, sagte sie. »Denk nach.«

Sie hatte das Spiel schon längst durchschaut. Caspari war ein Mann, ein Deutscher, er war alt und stand unter Schock, also würde er noch eine Weile brauchen, bevor er von selbst darauf kam. Sie musste ihm auf die Sprünge helfen.

»Ich sag's nochmals ganz langsam: Tarkan hat eine Falle gebaut. Für dich und für mich.«

Ob das reichte, den richtigen Gedankenzug auf den Weg zu bringen?

Jojo führte sie durch den Innenhof zurück zur Pforte, die früher mal ein Scheunentor gewesen sein mochte.

»Ich lasse euch hier raus und geh schnell wieder rein, okay? Mir ist kalt, und ich bin müde. Sagt Bescheid, wenn ihr Lars gefunden habt. Er kann gern jederzeit wiederkommen.«

»Ich danke dir für das freundliche Angebot«, sagte Caspari und schien es sogar ernst zu meinen. »Aber ab jetzt werde ich mich um ihn kümmern.«

Das schwache Eingangslicht, das wohl von einer Autobatterie betrieben wurde, beleuchtete eine sarkastische Kindermiene, die zu sagen schien: *der Glückspilz …*

Nadide klopfte dem Jungen auf die Schulter. »Ach, noch was: Solltest du was von Sandra hören, dann gib mir bitte Bescheid. Wenn sie am Montag immer noch nicht aufgetaucht ist, dann müssen wir was machen …«

Nadide hielt inne und spürte förmlich, wie in einer dunklen Kammer ihres Gehirns zwei Synapsen nacheinander tasteten, die sich verbinden wollten, um einen sonderbaren Zusammenhang herzustellen. Schon seit heute Morgen hatte sie dieses Gefühl, ohne zu wissen, warum und worum es ging. Es hatte etwas mit dieser Sandra zu tun. Und komischerweise mit Happel.

»Alles klar«, sagte Jojo und schloss das Tor hinter ihnen.

Über ihnen funkelten Millionen Sterne, irgendwo in der Nähe plätscherte leise die Eder durch die pechschwarze Nacht. Der Ruf eines Käuzchens verhallte unbeantwortet. Nadide beschloss, sich erst einmal um die Synapsen in Casparis Gehirn zu kümmern, und dann um ihre eigenen. Der hatte nämlich immer noch nicht die logischen Schlussfolgerungen gezogen und brauchte dringend ihre Hilfe.

Schritt für Schritt. Malen nach Zahlen. Polizeiarbeit als Quizduell.

»Wer wusste, dass Lars abgehauen war?

a) Ali Baba

b) Tarkan

c) der Bundespräsident

d) dein Freund vom LKA?«

»Was soll das jetzt?«

»Beantworte meine Frage.«

»Die Antwort ist: d) Liebold vom LKA.«

»Wer hat Lars, als er plötzlich hier in Frankenberg auftauchte, an diesen geheimen Ort gebracht?

a) Tarkan

b) Freckel

c) der Hexer

d) Nadide.«

»Du natürlich. Was soll der Scheiß? Mein Sohn ist in Gefahr, und du spielst Spielchen!«

»Bin gleich fertig. Vorletzte Frage: Wer hört jedes von Nadides Telefongesprächen ab und beobachtet jede ihrer Bewegungen?

a) der große Bruder

b) der kleine Muck

c) Klaus Melchior

oder d) Liebold vom LKA?«

»Liebold.« Jetzt endlich schien Caspari langsam etwas zu dämmern.

»Wer hat dir weisgemacht, Lars sei in Freiburg, obwohl er ja dank seiner Wanzen längst wusste, dass er hier war?

a) deine Ex-Frau

b) der Schut

c) …«

»Hör schon auf damit. Es war natürlich auch Liebold.«

»Wer hat dich ausgerechnet hierhergeschickt, an den Arsch der Welt, weil angeblich seine kleine Schwester dem bösen Türken alle Polizeigeheimnisse verrät?«

»Liebold. Du hast recht.«

»Und hier noch eines, obwohl ich das noch nicht beweisen kann: Wer hat die Tranfunzel Ignaz Klose wohl dazu verleitet, mir das heilige Polizeipasswort zu geben, damit er einen begründeten Anfangsverdacht gegen mich konstruieren konnte?«

»Verdammt, was hat er vor?«

»Du kennst ihn gut. Sag du's mir.«

Sie standen vor ihrem Golf, der mitten auf dem Zufahrtsweg zur *Blauen Mühle* abgestellt war. Sie umrundete das Fahrzeug und öffnete die Fahrertür, als sie ein Gähnen nicht mehr unterdrücken konnte. *Wer müde ist, macht Fehler,* dachte sie. Was war mit Happel und der verschwundenen Sandra? Woher kam diese Verbindung in ihrem Kopf? Zahlen spielten dabei eine Rolle. Welche Zahlen? Eine Uhrzeit? Eine Autonummer?

»Du hast gesagt, dein Bruder hat eine Falle für uns vorbereitet und er hat Lars dort, wo ich als Erstes suchen würde.«

»Habe ich das? Klingt gut. Wo würdest du denn als Erstes nach ihm suchen?«

Sie ließ sich hinter das Lenkrad sinken und aktivierte den Zündmechanismus. Die Uhr zeigte 2:33. Es sah nicht so aus, als würde sie in dieser Nacht noch zum Schlafen kommen. Auch Caspari stieg ein und zog mit Rücksicht auf die Bewohner der

Blauen Mühle und ihre geräuschempfindlichen Nachbarn die Tür leise zu.

»Ich habe keine Ahnung. Ich bin fremd hier. Ich kenne nur dieses Geisdingsbums und den Weg nach Korbach. Melchiors Haus? Sollte ich in Melchiors Haus nach ihm suchen?«

»Rede keinen Unsinn. Es muss etwas sein, das sie dir hingeworfen haben, wie man Bonnie und Clyde ein Stück Fleisch hinwirft.« Sie startete den Wagen. »Also, wohin?«

Auch Caspari war erschöpft und fühlte sich wie ausgespuckt. Er hatte kaum geschlafen, sorgte sich um seinen Sohn. Und er konnte der jungen Frau, von der hinter ihrer Kumuluswolke aus schwarzen Locken nur die orientalische Nase hervorlugte, noch immer nicht ganz trauen. Ihr Bruder hatte seinen Sohn entführt. Und wieso sollte Liebold damit etwas zu tun haben? Der hatte doch die ganze Untersuchung erst ins Rollen gebracht. Wenn er die Augen schloss, wurde ihm so schwindlig, dass er sich an dem Griff im Türrahmen festhalten musste.

»Caspari – wohin jetzt?«, fragte Nadide noch einmal, als die Schunkelfahrt über den Feldweg zurück zur Hauptstraße bald beendet war. »Liebold hat es dir mitgeteilt. Sonst ergäbe das alles keinen Sinn.«

»Jetzt halt doch mal die Klappe. Liebold hat mir gar nichts mitgeteilt.« Da schnürte sich seine Kehle zu und sein Magen, als wirke plötzlich ein aggressives Gift. »Verdammt. Er hat es mir gesagt. Es stimmt.«

»Na also. Wo?«

»Sein Onkel Oskar hat eine Jagdhütte im Kellerwald. Das hat er mir gesagt.«

Sie nickte und fuhr mit quietschenden Reifen auf die befestigte Fahrbahn ein.

»Das ist es. Dort warten sie auf uns.«

Der alte Freckel wird's schon richten

Das letzte Mal, dass Kriminaloberrat Horst Freckel nachts aus dem Bett geklingelt worden war, lag schon eine Weile zurück und hatte nichts mit dem Polizeidienst zu tun. Der Anruf damals kam aus dem Krankenhaus und betraf seine Schwiegermutter, die in ihrer Boshaftigkeit beschlossen hatte, mitten in der Nacht zu sterben. Er fingerte im Ungefähren nach dem Telefon, fegte es prompt vom Nachttisch und die Lampe gleich dazu. Das Krachen alarmierte seine Frau Hildegard, die es sofort und mühelos schaffte, auf ihrer Seite des Bettes Licht zu machen. Sie richtete sich auf und sah zerzaust und übellaunig aus wie eine Büste von Beethoven.

»Wer ist das?«, verlangte sie zu erfahren.

»Wie soll ich das wissen?«, gab er gereizt zurück. Die Sache mit der Garage lag noch immer als eine Art Schmorbrand zwischen ihnen, und keiner wollte nachgeben. Er beharrte weiterhin auf dem Standpunkt, die Garage sei aufgeräumt, und sie fand, es sehe darin aus wie bei Hempels unterm Sofa und man müsste sich vor den Nachbarn schämen, jedes Mal, wenn sie geöffnet wurde. Sie wage sich deshalb schon gar nicht mehr aus dem Haus. Das Telefon fiepste und brummte irgendwo auf dem Teppich vergnügt weiter.

»Es ist halb vier in der Nacht! Wer ruft denn um halb vier an?«

»Das weiß ich auch nicht.« Er ließ sich wie ein Walross seitlich aus dem Bett gleiten, weil sein Rücken in letzter Zeit allerlei schlechte Erfahrungen mit plötzlichen und ruckartigen Aufwärtsbewegungen gemacht hatte, lokalisierte das Handy und drückte mit einem Grunzen, halb aus Anstrengung, halb aus Missbilligung, die grüne Annahmetaste.

»Freckel«, bellte er hinein.

Hildegard blinzelte ohne Brille und sah ihren Horst verschwommen als einen Fleischberg mit abstehenden Haaren in seinem rot gestreiften Schlafanzug vor dem Ehebett knien.

»Ja. Ja. Jawoll«, sagte er nur. »Wird gemacht. Kein Problem.«

Aufgestützt auf das knarzende Bett, erhob er sich und wankte ins Badezimmer.

»Was ist denn nun?«, rief Hildegard ihm hinterher.

»Wiesbaden«, brummte Freckel aus dem Bad, als bekomme er jede Nacht um diese Uhrzeit Anrufe aus der Landeshauptstadt. »Ich muss los.«

»Du musst nach Wiesbaden? Um diese Uhrzeit? Was ist denn so wichtig?«

»Ich muss nicht nach Wiesbaden«, hallte es aus dem Bad, wo Freckel sich im Spiegel ansah und meinte, einen Fremden vor sich zu haben. »Das war jemand aus Wiesbaden. Die kommen hierher. Oder sind schon da. Was weiß ich.«

Hildegard hörte ihn nebenan im Bad pullern und pupsen und verdrehte die Augen.

»Du sollst dich hinsetzen!«

»Ich sitze doch!«

»Hat das alles denn nicht Zeit bis morgen? Wenn es wieder hell ist? Was wollt ihr denn bei Nacht ausrichten?«

Er erschien im Türrahmen und suchte seine Kleider zusammen.

»Ich hab's von Anfang an gesagt, dass der Kerl nichts als Ärger bringt, und jetzt haben wir den Salat.«

»Welcher Kerl denn? Horst. Reiß dich doch mal zusammen und sprich vernünftig mit mir.«

»Na, dieser Caspari. Der Oberschlaumeier aus Frankfurt. Jetzt ist er mächtig in Schwierigkeiten und braucht Hilfe. Und wen rufen sie wieder an?« Es war zwar das erste Mal, dass ihn irgendjemand angerufen und seine Unterstützung erbeten hatte, aber das versöhnte ihn nicht. »Der alte Freckel wird's schon richten.«

Hildegard sank mit einem Seufzer zurück in ihr Kissen und kramte aus der oberen Schublade des Nachttischchens ihre Schlafbrille, ohne die sie im Sommer oft schon um fünf Uhr morgens von der Sonne wachgekitzelt wurde. In dieser Beziehung war das Haus eine Fehlkonstruktion. Aber was Horst nicht störte, das war für ihn kein Thema. Genau wie der Zustand der Garage.

»Mach bitte keinen Krach beim Wegfahren und weck, um Gottes willen, die Nachbarn nicht auf. Und bring auf dem Rückweg Brötchen mit.« Sie gähnte und schmiegte sich behaglich in das warme Bettzeug. Freckel sah ihr mit verquollenen Augen dabei zu, dachte, dass sie ihrer Mutter immer ähnlicher wurde, und schlich auf leisen Sohlen aus dem Raum. Auf dem Weg nach unten versuchte er, die verstörenden Informationen aus Wiesbaden zu ordnen. Irgendein gesuchter Gangster namens Tarkan oder Tarzan Dingsbums hatte hier irgendwo in seinem Gebiet irgendeine Geisel verschleppt. Caspari war also schon ganz nah an dem Bösewicht dran, konnte aber allein nichts mehr ausrichten. Aus Wiesbaden war ein Hubschrauber im Anflug, und auch die Sondereinsatzkräfte aus Kassel waren angefordert worden. Nun sollte Freckel dafür sorgen, dass auch alle seine verfügbaren Leute anrückten. Typisch. Was die sich immer vorstellten. Um diese Uhrzeit war keiner seiner Leute verfügbar. Basta. Aber das konnte man ja wohl in einer solchen Notsituation schlecht sagen. Er hatte es von Anfang an geahnt. Caspari war ein verdammter Trabbelmäker. Er brachte nichts als Ärger. Hoffentlich hatte er seinen Scheißgangsterboss bald am Schlafittchen und verzog sich wieder.

Als er das Kaffeewasser aufgesetzt hatte, dämmerte ihm ganz langsam, welcher Name da am Telefon gefallen war. Tarkan Kolcuoğlu, hatte der Mann vom LKA gesagt. Nanu. Hieß der nur zufällig genauso wie die junge Kollegin aus der Frankenberger Polizeistation? War das vielleicht ein Name, der für Türken so gängig war wie Schmidt oder Müller hierzulande? Oder war es am Ende nur ein blöder Zufall?

Nein. Kein Zufall. Plötzlich, als hätte jemand einen Vorhang aufgezogen und die kalte Dusche angestellt, wurde Freckel klar, warum Caspari in seiner Truppe herumschnüffelte. Jetzt verstand er auch, warum der Bulle aus dem Süden nicht auf seine Fragen antworten wollte. Er war hinter dem Mädchen her. Der Wasserkocher rauschte wie das Meer und schaltete sich mit einem scharfen Klacken selbst ab. Die Tasse mit dem Instantkaffee stand auf der Arbeitsplatte, aber Freckel wusste damit nichts anzufangen. Ihm war gerade brandheiß eingefallen, dass niemand anderer als er selbst sich damals besonders für die junge Frau eingesetzt hatte. Türkischsprachig, jung, weiblich, intelligent. Frischer Wind, ein Jungbrunnen, ein Hauptgewinn für die verkalkte Endverwendungsdienststelle, in der einige der müden Bullen nicht mehr ohne Rheumapflaster durch den Tag und ohne Granufink nicht mehr durch die Nacht kamen.

Ein bisschen was hatte die Kleine ja auf dem Kerbholz gehabt. Aber das waren doch Jugendsünden! Dummheiten, wie sie jeder irgendwann mal machte. Nichts Dramatisches. Und das Abitur wollte sie nachholen und tat das seines Wissens auch. Und so hatte Kriminaloberrat Freckel die junge Nadide Kolcuoğlu unterstützt und gefördert und sich bisher immer viel darauf zugutegehalten, dass er so ein geschmeidiges Händchen mit dem Personal hatte. Und jetzt, mitten in der Nacht, flog ihm die ganze Sache plötzlich um die Ohren.

»Oh, nein, Mädchen, tu mir das bitte nicht an«, murmelte er verzweifelt.

Dabei wollte er doch nichts anderes mehr im Leben, als noch zwei, drei Jahre ruhig bis zum Erreichen der Vorruhestandsgrenze zu arbeiten und dann im Edersee Forellen zu angeln. Was für eine beschissene Achterbahn war das denn überhaupt? Am Abend noch frohgemut ins Bett gegangen mit dem beruhigenden Gefühl, einen schwierigen Mordfall, der bundesweit Aufsehen erregte, in kürzester Zeit gelöst zu haben. Und ein paar Stunden später aus dem Schlummer gerissen und mit voller Wucht in den Arsch getreten. Jetzt drohte vielleicht eine Untersuchung. Disziplinarische Maßnahmen und eine unglaubliche Menge von bösem Geschwätz und übler Nachrede. Vielleicht konnte er das Schlimmste noch abwenden, wenn er jetzt genau das tat, was die Jungs aus Wiesbaden verlangten. Er griff zum Handy, rief in Frankenberg an und schnauzte dem Mann im Nachtdienst ein paar ruppige Befehle zu.

»Holt auch die Kollegen aus Wildungen und Arolsen dazu. Großeinsatz. Und das Ganze ein bisschen dalli, dalli!«, sagte er und legte wieder auf. Auch wenn er vielleicht die falsche Personalentscheidung getroffen hatte – mangelnde Einsatzbereitschaft würde ihm keiner vorwerfen können.

Da liegt eine tote Frau

Immer wieder schluchzte das Mädchen und hustete und war lange Zeit zu keiner klaren Aussage in der Lage. Happel fürchtete, sie könnte vielleicht den Verstand verloren haben, wenn sie schon länger in diesem finsteren Loch festgehalten wurde. Aber von wem? Und warum? Wie lange schon? Und wo befanden sie sich überhaupt? In dieser verlassenen Ruine, wo Martina und er überfallen worden waren? Oder hatten sie ihn an einen anderen Ort transportiert, während er weggetreten war? Und wo war Martina?

Sandra wusste auf nichts eine Antwort. Er hatte ihr viele Fragen gestellt, seit er wieder zu sich gekommen war und einigermaßen klar denken konnte. Aber sie war fast noch ein Kind, hatte selbst furchtbare Angst und konnte ihm nicht helfen.

Happel lag bäuchlings auf dem Bretterboden, der nach modrigem Holz und Kompost roch. Seine Hände waren an den Gelenken auf dem Rücken zusammengebunden worden. Eine messerscharfe Schlinge zwang sie zusammen und verhinderte jede Bewegung. Das Blut staute sich, und er konnte sich vorstellen, wie die Hände aussahen. Wie aufgeblasene Gummihandschuhe und blaurot. Auch seine Füße waren gefesselt. Er konnte sich nicht aufrichten, konnte höchstens den Kopf ein paar sinnlose Zentimeter über den staubigen Boden heben. Aber das verursachte ihm infernalische Stiche in seinem ramponierten Kopf und Nacken. Unter größten Anstrengungen und Schmerzen gelang es ihm schließlich, sich auf den Rücken zu drehen. Wenigstens drang so nicht mehr mit jedem Atemzug der widerliche Staub und Dreck von dem Bretterboden in seine Lunge. Er lauschte in die Dunkelheit und hörte nichts außer dem leisen Wimmern seiner Mitgefangenen. Martinas geheime Tochter. Das Mädchen von dem Foto, das aussah wie eine Teilnehmerin beim Supermodel-Wettbewerb.

»Sandra?«

»Hm?«

»Du hast doch gesagt, deine Mama heißt Martina.«

»Ja.«

»Martina Friese.«

»Ja.«

»Aber warum heißt du nicht so? Du heißt Naumann mit Nachnamen.«

»Das ist wegen Papa.« Sie schniefte. »Der ist vor meiner Geburt gestorben. Bei einem Unfall.«

»Das ist sehr traurig.«

»Und meine Großeltern wollten unbedingt, dass ich seinen Namen annehme. Und meine Mama hat ihren Namen behalten. Aber meine Großeltern sind inzwischen auch schon beide tot.«

»Verstehe«, sagte er. »Sandra, du bist sehr tapfer. Du und ich, wir müssen zusammen versuchen, hier herauszukommen. Es muss einen Weg geben. Und vielleicht hilft es, wenn wir verstehen, warum wir überhaupt hier festgehalten werden. Jedes Detail kann wichtig sein, verstehst du?«

»Ja, klar.«

»Also. Wo haben sie dich erwischt?«

»Wer denn?«

»Die Leute, die dich hier eingesperrt haben.«

»Leute? Welche Leute denn?« Wieder fing sie an zu weinen. »Das waren keine Leute, Mann. Du hast echt null Peilung.«

»Sandra, Sandra, bitte nicht weinen. Reiß dich zusammen und rede mit mir.«

»Du bist ein Clown«, sagte sie angeekelt. »Ich kenne dich, du bist der Zauberclown Salami. Ein totaler Minus-Checker und Volltrottel.«

Trotz seiner verzweifelten Lage war Happel ein bisschen stolz darauf, dass sie sein Alter Ego kannte. Auch wenn sie nicht viel von ihm zu halten schien.

»Wo hast du mich denn schon mal gesehen?«

»Neulich bei so einem Kindergeburtstag. Ich habe meiner Mutter beim Büfett geholfen. Das mache ich manchmal. Und dann bist du da aufgetreten. Das warst du doch, oder? Mit der blöden Giraffe?«

»Zwerggiraffe.«

»Whatever«, stöhnte sie genervt auf Englisch. »Ich habe jedenfalls eine Weile zugesehen. Totale Pannenshow, die du da abziehst. Aber egal, du hast jedenfalls keine Ahnung, und du kennst sie nicht.«

»Wovon redest du denn? Wen? Wen kenne ich nicht?«

»Zelda. Zelda ist eine böse Frau. Eine Hexe. Sie sagt, sie sei meine Tante, aber ich habe noch nie was von ihr gehört. Sie hat mich betäubt und hergeschafft. Und sie will mir nicht sagen, wo meine Mama ist.«

»Ich habe schon mal was von dieser Zelda gehört«, erwiderte Happel. »Deine Mama hat sie mir gegenüber erwähnt. Siehst du, ich habe eben doch mehr Durchblick, als du denkst.«

In seinem Kopf jaulte eine Sirene auf wie eine grauenhafte Rückkopplung. Zelda war die Prinzessin aus dem Computerspiel. Und es war der Name von Martinas großer Schwester, die ihr so viel bedeutete und die dann an die Nordsee verschwunden war. Und die ihr das goldene Armband geschenkt hatte. Aber nun war diese Zelda plötzlich wieder in der alten Heimat aufgetaucht und richtete Unheil an. Hatte sie vielleicht alte Rechnungen zu begleichen? Ging es um Erbstreitigkeiten wie so oft? Wollte sie sich für irgendwas rächen? Hatte sie vielleicht verlangt, das goldene Armband zu sehen, und Martina hatte es verloren? Aber das war doch kein Grund, die eigene Nichte und einen unschuldigen Zauberclown in ein Kellerloch zu stecken!

»Sandra, hör mir jetzt bitte ganz genau zu. Ich bin nicht nur ein Clown, verstehst du? Ich bin auch ein richtiger Polizist. Du kannst mir vertrauen.«

»Wenn du ein Polizist bist, dann nimm diese Irre fest und bring mich zu meiner Mama zurück. Wo ist sie überhaupt?«

»Ehrlich gesagt, ich weiß nicht, wo sie ist. Ich wollte sie abholen. Sie hat an diesem alten, kaputten Haus gearbeitet.«

»Das tut sie manchmal. Sie will es verkaufen.«

»Ja, ich weiß. Und dann hat sie geschrien, und ich bin zu ihr gelaufen. Und ab da weiß ich nichts mehr.«

»Scheiße«, flüsterte das Mädchen. »Zelda hat sie erwischt. Sie hat ihr bestimmt weh getan.«

»Nein, nein, das glaube ich nicht. Die beiden sind doch Schwestern. Die streiten vielleicht manchmal, aber sie tun sich nicht wirklich weh.«

Happel lag auf dem Rücken wie ein Käfer, seine angeschwollenen Hände taten vom Gewicht seines Körpers so weh, als würde jemand mit Rasierklingen darin herumschneiden. Er starrte mit weit aufgerissenen Augen in den lichtlosen Raum. Nicht einmal das kleinste Fünkchen, das leiseste Flackern durchbrach die absolute Finsternis. Winzige Staubpartikelchen rieselten auf seine Bindehäute. Er kannte das, es gab eine Reihe von Allergien, mit denen er sich herumplagte. Bald würden die Augen so grauenhaft jucken, dass er versucht wäre, sie auszukratzen. Aber zum Glück waren ihm ja die Hände gebunden.

»Wie sieht sie aus?«, fragte er. »Ist sie allein, oder hat sie noch Komplizen?«

»Keine Ahnung. Sie hat weißgraue, lange und wirre Haare und kommt nur, wenn es dunkel ist. Hinter ihr ist so ein helles Licht, das mich blendet.«

»Wo sind wir hier überhaupt?«

»Wie soll ich das denn wissen?«, jammerte sie und fügte nach einer Weile trotzig hinzu: »In einem Kinderzimmer.«

»In deinem Kinderzimmer?«

»Nein, Mann, nicht in meinem verfickten Kinderzimmer, sondern in einem. In e-i-n-e-m! Irgendeinem.«

»Sandra, Sandra, schon gut. Hörst du mich? Schon gut. Reg dich bloß nicht auf.«

»Du kapierst echt gar nichts, du verblödeter Partyclown. Mann. Weißt du überhaupt, wer ich bin? Ich bin Belinda King. Ich bin Sängerin. Wenn diese beschissene Sache hier nicht dazwischengekommen wäre, dann würde ich jetzt in Frankfurt in einem Luxushotel mit Whirlpool wohnen und mein erstes Album aufnehmen. Und meine Freundinnen und die Lehrer könnten sich das bei Facebook ansehen und grün werden vor Neid. Echt, du Loser, Mann. Und stattdessen liege ich hier mit dir im Keller und habe nicht mal mein beschissenes Handy!«

Sie war ernstlich wütend. Happel fragte sich, ob er in einem üblen Irrenhaus gelandet war. Ob dies hier in Wirklichkeit vielleicht eine geheime Gummizelle für ganz aussichtslose Fälle drüben in Haina/Kloster war? Er begriff nicht, was das Mädchen ihm sagen wollte. Warum war sie mit einem Mal nicht mehr Sandra, sondern Belinda King und wollte ein Album aufnehmen? Und warum glaubte sie, in einem Kinderzimmer zu liegen? Hatte ihm Martina nichts von ihrer Tochter erzählt, weil diese unter Zwangsvorstellungen litt und in einer parallelen Wirklichkeit lebte?

»Clown?«, meldete sich das Mädchen nach einer Weile.

»Du kannst ruhig Martin zu mir sagen.«

»Okay. Whatever. Martin. Da gibt es noch etwas, das du wissen solltest.«

»Was denn?«

»Da, wo du liegst, also unter den Bodenbrettern, da liegt eine tote Frau.«

Kollege, du machst mir Angst

Die Spur war so kinderleicht zu verfolgen und sie mündete so offensichtlich in einer Falle, als wolle jemand sie mit Leuchtkegeln und blinkenden Leitlichtern zum Ziel führen. Ein Anruf in der Zentrale, eine Abfrage in der Datenbank, und schon hatten sie einen Jagdpächter namens Oskar Liebold gefunden. Eine genaue Wegbeschreibung zu seiner Hütte im Kellerwald war servicehalber den Unterlagen beigefügt: Von der Landstraße 3332 anderthalb Kilometer hinter Frankenau Richtung Frebershausen am Wanderparkplatz linker Hand einbiegen und dem mit einer Schranke gesicherten, grob befestigten Waldweg circa dreihundert Meter hinauf zum sogenannten Ruhlauber folgen. An sonnigen Tagen und für unternehmungslustige Naturfreunde war dieser Flecken ein urwaldähnliches Paradies und sogar Weltnaturerbe. Heute Nacht aber war er ein tückisches Schlachtfeld. Voller toter Winkel, möglicher Hinterhalte und Fallen.

Die Lichtfinger der Scheinwerfer tasteten sich durch den nächtlichen Wald, wippend und wankend mit den Schaukelbewegungen, die der unebene Weg dem Fahrzeug abverlangte. Grellgrün leuchtete das frische Laub der alten Buchen, grau wie Elefantenbeine standen ihre Stämme zwischen Büschen, Hecken, herabgestürztem Geäst und Barrikaden aus totem Holz. Der Motor rebellierte, während alle paar Schritte die Wildnis von unten am Bodenblech klopfte oder schabte oder von der Seite mit Zweigen wie Fangarme nach ihnen griff. Caspari und Kolcuoğlu schwankten in ihren Sitzen, spähten angestrengt nach vorn, wo der Lichtkegel, den sie erzeugten, viel zu bald schon von der baumbestandenen Nacht verschluckt wurde. Je tiefer sie in den Wald eindrangen, desto mehr zog sich Caspari in sich selbst zurück. Hätte die anspruchsvolle Piste Nadide die Gelegenheit gelassen, ihren Beifahrer näher anzusehen, dann wäre ihr aufgefallen, dass er blass geworden war, häufig schluckte, unregelmäßig und heftig blinzelte und dass sich Schweißperlen auf seiner Stirn und seiner Oberlippe bildeten.

»Das muss es sein«, sagte sie, als nach einer weiteren aufwärtsführenden Kurve am hinteren Ende des Lichtfingers ein Blockhaus mit grünen Fensterläden in ihr Blickfeld geriet.

Von Caspari kam keine Antwort.

Sie ließ den Wagen etwa zwanzig Meter vor der Hütte ausrollen und stellte den Motor ab. Die aufgeblendeten Scheinwerfer ließ sie brennen.

»Bringen wir's zu Ende«, sagte sie, während sie prüfend nach ihrer Waffe griff und bemerkte, dass ihr Kollege aussah, als sei er plötzlich gealtert, geschrumpft und werde in Schwarzweiß ausgestrahlt.

»Au Scheiße«, entfuhr es ihr. »Ist dir etwa nicht gut?« Sie war sicher, dass er vor lauter Aufregung einen Herzinfarkt erlitten hatte. Damit musste man bei den älteren Kollegen schließlich jeden Tag rechnen.

»Ich kann nicht«, hechelte er. Sein starrer Blick irritierte sie fast so sehr wie seine Hände. Die Linke glitt planlos auf dem Oberschenkel vor und zurück. Mit der Rechten klammerte er sich so fest an den Türgriff, dass die Knöchel weiß hervortraten.

»Okay, okay. Das ist nicht gut, nicht gut«, sagte sie verwirrt. »Caspari. Sollen wir lieber umkehren? Brauchst du einen Arzt?«

»Nein. Ich kann nur nicht.«

»Kann nicht – was?«

»Ich steige hier nicht aus.«

Sie stellte mit Schrecken fest, dass sein ganzer Oberkörper zitterte, und das Pfeifen aus seinen Atemwegen hörte sich auch nicht gesund an. Er kämpfte um jeden Atemzug. Sie öffnete die Tür, und das Innenraumlicht fiel auf ein angststarres Gesicht. Sie legte ihre Hand auf seine Schulter und spürte, dass jeder Muskel bis zum Zerreißen angespannt war.

»Kollege, du machst mir Angst.«

Seine linke Hand fuhr in die Höhe, als habe sie ihren eigenen Antrieb, unabhängig von seiner Körpermotorik, und beschrieb langsam einen unsteten Halbkreis.

»Alles Bäume.«

»Ja. Bäume. Wir sind in einem Wald. Und wir haben es relativ eilig.«

»Ich kann nicht.«

Nadide trug alles Halbwissen aus Fernsehen, Zeitschriften und Hörensagen zusammen, das sie mit seinem alarmierenden Zustand in Verbindung bringen konnte, und fragte: »Hast du eine Art Panikattacke?«

Sie konnte nicht wissen, wie nahe sie mit dieser halb im Scherz geäußerten Vermutung der Wahrheit gekommen war. Seit der Entführung durch die Rumänenbande, die ihn tagelang in einem Erdloch tief im Spessart gefangen gehalten hatte, war der Kommissar freiwillig nicht mehr in die Nähe eines Waldes gegangen. Er ertrug nicht einmal mehr den Geruch von Kiefernschaumbad, ohne wieder die vermummten Gesichter seiner Peiniger zu sehen, ihren Schnaps- und Tabakgestank zu riechen, ihre Tritte und ihre Schläge zu spüren. Er erinnerte diese grausamen Tage nicht, er durchlebte sie. Es war das schabende Geräusch der Autoreifen auf den groben Kieseln des Waldweges und das Schnappen der Büsche an der Karosserie, das seine Episode ausgelöst hatte. Eine Therapie, die ihm wohlmeinende Menschen damals ans Herz gelegt hatten, hatte er mit abgebrühtem Lächeln abgelehnt. *Superbulle Caspari legt sich auf niemandes Couch, und er spricht nicht über seine Ängste,* hatte er großkotzig gedacht. Und dann später, als die ganzen anderen Sachen noch dazukamen und alle zur gleichen Zeit über ihm zusammenschlugen wie eine Flutwelle – die Angst vor Hunden und die Nagetierphobie und die Angst, in Zügen zu fahren –, da war es zu spät, und er bekam nirgends einen Termin. Sein Verhältnis zum schönen deutschen Wald war jedenfalls nachhaltig gestört. Und jetzt hing vielleicht das Leben seines Sohnes davon ab, dass er sich wieder in den Griff bekam.

Entfernungen verschwammen, Formen und Dimensionen schrumpften und wuchsen ohne jede Relation zur Wirklichkeit, Geräusche verloren ihre natürliche Bedeutung und ihren gewohnten Klang. Das Lenkrad wurde groß wie ein Karussell, der Lichtkegel der Scheinwerfer strahlte in die Unendlichkeit eines Sternennebels, die Stimme seiner Kollegin – war sie überhaupt seine Kollegin oder war sie eine Feindin? – quälte seine Ohren wie das Kreischen einer Säge.

»Caspari, kann ich irgendwas tun, dass du wieder normal wirst?« Sie umrundete schnell den Wagen und tauchte auf seiner Seite auf, öffnete mit Mühen die Tür, die er von innen festhalten wollte.

»Geh einfach vor.« Konnte sie ihn nicht einfach in Ruhe lassen? »Ich komme gleich nach. Das geht schon wieder vorbei.«

»Sieht aber nicht aus, als ob es eine Kleinigkeit wäre. Mann, deine Hände zittern. Und deine Augen …«

Bis zu diesem Moment war Nadide ohne Angst gewesen und hatte geglaubt, dass sie beide es mit Tarkan aufnehmen konnten. Sie war Meisterschützin und Kampfsportlerin. Caspari ein erfahrener Elitebulle. Aber als sie ihn jetzt so sah, wie er mit weit aufgerissenen Augen in die Nacht starrte und sich in den Autositz drückte, als fürchte er, von einer unbekannten Kraft ergriffen und hinaus in den feindlichen Wald geschleudert zu werden, war sie sich ihrer Sache nicht mehr sicher. Plötzlich war sie allein mit einem zitternden, älteren Mann, der vor Angst fast umkam.

»Es geht vorbei. Es ist nur … eine Scheißhylophobie.«

»Nie gehört«, bekannte sie. Gab es Tabletten dagegen? Solche, die schnell wirkten? Was tat man als Polizeikollege in einer solchen Situation? Streicheln und beruhigende Worte konnte man ja wohl abhaken. Ohrfeigen? Vielleicht wirkte psychischer Druck?

»Ich zeige dir gleich Hulaphobie, Mann«, fuhr sie ihn an, und zum ersten Mal hörte er die Türkin in ihr. »Soll ich vielleicht allein da raus?«

In seinen Ohren wurde Nadides einwandfreies *ch* zum *sch*, ihre Sprachmelodie zum Singsang wie aus einem Rap-Song. Ihre Lederjacke über dem grauen Schwitzanzug verwandelte sich vor seinen Augen in eine Gang-Kostümierung aus dem Ghetto, ihre Haare wippten im Takt. Eine unsichtbare Band begann ein bassbetontes Thema zu intonieren, zu der sich ihre Schultern bewegten, und ihr ausgestreckter rechter Arm, Zeigefinger und Daumen zu einer Pistolenattrappe ausgefahren, warnte und drohte:

»Ich zeige dir gleich Hulaphobie, Mann
Mach bloß nicht die Hula von der Seite an.
Du bist nichts als ein Hula-Polizist
Der sich vor Angst in die Hula-Hosen pisst.«

Er starrte sie an und verstand die Welt nicht mehr. Wieso rappte und tanzte sie? Woher kam die Musik?

»Mann, Caspari, komm schon, werd jetzt nicht auch noch ohnmächtig, okay?«

Sie hatte gesehen, wie er plötzlich die Augen nach innen drehte, und packte ihn am Kragen. Sie zog ihn aus dem Auto, ließ seinen Körper auf den weichen Waldboden gleiten und heulte fast vor Verzweiflung und Wut. Und vor allem schämte sie sich, mit so einem hilflosen Pannenbullen im Schlepptau ihrem aggressiven Bruder gegenüberzutreten. Der würde all seine Vorurteile gegen die deutschen Gesetzeshüter mehr als bestätigt bekommen und ihr frech ins Gesicht lachen!

»Lars«, stöhnte der Patient und versuchte, auf die Beine zu

kommen. Es war ja nicht so, als würde er sich komplett verweigern, dachte sie. Man musste ihn nur richtig zu fassen bekommen. Und diese sinnlose Panik in den Griff kriegen.

»Ja, Lars. Denk an Lars. Und jetzt schön ruhig und tapfer. Der Scheißwald tut dir doch nichts. Sind nur Bäume. Wenn du jeden Baum für sich nimmst, ist es gar nicht schlimm. Wie ein Zahnstocher.« Strauchelnd kam er auf die Füße und nickte ihr flehend zu. Sie nahm ihn in den Arm und klopfte ihm auf die Brust. Dann hatte sie eine Idee.

»Herr von Ribbeck auf Ribbeck im Havelland … komm schon, das kennst du doch auch! Herr von Ribbeck auf Ribbeck im Havelland …«

Sie klopfte im Takt weiter.

»… ein Birnbaum in seinem Garten stand.«

Caspari hob den Kopf, als höre er eine alte, vertraute Melodie. »Kenne ich, kenne ich. Fontane. Habe ich in der Schule gelernt. Alles wieder vergessen.«

»Nein, nein, du kannst es noch. Kein Problem. Und kam die goldene Herbsteszeit und die Birnen leuchteten …«

»… weit und breit«, fiel er unsicher in den Rhythmus des Gedichtes ein. »Dann stopfte, wenn's Mittag vom Turme …«

»… scholl, der von Ribbeck sich beide Taschen voll. Und kam in Pantinen ein Junge daher, so rief er …«

»… so rief er, Junge, willste 'ne Beer?«

Langsam zog sie ihn vom Wagen weg und in Richtung der Jagdhütte, achtete aber darauf, außerhalb des Lichtkegels zu bleiben, in welchem sie ein leichtes Ziel abgaben und nicht ein besonders furchteinflößendes Bild. Eng nebeneinander gingen sie auf die erleuchtete Hütte zu. Waren Casparis Schritte zunächst noch zögerlich und widerstrebend, schien sich seine Aufwallung langsam zu lösen, je näher sie an ihr Ziel kamen. Auch seine Stimme wurde fester.

»Birnbaum, Birnbaum«, murmelte er.

»Gute Sache, so ein Baum, gute Sache. Und kein Grund zur Hylophobie, okay?« Sie klopfte ihm auf die Schulter wie einem scheuenden, alten Gaul. Hoffentlich bemerkten ihre Feinde nicht, dass der vermeintliche Top-Cop gerade eine schwere Krise erlebte.

Caspari fühlte sich wie ans Kreuz genagelt. Unkontrollierbare Fluchtreflexe, Flashbacks von Hieben und Tritten und unerklärliche Aggressionsschübe wechselten einander ab. Die Angst und die Hilflosigkeit waren mit einem Mal zurück und genauso präsent, als lägen nicht Jahre zwischen dem Hier und Heute und der traumatischen Erfahrung. Er ging, schwer atmend wie nach einer großen Anstrengung, mit Knien aus Pudding wie auf einer Planke hoch über einer Schlucht. Von Schwindel gepackt und angewiesen auf die Stütze, die Nadides Hand ihm geben konnte. Ohne ihre Hilfe hätte er nicht einmal das Auto verlassen können. Ihre Idee mit dem alten Gedicht hatte ihn zurückgeholt und gerettet. Die vertrauten Zeilen, die Konzentration, die anderen Erinnerungen hatten ihn abgelenkt und wieder halbwegs funktionieren lassen. Er sah sich nun selbst wie den unfähigen, tragischen Helden eines Films, dem er im Kino zurufen wollte: *Reiß dich doch endlich zusammen!* Er tastete nach seiner kleinen Ruger, die er im Schulterholster trug. Aber die Berührung gab ihm diesmal keine Kraft.

Nadides Handy klingelte wie geknebelt. Sie blieb stehen und holte das Telefon aus der Innentasche ihrer Lederjacke. Sie kannte den Anrufer und fluchte. Dann fügte sie sich in das Unausweichliche und nahm das Gespräch auf Türkisch entgegen.

»Efendim?«

Ein paar harsche Worte folgten, dann drückte sie es weg.

»Er ist da drin. Tarkan will mit dir reden. Allein.«

»Was ist mit dir?«

»Ich bleibe hier und warte.«

Damit war sie rückwärts in der Dunkelheit verschwunden. Als

Caspari zur Hütte schaute, öffnete sich die Tür, und ein sportlicher, gutaussehender Südländer, der etwa sein Alter hatte, trat heraus in den Lichtschein. Caspari hatte Tarkan Kolcuoğlu nur auf Fahndungsfotos gesehen und war erstaunt, dass dieser Schläger und Galgenvogel sich mit so viel Stil und Geschmack kleidete. Er sah aus wie ein Model aus dem Katalog für den dynamischen Mann von Welt mit seinem dunkelblauen Maßanzug und dem weißen Hemd. An den Füßen trug er feine, italienische Schuhe. Die Haare waren meisterhaft frisiert, selbst die Bartstoppeln waren exakt auf Länge getrimmt. Er trug eine teure Designersonnenbrille.

»Komm schon, Kommissar Caspari, komm näher«, lud er ihn mit großzügigem Winken ein. »Schön, dass wir uns einmal persönlich kennenlernen.« Sein Deutsch war sauber, seine Stimme tief und etwas zu rauh für seine gepflegte Erscheinung.

»Wo ist mein Sohn?«

»Alles zu seiner Zeit. Dem Jungen geht es sehr gut, und es wird ihm auch nichts passieren. Ehrenwort.« Er lächelte ölig wie ein Gebrauchtwagenhändler. Caspari ging wie unter Hypnose auf ihn zu. Er war noch immer nicht wieder ganz bei Kräften. Aber die nackte, lähmende Panik lag hinter ihm und war der kalten Wut gewichen, die sich zunehmend auf den grinsenden Mann richtete, der mit ausgebreiteten Armen auf ihn einredete. Solange er auf dieser Seite des Lichts blieb und die Bäume auf der anderen, war er sicher. Er durfte nur nicht zulassen, dass seine Erinnerungen ihn wieder auf dem falschen Fuß erwischten und die Gegenwart mit Vergangenem vermischten. Tarkan sprach ruhig weiter, provozierend nett und mit gesetzten Worten. Erstaunlich vernünftig und so, als halte er einen Vortrag bei einem Elternabend.

»Berufliches und Familiäres sollte man sorgfältig trennen. Dann gibt es keine bösen Überraschungen und keine Verwirrung. Ich mag keine Verwirrung. Du doch auch nicht, oder?«

Caspari ging nicht auf die Frage ein, sondern stellte sich vor, er sei Gary Cooper, während er noch drei Schritte auf den Türken zutrat. Er stand jetzt einen Meter vor der dreistufigen Treppe, die auf die Veranda und zum Eingang von Onkel Oskars Jagdhütte führte, wo Tarkan sich breitbeinig aufgebaut hatte. Er setzte sein Pokerface auf – zumindest die Version, zu der er nach all den Erschütterungen noch fähig war. Es musste ziemlich kläglich aussehen.

»Die Sache ist die«, bekannte Tarkan freimütig wie der Gast in einer Nachmittagstalkshow, »ich habe ein paar Probleme mit meiner kleinen Schwester.«

»Das interessiert mich nicht«, sagte Caspari und war einigermaßen zufrieden mit der Festigkeit seiner Stimme. »Ich will mit meinem Sohn sprechen.«

Tarkan schüttelte amüsiert den Kopf. »Tut mir leid. Er ist gerade in keiner guten Verfassung. Das Sprechen fällt ihm schwer.«

Caspari fühlte, wie eine rasende Gewaltbereitschaft in ihm erwachte, die er mit großer Willensanstrengung niederrang und sich Beherrschung auferlegte. Keine Drohungen, keine Flüche, keine Aggression. Er war jetzt einfach nur ein professioneller Schlangenbeschwörer, kein besorgter Vater.

»Ich will ihn sehen«, sagte er ruhig.

»Na gut …« Tarkan drehte den Kopf nach hinten und befahl mit hämischem Grinsen: »Bring mal unseren durstigen Freund herbei. Papa hat Sehnsucht nach ihm!« Wieder zu Caspari gewandt, erklärte er: »Aber eines sage ich dir, bevor du böse wirst: Die Kratzer im Gesicht, die sind nicht von uns. Wir haben ihn schon in diesem Zustand bekommen.«

Ein paar Sekunden später öffnete sich die Holztür, und Lars erschien. Wirres Haar, ausdrucksloses Gesicht, verstörtes Blinzeln im Licht. Aus seinem Mundwinkel rann Speichel. Das Hemd hing ihm aus der Hose, er konnte sich kaum auf den Beinen halten. Das Gesicht des Jungen war tatsächlich arg ramponiert. Besonders das Auge sah schlimm aus. Caspari fiel Nadides Bericht von der Kneipenschlägerei ein. Dann sah er in der Hand des Jungen eine Flasche *Southern Comfort*, halb leer. Das erklärte seine Erscheinung.

»Na, Papa«, lallte der Knabe, nicht besonders erfreut, ihn zu sehen. Sonst nichts. Eine Handbewegung von Tarkan, und ein unsichtbarer Helfer zog den betrunkenen Minderjährigen wieder zurück in die Hütte. Er grinste blöd und wehrte sich nicht.

»Ein ganz schöner Schluckspecht für sein Alter, wenn du mich fragst. Mit dem wirst du noch eine Menge Freude haben. Und hohe Getränkerechnungen.«

Caspari sagte nichts und dachte nichts. Er starrte in ein unsichtbares, schwarzes Loch, in dem alle seine Schwächen, Fehler und Versäumnisse vor sich hin faulten wie widerliche Fischabfälle, und er verfluchte sein Leben. Zielsicher hatte ihn ausgerechnet sein Feind und der Mörder seines Kollegen an genau diesen Abgrund geführt, um ihn zerbrechen zu sehen.

»Ach, immer diese leidigen Familienangelegenheiten«, klagte der Türke scheinheilig, wobei er einen hilfesuchenden Blick in den Nachthimmel schickte. »Immer schwierig. Kompliziert. Meine auch. Da geht es uns beiden ganz ähnlich. Du hast einen versoffenen Sohn. Ich schlage mich mit meiner vorlauten Schwester herum. Die hat einfach vergessen, wo ihr Platz ist. Sie sollte ihrem Bruder gehorchen und tun, was er sagt. Nicht mit Kerlen herummachen, die ihrer nicht würdig sind. Ich hatte schon einen sehr guten Mann für sie gefunden. Und was macht sie? Wechselt aus lauter Bosheit einfach die Seiten und geht zu den Bullen!«

Die Sache mit Nadide ließ Tarkan nicht so cool, wie er gern erscheinen wollte. Er war, als er von ihr sprach, nicht mehr ganz so entspannt. In seinen Augen glomm ein böser Funke. Das gefiel Caspari. Dieses Duell würde derjenige gewinnen, der seine Emotionen im Griff behielt, und Tarkan hatte ihm gerade seinen wunden Punkt offenbart – den verletzten Stolz.

»Ersparen Sie mir diesen Quatsch«, unterbrach Caspari ihn, der niemals einen Verdächtigen oder einen Täter mit »du« anredete. »Ihr Geschwisterstreit betrifft mich nicht.«

»Du bist grundlos unfreundlich«, beschwerte sich Tarkan. Seine falsche Maske der Freundlichkeit legte er ab. Er blickte überheblich und siegesgewiss auf Caspari hinab. »Aber gut – kommen wir direkt zu unserem Tauschhandel. Ich lasse deinen Sohn frei, und du befreist mich dafür von meiner Schwester.« Mit Daumen und Zeigefinger der Rechten formte er eine Pistole und schoss damit lautlos auf die Stelle, an der er Nadide vermutete. Danach pustete er den imaginären Rauch von der Fingerspitze. »Faires Angebot, einfacher Handel.«

Caspari lachte ihm böse ins Gesicht. »Was denn? Zu feige für den eigenen Ehrenmord?«

»Halt die Fresse«, sagte Tarkan, der alle Verstellung aufgab.

»Gern«, sagte Caspari, zog blitzschnell seine kleine Ruger aus dem Schulterhalfter und richtete sie auf den Türken. »Und jetzt schick den Jungen zu mir raus.«

Tarkan schnalzte tadelnd mit der Zunge, wie er es bei den Bösewicht-Darstellern in den alten Gangsterfilmen gesehen hatte, und blickte spielerisch über den Rand seiner Sonnenbrille direkt in Casparis Augen.

»Na, hör mal, wie bist du denn drauf? Eines nach dem anderen. Hier läuft es wie in so einem Wetterhäuschen. Erst Schwester weg, dann Junge wieder da. Ich dachte, ich hätte mich klar ausgedrückt.«

»Tu es einfach, Thomas.« Aus der Dunkelheit schritt plötzlich Roman Liebold heran. So betont lässig, dass er umso verkrampfter wirkte. »Mach bitte keinen Unsinn. Glaub mir, du erreichst damit nichts.«

»Ich lasse euch beide mal einen Moment allein.« Tarkan zupfte geckenhaft seine Hemdsärmel zurecht und verschwand in der Hütte.

»Du musst nichts sagen«, wehrte Liebold vorsorglich jede Kritik ab. »Die Sache ist verzwickt, und ich erwarte nicht, dass du alles gleich verstehst. Tarkan und ich, wir kennen uns schon eine ganze Weile und arbeiten von Zeit zu Zeit auch ganz gut zusammen. Du solltest nicht etwa denken …«

Caspari schnitt ihm das Wort ab. »Hast du Pätzold umgebracht?«

Liebold seufzte tief. »Ich sagte doch schon: Die Sache ist nicht einfach. Schwarz/weiß, gut/böse, mit diesen Kategorien kommt man hier nicht weiter.«

»Diese Frage kannst du getrost dem Richter überlassen, der sich bald mit dieser Sache befasst.«

»Ja, sicher. Aber mal ehrlich … Boris Pätzold konnte immer nur eines, nämlich die Hand aufhalten. Er konnte schlicht seinen Hals nicht voll kriegen. Dann bekam er auf einmal kalte Füße und wollte unbedingt aussteigen. Er hätte alles verraten und großen geschäftlichen Schaden angerichtet. Da sind einem unserer ausländischen Partner eben die Gäule durchgegangen. Das wurde allgemein bedauert, wirklich. Für die Witwe und die Kinder ist übrigens gesorgt. Da musst du dir keine Gedanken machen.«

»Das ist doch eine fette Lüge. Boris war nicht käuflich.«

Liebold kicherte leise. »Ach, was weißt du denn schon? Du hast niemals aufs Geld schauen müssen. Bei euch stand doch der Herr Schwiegervater mit dem Scheckbuch immer bereit. Anderen geht es nicht so gut. Frankfurt ist ein teures Pflaster, mein Freund. Besonders für junge Familien. Haus, zweites Auto, Kinderfrau. Vielleicht mal ein Urlaub. Vielleicht Privatschule für die hochbegabten Kinderlein. Könntest du übrigens die Waffe herunternehmen? Das macht mich ganz nervös.«

Caspari ließ tatsächlich den Arm sinken und sah seinen Vorgesetzten fassungslos an. Der setzte seine Erklärungen fort, vorgetragen im Tonfall eines engagierten Kundenberaters, der bemüht ist, ein positives Licht auf das Produkt zu werfen.

»Es ist ja nicht so, als handelte Tarkan Kolcuoğlu mit Drogen oder Waffen oder so was. Er ist im Grunde ein ganz respektabler Businessman. Mit besten Kontakten übrigens in die Politik.«

»Keine Drogen? Was dann?«

Liebold überging das. »Letzte Woche zum Beispiel war er zum Lunch eingeladen. Und zwar bei einem amtierenden Staatssekretär und unserem ehemaligen Ministerpräsidenten. Er hat die Handynummern aller türkischen Minister.«

»Was er abzieht, will ich wissen. Und warum hilfst du ihm dabei?«

Liebold zierte sich. »Ach, das ist mir jetzt schon fast ein bisschen peinlich, weißt du? Aber, na gut, also, Tarkan handelt in großem Stil mit Bio-Lebensmitteln.«

Caspari hob den Arm wieder an und zielte auf den abtrünnigen LKA-Beamten. »Verarsch mich nicht, Liebold. Ich bin dafür nicht in der Stimmung. Und du kennst meine psychologischen Gutachten. Ich bin imstande und schieße dich hier und jetzt über den Haufen.«

»Ohne Scheiß, wirklich Caspari! Bio-Nahrung ist das neue Koks. Bio-Obst, Bio-Gemüse, Bio-Saft, Bio-Leck-mich-am-Arsch. Selbst die übelsten Schlachtabfälle aus Istanbul kannst du hier mühelos für teuer Geld als Ökolamm verkaufen. Die Gütesiegel druckt Tarkan sich selbst. Die Leute reißen sich drum. Und leben gesünder. Ist doch eh alles Psychologie. Wir haben auch zu hundert Prozent organische Möhren aus Bulgarien oder garantiert pestizidfreie Äpfel aus China. Die Gewinnspannen sind fast so traumhaft wie im Drogenhandel. Aber wenn man damit hochgeht, ist es nur Betrug. Drei, vier Jahre Maximum.«

»Ich werde schon dafür sorgen, dass es bei dir mehr wird«, drohte Caspari. »Boris ist also gestorben für ein paar Möhren?«

»Nicht direkt Möhren. In seinem Fall waren es zwanzigtausend Gläser Bio-Honig, der aber kein Honig war, sondern gezuckerter Rübensaft mit Goldfarbe. Aber mal ehrlich, Caspari, das merkt doch keiner. Fünfunddreißig Cent in der Herstellung, vier Euro fünfunddreißig im Verkauf. Wer da nicht mitverdienen will, der hat keinen Verstand.«

»Mir reicht's jetzt. Du kommst mit.«

Liebold reckte ihm beschwörend die Handflächen entgegen. »Ich bitte dich: Urteile nicht! Denk doch lieber mal nach, ob das nicht auch für dich was wäre. Jetzt nach der Trennung, wenn das liebe Geld vielleicht auch bei dir ein bisschen knapper wird. Es ist noch nicht zu spät, an Bord zu kommen.«

Caspari musterte ihn kalt. »Ich mach dich fertig.«

Liebold senkte die Stimme, obwohl dazu kein Anlass bestand. Niemand konnte sie hören. »Du kannst mit vierzigtausend im Monat einsteigen. Bar auf die Hand. Überlege es dir gut.«

»Halt die Klappe!«

»Gut, okay. Dann also fünfzigtausend. Aber wir müssen jetzt langsam in die Spur kommen.« Er konsultierte seine Uhr. »Es ist schon spät, die Polizei muss gleich hier sein, und dein Junge muss ja auch bald ins Bett. Also sei so nett und tu, worum Tarkan dich gebeten hat. Dann schauen wir nur noch nach vorn, und niemand kommt zu Schaden. Also, fast niemand. Aber die Kleine hat es wirklich zu toll getrieben. Genau wie Pätzold übrigens.«

Caspari dachte angestrengt nach. Liebold konnte nicht im Ernst annehmen, dass er eine wehrlose Frau abknallen würde. Und er hatte ihm all diese Dinge nicht mitgeteilt, um ihn dann wieder laufenzulassen. Der Plan konnte nur sein, sich hier und jetzt beider Personen zu entledigen, die Tarkans Bio-Kartell gefährlich werden konnten: Nadide und er selbst sollten am Jagdhaus sterben. Das würde dann wie das hässliche Ende einer Verhaftung aussehen. Jedes der Opfer niedergestreckt mit einer Kugel aus der Waffe des anderen. Wie bei einem klassischen Duell. Gut gegen böse. Nadide würde als Verräterin verflucht, Caspari bekäme ein Heldenbegräbnis. Liebold würde für beides sorgen. Und dafür, dass keine Fragen offen blieben. So nah war noch keiner an den perfekten Mord herangekommen. Sogar den perfekten Doppelmord.

»Alles in Ordnung, Caspari?« Das war Nadides Stimme. Sie klang wenig herzlich. Er sah vor dem allmählich schwächer und gelber werdenden Licht der aufgeblendeten Scheinwerfer ihre Umrisse. Sie kam auf ihn zu und hielt eine Pistole in der einen, ihr Telefon in der anderen Hand. Anscheinend hatte ihr Bruder sie gerade noch einmal angerufen. Vielleicht um ihr zu sagen, dass er den tugendhaften Superbullen ganz leicht umgedreht hatte. Fünfzigtausend Euro pro Monat sind kein Pappenstiel. Und das war nur das Einstiegsgehalt.

Das klassische Duell gut gegen böse war bereits in vollem Gang.

»Das Leben steckt doch voller Überraschungen«, sagte Nadide in einem bitteren Ton, der ihre tiefe Enttäuschung erkennen ließ.

»Was ist?« Caspari wandte sich von seinem Vorgesetzten ab und ihr zu.

»Stimmt es, dass du meine Wohnung verwanzt hast? Mein Telefon abhörst und meine Mails liest?«

Caspari versuchte, in ihren weit geöffneten Augen den rettenden Plan zu erkennen, ihre Gedanken zu lesen. Tarkan und Liebold konnten nicht wissen, dass die Luft zwischen ihnen längst geklärt war. Dass sie von den Wanzen und der Kamera in ihrer Wohnung wusste. Aber sie spielte ganz überzeugend die Unschuld vom Land, für die gerade eine Welt zusammenbrach.

»Sie ist stinksauer auf dich, alter Junge«, stichelte Liebold aus dem Halbdunkel, in das er sich vorsichtshalber zurückgleiten hatte lassen. Wie aufs Stichwort hob Nadide ihre Pistole und zielte direkt auf Caspari. »Schieß, Thomas, bevor sie dich erwischt, schieß!«

»Du hast ihnen meinen Jungen ausgeliefert«, sagte Caspari scharf und richtete zum dritten Mal an diesem Tag seine Waffe auf die Kollegin. Sie nickte kaum erkennbar, als sie sah, dass er ihr Spiel akzeptiert hatte und mitspielte. Auch wenn er es noch nicht vollständig verstand.

»Und du hast mich ausgeliefert. Jetzt bist du fällig. Waffe weg und mitkommen!«

Was, zum Teufel, hatte sie vor? Fieberhaft versuchte er, ihre geheimnisvollen, schwarzen Augen zu ergründen. Seine Waffe war scharf, sie wusste das. In ihrer Pistole aber steckten noch immer die harmlosen Platzpatronen.

»Wir können das auch mit bloßen Händen klären«, sagte sie kühl. Und drohend. »Aber ich warne dich: Ich trainiere Taekwondo.«

»Oh«, sagte er und begriff plötzlich alles. Sie spielte auf die total bizarre Unterhaltung im Treppenhaus an, und ihre Hoffnung war, dass er sich an die nächsten Sätze noch erinnerte. Seine Antwort zeigte, dass er sie verstanden hatte.

»Dabei kann man sich aber sehr weh tun.«

»Nur wenn man sehr blöd ist …«

Er zielte genau auf ihr Herz und drückte ab. Und hörte gleichzeitig ihre Waffe bellen.

Gegenseitig erschossen, leider

Freckel fluchte, riss das Lenkrad herum und stieg mächtig aufs Gaspedal.

»Rücksichtslose Bauernrüpel«, brüllte er. Um ein Haar hätten ihn die Rabauken mit ihren dicken Schlitten in den Straßengraben gestoßen. Kein Wunder, dass in diesem Landkreis die Zahl der schweren Unfälle durch Raser und Drängler nicht abnahm, wenn hirnamputierte Fahranfänger mit viel zu schweren Autos mitten in der Nacht in den Wäldern illegale Wettrennen veranstalteten. Dann dämmerte ihm jedoch, dass man am frühen Morgen kurz vor Sonnenaufgang auf dieser gottverlassenen Nebenstrecke wohl doch nicht einfach so zufällig von drei schwarzen BMW-Limousinen überholt wurde. Mit hundertzwanzig Sachen. Das waren keine übermütigen Jugendlichen auf Spritztour, das war das gefürchtete SEK aus Kassel auf dem schnellsten Weg zum Zugriff. Auch ihnen war wohl gerade erst das Ziel der nächtlichen Reise gefunkt worden: Jagdhütte bei Frebershausen. Höchste Vorsicht, Schusswaffengebrauch. Es hatte bei diesem Einsatz gegen die Türkenmafia schon eine Schießerei gegeben. Das meldete der hohe LKA-Beamte, der den Einsatz vor Ort koordinierte. Zu allem Überfluss gab es auch noch eine Geiselnahme.

Freckel steuerte seinen Opel vorsichtig an den rechten Straßenrand und versuchte, das Zittern seiner Hände unter Kontrolle zu bringen. Das hier war alles nichts mehr für ihn. Ehrlich gesagt, war noch nie etwas für ihn gewesen. Deswegen war er ja in Korbach tätig und nicht in Chicago oder im Frankfurter Bahnhofsviertel.

Verdammt noch mal!

Aus dem Schlaf gerissen zu werden. Direkt in eine Geiselnahme, eine Schießerei. Mit SEK und Hubschrauber! Dann die ganze Aufregung, das rüpelhafte Verkehrsverhalten, die akute Lebensgefahr. Und dunkel war es auch noch. Er brauchte jetzt erst einmal einen Moment Ruhe und frische Luft, sonst drohte ein Herzanfall. Er stieg aus und lehnte sich schwer atmend gegen die Wagentür. Noch bevor sich sein Puls normalisiert hatte, tasteten sich aus der absoluten Dunkelheit zwischen Bäumen und Hecken suchende Lichtfinger an der Straße entlang, begleitet von nervösen, blauen Blitzen. Nach einer Weile brausten zwei Einsatzfahrzeuge der Frankenberger Polizei an ihm vorbei in Richtung Frebershausen. Hoffentlich waren seine wackeren Landpolizisten klug genug, den Kollegen aus Kassel kampflos das Feld zu überlassen, dachte Freckel. Sonst gäbe es Kompetenzgerangel, womöglich Verletzte und einen unglaublichen Papierkrieg. Er spürte, dass seine beruhigende Anwesenheit am Ort des Geschehens jetzt dringend gebraucht wurde, und setzte sich wieder hinter das Steuer. Aber er fand nicht die Kraft, den Motor anzulassen. Im Rückspiegel beobachtete er, wie im Schwarz weitere Blaulichter aufzuckten. Diesmal waren es zwei Notarztwagen, die an ihm vorbeirauschten, dicht gefolgt von einem Feuerwehrauto.

»Ja, ja. Alles raus zum Einsatz«, flüsterte Freckel matt. »Alles, was wir haben. Wir werden es den Wiesbadener Schnöseln schon zeigen.«

Er wäre am liebsten umgekehrt, hätte sich wieder ins Bett gelegt und die Decke über den Kopf gezogen. Diese Woche, die so unheilvoll mit dem Mord an Henny Winkler begonnen hatte, ging mit einem Großeinsatz im Wald zu Ende, wie man ihn in dieser Gegend noch nie gesehen hatte. Und alles war die Schuld von diesem Unglücksraben Caspari. Der hatte alles vermasselt und eine Ladung Sand in ein gut geöltes Getriebe geschüttet. Seit er hier war, gab es nur Ärger und Verwirrung und jetzt auch noch Unruhe mitten in der Nacht und mitten im Wald.

Geschlagene fünf Minuten mochte er dagesessen und gegrollt

und gehadert haben. Entschlusslos und ohne Energie. Unfähig, seinen massigen Körper in die Schlacht zu werfen. Bis sein Handy klingelte und ihn aus seinen Gedanken riss. Es war die Frankenberger Wache.

»Es gibt leider einen neuen Sachstand«, meldete der Kollege der Nachtschicht. »Wir haben jetzt zwei Tote.«

»Scheiße!« Freckel wusste nicht einmal, ob er das gedacht oder laut ausgesprochen hatte. »Keiner von uns, hoffe ich!«

»Doch. Einer ist der neue Mann aus Frankfurt und dann noch, na ja. Es tut mir sehr leid. Aber nun hat es auch noch Kollegin Nadide erwischt.«

»Nein!«, jaulte der Kriminaloberrat auf. »Wie das denn?«

»Das können wir noch nicht mit Gewissheit sagen. Aber der Typ vom LKA vor Ort, ein gewisser Leibold oder Liebold, der hat gesagt, sie hätten sich wohl … na ja … gegenseitig … na ja.«

»Gegenseitig erschossen? Das gibt's doch nicht! Wo sind wir denn hier?«

»Das sagte er jedenfalls. Ach, und noch was, dieser Türkenmafia-Typ, wegen dem sie da waren, der scheint entkommen zu sein.«

Aus der Ferne schwebte ein leises Puckern über die Wälder heran, das immer lauter wurde und sich in ein Hämmern verwandelte. Das war wohl die angekündigte Luftunterstützung aus der Landeshauptstadt.

»Was ist mit der Geiselnahme?«

»Darüber habe ich jetzt nichts mehr gehört. Das scheint gut ausgegangen zu sein. Notarzt ist unterwegs.«

»Gut, danke. Ich bin auch gleich am Einsatzort«, sagte Freckel und ließ endlich den Motor an. Vor sich konnte er am wolkenlosen Himmel ein fliegendes Licht ausmachen, das wohl zu dem Hubschrauber gehörte, der über Frebershausen kreiste wie der Stern von Bethlehem und einen Landeplatz suchte. Nach weniger als drei Minuten hatte Freckel die Abzweigung erreicht, die von der Landstraße in den Wald und zu der Jagdhütte führte. Er kannte die Gegend von früher, von Spaziergängen mit Hildegard, als sie noch den Hund hatten. Einer der Notarztwagen, das Feuerwehrauto, zwei Polizeifahrzeuge und die BMWs des SEK waren unten auf dem Wanderparkplatz abgestellt. Weiter oben im Wald, kaum zu erkennen hinter den Bäumen, erhellten die Blaulichter und Scheinwerfer der anderen Einsatzfahrzeuge gespenstisch den erwachenden Wald. Zwei Beamten hatten vor dem Schlagbaum Stellung bezogen und winkten Freckel durch, als sie ihn erkannten. Nicht weniger als sechs Autos verstopften den für solche Abenteuer völlig ungeeigneten Kiesweg hinauf in das Naturschutzgebiet. Bis auf wenige Zentimeter näherte sich Freckel beim Rangieren den anderen Fahrzeugen und kniff mehr als einmal fatalistisch die Augen zusammen.

Je näher er dem Ort des Geschehens kam, desto düsterer wurde seine Stimmung. Als er schließlich ausstieg, wollte er entweder jemanden anschreien oder in Tränen ausbrechen. Überall schritten langsam Polizisten herum, sammelten Dinge ein, rollten rot-weißes Absperrband aus und standen fachsimpelnd in Grüppchen zusammen. Freckel erkannte Kollegen aus Frankenberg und Wildungen. In schwarzer Kleidung, handliche Sturmgewehre umgehängt und ihre Skimasken hochgeschoben, turnten die SEK-Beamten rund um das Jagdhaus und taten sich wichtig. Sie waren ein bisschen enttäuscht, dass alles schon vorbei war.

Aus den Funkgeräten krächzten Stimmen allerlei Anordnungen und stellten Fragen, unterbrochen von Pfeifen und Rauschen. Der Notarzt führte gerade einen verletzten jungen Mann aus der Jagdhütte, der Schwierigkeiten hatte, sich senkrecht zu halten. Gleißende Lichter erhellten die Szenerie. Doch langsam sickerte und kroch von überall her das Morgenlicht aus den Schatten. Das blasse Stück Himmel, das durch die Baumkronen sichtbar wurde, bekam eine freundlichere, hellblaue Färbung.

»Sie müssen Kriminaloberrat Freckel sein.« Ein smarter junger Büromensch in feinem Zwirn, der ihn entfernt an so einen Dummschwaller aus dem Fernsehen erinnerte, kam mit ausgestreckter Rechten und betroffenem Gesichtsausdruck auf den hünenhaften Mann im Trenchcoat zu, der etwas verloren in all dem Trubel stand. »Mein Name ist Liebold. Vom LKA in Wiesbaden. Ich habe Sie verständigt.«

»Ach, Sie waren das«, brachte Freckel hervor, dem nicht der Sinn nach dem Austausch von Freundlichkeiten stand. »Was, zum Henker, ist denn hier los gewesen?«

»Lange Geschichte«, sagte der LKA-Beamte. »Das Schlimmste: Ich habe einen geschätzten Mitarbeiter verloren.«

»Da sind Sie ja wohl nicht der Einzige«, gab Freckel gereizt zurück. Typen wie dieser Liebold waren ihm zutiefst verhasst. Realitätsferne Weicheier, die nur mit Uni-Abschlüssen wedeln konnten. Die auch am Nachmittag noch nach Aftershave rochen und statt Filterkaffee nur Latte macchiato aus Pappbechern mit Plastikdeckeln tranken. Wichtigtuer, die ihre Sekretärinnen mit Vornamen und »Sie« anredeten und an aufgeräumten Schreibtischen über Budgets, Karrieren und Polizeistrategien entschieden. Die mit Politikern zusammenhockten. Dabei hatten sie noch nie in ihrem Leben einen Tatort betreten, einen Toten gesehen, eine Festnahme oder auch nur Verkehrskontrollen durchgeführt.

»Das Mädchen war meine beste Mitarbeiterin«, sagte er wütend.

Liebold sah ihn schräg von unten an. »Das denken Sie vielleicht nur … es gibt einiges, was Sie nicht wissen konnten.«

»Was wollen Sie damit andeuten?«, brauste Freckel auf. »Und passen Sie bloß auf, was Sie sagen!«

»Ich habe da wohl eine unangenehme Überraschung für Sie. Ihre Mitarbeiterin Frau Nadide Kolcuoğlu war Zielperson einer verdeckten und geheimen Untersuchung des LKA. Kommissar Caspari, mein Kollege und übrigens auch mein enger und persönlicher Freund, hat diese Maßnahme in Abstimmung mit dem Staatssekretär durchgeführt. Es bestand der begründete Verdacht auf Weitergabe von Dienstgeheimnissen mit dem Ziel, Straftaten zu verüben und deren Verfolgung zu vereiteln. Ihre beste Mitarbeiterin, Frau Kolcuoğlu, hat sich auf illegalem Weg Zugang zu unserer Datenbank verschafft und ihren Bruder, einen gefährlichen Betrüger und international gesuchten Rauschgiftschmuggler, mit Ermittlungsergebnissen versorgt.«

»Rauschgift, hm?«, knurrte Freckel.

»Es ist immer wieder die alte Geschichte.«

Liebold machte eine bedeutungsvolle Pause und ließ die Informationen auf sein Gegenüber einwirken. Freckel hielt mit grimmiger Miene seinem arroganten Blick stand.

»Der Bruder Ihrer Kollegin ist einer der übelsten Mafia-Bosse, mit dem wir es in Hessen zu tun haben. Er hat bereits einen meiner Männer getötet. Aber das konnten Sie natürlich nicht wissen.«

»Nein, das wusste ich nicht.« Freckel wirkte müde und gereizt. »Und was ist nun hier passiert?«

»Schreckliche Sache. Die Drogengangster haben Casparis Sohn entführt, um den Kommissar zu erpressen. Er sollte seine Ermittlungen gegen die Schwester des Bosses sofort einstellen und sich zurückziehen. Sie wussten natürlich nicht, wie nah wir ihnen schon gekommen waren. Als Caspari sich weigerte, kam es zum Schusswechsel mit der Verdächtigen. Beide sind nun tot. Ich kam zu spät, konnte nichts mehr tun. Ich hatte gehofft, das SEK könnte vielleicht wenigstens Tarkan Kolcuoğlu noch schnappen. Aber der ist uns leider entkommen.« Liebold fuhr sich gestresst mit der Hand durchs Haar. »Ich muss dann auch bald los. Mein Hubschrauber ist wohl schon in der Nähe gelandet, wie ich höre.«

»Verstehe«, brummte Freckel, der bei seinen Mitarbeitern in dem Ruf stand, ein langsamer, aber gründlicher Denker zu sein.

Ein bisschen schwerfällig, aber mit einem unübersehbaren Schatz an Lebensweisheiten und einer soliden, dem Charakter des Landstrichs angemessenen Bauernschläue und sogar einer guten Portion Humor, die er sehr unverhofft und wirkungsvoll einsetzen konnte. »Aber eines müssten Sie mir schon noch erklären, bevor Sie in Ihren Hubschrauber steigen und zurück nach Wiesbaden fliegen.«

»Wenn ich kann, gern.«

»Wenn die beiden Kollegen sich gegenseitig erschossen haben, tragischerweise …«

»… ja?«

Freckel konnte unmöglich verbergen, wie sehr er die Wirkung dieser ganz einfachen Frage genoss. »Warum stehen sie dann beide quicklebendig hinter Ihnen?«

Hoffentlich kommt Zelda bald

Als endlich blass und zögerlich das Tageslicht in ihr Verlies zurückkehrte, konnte Martin Happel nicht sagen, ob er tatsächlich ein wenig geschlafen oder die ganze Nacht wie betäubt ins Dunkel gestarrt hatte. Noch immer brummte sein Schädel von dem krachenden Schlag, den Zelda ihm verpasst hatte. Sein Nacken fühlte sich an, als würde er niemals wieder schmerzfrei sein, seine Arme brannten, seine Hände spürte er nicht mehr. Er musste daran denken, dass sie vielleicht seit Stunden nicht genug Blut bekamen, um zu überleben, und er hätte fast laut aufgeschluchzt. Aber dann riss er sich wieder zusammen, weil er seine Mitgefangene nicht verunsichern wollte. Er lauschte auf ihr Atmen.

»Sandra?«, flüsterte er.

Sie brummte und murmelte etwas. Draußen begannen die ersten Vögel zu zwitschern, was wie durch eine dichte Watteglocke zu ihnen in den Kellerraum drang.

Happel wusste inzwischen viel über Sandra. Nur nicht, warum sie beide hier waren und wer sie gefangen hielt. Das Mädchen hatte ihm im Laufe der langen Nacht berichtet, wie ihre letzten Tage in Freiheit verlaufen waren. Wen sie gesehen und wovon sie geträumt hatte. Sie wollte, wie er vermutete, Model und Sängerin werden, ihr Künstlername lautete Belinda King. Und sie reagierte nicht sehr verständnisvoll, wenn man sie fragte, wie sie ausgerechnet auf diesen Namen gekommen war.

»Der Name ist voll cool, Mann.« Das war ihre einzige Antwort. Bei einem Talentwettbewerb in der Dorfdisco hatte sie gezeigt, was sie konnte, und den Musiker und Produzenten Klaus Melchior kennengelernt. Er hatte versprochen, aus ihr einen internationalen Star zu machen, denn damit hatte er Erfahrung. Er hatte ihr ein Lied geschrieben, einen *Smash-Hit*, wie er immer wieder sagte. Das Lied hieß *Cali-Cali-Caligula* und war ein absoluter *Chartbreaker*.

»Genauso wie damals *Dschingis Khan*«, sagte Sandra wichtig, um Happel klarzumachen, über was sie hier redeten.

»Der Mongolenkönig?«

»Nein, Mann, es gibt da auch eine Popgruppe.«

»Kenne ich aber nicht.«

»Doch, kennst du. Natürlich kennst du das Lied. Jeder Idiot kennt es. *Dsching, Dsching, Dschingis Khaaaan …*«

»Ja. Kenn ich.«

»Sag ich doch. Und unser *Cali-Cali-Caligula*, das ist auch ein totaler Ohrwurm. Und meine Stimme hört sich supergeil an auf seiner Anlage. Mit dem Hall und den anderen Tricks. Ich könnte eine deutsche Rihanna werden, hat Klaus gesagt. Aber dann tauchte plötzlich meine Mama auf und machte alles kaputt.«

»Wieso denn?«

»Sie wollte nicht, dass ich ein Star werde. Ich glaube, sie war eifersüchtig. Sie hat nichts erreicht in ihrem Leben, und dann hat sie mir auch nichts gegönnt, weißt du? Purer Neid und Bosheit.«

»Moment mal, deine Mutter hat nichts erreicht? Das stimmt ja wohl nicht. Sie ist eine selbständige Geschäftsfrau mit eigenem Betrieb.«

»Ach, scheiß doch drauf«, wehrte sie mit der ganzen Arroganz ihrer Jugend ab. »Einmal im Monat ein paar Besoffene füttern oder einen Kindergeburtstag mit Kuchen beliefern, das kann man ja wohl nicht als Geschäft bezeichnen. Wenn sie den Nebenjob in der Kneipe in Frankenberg nicht hätte, würden wir verhungern.«

Ihre Überheblichkeit machte Happel wütend. Diese undankbare Göre lebte wie die Made im Speck, ließ sich im Hotel Mama durchfüttern, kleiden und unterhalten und hatte nichts als Verachtung für Martina übrig, die sich für sie krumm schuftete.

»Aber Taschengeld lässt du dir schon zustecken von ihr, oder?«

»Blöder Idiot, du bist ja nur auf ihrer Seite, weil sie dich ficken lässt.«

»Also, hör mal« – er war ehrlich empört –, »solche Reden möchte ich aber nicht hören.«

»Hihi. Magst es wohl nicht, wenn man ficken sagt …?«

Sie gehörte zu den Gören, die es faustdick hinter den Ohren haben, dachte Happel und beschloss, ihr keine Nahrung mehr für ihre ordinären Sprüche zu geben.

»Ich glaube jedenfalls nicht, dass deine Mama eifersüchtig war. Sie hat sich einfach Sorgen gemacht. Vielleicht hast du deine Schule vernachlässigt.«

»Hab ich doch gar nicht, du Opfer. Die war voll aggro und hat total rumgezickt.«

»Das ist doch ganz normal, dass sie so handelt. Sie liebt dich und will dein Bestes.«

»Quatsch«, schnaubte sie. »Ich weiß, wie es ist. Sie hat nichts gebacken bekommen. Und mir gönnt sie den Erfolg nicht.«

Sie schluchzte, und damit war die Unterhaltung für eine Weile unterbrochen. Happel hütete sich, das Mädchen zum Weitererzählen aufzufordern. Er ließ ihr die Zeit, die sie brauchte. Eine halbe Stunde musste vergangen sein, fast wäre er wieder eingenickt, da war erneut eine Stimme aus der Dunkelheit zu hören.

»Jedenfalls hat sie Klaus Melchior total angebrüllt und zur Sau gemacht. Von wegen: sich an einer Minderjährigen vergreifen und so. Sie hat ihm sogar mit den Bullen gedroht. Dabei hat er mir nichts getan, der Typ. Der war total harmlos. Und komischerweise ist am selben Abend sein ganzes Tonstudio abgebrannt.«

»Ach …?«, sagte Happel.

»Ja, ach. Habe ich auch gesagt. Ach. So ein Zufall, oder?«

»Du glaubst doch nicht etwa, dass deine Mutter was mit dem Feuer zu tun hat?«

»Wenn du ihren Spacko-Auftritt da erlebt hättest, Mann. Wie sie da gebrüllt und gezickt hat. Wahnsinn! So habe ich sie noch nie gesehen. Na ja. Und dann hat sie mir stundenlang was vorgeheult, und ich dachte, jetzt ist alles im Arsch.«

»Und? War es nicht?«

»Natürlich nicht. Klaus Melchior wollte unbedingt weitermachen. Studio ausgebrannt, aber er war immer noch Feuer und Flamme. Faselte was von einem Jack White. Kennst du den zufällig?«

»Nie gehört, tut mir leid.«

»Mist, ich wollte es die ganze Zeit schon googeln, hab's aber immer wieder vergessen. Und jetzt habe ich nicht mal mehr mein Scheißhandy. Mann, ich flippe noch aus. Anyway. Klausi hatte einen alten Kumpel, den er dann um Geld anpumpen wollte. Der war wohl selbst früher mal so eine Art Sänger.«

»Henny Winkler.«

»Genau. Kennst du den etwa?«

»Ja, den kenne ich. Viele kennen den.«

»Echt?« Sie schien beeindruckt. »Ich hatte noch nie was von ihm gehört. Voll der alte Sack, irgendwie. Wohnt da einfach so mitten in Frankenberg. Jedenfalls sind wir mal zusammen hin. Klausi und ich.«

»Ich war auch schon mal da.« Den Anlass seines Besuches wollte er lieber noch nicht preisgeben.

»Und dieser Typ, dieser Henny, der sagte: Okay. Ich helfe euch. Ich mach was aus dir. Und als Klausi draußen im Garten einen Joint geraucht hat, da hat der Winkler sich mit mir verabredet. Privat, meine ich. Verstehst du?«

»Ich glaube, ja. Hat er dich etwa …?«

»Nee, nichts da. Nur ein paar Fotos gemacht, sexy Fotos und so. Der war so angespitzt, dass er sabberte. Der alte Knacker. Voll ätzend.«

»Aber er wollte mehr?«

»Natürlich. Aber ich habe ihn nicht rangelassen. Ich würde nicht mal Dieter Bohlen ranlassen, und wenn er mich hundertmal zum Superstar machen würde. Nur gucken, vielleicht fotografieren. Aber nicht anfassen.«

»Da bin ich aber beruhigt.«

»Jedenfalls hat er gesagt, er würde für mich ein richtiges Studio in Frankfurt mieten, und wir können in einem Superhotel wohnen und uns eine echt coole Woche da unten machen. Außerdem wollte er noch ein paar andere Songs ausprobieren. Er hatte auch selbst welche geschrieben. Und ein Video von dem *Calli*-Song wollten wir auch drehen. Mann, das wäre eine Sache geworden.«

»Aber das war doch Melchiors Lied, oder?«, gab Happel zu bedenken.

»Ach, was macht das schon? Klausi ist ein Opfer. Henny hat Kontakte zu RTL und so. Super Sache.« *War es wirklich so einfach, kleine Mädchen in die Falle zu locken?,* fragte sich Happel. Reichte ihnen schon die vage Aussicht auf Glamour und Luxus, um alle Warnungen zu vergessen und sich kopfüber in die Arme eines alternden Lüstlings zu werfen?

»Keine Panik. Ich hatte alles total im Griff. Ich habe ihm nur einen kleinen Kuss auf die Wange gegeben. Echt wahr. Ich bin doch kein Flittchen oder so was. Ich will eben eine echte Super-Sängerin werden. Das gibt's nicht umsonst. Das ist mein Lebenstraum. Dafür würde ich alles tun … *Cali-Cali-Caligula*«, sang sie leise, als wolle sie sich damit in den Schlaf wiegen. »*Partykaiser, Fetenkönig, Superstar …. bumbumbum … Cali-Cali-Caligula, jede kennt ihn, jede will sein Shalala …*«

»Jede will sein Shalala? Was ist das denn?«

»Mann!«, maulte sie. Die Frage berührte einen wunden Punkt. »Das ist doch völlig egal. Das regt nur die Phantasie an. Kapierst du nicht? Du Clown.«

»Und dann hat deine Mama diese Sache mit Henny Winkler herausgefunden?«

»Nein. Vorher hat mich diese irre Zelda erwischt, als ich am Samstag spät nach Hause kam. Und die hat mich hierhergeschleppt. Mann, ich sollte nicht so viel quatschen. Jetzt habe ich totalen Durst. Mist.«

Das waren ihre letzten Worte gewesen. Kurz danach hörte er ihren regelmäßigen Atem und wusste, sie war eingeschlafen. Und dann ließ auch er sich in diese Nacht fallen, von der er nicht wusste, ob sie ihm Schlaf brachte oder nur gnädige Bewusstlosigkeit.

Mittlerweile war es in dem Kellerraum hell genug, um einzelne Möbelstücke erkennen zu können: das Kinderbett mit der Spieluhr, den Wickeltisch, die Kommode. Wenn er sich in einem unmöglichen Winkel und unter bohrenden Nacken- und Kopfschmerzen verbog, dann konnte er neben sich auf der Matratze die Umrisse von Sandra sehen. Sie wachte auf, als er versuchte, sich aufzurichten, und dabei einige Unruhe verursachte und Staub aufwirbelte. Zum ersten Mal sah er ihr müdes, blasses Kindergesicht, das nur entfernte Ähnlichkeit hatte mit der lasziv dreinschauenden Supermodel-Darstellerin auf dem Foto in ihrem Zimmer.

»Morgen, Sandra«, keuchte er, als er es endlich geschafft hatte, sich auf den Hintern zu setzen und sich mit dem Rücken gegen die Wand lehnen konnte.

»Morgen, Clown.« Sie gähnte. »Hast du sie dir jetzt endlich mal angeschaut?«

»Wen denn angeschaut?«

»Na, die Mumie da unter den Brettern.«

»Ich glaube, das hast du nur geträumt. Vielleicht hat dir deine Angst einen Streich gespielt.«

»Häh? Denkst du, ich habe Halluzis oder was?« Ihre freche Art wollte ihm gar nicht gefallen. Martina hatte sich sicherlich aufopfernd um ihre Tochter gekümmert, aber besonders gut erzogen hatte sie Sandra nicht. »Da liegt eine tote Frau. Total verschrumpelt und vertrocknet. Wie eine Scheißmumie eben. Ich habe mir zuerst fast in die Hosen gemacht vor Horror, Mann. Und jetzt denkst du, ich spinne oder was?«

»Reg dich doch nicht gleich wieder so auf. Ich schaue nach. Sobald ich meine Hände freibekommen habe.«

Auch er hatte inzwischen das Heizungsrohr entdeckt, das da in geringer Höhe an der Wand verlief, und hatte daran eine angerostete Stelle ausgemacht. Wenn er nur lange genug rieb, konnte er vielleicht das Seil um seine Handgelenke lösen. Auch wenn seine Hände dabei vorübergehend komplett von der Blutversorgung abgeschnitten waren. Denn die Schlinge zog sich immer enger zu und wurde schärfer. Strohseile, vermutete er. Wie sie früher oft in Ställen benutzt wurden. Aus natürlichen Fasern, aber unglaublich robust.

»Hoffentlich kommt Zelda bald. Ich sterbe hier nämlich langsam vor Durst«, ächzte Sandra.

»Sie kommt bestimmt bald«, sagte er, während er umständlich hinter seinem Rücken die Fesseln an der rostigen Leitung rieb. Aber tatsächlich glaubte er nicht, dass sie Zelda jemals wieder zu Gesicht bekommen würden. Hierher zurückzukommen wäre für sie viel zu gefährlich. Welchen Plan und welche Absichten sie auch immer verfolgte, Sandra und Happel waren ihr dabei in die Quere gekommen. In Wirklichkeit war sie hinter ihrer Schwester her und wollte ihr etwas antun. Martina war in Lebensgefahr, und er mochte sich gar nicht ausmalen, was schon alles mit ihr passiert sein konnte.

Das Seil riss Faser für Faser und öffnete sich schließlich ganz. Seine Hände waren frei. Ohne große Mühe konnte er nun seine Füße von den Seilen befreien. Keuchend und unter unerträglichen Rückenschmerzen erhob er sich, strauchelte zur Tür und stellte fest, dass sie solide, aus Eisen, verschlossen und von innen nicht zu öffnen war, denn sie hatte weder eine Klinke noch war da jemals eine angebracht gewesen.

Was, zum Teufel, war das bloß für ein verfluchter Keller?

»He! Würde der Herr mich vielleicht auch mal losbinden?«, meckerte Sandra. »Ich muss mal aufs Töpfchen. Und wehe, du guckst. Schau dir lieber die hier an …«

Sie lenkte seinen Blick auf den zerfallenen Oberkörper und den mumifizierten Schädel einer weiblichen Leiche.

Wir Toten, wir Toten sind größere Heere

Nadide hatte eine ihrer harmlosen Platzpatronen abgefeuert, und Casparis Kugel war wie vorhergesehen an der Schutzweste abgeprallt, die sie unter ihrem Sweatshirt trug. Die Wucht des Projektils warf sie auf den Waldboden, ihr Sturz sah täuschend echt nach einer tödlichen Schussverletzung aus. Auch Caspari ließ sich mit Theaterdonner fallen und krönte seine Vorstellung noch gekonnt mit einigen finalen Zuckungen. Blut floss zwar keines, aber das Licht der sterbenden Golf-Batterie wurde immer schwächer, und für eine genaue Untersuchung des Schadens fehlte den Gangstern die Zeit. Denn durch die Stille des Waldes röhrten hochgezüchtete Motoren – das SEK-Team würde in wenigen Minuten hier sein. Nadide wagte kaum, zu atmen, als sie hörte, wie Tarkan aus der Jagdhütte trat. Auch Caspari hielt die Luft an und sah aus der Perspektive des Erschossenen hinter einem Gebirge aus altem Laub nur die Füße in den vornehmen italienischen Slippern, mit denen Tarkan nicht den relativ sauberen Kieselweg verlassen wollte. Caspari hielt seine Waffe fest umfasst, bereit, sie zu benutzen, falls einer der beiden auf die Idee kommen sollte, eine Leichenschau an ihm vorzunehmen. Aber Liebold und der Türke waren sich ihrer Sache so sicher, dass sie keinen Verdacht hegten.

»Das kommt davon, wenn man nicht auf seinen großen Bruder hört«, raunzte Tarkan auf Türkisch seiner toten Schwester zu und fügte auf Deutsch an: »Du elende Schlampe.«

Liebold war ungeduldig. »Das SEK ist jeden Moment hier. Mach jetzt, dass du wegkommst.«

Tarkan zitierte seinen Komplizen herbei, der bisher auf Lars aufgepasst hatte und nun eine Geländemaschine aus dem Versteck hinter der Hütte schob und sie anwarf. Das Motorengeräusch kam immer näher und erstarb dann – die Fahrzeuge der Sondereinsatzkräfte waren unten auf dem Wanderparkplatz angekommen. Die Spezialisten aus Kassel würden Tarkan jedoch nicht mehr antreffen, denn das Motorrad entfernte sich soeben mit einem aggressiven Sägeton in die Gegenrichtung, wo irgendwo in der Nähe der Autobahnauffahrt ein vollgetanktes Fluchtfahrzeug für ihn bereitstand. Eigentlich hätte Caspari jetzt aufstehen, sich das Laub und den Dreck von der Kleidung wischen und Liebolds Gesichtsausdruck genießen können. Aber er blieb regungslos liegen, sammelte Kraft und lauschte, als sein Vorgesetzter das Telefon aus der Tasche zog und eine Nummer wählte.

»Hallo, mein Schatz«, säuselte er. »Habe ich dich geweckt?«

Kurze Pause.

»Das musst du nicht. Du musst dir jetzt nie wieder Sorgen machen. Ich habe Lars gefunden. Ja … du musst dich nicht bedanken. Nein, es geht ihm gut. Er hat ein bisschen viel getrunken und kann sich an nichts erinnern. Aber das ist wohl auch besser so. Nein, nein … das erkläre ich dir später. Thomas war da in eine üble Sache verstrickt, die ihm jetzt um die Ohren geflogen ist. Er hat sich mit den falschen Leuten eingelassen.«

Casparis Körper kribbelte von den Haar- bis in die Zehenspitzen, als ihm klarwurde, mit wem Roman Liebold zu so früher Stunde neben der mutmaßlichen Leiche seines erschossenen Kollegen telefonierte. Er sprach mit einer Mutter, die sich um ihren verschwundenen Sohn sorgte. Mit einer Frau, die er intim genug kannte, um sie »mein Schatz« zu nennen. Mit einer Frau, die er dank seiner wichtigen Position und seiner politischen Ambitionen schwer beeindruckt hatte. Er sprach mit Cordula Brackenheimer, der reichen, erfolgreichen und überaus attraktiven Staranwältin, die zwar auf dem Papier noch verheiratet, aber soeben frisch verwitwet war.

Wie hatte er vorgestern bei seinem Besuch in der Frankenberger Wohnung so freimütig zugegeben? *Ich habe dich immer um diese Frau beneidet.* Na, dann konnte er ja jetzt mit sich zufrieden sein. Caspari war froh, dass er lag. Womöglich hätte ihn dieser unerwartete Nackenschlag des Schicksals umgehauen. Langsam wurde ihm noch so einiges klar. Niemand wusste von seiner Waldphobie. Niemand außer einem zum Stillschweigen verpflichteten Polizeipsychologen – und Cordula. Wenn sie Liebold davon erzählt hatte, war es kein Wunder, warum der Drecksack ihn zum finalen Showdown ausgerechnet hierherbestellt hatte. Und dass Lars trotz seines jugendlichen Alters bereits ein stattliches Alkoholproblem hatte und mit einer Pulle seines Lieblingsfusels schnell außer Gefecht zu setzen war – auch dieses Wissen hatte Liebold von seiner neuen Flamme erfahren und sofort für seinen schmutzigen Plan benutzt.

»Hör mal, ich muss Schluss machen, mein Herzchen. Ich erzähle dir später den Rest.«

Aha. Den Rest erzählte er also später, dachte Caspari, der immer wütender wurde. *Zum Beispiel das hässliche, kleine Detail, dass dein Ex-Mann bei dieser unangenehmen Angelegenheit blöderweise erschossen wurde. Oh, Liebold, das wirst du bereuen …*

»Hierher, Kollegen«, rief der LKA-Beamte, der schnell vom säuselnden Liebhaber zum Einsatzleiter mutierte, den heranpirschenden SEK-Ninjas zu. »Sie kommen leider ein bisschen zu spät.«

Schon bald sah Caspari Blaulichter durch die Dunkelheit blitzen und hörte Motorengrollen und Stimmen. Er blieb einfach liegen. Bis er Freckels vertrauten Brummbass vernahm und ihn mit Liebold verhandeln hörte. Da erhob er sich und sah direkt in die hellwachen, nachtschwarzen Augen von Nadide, die auch soeben aufgetaucht war. Ihr Haar sah aus, als hätten wilde Vögel darin genistet. Blätter und kleine Äste hatten sich darin verfangen. Ihr graues Sweatshirt wies über dem Herzen ein schwarz gerändertes Einschussloch auf.

»Wir Toten, wir Toten sind größere Heere
Als ihr auf der Erde, als ihr auf dem Meere«,

zitierte sie mit einem Augenzwinkern, und als Caspari sie nur fragend ansah, fügte sie hinzu: »Conrad Ferdinand Meyer. Ein Schweizer Vertreter des Realismus.«

»Danke. Und jetzt?«

»Jetzt packen wir ihn. Die Toten, die Toten schlagen endlich zurück.«

»Ja«, sagte er und klopfte sich das Laub von der Jacke. »Endlich.«

Liebolds entsetztes Gesicht würde Caspari für alle Zeit als ein besonderes Schmuckstück in der Schatulle seiner kostbarsten Erinnerungen aufbewahren. Angst, Wut, Scham, Verständnislosigkeit und vor allem grenzenlose, ungläubige Überraschung drückte seine Miene aus, als er sich nach Freckels Hinweis, die beiden Totgeglaubten stünden hinter ihm, umdrehte, Caspari erblickte und im gleichen Moment dessen Faust auf sich zukommen sah.

»Schönen Gruß vom Herzchen«, zischte Caspari, als er seinen Vorgesetzten mit einem mächtigen Hieb auf die Nase niederstreckte.

»Tut mir sehr leid«, sagte er dann zu Freckel, der danebenstand und verwundert seine buschigen Augenbrauen in die Höhe zog. »Aber das musste jetzt einfach sein.«

Ich bringe dich hier raus

Na? Jetzt glaubst du mir wohl? Echt krass, oder?«

Ja, Happel glaubte ihr. Und wie! Denn es war zweifellos die Leiche einer Frau mittleren Alters. Und sie lag, ihrem trostlosen Zustand nach zu urteilen, schon sehr lange hier unter den Bodenbrettern im Kellerraum. Verscharrt und versiegelt in einem Plastiksack, dem erst im Lauf vieler Jahre die Würmer, Asseln und Knabbertiere zugesetzt hatten, nachdem der Leichnam längst wie eine eingelegte Gurke im Vakuum dieser kalten, feuchten Umgebung konserviert worden war. Jetzt, seiner schützenden Hülle beraubt, hatte der Verfallsprozess ihn mächtig mitgenommen. Aber noch immer war genug Menschliches übrig geblieben, um einem empfindsamen Betrachter Stoff für schlimme Alpträume zu liefern. Zum Glück schien Sandra nicht besonders anfällig dafür zu sein. Oder sie stellte sich einfach vor, es sei irgendein ausgefuchster Spezialeffekt aus *The Walking Dead*. Gegen viele Schrecken, die das Leben für sie bereithielt, waren die jungen Leute heute durch das Fernsehen und Internet einfach immun, dachte Happel. Die Glücklichen …

»Glaubst du, Zelda hat diese Frau auch umgebracht?«, fragte Sandra mit einem Schauer.

Happel gefiel dieser Gedanke gar nicht. »Wieso umgebracht? Vielleicht ist sie eines natürlichen Todes gestorben.«

»Häh? Und weil auf dem Friedhof grad kein Platz mehr war, hat ihre Familie sie im Keller eingegraben oder was?«

»Du solltest nicht so respektlos reden«, ermahnte Happel.

»Verdammt. Ich will endlich hier raus!« Wieder kippte ihre Stimmung. Happel hatte das schon mehrfach registriert. Sie konnte heulen und wimmern und im nächsten Moment einen unflätigen Spruch ablassen. Sie konnte fluchen und schreien und zwei Sekunden später um Verzeihung flehen. Er wusste überhaupt nicht, woran er bei ihr war. Aber er spürte, dass sie nicht mehr lange kontrollierbar bleiben würde. Sie steckte nun schon seit fast einer Woche in diesem Loch und war auf dem besten Weg, ihren Verstand zu verlieren.

»Ich bringe dich hier raus, das verspreche ich dir«, sagte er leichtfertig und stieg, von einem plötzlichen Tatendrang befallen, auf den Wickeltisch. Er war sicher, dass Zelda ihn und Martina an dem alten Haus überfallen hatte und dass dieses Gefängnis ein Kellerraum in der Ruine sein musste. Warum die Verrückte aber ihre Schwester Martina nicht auch hier eingesperrt hatte, konnte er nicht begreifen – deutete es aber als ein gutes Zeichen.

Er reckte die Hand bis zur vergitterten Luke empor und konnte zwar mit den Fingerspitzen den Rand ertasten, aber das Gitter war fest verschweißt. Es bestand keine Hoffnung, es jemals ohne eine Ladung Sprengstoff oder schweres Werkzeug zu öffnen. Und das gab es hier drinnen nicht. Er hatte bereits alles mehrfach abgesucht. Das war schließlich früher mal ein Kinderzimmer gewesen. Und da lagen keine Kuhfüße, keine Brecheisen, Bolzenschneider und langen Schraubenzieher herum, mit denen man notfalls ein Fenster oder sogar eine Tür hätte aufbrechen können. *Welche Rabeneltern richteten denn überhaupt so ein Kinderzimmer ein?*, dachte er. Ein Kellerraum ohne Sonnenlicht. Mit einer Metalltür ohne Klinke und verschweißten Fenstern, die nicht zu öffnen waren? Das war ein Kindergefängnis, und seine Geschichte war ganz gewiss eine dunkle. Eine, von der man lieber nichts wissen wollte, wenn man vorhatte, sein friedvolles Leben in einer schönen, dörflichen Umgebung weiterzuführen.

Sandra hockte mit angezogenen Beinen auf ihrer Matratze und schaute zu ihm empor. Sie selbst war zu keiner körperlichen Anstrengung mehr in der Lage.

»Ich mache mir echt Sorgen um meine Mama«, sagte sie.

»Gut, sie hat mir ganz schön Stress gemacht wegen der Belinda-King-Geschichte. Aber ich hab sie doch lieb und will nicht, dass ihr was passiert oder so.«

Marti Happel stieg, während sie redete, enttäuscht wieder von dem wackeligen Wickeltisch herunter und nahm sich noch einmal die Metalltür vor, die er Zentimeter für Zentimeter untersuchte.

»Zelda kommt nicht mehr, oder?«, fragte Sandra nach einer Weile. Schon wieder stand ihre Stimmung auf der Kippe, schon wieder steuerte sie auf einen neuen Tränenausbruch zu. »Sie wird uns beide hier verhungern lassen, und niemand wird uns finden, bis wir so aussehen wie die Mumie da. Sag doch was, Martin. Das glaubst du doch auch? Das ist ihr Plan, oder?«

»Nein, das glaube ich natürlich nicht«, beruhigte er sie. »Das ergibt doch keinen Sinn.«

Happel würgte seine eigene Angst hinunter wie eine bittere Medizin und gab die Untersuchung der Tür auf. Er klopfte stattdessen die Wände ab. Vielleicht entdeckte er ja irgendwo eine zugemauerte Öffnung oder eine Stelle mit instabilem Mauerwerk, wo man mit Graben oder wenigstens Schaben ansetzen konnte. Wenn nötig mit den Fingernägeln oder vielleicht mit einem Stück Splitterholz, das er aus der Kommode brechen konnte. Er merkte, wie er mehr und mehr in einen Zustand der kopflosen Panik glitt, als er mitten in der Betrachtung der erschreckend soliden Wände wieder zur Tür zurückkehrte, um zu sehen, ob nicht doch dort was zu machen wäre.

Es war nur ein kleiner, weißer Zipfel, der kaum mehr als einen Zentimeter unter der Tür hervorragte. Ein Papier, das er beim ersten Mal nicht bemerkt hatte. Er zog es ganz vorsichtig mit dem Nagel des Zeigefingers ein bisschen weiter zu sich, um es greifen zu können, und hatte dann ein zweifach gefaltetes Blatt Schreibmaschinenpapier in der Hand. Bevor er es verbergen konnte, hatte Sandra es schon gesehen und stand hinter ihm.

»Was ist das? Zeig mal. Ist das ein Brief? Von Mama?«

Er faltete es auseinander und las die handschriftlich verfasste Nachricht: »Liebe Sandra. Ich kann mich nun nicht mehr um dich kümmern. Zelda will, dass ich mit ihr gehe, und sie bestimmt nun über mich. Es tut mir leid. Deine Mama.«

Sandra starrte auf das Papier und hatte Tränen in den Augen. »Was ist denn das für eine Kacke?«, sagte sie mit verzweifelter Piepsstimme. »Was soll das denn? Mama?«

»Zelda hat sie also mitgenommen«, sagte Happel. »Aber wohin denn? An die Nordsee oder was? Weißt du denn nicht, wo deine Tante wohnt?«

»Mama!«, heulte Sandra, die seine Frage nicht gehört hatte. »Was tut ihr denn leid? Dass ich hier verhungern muss?«

»Und ich gleich mit!«

Happel sagte nichts weiter und dachte sich seinen Teil. Er war nämlich mehr als nur ein bisschen enttäuscht darüber, dass Martina nicht ein einziges persönliches Wort an ihn gerichtet hatte. Nichts. Nicht mal ein kurzer Gruß, ein kleines Lebewohl oder gar ein Dankeschön. Immerhin war er ja allein aus dem Grund hier, weil er ihr hatte helfen wollen. *Na ja*, dachte er, wie er schon so oft in seinem Leben gedacht hatte: *Nimm dich mal lieber nicht so wichtig.*

Spring jetzt und bring's zu Ende

An einem Morgen wie diesem, wenn die Sonne lachend in ein strahlendes Himmelblau kletterte und die ersten Schwäne im Tiefflug majestätisch über das graue Gewässer glitten, konnte man an diesem von Menschen gemachten See die feierliche Stille der Natur erleben. Das Becken war nach einem regenreichen Frühjahr gut gefüllt. Und obwohl auch dieser Tag wieder so herrlich begann, wehte von den grünen Waldhängen bereits ein frisches Lüftchen herunter und kräuselte die Wasseroberfläche.

Eine kleine Brandung schwappte an die Ufer der Strandbäder und Liegewiesen und umrandete Hessens größte Wasserfläche mit einem weißen Saum. Höchstens noch bis Mittag würde die hartnäckige Schönwetterzelle, die der Region seit fast zwei Wochen einen herrlichen Frühsommer bescherte, den vom fernen Atlantik herandrängenden Wolkengebirgen standhalten. Der Landkreis hatte sich auf böige Winde und Wolkenbrüche einzustellen. Die Bauern freuten sich zwar auf den Niederschlag. Aber die Gefahren für das schon recht hoch stehende Getreide waren nicht unerheblich.

Auch am See hatte man sich auf extreme Bedingungen einzurichten. Auf den Campingplätzen, in den Ausflugslokalen und am Bootsverleih entlang der fast siebzig Kilometer Strandlinie waren schon zu früher Stunde die ersten Mitarbeiter auf den Beinen, um Tischdecken, Sonnenschirme, Markisen und Reklametafeln zu sichern, Boote zu vertäuen oder an Land zu schaffen. Schon jetzt, Stunden vor dem Eintreffen der Schlechtwetterfront, schien der Luftdruck gesunken zu sein. Schwalben jagten nur Zentimeter über den kleinen Seewellen ihrer Beute hinterher. Eine Entenfamilie zog schnatternd ihre Kreise unweit der Staumauer, die gravitätisch gebogen und grau wie eine Trutzburg mitten ins Tal gestellt worden war.

Martina stand auf dem Scheitel der Mauer und blickte vierzig Meter tief in den Abgrund, der dem Staubecken abgewandt war. Tief unten suchte sich das Rinnsal, das die Mauer und das in ihrem Schatten gebaute Kraftwerk vom Flüsschen Eder wieder freigaben, sein ursprüngliches Bett und entschwand über Kiesel schlängelnd in Richtung Frankenberg.

Zelda hatte sie hierhergebracht und zum Abgrund geführt. Zelda wollte einen Schlussstrich ziehen. Es gab kein Zurück mehr, und eine Zukunft gab es schon gar nicht. Martina hatte nicht mehr den Lebensmut, sich der überwältigenden, negativen Kraft dieser Frau zu widersetzen. Sie hatte ihre dunkle Schwester an die Hand genommen und war nun bereit, ihr überallhin zu folgen.

»Du weißt doch hoffentlich, dass ich das nicht gern tue«, erklärte Zelda. »Ich habe immer versucht, dich zu beschützen und alles Böse von dir fernzuhalten.«

»Ich weiß es«, antwortete Martina. Aber deswegen tat es nicht weniger weh. Zelda hatte ihre Rolle als große Schwester immer vorbildlich ausgefüllt. Sie hatte es als ihre oberste Pflicht verstanden, Martina all die schlimmen Dinge, die es in ihrem Leben gab, abzunehmen. Sie hatte all das Schlechte, Verdorbene, Dreckige gesehen, erlebt und erlitten, welches das Schicksal eigentlich für Martina bestimmt hatte. Vom ersten Tag an war sie Martinas heimliche Heldin gewesen. Ihre unsichtbare Gefährtin, die sich zwischen sie und das Unheil stellte und die schwarzen Schatten von ihr fernhielt und sie sicher in den rettenden Schlaf brachte. Sie lag nachts neben ihr im Bett, wenn Martina sich in den Schlaf schluchzte. Sie streichelte ihren Kopf, flüsterte nette Sachen in ihr Ohr. Alles Geschrei, alle Prügel und das ganze schlimme Zeug filterte sie aus ihrem Leben heraus und zog es auf sich. Sie glühte und strahlte hell wie ein Engel, damit die

Monster Martina in Ruhe ließen und stattdessen über sie herfielen. Aber jetzt war ihre Energie am Ende, jetzt verglühte sie wie eine Sternschnuppe. Und Martina musste sie begleiten.

Martina glaubte bis heute, dass ihre Mutter die kleine Familie damals verlassen hatte. Später dichtete sie selbst einen reichen Schweizer Kurgast hinzu, dem Mama gefolgt war, um ein angenehmes Leben in den Bergen zu führen. So wie Heidi. Damit wurde die Geschichte glaubhafter und schöner. Ein reicher Fabrikant vom Zürichsee, der ein flottes Cabrio fuhr und in die Oper ging, war jedenfalls einem bankrotten Teilerwerbslandwirt vom Rand des Kellerwaldes vorzuziehen, der nach Kuhstall roch und filterlose Zigaretten der Marke »Eckstein« rauchte. Das dachte Martina. Zelda aber, die sich an jenem fürchterlichen Abend unter der Treppe versteckt hatte, wusste genau, was damals wirklich geschehen war. Mama war ihrem Vater nämlich endlich auf die Schliche gekommen und hatte begriffen, was er selbst und was die fremden Männer da unten im Keller mit Zelda machten. Mama hatte ihn angeschrien und mit der Polizei und dem Gefängnis gedroht. Und dann hatte Zelda mit eigenen Augen gesehen, wie der Vater ihre Mutter im Streit erwürgte, sie in einem großen Futtersack aus Plastik verschnürte und unter den Bodenbrettern im geheimen Kinderzimmer verscharrte, wo niemand sie jemals finden würde.

Für Martina, die von alledem natürlich nichts wusste und nichts wissen durfte, war dieses geheime Kinderzimmer am Fuß der Kellertreppe ja nur ein zusätzlicher Raum in einem großen Haus. Ein Raum, den sie niemals betreten hatte. Nur Zelda durfte dort hinein. Aber niemals allein, sondern immer in Begleitung dieser fremden Männer, die ihr erst Schokolade gaben und sie danach anfassten. Es war immer dasselbe, was sich in dem Zimmer abspielte. Erst taten sie ganz nett und freundlich, dann taten sie ihr weh, und dann wollten sie möglichst schnell wieder weg. Aber Zelda sprach niemals darüber, was hinter der Eisentür geschah, weil sie die kleine, schöne Martina nicht erschrecken wollte. Martina war eine Prinzessin und durfte nicht erschreckt werden. Zelda behielt alles für sich. Auch, dass sie mehrmals gesehen hatte, wie ihr Vater von den Männern hinterher Geld bekam. Wenn er in dem Raum vor dem geheimen Kinderzimmer saß und sich die Zeit mit Videospielen vertrieb. Auch in einem dieser Spiele gab es eine Zelda. Aber das wusste Martina nicht, denn sie war ja niemals dort unten und hatte nichts gesehen und nichts Schlimmes erlebt. Und deshalb hatte Martina natürlich auch keine Ahnung, wie das alles endete. Sie wusste nicht, dass Zelda, als sie vierzehn Jahre alt und kräftig genug war, ihrem besoffenen Vater an jenem Abend im Oktober ein Bein stellte. Auf diese Art sorgte sie dafür, dass er kopfüber in die Jauchegrube stürzte, aus der es kein Entrinnen gab. Dass sie mit versteinertem Gesicht zuschaute, während er unten in der dunklen Stinkesuppe aus Pisse und Kot herumruderte, strampelte, ausrutschte und hustete, bis ihn die Dämpfe ohnmächtig werden ließen und er darin versank. Martina sah erst die Polizei, die ein paar Tage später erschien und den Toten aus der Brühe fischten.

Ein Vormund wurde vom Gericht eingesetzt, der sich um sie kümmern sollte. Irgendeine Tante väterlicherseits, wohnhaft in Melsungen, die zuvor kaum jemals in Erscheinung getreten war. Sie hatte den Behörden schriftlich versichert, dass sie die Verantwortung übernehmen würde. Aber genau wie ihr verstorbener Bruder trank sie gern einen Schluck und war daher nicht sonderlich zuverlässig. Sie schaute anfangs ein- zweimal im Monat vorbei, durchwühlte die Schränke auf der Suche nach Geld oder Schnaps und verschwand schnell wieder. Irgendwann kam sie gar nicht mehr und wurde auch nicht vermisst. Martina war ja kein Kleinkind mehr und kam ganz gut allein zurecht. Sie ging weiter zur Schule, hatte Freunde, lachte und schien auch ohne ihre Eltern ein normales Leben führen zu können. Und im Grunde waren auch alle im Dorfe froh, dass sie sich mit diesem traurigen Kapitel nicht mehr beschäftigen mussten. Sie grüßten weiterhin freundlich, und man traf sich in der Kirche, und dann erkundigten sie sich und fragten, ob sie vielleicht was helfen konnten. Aber Martina lehnte jede Hilfe dankend ab, weil ja nichts im Argen lag. Und weil ja die liebe Tante aus Melsungen sich sehr bemühte. Und weil sie ja auch keine Angst hatte allein in dem großen Haus.

Nicht lange nachdem sie den Vater in der Grube versenkt hatte, verschwand Zelda für längere Zeit, ohne sich abzumelden. Eines Tages war sie einfach nicht mehr da. Und kam danach nur noch einmal wieder zurück. Das war an jenem Tag, als Florian, ihr neuer Freund, das Tagebuch gefunden und verstanden hatte, dass das Kind, das in ihrem Bauch wuchs, doch nicht von ihm war, wie Martina ihm weisgemacht hatte. Da war Florian total ausgerastet und wollte nicht mehr mit ihr gehen oder die Verantwortung für das Ungeborene übernehmen und alles seinen Eltern erzählen. Da war Zelda zurückgekommen und hatte den Tagebuchschnüffler auf ihre Art aus dem Weg geräumt, bevor die Sache auffliegen und ihr neues Leben ruinieren konnte. Florians Eltern waren nämlich liebe und fürsorgliche Leute und bemühten sich, ihr und dem Kind, das sie für ihre Enkeltochter hielten, das Leben so angenehm wie möglich zu machen. Und als sie dann leider viel zu früh starben, an gebrochenen Herzen über den Verlust ihres einzigen Sohnes, da vermachten sie ihr und der kleinen Sandra die beiden Häuser im Dorf, das Geschäftshaus und gleich nebenan das Wohnhaus, das für sie und ihre Sandra das schönste Zuhause wurde.

Als ahnte sie, dass ihre Hilfe nicht mehr gebraucht wurde, hatte ihre dunkle Schwester jahrelang nichts mehr von sich hören lassen. Martina stellte sich vor, wie sie erst nach Hamburg gegangen war, aber in der lauten, schmutzigen Großstadt nicht heimisch werden konnte. Deswegen war sie weiter nach Norden gezogen, irgendwo an die See, vielleicht auf eine Insel oder eine

Hallig. Da machte sie lange Strandspaziergänge, und der Wind spielte in ihren Haaren. Nur das goldene Armband war Martina geblieben, und, das war typisch Zelda, sie hatte darin nicht ihren Namen eingravieren lassen, sondern den der geliebten, kleinen Schwester: *Martina forever.*

Aber neulich, als es wieder mal brenzlig wurde und Sandra in Gefahr geriet, da war Zelda aus heiterem Himmel und wie ein Schutzengel erneut zur Stelle. Zuerst hatte sie Sandra verfolgt und den schmierigen Klaus Melchior zur Rede gestellt. Und als er Sandra nicht in Ruhe lassen wollte, hatte sie als Warnung Feuer in seinem Tonstudio gelegt. Aber das reichte noch nicht. Es kam ja noch schlimmer. Ein anderer, ekelhafter alter Sack machte sich an Sandra heran, und als Zelda den sah, ging eine seltsame Veränderung in ihrer Schwester vor. Sie begann zu zittern und zu stottern, sie wischte sich unablässig den Mund ab und wand sich wie unter Krämpfen. Martina brachte in Erfahrung, dass dieser Mann einer von den Verbrechern war, die damals mit Zelda in dem geheimen Kinderzimmer im Keller verschwunden waren. Einer von denen, die immer wieder kamen und die ihr weh getan hatten. Und ausgerechnet dieser Verbrecher hatte es nun auf Martinas Tochter abgesehen. Der widerliche Mann versprach Sandra all die Dinge, die sie sich wünschte. Und er traf sogar Vorbereitungen, mit ihr wegzufahren. Das erzählte Sandra aber nicht ihrer Mutter. Sie simste es einer Freundin, und Martina las heimlich mit.

Das war der Punkt, an dem Zelda noch einmal einschreiten musste, um Martinas Leben ein weiteres Mal zu beschützen. Aber das war jetzt nicht mehr so einfach wie früher. Jetzt hatte Martina eine Tochter, und die hatte eigene Pläne und einen verdammten Dickschädel. Sandra stellte sich stur und wollte einfach nicht vernünftig werden. Zelda war entschlossen, zu verhindern, dass der Mann ihre Sandra entführte, um ihr die Dinge anzutun, mit denen er schon sie selbst gequält hatte. Sie hatte alles gut vorbereitet. Sie fand Winkler gefesselt und hilflos vor und erstickte ihn mit Schweineschmalz. Nichts wäre passender gewesen. Dabei ging ihr dummerweise das goldene Armband verloren, und sie fürchtete, dass die Polizei ihr auf die Spur kommen könnte. Deshalb suchte sie die Bekanntschaft dieses Clown-Polizisten und brachte ihn dazu, ihr zu helfen. Aber der wurde auf einmal schrecklich anhänglich. Nun hatte sie es auch noch mit ihm zu tun. Alles geriet plötzlich aus dem Gleichgewicht.

Zelda war immer wieder aufgetaucht, um Martina zu beschützen. Stets hatte sie Unheil und Schmerzen von ihr abgewendet. Aber diesmal hatte das nicht geklappt. Diesmal war alles auseinandergefallen, und diesmal konnte Zelda ihrer Strafe nicht entgehen. Und Martina war dabei.

Mitgefangen, mitgehangen.

»Spring!«, befahl Zelda und packte sie ruppig am Arm. Sie zeigte mit der anderen Hand auf den Abgrund. »Los. Es geht schnell. Vielleicht merkst du es nicht einmal.«

»Ich habe Angst.« Martina schämte sich für ihr hilfloses Winseln. Zelda war so stark und entschlossen, und sie stellte sich an wie ein dummes Gänschen. »Und Sandra! Sie wird in dem Keller verdursten und verhungern. Niemand wird sie finden.«

»Spring jetzt und bring's zu Ende.«

»Aber was wird denn aus Sandra? Du wolltest sie doch auch beschützen. Und jetzt? Und der Polizist, den du niedergeschlagen hast. Er kann nichts dafür. Er wollte uns doch nur helfen und das Armband wiederfinden. Bitte. Lass mich nur noch ein Mal zurück. Ich will die Kellertür aufsperren. Dann können wir springen.«

»Das könnte dir so passen. Jetzt wird nicht gekniffen, verstanden?« Noch nie hatte sie ihre große Schwester so böse und gemein erlebt. Es war, als bräche plötzlich alles Schwarze und Schlechte, das sie in sich aufnehmen musste, mit Macht aus ihr heraus.

»Bitte, ich will doch nur mein Kind retten«, bettelte Martina.

»Ich bin hier die Retterin, und ich rette, wen ich will und wann ich will«, brauste Zelda auf. »Der Polizist ist ein Idiot, und das Kind macht nichts als Scherereien.«

»Aber ich liebe sie.«

»Du kannst niemanden lieben. Niemanden außer mich.« Zelda schrie wie von Sinnen.

Der frische Morgenwind zupfte ungeduldig an Martinas Haaren und schien sie aufzufordern, sich doch einfach in seine Arme zu werfen. Sie musste nichts weiter tun, als sich nach vorn fallen zu lassen. Nach unten in das süße Vergessen. Wo nichts mehr weh tat und niemand mehr gemeine Dinge tat. Einfach loslassen und fliegen wie ein Vogel. Es schien plötzlich so leicht. Und so verlockend. So ohne Schmerz und ohne Reue.

Und ohne Angst.

Ist das Ihrer?

Die frustrierten SEK-Kollegen aus Kassel brausten in ihren schwarzen BMWs wieder nordwärts, die Streifenwagen aus Wildungen und Arolsen waren auch auf dem Heimweg. Ein Dienstwagen aus Frankenberg stand noch am Wegrand, aber die Kollegen schickten unübersehbare körpersprachliche Signale, die besagten, dass auch sie den nächtlichen Einsatz an der Jagdhütte für beendet ansahen. Die meisten fragten sich immer noch, was die ganze Aufregung eigentlich zu bedeuten hatte. Einige waren der Meinung, an der Verhaftung von Markus Lanz beteiligt gewesen zu sein, wussten aber nicht, was er sich hatte zuschulden kommen lassen. Der Hubschrauber war ohne seinen Passagier Liebold wieder abgeflogen, wobei er auch jene Einwohner von Frebershausen aus dem Schlaf gerissen hatte, die nicht ohnehin um kurz vor fünf aufstehen wollten.

Tarkan Kolcuoğlu war längst über alle Berge.

Kriminalhauptkommissar Thomas Caspari hockte im aseptischen Licht des Notarztwagens und hielt die Hand seines Sohnes. Lars war in keiner guten Verfassung. Grau und krank sah er aus, pendelte hin und her zwischen Bewusstlosigkeit und Dämmerzustand. Sein Gesicht war verbeult, seine Augenlider flatterten, er hatte schon mehr gekotzt, als gesund sein konnte. Ab und zu zuckte er zusammen, als hätte ein Stromschlag ihn getroffen. Eben öffnete er wieder die Augen, schien aber seinen Vater und dessen beschwörende Stimme nicht wahrzunehmen. Bald machten sich die Pupillen wieder selbständig, und er fiel schielend zurück in seine hochprozentige Umnachtung. Seine Jacke und seine Hose waren von Kotze und Urin besudelt, seine Hände sahen aus, als hätte er im Kamin nach etwas gegraben.

»Ist das Ihrer?«, fragte die strenge Notärztin, die sich nicht entscheiden konnte, ob sie den übernächtigt wirkenden Mann bemitleiden oder ihm Vorwürfe machen sollte.

»Ich muss mich in Zukunft besser um ihn kümmern«, gelobte Caspari.

»Klaro, sicher«, sagte sie ohne Begeisterung. In ihrem an Grenzerfahrungen reichen Beruf bekam sie schließlich ständig alle möglichen feierlichen Schwüre zu hören. Meistens, das lehrte die Lebenserfahrung, kam jedoch was dazwischen.

»Papa?«, stöhnte der Fünfzehnjährige. »Papa, bist du da?«

»Ja«, sagte Caspari und drückte die Hand des Jungen. »Ich bin hier. Natürlich. Was dachtest du denn? Alles ist okay. Nichts passiert.«

»Mann, was für ein beschissener Trip. Ich wollte nach Spanien.« Lars lallte und verdrehte die Augen.

»Sei jetzt ruhig. Du musst jetzt nirgends mehr hin. Du bleibst einfach bei mir. Wir fangen noch mal neu an.«

Es schien, als versuche der Volltrunkene, sich ein Lächeln abzuringen. Vielleicht kämpfte er auch wieder nur gegen den aufkommenden Brechreiz. Caspari würde lernen müssen, das Gesicht seines Sohnes besser zu lesen.

»Echt …?«, sagte er und wollte sich hochrappeln.

»Alles gut.« Der Vater drückte ihn behutsam wieder zurück auf die Trage. »Ich verspreche es. Ich bleibe bei dir.«

Der Junge formulierte unter großen Anstrengungen einen Satz, den Caspari nicht verstand. Erst als er die Silben noch einmal eine nach der anderen im Stillen wiederholte, konnte er die Frage entschlüsseln. *Bekomme ich einen Hund?*, hatte Lars wissen wollen.

»Mal sehen«, sagte der Vater. »Aber du müsstest dich auch wirklich um ihn kümmern. Spazieren gehen und regelmäßig füttern und so …«

Jetzt, da war er sich allerdings sicher, jetzt lächelte Lars tatsächlich. Caspari tätschelte seinen Arm und stieg aus dem mobilen Behandlungsraum, um Freckel in die Arme zu laufen. Der hünenhafte Kriminaloberrat gähnte und konsultierte seine Uhr.

»So. Ich hole jetzt noch Brötchen und fahre wieder nach Hause. Und versuchen Sie bloß nicht, mich vor, na, sagen wir vierzehn Uhr anzurufen.«

»Wo ist Liebold?«

»Kolcuoğlu hat ihn im Auto angebunden. Sie wollen ihn aber nicht wieder verhauen, oder?«

»Nein. Ich will ihn nicht einmal mehr sehen.«

»Ist das nicht komisch …?« Freckel schüttelte den Kopf wie einer, der nicht aufhören kann, über die wundersamen Wendungen des Lebens zu staunen. »Da jagen Sie unsere junge Kollegin, und in Wirklichkeit sitzt der größte Strolch die ganze Zeit bei Ihnen im System. Schlimmer noch: Er ist Ihr Chef. Wie immer: Ockhams Rasiermesser.«

Caspari nickte. »Man kann sich eben seinen Chef nicht aussuchen.«

»Seine Kinder und seine Eltern auch nicht«, sagte weise der Kriminaloberrat. »Ach, übrigens – was macht denn Ihr Junge? Kommt er bald wieder in Ordnung?«

»Er wird sehr große Kopfschmerzen haben.«

»Na, hoffentlich. Und Sie?«

»Ich habe sie jetzt schon.«

Freckel lachte mit altväterlicher Güte. »Wissen Sie, junger Kollege, ich sage immer: Das ist einer der drei schwersten Momente im Leben jedes Mannes. Wenn er bemerkt, dass seine Kinder nicht auf ihn hören, sondern sich für ihn schämen.«

»Ja.« Caspari wusste nicht, wovon er sprach, aber er stimmte vorsichtshalber zu. »Und die beiden anderen?«

»Na ja, das gehört nicht hierher. Aber schwierig ist auch, sich einzugestehen, dass seine Eltern ihn immer noch für ein Kind halten. Und wenn ihm klar wird, dass seine Kollegen hinter seinem Rücken Witze über ihn machen.«

»Wirklich? Aber über Sie macht doch niemand Witze!«, protestierte Caspari ohne jede Ironie. Freckel bedachte ihn mit einem durchdringenden Blick, in dem stiller Stolz und unerschütterliche Geduld wohnten.

»So ist es«, stellte er zufrieden fest. »Und damit Sie trotzdem ab und zu mal was zu lachen haben, kriegen Sie lustige SMS von mir. Und alle sind zufrieden. So machen wir das hier.«

Goldene Sonnenstrahlen blinzelten durch den grünen Filter aus Frühlingsgeäst und blendeten den Kommissar aus dem Süden. Er kniff die Augen zusammen, als strahle ihn aus Freckels Brummbärengesicht eine tiefere Weisheit an.

»Das gefällt mir. Das gefällt mir wirklich sehr gut.«

»Also, hier steckt der Herr und rührt sich nicht!«, erklang es hinter ihm, und die Stimme mit dem leichten Sächseln brachte sein Herz umgehend zum Hämmern.

»Maja – wo kommst du denn her?« Sie tauchte vor ihm auf wie eine Fata Morgana.

»Nu. Aus Goslar«, sagte sie sachlich. »Ich war früher fertig als gedacht. Und dann konnte ich nicht einschlafen. Und weil du wieder schuld daran warst, bin ich mitten in der Nacht einfach losgefahren, um dich zu sehen.« Sie beugte sich vor und verfiel flüsternd in das breiteste Sächsisch, als sei das eine Geheimsprache der Liebenden: »S'hört sisch nu v'leischt 'n büsschen bleed on, ab'r isch hob' disch wörklich sähr v'rmisst.«

»Ich schaue mal da drüben nach dem Rechten«, bot Freckel an, der über ein Gespür für zwischenmenschliche Momente verfügte, das ihm seine Hildegard nicht im Traum zugetraut hätte.

Caspari, wie unter Schock, errötete und stammelte Unzusammenhängendes, in dem mehrmals die Worte »früh ... Überraschung ... Wald« vorkamen, das aber aufs Ganze betrachtet keinen Sinn ergab.

Maja trug einen alten, grünen Armeeparka, in dem sie unheimlich kriegerisch und entschlossen aussah und der sich gut zu ihren roten Haaren machte, dazu Jeans und braune Gesundheitsschuhe. Wer sie hier antraf, hätte sie für eine schöne Erdkundelehrerin auf Erlebnisfahrt halten können. Auf Caspari wirkte sie ungeheuer attraktiv. Auch wenn er es im Moment nicht auszudrücken vermochte.

»Was für eine Überraschung«, wiederholte er hilflos.

»War vielleicht eine schlechte Idee, herzukommen«, sagte sie. »Ich wollte dich nicht bei der Arbeit stören. Ist nur, dass ich mir ein bisschen Sorgen gemacht habe.«

»Nein, nein. Bitte. Ich freue mich. Wirklich. Das war nur eine lange Nacht.« Er strahlte sie an, ohne sich dessen bewusst zu sein. Sie hatte eine zauberhafte Macht über ihn, und er war bereit, sich beherrschen zu lassen, und sagte es gleich noch einmal: »Ich freue mich.«

»Ich habe ganz oft angerufen, aber du bist nicht ans Telefon gegangen«, erklärte sie, und er tastete seine Jacke nach dem Handy ab, um festzustellen, dass er es entweder bei seiner Scheinerschießung im Laub verloren oder schon bei dem überstürzten Aufbruch in seiner Wohnung vergessen hatte. »Deine Kollegen von der Polizeistation sagten mir dann, dass ich dich hier finden könnte. Allerdings sagten sie auch, es könnte etwas passiert sein.«

»Ja … es ist auch was passiert. Aber nicht so schlimm …« Er lachte nervös und war sich der Unmöglichkeit bewusst, ihr diese komplizierte Situation bei Tagesanbruch zwischen Polizei- und Erste-Hilfe-Fahrzeugen im Naturpark Kellerwald-Edersee zu erklären. »Und wir sind hier auch gerade erst fertig geworden mit der Arbeit. Vielleicht können wir irgendwo was frühstücken? Ich bin jedenfalls froh, dass du da bist. Wirklich. Ich habe oft an dich gedacht. Ich habe gerade meinen Vorgesetzten festgenommen, der mich dazu bringen wollte, eine Kollegin zu erschießen. Das ist die junge Frau da drüben mit den vielen Haaren. Und hier im Notarztwagen, da liegt mein Sohn, der heißt

Lars. Den hatten sie entführt, um mich zu erpressen. Ich würde ihn dir gern vorstellen, aber leider ist er total besoffen …«

Ich muss den Verstand verloren haben, dachte er, während er sich selbst reden hörte.

»He – Caspari.« Nadide meldete sich aus dem Hintergrund. Gerade war sie dem Dienstwagen entstiegen, auf dessen Rücksitz Liebold – in Handschellen – brütete und seinen hoffentlich für lange Zeit letzten unvergitterten Ausblick genoss. Seine Nase war schwer gerötet und leicht angeschwollen, das Blut auf seiner Oberlippe war verschmiert und angetrocknet. Einzelne Tropfen hatten sein Hemd und den Anzug besudelt. Er sah verdient beschissen aus. Trotzdem. Caspari stellte mit einer leichten Irritation fest, dass der Festgenommene ihn plötzlich frech angrinste. Nadide warf ihm aus drei Metern Entfernung Liebolds Mobiltelefon zu. »Dringend. Sein Rechtsverdreher will dich sprechen.«

»Entschuldige bitte einen Moment«, bat er Maja und schnappte das heranfliegende Handy aus der Luft.

»Hallo?«

»Thomas!« Eine Stimme wie ein Schlag in die Magengrube. »Es tut mir leid, dass du es auf diese Art erfahren musstest. Roman und ich wollten es dir die ganze Zeit schon sagen, aber es hat sich nie die Gelegenheit ergeben. Wir wollten ja auch nicht die Arbeitsatmosphäre im Amt vergiften. Na ja. Jedenfalls, du ahnst es sicherlich längst: Wir sind jetzt ein Paar.«

Für einen Moment war er sprachlos. Am anderen Ende der Leitung war Cordula, seine Noch-Ehefrau. Die Frankfurter Top-Anwältin, die schon vor längerer Zeit einen neuen Lebenspartner gefunden hatte. Das hatte er gewusst – aber nicht, dass es sein Chef war.

»Nett, dass du anrufst und mir endlich reinen Wein einschenkst. Aber … Moment mal! Mir wurde gerade gesagt, ich spräche hier mit Liebolds Anwalt …«

»So ist es. Ich vertrete ihn selbstverständlich in dieser Sache.«

»Spinnst du? Der kriegt mindestens hundert Jahre, und daran wirst du auch nichts ändern. Verdient hat er übrigens zweihundert!«

»Spar dir diesen kindischen Blödsinn«, schimpfte sie, nun wieder ganz die coole Anwältin, die eine führende Frankfurter Kanzlei vertrat und schon ganz andere Kaliber als Liebold erfolgreich aus dem Quark gezogen hatte. »Diese Albernheiten sind hier gänzlich unangebracht. Ich schlage folgenden Deal vor – aber nur, weil wir uns lange kennen und weil ich deine Polizeikarriere, an der dir ja einiges liegt, nicht gefährden will. Also hier mein Vorschlag: Du lässt Roman auf der Stelle gehen. Von mir aus strengst du eine Dienstaufsichtsbeschwerde gegen ihn an, die wir dann selbstverständlich niederschlagen. Dafür wird er über den tätlichen Angriff hinwegsehen, und du darfst weiterhin im Dienst der Polizei bleiben.«

Obwohl er sie und ihre messerscharfe Zunge schon so lange kannte, obwohl er sie oft vor Gericht erlebt und nicht selten für ihre unglaubliche Chuzpe bewundert hatte, blieb ihm jetzt doch für einen Moment die Spucke weg.

»Moment mal. Höre ich richtig? Du willst also, dass ich ihn laufenlasse? Ist dir eigentlich klar, dass er sogar Lars mit in dieses Scheißspiel hineingezogen hat? Und darf ich dich daran erinnern, dass er auch dein Sohn ist?«

Maja, die sich diskret abgewandt hatte und ein paar Schritte weiter mit neu entdecktem, botanischem Forschergeist junge Buchensprösslinge untersuchte und prüfend an den frischgrünen Blättern schnupperte, zog irritiert die Stirn kraus. Gespräche mit Anwälten hatten in ihrer bisherigen Welt niemals einen so persönlichen Charakter angenommen. Nadide stand auf der anderen Seite und gab sich nicht einmal Mühe, zu verbergen, dass sie diese fernmündliche Auseinandersetzung mit größter Spannung und einigem Genuss verfolgte. Und sie hatte schon so eine Ahnung, was bald kommen würde. Sie kannte Caspari zwar erst ein paar Tage, aber sie hatte ihn bereits zweimal an diesem Punkt erlebt. Seine Gesichtsfarbe nahm eine ungesunde Rötung an, seine Backenzähne begannen zu malmen, und die Halsschlagader mutierte plötzlich zu einer kleinen Natter. Nadide suchte Majas Blick, formte den Mund zu einem »o« und wedelte mit der rechten Hand, als hätte sie sich die Finger verbrannt. Maja verstand die Warnung nicht sofort. Aber lange dauerte es nicht.

»Dein sauberer Freund Liebold hat Lars mit Alkohol …«

»Moment, Moment.« Cordula war immer schon groß darin gewesen, ihm mit kalter Berechnung das Wort abzuschneiden. Und sie wusste genau, wie ihn das reizte. »Erstens – kleiner Gratistip – sag jetzt nichts, was man hinterher dahingehend auslegen könnte, dass du mit dieser Geschichte versuchst, einen lästigen Nebenbuhler aus dem Weg zu schaffen.«

»Was?«, schrie er, als sei ihm ein Lastwagen über den Fuß gerollt.

»Nun beruhige dich doch. Roman hat mir zweitens bereits alles über Lars und seine angebliche Verwicklung in diese Sache erzählt. Der Junge ist nicht in diese Ermittlungen *hineingezogen* worden.« Selbst durch das Telefon konnte er die affigen Gänsefüßchen hören, in die sie dieses Wort setzte. »Er ist vielmehr in seiner unglaublichen Dusseligkeit und mit einer beträchtlichen Promillezahl hineingestolpert. Aber er war, das wird dich vielleicht beruhigen, zu keinem Zeitpunkt auch nur der kleinsten Gefahr ausgesetzt. Dafür hat Roman gesorgt. Im Gegensatz übrigens zu dir.«

Jetzt bemerkte Caspari, wie ihm das Blut in den Kopf stieg und dort zu brodeln begann. Wie die Empörung ihm die Kehle zuschnürte und in ihm eine namenlose Wut wie ein eingesperrter Riesenaffe an seinen Käfiggittern rüttelte. Seine Hand wurde unstet, dafür wurde sein Blick ganz starr. Es würde nicht mehr lange dauern, dann hätten alle Kollegen im Wald und auch seine neue Freundin etwas zu staunen.

»Und was ist mit mir?«, brachte er unter Aufbietung aller Selbstbeherrschung halbwegs besonnen heraus. »Ist dir eigentlich klar, was dein neuer Freund mit mir vorhatte? Ich sollte hier erschossen und gleichzeitig zum Mörder werden.«

»Ganz ruhig und ganz sachlich, bitte. Hörst du dir eigentlich selbst zu? Thomas? Erschossen werden und Mörder werden, das ergibt doch keinen Sinn.«

»Und ob es Sinn ergibt!«

»Na, fein. Wie du willst. Das wird eine gründliche Untersuchung klären. Du hast jetzt einen deiner bekannten Ausraster, und der sei dir auch von Herzen gegönnt. Aber wie oft habe ich dir schon gesagt, dass du deswegen Hilfe suchen sollst? Ich bin ganz sicher, dass es für alles eine logische Erklärung gibt.« Ihre Stimme klang plötzlich ruhig und sanft, als rede sie mit einem Amokläufer oder einem irren Kind.

»Kapierst du das immer noch nicht?«, wütete er. »Dein neuer Freund lässt sich von der beschissenen Türkenmafia bezahlen!«

»Ich weiß nicht, warum du plötzlich auch noch auf die Türken schimpfen musst. Meine Kanzlei wickelt sehr viele Geschäfte mit großen türkischen Unternehmen ab, und deswegen verbitte ich mir jegliche abwertende oder gar rassistische Bemerkung.«

Er begriff endlich, was sie vorhatte. Sie legte immer noch ein Holzscheit nach auf dem großen Feuer seiner Entrüstung. Und wenn er endlich explodierte, würde jeder wissen, dass man ihm nicht glauben konnte, weil er ein gefährlicher Psychopath war. Und er spielte mit, weil er nicht anders konnte. Mit der kühlen Präzision eines Toreros, der den Stier bis aufs Blut reizt und ihn dann heranstampfen lässt, um ihm mit tänzerischer Eleganz den Degen zwischen die Schulterblätter zu stoßen, sagte sie: »Ach, Thomas, wir wissen doch beide, dass du nicht mehr du selbst bist, wenn du im Wald stehst. Wenn ein Mann mit so einer schlimmen Panikattacke zu kämpfen hat, dann kommen manche Dinge eben ganz anders an, als sie gemeint sind …«

»Ich weiß nicht, wie ich so lange darüber hinwegsehen konnte, was du für eine beschissene, charakterlose …«

»Nicht doch. Da begibst du dich jetzt wirklich noch weit unter dein übliches Niveau.«

»Ich habe Zeugen.«

»Ja, die Schwester des Mannes, den Roman festsetzen wollte. Die verdächtigt wird, ihm zuzuarbeiten. Wer würde ihr denn glauben? Thomas! Ich appelliere an deine Professionalität. Roman hat für diese Untersuchung absolute Rückendeckung vom Staatssekretär und vom Minister. Also lass ihn jetzt bitte gehen, und in ein paar Wochen, wenn wir alle ein bisschen weniger aufgeregt sind, dann setzen wir uns wieder zusammen und …«

Diesmal schnitt er ihr das Wort ab. Indem er Liebolds Handy mit voller Wucht auf den Boden schmetterte, wo es zufällig genau auf einen Stein traf, der hart genug war, es in der Mitte zu spalten. Mit einem wahnsinnigen Gebrüll begann Caspari auf den Trümmern herumzuspringen. Solche wüsten Flüche, Drohungen und Verwünschungen hatten die alten Buchen schon seit den großen Schlachten der bärtigen Chatten nicht mehr vernommen. Manche der umstehenden Beamten, die nicht wussten, wo sie hinsehen sollten, vergewisserten sich vorsichtshalber, dass ihre Dienstwaffen am rechten Fleck saßen. Maja Magerkohl war wieder dazu übergegangen, mit geradezu verzweifelter Neugierde die Wunder der heimischen Pflanzenwelt zu erkunden. Sie fragte sich, an einer Buchecker schnuppernd, ob sie vielleicht lieber doch in Goslar hätte bleiben sollen. Nadide war die Einzige, die sich in die Nähe des Rasenden wagte, seinen Arm ergriff und beruhigend auf ihn einredete.

»Nur ein Hinweis: Wenn du jetzt die SIM-Karte beschädigst, verlieren wir vielleicht wichtiges Beweismaterial.«

Caspari funkelte sie aus glasigen Augen an und zischte: »Er

hinterlässt sowieso keine Spuren auf dem Handy. Dafür ist er viel zu glatt.«

»Aber er hat doch schon einen großen Fehler gemacht«, tröstete sie ihn und fand die innere Größe, ihn jetzt nicht darauf hinzuweisen, dass er selbst gestern noch mit derselben herrschaftlichen Arroganz so tun wollte, als habe er sie niemals ausspioniert. »Er und mein Scheißbruder haben sich mit den falschen Bullen angelegt.«

Maja blinzelte ihn unschuldig an: »Wer war das denn?«

Er wurde sich wieder einmal höchst schamhaft seiner verheerenden Außenwirkung bewusst.

»Meine Ex …«, sagte er.

»Die bringt dich ja ganz schön auf die Palme«, zwitscherte Maja sächsisch.

»Ich hasse sie«, gestand Caspari, der jetzt sehr blass und entkräftet aussah, so als schlage gerade alles über seinem Kopf zusammen. Der ganze Stress mit den Gangstern, die Angst um Lars, die Angst vor dem Wald und die Wut auf Cordula. »Tut mir wirklich leid, dieser kleine Ausbruch.«

»Ist er nicht süß?« Nadide warb grinsend um Majas Verständnis. »So ein kleiner Ausbruch, sagt er immer. Hinterher tut ihm das leid. Wie hieß das noch mal, was du hast? DSDS oder so?«

»DMDD. Disruptive Launen-Fehlregulationsstörung«, murmelte er.

»Genau« – sie schnippte mit dem Finger –, »ich glaube, sie sollten dich aber auch mal auf Tourette untersuchen.«

»Na? Geht es wieder?«, brummte ein unglücklicher Bärenbass, und Freckels defensiv lächelndes Trollgesicht schob sich wie ein sentimentaler Smiley-Luftballon in Casparis Blickfeld.

»Alles gut«, sagte er kleinlaut. »Ich bin wieder ganz ruhig. Es war meine Ex-Frau.«

Immerhin konnte Freckel sich nun ganz gut vorstellen, welche Witze Casparis Kollegen wohl hinter seinem Rücken über ihn machten. Vorausgesetzt, sie hatten nicht zu viel Angst vor ihm. Aber dem Korbacher Kriminaloberrat war jetzt nicht nach Witzen zumute.

»Kollegin«, sagte er ernst zu Nadide, »ich weiß, es ist eine Zumutung nach dieser anstrengenden Nachtschicht. Aber Sie sind wirklich die Einzige, der ich so was zutraue …«

»Was gibt's?«

»Wir haben einen Notruf vom Edersee. Eine Frau will da von der Staumauer springen. Würden Sie mich bitte dorthin begleiten?«

Ich glaube, es blutet

»Du musst, du musst, du musst!«, brüllte Sandra aus vollem Hals, und für einen blöden Moment fragte sich Marti Happel, wie sich ein Mädchen mit einer so unangenehmen piepsigen Stimme allen Ernstes Hoffnungen auf eine Karriere als Schlagerstar machen konnte. Sie hörte sich an wie ein hysterischer Tropenvogel im Zoo. »Streng dich an, verdammt noch mal. Mach schon, mach schon!« Sie stand unten, zwei Meter unter ihm und feuerte ihn an wie die Cheerleaderin aus der Hölle.

Happel erlebte einen Rausch von Adrenalin und Angsthormonen, die sich in seinem Hirn zu einem alles verschlingenden Strudel vereinigten. Er hatte kein Gefühl mehr in seinen Fingerspitzen, die schon blutig waren und völlig zerschunden, weil er gegen jede Hoffnung irgendwie die Fenstergitter mit bloßen Händen von innen aufbrechen wollte. Genauso gut hätte man versuchen können, einen Panzerschrank mit einem Bleistift zu knacken. Drei Fingernägel waren bereits bis tief in das Nagelbett eingerissen, und der Schmerz segelte durch seinen Körper wie ein Piratenschiff und verursachte ein unheilvolles Schwindelgefühl. Er balancierte hier auf einer abenteuerlichen Konstruktion aus Kommode, Wickeltisch und Kinderbett, die es ihm zwar erlaubte, seine Hände bis hoch zur Decke zu strecken und sich wie ein Freikletterer voller Verzweiflung an dem zwei Zentimeter breiten Vorsprung festzuklammern, den der aufgesetzte Fensterrahmen ihm gnadenhalber bot. Aber er rutschte immer wieder ab und konnte die Metallvorrichtung auch nicht um einen Millimeter lockern. Er schwankte auf seinem halsbrecherischen Gerüst wie ein betrunkener Hochseilakrobat über dem Abgrund.

»Ich kann nicht«, gab er zurück. »Das verdammte Ding gibt nicht nach. Wir kommen hier nicht weiter!«

»Es muss! Hör jetzt bloß nicht auf, du Memme!«, keifte Sandra von unten. »Ich will hier raus!«

»Halte das verfluchte Bett fest!«, schrie er, als er merkte, dass die prekäre Schaukelpyramide aus morschen Möbelskeletten ins Wanken geriet.

»Ich kann doch nicht fester!«, schrie sie zurück. »Ich bin doch auch kein …«

»Still!«, zischte er plötzlich. Durch das Rauschen des Blutstrudels in seinem Kopf und das Hämmern seines Herzmuskels vernahm er in der Ferne das Tuckern eines Traktorenmotors. Vielleicht ein Bauer, der am frühen Morgen noch schnell das Heu einbringen wollte. Denn spätestens ab Mittag sollte es sich zuziehen, hatten sie im Wetterbericht gesagt. Dann sollten schwere Gewitter und Dauerregen den Landkreis heimsuchen. Noch einmal krallte sich Happel mit letzter Kraft und unter wahnsinnigen Schmerzen in den schmalen Vorsprung am Fenstergitter und schrie so laut, dass sein Kehlkopf zerspringen wollte und seine Stimmbänder zu flattern begannen.

»He, hallo! Wir sind hier in dem alten Haus! Helfen Sie uns, Hilfe!«

Unten stimmte Sandra in höchster Not mit ein: »Hilfe, Hilfe. Wir sind im Keller. Holt uns hier raus!«, kreischte sie in der Tonlage einer Sirene und sprang dabei auf und ab … und ließ das Bett los, das ohne ihre stabilisierende Hand nichts weiter war als ein loser Turm aus kaputtem Holz. Als Happel dies bemerkte, war es bereits zu spät. *Das geht nicht gut, das geht nicht gut,* dachte er noch, unfähig zum Warnruf, und da war es schon, als zupfe ihn jemand von hinten am Kragen und verursache damit genau die kleine Gewichtsverlagerung, die ihn zum Absturz brachte. Seine Hände glitten von dem schmalen Rahmensims ab, für einen Moment ruderte er wild mit den Armen in der Luft. Er dachte noch an das Bild des Koyoten Karl, der immer über der Schlucht strampelte, entgegen allen Gesetzen der Schwerkraft im freien Raum hängend, bevor es mit ihm unweigerlich in die Tiefe ging. Und so stürzte auch Happel mit einem Schrei ab. Erschreckend schnell und entsetzlich tief. Ebenfalls mit einem Schrei sprang Sandra zur Seite, und er landete mit dem Oberkörper relativ weich auf der Matratze, die sie für genau diesen Notfall an genau diese Stelle gezogen hatten.

Aber das linke Bein geriet äußerst unglücklich zwischen den einstürzenden Möbelturm und den Hohlraum im Boden, aus dem sie die Mumie gezogen hatten. Das fürchterliche Knacken, wie von einem brechenden Ast, hörte er mehr aus seinem Körper heraus als mit seinen Ohren. Es war grässlich, laut und irgendwie auf unheimliche Art endgültig. Es war etwas, das für immer schrecklich weh tun und nie wieder gut werden würde. Sein Schmerzensschrei wurde gnädig von der Matratze verschluckt, danach war nur noch Keuchen und Schluchzen zu hören.

»Martin?«, piepste Sandra kleinlaut wie ein Küken. »Sag doch was!«

Keine Antwort, nur ein alarmierendes Zucken, das durch seinen komisch verbogenen Körper lief. Sein Gesicht hatte er in die Matratze gepresst, seine Hände waren wie im Krampf zu Fäusten geballt.

»Martin?«, quengelte Sandra. »Bitte, steh doch auf. Es tut mir so leid. Es war meine Schuld.« Sie rüttelte ihn und sprang dann auf. Sank gleich danach wieder auf die Knie und streichelte hilflos seinen Rücken. »Bitte, bitte, nicht sterben.«

Endlich, er sagte etwas. Sie konnte es nicht verstehen, aber es war ein Ausdruck der menschlichen Sprache. Er stöhnte weiter in die schmutzige Matratze, die alles aufnahm und nichts weitergab.

»Was ist denn? Hast du dir sehr schlimm weh getan?«

Er drehte unter enormen Anstrengungen den Kopf zur Seite und keuchte.

»Mein … linkes … Bein!«

»Was denn, was ist damit?« Sie sah, dass es vom Knie abwärts unter dem gefallenen Kinderbett verborgen war und in dem Mumiengrab steckte. Sie räumte einige lose Trümmer weg und wollte behilflich sein, das Bein herauszuziehen. Da schrie er wie am Spieß.

»Nein!«

Wie elektrisiert wich sie zurück.

»Vorsichtig!«, flehte er und fügte flüsternd hinzu: »Bitte, vorsichtig. Nicht anfassen. Es tut sehr, sehr weh.«

Millimeterweise, als entschärfe sie eine Bombe, hob sie das Schaukelbett an und stellte es beiseite. Als sie das Bein näher betrachtete, glaubte sie zunächst an eine Täuschung.

»Was ist?« Er hatte ihren Blick bemerkt.

»Ich glaube, es blutet. Deine Hose ist da ganz dunkel.« Sie sprach mit leiser Stimme, ihre eigene Panik niederkämpfend, um ihn nicht zu beunruhigen. »Oh, verdammt. Ich glaube, ich kann deinen Knochen sehen. Da neben dem Fuß. Ach du Scheiße …«

Happel kniff die Augen zu und spürte, wie Speichel aus seinem Mundwinkel in den Staub der Matratze sickerte. Das Bein war wie betäubt, fühlte sich an, als sei es eingeschlafen. Nachdem der erste, spitze Bruchschmerz verebbt war, brummte es nur noch auf niedriger Frequenz, wie der laufende Motor eines geparkten Rennwagens. Aber die kleinste Bewegung, der geringste Druck auf die falsche Stelle, und es war, als hätte ein unsichtbarer Fuß das imaginäre Gaspedal bis zum Boden durchgetreten. Dann brüllte es wie aus hundert Posaunen, und der Schmerz kam mit der Wucht einer Monsterwelle, und er wünschte sich nichts mehr als eine Ohnmacht.

Es war dieselbe Stelle, derselbe Knochen betroffen wie bei seinem bescheuerten Sturz von der Bühne. Er konnte sich nicht aufrichten, um die Verletzung anzusehen. Aber er konnte sich vorstellen, wie es aussah, und das machte ihm Angst. Er versuchte, sich zu erinnern, was er in Erste-Hilfe-Seminaren über offene

Brüche gelernt hatte. Das Wichtigste war: eine keimfreie Wundauflage. Und dann sollte auch irgendwie schnellstens die Blutung gestillt werden. Und dann musste man umgehend die 112 anrufen und hoffen, dass schnell jemand kam. Sonst bestand Lebensgefahr.

»Martin? Warum lachst du? Verdammt. Hör auf mit dem Lachen, bitte. Das ist voll unheimlich. Bist du verrückt geworden …? Martin …?«

»Tut mir leid.« Er konnte nicht anders, als auch diese Entschuldigung mit einem trockenen, hustengleichen Lachen auszustoßen. Es hatte ihn ergriffen und wollte ihn ersticken. Vielleicht nur, damit das Unausweichliche wenigstens schnell geschah und er nicht qualvoll verbluten musste. »Tut mir leid«, sagte er noch einige Male.

Sandra schluckte ihre Tränen hinunter. »Wir müssen dich irgendwie in die stabile Seitenlage bringen.«

»Was?«

»Ich war gerade in einem Erste-Hilfe-Kurs. Wegen dem Mofaführerschein. Braucht man zwar nicht, aber meine Mama wollte es unbedingt. Und da mussten wir ständig irgendjemanden in die stabile Seitenlage bringen, das ist erst mal voll wichtig, verstehst du …« Während sie plapperte, um ihn abzulenken, griff sie vorsichtig seine Schultern und drehte ihn zur Seite, ohne dabei die Lage des verwundeten Beines zu verändern.

»Gott segne deine Mama«, schnatterte Happel, während er versuchte, die klappernden Zähne nicht zu öffnen, um den verzweifelten Schrei, der dahinter lauerte, nicht rauszulassen. Er bemühte sich, die Bewegungen, die sie ihm abverlangte, so gut es ging zu unterstützen. Die Seitenlage erleichterte das Atmen, aber sie machte ihm auch schmerzlich bewusst, dass er sich zudem eine oder mehrere Rippen gebrochen hatte, die ihn jetzt peinigten. Wenn er durch das eigene Körpergewicht auch noch die Lunge anritzte, konnte alles wirklich noch schneller zu Ende gehen als erwartet. *Ich bin komplett am Arsch,* dachte er ernüchtert. Eines war klar – er würde dieser Folter nicht lange standhalten können. Schmerzen hatte er nie gut vertragen. Nicht Zahnschmerzen, nicht Kopfschmerzen und nicht die Schmerzen, die man sich als Heimwerker mit zwei linken Händen durch einen ungeschickten Hammerschlag auf den Daumen selbst zufügte. Aber diese Schmerzen hier stellten alles bisher Erlebte und alles Vorstellbare in den Schatten. Es waren – schon das Wort ließ ihn erschauern – es waren Todesschmerzen.

»Da auf das Bein …«, dachte Sandra laut nach. »Da muss was drauf. So ein Ding. Eine … Komposte?«

»Kompresse!«

»Genau. Kompresse.« Sie schluchzte. »Wir haben aber keine.«

»Such ein Seil, schau, ob irgendwo was liegt«, befahl er.

Sie kroch sofort auf allen Vieren durch den Kellerraum und tastete mit den Fingern jeden Quadratzentimeter ab. Sie fand die Überreste der Strohseile, mit denen Zelda sie gefesselt hatte. Aber die waren total zerfasert und in kleine Stücke zerrissen.

»Hast du keinen Gürtel?«

»Nein. Nichts.«

Sie hatte etwas gefunden, hob es hoch. Es war eines der verwitterten Seile, mit denen die tote Frau in ihrem Plastiksack verschnürt gewesen war. Sandra zog prüfend daran, und es riss sofort.

»Scheiße!«, sagte sie und suchte weiter. Er sah ihr zu. Aus der verdrehten Perspektive seiner stabilen Seitenlage wirkte ihr Gefängnis noch tiefer und ihre Not noch größer. Seine Augenlider wurden immer schwerer. Seine Zunge wollte ihm nicht mehr hundertprozentig gehorchen.

»Das Notizheft!«, lallte er.

»Was?«

»In meiner Jacke. Mein Notizheft!«

Sie griff in die Innentasche und holte das zusammengerollte

Heft mit dem Gummiband hervor, das er so gern schnappen ließ, wenn er eine Befragung beendet hatte.

»Ich weiß nicht, ob das reicht …«

»Es muss!« Jetzt knurrte er wie ein müder Hund. Er fühlte sich wie auf einer nach unten fahrenden Rolltreppe. Bewegungslos bewegte er sich fort. Abwärts, hinein in den Schlund einer lautlosen Nacht, die ihn nicht mehr freigeben würde. Aus dem Schwarz tauchte plötzlich ein Gesicht auf, so fremd und so vertraut. Es war ohne jede Farbe und ohne Tiefe. Das eindimensionale Foto eines lange verstorbenen, traurigen Jungen. Es war Robert, sein Bruder. Marti Happel sah, dass er ihn anlächelte und ihn begrüßte wie einen lange vermissten Freund. Jetzt schloss sich ein Kreis, jetzt war das letzte Puzzleteil seines Lebens gefunden, jetzt ergab alles einen Sinn. *Robert,* sagte er und umarmte den Bruder, der qualvoll und einsam gestorben war, während er selbst im Haus nebenan mit seiner Oma spielte und vor Vergnügen jauchzte. *Schau her. Auch ich bin jetzt schlimm gestürzt und verblute. Jetzt sind wir wieder Brüder. Ja,* sagte der Ältere, *wir sind Blutsbrüder.*

»Ja, ja doch. Ich bin sicher, es reicht.« Sandra riss den Gummizug von dem Heft, testete seine Dehnbarkeit und beugte sich über Happels blutendes Bein. Zum Glück war er ein dünner Mann mit dünnen Beinen. Sie konnte das elastische Band vorsichtig knapp über seinem Knie unter das Bein schieben und oben zusammenknoten.

Er knurrte und ächzte weiter in verschiedenen Tonlagen. In Wellen ging der Schmerz durch seinen ganzen Leib, er biss so fest auf seine Zähne, dass sie das Knirschen hörte. Dann lag er plötzlich ganz still.

»Martin?«, rief sie. »Martin? Was ist?«

Der Schmerz hat ihm das Bewusstsein genommen. Das ist nicht schlimm, dachte sie. *Er wacht bestimmt gleich wieder auf. Das ist sogar gut, denn jetzt spürt er nichts.*

Sie griff sich ein längliches Stück Splitterholz und schob es unter das verknotete Band, drehte es dann zwei-, dreimal. Wäre er bei Bewusstsein gewesen, hätte dieser Schmerz Martin bis unter die Decke springen lassen. So lag er nur da, als schlafe er, und atmete ganz flach. Sie vergewisserte sich, dass kein frisches Blut mehr aus der Wunde neben dem Knöchel pulsierte, und streichelte sein heiles Bein.

»Es tut mir so leid, dass ich losgelassen habe. Es ist alles meine Schuld«, schluchzte sie.

Fast so schön wie Thüringen

Freckel und Kolcuoğlu waren zum Noteinsatz an den Edersee geeilt, Lars würde frühestens am Nachmittag wieder einem Gespräch folgen können. Liebold war zwar noch wie ein Gefangener abtransportiert worden. Aber lange würde man ihn nicht festhalten können. Schon jetzt hatte seine Anwältin die ersten Faxe geschrieben und abgeschickt, und wenn die zuständigen Polizeidirektoren, Staatsanwälte und Haftrichter an diesem Morgen ihre Büros betraten, dann lagen da bereits die scharf formulierten Androhungen von Untersuchungen und Dienstaufsichtsbeschwerden, garniert mit den nötigen Ministernamen und Hinweisen auf jene gefürchteten Paragraphen, mit denen man lieber nicht in Konflikt geraten wollte.

Erst als die letzte Autotür zugefallen, der letzte Motor gestartet und der letzte Polizeiwagen den Waldweg in Richtung Landstraße hinuntergeholpert war, kam Caspari wieder mit aller Deutlichkeit zu Bewusstsein, dass er sich inmitten eines Waldes befand. Die Vögel, endlich wieder fast unter sich, stimmten ein kakophones Jubelkonzert an, als wollten sie die Schrecken des Geschehens vertreiben. Die Sonnenstrahlen, nun aus purem Weißgold, brachen durch das taufrische Blätterwerk und entwickelten wärmende Kraft, dort, wo sie auf die Haut trafen. Ihm wurde wieder flau und schwindlig. Es war nicht mehr diese alles lahmlegende Panik wie in der Nacht. Aber es würde noch eine Weile dauern, bis er wieder einen Wald betreten konnte, ohne dabei um sein Leben zu bangen. Seine Hand suchte Majas Hand, und sein Blick klammerte sich an ihren mit einer heimlichen Not, die er nicht länger verbergen konnte. Sie antwortete mit einem Lächeln.

»War bestimmt eine harte Nacht«, sagte sie, und er nickte.

»Wenn du das ernst gemeint hast mit dem Frühstück – unten auf dem Parkplatz steht mein Wagen.«

»Dann lass uns mal gehen«, sagte er, und nach ein paar Metern bemerkte er, dass sie ihn mehr oder weniger von hier wegführte.

»Alles in Ordnung?«, fragte sie.

»O ja, im Grunde schon …«, erwiderte er genauso bedächtig, wie er seine Schritte setzte. »Ich reagiere nur schon seit einiger Zeit nicht mehr sehr gut auf … na ja … Wald. Die ganzen Bäume und das Zeug. Das bringt beklemmende Erinnerungen an ein gewisses Erlebnis mit sich …«

»Schon gut, du musst mir gar nichts erklären. Jeder hat so seine beklemmenden Erlebnisse, oder?«

»Oh, ja. Und meine kommen anscheinend gerade alle geballt über mich.«

»Das wird schon wieder … wir haben es ja auch schon bald geschafft. Schau mal, da drüben, da sind überall Wiesen und Felder. Kaum noch ein blöder Baum.«

Das half. Wenn er nur geradeaus sah und durch die lichter werdenden Reihen der Bäume hindurch, dann öffneten sich dort großzügige, grüne Flächen, auf denen quietschgelb der Löwenzahn blinzelte. Saftige Wiesen und Weiden, die sich über sanfte Hügel legten wie appetitliche, grüne Tücher. Blühende Hecken waren liebevoll zwischen die Äcker und Brachen getupft, einzelne Bäume, gegen die auch aus Casparis Sicht nichts einzuwenden war, sammelten sich entlang eines Bachlaufs. Wie die natürliche Ergänzung dieser idyllischen Landschaft und als seien sie dort gewachsen, erhoben sich die roten Dächer des Dorfes und etwas abseits ein graues altes Kirchlein aus dem Schleier des Morgendunstes.

Irgendwo krähte wie aufs Stichwort ein Hahn, eine Glocke schlug hell, und die ersten Sommerinsekten surrten auf dem Weg zur Arbeit an ihren Ohren vorbei. Als habe sie nur auf ihren Einsatz gewartet, schwang sich vor ihnen eine Lerche jubilierend ins Himmelblau. Es war eine Stimmung des tiefsten, ländlichen Friedens. Als sie den Saum des Waldes erreichten, kam er sich vor, als habe er nach langer Suche und vielen Irrfahrten endlich das Paradies entdeckt.

»Ist das nicht traumhaft hier?«, fragte er, selbst überrascht von seiner bisher unbekannten Fähigkeit, Derartiges überhaupt zu bemerken und auszusprechen.

Maja sog tief die Luft ein, die köstlich war wie eine Erfrischung, wie ein belebender Trunk aus Kräutern, Gräsern und Blüten. Ein paar Meter den Feldweg entlang auf der gegenüberliegenden Straßenseite entdeckte sie eine Bank und zog ihn dorthin. Zusammen saßen sie schweigend und ehrfürchtig vor diesem Gemälde eines perfekten Morgens an einem ebenso perfekten Ort.

»Hier möchte ich aufgewachsen sein«, sagte Caspari.

»Oder auch alt werden«, sagte Maja.

»Und die ganze Zeit dazwischen?«

»Die würde auch schnell vergehen.«

»Komisch, oder?«, meinte sie. »Dass ein Mann, der sich im Wald nicht wohl fühlt, sich nach solch einem Ort sehnen kann, der doch irgendwie mitten im Wald liegt.«

»Wald ist es ja nur, wenn man drinnen steht. Von hier aus macht es mir nichts aus. Das sind ja nur schöne, grüne Kissenbezüge.«

»Schau mal da rüber. Auf dem Hügel kann man bestimmt gut rodeln, wenn Schnee liegt.«

»Man könnte ein Pony haben.«

»Kannst du denn reiten?«

»Nein.«

»Ich auch nicht. Aber man kann es ja lernen.«

»Oder einen Traktor anschaffen. Einen richtigen alten Bulldog. Oder einen Hanomag. Davon habe ich schon als Kind geträumt.«

»Wirklich?« Sie sah ihn plötzlich überrascht an.

»Ja. Ich liebe Traktoren.«

»Und ich habe einen.«

»Du? Wieso?«

»Mein Opa hat damals aus seiner alten LPG eine Brockenhexe gerettet.«

»Stopp mal! Ich dachte, du wärst die Brockenhexe.«

Sie knuffte ihn in den Arm. »*Witzisch*. Es ist eine originale RS02 aus dem VEB Schlepperwerk Nordhausen. Eine echte Rarität. Du hast wirklich keine Ahnung von Treckern, was?«

»Ich mag nur das Geräusch«, gab er zu. Und nach einer Weile: »Aber hör mal: Lars, der könnte tatsächlich einen Hund bekommen. Hat nicht jeder auf dem Land einen Hund? Wegen der Hühnerdiebe?«

»Ich habe mir immer schon einen Hund gewünscht. Rainer, mein verstorbener Mann, der konnte sehr gut mit Hunden umgehen. Wir wollten damals einen kleinen Rauhhaardackel zu uns nehmen. Weil die so frech sind. Aber dann ...« Ihre Stimme verlor sich, und er wusste, warum. Er legte tröstend seinen Arm um ihre Schultern. Beide versanken in Schweigen und hingen ihren Gedanken nach, bis Maja sagte, was sie noch nie von einem Ort gesagt hatte: »Hier ist es fast so schön wie in Thüringen.«

Und das war der Moment, da er sie küsste, und beide wussten, ohne dass einer es aussprach: Hier war ihr Platz.

Es waren zwei

In sicherer Entfernung, am Zugang zum Spazierweg auf der Staumauer, wartete, wie gelähmt vor Entsetzen, ein halbes Dutzend Frühaufsteher. Zwei Jogger in Sportanzügen, die wie eine zweite Haut auf ihren knochigen Körpern saßen, ein älteres Ehepaar in grünen Gummistiefeln, das wohl auf dem Rückweg von einem Angelausflug war, und zwei Straßenarbeiter in orangefarbenen Westen.

»Also, ich kann jedenfalls nicht da hingehen«, sagte die Frau in der engen Joggingmontur. »Ich wüsste gar nicht, was ich sagen sollte.«

»Keiner von uns sollte da hingehen«, erklärte der Angler. »Wenn sie dann springt, ist man hinterher noch schuld.«

»Also, Peter«, wies seine Frau ihn zurecht.

»Stimmt doch«, wehrte er sich. »Die Frau ist gestört und führt wirre Selbstgespräche. Da kann niemand Normales die Verantwortung übernehmen.«

»Da kommt endlich die Polizei«, meldete einer der Straßenarbeiter und zündete sich seine fünfte Zigarette innerhalb von ebenso vielen Minuten an.

»Bitte, Herrschaften, würden Sie jetzt weitergehen und uns das machen lassen«, sagte die zerzauste, arabisch wirkende Frau mit den schwarzen Haaren und dem Brandfleck über dem Herzen. Der Riese im Trenchcoat sagte nichts, sondern dirigierte sie lediglich mit den Bewegungen seiner stattlichen Augenbrauen aus dem Weg.

»Das ist bestimmt eine speziell geschulte Expertin aus der Psycho-Abteilung«, wisperte im Weitergehen der zweite Arbeiter, der gern amerikanische Krimiserien im Fernsehen sah.

»Die hätte sich aber wenigstens was Ordentliches anziehen

können«, raunte die Frau in Gummistiefeln. »Und mal mit dem Kamm durch die Haare hätte auch nicht geschadet.« Sie fand es höchst undankbar, dass sie hier einfach so weggescheucht wurden. Immerhin hatten sie die Polizei verständigt und waren somit auch berechtigt, die Fortsetzung und den Schlussakt dieses Dramas zu erleben. Und war das hier nun ein freies Land oder nicht? Fünfzig Meter die Straße hinunter blieb das Grüppchen wieder stehen und blickte zurück auf die Staumauer. Ein Arbeiter und der Jogger nahmen ihre Mobiltelefone aus der Tasche und fanden absolut nichts dabei, den denkwürdigen Moment für die Nachwelt festzuhalten. Die mutmaßliche Psychologin mit der schwarzen Lockenmähne ging mit vorsichtigen Schritten auf die Lebensmüde zu, die immer wieder den Kopf schüttelte und sich noch weiter über den Abgrund beugte. Der Riese blieb zurück und versuchte, nicht hinzusehen.

Der aufziehende Regen würde bald nichts mehr von dem strahlenden Morgen übrig lassen. Am westlichen Horizont kletterte eine weißgraue Wolkenwand immer höher. Es fehlte nicht mehr viel, und sie hatte die Sonnenkugel erreicht, um sie einzuhüllen. Der Wind frischte auf, und wer empfindlich war, konnte um diese frühe Uhrzeit leicht ins Frösteln kommen. So ging es auch der Frau, die auf der Mauer stand. Sie hatte schützend beide Arme um ihren Oberkörper geschlungen und versuchte, ein heftiges Zittern zu unterdrücken.

Was sagte man? Wie begann man ein solches Gespräch? Wieso meinte Freckel überhaupt, dass sie dazu die Richtige wäre?

»Ich heiße Nadide«, sagte sie einfach. »Wie heißen Sie?«

Sie bekam keine Antwort. Die Frau stand zur Säule erstarrt oben auf der breiten Mauer und blickte in den Abgrund. Sie ließ noch nicht einmal erkennen, ob sie Nadides Anwesenheit bemerkt hatte. Als jedoch die Beamtin langsam nach vorn ging und bis auf zwei Meter an sie herankam, machte auch sie einen schnellen, kurzen Schritt nach vorn. Jetzt ragte die Spitze ihres

Turnschuhs gefährlich über den Rand der Mauer hinaus. Die plötzliche Fluchtbewegung brachte sie zudem aus dem Gleichgewicht, mit beiden Armen rudernd fing sie sich wieder. Nadide hörte von Ferne einen kleinen Aufschrei des Schreckens – selbst die Nerven der Gaffer waren zum Zerreißen gespannt.

»Was Sie da machen, ist sehr gefährlich«, sagte Nadide und wünschte sich ein anderes Gehirn oder wenigstens eine spezielle Ausbildung. Wie sollte ausgerechnet sie einen verzweifelten, sprungbereiten Menschen daran hindern, sich das Leben zu nehmen? Vielleicht, indem sie einfach drauflosquatschte und keine Stille entstehen ließ? Oder indem sie ihr Angst machte? Oder vielleicht half ja eine Mischung aus beiden Ansätzen?

»Sehen Sie mal – diese Mauer, die ist da unten nach außen gebogen. Wenn Sie nun springen, dann wird diese Ausbuchtung vielleicht Ihren Fall verlangsamen. Und wenn Sie dann unten aufkommen, dann haben Sie nicht mehr genug Schwung. Könnte sein, dass Sie dann den Rest des Lebens im Rollstuhl sitzen und sich sagen: Wäre ich damals bloß nicht gesprungen. Das wollen Sie doch nicht, oder?«

»Verpiss dich!«, fuhr die fremde Frau sie an. Ihr Gesicht verschwand hinter den blonden Haarsträhnen, die der Wind hin und her wehte. Aber dann, wie mit einer anderen Stimme und als spreche eine andere Person, sagte dieselbe Frau fast flehend: »Bitte tun Sie, was Zelda sagt, und lassen Sie uns allein.«

Uns, dachte Nadide. *Aha. Soso.* Die Sache wurde immer mehr ein Fall für einen qualifizierten Psychologen. Immerhin hatte sie jetzt schon mal einen Namen. Zelda. Wie die Prinzessin aus dem Computerspiel. Sie blickte sich nach dem Polizeichef um. Er stand gerade noch in Hörweite und nah genug, dass sie seinen ratlosen Blick sehen konnte. Freckel hatte zwar schon unterwegs die Psychiatrische Klinik in Haina angerufen und dringend um Unterstützung gebeten. Leider war aber um diese frühe Uhrzeit noch kein kompetenter Seelenfachmann zur Stelle. Man werde sich bemühen und möglichst bald zurückrufen. Aber Nadide wusste, dass sie keine Zeit hatte, bis sich irgendein Sigmund Freud aus dem Bett erhob. Sie war allein mit dieser Frau, die leben würde oder sterben, und die Sanduhr lief schnell.

»Wollen Sie nicht mit mir reden, Zelda?«, fragte sie vorsichtig. »Es gibt immer einen Grund, noch mal zu reden.«

»Ich rede nicht!«, zischte giftig wie eine Schlange die verzweifelte Frau. Für einen Moment drehte sie sich zu Nadide und zeigte ihr Gesicht. Es war verheult und verzerrt vor Angst und Hass – aber Nadide erkannte sie sofort. Sie war eine junge und ziemlich flotte Aushilfsköchin, die immer mal wieder bei Ollie im *Country Club* arbeitete. Marlene? Marlies? Marina? *Martina!*, fiel ihr ein. »Mensch, Martina. Wir kennen uns doch. Ich bin auch manchmal im CC. Wir sind uns da schon begegnet. Komm doch bitte runter und lass uns reden, bitte.«

»Hau endlich ab!«

»Martina …«

»Ich bin Zelda!«, schrie die Verwirrte.

»Du musst mein Kind retten. Sie ist im Keller«, sagte im nächsten Atemzug Martina, die Geisel ihrer unsichtbaren Schwester. »Das Kätzchen …«

»Mache ich«, sagte Nadide schnell. »Mache ich doch gern. Aber warum gehen wir nicht zusammen? Das Kätzchen vermisst dich doch sicherlich. Wie heißt denn die Kleine?«

Vielleicht kriege ich sie jetzt, dachte Nadide. Wenn sie über ihre Tochter sprach, müsste ihr doch klarwerden, was auf dem Spiel stand!

»Komm doch bitte.« Sie bot ihr eine rettende Hand an und schaffte es, bis auf einen halben Meter näher zu kommen.

»Hau endlich ab und lass mich in Ruhe!«, schrie die andere, böse Frau, die sich Zelda nannte, und machte tatsächlich noch einen Schritt weiter in Richtung Verderben. Nadide blieb fast das Herz stehen. Sie wich zurück. Kurz dachte sie darüber nach, ob sie mit einem beherzten Sprung die Beine der Frau umschlingen und sie auf die sichere Seite der Mauer zerren konnte. Sie war schnell wie ein Panther. Aber eine solche Aktion war zu gefährlich. Die kleinste unbedachte Bewegung konnte bei der Frau den Sprungreflex auslösen, und wenn sie dann tatsächlich noch ihre Beine zu fassen bekam – halten und in Sicherheit ziehen konnte sie Martina alias Zelda jedenfalls nicht.

»Wie heißt das Kind?«, wiederholte sie. »Warum ist sie denn im Keller?« Hoffentlich hatte die Verwirrte nicht ihrer Tochter etwas angetan und sich deshalb in diese Lage gebracht.

»Da gehört sie hin. Da wurde sie gemacht, da wird sie sterben«, schrie die böse Hexe im Körper der Gefangenen. Nadide verstand nicht, und bevor sie etwas sagen konnte, breitete die Frau auf der Mauer beide Arme aus. Wie ein Engel, der zum Flug ansetzt. Wie ein Turmspringer, bevor er sich fallen lässt. Von weit hinten hörte Nadide den Aufschrei der Schaulustigen, bevor sie selbst realisierte, dass dies der Moment war.

»Nein, bitte nicht!«, rief sie und sprang nach vorn, als die Frau nach einem kurzen Wippen kopfüber nach unten stürzte. Nadide griff ins Leere, sah, wie der rasant fallende Körper vierzig Meter unter ihr auf dem Absatz der Staumauer aufschlug. Die Ausbuchtung des Mauerwerks hatte den Fall nicht verlangsamt, das Geräusch, das nach oben drang, war endgültig. Unwiderruflich. Tödlich.

Nadides Beine gaben nach, sie sackte zusammen, als hätte ihr ein Unsichtbarer von hinten in die Kniekehlen getreten. Freckel walzte heran, so schnell die ungelenke Masse seines Körpers das zuließ. Er warf sich gegen die Mauer, zog sich mit beiden Armen hoch, um über den Rand in die Tiefe blicken zu können. Dann ließ auch er sich zu Boden sinken, bis auf Nadides Höhe, so dass sich die beiden in die Augen sehen konnten.

»Ich hab's vermasselt.«

»Unsinn. Sie haben alles versucht. Es tut mir leid, dass ich Sie da hineingezogen habe. Diese Frau wollte sterben, und es gab nichts, was sie aufhalten konnte.«

»Es waren zwei«, sagte Nadide. »Eine hieß Zelda. Die andere war Martina.«

»Es tut mir wirklich sehr leid«, sagte Freckel, ehrlich betroffen.

Aus der Ferne erklang das Heulen des Notarztwagens. Mit vorsichtigen Schritten näherten sich die Gaffer, die diese Tragödie miterlebt und nun das Bedürfnis hatten, beruhigt und getröstet zu werden. Endlich hatten sich die herandrängenden Wolken vor die noch niedrig stehende Sonne geschoben, und ein mächtiger Schatten legte sich über die Waldflächen, den See und die Mauer. Wie auf ein Stichwort frischte der Wind auf und blies die Wärme aus diesem Morgen, und Nadide spürte, wie der Luftzug ihre Wangen kühlte.

Erst da bemerkte sie, dass sie weinte.

Dieser Happel macht nichts als Ärger

Der Erste Polizeihauptkommissar Felix Lautenschläger war selbst für seine Verhältnisse außerordentlich schlecht aufgelegt. Erstens hatte der ungewöhnliche und anscheinend sinnlose Großeinsatz mitten in der Nacht seine Truppe ermüdet und die Dienstpläne derart durcheinandergewirbelt, dass er die Polizeistation in der Breslauer Straße vermutlich für eine Woche schließen müsste. Zweitens hatte er, noch bevor der erste Kaffee durchgelaufen war, einen beunruhigenden Anruf aus dem LKA erhalten, bei dem ihm abwechselnd heiß und kalt wurde. Unüberschaubarer Schaden, dienstliche Konsequenzen, ein Ermittlungsverfahren, Gehaltskürzungen und Abmahnungen und dazu noch massiver Ärger mit dem Innenministerium waren ihm angedroht worden, wenn er nicht umgehend den Insassen der Arrestzelle auf freien Fuß setzte. Und drittens stellte er fest, dass PK Happel schon wieder unentschuldigt fehlte und auch nicht an sein Handy ging. Und weil die beiden ersten Ärgernisse zu übermächtig waren, um sie zu bekämpfen, biss er sich mit all seiner beträchtlichen Bosheit am dritten fest.

»Jetzt ist das Maß endgültig voll«, grollte er, brodelnd vor Missvergnügen. Nicht einmal der Bürokraft Frau Schäfer gelang es diesmal, ihre sedierende Wirkung auf ihn zu entfalten. Es war jetzt elf Uhr dreißig, und der Clown war nicht aufgetaucht. Mehr noch: Er hatte noch nicht einmal an dem Sondereinsatz im Wald bei Frebershausen teilgenommen. Deutlicher konnte man wohl nicht machen, dass einem der Polizeidienst und seine Pflichten und Erfordernisse am Arsch vorbeigingen.

POK Kolcuoğlu saß völlig fertig an ihrem Schreibtisch und

schrieb das Protokoll ihres verunglückten Einsatzes auf der Staumauer. Nur das wollte sie noch aus dem Weg räumen und dann laufen, schlafen, zu vergessen versuchen, was sie heute gesehen und erlebt hatte. Vielleicht ein paar Tage freinehmen. Freckel hatte versprochen, das sei kein Problem. Er selbst hatte noch von der Staumauer aus zwei Beamte aus Korbach losgeschickt, um in dem Haus der Selbstmörderin nach einem Kind zu suchen. Aber sie berichteten wenig später, dass ihr Haus keinen Keller hatte und dass es auch kein kleines Kind gab. Letzteres versicherte ihnen die Nachbarin der Verstorbenen, eine Frau Leni Küster. Sie sagte aus, die Tochter der Selbstmörderin sei bereits fünfzehn Jahre alt und gerade auf Klassenfahrt unterwegs. Einen Vater gab es nicht. Die Beamten fuhren gleich weiter, um über die Schule den Aufenthaltsort des Mädchens herauszufinden. Man kam zu dem Ergebnis, dass die gepeinigte Frau in ihrer Umnachtung irgendwas über ein Kind im Keller phantasiert hatte.

Lautenschläger erschien im Türrahmen, als Nadide ihr Protokoll soeben fertiggestellt und im Rechner abgespeichert hatte.

»Das sind die Tage, an denen man sich wünscht, einen anderen Beruf ergriffen zu haben«, sagte ausgerechnet er, der sich genau das jeden Tag wünschte. »War es sehr schlimm?«

»Ja«, antwortete sie knapp.

»Sie kannten diese Frau?«

»Nur flüchtig. Sie hat manchmal an Wochenenden im *Country Club* in der Küche ausgeholfen. Martina Friese aus Löhlbach. Sie hat auch einen kleinen Catering-Betrieb, der wohl nicht besonders gut lief.«

»Was meinen Sie – hat sie deshalb Schluss gemacht? Geldsorgen?«

»Glaube ich nicht – hey, was ist das denn?« Während sie sprach, sah Nadide, wie hinter Lautenschlägers Rücken zwei Beamte Roman Liebold aus der Arrestzelle zum Ausgang geleiteten. Der EPHK zuckte die Schultern.

»Der Staatsanwalt hat die sofortige Freilassung angeordnet. Angeblich besteht weder Flucht- noch Verdunkelungsgefahr, und wahrscheinlich war die Festnahme sowieso ein Fehler. Das wird im LKA auf anderer Ebene geklärt. Damit haben wir nichts zu tun.« Und weil er nicht ganz so resigniert klingen wollte, fügte er noch scherzhaft hinzu: »Die gute Nachricht ist – dann kann er ja jetzt wieder *Wetten, dass ...?* moderieren.«

Kolcuoğlu blinzelte ihn verständnislos an, sagte: »verstehe«, und strich sich müde eine verirrte Locke aus dem Gesicht. Sie würde jedenfalls nicht diejenige sein, die diese Nachricht an Caspari weitergab. Sie hatte erst einmal genug von den Disruptiven Launen-Fehlregulationsstörungen. Jetzt sollten sich gefälligst mal andere ihren Anschiss abholen. Eben fiel dem EPHK wieder ein, warum er hier war, und seine Miene verfinsterte sich deutlich.

»Sie haben nicht zufällig PK Happel irgendwo gesehen oder wissen, wo er sich heute aufhält?«, fragte er, und schon die Nennung des Namens verursachte ihm Magenschmerzen.

»Nein«, sagte Kolcuoğlu geistesabwesend und starrte an ihm vorbei. Oder sah sie ihn doch an? Lautenschläger konnte ihren leichten Silberblick nie so genau deuten und vermied deswegen meist den direkten Augenkontakt. Nadide blickte ihn tatsächlich an, aber sie sah ihn nicht. Durch den Stationsleiter hindurch sah sie drei Zahlen auf dem Display eines Telefons. Und hatte endlich dieses Zahlenrätsel gelöst, das seit gestern wie ein lästiges Jucken ihr Unterbewusstsein peinigte. Die drei Zahlen der Telefonnummer, unter der sie Happel gestern Morgen angerufen hatte, waren dieselben drei Zahlen einer Telefonnummer, die sie selbst ein paar Tage zuvor in die Tastatur des Diensttelefons gedrückt hatte. Sie hatte diese Nummer angerufen, weil sie Sandra Naumann suchte, und sie hatte mit Sandras Mutter gesprochen.

Lautenschläger fragte irgendwas, aber sie hörte ihn nicht. Sie gab stattdessen eine Suchanfrage in den Computer und hatte ein paar Sekunden später die Antwort. Türen öffneten sich in ihrem Gehirn, Gedanken eilten als grelle, farbige Lichtströme und erhellten die dunklen Kammern und Korridore. Wie auf einem Sockel, angestrahlt im Mittelpunkt einer großen Halle, lagen die drei Ziffern auf einem Kissen aus roten Samt: Die Telefonnummer gehörte Martina Friese, der Todesspringerin von der Mauer. Die Frau, die sie angefleht hatte, ihr Kind aus dem Keller zu retten. Ihr Kind aber war die seit über einer Woche verschwundene Sandra. Sie war kein kleines Mädchen, und sie war auch bestimmt nicht auf Klassenfahrt, wie die Nachbarin vermutete. Sie war verschwunden, wie ihr heimlicher Verehrer Jojo das schon am Montagmorgen angezeigt hatte.

Aber warum hatte ausgerechnet Happel von diesem Anschluss angerufen, als er sich verspätet hatte? Was hatte Marti mit Martina zu tun?

»Kollegin?« Lautenschlägers Stimme drang schwach zu ihr, als stünde er hinter einem Wasserfall. »Sie machen mir wirklich Angst, wenn Sie so gucken. Sie sollten jetzt besser nach Hause gehen und sich ausruhen.«

Plötzlich stand, übernächtigt und zerzaust, Thomas Caspari vor ihrem Schreibtisch und machte sich wortlos an dem Nachbartisch zu schaffen. Aus dessen Schublade holte er das goldene Armband, das sie gestern in Melchiors Küche gefunden hatten.

»Mir ist noch was eingefallen. *Martina forever*«, sagte er. »Martina – das ist doch die Frau vom Edersee, oder?«

»Martina Friese, genau.«

»Und wir wissen, dass sie im *Country Club* gearbeitet und daneben ein kleines Catering-Unternehmen geführt hat. Sie baut Büfetts auf. Maja?«

Seine Freundin hatte ihn auf die Polizeistation begleitet und stand nun ebenfalls vor Nadides Schreibtisch. »Der Brand in der Scheune von Herrn Melchior wurde gelegt. Ich konnte eindeutig

Spuren von Ethanol und Calciumacetat nachweisen. Das findet man oft in Brennpaste. Die wird verwendet, um Büfettbecken warm zu halten.«

»Wir müssen mit Melchior sprechen. Sofort.«

Die Nummer des Untersuchungsgefängnisses in Kassel war schnell herausgesucht. Etwas länger dauerte es, den ausnehmend misstrauischen JVA-Beamten von der Wichtigkeit dieses Anrufs zu überzeugen und ihm klarzumachen, dass er nicht das Opfer eines Streichs im Radio war. Und noch länger dauerte es, bis er endlich Klausi Melchior ans Telefon geholt hatte. Als die Verbindung hergestellt war, hatten sich alle Beamten, die an diesem Morgen in der Polizeistation tätig waren, um Casparis Schreibtisch versammelt und spitzten die Ohren, um nichts von dem Gespräch zu verpassen. Das Telefon war auf Lautsprecher gestellt.

»Herr Melchior«, begann Caspari ruhig, um den empfindsamen Bassisten nicht zu verschrecken, »Sie sind am Sonntagabend im *Country Club* gewesen.«

»Und? Ist das jetzt auch schon strafbar?« Melchior war bockig. Die Haft bekam ihm nicht gut.

»Darum geht es nicht. Sie haben die Kneipe durch den Küchenausgang verlassen.«

»Und wenn schon …«

»Wen haben Sie in der Küche angetroffen?«

Lange Pause, dann ein verzweifeltes Schnaufen. »Oh, verdammt! Hat die Friese mich also doch angezeigt? Diese falsche Schlange. Mir hat sie gesagt, alles sei wieder gut.«

Caspari runzelte die Stirn. »Was war denn geschehen?«

»Das wisst ihr doch selbst, wenn sie mich angezeigt hat. War sonst noch was?« Melchior hatte keine Lust mehr auf dieses Verhör. »Ich kann dich nicht leiden. Du bist der Bulle, der keine Fragen stellt, du hast mich hier reingebracht. Und jetzt wird alles wieder nur noch schlimmer. Schluss jetzt. Ich rede nicht mehr mit dir.«

Er wollte auflegen. Schnell schaltete sich Nadide ein.

»Herr Melchior, hier ist Nadide Kolcuoğlu.«

»Wer?«

Sie kniff konzentriert die Augen zusammen, um einen Namen zu rekonstruieren, den sie bis vor ein paar Tagen noch nie gehört hatte.

»Hier ist Tschakakhan.«

Das wirkte. »Hey, Babe! *I feel for you, I think I love you ...* Sobald mein Studio wiederhergestellt ist, Chaka, werde ich deine neue Platte produzieren. Du wirst dich umgucken! Ich bin der Quincy Jones von Frankenberg.«

»Alles klar. Ich freue mich darauf. Aber zuerst mal: Was soll denn das für eine Anzeige sein?«

»Ach, Scheiße. Das war doch nur Mist. Genauso wie der andere Scheiß, den sie mir hier vorwerfen. Brandstiftung, Mord, Drogenhandel. Zuhälterei. Das stimmt doch alles nicht! Und die Friese, die wollte, dass ich ihre Tochter in Ruhe lasse. Gut – sie ist natürlich ihre Tochter. Aber sie ist auch meine Belinda King. Und da hat die Friese gedroht, dass sie mich anzeigt wegen Verführung Minderjähriger oder so was. Und? Hat sie das jetzt getan?«

Caspari und Nadide hielten sich mit ihren Blicken umklammert. Er bedeutete ihr, zu antworten.

»Nein, das hat sie nicht. Keine Angst. Und die Ursache des Feuers ist auch geklärt. Aber, Klausi – was hast du bei Martina in der Küche gemacht?«

»Mich verabschiedet. Wir hatten uns doch wieder vertragen, und die Sache mit der Anzeige war vom Tisch, und sie hat mir ein paar Tipps wegen Winkler gegeben.«

»Welche denn?«

»Na, wie ich ihn dazu bringe, mir endlich *Viva Roswitha* zu überschreiben.«

»Wie denn?«

»Ihn festbinden und immer wieder das Lied vorspielen. So lange, bis er weich wird.«

»Ist Martina dabei gewesen? Kam sie vielleicht später dazu?«

»Nein. Wie kommst du denn darauf? Die musste doch weiter in der Küche arbeiten.«

Caspari nickte und lehnte sich zurück. Er hatte genug gehört und zog den rechten Zeigefinger vor seinem Hals vorbei. Nadide verstand sofort.

»Das war alles. Ich glaube, du musst nicht mehr lange im Gefängnis bleiben. Alles wird gut.«

Melchior hatte tatsächlich keine Ahnung, was gespielt wurde. Nicht am Sonntagabend und nicht jetzt. Wie er überhaupt ohne 24-Stunden-Betreuung durchs Leben kam, war ein Rätsel. Er war überglücklich.

»Und dann machen wir die Platte, ja? Ich will mich ja nicht aufspielen, aber Quincy Jones hat damals bei mir gelernt. Ich habe ihm alles beigebracht, was ich wusste. Aber bedankt hat er sich nie …«

»Ich aber. Danke, Klausi. Und bis bald.«

Ein halbes Dutzend Beamte standen um Casparis Telefon herum und warfen sich fragende Blicke zu. Sie kannten nicht den Fall und verstanden nicht die Zusammenhänge. Aber interessant war es schon, wie Caspari und Nadide sich jetzt die Bälle zuspielten.

»Belinda King …«

»… ist Sandra Naumann.«

»Martinas Tochter …«

»Winkler wollte sie mitnehmen …«

»… ins teure Hotel.«

»Das hat Martina verhindert.«

»Sie ist Klausi gefolgt. Mit einer Handvoll Schmalz, um Winkler damit zu ersticken.«

»Aber warum?«

Weiter kam Caspari nicht.

»Ich denke, Happel weiß vielleicht die Antwort.«

Die Erwähnung dieses Namens brachte Lautenschläger wieder zu Bewusstsein. »Wo steckt der Kerl eigentlich?«

Der EPHK sah mit Missbilligung, wie Nadide ihre Lederjacke von der Stuhllehne riss und sich den Schlüssel für Dienstwagen Nummer drei krallte. Caspari und seine Begleiterin folgten ihr ins Freie. Noch bevor der Stationsleiter ihnen einen Vortrag über die Neuregelung der Vorschriften zur Mitnahme von nicht mitfahrberechtigten Privatpersonen in den Dienstfahrzeugen der Hessischen Polizei halten konnte, die erst seit einigen Tagen am Schwarzen Brett aushing, waren sie schon vom Hof gerollt. Zu seinem Entsetzen auch noch mit Festbeleuchtung und Martinshorn. Er wünschte, sie hätten ihm wenigstens gesagt, wohin die Reise ging.

Darüber würden sich die Anwohner der Landesstraße Nummer 253 noch lange wundern können – wie an diesem Sommermittag vor der bedrohlichen Wolkenkulisse des aufziehenden Unwetters der Polizeiwagen mit Blaulicht und Signalhorn wie ein Marschflugkörper von Frankenberg in Richtung Wildungen zischte. Wo doch keiner etwas von einem Unfall gehört hatte. Manche tippten ganz naiv auf einen Banküberfall, andere wollten gerüchteweise etwas von einem Ausbruch aus der Forensischen Psychiatrie in Haina gehört haben. Aber wer wirklich gut vernetzt war, der hörte sich diese wilden Theorien mit abgeklärtem Gesichtsausdruck an, bevor er mit erhobenem Zeigefinger darauf verwies, dass diese rasante Dienstfahrt »mit Sicherheit« etwas mit dem geheimen Großeinsatz am frühen Morgen im Wald bei Frebershausen zu tun hatte. Daran waren, so wurde gemunkelt, vermummte Einsatzkräfte aus Kassel und sogar Luftlandetruppen beteiligt gewesen. *Habt ihr denn die Hubschrauber nicht gehört?* Was da genau passiert war, das konnte freilich niemand sagen. Wenn er nicht schon eine ganze Weile tot wäre, dann hätte sich jedenfalls niemand gewundert, wenn sich Osama bin Laden den Kellerwald als Versteck gewählt hätte. Er wäre nicht der erste Räuberhauptmann gewesen, dem das eingefallen war. Und möglich war schließlich alles. *Dann pass aber auf, wenn du das nächste Mal in den Wald gehst, dass sie dich nicht auch noch verhaften.* Das war für die nächsten Tage und Wochen der meistgehörte warnende Einzeiler im ganzen Landkreis.

Das Donnergrollen wurde immer lauter, und manche Schläge hörten sich an wie Artillerie. Die ersten Blitze waren in der blauen Wolkenmauer zu sehen, als die drei ihr Ziel in Löhlbach erreichten. Unter der Adresse des Catering-Dienstes *Lachender Schepperling* fanden sie nur ein verwaistes Ladengeschäft vor. Das benachbarte Wohnhaus der Martina Friese war ebenfalls verlassen. Frau Küster, die Nachbarin, stand im Garten neben ihrem Monsterrhabarber, diesmal malerisch auf einen Rechen gestützt, und wunderte sich, was heute beim Martina nur los war. Schon zum zweiten Mal erschien die Polizei. Die ersten Polizisten hatten ihr leider nicht sagen wollen, was sie suchten. Vielleicht hatte sie hier mehr Glück.

»Das Martina ist nicht da«, rief sie. »Kann ich was helfen?«

Die sturen Polizisten beachteten sie gar nicht. *Martina und Sandra* las Nadide auf dem niedlichen, getöpferten Namensschild neben der Eingangstür. Schon hatte Caspari diese geöffnet, ging hinein und suchte nach einer Treppe in den Keller, konnte aber keine finden.

»Vielleicht ein versteckter Zugang hinter einem Vorhang oder einem Schrank«, vermutete Nadide, und Maja, die hinter den beiden herging, sagte: »Hier riecht was komisch.«

Als sie alle Zimmer im Erdgeschoss durchsucht hatten und keinen Abgang, auch keinen versteckten, gefunden hatten, kam draußen der Rettungswagen aus Wildungen zum Stehen, den sie vorsichtshalber von unterwegs angefordert hatten. Die beiden

Rettungssanitäter sprangen aus dem Fahrzeug, nur um von Caspari zurückgewiesen zu werden.

»Hier ist es nicht!« Sie gefroren in der Bewegung.

»Thomas!«, rief Maja von drinnen.

»Sie bleiben hier!«, befahl er den verdutzten Helfern, während er selbst zurück ins Haus eilte. Nadide rannte rüber in das zweite Haus, in dem sich das Büro des Catering-Dienstes befand, in der Hoffnung, dort einen Keller zu finden.

»Thomas, ich bin hier oben!« Er fand Maja unter dem Dach in Martinas Schlafzimmer. Der Geruch, den sie bemerkt hatte, war hier am stärksten. Brennspiritus mit einem deutlichen Hauch von Essig. Der Fußboden war von einer Wand zur anderen mit bläulich schimmernder Brennpaste beschmiert. Darauf verteilt wie Konfetti, verklebt und verschmiert eine große Menge 100-Euro-Scheine. Der ganze Raum war damit ausgelegt.

»Was soll das? Was hatte sie vor?«

Maja zeigte stumm auf eine Kerze, die hinter einem schützenden Windlicht auf dem Boden stand und schon bis auf zwei Zentimeter niedergebrannt war. Es fehlten nur noch Minuten, und die sterbende Kerze würde den Boden erreichen. Dann sollten sich das beträchtliche Barvermögen, der Dachstuhl und das ganze alte Fachwerkhaus in einen Scheiterhaufen verwandeln.

»Was hat es mit dem Geld auf sich?«, fragte Maja.

»Das sind dreißigtausend Euro, schätze ich. Das könnte die Summe sein, die Henny Winkler abgenommen wurde.«

Maja hob ein schwarzes Büchlein mit rotem Einband auf, das zwischen den Geldscheinen in der Brennpaste lag, als von unten Nadide rief: »Caspari! Ich weiß, wo sie sind.«

»Los, geh schon. Ich erledige das hier«, sagte Maja.

»Pass bitte auf. Vielleicht hat sie andere Fallen eingebaut.«

»Herr Kommissar – danke für die Warnung, aber das ist mein Fachgebiet. Da macht mir nun wirklich keiner was vor.«

Er polterte die Treppe hinunter und in den Vorgarten, gerade als der Notarztwagen losfuhr. Nadide saß hinter dem Steuer ihres Opels und gab Vollgas, sobald er eingestiegen war. Caspari sah eben noch die ältere Frau im Kittel, die sich schützend die Ohren zuhielt, weil das Martinshorn hier im dicht bebauten Ortskern einen infernalischen Lärm verursachte. Dazu entlud sich ein ohrenbetäubender Donner direkt über den Dächern.

»Laut der Nachbarin gibt es noch ein zweites Haus. Von ihren Eltern. Es ist halb verfallen und liegt etwas außerhalb«, erklärte Nadide, die dem Rettungswagen fast auf der Stoßstange klebte. Selbst durch das Kreischen der Sirenen hindurch hörten sie den nächsten Donner grollen. Die Luft war trotz der Mittagsstunde plötzlich drückend. Blitze zuckten im Sekundentakt über den Himmel, und ein stürmischer Wind riss die ersten Zweige und Blätter von den Bäumen und streute sie ihnen in den Weg, als sie am Schwimmbad vorbei auf den Wald zufuhren.

»Da – das ist Happels Auto!«, rief Nadide, als sie den blueberrymetallicfarbenen Koreaner im Schatten der Hecke erblickte und auf die Bremse trat. Die Sanitäter fuhren noch hundert Meter weiter, bevor sie im Rückspiegel sahen, dass die Polizisten aus dem Auto sprangen. Dann drehten sie um, was auf dem engen Feldweg kein leichtes Manöver war.

Dicke Regentropfen – oder waren es Hagelkörner? – schlugen mit einem Mal wie Geschosse auf das Wagendach. Als sie nach dem Spurt zwischen Büschen und Hecken hindurch endlich die Ruine erreicht hatten, waren sie bereits bis auf die Haut durchnässt. Blitze und Donner schienen den Himmel jetzt unter sich aufzuteilen.

»Happel! Sandra!«, schrie Nadide, die mit gezückter Dienstwaffe in den dunklen, verfallenen Eingang eintauchte. Caspari dachte nur: *Ha, Platzpatronen,* sah aber keinen Grund, seine Ruger in die Hand zu nehmen. Hier würde niemand mehr auf sie schießen. An Orten wie diesen lauerte eine andere Art von Tod.

Ein leiser. Ein gemeiner.

Über groben Schutt, heruntergefallene Ziegel und herausgerissene Balken stolpernd, erreichten sie die Stelle, an der Zelda Happel niedergeschlagen und überwältigt hatte. Caspari bückte sich und hob ein braunes Etui auf. Darin ein Armband aus Gold.

»Ich bin wirklich ein Experte im Auffinden von Armbändern«, sagte er, böse auf sich selbst.

»Hier ist was.« Nadide räumte eine ausgerissene Tür zur Seite. Dahinter führte ein schmaler Gang eine Betontreppe hinunter, die sich in der Dunkelheit verlor.

»Scheiße!« Da war eine Blutlache im Schutt, und wenn man genau hinsah, war auch eine Schleifspur zu erkennen. Wie von einem schweren Körper.

Caspari entdeckte in dem Haufen von Unrat und Einzelteilen in der Ecke zwischen einem alten Bügeleisen, einem verbeulten Topf und einem Hirschgeweih eine fast bis zum Ende abgerollte Kabeltrommel, mit der von irgendwoher Strom in diese Ruine geleitet wurde. Dazu das lose Ende eines weiteren Verlängerungskabels. Als er den Stecker in eine der vier Dosen der Trommel einführte, ging unten im Keller ein grelles Baustellenlicht an.

»Happel? Marti!«, brüllte Nadide in das Kellerloch. »Bist du hier irgendwo? Sandra?«

Sie lauschte. Es kam keine Antwort.

»Ich gehe vor.« Nun hatte auch Caspari seine Pistole in der Hand und setzte seinen rechten Fuß vorsichtig auf den Treppenabsatz. Zehn Stufen führten hinunter in den verborgenen Kellerraum. Ein leerer Gartentisch stand da, daneben ein Plastikstuhl, ein alter Fernseher und ein niedriges Regal, vollgestopft mit Stofftieren. Auf einem Stativ war die Baustellenlampe aufmontiert, die wie ein Backstein aus weißem Licht direkt eine schwere, graue Stahltür an der gegenüberliegenden Wand anstrahlte. Hinter Caspari kam Nadide die Treppe hinunter und ging sofort auf die Tür zu.

Verschlossen. Ein Eisenbügel, der fest in der Wand vermauert war, lag quer über dem Zugang und war in Höhe der Türklinke mit einem massiven Vorhängeschloss gesichert.

»Happel! Sandra!«, brüllte sie die Tür an und presste ihr Ohr an das Metall, um zu lauschen. Wie aus weiter Ferne hörte sie die Mädchenstimme.

»Hilfe, Hilfe. Kommt schnell. Er ist verletzt.«

Nadide vergewisserte sich durch einen Blick zu Caspari, dass dieser den Ruf auch gehört hatte. Oben waren die Sanitäter angekommen.

»Sie sind hier unten«, rief Caspari die Treppe hinauf.

Und hätte fast noch gerufen: Bringt Sprengstoff mit. Diese Tür war ohne Schlüssel nicht zu öffnen. Keiner seiner *Sesam-öffne-dich*-Tricks würde hier weiterhelfen. Auch mit einem herkömmlichen Bolzenschneider wäre dieses Schloss nicht zu knacken. Vielleicht mit einer schweren Metallsäge, Schweißerausrüstung und einem Presslufthammer könnten sie die Gefangenen bis heute Abend befreit haben.

»Beeilt euch!«, drang es dünn und verzweifelt aus dem Verlies. »Er atmet kaum noch!«

Nadide lehnte, die Augen geschlossen, mit dem Rücken an der Tür und keuchte vor Anstrengung. Die Sanitäter quälten sich durch den engen Zugang und balancierten mit ihrem Notfallkoffer die Treppe hinunter, nur um festzustellen, dass sie hier nicht weiterkamen. Der Notfall war weggesperrt und unerreichbar.

»Keine Tricks? Fällt dir nichts ein, Superbulle? Wie kommen wir hier rein?«, fragte Nadide und schlug immer wieder mit der flachen Hand gegen die schwere Tür.

Caspari schüttelte den Kopf.

»So eine Schildkröte hat meine Tochter auch«, sagte unbekümmert einer der Retter und nahm das Stofftier von dem Regal. »Und die Katze. Die ist so süß … das Kätzchen.«

Caspari wurde es ein wenig unheimlich, als er sah, wie Nadide plötzlich die Augen aufriss und schweigend auf den Mann in Orange zuging, der die Stoffkatze in die Hand genommen hatte. Sie streckte ihre Hand danach aus, und er reichte sie ihr, sichtlich eingeschüchtert und mit einer gemurmelten Entschuldigung. Nadide drehte das Kätzchen um, bohrte ihren Zeigefinger in eine Öffnung an seinem Rücken und zog einen Schlüssel heraus. Sie sah Caspari an, als könne sie es selbst nicht glauben.

»Wie hast du das gewusst?«, fragte er.

»Sie hat es mir gesagt. Martina. Bevor die andere sie in die Tiefe riss. Sie hat mir gesagt: das Kätzchen. Ich dachte, sie meinte ihr Kind.«

Ihre Hand zitterte zu sehr, deshalb übernahm Caspari das Öffnen der Tür.

»Endlich«, schrie das Mädchen, »macht doch schnell. Er stirbt!«

Die Sanitäter huschten in den dunklen Raum und kümmerten sich sofort um Happel, der aschfahl und leblos am Boden lag. Nadide umarmte Sandra, die hemmungslos schluchzte und weinte.

»Wo ist meine Mama?«, fragte sie immer wieder. Nadide wollte ihr nicht antworten.

Noch nicht.

Der Wolkenbruch hatte sich zu einem kräftigen Landregen entwickelt, und nur ab und zu rollte noch hinter den Hügeln aus dem Norden ein Donner heran, als sie das verfallene Haus endlich verließen. Happel war in keiner guten, aber immerhin in einer stabilen Verfassung. Sie schoben ihn auf der Trage in den Notarztwagen und brausten in Richtung Wildungen davon. Ein weiterer Rettungswagen, den sie in der Zwischenzeit angefordert hatten, brachte Sandra fort. Die Ärzte hatten ihr ein Beruhigungsmittel gespritzt und den psychologischen Dienst verständigt. Aber nur zwei, drei offene und ehrliche Antworten auf zwei, drei verzweifelte Fragen lagen zwischen ihr und dem Einsturz ihrer vertrauten Welt.

Auch zwei weitere Polizeiwagen waren inzwischen eingetroffen, die üblichen Absperrbänder waren gespannt, Schutzanzüge angelegt worden. Die Spurensicherung aus Korbach war unterwegs, um den Leichenfund unter den Bodenbrettern im Kellerraum zu untersuchen und zu dokumentieren. Auch der Bestatter war bereits benachrichtigt.

Ein kleines Grüppchen von Dorfbewohnern, keiner jünger als fünfzig Jahre, hatte dem Unwetter getrotzt und war den Einsatzkräften zum alten Haus der Familie Friese gefolgt. Da standen sie, aufgereiht unweit der Hecke im Schutz ihrer Regenschirme und in Gummistiefeln, und machten betretene Gesichter. Der grausige Leichenfund hatte sich im Dorf herumgesprochen, und auch der Todessprung der Martina Friese war bereits bekannt geworden. Die Nachbarin aus dem Gemüsegarten, die den Beamten den entscheidenden Tipp mit dem alten Haus gegeben hatte, befand sich unter den Zaungästen. Leni Küster verfolgte die Aktivitäten rund um die Ruine mit demselben Gesichtsausdruck, mit dem sie viele Jahre das Leben ihrer Nachbarn beobachtet hatte: mit einer Mischung aus Faszination und Mitleid.

»Wir dachten die ganzen Jahre über, die Mutter hätte die Familie im Stich gelassen«, vertraute sie Nadide und Caspari an, die sie ein paar Schritte zur Seite genommen hatte. »Sie war plötzlich verschwunden, und Frieses Kurt sagte, sie wäre ihm weggelaufen.« Sie seufzte. »Man hätte es ja glauben können. Bei dem Mann. Und dann ist der Kurt in die Jauchegrube gefallen, und das Mädchen war allein. Eigentlich zu jung, um zurechtzukommen. Aber eine Tante war da. Und dann hatte sie ja den Florian. Der hat sich um sie gekümmert. Aber er hat ihr auch gleich ein Kind gemacht. So was. Dabei waren sie ja selbst noch Kinder. Aber dann ist er in die Wurstmaschine geraten, und dann haben seine Eltern sich um das Mädchen und um die kleine Sandra, Florians Tochter, gekümmert. Aber dann sind sie auch gestorben. So viel Unglück, so viel Unglück, das der Herrgott werden ließ …«

»Können wir Sie mit zurücknehmen?«, fragte Caspari, der sich schon Sorgen um Maja machte.

»Ich will noch ein bisschen hier stehen«, sagte Frau Küster.

Caspari fand Maja im Wohnzimmer des Fachwerkhauses, in der Kladde lesend, die sie zwischen dem Bargeld auf dem verschmierten Boden gefunden hatte. Sie hatte ein paar Tränen geweint, vor allem aber war sie wütend.

»Die Jauchegrube war noch viel zu gut für diesen Drecksack«, empfing sie die Polizisten. »Er hat seine Tochter verkauft. Nein: Vermietet hat er sie. Und er hat sich auch selbst an ihr vergangen. Könnte sein, dass er der Vater ihres Kindes war. Als seine Frau ihm auf die Schliche kam, hat er sie umgebracht und im Keller verscharrt. Die Tochter wusste alles und hat ihn in die Grube geschubst, wo er ersoffen ist. Aber schaut mal hier …«

Sie hatte eine Seite des Tagebuches aufgeschlagen, auf der die kleine Mädchenhandschrift durch fette, schwarze Lettern überschrieben war. »AHA«, stand da zu lesen. Es war jene Stelle jener Seite, auf der Martina gestand, dass sie schwanger war und dass sie Florian, dem Metzgersohn, das Kind unterschieben wollte.

»Aber der Junge hatte das gelesen«, sagte Maja. »Denn auf der nächsten Seite schrieb sie: ›Der Schnüffler hat von Zelda seine gerechte Strafe bekommen.‹«

»Sie hat ihn umgebracht«, sagte Nadide. »Zelda übernahm alles Hässliche und Schlechte in ihrem Leben. Eine dunkle Prinzessin. Damit hat Martina sich selbst geschützt. Nur am Schluss hat Zelda sie mit in den Tod gerissen.«

»Aber warum hat Zelda Winkler ermordet?«, fragte Caspari.

»Steht alles hier«, sagte Maja und blätterte weiter. »Zelda war für viele Jahre wie vom Erdboden verschluckt. Das waren die Jahre, in denen Martina und Sandra hier glücklich bei Florians

Eltern wohnten. Die braven Leute glaubten, dass ihr Sohn dem Mädchen das Kind gemacht hatte, und behielten sie bei sich, bis sie selbst vor ein paar Jahren starben und Martina alles vermachten. Aber dann kam Zelda zurück. Weil Sandra sich in den Kopf gesetzt hatte, ein Popstar zu werden, und dabei irgendwie ausgerechnet an Henny Winkler geriet.«

»Das ist eine kleine Welt hier«, erklärte Nadide. »So viele Adressen gibt es nicht, wenn man ins Musikgeschäft einsteigen will.«

»Ja, aber dann erkannte sie in diesem Mann einen ihrer Vergewaltiger von früher wieder. Und an diesem Punkt kam Zelda plötzlich zurück in ihr Leben. Sie beschützte Sandra und räumte ihn aus dem Weg.«

»Jede kennt ihn, jede will sein *Shalala*«, sagte Nadide böse.

»Hör bloß auf«, sagte Caspari. »Mir wird schlecht. Und ich habe da so eine Idee, warum Zelda ihn ausgerechnet mit Schweineschmalz erstickt hat.«

Nadide tat, als müsse sie sich übergeben. »Oh, das ist wirklich widerlich«, erwiderte sie. »Wirklich total abartig. Sag mir lieber, wie unser Martin Happel es geschafft hat, ein Teil dieser verfluchten Familiengeschichte zu werden.«

»Das wird er uns später selbst erzählen. Die Ärzte waren zuversichtlich, dass sie ihn wieder zusammenflicken können.«

Maja klappte das Tagebuch zu und reichte es an Caspari weiter. »Was für eine unendlich traurige Geschichte. Ich bin mal wieder richtig froh, dass ich es mit Feuern zu tun habe und nicht mit so etwas hier. Feuer haben wenigstens was Reinigendes.«

»Deswegen sollte hier ja wohl auch alles abbrennen. Trotzdem danke, dass du das verhindert hast.« Er küsste sie sanft auf den Mund. »Das war sehr heldenhaft.«

»Sehr freundlich, danke«, sagte sie erfreut. »Schön, dass es mal einer bemerkt. Aber ehrlich gesagt, die ganze Heldentat bestand nur darin, eine Kerze auszupusten.«

Das Unwetter war weitergezogen, der Himmel klarte wieder auf. Die Luft war sauber, hatte aber bestimmt mit einem Schlag zehn Celsiusgrade eingebüßt, und der Sommer würde ein paar Tage brauchen, bis er wieder in all seiner Pracht hergestellt war. Als sie das Haus verließen, kam Leni Küster von ihrem Ausflug in die dunkle Vergangenheit am Ortsrand zurück und winkte ihnen zu, um dann in ihrem Gemüsegarten hinter dem riesenhaften Rhabarber zu verschwinden.

»Ich setz mich nach hinten«, bot Nadide an und ließ sich auf die Rückbank des Dienstopels sinken, wo sie kaum zehn Sekunden später die Augen schloss und einschlief.

Caspari und Maja standen noch ein Weilchen auf der Straße, als sie fragte: »Du? Saach ma ...« Sie setzte ihr Sächsisch meisterhaft ein. Manchmal war es schelmisch, manchmal frotzelnd und manchmal wie ein wohliges Kitzeln im Ohr. »Auch wenn's jetzt v'leischt 'n bisschen bleed erscheint ... aber was hat se da eben gemeint? Jede will sein *Shololo?*«

Er lächelte wissend. »Ach, das ... das ist so eine der Sachen, die einen großen Hit ausmachen.«

Sie nickte. Aber sie sah nicht aus, als ob sie mit dieser Antwort viel anfangen konnte. Er streichelte zärtlich ihr Haar.

»Am besten, du denkst nicht darüber nach.«

Epilog

Das alte Bauernhaus am Ortsrand von Frebershausen stand seit einigen Jahren leer, war aber im Grunde ausgezeichnet in Schuss. Mit ein bisschen handwerklichem Geschick und gutem Willen würde es bald ein sehr gemütliches und stilvolles Zuhause abgeben. Im Stallgebäude konnte man mühelos Ziegen, eine Kuh, vielleicht sogar ein Pony unterbringen. In der Scheune, die zum Schrecken aller Mäuse inzwischen von einer schwarzen Katze mit Namen Ernst Thälmann regiert wurde, war immer noch mehr als genug Platz für einen richtig großen Traktor, falls der neue Besitzer tatsächlich daran dachte, seinen Kindheitstraum einmal wahr zu machen. Eine kleine RS02 Brockenhexe aus dem Schlepperwerk Nordhausen stand schon da und musste sich vom Hausbesitzer allerlei derbe Späße anhören.

Es war ein strahlender Hochsommertag. Der würzige Geruch frisch gemähten Grases lag in der Luft, eine Flotte weißer Wolken zog feierlich über das unendliche Himmelblau. Caspari hatte dienstfrei und stand breitbeinig und vornübergebeugt im Gemüsebeet. Lars tollte drüben im hohen Gras am Bachlauf mit einem gutgelaunten, jungen Dackel namens Ludwig, der kläffend aufsprang, um über das hohe Gras sehen zu können, wo Lars den Knochen versteckte. Mit jedem Sprung flogen seine Ohren wie Lappen in die Luft, und Ludwig sah aus, als wolle er sie zum Fliegen benutzen. Lars kam aus dem Kichern nicht heraus. Und würde nie verstehen, welche Qualen sein Vater mit seinem neuen Spielgefährten durchlitten hatte, zumindest am Anfang. Caspari fürchtete Hunde und Nagetiere, und jetzt hatte er ausgerechnet einen Hausgenossen, der bellte wie ein Hund und aussah wie ein Frettchen. Aber der Kommissar glaubte nach seinem Abenteuer im Wald fest an die segensreiche Wirkung der Konfrontationstherapie und war bereit, sich seinen Ängsten zu stellen.

In der Tür erschien Maja, die gerade dabei war, den Teig für einen ihrer unvergleichlichen russischen Zupfkuchen anzurühren. Hinter ihr erschien die unverwechselbare Lockenmähne Nadide Kolcuoğlus und hinter dieser wiederum kam verschämt grinsend Marti Happel zum Vorschein, der nur noch ganz leicht das linke Bein nachzog. Er hatte von dem Kuchenteig probieren dürfen und war immer noch beseelt davon.

»Was machst du da im Grünen?«, fragte Nadide.

»Ich pflanze was.«

»Ist es dafür nicht etwas spät?«, fragte Martin. »Wo doch alle anderen bereits ernten?«

»Ich pflanze Kohl«, erwiderte der frischgebackene Hobbygärtner, der sich jede Einmischung verbat. »In meiner Gartenfibel steht ausdrücklich, dass das ein Herbstgemüse ist und jetzt noch ausgebracht werden kann.«

Nadide und Happel quittierten das mit einem anerkennenden Blick.

»Nu«, sächselte Maja, »und wenn's nüscht Dolles wird, kommt v'leischt wenischstens 'n Maacherkohl dabei raus.«

Lars, immer ein dankbares Publikum für ihre mundartlichen Scherze, kugelte sich mit dem Dackel Ludwig vor Lachen.

»Was wollt ihr? Der Kuchen ist noch nicht fertig, und ich habe dienstfrei«, schnauzte Caspari sie an. »Wenn ihr mich nicht in Ruhe lasst, riskiert ihr wieder einen Fall von Disruptiver Launen-Fehlregulationsstörung.«

»Bloß das nicht.« Happel lachte. »He! Was ist das denn …?« Auf dem Gartentisch fand er die Wochenendausgabe der Frankfurter Zeitung. Aufgeschlagen war eine Doppelseite, die hohe Wellen erzeugt hatte. *Der Fisch stinkt vom Kopf her,* lautete die Überschrift. Und die Unterzeile verkündete: *Anwaltskanzlei tief in Lebensmittelskandal der Türkenmafia verstrickt.* Eine fette Zwischenüberschrift verwies auf Unregelmäßigkeiten im LKA. Geschrieben war der Artikel von der vielfach preisgekrönten Enthüllungsjournalistin Julia Kopeke.

»Woher hat diese Frau nur ihre Informationen?«, fragte Nadide.

»Keine Ahnung«, erwiderte Caspari verschmitzt grinsend. »Aber sie scheint sich wirklich gut auszukennen.«

»Vielleicht von einem strafversetzten Bullen«, meinte Happel.

»Moment …!«, drohte Caspari. »Ich habe um meine Versetzung in diese Region gebeten, die für ihren hohen Freizeitwert und ihre niedrige Verbrechensrate bekannt ist. Und das war keine Strafe, sondern eine Auszeichnung.«

»Wie dem auch sei« – Nadide seufzte –, »wir haben hier nämlich wieder mal einen Fall, der viel zu groß ist für ahnungslose Landeier wie uns. Es handelt sich um eine mutmaßliche Entführung, und ohne deine Hilfe kommen wir nicht weiter. Es ist nämlich gestern in Ellershausen ein ganzes Volk entführt worden.«

Caspari klopfte sich den Gartendreck von den Händen und kam mit ernster Miene auf sie zu. »Das hört sich übel an. Um welches Volk handelt es sich?«

»Um das Bienenvolk von Opa Werner. Keine Zeugen, keine Spuren, kein Erpresserbrief.«

»Es könnte allerdings auch sein, dass die Bienen wiederkommen«, sagte Happel. »Wie gesagt, im Moment handelt es sich nur um den Verdacht einer Entführung.«

»Dann ist die Sache ja bei euch in den besten Händen.«

»Gebt's doch zu« – Lars kam dazu und zog ein Bein nach, weil Ludwig sich in seine Hose verbissen hatte und zu jedem seiner Schritte ein herzhaftes Knurren ausstieß – »ihr seid nur wegen Majas Zupfkuchen hier.«

Nadide sah ihn voller Bewunderung an. »Du bist schon genauso misstrauisch wie dein alter Herr«, sagte sie.

»Aber er hat ja auch irgendwie recht«, gab Happel zu.

»Dann tut auch mal was dafür«, gebot der Herr der Beete. »Frisch zur Tat, fröhliches Landvolk! Ich will die ganze Reihe hier runter mit Kohl haben. Und daneben kommt der Chinakohl. Einer von beiden wird es ja wohl hoffentlich bis in den Kochtopf schaffen. Und wenn der Kohl drin ist, kommen die Endivien dran. Die Saat in dreißig Zentimeter Abstand etwa einen Zentimeter in den Boden setzen. Und dann fehlt nur noch der Feldsalat, die ganze Reihe runter. Den kann ich schon im Oktober ernten …«

Christian Limmers erfolgreiche Niederbayernkrimis im Knaur Taschenbuch!

Saubär

Polizeihauptmeisterin Gisela Wegmeyer und ihr Team stehen vor einem Rätsel: Sechs bis zur Unkenntlichkeit verkohlte Leichen und ein auffälliger Duft nach Schweinsripperl – ist der Saubauer Hias samt Schweinen nach einem Unfall in diesem Wrack verbrannt? Oder hat ihn ein bärengroßes Zwitterwesen auf dem Gewissen? Die Mordkommission Straubing droht Verstärkung an, in Gestalt von Hauptkommissar Lederer, seines Zeichens der schönste Polizist Niederbayerns …

Unter aller Sau

Als die beiden Dorfpolizisten Erwin und Richie eine Leiche im Wald entdecken, ist es schlagartig vorbei mit der niederbayerischen Idylle. Die Tote scheint im »Paradies« gearbeitet zu haben – einem Kosmetiksalon im 505 Einwohner starken Nachbarort –, das sich als Bordell entpuppt. Die Kripo Straubing übernimmt die Ermittlungen in Gestalt von Hauptkommissar Lederer. Doch in Niedernussdorf ermittelt niemand ohne Dienststellenleiterin Gisela Wegmeyer, den Schorsch, den Erwin und den Richie …

Saucool

Hauptkommissar Karl Lederer steckt ganz schön in der Patsche: Ausgerechnet nach Niedernussdorf wird er strafversetzt! Mit Schrecken erinnert man sich an seine unnachahmlichen Ermittlungsmethoden beim letzten Verbrechen in der niederbayerischen Idylle und versucht ihm zu allem Unglück auch noch einen Mord in die Schuhe zu schieben …

»Nirgends passieren so herrliche Morde wie in der Provinz.«
Münchner Merkur

Jean Bagnol

Commissaire Mazan und die Erben des Marquis

Kriminalroman

Nach einer Liaison mit ihrem Chef wird die Polizistin Zadira in einen kleinen Ort in der Provence abgeschoben. Verbittert begegnet sie jedem mit Misstrauen, nur einen herrenlosen schwarzen Kater schließt sie ins Herz. Als die Leiche einer jungen Frau auftaucht, wird der Streuner zu ihrem Partner, zu »Commissaire Mazan«. Denn er kann dorthin, wo Zadira keinen Zutritt hat, und sieht, was geheim bleiben soll.

»Eine Meisterleistung aus düsterer und gleichzeitig faszinierender Krimikost mit pointierten Dialogen, erotischen Szenen und atemberaubend spannender Handlung.«
Krimi-Forum.net

KNAUR